罗学蓬 著

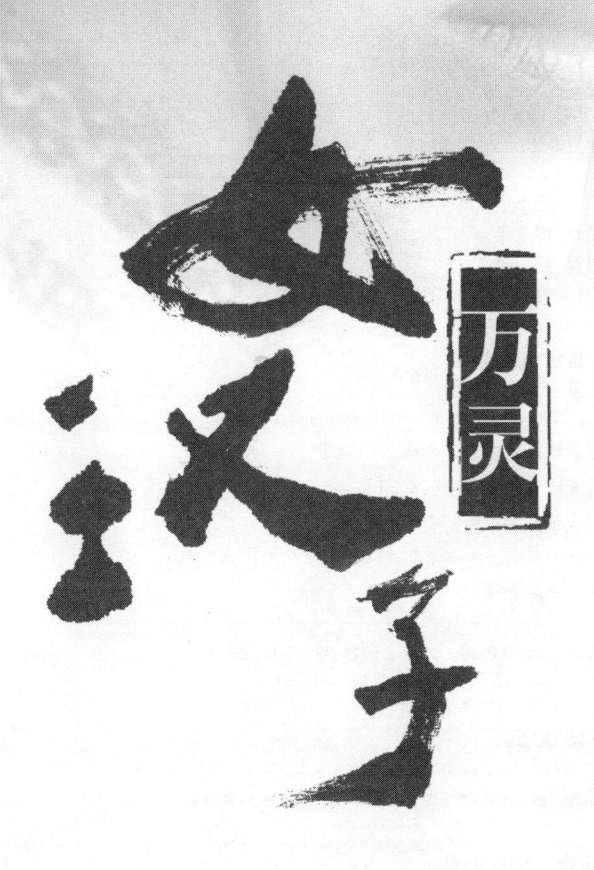

万灵 女汉子

重庆出版集团 重庆出版社

图书在版编目(CIP)数据

万灵女汉子/罗学蓬著.—重庆：重庆出版社，2014.1
ISBN 978-7-229-07283-4

Ⅰ.①万… Ⅱ.①罗… Ⅲ.①长篇小说—中国—当代
Ⅳ.①I247.5

中国版本图书馆CIP数据核字(2013)第294305号

万灵女汉子
WANLING NÜHANZI

罗学蓬 著

出 版 人：罗小卫
责任编辑：罗玉平
责任校对：杨 婧
装帧设计：重庆出版集团艺术设计有限公司

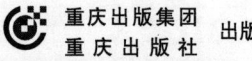
重庆出版集团
重庆出版社 出版

重庆长江二路205号 邮政编码：400016 http://www.cqph.com
重庆出版集团艺术设计有限公司制版
重庆升光电力印务有限公司印刷
重庆出版集团图书发行有限公司发行
E-MAIL:fxchu@cqph.com 邮购电话：023-68809452
全国新华书店经销

开本：720mm×1 000mm 1/16 印张：23 字数：385千
2014年1月第1版 2014年1月第1次印刷
ISBN 978-7-229-07283-4
定价：35.00元

如有印装质量问题，请向本集团图书发行有限公司调换：023-68706683

版权所有 侵权必究

目　录
CONTENTS

第一章：炮口下的佛图关　/ 1

第二章：安富镇，好一块宝肋肉　/ 17

第三章：百子庵里的"金攒指"　/ 35

第四章：青羊宫打擂　/ 44

第五章：舵把子宝座之争　/ 64

第六章：血色万灵山　/ 76

第七章：恶斗濑溪河　/ 94

第八章：情涌秋江　/ 101

第九章：海上遇险　/ 107

第十章：替英国人当炮灰的日子里　/ 113

第十一章：舵爷大婚　/ 124

第十二章：摆武堂子　/ 135

第十三章：为了祖国的尊严　/ 145

第十四章：绝处逢生　/ 154

第十五章：压寨夫人的渴求　/ 162

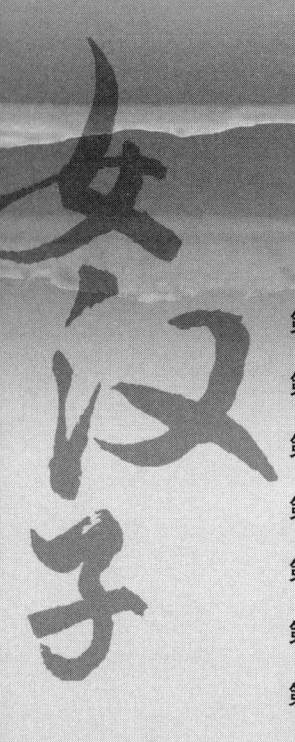

第十六章：中玉回到阔别多年的重庆 / 172

第十七章：鬼门关前走一遭 / 179

第十八章：祖国啊，想要爱你不容易 / 197

第十九章：坐怀不乱 / 205

第二十章：师生同唱《国际歌》 / 211

第二十一章：情满万灵山 / 220

第二十二章：进出一个洞 / 227

第二十三章：老寨易手 / 234

第二十四章：维多利亚女王勋章 / 244

第二十五章：大案惊天 / 259

第二十六章：十字架的道路 / 277

第二十七章：风流将军的人生体味 / 287

第二十八章：仇富的美国乞丐 / 298

第二十九章：中外记者招待会上骤起风波 / 303

第三十章：杨森捅了郑稷之一腰枪 / 309

第三十一章：钉门神 / 317

第三十二章：摇身一变 / 327

第三十三章：血溅天主堂 / 339

第三十四章：万灵山"扯红" / 355

第一章：炮口下的佛图关

在长江猫儿峡口涌出的滚滚洪涛之上,漂浮着一具具长长短短肢体不全的尸首。峡口下游北岸的重庆半城,此时也是四处浓烟烈火冲腾,空气中弥漫着一股浓浓的血腥味和焦煳味。

天翻地覆,斗转星移,这是中国历史上改朝换代的一段重要日子。随着武昌城头响起反清的枪炮声,先是湖南、陕西、山西响应革命,继后东南各省,云、贵、川也纷纷独立。短短十几天内,全国有二十几个省踊跃跟进,相继宣布独立。已经被满族人的铁骑刀箭压抑了二百六十八个年头的民族主义情绪被狂热激进的革命口号煽起,恰似熊熊烈火般飞速窜遍了重庆上下半城的宽街窄巷。可怜多年来散住在重庆城中各处的满蒙居民,皆扑爬跟斗地往通远门外佛图关上的满城逃窜,稍迟一步,顿成刀下之鬼。数日之间,全城到处飘扬起"汉"字旗。所有汉人——川军、袍哥武装、混杂其间的地痞流氓小民百姓也都随之疯狂。"驱逐鞑虏,革命排满"的口号声响遏行云,无数暴行在这一激进口号的鼓动下,得以在光天化日之下为所欲为施行。一旦脱离了王法管制,连平日里看上去循规蹈矩的良民百姓,眨眼之间也变得与暴徒无异。

耸人听闻的噩耗接连不断地传进佛图关上的满城,使得已经在这座相对封闭的城池里生活繁衍了十余代之久的满蒙男女老幼,人人自危,一片惊惶。

此时,已经宣布独立的四川新军与城乡各个堂口的袍哥武装早将佛图关围得如同铁桶一般,枪刺冽亮,刀叉森然,杀气盈天。尚有无数尊克虏伯大炮,黑洞洞的炮口对准了高墙之内,只待一声令下,便要轰击。

犹如刀削斧劈般陡直险峻的佛图关城垣之上，龙旗飘飘，森严壁垒。旗营官兵们立于墙堞之后，遥望两江两岸，烟火冲腾，哭声遍地，目睹耳闻同胞蒙难，却爱莫能助，无论官兵旗丁，唯神色肃然，尽皆垂泪耳。

这满城乃世居重庆的满蒙官兵以及他们的家人居住之地。满清入关后，即分派旗兵由将军、都统率领向各军事要区驻防，如四川驻防成都、重庆，陕西驻防西安、潼关，湖北驻防武昌与荆门。南明灭亡时，重庆镇守使杜子香见清太宗皇长子肃亲王豪格率大军兵临城下，遂放火烧城，不战而逃。清军进入重庆，因街房大多已遭大火焚毁，乃将城西险要之处佛图关辟为禁区，专作旗人驻营之地。随后在关上筑墙造城，披荆斩棘，历经多年，才建成一座小巧精致的军事要塞，并渐次在城中修建兵营较场，街肆民居，以及乾隆年间创办的专供满蒙子弟读书的奎英学校。随着历代官员苦心经营，集川东各县之人力物力财力，始将佛图关修筑得蔚为壮观，有迎庆、泰安、顺风、大城坚固关门四道，远望犹如雄伟古堡，易守难攻。

两百多年来，重庆满城麻雀虽小，却是肝胆俱全，且被旗人当局蒙上了一层神秘的面纱，与一墙之隔的汉人社会，形成了截然不同的两个世界。汉人被严禁入内，旗人虽可随意外出，但也少去大城活动，只有当旗人逢上生昭满月、红白喜丧、逢年过节或祭祠祖先时，才有少量汉族官员和商绅受到邀请，入满城参与庆祝活动，得以一窥满城容貌。

虽旗人当局采取了如此界限分明的手段来防止汉人文化的同化，但近三百年间，随着子孙后代的不断繁衍，仍有不少旗人因各种原因迁出满城，融入到汉人社会之中，然而能够进入佛图关与满人女子通婚并开花结果的汉人，却微乎其微。

而今辛亥事发，重庆也与全国一样，处在江山更迭的狂热与躁动之中。

荣昌县人张培爵被由起义川军官兵和袍哥武装组成的同志军，推举为重庆蜀军政府大都督，勒令重庆知府钮传善、巴县知县段荣佳交出印信，然后由同志军押着，反戴官帽，手敲铜锣，游街示众。

原本住在下半城衙门里的重庆将军金玉安，闻警后跑得快，带着家人与一帮缙绅耆老及手下将领，如丧家之犬般一呼隆出了通远门，逃进佛图关凭险据守。

此时的佛图关上一派惊慌，从将军别馆邮电房传来的消息，更是骇人听闻，先前独立的杭州、荆州、西安、福州，新成立的军政府对八旗大肆屠杀，尤以西安最为惨烈[①]。福州、南京、太原等地的屠杀，也同样惨不忍闻，八旗死伤无数。

---

① 英国驻华公使帕尔森写给外交大臣葛雷的信中称："西安男女老小约有两万人的驻防旗营，实际上全部被消灭了。"

重庆城浓烟滚滚,杀声遍地,住在上下半城的旗人已挣扎在生死线上,同志军又将佛图关重重围住。关上军民人等,早已吓得肝胆俱裂,皆以为灭门灭族之祸,已迫在眉睫。

佛图关磴曲千层,地势险峻,两侧环水,三面悬崖,自古有"四塞之险,甲于天下"之说,为成渝古道咽喉要隘,兵家必争之千古要塞。历史上,凡欲取重庆城,必先攻陷佛图关,绝无例外。

金玉安在他那两侧高挂着"帝德乾坤大"、"皇恩雨露深"牌匾的将军别馆大厅上,面对着众多部将和缙绅耆老,一筹莫展。作为大清王朝在重庆及至川东的最高军事长官,值此民族危亡之际,自然成为所有幸存旗人倚望的救星。惜乎金玉安虽有朝廷所赐的"虎威将军"的名号与荣耀,却并无"虎威将军"的威风与本事。他原本是一名资深的外交官,曾担任大清国派驻法兰西公使馆武官,在巴黎生活了十几个年头,还娶了一名法国侯爵的女儿为妻,并为他生下一位冰清玉洁、玲珑精致的宝贝千金。

可是,当金玉安接到朝廷召他回国"另拣任用"的电报后,过惯了锦衣玉食,养尊处优生活的法国妻子,却不愿与丈夫同往传说中遥远蛮荒,且充满神秘意味的东方国家受苦,夫妻二人,只好忍痛惜别,各奔东西。

儒雅开明的金玉安携八岁的女儿回国不久,即受朝廷敕封,派往重庆任统兵大员,到重庆一住七年,除了偶尔根据幕僚们的意见,派兵下乡剿剿土匪乱民,身先士卒率兵打仗的经历,却是半点没有。当此社稷倾塌,江山易手之际,自然是一筹莫展,徒唤奈何。手下一大帮幕僚武将,平时指点江山,夸夸其谈,看上去个个义节可风。可一到大难临头之际,也同样是你瞧瞧我,我瞅瞅你,无人能拿出一个囫囵主意。急得金玉安手足冰凉,连连摇头叹息。

奎英学校校董,平日里总显得满腹经纶的老秀才溥恩吸了两口鼻烟,舒服地打了两个喷嚏,见长时间无人说话,遂"吭吭"咳了两声,小心翼翼言道:"我大清祖宗近三百年江山,汪洋帝德,皇恩浩荡,士读于庐,农耕于野,工居于坊,商贩于市,各安生业,共乐承平。可恨孙黄匪孽,作乱十多年,清廷防不胜防,待至武昌发难,各省响应,大清威势全失。覆巢之下,焉有完卵?眼下,大城旗人,不知凡几,已成刀下之鬼,满城旗民,也危在旦夕。为保我满城男女老幼免遭生灵涂炭,依老朽愚见,不妨取成都满城与汉军和平议决之法,而对待之……"

溥老秀才绕了偌大一个弯,才总算将自己的真实意思,表达出来。

而这一层意思,也正是诸多文官武弁,知道成都满城免遭屠戮后心向往之,而又不敢贸然提及之事。大清气数已尽，所有人都看在眼里，心底雪亮，以满城内区区三营旗兵，与同志军万马千军抗衡，无异于以卵击石。但议和无异于向叛军暴民投降，是对大清朝廷和皇上的不忠，众人都不敢把心里的想法在将军面前表露出来。故而，溥老秀才话音一落，立即又有几位宿老"嗯嗯哈哈"，闪烁其词地附和他的意见。

其实他们委实不知，关于议和一事，金玉安早已走在了在座所有人的前面。两日之前，堂兄金玉昆将军从成都给他发来电报，劝堂弟效他之法，立即与同志军和平议决，以避覆巢之灾。金玉安曾在西方生活多年，洞悉世界大势，对清廷不治之症，早已了然于胸，本不是顽冥固执的迂腐之徒，接此电文，自然心动，遂召集左右几个心腹，密商与重庆蜀军政府大都督张培爵议和之事。

结果却甚为悲观，众人以为，金玉昆将军之能与成都蜀军政府议和，实因有议和之前提。四川总督赵尔丰在镇压保路运动和同志军起义中，曾经多次要求成都将军金玉昆出动旗兵相助，却遭到金玉昆严词拒绝。驻防成都的旗兵，在整个保路运动过程中，实际上处于中立状态，表明他们无意对抗起义军。

稍后赵尔丰用高压手段镇压保路风潮的发起人，将"保路同志会"推选出的蒲殿俊、罗伦、张澜等九名谈判代表，强行拘押，意图杀害。住在满城里的金玉昆将军得知此事，深以为不妥，火速赶去总督衙门面见赵尔丰，劝他立即放人，以泄民愤，并且不同意与赵尔丰为杀害谈判代表之事，联名会奏清廷，使赵尔丰单方面的电奏，在清廷减少了分量，对杀与不杀九名代表，朝廷不能不表示迟疑和审慎。在蜀军政府与赵尔丰的斗争中，金玉昆麾下的八旗军队"严闭满城自守"，并没有派出一兵一卒镇压同志军，凡此种种，都为后来成都满城与八旗军队的和平解决，提供了坚实的基础。最终阴谋复辟的赵尔丰反被同志军领袖尹昌衡所杀。蒲殿俊、罗伦、张澜等九名川人代表幸免于难，金玉昆将军居间起了至为重要的作用。而这一原因，也直接导致成都独立后出任蜀军政府首任总督的蒲殿俊和负责军事的尹昌衡，有意促成满城的和平解决，且条件甚为优惠：成都满城内旗人解除武装后，蜀军政府将旗人居住的房屋划归其所有，并发给每名旗兵三个月俸饷，又成立"旗务处"，建立"同仁工厂"，旗人生命及此后生计，由蜀军政府予以充分保障。从此，在成都存在了两百多年的八旗驻防制度宣告结束，满城长期以来的封闭状态，从此也被打破。

而重庆将军金玉安却并不具备他堂兄那样的有利条件，他知手下八旗兵军事总教官兼将军衙门护院头目的巴塔布，与正率领袍哥武装围住满城南面顺风门的重庆袍哥总舵把子袁青阳是结拜兄弟,曾派他深夜潜出满城,托袁青阳引见至川军首领、重庆副大都督夏之时帐下,转述了金玉安将军有意议和的意思。岂料手握兵权指挥大军攻城的夏之时气焰骄炽,要金玉安将军首先无条件缴械投降,方可议及其余诸事。金玉安有心议和,却尚未沦落到无条件缴械投降的地步。而且深知旗人骑在汉人头上作威作福近三百年,如今虽处绝境,强烈的民族优越感,也促使他们绝对不会接受汉人如此苛酷之条件。

和平无望,金玉安于无奈之下,只好与部属们商议和同志军决一死战的准备。

自满城被围,他这将军别馆的大堂之上,便成了文武众官与缙绅耆老每日聚议的地方,无论白天晚上,都有很多人在此讨论怎样对付这一巨变。

名为"聚议",众人实则将他这大堂当作了高级茶馆。来者皆处于惶惶不安之中,到此打发时光而已。鸦片抽了不少,茶水喝了不少,废话说了不少,牢骚发了不少,却无人能拿出一个妥帖可施,能挽狂澜于既倒的主意。

将军衙门的文案师爷袁文瑞捋着几缕山羊胡须,恨恨言道:"自我大清统一中原,武威震俗,我辈原以为列祖列宗打下的江山,千秋万代,绵延不绝,可与天地同辉了,岂知世运靡常,兴衰无定。时至眼下,汉人附和乱党,争说我朝政治不良,百般辱骂,甚至污蔑圣上是犬羊贱种,豺虎心肠,又把那无中生有的事情,附会上去,好像我朝皇帝,无一非昏淫暴虐,我朝臣子,无一不卑鄙龌龊,这也未免太言过其实了!"紧接着话锋一转,肃然言道,"然事已至此,已是老天要亡我大清,天命实不可违,与叛军暴民同归于尽,死后虽可千古留名,足可入祭忠烈祠,却显系匹夫之勇,并非上善之策。在下接着溥老爷的意思,斗胆再往深处说上一句,城下之盟,自然求不得平等,保我满城近万条性命,已属眼下第一要旨……哎哎,先将枪械缴出,我看似也未尝不可。"

袁师爷此言一出,顿时激起众人强烈感慨,争相将那汉人无君无忠无情无义之恶行谴责一番,然后均表态同意答应同志军条件。

不料此时大堂门口陡发一声脆响:"诸位先辈休也!孙黄匪逆,犯上作乱,置我大清于危难之中。眼下满城被围,旗民生死交关。先贤有言教我:'疾风知劲草,板荡识忠诚。'先辈世受皇恩,危难之际,正是以身报国之机,怎可不战而降,辱没我列祖列宗,开天辟地创下的赫赫英名?依小女子之意,决死一战,同归于尽,当为无法之法。即便我满城旗民尽皆战死沙场,也对得起朝廷圣眷,不辜负浩荡皇恩!"

众人瞠目以视,言者竟然是金玉安将军十五岁独生女儿金煜瑶。

将军千金美貌天成，算得是女人中出类拔萃之精品，混血儿的天然姿色，不凡风韵和一般的中国姑娘大相迥异，令人过目难忘。她的皮肤如欧洲人般雪白，似中国人般细腻，眼睛大而黑亮，圆圆的，眼梢如凤尾般微微上翘，眼睫毛浓密乌黑弯弯地向上翻卷，鼻子挺直地悬下来又悄悄将鼻尖恰到好处地往上翘了翘，使那张秀丽文静的面庞，倏地生出些儿活泼天真来。

此时的金煜瑶上穿紧身红衣短靠，脚蹬薄底皂靴，腰间挂一把宝剑，右手紧握剑柄，左手提一支柯尔提手枪，双眸喷火，颊染酡红，浑身洋溢出飒爽英姿气概。

金煜瑶年纪虽小，却是重庆城里头一号禀性怪异的人儿，天生丽质，偏偏对姑娘当学的女红等活儿不感兴趣，却对学武打枪最为上瘾，自小喜欢跟着卫士亲兵舞刀弄棍，抡拳踢腿，隔三差五还喜欢去靶场放上几枪，长的毛瑟枪，短的柯尔提，无不玩得精熟。金玉安为讨这没娘孩子的喜欢，只好让军事技术与武功出众的巴塔布，兼了护院头儿的差事，让他每日里教女儿功夫。金煜瑶不分寒暑，跟着巴塔布学了七年，功夫自己是十分了得。偏她又不守妇道，时常跑到上半城去打抱不平，凭着一身武艺，在外面掀波搅浪，弄出许多是非。

有一天她独自跑到上半城，在都邮街上行走。忽见一恶少带着几名家丁，当街拦着一位姑娘秽语调戏。金煜瑶径直上前，要那恶少给姑娘放行。恶少见了，觉得甚为可笑，便放了那姑娘，嬉笑着上前调戏相貌更为出色，品种更为稀缺的金煜瑶。

恶少还没近身，金煜瑶伸手一揪，将身一侧，一个大背跨就将其扔在了地上。恶少大怒，从地上爬起，铆足劲儿直奔金煜瑶扑来。金煜瑶身子向左一偏，右手将他胳膊顺势向前一拉，脚下一使绊，恶少又扑倒在地。恶少起身再次向金煜瑶冲来，煜瑶迅速蹲身，双手过顶顺势一揪一推，把那恶少从头顶上像扔麻袋似的直着扔了出去。恶少被摔出好几米远，趴在地上一边冲着金煜瑶龇牙咧嘴，一边喝令家丁们快上。家丁们一拥上前，金煜瑶功夫再是了得，双拳也难敌这么多人的进攻。恶少也从地上爬起来，仗着人多势众，向着金煜瑶猛击。

眼看着金煜瑶气喘吁吁，只有招架之功，危急之际，突然围观人群中一英俊少年飞身上前，挡在金煜瑶面前，出手快如闪电，只几下拳脚，便将几名家丁打翻在地。

恶少爬起来看着少年，胆怯问道："来者敢否报上名来？"

少年朗声应道："本人行不改名，坐不改姓，重庆府荣昌县万灵镇赵中玉是也！你们一大帮男人欺负一个女子，算得什么好汉，有胆儿冲我来。"话音一落，扬拳便打,吓得恶少与几名家丁扑爬跟斗地逃了。

这时四周已围上好多人,大家又是起哄,又是替路见不平拔刀相助的漂亮小姑娘和英俊少年叫好。

金煜瑶得人相助,且见赵中玉人长得高大英俊,一表人才,心里顿时生出几分爱慕之意,便走到少年面前,双手抱拳施礼道:"赵公子侠肝义胆,功夫精湛,小女子金煜瑶谢过了。"

赵中玉抬头细看金煜瑶,皮肤雪白、细腻,眼睛大而黑亮,鼻梁挺直,秀丽文静的面庞显得活泼天真,心里也是一惊:哎哟哟,中国人里怎么还有这等稀罕的品相?还礼道:"你我皆是路见不平,拔刀相助,彼此何需客气。"

金煜瑶见赵中玉风度翩翩,加上今日只身外出无所牵挂,便说道:"赵公子如不嫌弃,可否一起喝杯清茶?"

此时的赵中玉,刚从荣昌万灵镇来到重庆读美国卫理公会办的求精中学,星期天原本准备进城买点洗漱用品,不想就遇上了这事儿。见金煜瑶如此豪快,便痛快地答应下来。

二人来到茶馆只见乌烟瘴气挤满了人。金煜瑶与赵中玉二人干脆到一家酒楼找了二楼一个包间,要来酒菜喝起酒来。

金煜瑶端起酒杯道:"小女子答谢赵公子出手相助之恩!干!"

赵中玉回道:"金小姐言重了,应该感恩的人早已平安离去,你我皆是助人之人。"既而道,"不想金小姐如此秀丽文静,却有这般侠肝义胆,令人尊敬之至!"

金煜瑶道:"小女子平素最讨厌欺软怕硬之辈,想必赵公子也是如此吧?"

二人聊得十分投机,话题越来越多,指点江山激扬文字,谈得也越来越起劲,当谈到我们能为什么"不惜性命"这个话题时,二人竟较了真,争得来面红耳赤,最后统一了看法,可不相信对方能做到,赌咒发誓还不够,金煜瑶抽出腰刀对着手指一拉滴下几滴血来,赵中玉也不示弱,接过刀对着手指头一拉,几滴血掉进了同一碗酒里,然后将酒倒成两碗,端起一碗递给金煜瑶,二人下席来到壁上关公像前,点燃两炷香插上,异口同声地说道:"我赵中玉、我金煜瑶,发誓做有利天下之人!"说完将酒满口吞下,高举酒碗砸在地上。

楼下伙计及食客循声看去,只见两青年男女呵呵大笑从楼梯走了下来。

赵中玉正要掏钱付账,却见一军爷赶来门前,纵身下马,扫了一眼陌生年轻人,上前对金煜瑶施礼道:"请小姐上马回府!"随手掏出一锭官银扔给旁边的伙计,伙计连忙点头道谢。

金煜瑶手握缰绳，一个凌风展翅，跃上马背，双手抱拳，对赵中玉道："赵公子，后会有期。"遂策马而去。

赵中玉目送金煜瑶远去，脸上挂满疑惑，暗想，这风天火地，长相奇异的绝色女子，到底是这重庆城里，哪一个富家巨室的千金小姐啊？

此事巴塔布虽有心遮掩，仍传到了金玉安耳中，父亲大发雷霆，令金煜瑶半月内不得跨出院门，老老实实在家读书。将军衙门的深宅大院，哪能将金煜瑶关住？趁着没人注意，她仍隔三差五地溜出院门，到了上半城，依然是该出手时就出手，到处惹是生非，巴塔布也拿她无法。父亲一气之下，命巴塔布将金煜瑶的两只手铐在内院门前的一尊石狮子上，还将大门上了闩，让巴塔布整日里将她守着。无奈，金煜瑶只好待在家里，怀里抱着一尊石狮子，在屋内和院坝上走来走去。

过了一段时间，石狮子刚被解下不久，金煜瑶又干出了另一件大逆不道的事儿来。

自从金煜瑶由巴黎回国，再随父亲来到重庆，除了在奎英学校读书，父亲又采取软硬兼施的手段，礼请他尤为器重的中梁山煤矿老板兼总工程师鲍遵式，指导金煜瑶读书。

鲍遵式生自重庆，年轻时曾留学日本，与金玉安声气相投。接受将军重托后，穷尽心智，欲将煜瑶打造成一个气质高贵的窈窕淑女。难得的是他思想新潮开放，当他发觉金煜瑶悄悄偷看《水浒传》、《三国演义》，甚至还有《红楼梦》此类"少女不宜"的书籍时，他非但不制止，反而还给予指导和讲解。这就让煜瑶受益良多，思想比起同龄女子，譬如鲍青儿，成熟了不少。

鲍青儿就是鲍遵式的幺女儿，和金煜瑶年龄一样，也是十五岁。鲍青儿的性格也很像金煜瑶，对在世界浪漫之都巴黎生活了八个年头，做起事来风天火地，天不怕地不怕的金煜瑶尤为崇拜。日久天长，两个小姑娘成了无话不谈的闺密。

不知因为什么，一日，两位小姑娘突然探讨起一个严肃的社会问题：为什么那么多男人都喜欢去逛窑子？她俩不知道窑子到底是个什么地方，又是干什么用的。

鲍青儿问金煜瑶："你说那杨柳街上的窑子，到底是拿来干啥子的嘛？为什么那么多男人都喜欢往那里面跑，女的都不去？"

金煜瑶也大惑不解，好奇心顿时激起了她的贼大胆。"这还不好办，"煜瑶干脆利落，"我们自己进去探个究竟就是了。"

"听说女的不准进,我们咋个去?"

"嗨,这还不容易呀?学做一回花木兰嘛!"

于是一个星期天的上午,两位豪门千金身着男装,打扮成一副公子哥儿模样,手摇折扇,鼻梁上还架副墨镜,到上半城杨柳街逛窑子去了。

两位"公爷"进了杨柳街上最豪华气派的一家窑子,两扇朱红的大门,镶着金边,门上还有一排排金灿灿的蘑菇钉子。进得大门,绕过立有一块画着仙鹤屏风的大客厅,月亮门里面是一个长方形的精致院落。靠墙根有两排门前带长廊的楼房,各屋都挂着门帘,门口钉着门牌号数。

两人一路前行,东瞅瞅、西望望,发现四处冷冷清清,没啥新鲜之处。

她们不知这窑子原本是夜里热闹,上午通常是众姐儿休息的时候。直至登上二楼,到处走动了一圈,她俩才看见一个黑壮大汉左拥右抱着两位小娇娘,顺着楼梯上来,往旁边一间屋里去了,那布帘子也随即放下。

金煜瑶胆儿贼大,将布帘子撩开一只角儿,两张脸儿凑在一块,偷着往里瞅。只见那两位小娇娘将黑大汉拥到牙床边坐下,便宽衣解带,身上只系着一件桃红色的肚兜。那壮汉满心欢喜,像老鹰抓小鸡似的,一手一个,把两位半裸的玉润娇娃夹住往大床上一放,爬上床去,和那两个女娃滚成一团,玩耍起来。两位娇娘浪声野气地笑着闹着,在壮汉身上爬来爬去。没过多久,那壮汉气儿便粗浊起来,口中再也说不出囫囵话,猛地一个翻身跳下床来,将那女子仰面朝天翻倒在床上。那女子在他身下做出百般"哼哼嗳嗳"的声儿,浪叫扭动……

金煜瑶放下帘子,转身往楼下走去。

鲍青儿跟了上来,怪模怪样冲煜瑶挤挤眼一笑,低声道:"我的妈,原来男人进窑子,图的是干这种龌龊事儿呀!"

金煜瑶也红臊着脸蛋,笑嘻嘻道:"男欢女娱的好事儿,竟然让他们弄了个天昏地暗,日月无光……这回咱俩不虚此行,可是长了见识哩。"

两人下到大厅里,憋着嗓子装出一副公子哥儿的声气,大模大样地要茶要水,甚觉得意。

没待一会儿,几位打扮得花红柳绿的小娇娘匆匆来到大厅上,笑眉笑眼地挽住她俩的胳膊,要进卧房里耍耍。

这下两位"公爷"再也忍不住,一齐开怀大笑起来。

这一笑就笑出了原形,也笑出了麻烦。当窑子里的人发现两位嫖客竟然是两位女扮男装的俊俏姑娘时,整个窑子都沸腾了。

护院龟奴提着家伙杀气腾腾地将两位姑娘围在中间，眼见着就要血溅大堂之上。院妈娘见这两位姑娘穿着气度皆不似寻常人家女儿，敢于前来捣乱，想必有后台可恃，于是赶紧招呼众人不得动手。为了尽快平息事端，还客客气气地将两位小姐请出了门槛。

这事很快传进下半城将军衙门，把个金玉安气得脑壳发昏。

袁师爷也担心地对金将军说："你家这个宝贝千金，无论容貌才学，在将军衙门几十个妹子里算得上人尖尖，可偏偏生就了一副男娃儿的命，今后啊，恐怕是要吃苦的哟。"

袁师爷今晚提出的缴械之议，本是金玉安将军自己主意，无非是借袁师爷之口放出风去，探探大家的意见。不想第一个跳出来反对的，竟然是自己的心肝宝贝。这让他满脸臊红，好生羞愧！

副将玛纳苏让金煜瑶一激，脸上挂不住，忽地起身对众人大声说道："罢罢罢，简直羞煞老夫了，我等七尺男儿，世受皇恩，眼下正是为朝廷效力尽忠之时，竟不如煜瑶一巾帼小女子忠勇壮烈！"

另一副将也附和道："想先皇进关，明将史可法誓死不降，战死后，先皇不念其罪，反而为其建祠祭祀，飨堂眉额大书'气壮山河'，以弘扬其忠诚不贰的气节。乾隆爷时，又指定御史官作《贰臣传》，将那些为清朝入主中原，立下汗马功劳的明朝降将叛官们尽列其中，也是为了警省后世，为臣为民，当忠诚不贰。难道今日大清蒙难，江山不稳，我等不为忠臣，替圣朝排难分忧，还想让汉人今后把我们一个个写进《贰臣传》么？"

两位主将话音刚落，几位裨将和千总也捶胸顿脚，一迭声叫嚷，决不投降，愿与佛图关共存亡！

主战派霎时占尽上风。

浦老秀才惊得差点背气，连咳了几声，着急上火地说："逞……逞血气之勇，焉能解我……解我近万旗民于水火？福州、西安满城惨遭屠戮，旗人无一幸免，尸山血海，殷鉴不远，将军大人，你……你可要对满城存亡……负责呀！"

袁师爷也道："兵无所继，粮饷断绝，如何能战？汉人倘一攻城，满城如何得守？"

金玉安将军让女儿一激，让玛纳苏等武将一逼，心中一股火猛然蹿将上来，顿时热血沸胸，霍地站起，怒目圆睁，厉声喝道："再敢奢言降者，立斩无论！眼下虽地发杀机,东南半壁狼烟四起,然朝廷与北半个中国仍然稳如磐石,袁世凯、冯国璋等朝中干城也正率兵在武昌与叛军血战,力挽狂澜于既倒!我等即便身处虎穴龙潭之中,无人驰救,也宁可一战而亡,免受汉人荼毒,就算做不了史可法,旗人以死报效朝廷,也是做人本分。"

玛纳苏说:"自满城被围,三营旗兵,已全部上了城墙,正枕戈待旦,欲与叛军决一死战。"

金玉安道:"现在,老夫再下一令,立即打开兵器库,将所有旗人,不分老幼男女,只要拿得动家伙的,悉数武装起来,一旦城破之时,老幼妇女先行自尽,精壮旗丁随旗兵扑下关去,与汉人同归于尽!"

"喳!"玛纳苏等一班武将摩拳擦掌,奉令踊跃而去。

"完啦,完啦,满城休也!满城休也!"溥老秀才两手乱颤,痴望着金玉安将军嘴唇嗫嚅,两行泪珠儿,扑簌簌流个不停。

冷月清辉,笼罩着黑黝黝佛图关。一夜之间,佛图关陡然变成了一座庞大兵营。兵器库里,以刀枪剑戟等冷兵器居多,洋枪顶多只占得了二成。一队队旗丁或挎腰刀,或执长枪,在城墙上沓沓巡游,以防同志军奸细潜入破坏。

金玉安将军回到内院,见巴塔布挎着腰刀,正带领一队卫兵四处巡查,不禁想起一件紧要之事。

"巴塔布,你随我来一下。"

金玉安将军将巴塔布召进书房,却不急着说话,一边往烟斗里塞烟丝,一边拿眼向着巴塔布上下打量。

巴塔布心中忐忑不安,又不敢贸然发问。

半晌,金玉安一声叹息,问道:"巴塔布,你到我府上,教授煜瑶功夫已近七个年头,你认为老夫待你如何?"

巴塔布吃惊不小,赶紧打拱言道:"老爷待奴才山高海深,奴才时时不敢忘怀。"

将军道:"既如此,老夫在此,有一要事相托于你。"

巴塔布"咚"地跪下,双手抱拳,慨然道:"老爷吩咐便是,刀山火海,奴才也不会皱一下眉头的。"

"好,好,有你这话,老夫就放心了。"金玉安离座,将巴塔布双手挽起,郑重言道,"巴塔布,天朝气数已尽,城破人亡,不过指日之事。"言及此,金玉安眼中已隐隐含泪,"老夫自不惜一死,唯放心不下的,就是独生小女煜瑶。我知你与袁青阳有金兰之交,故而将小女托付于你,可又担心袁青阳,是否会拿小女向军政府邀功请赏……"

巴塔布道:"老爷放心,袁青阳贵为川东袍哥龙头大爷,全省乃至西南各地黑白两道,对他无不敬服,说话做事,绝不会逆义字而行的。他若见利忘义,如此下作,便是将自己搞得身败名裂,今生今世,就再无脸面在江湖上立足了。"

巴塔布还有一句话未说,他三日前奉金玉安之命出城密见夏之时副都督时,袁青阳便叫他不要再回佛图关,说:"破城灭族之祸就在眼前,你何必回去白搭上一条性命。"巴塔布却说:"金玉安将军待我恩重如山,当此危亡之时,我怎能做出有悖于节义之事?"谢绝拜兄挽留,毅然重回关上。

金玉安颔首道:"如此,我意已定,今天半夜,你和煜瑶即出顺风门,投奔袁青阳。待祸乱平定之后,再设法把煜瑶送往成都满城,投奔她大伯玉昆将军。"

巴塔布倒地便叩,流泪大叫:"老爷但管放心,只要奴才在,小姐就在!奴才豁出命去,也决不会让人伤小姐一根头发的!"

金玉安击了两掌,仆人闻声而入,伺立门前。

金玉安吩咐道:"把夫人小姐叫来。"

片刻工夫,金煜瑶便和继母来到了书房。

谁知听罢父亲的主意,金煜瑶却不愿在危难之际独自逃生。

此时,仆人已将轿夫叫起,将一乘软轿抬到门外候着。

继母虽是泪流满面,却力劝金煜瑶随巴塔布从速离去,说你爹爹有我陪着赴死就行,何必再白白搭上你这条嫩生生的小命。言毕,抹去眼泪,赶紧回卧房把将军毕生积蓄,收拾成一个沉甸甸的大包袱,提了过来,交与巴塔布。

金玉安对巴塔布言道:"巴塔布,我就将煜瑶交给你了,从今后,你和煜瑶就以父女相称……代我尽为父之道吧。"

巴塔布泣不能声,连连点头。

"我有亲爹,说什么我也不走!"金煜瑶大喊大叫,连蹦带跳,决不愿在这样的时刻丢下父亲独自逃命,死活要与父亲同生共死。

金玉安脸一沉,决绝喝道:"巴塔布,煜瑶自小在我面前任性惯了,难道我拿她没办法,你也束手无策,看着她留在这里送命么?"说罢,瞪着眼,将头猛力一甩。

巴塔布明白将军意思,牙关一咬,悲声叫道:"小姐,休怪奴才无礼了!"猛地扬起手掌,冲煜瑶脖子上用力一砍。

煜瑶当即倒地,人事不省。

金玉安大步上前,双手抱起煜瑶,塞进软轿里。

生离死别,金玉安老泪纵横,硬声道:"时间紧迫,你们快些动身吧。"

巴塔布双膝一屈,对着金玉安纳头便拜,悲声叫道:"老爷……"

金玉安挥挥手,示意他什么也别说了,赶快离开。

巴塔布猛地站起,转过身,一头蹿向门外,吩咐下人:"快走。"

巴塔布带着一乘小轿,出了将军别馆大门,穿街过巷,逶迤来到顺风门城楼之下。

旗兵头目上前拦住喝道:"停下。"猛地看见巴塔布,赶紧赔着笑脸说,"是巴爷啊,怎么?这下半夜了还要出关。"

巴塔布掏出金玉安给他的令牌晃了晃,旗兵头目不敢再问,赶紧喝令手下打开城门。

软轿出关不一会儿,便听见前面十字街口处蓦地暴出一声喝叫:"来人止步。"

巴塔布道:"速去通报袁青阳袁大爷,我有要事相告。"

话音刚落,只见朦胧夜色之中闪出十余条手执刀矛火器的壮汉,快步迎了上来。

下关路上,一路颠簸,再加上猛然飞起的这一声凶暴暴断喝,金煜瑶从昏迷中蓦然惊醒过来。她赶紧撩起轿帘,观察外面的动静,只见一大群手执武器的壮汉已经堵住了去路,不由得悲苦地摇了摇头,无奈拉上了窗帘。

有头目认识巴塔布,亲热招呼道:"原来是巴爷啊,袁舵把子在前面紫金寺大殿上歇着,马上要攻城了,昨晚吃饭时袁总舵把子还担心你哩。请,我马上带你去见舵爷。"

袁青阳不是官,可只要他跺一脚,重庆上下半城都要抖三抖。袁青阳有如此之大的号召力,主要是因他一辈子行侠仗义,手腕高明,再大的事,只要他出面,都能搁平捡顺。

时令已入深秋,夜风中已带着森森寒意。巴塔布等一路往前走去,只见陋街两侧,庙宇内外,到处燃起一串串火堆。无数条汉子,围着火堆席地而卧,遍地鼾声如雷。

巴塔布一行进得紫金寺大门,还未到得正殿,袁青阳已闻报从殿中迎了出来,一见巴塔布便击额大叫:"哎呀呀,巴老弟你可来了,昨日夜里,夏副都督已发下号

13

令,天亮之前,同志军便要攻城,大哥我正为你着急得紧哩!"

巴塔布道:"大哥,兄弟此番深夜出城,并非为自保性命,而是受金玉安将军之重托,力保将军唯一血脉留存于世。这轿中之人,便是将军的独生女儿金煜瑶。还求大哥答应我力保煜瑶性命,如大哥有半分为难,我即刻带她重回佛图关,让她与父母死在一起。"

金煜瑶早听说过袁青阳在江湖上的大名,此时用手轻轻撩开轿帘一角,偷偷往外看去。只见这袁青阳,五十岁出头,宽皮大肋,打扮得如同古代武侠人物一般,头戴系有一朵泡绒绒红缨的二层圆帽,脚穿平底皂靴,腰间挎一把带鞘短刀,腰带上插着一把"独角龙"①。

袁青阳道:"你我兄弟,还用得着说这种见外的话么?你的事,就是哥子我的事。不过,此地战火即开,不可久留,佛图关一破,必是血流成河,我还是马上派人将你们送到我江家巷的宅子里去,到了那里,便可足保无事了。"

巴塔布道:"大哥义薄云天,兄弟永铭心底。不过,待在大哥宅院中虽是安全,可也不能整年累月里将煜瑶小姐关在家里,如同笼中小鸟般喂养着啊。成都将军金玉昆是我家主子的堂兄,成都满城已与蜀军政府和平解决,主子嘱我设法尽快将煜瑶送到成都,去投奔她大伯金玉昆将军。"

袁青阳顿时面露难色:"巴塔布,你我是结拜弟兄,你的忙,我当然要帮。可当下重庆同志军正在合力攻打佛图关,这位千金小姐的老汉守在关上,宁死不降。我要救他女儿的命,不就成了吃里扒外的角色么?"

金煜瑶乖巧,一撩轿帘出来,冲着袁青阳便跪了下地,"咚咚咚"连叩三个响头。

巴塔布怔住了,袁青阳更是惊诧不已,连声道:"小姐乃金玉之躯,这个如何使得?"

金煜瑶悲切说道:"大清既亡,我父已决意以身殉国,国破家亡,煜瑶哪里还是啥子金玉之躯?袁舵爷是威震江湖,无人不敬的盖世英雄。又与我干爹巴塔布有金兰之谊,袁舵爷当年与我干爹跪在关公像前结为拜兄时,必然发过'不能同年同月同日生,但愿同年同月同日死'的豪言壮语,巴塔布既是煜瑶干爹,袁舵爷也就等同于煜瑶干爹。干爹啊,难道你能够眼睁睁地看着干女儿死于非命,不肯出手相救么?"

---

① 一种土造的单子手枪。

第一章：炮口下的佛图关

"青阳一介武夫,哪里有资格做你这重庆将军之女的干爹?"袁青阳竟然被金煜瑶这番话说得动了感情,双手将煜瑶挽起,慨然道,"既然你连干爹都叫过了,我这个重庆堂口上的龙头大爷还能袖手旁观,不给我的干姑娘搭把力么?范管事——"

袁青阳当下叫来堂口上的红旗管事[①]范玉斌,令他带着自己的拜兄和刚认下的干女儿,立即赶到码头上,雇上一条篷船,黉夜向上游而去,走得越快越好,越远越好。

分手前,袁青阳还不忘给了巴塔布一张"公片宝札"[②],说道:"巴塔布兄弟,此一去山高路远,你又是单骑护主,眼下正逢乱世,不知这一路上会遇上多少风险。这片子你拿着,川东地盘上,乃至西南各地大小堂口,但凡见了我袁青阳的片子,都会对你们满酒筷肉,高接远送,不会留难半分的。"

巴塔布双手接过片子,感动不已:"大哥情意,山高海深,兄弟我刻在心上了!"

事不宜迟,当下巴塔布便辞了袁青阳,与金煜瑶随着范管事,由一小队喽啰护送,穿街过巷,匆匆向着长江边上的黄沙溪码头赶去。

到了黄沙溪码头,只见烟笼寒水,江面上篷船密集。

范管事伸手招来一艘篷船,待篷船"吱呀"靠岸,巴塔布和金煜瑶进得船舱后,范管事遂吩咐船家夫妇几句,无非是小心伺候,万万不可大意之类,方与巴塔布金煜瑶施礼告别。

夜黑风急,篷船扬起船帆,向着上游鼓浪而去。

行不上十数里,蓦地便听见重庆方向,猛然响起"隆隆"炮击之声。

金煜瑶顿时色变,忽地蹿出中舱,遥望下游,只见北岸方向,已腾起冲天火光,将夜空烧得一片通红。

金煜瑶泪如泉涌,大叫一声:"爹爹呀!爹爹呀!"咚地跪在船板上,向着火光腾起处连连磕头。

巴塔布也跪下了,咬牙切齿发誓道:"老爷,有我巴塔布在,小姐命就在,你老……放心去吧!"

[①] 红旗管事:袍哥组织内部分五个等级,分别为头排、三排、五排、六排、十排。头排又称舵把子,多为地方上孚众望者。三排又称三哥、负责管理钱粮,掌管商业经营大权。五排又称红旗管事、红旗五哥,专司对外交涉、传话派人、执行帮规。

[②] 公片宝札:袍哥的令牒、名片类。

一夜风疾,天亮时分,篷船已至江津境内的猫儿沱峡口。

进得峡中,只见水急浪涌,惊涛拍岸,只靠风力,篷船已难以前行。

船家将小船泊岸边,招来十余名纤夫,由人力拖拽着船儿,往峡中奋力逶迤。

到得午时,纤夫们忽地大声鼓噪起来。巴塔布金煜瑶闻声赶紧钻出舱去,立于船头。但见滚滚波涛之上,密密麻麻涌突隐现着无数尸首,有的缺了脑袋,有的缺了胳膊,有的尸身上刀口赫然开裂,露出森森白骨,令人触目惊心。

巴塔布大叫:"不好!船家,快快把船停下!"

船家望着那满河尸首涌涌而来,早已吓得魂飞魄散,瞠目结舌。听得客官叫停,赶紧向着岸上一声唿哨,众纤夫顿时止步,将肩上搭绊取下,那原本绷得溜直的纤藤,立时变得如同一条弯曲长蛇,"滋溜溜"向着船头梭去。

巴塔布对煜瑶说:"你看看这满河死尸,全是刀枪所伤,不知上游江津、合江、泸州等沿河两岸码头,是何等凶险情形。我们若贸然闯去,弄不好便自入了狼穴虎口。再者,这一路上我已发现,连太古公司的英国洋轮也停了航。我原想到了前面江津码头,再改乘英国洋轮去泸州的主意,也落了空。小姐……"

煜瑶急声叫道:"爹爹此言差也,爹爹已嘱我们从此以父女相称,爹爹就不该再称女儿为小姐。"

巴塔布赧然,结巴言道:"女……女儿说的是。事已至此,我看……我们最好还是舍舟登岸,先打探清楚前面情况,再小心前行的好。"

煜瑶道:"从今以后,爹爹做事,不必征询于我,全凭爹爹自拿主意就是。"

说话间,船家已将篷船靠抵岸边沙滩之上。巴塔布从怀中掏出一个银翘宝递给船家,打发船家就此返回重庆。船家夫妇见了这么大一锭银子,喜得脑壳发昏,鸡啄米般向着巴塔布打躬作揖。纤夫们上了篷船,即刻间顺水漂去。

巴塔布带着煜瑶,上了河坎,见不远处有一乡场,便赶紧前去,先找家饭馆,杀鸡剖鱼,饱饱吃了一顿酒饭。巴塔布再去铺号里买来一身男装,让煜瑶打扮成一位小公爷,然后到轿行里雇来一乘滑竿,让煜瑶坐上,自己则买来一头健骡,扮作保镖模样,将煜瑶的宝剑,自己的鲨鱼皮腰刀用包袱皮裹了,搭在肩上,随滑竿而行。

第二章：安富镇，好一块宝肋肉

就在夏之时指挥重庆同志军猛攻佛图关时，西出重庆两百里开外，坐落在成渝官道旁边的荣昌县城，也被当地同志军团团围困。

荣昌县城是一座历史悠久，城池精致，景色秀美的古城。明成化年间，知县覃琳督率县民修砌城墙，开有东泰、南和、西宁、北谧四道城门。县城四围坚墙环绕，墙高池深。登上城墙，只见雉堞箭楼，蓝天白云，不单能俯视犹如棋盘一样整齐有致地铺展在脚下的宽街窄巷，还能从绕城二十余里的城墙上，走上一个大圈后再回到原点。

午夜过后，同志军一开始攻城，荣昌知县吴良桐也提着宝剑，上了喊杀声最激烈的南和门城楼。西宁门外是既宽且深的濑溪河，南和门外也有一道与濑溪河相通的护城河，东泰、北谧两道城门外，则是一片间或起伏着几座丘陵的平阳大坝。

此刻荣昌城墙上火把如龙，燎燎蹿蹿。正在城墙上指挥黑皮警丁与民团守城的是荣昌县警备队队长郑稷之。郑是一个四十岁出头的中年人，皮黑身瘦，两鬓和胡须已然有些儿花白，不过双眼炯炯有神，给人一种精明强干的印象。

吴良桐靠在墙堞后面，观察了一下手持长短家伙，狂呼大叫着汹汹向南和门涌来的同志军，吓得手足无措，赶紧对郑稷之说："他们集中兵力猛攻我南和门与东泰门，这是故意空出北谧门和西宁门，让我们逃命，避免我们困兽犹斗，和他们死拼到底。"

又道："成都、重庆情况如何，我们现在是两眼一抹黑，啥也不知。眼前呢？他们铺天盖地而来，仅靠我警备队两三百条枪，还有提刀弄棍的民团，一味死守，这

17

荣昌城肯定是守不住的。"

郑稷之道:"你的意思是……"

吴良桐道:"我想还是马上派人出城,与赵庆云议和为上。"

郑稷之道:"议和?现刻逆匪兵临城下,主动求和,那就与缴械投降无二了!"

吴良桐道:"只要姓赵的承诺保住我等身家性命和财产,缴械投降,又有何不可。"

吴良桐又道:"我区区一个县令,再说,你知道的,我们眼下除了同志军,还有泸县巨匪骆三春也在打我们的主意。昨日,他已经派人潜到城墙脚下,用箭射上来一封信函,说我只要同意把安富镇给他,他就和我联起手来,两面夹攻,一举剿灭赵庆云的同志军,骆三春土匪一个,他的话哪能相信?"

"哦,那好,那好,既然知县大人如此想法,卑职遵命就是。"郑稷之脸色突地一变,陡然对他的亲弟弟,荣昌县民团团总郑稷生喝道:"稷生还等什么!"

话音刚落,郑稷生抽刀在手,用力向吴良桐砍去。眨眼之间,吴良桐身子尚未倒,脑袋已经齐刷刷地从脖颈上飞去,像个西瓜般砸在地上。

郑稷之一不做二不休,对郑稷生喝道:"你赶紧带人去吴良桐家,无论男女老少,一律斩草除根,把吴家老小的脑壳,全给我提到城墙上来,我有用处。"

郑臭肉带领一帮团丁,立即拥下城墙。

郑稷之当机立断,又点着胡之刚和白仲杨两名警备队头目道:"之刚,羊子,你两个马上出城,赶到安富镇,给骆三春带上我的口信。告诉他,我郑稷之已经灭了荣昌知县吴良桐满门,愿意与他合作,一举剿灭赵庆云的同志军。"

中队长胡之刚惊讶不已:"骆三春,那不是在川南鼎鼎大名,人称骆疯魔的泸县巨匪么?他咋个跑到我们荣昌地盘上来了?"

郑稷之得意言道:"骆疯魔这次带着手下弟兄从泸县赶来,从同志军手里抢去了安富镇,原本是想帮着赵庆云攻打县城,取我等性命。幸亏赵庆云太看重自己一世清名,嫌他是个恶名昭著,人神共愤的巨匪,怕骆疯魔坏了自己的大事,拒绝他帮忙,可是又怕他捣乱,还得满酒筷肉地供奉着。这骆三春呢?让只图一辈子洁身自好的赵庆云气冲脑顶,一冒火,昨天夜里就派人来和吴良桐联系,说他要掉转枪口,帮着我们杀赵庆云的腰枪,哪知吴良桐也信不过他,我便主动找了他联系,骆三春不相信,要我杀了吴良桐,才肯与我合作。"

胡之刚大喜:"有骆疯魔和我们联手,赵庆云这回就死定了。"

郑稷之道:"你告诉骆疯魔,他提的条件,我全部答应,让他务必在明天午时以前,率部赶往荣昌南和门外。只要看到城楼上飞起一只风筝,他便立即挥兵从后面向同志军发起猛攻。记住,一旦你和羊子把这口信带到,我奖你两个,每人一根五两重的金条!"

一帮黑皮警丁,骤发一团羡慕的惊叹。

这时已是下半夜,月明星疏,天光朦胧。

军情紧迫,刻不容缓,胡之刚和小队长白仲杨马上脱下警服,换上便衣,借着夜色掩护,用箩筐从南和门城墙上缒了下去。

此刻,远方的天空中闪烁着星星点点宝石般光辉,南和门外护城河边上的一大片橘子林沉浸在黑暗之中,只剩下一缕微弱的月光透射进来。胡之刚和白仲杨在城墙脚下的荒草棵子里像蛇一样爬行,警惕地聆听着四周动静。进入橘子林后,方敢起身,猫腰蹑行。

橘子林里人声嘈杂,到处都有火把和黑幢幢的人影在晃动,不知道从四面八方拥来了多少参加同志军的农民。胡白二人避开声音响得厉害的地方,向着西面走去。大约十几分钟后,他们顺着护城河,走到了一片芦苇林子的尽头。眼前,就是波光粼粼的濑溪河了。他们知道从这儿下到濑溪河中,顺流而下,如果顺利的话,要不了多久,就可以流到广顺场。从广顺场登岸,再西行数里,便是安富镇了。

二人各取了一根芦管含在嘴里,然后用厚厚的浮草遮盖住脑袋,在河中顺水流去。

淡淡月光之下,他俩看见同志军用六匹马拖着一门巨型松树炮,正向着南和门方向"轰隆隆"赶去,炮口大得能塞进去一个小娃娃。濑溪河两岸的村子里,全都住满了同志军。大道上尘土飞扬,一队队的同志军,正急匆匆往南和门赶去。两人焦急万分,不由得拨开浮草,加快了划水的频率。转过一道河湾,他们大松了一口气,匍匐在濑溪河西岸的广顺场那一大坝鳞鳞黑瓦,已经出现在眼中。而他俩要去的安富镇,也就不远了。

就在他俩高兴的当口上,河岸上突然响起了凶厉的喊叫声:"河中是啥子人,快些给老子爬上坎来!"

两人循声望去,码头旁边的几株垂柳下,立着许多挎刀提枪的汉子。而且更令他俩魂飞魄散的是,喝令声刚落,一条载着十来条汉子的木船已经离开码头,飞快地向着他们射过来。

白仲杨一声悲叫:"完啦,天不佑我,落到逆匪手中,你我兄弟,这下必死无疑了!"

胡之刚道:"就说我们也是同志军,黑地里跟队伍走散了,打死也不改口。"

说话间木船已到跟前,几支篙竿伸进水中,篙竿头上的铁爪钩,勾住了他俩的衣服。

胡之刚双手抓住篙竿,仰头大叫:"众位好汉,大家都是同志军,自家弟兄,千万不要整误会了!"

一个小头目恨声喝道:"你还有脸说你们是同志军,大爷杀的就是你们这帮不落教①的同志军!"

胡之刚正要声辩,小头目鼓眼喝道,"给老子捞上来,拖到河边砍了!"

几根爪钩一使劲,两人便被拖到了船头上,汉子们赓即用绳子将他俩双手反捆。

船靠码头,二人这才借着青白天光发现,依依垂柳之上,已经晃荡着十来颗或干枯,或新鲜的人脑壳。

众汉子将他们按到树旁跪下,举刀便要砍。

胡之刚吓得魂出魄散,仓惶大叫:"哎哟兄弟,万万砍不得呀!你们到底是……"

小头目道:"你弄醒豁了,我们可不是啥子同志军,你大爷是泸县骆三春堂口上的弟兄。我们骆大爷,现在就在你们的安富镇上安营扎寨。"

"哎呀呀,大水冲了龙王庙,一家人不识一家人了!"胡之刚顿时松了一口气,大叫,"刚才我们是哄你们的,我们不是同志军,是刚刚从荣昌缒城出来,给你们骆大爷送口信的。"

一个小喽啰大吼:"还敢骗我们嗦,你刚才明明说你们是同志军!"

小头目也道:"明人不做暗事,我们刚刚从安富镇开过来,把这里的同志军全撵跑了。"

白仲杨也嚷:"几位大哥,只要你们是骆舵爷手下的弟兄就对了。"

胡之刚对小头目说道:"这位弟台,荣昌警备队队长郑稷之已经杀了知县吴良桐全家,掌握了县城里的全部守卫力量。我们两个,就是郑稷之派出城来,给骆舵爷送口信的。你要真是骆舵爷手下,那就给我两匹快马,让我们尽快赶到安富镇去见骆舵爷。商量剿灭同志军的大事,真要耽误了,谨防大家都要猫抓糍粑——脱不到爪爪。"

---

① 落教:袍哥语言,指说话算数、做事守规矩,够意思。不落教则其意相反。

"这个……你狗日的硬是编得来像真的一样。"小头目分明有些犹豫了。

胡之刚说:"我向你发血誓,我要说了半句假话,你马上把我脑壳砍了当夜壶使!"

小头目道:"你说得嘴皮起果子泡,老子也不得信你半句。是忠是奸,到了堂口上,烧了黄表纸,神灵自有明断!"

说罢便将胡之刚与白仲杨推进旁边不远处一所破破烂烂的宅院,他俩看到厅堂上,正中设祖宗牌位的地方已经摆上了香案,供上了洪君老祖的画像。四支大蜡烛摇曳着火苗,香炉里的线香正飘散着袅袅青烟。

小头目将他俩带到香案前,转身说道:"你们是不是同志军,无需多言,我现在只要烧上一张黄表纸,就一清二楚了。"

说罢,去香案上厚厚的一叠黄表纸上揭起一张,在蜡烛上点燃。

胡之刚与白仲杨过去也曾听说过十年前北方闹义和团,四川闹红枪会时,会匪考查一个人是否说假话,就是用的这种手段。黄表纸点燃后,烟柱直冲向上,那就证明所言当真,倘若烟柱斜了,此人必假无疑。

他俩当然不会相信这些神魔鬼道的小伎俩,更没想今天竟然会把自己的性命,系在了一张薄飞飞的黄表纸上。

胡之刚一看那一缕青烟竟然斜着去了,顿时大叫起来:"好汉万万不可如此!那院坝上有风吹进来,烟柱自然就斜了!因此要我二人性命,岂不冤枉?"

小头目脸色一沉,大喝道:"幸亏神灵在上,老天有眼,要不,还差一点被你两个奸细混过去了。来人呐,给我拖出去砍了!"

众汉子不由分说,如狼似虎拥将上来,把二人架起,便往院门外河边柳树下拖去。

胡之刚、白仲杨历尽艰辛,刚从炮火连天的生死场中逃出来,万没想到竟然会死在一群粗鲁愚昧的汉子刀下,害怕到极致便是彻底的无畏,索性破口大骂骆三春有眼无珠,滥杀自家弟兄。

正在这时,只听四下里人声嚷嚷:"红旗五哥来了,红旗五哥来了!"

紧跟着院子里便静了下来,所有的汉子全都变得来低眉顺眼,毕恭毕敬地向着大门方向垂首而立。

胡之刚和白仲杨扭头看去,只见被称作红旗五哥的首领,前呼后拥,威风凛凛地跨进了院门。

胡之刚一听喊"红旗五哥",一看这架势,马上知道此人是在骆三春这支浑水袍哥队伍里"嗨"得开的重要角色,便扯伸喉咙,不顾一切地大叫了一声:"五爷,兄弟我也是'嗨'了皮①的哟!"

吼过,马上又以如歌般的腔调,高声报上袍哥切口:

> 大哥请登金交椅,
> 三哥请上软人抬,
> 五哥请登龙虎案,
> 各路弟兄两边排,
> 辕门该由老幺守,
> 不是嗨哥不进来。

白仲杨也扯起嗓子大吼:"这是我们荣昌县警备队的胡之刚中队长,我们是郑稷之派出来给骆舵爷送信的,这信要是不能及时送到。五爷,荣昌县城这只已经煮熟了的鸭子,就飞尿喽!"

这位红旗五哥天生一副国字脸,长得还算周周正正。听见二人又报袍哥切口,又一个劲地吼叫,两道浓眉突地一棱,大步走了过来。跟在他身后的,则是几个挎着腰刀,头缠青帕的壮汉。

"二位果真是从荣昌绲城出来的?"

胡之刚一听红旗五哥发话,惊喜若狂,赶紧说道:"昨天夜里你们派人到城墙下,用箭把骆舵爷给吴良桐的信函射到了城楼上。吴良桐拒不与骆舵爷合作,已经被警备队长郑稷之满门抄斩。"

红旗五哥说:"你说得不错,我是骆大爷堂口上的红旗管事蓝兮贞,给吴良桐的信就是我亲手写的,送信之人也是我派出去的。"扭脸招呼小头目,"赶紧松绑,马上随我到安富镇去见舵爷。"

红旗五哥一发话,小头目赶紧松绑放人。那小头目还不好意思地向胡之刚、白仲杨道歉:"小人有眼不识泰山,还望二位大哥多多包涵。"

蓝兮贞让胡之刚白仲杨上了马,他和几名喽啰也各自跃上坐骑,众人顺着城渝官道,飞马向数里外的安富镇疾驰而去。

---

① "嗨"了皮:袍哥语言,即参加了袍哥。

第二章：安富镇，好一块宝肋肉

安富镇不算大，可自古来便是个繁华热闹的码头，成渝官道，穿镇而过，往来成渝两地的各色人等，均需在此食宿，由是很快便形成了以街为市，五里长街的盛势。加之八百多年前，此处用仙人桥的三清泉酿制而成的高粱白酒清澈透明，醇厚芳香，回味甘爽，销得极远。安富镇的陶土被称为"泥精"，用"泥精"烧制的各种巧夺天工的陶艺品，以及瓮、缸、坛、盆、钵、碗等陶器，被称为中国四大名陶，所以安富镇自古以来便有"烧酒坊"和"西川陶都"之美称。此后随着乾隆年间开始的"湖广填四川"，大量移民流入，并陆续在这个地处交通要道的镇子上修建各种庙宇和会馆、房舍、学校，安富镇便兴旺发达为成渝官道上一个著名的去处。

对常来镇上催逼粮款的地头蛇胡之刚和白仲杨来说，安富镇无疑是他俩的脚窝子地方，连有多少家烧酒坊，多少家制陶坊，多少家酒馆、妓院，甚至多少户居民都一清二楚。

可此刻一进镇子，便兀地觉得不对了。无论商家住户，处处关门闭户，街面上到处都是火堆和把自己打扮得稀奇古怪的汉子，有的在杀猪屠牛，有的在烹鹅宰鸭。几口大铁锅里"咕嘟咕嘟"蹦跳着大块大块的猪肉牛肉，整鹅整鸭整鸡。一人高的大酒瓮，也被汉子们吼着号子，合力"滚"到了大街上，安心痛饮一番。

两人还看见一处街沿下，躺着一堆血淋淋的无头尸体，吓得他俩脚杷手软，心跳如鼓，猜测这些无头鬼，恐怕也是糊里糊涂撞到了这帮浑水袍哥手里，烧黄表纸时烟柱没能直冲起来，就被当作同志军处决了。

一行人在正街上的火神庙前下了马，胡之刚和白仲杨也不问，跟着姓蓝的红旗五哥往前走。进入大门，看见庭院里的情景，和大街上并无二样。大块肉，大碗酒，几十个小头目围在火堆四周，正吃得欢实。

一个四十五六岁，长得歪瓜裂枣，手拿一顶博士呢帽，腰挂一把"独角龙"，上穿墨青大褂，下着紧口缎裤的男子，在几名头领簇拥下，从正殿里出来，走上台阶，开口向庭院里的头目们训话。

不用问，胡之刚白仲杨一看那副满天下独一无二的尊容，便知此人定是恶名远扬的骆三春。骆三春嘴巴里吐出来的，是一段无论在正史野史中，均难得一见的土匪训辞。

"哥儿一杆子张耳闭嘴，你我前世有缘后世有故，落在一窝草边，现时我等过了灰沟，进了广圈，莫比一般生毛子，哥儿一杆子千万要整住！摆了渡，过了河，要给老子留个粉壳壳，二天再莫打门神，再莫烧窑子，再莫拿梁子，设若醒二活三，格老子认得圆的，认不得扁的，老子不毛你娃是虾的！"

这一段绿林暗语、浑水袍哥的切口,乍听上去着实稀罕,连四川人也有可能听不懂,翻译出来,倒也不奇:

"弟兄伙计们仔细听好了,你我前世有缘,今生有故,落草在一个棚里。如今我们爬山越岭,涉水过河,开进了大码头,再也比不得一般土里土气的乡巴佬了,弟兄们一定要听招呼!从今以后,我就是台面上的人了,你们得给我争气,给我留点面子,今后再也不准越墙打洞,不准绑票拉肥猪,不准烧人家的房子,不准砍人家的脑壳了。假如再要胡作非为,老子对事不对人,老子不严厉惩罚你,就是从屁眼里屙出来的!"

在泸县乃至整个川南地区,骆三春是个让人一提起便背沟沟冷汗直冒的名字。

此人出生在泸县玉蟾山上,不单活在世上时把坏事做绝,连人,从娘身上一落下来就是个稀罕怪物。那模样,人见人怕,脑壳长得来像一根两头小中间大的棒槌,眉浓如漆,豹眼如铃,眼睛一鼓,恰似阎王殿中的门神恶鬼。

骆三春自小性情暴躁、豪强霸道,话不投机便要拔刀拼命。

在桃子沟煤矿当拉煤工时,矿工们都很怕他。一次,他惹恼了矿主邱登云,被邱百般欺凌一顿后,逐出了煤窑。骆三春咽不下这口气,当天夜里就带上几个和他磕过头喝过血酒的弟兄,冲进镇上的妓院,将正在床上颠鸾倒凤寻欢作乐的窑主的独生儿子邱昌林拉了"肥猪"。带到山上后,骆三春派一弟兄给邱登云带去口信,要他在三日之内送五支快枪、五百发子弹来山上领人,到时不来就"撕票"。而这三天时间里,骆三春逼着邱昌林身穿从妓院里弄来的花红衣裤,头戴金银首饰,耳挂玉坠,唇抹朱砂,打扮成女人模样。他喝酒时,就让这个假女人在一旁执壶斟酒、敬烟奉茶。时不时还揪他脸蛋,摸他屁股,想尽办法侮辱折磨这个公子哥儿,发泄胸中恶气。直到邱登云在规定的期限内老老实实地把枪弹送来,还恭恭敬敬地给骆三春赔了不是,才让他把儿子领走。

此后,骆三春便领着这帮兄弟,专事拦路搂抢,打家劫舍等各式文抢武夺,并四处招兵买马,网罗各地土匪,势力渐渐坐大。

骆三春父亲早亡,母亲杨氏是个跛子。由于母亲身残,管教无方,乡邻又因其长相丑陋凶恶而对他多有歧视,故而造成他自小心理变态。在骆三春眼中,人皆为蛇蝎,所以从一开始拉竿子绑肥猪,他的个性就十分地怪僻凶暴,以下手狠毒而远近闻名。事主只要落到他手里,就只盼着快些死。家道稍为殷实点的人家,一提到他的大名就变脸变色,心子"咚咚"跳。因为众人都知晓,骆三春发明了一种能把人整得痛苦不堪,生不如死的方法,那就是"步步高升"。所谓步步高升,就是把酒杯粗的青杠树一头削尖,一头栽进地里,一排由低至高,栽上一行,然后把绑来后舍不得出血的"肥猪"拖上来,三扒两爪剥个精光,让手下架起,肛门首先对准五寸长的一根桩子用力往下压,使木桩插进"肥猪"的五脏六腑。这还是最短的一根,余下的,则"步步高升",五寸、八寸、满尺、尺五、两尺,最末一根,已经快有人的胸口高了。骆三春并不让人马上"高升",而是以燃香定时,一炷香燃完,再接着往上"升"。那种惨景,那种惨叫,能把第一次见识这场面的人吓得昏死过去。再吝啬的人,升不到第二根桩子,就算是骆三春开口要自家婆娘,也巴心不得马上乖乖献上,甚至还要帮着脱裤子。而实在无钱的,那就只有步步高升下去,直到被整得血古淋当,一命归阴。

骆三春心狠手辣的故事,在民间广为流传。

一个赶场天的上午,骆三春请专门为他跑成都、重庆等大码头卖鸦片买军火的红旗管事蓝兮贞,在他的队伍刚从江防军手里打下来的嘉明镇一家饭馆喝酒,看见手下弟兄满街叫喊着清扫战场,收拾战利品,突发奇想,问蓝兮贞:"这辈子老子啥子酒都吃过,你见过这世上有砍人脑壳来下酒的么?"

蓝兮贞道:"这种事我咋见过。莫非大哥你见过?"

骆三春道:"老子这辈子也没见过。妈哟,我们今天就来玩回胖格①,砍一个人脑壳喝一碗酒,看要砍多少个脑壳才把你我两兄弟丢得翻?"

骆三春一声令下,喽啰们提起手枪拥出门去,把刚刚抓到的三十几个江防军俘虏押来,齐聚在街沿边,等着挨刀。

两个土匪头子兴致大发,划拳打码,哪个输了就提起大片刀走到俘虏群里揪一个出来,拉到沿坎上砍脑壳,砍完脑壳又转身去碰杯喝酒,吓得在一旁等着挨刀的俘虏们鬼哭狼嚎,磕头求饶。两人奔来奔去,喝酒喝得来不亦乐乎,砍脑壳也砍得来不亦乐乎。哭喊声惨叫声和哈哈大笑声中,二十二颗人脑壳骨碌碌滚到了街面上,一直喝到二人头重脚轻,挪不动步,提不起刀才罢休。活下来的俘虏全都吓瘫在地,没有一个两条腿还撑得住身子。

辛亥事发前,骆三春的队伍已经发展到了四五百人枪,他审时度势,顺应潮流,参加了由袍哥组成的同志军,向清王朝政权进攻,率先打进了泸县城。

泸县新政府一成立,骆三春原本以为凭功劳自己能够捞上个既威风又有实权

---

① 玩回胖格:袍哥语言,玩回新鲜的,或美美享受一回的意思。

的警备队长,结果就因他过去的名声实在是太糟糕,被士绅阔佬们举手杆给否掉了,只让他当上个说话不硬肘,打屁不响亮的泸县民团团总。唯一让骆三春稍感安慰的是,团总在官场上虽只能排在末流,靠着手中握有几百杆刀枪,毕竟也是新政府里的一个头面人物。带着保镖当街一走,也有半街人赔着笑脸,点头啄脑地给他打招呼。

为了做做姿态,挣点官声,骆三春包了城里最大的饭馆"宝丰园",大摆酒席,宴请泸县城里的机关法团、士绅阔佬,为其捧场张目。

在一番不伦不类的就职致词中,也充斥着连篇黑话。

"在下骆三春,今天请列位将就喝点黄汤、捧点莲花、拈点滑溜、造点粉子,兄弟我是识相的,抬头有玉帝皇天,埋头有土地老倌,在下先给列位丢个拐子,烧香点蜡朝贡献茶,邀拜列官列员,绅粮伙举哟!"

这一番黑话翻译过来就是:

"本人骆三春,今天请来各位光临,只不过喝杯水酒、拈点大肉、吃顿便饭。兄弟我也是懂规矩的,面对皇天后土,鄙人这里先向各位行个礼表示敬意,求神不如求人,往后还要请各位官员、各位绅粮,大力支持哟!"

骆三春走马上任才两天,当他听说赵庆云派人广发"公片宝札",呼吁"各路豪杰,天下英雄",跟随他参加同志军,攻打荣昌县城的消息后,他马上把泸县团总的帽儿扔到一边,带着队伍一呼隆赶了过来,并派蓝兮贞作信使,抢先到荣昌找到赵庆云,代表他主动请战,攻打荣昌县城时,由他骆三春充当敢死队!

骆三春这么做,不过是依照江湖规矩,表示给对方面子罢了。想那赵庆云,当下正是急需用人之际,自己带着几百条枪去帮他,岂有不受欢迎之理?所以,蓝兮贞前脚一走,骆三春后脚便急咻咻带着人马赶到了荣昌地盘上。

过来干啥?什么"驱逐鞑虏"、"拥护共和",这套说辞,骆三春认为全都是政客们拿来哄鬼的玩意儿。他骨子里无非就是想趁乱捞官,趁乱发财,到比泸县更大的地方弄它个一官半职做做。和地处成渝官道上的荣昌比起来,泸县那地方太小,太穷,还太冷僻,猫在个落窝凼里,出趟远门除了坐船,就只能凭借两条脚杆。比不得荣昌,成渝大道就像一根长扁担,东边挑着川东第一大码头重庆,西边挑着省会成都,荣昌就在这根长扁担的正中央,南北方向,又有濑溪河可行船载货。荣昌不单落在交通要道上,还富得流油,单是行销海内外的夏布、安陶、折扇、天下闻名的荣昌猪,随便哪一样,都是取之不尽的摇钱树。

荣昌有多富,用老百姓的话来说:"荣昌出的月饼拿在手头,麻油能浸透几层纸。"

有仗打就有官做，泸县这一宝骆三春押偏了，赶紧再跑到连着界的荣昌来押上一宝。反正在中国，谁有枪谁就是龙头舵把子，这句话搁在啥时候，丢在啥地方都不会过时。

骆三春带着队伍一开到荣昌地盘上，首先就把人见人爱的荣昌县头一块宝肋肉——安富镇紧紧抓在手里。镇上驻得有一支赵庆云的同志军，当然不会拱手相让。不让，骆三春就动兵硬抢。乒乓翻天打了一仗火，把同志军撵出安富镇，一直撵到了广顺场。赵庆云闻报大怒，这个骆疯魔，还专门派堂口上的红旗管事前来打过招呼，说同志军打荣昌县城时，他要争当攻城敢死队，没想你一进荣昌地界，首先就动枪动炮夺了我肥得流油的安富镇，你这家伙哪里是来帮我的忙，分明是跑来"抽底火"①，图的就是个鹬蚌相争，渔人得利嘛！

再说，赵庆云发出的"公片宝札"上说的"各路豪杰，天下英雄"，却根本没有打骆三春的米。如果让骆三春这种人神共愤，人皆见而诛之的煞神恶魔，也混进同志军里，岂不是让这一颗耗子屎，坏了一锅汤！其他各路首领若是晓得骆疯魔也被他赵庆云引为打江山的盟友，好不容易才聚集起来的队伍，还不立马散摊子？

赵庆云虽然对骆三春在自己背后捅刀子的行为恨之入骨，但考虑到大战在即，攻城的炮声还没有打响，无论如何不能自家先"撕内皮"②。于是，赵庆云强压怒火，派人带上猪牛美酒等慰问之物，赶往安富镇，知会骆三春，称骆舵爷远道而来，十分辛苦，请暂时留驻安富镇，略事休息，需得骆舵爷动兵相助时，再派人前往恭迎。

骆三春是个人精，一听这话便听出了意思。这分明就是安心把我骆三春晾在干坎上，等你几爷子背着我把荣昌县城搞定了，然后排排坐，吃果果，人人都把好处揣进荷包里了，再回过头来，集中兵力对付我，把我赶出安富镇，赶回泸县那冷僻地方还算是好的，没准，这几爷子还会要了我这条老命！

想到此，骆三春一碇子在桌面上砸出个洞，喝道："老子一路风火赶到荣昌，想和他'打平伙'③，他竟敢把老子关在外头不准进门槛，这也太不落教了。他姓赵的不仁，也就休怪我骆三春无义。兮贞，你马上给那姓吴的荣昌知县写封信，就说

---

① 抽底火：袍哥语言，指揭露底细，有意坏事。
② 撕内皮：袍哥语言，窝里斗。
③ 打平伙：袍哥语言，指两人以上共做一事。男女苟合统称"打肉平火"。现指共同摊派伙食钱，与 AA 制相通。

我骆三春,愿意和他联起手,来它个内外夹攻,把赵庆云的同志军,一锅炖了!"

哪知吴知县却信不过他,骆三春正在生气,不想郑稷之却派了郑稷生前来联系,说他兄弟俩愿与骆三春合作,于是,骆三春抛出了杀了吴良桐定与我合作的话。

如此一来,才有了接下去发生的蓝兮贞给吴良桐写信,郑稷之扑杀吴知县,胡之刚、白仲杨深夜缒城而出,夜游濑溪河,冒死前来安富镇,给骆三春送口信的这一连串故事。

蓝兮贞见骆三春训完话,转身要进正殿,马上带着胡之刚和白仲杨上了台阶。

蓝说:"舵爷,荣昌派人来了。"

骆三春扭脸盯着胡、白二人,说:"好啊,进屋给本舵爷说说,老子给他们交代得一清二楚,只要他答应把安富镇这块宝肋肉给我,老子就帮他打同志军。"

天刚麻麻亮,只见一彪人马,于尘土飞扬之中从东边飞踏踏奔到旗帜飘扬的荣昌县城南和门外,人人皆挟强弓劲矢,兵刃森列。为首之人,年在半百左右,精力旺健,胸前垂着满尺长的斑白胡须,正是荣昌同志军的首领赵庆云。

在荣昌乃至川东,赵庆云算得个家喻户晓的人物,他系荣昌县万灵镇著名赵氏宗祠之后,咸丰武举,为人正直,仗义疏财,乐善好施,百姓尊他为"川东首善",江湖上则有"川东小宋江"之美誉。

赵庆云经商多年,精明过人,尤对经营之道深为谙练,与友言:"商贾之道,勿躁动,勿失机,乃无往而不利也。"而庆云比其他人棋高一着,也恰在于他能瞅准时机,铤而涉险。光绪二十二年(1896),下川东民变纷起,长江航道中断,川盐无法东运入楚,盐商竞相抛售,一时间盐价暴跌,过去买一担盐的钱,竟能买到二三十担!众盐商血本亏尽,苦不堪言。唯赵庆云独具胆识,料定战乱难以持久,遂急筹巨金相机购入三百余船,囤积于重庆黄沙溪至菜园坝江边,盐船麇集,黑压压绵延数里。庆云此举惊动山城,都以为他神经出了问题,等着看他跳楼。孰料未久战事果然停息,交通复畅。赵庆云一声令下,百舸齐发,浩浩荡荡直出夔门,将川盐火速运往湘楚销售。仅此一项,便使赵庆云成为重庆巨富,并入选重庆盐业公会执事。然赵庆云腰缠万贯,仍是不喝酒,不吸烟,不嫖不赌,为人正派,信誉卓著。

赵庆云一生巨富,钱财多用于社会公益事业。他曾言道:"集财非难,散财实难,集而不散,用而不当,非道也;遗之子孙,资之作恶,尤非道也。"

光绪三十二年(1906),赵庆云向重庆基督教青年会捐洋两万元,修建图书馆,以赵氏先祖万胜之名,命名为"万胜图书馆"。而后又创办荣昌救济院,设"万胜义仓",但逢灾年,便设棚施粥,赈济穷困灾民,且长期资助荣昌喻氏先祖喻茂坚创办于万灵镇的尔雅书院,每年从书院中推选两名成绩优异,品行端方的莘莘学子留学日本,所需费用,全由他独自承担。

时逢哥老会盛行,崇尚"结仁"、"结义",赵庆云被荣昌袍哥公推为仁字堂口龙头舵把子,邻近泸县、自流井、内江、大足、永川、铜梁各县袍哥,也仰慕庆云大名,纷纷派人前来联系。赵庆云素有反清复明之志,对哥老会尤为重视,乃利用自己坐落在荣昌城中热闹繁华的十字街口的深宅大院,设"南北通茶馆",广结天下豪杰。

辛亥年,成都保路风起,各地义旗高张。不久奉诏由武汉经荣昌入川的朝廷钦差端方于资中县城被诛,川督赵尔丰暴尸锦城街头,重庆义军也攻占了佛图关。

赵庆云闻风急动,夤夜携家出城,利用袍哥名义广发"公片宝札",并于四乡奔走呼号。几天内便将全县袍哥武装集中起来,组织起数千人的同志军,由他统领,包围了荣昌县城。

这一刻,赵庆云在东泰门和北谯门之间来回穿梭奔走,指挥同志军攻城。众人拍马提刀,摇旗呐喊,正鼓噪着再攻北谯门,忽听得城中陡地一串锣响,城楼上高竖起大书"汉"字旗,竹竿参差,高挑出吴良桐阖家十二口男女的首级。

赵庆云等正惊讶不已,只见郑稷之已挺立城头,高声喊道:"吴良桐逆天而行,不听忠告,稷之出于义愤,毅然将其诛灭,已宣布成立荣昌蜀军分府,决意与同志军同挥反妖之戈,共舞降魔之杵!"说到此,郑稷之猛然挥刀,将头上发辫割去,继续吼道,"诸位头领若是不信,稷之削发以示反清妖之决心。"

同志军各路头领闻之雀跃,喜孜孜嚷着赶快进城去大摆庆功酒宴。

赵庆云却拂须说道:"且慢,此人险恶异常,小心有诈。"

赵庆云有充分理由,怀疑郑稷之的任何一样举动。郑稷之与郑稷生兄弟,家有租石上千,街房成片,系荣昌第一大户。兄弟俩不单在县城独资开设"大吉亨"号,专事经营川盐生意,连成都、重庆、自流井的著名盐号里,也有他兄弟俩的股份。但家有万贯金银的郑氏兄弟,在桑梓之地却入不了袍哥,孤零零"白朋"[①]一个,在地方上成了任人宰割欺侮的受气包。于是郑稷之亲自上门拜见荣昌仁字堂口的舵把子赵庆云,送上白银二千两,一千两请赵庆云笑纳,另一千两则捐给仁字

[①] 袍哥语言:未参加袍哥组织的人叫白朋,也称侉子。

堂口。赠此厚礼，无非是希冀入会，为兄弟俩求得一道护身符。

岂料赵庆云不仅不为所动，反而怒不可遏地将银票掷之于地，当众斥道："你郑稷之是个什么东西？一个蛮子蛮孙，一个根骨不正的杂种，居然也想来'嗨'①袍哥！我决不能让你这一颗耗子屎，弄坏我一锅汤，让你坏了荣昌仁字堂口的清白名声。你马上给我滚！滚出去！"

赵庆云手下弟兄也陡地暴出一通吆喝。

郑稷之脸上一阵红一阵白，一言不发，拾起银票，转身而去。

原来，郑稷之母亲原是北京城内一贝勒家中的婢女，英法联军进攻北平时，咸丰帝偕朝廷避难热河，满城惊骇，富室贫家尽皆外逃保命。郑稷之的母亲趁乱偷出一只御赐的嵌玉赤金盆，逃到荒僻的川东荣昌小城，隐姓埋名，后嫁与一郑姓男人，将赤金盆弄到汉口租界，卖与外国商人，携回一笔重金，买田置屋。后来又仗着与官府结缘，大搞囤积居奇，欺行霸市，生意越做越大，在自流井开设盐号，在内江城开设糖号，咸甜生意一把抓，积月累年，终成大富。

遭这奇耻大辱，郑稷之万难咽下这口恶气，他索性将荣昌家产贱价卖尽，与稷生携家小离乡而去。临行时扬言："愿罄家财，必置赵庆云全家于死地！"

郑氏兄弟携家人到得成都住下后，郑稷之关心时局，苦心经营仕途，惜乎缺乏功名，先天不足，白白让人骗了近万银两，到头来依旧与顶戴袍服无缘，虽也能在官场上走动走动，却仍是一个瓜兮兮的白丁。

郑稷生与其兄截然不同，他长得尤为雄健，膂力过人，从小厌恶之乎者也，喜欢打三擒五，恃强凌弱，惹是生非，十分遭人厌恶，荣昌人便送他一个精当的绰号：臭肉。

郑臭肉见哥哥端着刀头，四处烧香，八方拜佛，却始终被人挡在庙门之外，寻思这乱世里欲报奇耻大辱，要闯出自己的一片天，非靠武力不行！便从江湖上请来一个颇有名声的"打打师"，住进家中，每日满酒筷肉地供奉，跟着师傅学那南拳北腿，短刀长枪。郑臭肉吃不了那份皮翻肉绽，伤筋动骨的苦，花架子学得不少，人前演练起来，闪转腾挪，虎虎生威，也能让一帮狐朋狗友击节喝彩，关键时候真能上阵退敌的功夫，却是一样没有。

宣统元年（1911）某日，郑稷之偶见省督府悬牌，知令在省候缺的云南人吴良桐调补荣昌县令，立即四处托人打听吴的情况，得知吴苦于川资，迟迟不能启程赴

---

① 嗨：袍哥语言，旧指参加袍哥，今常指担任某种重要职位，如"他在公司里嗨上了老大"。

任。郑稷之大喜,立即寻上门去,送上白银三千两,欲伴吴赶赴荣昌上任。有人主动前来雪中送炭,吴良桐自是感激不尽,对于郑稷之所求之事,自是声声答应。待到船行途中,郑稷之又跪拜于吴良桐母亲膝下,恳求将己收为干儿子。吴良桐走马上任后,感恩图报,且见郑稷之也确系一精明干练之人,便委任郑为荣昌县警备队队长,主管全县警防。

郑稷之大权在手,却对昔日仇人赵庆云处处恭敬,丝毫不敢冒犯。

赵庆云膝下有一子,名中玉,俊美灵秀,出类拔萃,小小脸蛋上白里透红,长长的眼睫毛与一双亮晶晶带着稚气的黑眸流光溢彩。更难得的是,赵中玉眉宇之间,还透着一股英武阳刚之气。赵庆云对中玉爱若奇珍,自小便亲授其艺。中玉悟性极高,且练功不畏艰苦,是以武功逐日大进。

赵庆云虽系一介武人,眼光却颇为远大,自忖当今世界,仅凭着拳脚功夫,已难以蹚打天下,便亲自登门,意欲将荣昌城中有名的"草根秀才"傅璋,延至万灵镇尔雅书院,悉心教授中玉与一帮乡中子弟。

尔雅书院为官至明朝刑部尚书的荣昌人喻茂坚晚年回归故里万灵镇后所建。喻尚书是一个清官,明正德六年考中进士后,曾先后担任过铜陵、林海知县,河间、真定知府。在临海县为官时,革除民间重男轻女,溺死女婴的旧习惯,凡生女婴者,由官府发给衣物,使县内溺死女婴的坏习惯改变,大批女婴得以存活。此后,喻茂坚相继担任过福建监察御使、陕西巡抚、漕运总督等职。在漕运总督这个人人羡慕的肥缺上,他本可以假借各种名义为自己揽财,可他没有食利自肥,中饱私囊,而是精心规划,为朝廷节约修漕费用十万余两白银,用来代偿百姓赋税。升任刑部尚书后,他不畏权贵,在嘉靖二十七年上书直言,陈辞时弊,得罪了宰相严嵩,受到朝廷"切责、夺奉",相当于后来的开除公职,并通报全国批评的处分。回到故乡荣昌时,担任过三十多年高官的喻茂坚竟然"囊无百金"。

喻尚书回乡后钟情于家乡风光秀美的万灵山与濑溪河,长期定居万灵镇,并发动县内士绅捐资创办尔雅书院。从此以后,喻尚书便在万灵镇"以诗书课后学"。喻茂坚以九十二岁高龄仙逝后,后人遵其遗嘱,将他安葬在万灵镇境内背倚万灵山,前有濑溪河环绕的一处坡地上。写下"滚滚长江东逝水,浪花淘尽英雄"的明朝状元、四川新都县人杨慎(升庵),亲自为他题写了墓志铭。

由于喻氏后人家道中落,而万灵镇上的赵氏宗祠儿孙绵延,财力雄厚,故而继承了前辈乡贤喻茂坚之志,接过了教书育人的重担。尔雅书院的学生并非全系万灵子弟,也有少数成绩优秀的外地学生,对穷苦学生,书院还免费供给膳食、书本和文具。学业优异者,则由赵庆云出资,送往日本留学深造。

傅璋时已丧妻,膝下遗一小女,靠着一间塾馆,十几个蒙童的束脩糊口,日子过得颇为艰难。他见庆云言辞恳切,再三恭请,便关了塾馆,携小女傅筱竺来到尔雅书院,用尽全部心血,教授中玉筱竺与万灵子弟。

傅璋到尔雅书院后,常常在课堂上宣传邹容的《革命军》,陈天华的《警世钟》,谈到邹容被关死狱中,陈天华为警醒国人,蹈水而亡,不禁含血喷天,目裂发竖,怒而疾呼,"巍巍哉!革命也。皇皇哉!革命也","我中华民族,永脱满洲之羁绊,尽复所失之权利,而介于地球强国之间"。

赵中玉等学生小小心灵,便已被傅璋播下了革命种子。

不久,盘踞在万灵山上的飞龙会总舵把子萧云雄,也将儿子萧天成、萧天汉送来尔雅书院,与中玉筱竺一起读书习武。傅璋的板子虽然厉害,可镇不住儿童爱玩的"天性"。赵中玉和天成、天汉一帮男娃娃,整天最想的就是玩耍。春季,他们到河对面的万灵山上去爬树、掏鸟窝、摘野果。入夏,光着身子钻到瀰溪河里玩水、嬉闹,到白银滩上捕鱼捉虾、捡蚌壳螺蛳。萧天汉胆子最大,敢拿起长竹竿去捅马蜂窝,敢用水去灌蛇洞洞,或是爬到南竹梢上去打秋千。

傅璋管得严厉,赵庆云见了孩子顽皮却总是笑着对他说:"爱玩爱闹是娃娃们的天性,天性如同天意,不可违拗,只可疏导。"随后,又大发感叹:"想当年秦皇汉武,华夏武风,赳赳天下。今朝偃武修文,科举取士,武风衰弱,酿致甲午战败,何其悲乎!中国的武士,实在是太少了。"

虽然赵庆云一大家子早就搬到县城里居住,他却常常回到万灵镇尔雅书院,教学生练习缠丝拳,以及棍棒刀枪等功夫。不仅男娃娃必须练,连傅筱竺这样的女娃娃也得练。男女娃娃们最喜欢练弹子功,他们从河滩上拣来几箩筐鹅卵石。每天清早,以寨墙边的大黄桷树为目标,投去数百上千颗"飞弹",久而久之,竟将树干上砸出几个大大小小的洞。

小姑娘傅筱竺的弹子功练得尤为出色,指哪打哪,成了娃娃们中的头块招牌。

萧天成温良恭谨,日夜用功,惜乎天资欠缺,花了比中玉多出一倍的功夫,却仅学到中玉的三分之一。唯萧天汉禀性顽劣,喜武厌文,常挨傅璋戒尺,读了两年,认得几百个字,便难忍其苦,逃回万灵山铁关口老寨,死活也不肯再来念那之乎者也。

中玉、筱竺甚是亲近,读书时中玉经常讲一些书本以外的故事给筱竺听,读书之余,中玉还带筱竺下河沟捉鱼上山捉小鸟,二人出双入对很是让人嫉妒。一次赵中玉上山怕有危险没有带筱竺去，哪知筱竺却独自一人找上山来，被三个男娃儿拦了路，眼看就要受欺负，正遇赵中玉下山回家，还没等赵中玉出手，便扑爬跟斗地逃走了。

一天筱竺采了一把野花，要中玉选几枝给她戴上，中玉找了一枝最红的野花戴在她头上，笑着对筱竺说："筱竺好漂亮，像个新媳妇！"

筱竺擂着中玉说："我是新媳妇你就是新郎官！"然后不好意思地跑走了。

少男少女，竹马青梅，中玉考上由美国卫理公会创办于重庆的求精中学那年，庆云、傅璋即给这一对金童玉女订下了终身，决定等中玉学业完成，即回来与筱竺完婚。临行时，筱竺送了赵中玉一张自己绣的兰花方巾。一路上哭成了泪人，中玉拉着筱竺的手说："好筱竺，一定要等我，完成学业后我一定会回来娶你的！"

这一年，萧天成也转赴重庆川东书院，继续学业。

因了这种种原因，赵庆云在与郑稷之打交道时，难免不能不多几分小心。

有头领知道郑稷之与赵庆云曾有过节，喜滋滋吼道："眼下我大军压城，莫说动家伙，就是一人厕泡尿，也能把这荣昌城给淹了，他姓郑的再奸诈，还敢拿起脑壳往刀口上硬碰？走啊，进城去把县衙门占了，就在那大堂上摆开'九大碗'，你我弟兄，喝它个痛快！"

另一头领也性急叫道："城里一个绿营兵都没得，就是警备队那两三百杆破枪，加上只能打架不能打仗的民团，赵舵爷，怕他个卵！"

赵庆云禁不住众弟兄催促鼓动，遂向着城头一声大吼："郑稷之，既如此，请速打开城门，让我同志军进城。"

郑稷之道："同志军挟威而来，意在取城。今荣昌既已宣告反正，还望赵舵爷体恤民情，让大队人马安驻城外，至于各位首领，稷之自会率领阖城百姓，箪食壶浆以迎之。"

郑稷之话说得好听，赵庆云自然明白他此举纯属投机而已。不过，事已如此，道理已在姓郑的一方，自己再下令攻城便师出无名。再说此时与郑稷之计较过往恩怨，也有悖大义。

赵庆云与众头领匆匆商议后，只好将队伍驻扎城外，只带几位首领和一队保镖进城。众人到得城楼下面，城门轰然洞开，一帮响器班子，分立两侧，人人身着戏装，鼓腮弄舌，营造出一派喜盈盈气氛。更让人感到惊奇的是，城楼上竟然飘飘袅袅地升起了一只五颜六色的大风筝，给这迎客场面，增添了几分喜气。

赵庆云等听着舒坦，看着放心，遂大步向着城门洞子走去。不料就在这时，城头蓦地一声炮响，枪声骤起，弹矢如蝗，早已埋伏在此的警备队与民团如潮水般由东泰、西宁两道城门汹汹涌出，向着早已吓得作鸟兽散的同志军，漫山遍野，冲杀而来。

与此同时，已于拂晓时分摸黑从安富镇赶到南和门附近，躲藏在山包密林间的骆三春部，早就等得心急，好不容易看见荣昌城楼上升起了风筝，于是人人奋勇，个个当先，狂呼大吼着向同志军后面扑杀上去。上阵拼刀子，土匪毕竟比刚刚武装起来的农民厉害得多，土匪们恰似虎入羊群，砍瓜切菜一般，把赵庆云的同志军杀了个落花流水，屁滚尿流。

眨眼之间，南和门外的田坝上几成屠场，同志军猝不及防，无力招架，各路人马，或被杀，或缴械，逃脱者寡。赵庆云虽勇猛无比，连杀数人，却抵不住警备队的新式火器凶猛，禁不住血脉贲张、怨怒升腾。见队伍突遭郑稷之和骆三春两面夹攻，如同落花流水，大势已去，痛心疾首，自己也被郑稷之、郑臭肉兄弟追杀至西宁门外的水码头上，中弹落马时，身边竟只有自己一人，为避被擒受辱，遂一头栽进濑溪河中，悠悠一脉英魂，竟随河水去也。

旋即，郑稷之又带领警备队，前往万灵镇，抓获了庆云父母妻小以及傅璋父女，将傅璋父女带回县城，庆云亲人则被视为匪属，押下濑溪河滩，砍了脑壳。

郑稷之见十三岁的傅筱竺长得眉目俊秀，清丽可人，遂将其收在老婆房中做了个婢女。

傅璋性子刚烈，将郑稷之骂了个狗血淋头，竟十日不进水米而亡。

除掉赵庆云全家，郑稷之立即在全县通衢渡口，广贴告示，污蔑赵庆云"明为同志军首领，实系逆匪害民"之罪名，"予以正法"。

郑稷之怕重庆的同志军前来报仇，用大把金银财宝送礼，投靠杨森做了荣昌县县长。

尚在重庆的赵中玉，从刚由万灵山回重庆川东书院的萧天成口中得知噩耗，含血喷天，悲痛欲绝，几欲回荣昌报仇，终被天成劝阻。

其后心狠手辣的郑稷之派人到重庆四处寻找赵中玉，妄图斩草除根。赵中玉东躲西藏了几天，最终含恨离校，亡命广州，投靠亲友。

第三章：百子庵里的"金攒指"

金煜瑶与巴塔布一行昼行夜宿，向着成都方向疾疾而去。此时的川东乡间，袍哥堂口林立，满世界尽是奇装异服，背刀挂彩，头上挽个英雄髻，足穿泡花草鞋的袍哥弟兄和绅粮大户的武装家丁。大大小小的头目，全照着川戏舞台上流传下来的英雄好汉，随性打扮自己。

一路上，他们虽屡遭地方武装阻拦盘问，但凡亮出袁青阳片子，果真能起到化险为夷、畅通无阻之效。乡间各堂口上的袍哥舵把子，以及绅粮大户，对袁青阳无不景仰畏服，见来人是袁青阳手下弟兄，无不是满酒筷肉，高接远送。

巴塔布原本嗜酒如命，虽时时提醒自己身系重任，切不可贪杯误事。但往往入得席间，让众好汉拿好话捧抬着，恭维着，心中好受、舒坦，几大碗酒一灌，脑壳发昏，便忘乎所以，来者不拒。常常把自己弄得来酩酊大醉，以至屡屡误了赶路。金煜瑶看在眼里，急在心里，可袍哥大爷们盛情难却，她也无法可施。如此延宕，以致离开重庆五六日，他们仍在川东乡间，翻山越岭。

此时已有消息传到各地堂口，就在巴塔布、金煜瑶离开重庆的当天破晓前，佛图关即被攻陷。同志军还把已经跳崖自杀的金玉安将军的尸体弄到上半城，摆在较场坝示众。两人悲从心起，脸上却装着无事一样。结局虽在预料之中，但其情之惨，仍令他二人肉跳心惊，撕肝裂胆。

这一日残阳西坠时分，父女俩进入了荣昌地界，放眼望去，此时别说乡场，连想找个投宿的人家，也不可得。初冬时节，朔风凛冽，金煜瑶在滑竿上冷得缩成一团。一行人从山坡顶上沿纤曲小道蜿蜒而下，只见不远处濑溪河从黛青色的万灵山中跃然而出，活泼泼向着远处群山脚下蜿蜒而去。

众人下到河边一块狭长平坝上，一路走去，看见了几座坟茔，几片庄稼地，远近还有黑沉沉一大片树林，心中正在高兴，以为不远处必有人家无疑。

这时，蓦地听得飞镝鸣响，直刺长空。

众人正在惊愕，忽见那树林中飞踏踏窜出几匹快马，马上之人，抡刀舞枪地向着他们冲过来。后面，还跟着一大帮拿着各种长短兵器的汉子。

巴塔布抽刀在手，双腿一夹，催马迎上前去，厉声喝道："来者何人？休得无礼！"

金煜瑶急将"柯尔提"从腰间抽出，"嗒"地打开保险，将子弹推上红槽。紧接着一手撩开轿帘，将枪口悄悄伸了出去。

几骑快马如狂风般窜至跟前，霎时将巴塔布一行团团围住。

为首一粗壮黑脸大汉将手中生铁大刀一抖，鼓眼大喝："想要干啥？大丈夫行不改名坐不改姓，老子是万灵山飞龙会舵把子萧云雄手下掌堂庞龙。"

巴塔布一听，顿时放下心来，按照袍哥见面时的礼节，两个大拇指一竖，双手交叉往前一架，丢上个拐子，大声说道："既是萧云雄萧大爷码头上的弟兄，那就好说。在下巴塔布，是重庆府袁青阳袁大爷的拜兄，前往成都，替袁大爷办事。大哥如若不信，愚兄这里有袁大爷的片子呈上。"

袍哥这个见面礼，可是有大讲究，两个大拇指高高竖起，是向对方表明自己的袍哥身份。双手交叉一架往前一送，这位置所在，立即便可以让对方明白自己在袍哥中的级别和地位。两手若是架在肚脐眼以下，就表明自己是袍哥十排老幺，级别最低。双手架起高高举过头顶，那就是大哥来你贵码头了，还不快些迎风接驾？而在最低与最高之间，还有好几个级别，对方一看出手高低，便可清楚此人在堂口上的尊卑。

庞龙一看巴塔布两手齐眉，知道是个地位不低的三哥老爷，再听袁青阳名号，顿时收敛了凶焰，叫一小喽啰上前将片子接过，凑过火把，让旁边师爷吴福斋念过，果真是袁青阳的片子无疑。

庞龙将大刀交与一小喽啰，双手抱拳，冲巴塔布打了一拱，悻悻道："真是大水冲了龙王庙，一家人不认得一家人了，早知你们是袁大爷的人，我也不白费这么些工夫了。兄台可是不知，昨天晌午，你和这位小公爷在大足龙水镇饭馆吃饭时，我手下眼线听见你们一口重庆腔调，出手又阔绰，还以为你们是从重庆城里逃出来的达官贵人。我得报后等候在这去成都的必经之处，还想把你们绑回去开膛破肚,祭奠我们前两天打荣昌县城时送命的几个弟兄哩……哈哈,不知者不为罪,刚才兄弟我偶有冒犯,还望兄台海涵。"

巴塔布也抱拳致谢,言道:"同是袍界中人,话说明白,一天乌云散,以后再见面,彼此就是兄弟伙了。"

庞龙道:"巴大哥与兄弟我今日能在此相聚,实是因了缘分。眼下月黑风高,风寒如刀,这沿江十几里地荒无一户人家,你和这位小公爷也难找到个歇脚避风的地方,不如随我前往峡口寨,昨日我有幸射杀了一头金钱豹子,正好请大哥上山寨去喝杯老酒,吃几坨豹子肉御御风寒,待明日天亮后再上路如何?"

巴塔布一听酒字喉咙便发痒,再加上有野味可餐,自是高兴得不行,遂说道:"恭敬不如从命,初次见面便叨扰兄弟,愚兄这里就过意不去了。"

庞龙摆摆手,豪爽说道:"再说客气话,巴大哥就没拿我当自家人了。"

一行人到得峡口寨,庞龙立即吩咐手下将偌大一头金钱豹开膛破肚,急火煎炒烹煮,大坨肉大碗酒端将上来,巴塔布与庞龙和吴福斋一帮头目挽袖抢拳,轮番大战,吃得来脸放红光,直冒油汗。

金煜瑶平时不尚饮酒,今日在路途上寒冷得紧,也就一杯接着一杯,喝得过了头。

说话间方知,这峡口寨乃是飞龙会地盘上一个落在濑溪河边的乡场,舵爷萧云雄并不住在这里,而是住在濑溪河上游万灵山中的铁关口老寨。

江湖上有"行客拜座客"的规矩,巴塔布路经飞龙会的地盘,又受到萧云雄部下如此厚待,自然不能失礼。当即向庞龙提出,次日定要专程去铁关口老寨,拜望萧云雄。

不料待至天亮后,金煜瑶却感到身体不适,脑壳发热,浑身虚乏无力,走起路来两只脚像踩在棉花上一样,软乏得不行。她估摸这是因为连日奔波,路上受了风寒,昨夜里又吃了大燥大补之物,酒也喝过了头,必是寒热攻心所致。为避免给主人添麻烦,她没告诉任何人,坚持着上了滑竿。

这一路上让夹着碎米雪的寒风一吹,金煜瑶的病情便愈发地重了。半道上,她呕吐了好几次,连黄胆水也差点吐了出来。及至进了万灵山,拜见了萧云雄,她脸色蜡黄,身子虚弱得已经站立不起了,不想跟跄之际,帽子跌落,陡然露出一头长长秀发。

"哎哟,"萧云雄惊问道,"这位公爷,原来是个俊俏女子啊!"

巴塔布道:"眼下出门,四处兵荒马乱的,为图路上安全,只好让女儿扮了个假公爷。"

萧云雄说:"你这位假公爷,莫不是病了吧?"

巴塔布说:"一路风寒,许是着凉发烧了。"

萧云雄说:"兄台放心,我马上派人送到百子庵,慧清师太要不了两服药,包管给她治好。"

巴塔布着急,萧云雄也着急,客人登门,一病不起,自然不能让客人继续上路。

萧云雄当日便派韩超将金煜瑶用滑竿送去百子庵,请庵主慧清师太为金煜瑶把脉诊病。

那百子庵离铁关口尚有二十来里远近,白墙黑瓦,茂林修竹,小桥流水,落在莽莽苍苍万灵山前一处山坳里,门前不远处,便是绿竹绵延两岸的濑溪河,景致自是十分的幽谧秀丽。

待金煜瑶诊完病,服了汤药,已然昏昏欲睡。

慧清师太即让小尼妙玉将煜瑶扶去客房休息,对韩超和巴塔布说:"这妹娃子恐怕是遇到什么化解不开之事积压在胸,还需留在庵中,继续治疗些日子,如果耽误了,恐有性命之忧。"巴塔布听后自然知道是为她父亲金将军之事,只是不便道明。

百子庵中除慧清师太外,还有三十余名尼姑,巴塔布一个大男人,自不宜住在庵内,只好以重金聊作香火,托慧清师太悉心医治照料金煜瑶,方与韩超同返铁关口老寨。

此后,金煜瑶便由妙玉照料,每日熬药送水,端汤送饭。妙玉姓孙,出自万灵山中一猎户之家,五岁时便被父亲孙常柱送进庵里,这年刚满十三,比煜瑶还小着两岁,功夫却是十分了得。她后腰上插着一条长鞭,得闲便抽将出来,在后院里东撩西打,那鞭梢上恰似长着眼睛,指哪打哪,绝无虚发。前腰两侧,还插着两排黄灿灿亮闪闪的金箍儿,不知有甚妙用。金煜瑶暗暗惊奇,有心和妙玉交交手,可身虚力乏,无法施行。

巴塔布住在铁关口,虽然萧云雄待他若上宾,每日里大块肉大碗酒有得他酣吃海喝,但想到金玉安将军临危托孤之事,心中依然焦急万分,巴不得金煜瑶身体快快康复,早日前往成都投亲。

萧云雄却说:"我常到重庆办事,麻烦袁舵爷不少。你既是袁舵爷的拜兄,也就是我萧云雄的大哥,请还请不来哩,既然来到万灵山,说啥也得多耍些日子才行。再说,成都刚刚反正,听说乱得很,煜瑶也在百子庵养病,何不在小寨多耍些日子,等成都安定些了,煜瑶的病治好了,再走也不迟。"

盛情难却,巴塔布只好答应暂时留下。

这铁关口,乃萧云雄祖上数代经营,才建成如今这庞大规模,堡寨倚岩临江,占地足足有五百余亩,四周坚墙环绕,墙头上可二马并行,四角还筑有高高碉楼,封闭且坚固。从外面看巍巍堡寨,森严壁垒,高墙之内,却另有一番锦绣天地。亭台楼榭、山石叠翠,曲径通幽,池水碧绿,一切错落有致。还辟有菜园、果园、瓜园,饲养着鸡、鸭、猪、羊等牲口,一派田园风光。院与院之间有墙、有门,分别通往园内最大的花园——即供奉着萧家列祖列宗的祠堂与飞龙会舵爷与手下头目们"攒堂议事"的山堂。

铁关口背后,便是著名的万灵山,山上森林浓郁,群峰屹立。一道清亮的小溪从山林中飞珠溅玉,跳跃而来,穿墙流入堡寨,不仅滋润寨中生灵,使寨内院塘、沟渠也全都鲜活起来,树木花草全都水灵起来,然后再穿墙而出,在峭崖边形成一道瀑布,袅袅娜娜,垂落下去,流入碧水溪。溪水向山外流去不到十分钟远近,便汇入了从北面下来的濑溪河。站在岩边的寨墙上,可见碧水溪与濑溪河两岸山峰林立,烟岚四起,河面上,"双飞燕"、"柳叶漂儿"上的渔歌子,时起时伏,不绝如缕。

堡寨下的碧水溪边,有一片鳞鳞黑瓦,当地人俗称滩子口,虽是个不大的乡场,但也算个有着数百年历史的水码头。

巴塔布在堡寨中日子待长了,方知这萧家祖上不堪官府欺压,啸聚山林,占山为王,已逾五代。萧云雄自幼习武,功力深厚,力大无穷,江湖上人称萧老虎,多年与官府作对杀伐的生涯,也不知有多少进山清剿的官军,死在他的刀枪拳脚之下。

巴塔布每隔三五日,必定驱马前去百子庵看望金煜瑶,盼她尽快将身子养好,以便上路。

大约一月后,金煜瑶身体已然康复。

谁知,身体治好了,她却偏偏舍不得走了。

原来,金煜瑶住在百子庵中院一间禅房中。一日凌晨,忽闻有异样之声传来。煜瑶好奇,遂起床循声寻去。待至后院,发现尼姑们正在慧清师太带领下刻苦练习武功,有的虎跃龙腾,练习套路,有的在练兵器,有的作骑马桩,双掌上推,运吐纳内敛之功。

孙妙玉则在慧清师太指点下,练习一种她从未见过的功夫。只见她闪转腾挪,玉手招摇,娇小的身子仿若被一层金鳞裹住一般,密不透风,闪得人眼花缭乱。

待孙妙玉收束后,金煜瑶方看清她十个指头上,全套着黄灿灿的尖利指箍。

金煜瑶差点儿喊出一个"好"字来,幸而她忍住了。

她知道未经允许偷看别人练武是犯讳之举,害怕被慧清师太发现,赶紧溜回禅房。

天大亮后,山坳里薄雾缭绕,鸟鸣清脆。

待孙妙玉把早饭给她送到禅房,金煜瑶看着她腰间指箍,问道:"妙玉,今日晨间我偷偷看你练功了,想不到你这小小指箍,还是十分厉害的兵器哩,我在一旁,都看得发呆了。"

孙妙玉得意说道:"你知道么,这叫'金攒指',是百子庵的独门功夫,一代一代传下来的,我跟着师太刚刚练了三年,离上乘功夫,还差得远哩。"

金煜瑶急切道:"这'金攒指'太好了,和那刀枪剑戟相比,这兵器既小巧厉害,又便于深藏不露,特别适合我等女孩儿家。妙玉妹妹,你能教教我么?"

孙妙玉为难道:"这恐怕不行,师太要是知道了,定会责怪于我的。"

金煜瑶双手将她拥在怀里,涎笑着央求道:"好妹妹,你就私下教教我,三月五月,让我跟着你学个大模样,你只消把我带进门槛就行了。"

孙妙玉着急言道:"姐姐不要为难我,这是庵里留下的规矩,我怎敢坏了它?"

金煜瑶松开手,稍一思忖,突地从枕头下掏出那支"柯尔提",在孙妙玉眼前一晃,言道:"妙玉妹妹,你知道这是什么东西吗?"

孙妙玉瞪目而视:"妙玉不曾见过。"

金煜瑶道:"这是西洋进口的枪械,厉害无比,只要我这手指头轻轻一扣,一声脆响,百步之外,便可取人性命。"

孙妙玉不信:"这么个铁砣砣,果真那么厉害?"

"你还不信么?"金煜瑶一把抓住孙妙玉的手,将她带至门外,仰头四顾。

竹梢枝头,几只麻雀与一只乌鸦正在跳跃啼鸣。

金煜瑶对孙妙玉道:"你好生看着那只黑毛乌鸦,不要眨眼。"言毕瞄也不瞄,甩手就是一枪,只听"砰"的一响,那乌鸦犹如石子儿般坠下地来,落在两人跟前。

孙妙玉惊骇得赶紧用双手捂住耳朵,看着那瞬间变得来血淋淋烂糊糊的鸟儿,目瞪口呆。

金煜瑶得意言道:"怎么样?信了吧。妙玉,我告诉你,这东西叫柯尔提手枪,任你武功再厉害,也抵不住它一颗子弹。我和你做个交易如何?你教我'金攒指'功夫,我就把这柯尔提送给你。"

孙妙玉还来不及开口,只听院门外一串脚步声响,慧清师太与几名尼姑已大步闯了进来。

"庵堂乃清静之地,是谁在此放鞭炮?"慧清师太厉声喝问。

孙妙玉吓坏了,结结巴巴说道:"师太……我们……没有人放鞭炮……是……是煜瑶姐姐……在用柯尔提……打鸟儿。"

慧清师太好奇地盯着金煜瑶手中的稀罕物件,问道:"柯尔提?啥子柯尔提?"

金煜瑶斗胆言道:"师太,柯尔提就是我手中的这支枪,你莫看它既短又小,威力却超过了川麻杆步枪,是真正西洋进口的新式武器,指哪打哪,取人性命不费吹灰之力。师太若是不信,我当着众人的面,打一枪给你看看。"

言毕,金煜瑶进屋端出尚未来得及吃的饭碗,径直走到五十步开外的院墙边上,踮起脚尖,将饭碗放在墙头之上。复转身回来,在众目睽睽之下忽地一抬手臂,只听"砰"的一响,那碗饭脆裂开来,碎瓷片连同饭粒四下飞溅。

众尼骤发一声尖叫,尽皆掩耳。

慧清师太也觉得十分新鲜,对煜瑶言道:"我见飞龙会里也有人使这种家伙,不过,那要长得多,而且是用牛角往这管子里灌火药铁砂的,不像你这家伙,小得精致玲珑,还是用铁花生米的。"

金煜瑶道:"他们用的是火药枪,和我这来自西洋的手枪比起来威力当然就差得多了。师太若是喜欢,我就把它送给你。不过,师太也得答应我一个条件才是。"

师太欢喜不已,忙说:"你要我做啥,但管说来。"

金煜瑶双手将手枪高举,忽地向着慧清师太跪了下去,言道:"煜瑶并无他求,只消师太收我做个徒弟,将'金攒指'功夫教我就行。"

慧清师太将枪拿在手中看了看,又还给煜瑶,说:"寺中乃清静之地,岂可用这凶险之物?你既有心学'金攒指',我就收你做个徒弟便是。"

金煜瑶狂喜不已,纳头便拜:"师傅在上,受小徒一拜。"

自此后,金煜瑶就成了妙玉的师姐。

一天闲暇时,自从知道万灵山就在荣昌县境内,金煜瑶立即便想起了曾在重庆街头上出手助她的那位英俊少年郎,神神秘秘地想向妙玉打听赵中玉,可欲言又止,终归没有说出口。

金煜瑶与慧清师太说定,不要将学武之事告诉巴塔布,就说病体未愈,还需继续治疗便可。这就把巴塔布急得不轻,初时月余时间里他几乎日日前来,可金煜瑶的病情却时好时坏,始终不见康复。客居铁关口这古堡寨子里,虽然主人热情如旧,不减分毫,可时间待久了,连他自已也觉着十分过意不去。

幸亏即便待在这荒僻冷背之处,消息倒也不是十分的闭塞。飞龙会安插在重庆、成都、泸州的眼线,以及派往荣昌县城的探子,不时将外间消息禀报回来。

由此,巴塔布得知,这年十一月十三日,即西历1912年1月1日,中华临时政府已于上海成立,建号中华民国,即以此日为民国元年元月元日,宣布奠都南京,孙中山赓即前往南京就任大总统,大赦天下,清朝数百年江山就此易主。如同二百六十八年前清人督令汉人蓄发一样,如今民国政府,又号令天下国人剪掉长辫。

而更令巴塔布心急如焚的是,派往成都的眼线传回消息,说成都满城和平解决后,蜀军政府依据旗人自愿原则,愿返回原籍的,发给川资,留在成都的,蜀军政府又特设旗务局,专办旗人生计和官产的投标售卖事项,又创办一所规模很大的同仁工厂,教数百年代代养尊处优的旗人学一些维持基本生活的手艺。而金玉昆将军,则已携家离开成都,一云去了北京,一云去了山海关外祖籍之地。

这一日巴塔布又来到百子庵,刚一见着金煜瑶的面,煜瑶便瞪圆了眼睛,惊奇叫道:"爹爹怎么了?你怎么把辫子给剪掉了?"

巴塔布悲叹一声言道:"你待在这百子庵里,可不知这世界,早已经颠了个个儿了……"

遂将一应大事,毫无隐瞒地告知金煜瑶。

金煜瑶得知玉昆大伯已经离开成都,心下顿时惶恐起来,哀哀连声叫道:"爹爹,这可怎么办?这可怎么办?"

巴塔布也失了主意,只得说道:"再去成都已无了着落,现在到处兵荒马乱的,你身体又未好得利索。我看,就暂且住在你萧伯伯这里,待以后局势有了变化,再作下一步决断。"

金煜瑶囔道:"局势变化?由汉人主宰的中华民国都已经成立了,这局势还能有什么变化?大清国已经彻底完蛋了啊!成都的旗人散光了,重庆的旗人也死绝了。"

"唉,"巴塔布也叹道,"从古至今,改朝换代,总归是要死很多人的。"

这话触到了金煜瑶心中的隐痛,感慨道:"爹爹说得是啊,大清国亡了,我父亲死了,我这个做女儿的,现在都不知道到底是谁杀死了父亲。袁青阳手上肯定沾有我父亲的鲜血,可他偏偏又是我和干爹的救命恩人……这才多长时间啊,恩怨情仇,就已经弄不清楚了!"

巴塔布:"是啊,我们两个像蚂蚁一样的小人物,总不至于以卵击石,去向推翻大清国的中华民国报仇雪恨吧……呃,煜瑶,这……恐怕就是命中注定的这辈子要经历的天灾人祸啊。"

金煜瑶说:"爹爹刚才说暂且住在这里,可到底我们和萧云雄是萍水相逢,住长了也不好意思吧?"

巴塔布说:"你萧伯伯已再三邀我加入飞龙会,我看他就是个杀富济贫的梁山角色,待江湖弟兄,十分义气,也从不骚扰穷苦百姓。可就是有一条,为人太鲁莽,喜欢意气用事,待人接物,非占上风不可。此种性格,不仅断难成就大事,身在江湖,还容易招来血光之灾,故一直未答应他。不过,我们在他这里多住些日子,倒是无妨的。"

金煜瑶千方百计正想在百子庵多住些日子哩,听爹爹如此一说,自是应允。

第四章:青羊宫打擂

辛亥前夕,四川在孙中山领导的同盟会策划下,爆发了"保路运动",全省各地,纷纷组织保路同志会,进而发展为反清武装力量——同志军。同志军里除了工农兵学商社会进步人士,还利用各地袍哥组织作骨干,导引人民推翻清朝政权。同盟会在全国各地与帮会联系日益密切,孙中山将四川的反清骨干人物熊克武、但懋辛、佘竟成招到日本东京,面授机宜。熊克武和但懋辛认为四川袍哥势力强大,散布地区极广,同盟会应当出面领导各地袍哥势力,共同推翻满清朝廷。孙中山与三人接谈后,对"少时入棚习武,娴剑击骑射,二十岁应试,中武秀才",并成为能在长江、沱江上号令数万船户渔夫的泸州袍哥总舵把子佘竟成,尤为器重,状委佘竟成为西南大都督,并派熊克武、谢奉琦等一同回川,助佘共策反清大业。

如此一来,袍哥名声大震。到辛亥年时,四川的袍哥组织,如同水银泻地,深入到各州府县的城镇乡村,到处都在"开山立堂",一时民间流传"明末无白丁,清末无倥子"之说。同盟会在全川各地煽动保路风潮,发动大规模起义,利用袍哥组织冲锋陷阵。大大小小的袍哥舵把子,摇身一变成了同志军首领,带兵围攻成都时,声势极为浩大,战火蔓延全川各县,加速了清政权的彻底崩溃。

成都光复后,一九一一年十二月,已经被掀下台的大清王朝最末一任总督赵尔丰制造兵变,图谋复辟。锦官城里,顿时大乱。时年二十七岁,在日本学习过军事的海归派人物尹昌衡施以霹雳手段,急率军队连夜入城,以铁血手段平定了叛乱,刚上任没几天的军政府都督蒲殿俊、副都督朱庆澜相继逃遁。尹昌衡将赵尔丰擒获,随即在皇城坝举行公审大会,将赵斩首后当街示众。城头变幻霸王旗,尹昌衡遂被成都军政各界公推为"大汉四川军政府都督"。

尹昌衡当上川督后,见袍哥力量,浩浩荡荡,弥漫全川,认为只要把袍哥力量牢牢抓在手中,自可稳定政权,随即在煌煌都督府大门上,挂出袍哥组织"大汉公"的招牌,并且自封为大汉公总舵把子。除了以川督名义将军政大权紧紧抓在手里,还要以大汉公总舵把子的名义,将全川袍哥,牢牢置于麾下。

在尹昌衡执掌四川最高权力的初始之时,他几乎每天都要到遍布成都的各个堂口拜客,各堂口也都为他挂红敬酒,高接远送。尹督军每出门一次,必披一身红绸红缎回家。

自张献忠将蜀人几乎杀尽,湖广填四川以来,蜀中武风甚炽,凡男人大都会几下拳脚功夫。尹昌衡赓即以倡扬国粹,强国壮民为宗旨,在成都成立了"四川武士会",由他自任总会长。接下来,武士会即在报上发出消息,以"团结尚武"为号召,决定于这年花会期间,在成都著名道观青羊宫,举办首次打擂。

川中各报将打擂消息争相登出,顿时在全川乃至全国武术界,引起了极大震动。习武之人,吃尽万般苦楚,谁不想趁此机会,于众目睽睽之下,去擂台上夺它个魁首,挣它个金章银章,威震天下,扬名立万呢?

眼线探子连番将这消息报回铁关口老寨,飞龙会总舵把子萧云雄喜出望外。他这人好胜心特强,自然不会白白放过这炫技出名的大好机会,当下便急慌慌盼着上成都打擂。巴塔布也正想趁这机会前往成都,去满城打听金玉昆将军的行踪,自然是竭力鼓动,巴心不得与他早日启程。

这年春节刚过,打擂即将开始,全国各地的江湖英雄豪杰,纷然而至锦官城中。

萧云雄留下韩超看家,轻装简从,只带了十六岁的儿子天汉和韩超之子、十四岁的长生,还有几个贴身跟随,与巴塔布、金煜瑶一道,骑了快马,匆匆赶往成都。

萧云雄一行此番进得省城,处处觉着新鲜。

成都大码头,繁华热闹远非荣昌、泸县、大足那样的小地方可比,尤其是有着"天府第一街"美名的东大街,更是足显出富丽堂皇之气派。大街两旁的铺板门枋,以及檐下卷棚,全是黑漆推光,铺面呢?又高,又大,又深,而且还整洁干净;招牌呢?全是黑漆金字,很光华,很灿烂。于这年节期间,东大街更是被打扮成了人间仙境。各个街口,都立起了大大小小的牌坊,牌坊上华灯盏盏,绚丽无比。全城人家,每日落黑时分,便争相将灯挂在檐下,点得通明亮堂。各家铺户门前,各式灯笼更是精致无比,有玻璃彩画的,也有绢底彩画的,各家争奇斗胜。一到夜间,游人如潮,涌来荡去,沿着长街一边游玩,一边观灯。

萧云雄一行落脚西御街栈房,独自包了一个精致宽敞的独家院落。因开擂还有几日,便每日里四处游玩。

> 好雨知时节,当春乃发生。
> 随风潜入夜,润物细无声。
> 野径云俱黑,江船火独明。
> 晓看红湿处,花重锦官城。

金煜瑶幼年时读诗圣杜甫的《春夜喜雨》,尤其喜欢最末一句,似乎能从诗圣笔底的"红湿处",闻到草木的清香,看到白露沾花,清露欲垂的景色。尤其是一座城市能被诗圣以一个"锦"字形容,更让她脑海里不由闪现出色彩斑斓的锦绣,分明看到一簇簇艳丽如红霞般的花云,被霏霏夜雨打湿后濡染开来,漫不经心地低垂于成都这座美丽的城市。被杜甫誉为"锦官城"的成都九里三分地,时时事事,也着实令又添了一岁的金煜瑶感到新奇。

趁这空闲,巴塔布和金煜瑶也去了一趟满城。

成都满城,占地甚阔,远非重庆佛图关上那一长溜陡峭险峻的山脊可比,城墙自西较场经君平街、金河桥至西御街口,北至羊市街,再北至八宝街乃折而向西,直达宁夏街口,再西直达老西门大城垣。论其规模,比重庆满城不知大了多少倍,旗人也较重庆满城,多出许多。旗人当初是以异族占领者的身份进入成都的,在被自己以刀箭征服的民族面前,自然有着强烈的优越感。且因自来依靠朝廷饷糈生活,无须从事生产经营,长期处于安定和优裕生活之中,军队也不操练,所以久而久之,不仅军队几乎丧失了作战能力,连旗人也都丧失了独自的生存能力。成都满城旗兵在成都将军金玉昆的命令下,采取了与蜀军政府合作的态度,免遭了一场迫在眉睫的大屠杀,大破坏。故而巴塔布与金煜瑶看见除了当局正组织成千上万民工,将城墙拆掉,在城基上修建街道外,满城原有的建筑,几乎原封未动。

他俩从西御街口的小东门进入满城,看见街市上已多了许许多多的汉人。打听了一下,方知由于满城和平解决后,大多数富裕的上层旗人担心以后受到汉人欺压凌辱,争相携家回到了关外原籍,满城内房价一时大跌,尽皆被汉人买去。当局还拆掉了大片街房,大兴土木,修建少城公园,如今留在满城里的旗人,大都是穷苦之辈或老弱病残者。军政府专为旗人创建的同仁工厂,已经开工,规模虽是不小,但大都是各式手工作坊,祖祖辈辈不劳而食,养尊处优的旗人,如今正为了一家人的衣食,在里面辛苦忙碌。

巴塔布和金煜瑶接连向好几位旗人打听,却没有一人知道金玉昆将军的准确去向,估计如前次打听所言,已奔东北列祖列宗发祥之地去了。

无奈,父女二人心中最后一点对汉人的仇怨也只好放弃了。二人遂悻悻返回栈房。

擂台赛定在大年十五元宵节开擂,眼下离开擂还有几天,萧云雄和巴塔布每日去那上等酒楼妓院吃喝玩乐,广结各方朋友。萧天汉则和金煜瑶、韩长生结伴,带上几个跟随,如鱼儿入水般在锦官城中尽兴游玩。哪里好耍上哪里耍,哪里有好吃的上哪里吃。他俩最喜欢去的地方,自然是全城最为繁华的东大街和春熙路,再有就是青羊宫的花会了。

萧天汉虽比萧天成小了三岁,却因是长房嫡子,依照帮规是飞龙会未来理所当然的舵爷,所以自小便在万灵山中处于一种众人敬畏的位置。久而久之,也就养成了他一身的霸气。偏偏这位一人之下,万人之上的少当家,这次远行对金煜瑶却是处处呵护,照料有加。韩长生和几名善于察言观色的跟随,对金煜瑶自然也是曲意逢迎,百般呵护,这就让金煜瑶心中,十分的受用。

这日上午,太阳难得地挂上了苍穹,初春冷冽的清风中,也带有了些许暖意。萧天汉盼咐韩长生叫来一辆双驾马车,马铃儿一路叮当,将萧天汉、金煜瑶和几名跟随送到了青羊宫。

百花潭畔的青羊宫古道观建于周朝,明初蜀王朱椿重修,殿宇巍峨灿烂,被誉为"天府第一道观"。为迎接今年花会,观内的混元殿、三清殿及唐王殿又经油漆彩绘,焕然一新,八卦亭蟠龙石柱,琉璃金碧,益显庄严宏丽。

青羊宫的花会,始于唐代,盛于宋时,历代相沿。每届阳春二月,春光明媚,花会循例照开。

他们赶到青羊宫时,从市区和各郊县前来赶花会的男女老幼正涌涌荡荡,络绎而至。青羊宫和一墙之隔的二仙庵一带,以及沿着浣花溪旁的青羊街上,早已是人山人海、摩肩接踵,大有挥汗如雨、呵气成云的热闹劲儿。初春时节,百花绽放,人们一则是前来观赏奇花异木,游春踏青,二则是成都人虔信道教者为数不少。春天到来之际,来到青羊宫朝拜太上老君,进香祈福,也是当然之事。青羊宫花会从农历二月十五开始,会期长达一月,俨然成了成都人其乐融融的春日盛会。

成都及周边的花卉，历来品种繁多，花会期间，更是集其大成，诸如海棠、茶花、蜡梅、红梅、芍药、牡丹、杜鹃、月季、水仙、月桂、兰草等，常见的，少见的，稀奇的，不下百种。游人置身于百花争妍、香气扑鼻的花海之中，真个是人人目不暇接，个个流连忘返。

金煜瑶见不得奇花异卉，见了，就喜欢得要命，就在街前拍着手儿大呼小叫。也不问价钱，一路走来，大把大把地买，买来就让几个跟随抱着，几个跟随，全成了"百花童子"。

青羊宫里同样热闹非凡，他们随着香客走进庙门，只见殿宇雄伟奇丽，园林清幽别致。不一会儿，便看见庭院上迎面立着一块诗碑，上面镌刻着一首精致隽永的《梅花绝句》：

金煜瑶走到诗碑前，轻声吟诵：

> 当年走马锦城西，
> 曾为梅花醉似泥；
> 二十里中香不断，
> 青羊宫到浣花溪。

萧天汉认不完碑上的字儿，却能大致听明白意思，问煜瑶："跑到这里来又骑马又喝酒又看花，还加写诗，这是哪个龟儿子啊？"

金煜瑶皱了皱眉头，说："这人就是鼎鼎大名的南宋诗人陆游啊。当年他在成都巡抚衙门当幕僚时，也曾来游览过青羊宫花会。"赞叹道，"你看哈，到底是大诗人啊，既有气势豪放、壮阔雄浑的'夜阑卧听风吹雨，铁马冰河入梦来'，又能写出这般清新似画，隽永秀丽的《梅花绝句》。"

话音未落，萧天汉已扭脸去了老远。

"我给他说这些干啥呢，真真是对牛弹琴了。"金煜瑶望着萧天汉的背影嘀咕道。

再往里进，他们看见一块大坝子上，擂台已经搭好，上面还铺了一层厚厚的红毡。

萧天汉对陆游的《梅花绝句》不感兴趣，见了擂台，却蓦地被粘住了双脚，再也挪不开步了，一个倒提扯上擂台，在那红毡上嗨嘿连声地走起了拳脚。

不料刚施展开架势，便遭看护擂台的人大声呵斥："哪里来的青沟子娃娃，还

第四章：青羊宫打擂

不快些给老子滚下台去！"

无奈，萧天汉只得跳下擂台，恨恨道："龟儿子莫在老子面前歪，等老子长大成人，非来青羊宫擂台上打它块金章回去不可！"

游罢青羊宫花会，他们又坐着马车回到城里。

一行人走进了春熙路，只见这商铺林立的繁华大道上，同样是游人如织，人声沸荡，热闹情景，一点不亚于青羊宫花会。

一家堂皇富丽的商铺门前，穿着雪白制服，戴着镶红边雪白高桶帽，身披金穗绶带的一群乐手，正惊天动地吹奏着西洋号，击打着西洋鼓。一些伙计模样的人，笑容可掬地在向行人散发烟卷和传单。

萧天汉看了，原来是在为推销"哈德门"香烟做宣传，不解地说："大码头上的人硬是日怪，卖包烟还要搞得雷翻震仗的。"

金煜瑶说："这都是跟着外国人学的推销商品的手段，你要去了一趟欧洲回来，就一点不觉得稀奇了。"

萧天汉一脸茫然："欧洲？欧洲是个啥子哦？"

金煜瑶说："欧洲就是七大洲之一呀，难道你不知道，世界上有七大洲，四大洋？"

萧天汉依然不解："你说的七大洲、四大洋，又是个啥子呢？"

"七大洲就是指亚洲、非洲、北美洲、南美洲、南极洲、欧洲、大洋洲；四大洋嘛，就是太平洋、大西洋、印度洋，还有北冰洋。天汉，你晓得么？我们人类居住的地方啊，是个一刻不停旋转着的大圆球，七大洲四大洋，全都分布在这个大圆球的表面上。"

"我们住的地方是个圆球球，还不停地转？嘿，你说些啥子东西哟？"萧天汉满脸不屑地叫道，"你看这大街，明明是平展展的嘛，要真是个圆球球，一转，我们还不全掉下去了呀？"

韩长生和几个跟随全都看着金煜瑶笑了起来——那神态和萧天汉一样，分明全都把金煜瑶当成个白痴。

金煜瑶这下急了："地球本身是有吸引力的，哪里会掉下去……唉呀，少当家，你不是上过学堂的么，咋个连这些最基本的常识，都不晓得呀！"

萧天汉搔着脑壳憨笑着说："狗日的塾师……嘿嘿，没讲过。"

三人在春熙路上来回走了一遭，金煜瑶嚷嚷着肚子饿了，萧天汉要带她上大饭馆海吃一顿，金煜瑶不愿去大饭馆，说成都的小吃最有名，她做梦都想哩。于是便满大街寻那有名的小吃，犹如蜻蜓点水一般，浅尝即止，几天时间将那赖汤圆、钟水饺、龙抄手、夫妻肺片、珍珠丸子、三大炮、痣胡子龙眼汤包，一一吃了个遍。

走到总府路上，路边一个巨大的橱窗引起了萧天汉的兴趣。那橱窗里琳琅满目，摆满了大大小小的纸片片，纸片片上的男人女人，一个个笑逐颜开，有的还弄得来红红绿绿，花眉花眼的。

萧天汉、韩长生以及几个跟随全都凑了上去，鼻尖紧贴在玻璃上看。

萧天汉惊奇地说："这省城大码头上的人着实能干，看看这鼻子眼睛，比我们万灵山那些画师画的炭精画像得多。"

金煜瑶道："啥炭精画呀？这是照片，不是画师用炭精画的，是用照相机照的。"

"照相机？"天汉长生以及几名跟随全都扭过头来，痴痴地望着她。

金煜瑶说："照相机是根据光学原理成像的……唉呀，这是科学知识，三言两语我也给你们讲不清楚，干脆，我们进去照它一张相，你们不就全懂得这个道理了。"

一帮人进得照相馆，马上让店员像迎接亲人般伺候着。

萧天汉大方地招手嚷道："都来，都来。煜瑶，长生，我们每人都舒舒服服照它一回。"然后又口气很冲地对相师说，"有价么？唉呀，不管你有价无价，反正按最贵最好的给我们照就是了。"

店员给他们三人净了面，梳了头，头发上抹了菜子油，光滑得连蚂蚁爬上去都要拄拐棍。男店员还给萧天汉和韩长生换上西装，打上领带。女店员则给金煜瑶描了眉毛，上了胭脂，淡淡地抹了点口红，换上一身衩开得很高的时髦旗袍，还搭上一块漂亮的雪白披肩。

萧天汉看见焕然一新，光彩照人的金煜瑶从更衣室娉婷袅娜地出来，眼睛都不会眨了。

"哎哟我的个祖先人板板！"萧天汉骤发一声惊叫，一头冲到金煜瑶跟前，非常认真地左看右看，上看下看，然后发自肺腑地赞美道，"你龟儿——长得好鸡巴乖哟！"

金煜瑶顿时羞得来脸蛋儿通红，怒喝道："少当家，你这张嘴巴是在粪坑里泡过三天三夜的啊！真是臭不可闻，一点教养都没得！"

萧天汉委屈地说："你咋个还冒火了哟？这哪是骂你嘛，我这明明是夸你长得乖呀！"

金煜瑶冲他大叫:"拜托啦少当家,今后说话再不要带脏字好不好啊?"

"说得轻巧,扛根灯草。我打小就说惯了龟儿老子、锤子鸡巴,咋个改得过来。"

相师强忍着不敢笑,冲萧天汉道:"这位小公爷,请。"

萧天汉第一个照,灯光一打开,晃得他睁不开眼睛,紧张得脸皮子直颤,连笑都不会笑了。接着是金煜瑶,最后是韩长生。待韩长生刚刚起身,萧天汉又大声对金煜瑶嚷道:"煜瑶,我和你再照一张。"说罢,也不管金煜瑶是否应允,一手揽住她的腰肢,便去场内灯光所聚之处,挺胸收腹,昂昂然并排坐下。

金煜瑶羞臊得不行,扭动着身子赶紧嚷:"少当家,这相不能照的!"

"为啥不能照?"

"这叫'排排相',是结婚照的照法,必须是亲亲两口子,才能肩膀挨肩膀,坐在一张板凳上照的。"

"这还不简单?"萧天汉上前来拖金煜瑶,"我们现在就结婚,结了婚,你就成了我的婆娘,我就是你的男人,不就成正经八百的亲亲两口子了。来,照,照,就照你说的'排排相'。"

金煜瑶见萧天汉耍横,心中虽是一百个不愿意,也只好当他是少不更事,开个玩笑,遂忍气吞声,和他照了一张"排排相"。

这张相,萧天汉照得来一脸强横霸气,金煜瑶呢?强挤出来的一丝笑,比哭还难看。

未曾想,当天深夜里,萧天汉便摸上楼来,敲开金煜瑶的门,要拿金煜瑶当自家亲亲婆娘使。金煜瑶思想上全无准备,又见萧天汉人虽是长得不算丑,虽和自己一样,还不满十六岁,却也有了几分剽悍孔武的模子。可言语粗俗,行为鲁莽,与自己想象中那种温馨浪漫的情景,相差十万八千里,心里反感得不行,于是拒不应允。弄得萧天汉焦躁起来,猛然搂住金煜瑶,怒喝道:"老子看得起你,是你龟儿的福分,要在飞龙会的地盘上,我想弄个妹娃子上床,比在田坎上扯把野葱还容易,你居然还敢给我端架子!"说罢,便将金煜瑶按在床上,放手去揉摸她的奶子,去亲她的嘴儿。

金煜瑶在世上活了十五个年头,千金之体,冰清玉洁,何曾让男人染指过,情急羞臊之下也顾不得一切,向着萧天汉当胸便是一掌。萧天汉毫无防备,让这一掌击得跟跟跄跄,将桌子撞翻,桌上的茶壶茶碗也掉到楼板上摔得粉碎。

在楼下望风的韩长生听见金煜瑶卧房中演起了《三叉口》①，赶紧冲上楼来，想帮萧天汉的忙。他看见天汉正从楼板上爬起来，不由火起，抡起拳头，压着嗓子冲金煜瑶喝道："你这不醒事的妹娃子好大狗胆，少当家上你的床，是看得起你。连少当家你也敢打！硬是不想活了！"

萧天汉本已被折腾得欲火中烧，难以自抑。金煜瑶这一反抗，更激起他对异性强烈的征服欲，不达目的，绝不罢休。在这要命的关口上，哪儿需得这个不晓事的长生娃娃跑来为自己两肋插刀？赶紧沉下脸对韩长生呵斥道："哪个叫你龟儿子冲进来打帮忙锤的？马上给老子滚回屋去挺你的尸！笑话，连一个妹娃子都对付不了，我萧天汉今后还有啥能耐当飞龙会的总舵把子？"

韩长生一张热脸贴上冷屁股，兜头挨了少主子一通暴吼，只好悻悻下楼，缩回屋去睡觉。

萧天汉这才将门闩上，涎皮笑脸地向着金煜瑶逼上前去，口中还振振有理地嚷："你自己亲口说的，照了'排排相'，就是亲亲两口子了，莫非你还想反悔么？哈哈，你打，你愿打我让你打个够，反正你龟儿现在已经是老子的婆娘了。两口子打架，越打越亲热，我让你打，老子让你打！"一边嚷，一边弯下腰，拿脑袋使劲往金煜瑶胸脯上拱。

金煜瑶见萧天汉使出无赖手段，打也不是，不打也不是，一时间反倒没了主意，急得粉脸绯红，直嚷："少当家，那是细娃儿家说起耍的，不算数！真是不能算数的！"

萧天汉道："那可不行，我爹自小教我，袍哥人家，江湖行走，说话行事，必须一个钉子一个眼。何况，老子也是真心喜欢你龟儿。今晚我们先暂且做了夫妻，回到铁关口老寨，老子马上扯旗放炮，娶你做我的正宫娘娘！"

"你说啥？正宫娘娘！你连人毛都没长全，莫非就想到今后还要三宫六院，七十二嫔妃啊！"金煜瑶一听这话，更生气了。

萧天汉愕然不解，说道："对的嘛，我以后当了舵爷，当然是要娶小婆子的嘛。唉，你看我老汉娶了多少，一个大妈加六个小妈，以后肯定还要娶几个凑满整数。我爷爷就更多了……哦，我爷爷你没见过，就不说他了。"

金煜瑶歇斯底里地大吼："萧天汉，你这辈子随便娶多少大婆子小婆子，根本就不关我的事，我不听，也不关心！我心里早有男人了！"

---

① 京剧《三叉口》剧情是表现好汉任堂惠住店，深夜与店主刘利华在伸手不见五指的屋内展开激烈的打斗。

萧天汉一听顿时木在当场："谁,谁吃了豹子胆敢抢老子的老婆!"

"赵中玉!"金煜瑶歇斯底里地大吼道。

"赵中玉已经跟傅璋的女儿筱竺订了婚,等赵中玉学校毕业就会回来结婚。老子才是你的男人,你想别个,别个不想你,我这辈子还非关心你龟儿不可!"萧天汉猛地把木在当场的金煜瑶搂在怀里,手上又不安分起来。

金煜瑶听萧天汉这么一说,完全木在那里,放弃了反抗,任着萧天汉胡来。片刻工夫,萧天汉便和她绞缠在了一起。

不成想,萧天汉刚才喝骂韩长生的声音,惊动了对屋的巴塔布。他本和萧云雄住在楼屋对面的平房里,闻听得外面有异响,赶紧从屋中窜出。淡淡月光下,看见一个男人正从对面楼屋下来,紧跟着恍惚看见金煜瑶卧屋门前一个影儿一闪,那门就陡地关上了。

巴塔布急火攻心,过了院坝,蹿上楼去,听得金煜瑶屋里有异响,一脚头将门踢开,看到一个光着身子的男人压在金煜瑶身上,一张嘴巴正动弹得起劲,心中大怒,左手将那男人拎小鸡般拎起来,右手攒成个大拳头,就要砸在那男人脑壳上。

金煜瑶早已被萧天汉撩拨得上了火,何况天汉此刻儿刚刚入了港,没想就在这让人欲死欲仙的当口上,爹爹赶来棒打鸳鸯,搅了好事,既羞又恼,一把抓过被子捂住光身子,尖着嗓子大叫："爹爹住手,这是少当家哩!"

巴塔布一听明白,那蒜钵样的拳头立时便定在了空中,冲萧天汉咬牙切齿恨骂道："狗日娃娃,我要不看在你老汉脸面上,今晚就一拳结果了你——滚吧!"

萧天汉却揉着脖子,望着巴塔布满心委屈地辩解道："巴伯你这是冒的哪门子火嘛?我今天已经在总府路上的照相馆,搂着煜瑶妹子的腰杆照了'排排相'。早晚,我还要扯旗放炮娶她做飞龙会的压寨夫人……呃呃,你老人家看看那床单上,都见红了,你还忍心跑来搅了我和煜瑶的好事!"

天府之国自古以来战乱频仍,杀伐不断,故而民间武风甚烈。

练习武术,在四川叫"操扁挂",城镇乡间、士农工商、三教九流中都不乏会家子。明清两朝时,四川各地遍设武棚、由武林高手传授拳、弓、刀、石、骑射等功夫。习武者前程也甚广阔远大,可以凭着武功去朝廷举办的武科考试,逐级考取武童生、武秀才、武举人、武进士。同文人的"熬得十年寒窗苦,一举成名天下扬"一样,武人们得了功名,也同样得以扬名立万,高官厚禄。所以每年全川武生蜂拥而至成都,从文殊院至北较场比邻而居,等着到北较场去较技比武,都想弄个武举人、武进士当当。

正月十五大年一到,青羊宫里的擂台赛,便开始了。

青羊宫的花会历史悠久,而武术打擂,又成为花会期间的一出固定的重头戏。擂台上,龙争虎斗,打得不可开交,擂台下,闹闹哄哄,又是另一番景象。有的高谈阔论,饮茶品酒,有的观花拈柳,吟诗作对,倒糖关刀的生意兴隆,卖卦算命的口中乱坠天花。其他如卖香烟瓜子、擦皮鞋、挖耳朵等等,三教九流、五马六道的人物,在擂台下的茶桌间穿梭呐喊,熙熙攘攘,各自寻食谋生。

萧云雄武功果然不俗,他被分在乙组,取资格,打蓝章,一路顺风。半决赛时,经过一番恶战,又击败了来自中国武术之乡河北沧州,大名鼎鼎的郎昆山。

眼见得明晃晃的金章就在眼前,不料就在这最后一关上,萧云雄却栽了个大跟斗!

打金章这一天,来看打擂的人自然特别多,把个青羊宫正殿外面的大坝子挤得满满当当。

待两对银章赛手打完,便轮到萧云雄上台了。

萧云雄登上擂台,看到今日与他争夺金章的对手贺栋成,竟是一位五六十岁的老者儿。而且两人的身材也悬殊得不成比例。萧云雄阔脸方腮,浓眉环眼,个子高大且气宇生威,而那贺栋成老且不论,瘦小干瘪,竟如一只山猴。等到两人往擂台上一站,台下顿时便暴出一团笑声。

萧云雄此时却丝毫不敢大意,前一日晚饭之前,他便已经得知从甲组过关斩将,最终胜出与他争夺金章的,竟然也是一个荣昌县人——来自螺冠山上的贺栋成。

螺冠山与万灵山离得不远,骑马也不过半天工夫。这位贺栋成,萧天雄虽然从未和他交过手,也未曾谋过面,但也耳闻此人二十余年前带着一个半截子娃娃,从外地迁到螺冠山上,在一片竹林中搭了几个竹棚子,招收几十个徒弟,靠教人缠丝拳谋生,从不显山露水,更不与人争强斗胜。

萧天雄当然知道缠丝拳,他手下就有练此功夫的人,但全不是他的对手。自忖靠点三脚猫功夫在江湖上混口饭吃的打打匠,全川犹如过江之鲫,涌涌荡荡,何止十万,哪里会将这等不入流的角色放在眼里。可昨晚当他乍一听说这贺栋成在争夺决赛权时,竟然击败了夺冠呼声最高的马龙时,心中不禁倏地一跳,多少添了些儿不安。他揣度,能把马龙打下擂台之人,绝非等闲之辈——这马龙可是四川大都督尹昌衡的私人保镖、武术界大名鼎鼎的峨眉拳高手哩!

萧云雄混迹江湖大半辈子,深知江湖上切忌以貌取人,身怀绝技的高手,往往相貌平平。就凭这貌不惊人的蔫泡老者儿能在甲组众多高手中脱颖而出,独占鳌头,也就万万小觑他不得。他半分不敢造次,派人打探到贺栋成下榻的栈房后,主动放下身架,请巴塔布深夜前去拜访,送上银票千两,彼此交个朋友,意思当然是要贺暗中让他一马。谁知却被贺栋成严词拒绝,送去的千两银票不收不说,反而还让巴塔布给萧云雄带个话,说萧家祖辈,好歹也是杀富济贫,替天行道的绿林袍哥,奉劝他作为萧家后人,做人要光明磊落,快意恩仇,用不着搞这些见不得人的小动作。萧云雄原本就是个心高气傲,从不服输的人,巴塔布回到客栈一说,气得他砸了酒碗,发誓要在擂台上力毙贺栋成,方解这心头之恨!

今日打金章,五名主擂之人,全系川中武林高手,由峨眉山报国寺铁沙长老和青城山上清宫邱元鹤道长领衔。

依照规矩,打擂前,拳手要先表演套路。

萧云雄打了一路招招透着刚猛勇厉的僧门看家拳"虎抱头"。他稍一凝神,把气运上,一个复手便打将起来。扫手、快转、猛踢,气势凶猛,动作刚健,紧密相衔。接着一个侧身提拦,移花接木,进身换式,脚踏龙虎步,掌上分阴阳,一招猛虎撩尾似恶虎扑羊,一个进身大取若毒蟒潜踪,芙蓉滴露使人胆寒,青丝拂柳令人心惊。

待众人正看得如痴若醉,萧云雄猛然一个收式,气势威猛而动作干净利落,顿时激起一片叫好之声。

贺栋成则舞了一套荣昌缠丝剑,只见他目露精光,英姿飒爽,剑招一出,疾行如风,身体飘忽,时而似老鹰扑食,疾如闪电,时而若风中弱柳,倏然间一个反弹,真可谓看似警猴,快如飞矢,更赢得众口喝彩。

随后,由执事先生检查双方脚手指甲,验明是否夹带暗器。

紧跟着一声铃响,双方抱拳作礼,准备交手。

萧云雄摆好一个猛虎出林的架势,脸孔阴冷,狠狠盯着贺栋成。

只听执事先生"当当当当"摇动手中铜铃,贺栋成刚摆了个如封似闭的门户,萧云雄早已按捺不住,旋风般蹿将上去,用双爪"嗖"的一声,猛抓贺栋成面门。

贺栋成见他来势凶狂,急忙以双拳上迎。谁知那一招"饿虎扑羊"却是萧云雄诱敌之计,见对手举拳上迎,他下面"刷"地一个"穿心腿"猛力蹬来。贺栋成忙以双拳下砸其腿。萧云雄急将腿收回,骤然傍走偏门,右掌"二龙戏珠",直戳贺栋成双目。

贺栋成不料对手招招都下黑手,仓促间有些儿慌乱,急忙埋头躲过鹰爪般利指,不提防萧云雄紧跟着使出一招"追魂夺命腿","刷"的一声狠踢在贺栋成小腹上。贺栋成忍痛用左手将萧云雄的腿勾拨开,正欲用右拳一记"开山锤"向他裆部砸去。忽闻铜铃"当当"摇响,执事已判萧云雄胜了第一轮。

贺栋成闻铃声赶紧收回拳头,不料萧云雄趁机又在他脸颊上反击一拳。贺栋成猝不及防,被打得嘴角流血。

执事先生急忙上前将萧云雄推开,并厉言警告他不可犯规。

主擂的铁沙和尚气得大叫起来:"萧云雄,这擂台较技,并非江湖黑道,怎能不遵规矩,乱起歹心,暗算对手!"

台下看官也齐声大哗,斥责萧云雄破坏打擂规矩,赢亦无荣。

更有人高呼:"萧云雄不讲武德,便是武贼!"

萧天汉虽是年幼,见父亲靠阴狠手段赢了第一个回合,却成了人人谴责的众矢之的,也很是羞愧。他心里明白,父亲虽比贺栋成劲大力沉,论其功夫也不过在伯仲之间,贺栋成输了第一轮,实是因他未料及父亲出手如此狠毒,下一轮父亲再欲取胜,可就不易了。

金煜瑶也有些儿脸臊,低声对巴塔布言道:"老舵爷咋个能够这样子打擂哦?为块金章,把自己半世英名都打脏了。"

巴塔布说:"舵把子平时为人并不如此,他今天实在是太想要这块金章,有些失格了。"

萧天汉也尴尬说道:"我老汉自来脾气暴躁,惹毛了敢抱起石头把老天砸个洞洞,一辈子做事只赢不输。今天这擂他要打赢了倒好,要是打输了,我硬是担心他会在这省城,弄出点大事来哩。"

这时,只见贺栋成用手背揩去嘴角鲜血,盯着萧云雄冷声一笑,说道:"兄弟,你我两个今天上台来,不过是为争夺那块金章。你这样黑起心子,招招式式把哥子朝死里整,也未免太过分了吧。"

萧云雄高声道:"姓贺的,把那些哥呀弟呀的,快些给老子收捡起来,少啰唆!有道是'打擂不认亲,只图能打赢'!"

说话间,铜铃又响,第二个回合开始了。

萧云雄大喝一声:"老前辈接招,我来喽!"

吼完后脸红筋涨,右拳在前,左拳护面,用婆娑步向贺栋成冲来。他一边冲,那右拳不住上下,又斩又提,此式内行人称"提吊手",为凌厉凶猛的进攻招法。

贺栋成却站在原处纹丝不动,左掌平伸在前,右掌护住胸膛,用了个缠丝拳中普普通通的二排手势,冷眼瞅住对方,以静制动。

说时迟那时快,萧云雄已冲到贺栋成跟前,猛然间左脚前穿,就在右拳仍在虚晃斩提的同时,那只犹如蒜钵般大的左拳,早已从斜刺里陡地向着贺栋成的面门砸下。

此拳叫做"破面贯锤",乃是萧云雄的看家法宝,厉害得紧,对手一不小心,果真要结实挨上这一锤,脑袋笃定马上会变成个烂西瓜。

但也就在那一刹那间,贺栋成左腿倏地往后一撤,胸前右掌却由后向前一格,早将萧云雄那只又大又硬的拳头格向一边。同时顺势刁住萧云雄的左膀子,猛然拧腰转胯,右脚一绊,用缠丝拳中借力牵带的招法,把萧云雄"扑通"一声,重重地掼在台上。

"啊哟哟,萧老虎栽啰!萧老虎栽啰!"

"萧老虎那点倒生不熟的莽子功夫,哪里敌得了来自荣昌的缠丝拳!"

擂台下,陡起一片狂笑乱吼。

巴塔布看着台上情景,一张脸皱成了苦瓜皮,急咻咻对萧天汉叫道:"完了,舵把子今天遇上个缠丝拳高手,恐怕硬是要栽哩。"

萧天汉此时早已焦急如焚,他看得明白,这一个回合,贺栋成并未使出五分劲道,父亲就栽在了他手里,而即将开始的最后一战,怒气已被彻底激发的贺栋成,必将全力以赴,父亲……险了。

萧云雄却爬了起来,嘻嘻一笑,装着无事一般,拍拍身子,回到了自己位置上。

这时他肚子里盘算道:"这贺老者儿好刁猾,他以逸待劳,偏偏碰上我傻眉瓜眼地一味硬冲硬上,还不正好撞在他的枪口上?老子这回也学精灵点,偏不打冲机,只打守机,看他龟儿子咋个整?"

思忖间,铜铃又"当当"摇响,最后一轮决战开始了。

萧云雄当下摆了个磨盘手的姿势:右手在前,左右摇摆,盘旋如同摇磨,左手在后,也左右盘旋,恰似持瓢添豆,两只眼睛,却不眨眼地盯着贺栋成。

此式是兵门中常见的出手招式,为寓攻于守的招法。

贺栋成仍摆了个二排手,久久不见萧云雄来攻,心中顿时明白过来。

他微微一笑,遂用缠丝拳中的蛇形步,左右滑动冲将过来。他虽是五十六七的人了,动作却敏捷异常,瞬间已至萧云雄跟前。他左手捏成凤眼拳,往萧云雄面门倏然一点。萧云雄看得真切,急忙用右手拨开,左脚顺势一记倒肩腿,直踹贺栋成心窝。

一进攻,一反击,仅在眨眼之间。

贺栋成颇为惊叹萧云雄腿法之快捷阴狠,但他并不惊慌,那击出的左拳骤然收回,变成虎爪往下一勾一盘,将那腿格在一边。

好个萧云雄,急将左脚落地,右手一记虚晃佯攻,又"嗖"地一记右弹腿直踢贺栋成裆部要害处。贺栋成右掌闪电般一撩一搅,来了个"海底捞月",抓住萧云雄脚踝,猛力一扭,一送,口中大喝一声:"去吧!"只见萧云雄拔地而起,仰面朝天地砸在了丈余远的台面上。

执事先生立即摇动铜铃,台下也似大潮汹涌,发出一片狂呼乱叫:

"贺栋成赢啰!萧云雄输啰!"

"耳听为虚,眼见为实,荣昌缠丝拳果真是厉害无比呀!"

执事先生大声宣布:"获得金章者,为来自荣昌的缠丝拳高手贺栋成。"

铁沙和尚与邱道长对视一眼,松了口气,正欲起身上台,将金章和证书授予贺栋成。

不料只听一声大吼,台上已然陡起风雷。

原来萧云雄咽不下这口恶气,不禁恼羞成怒,杀心大发,见铁沙和尚与邱道长捧着金章证书起身,早已大吼一声,不顾死活地向着贺栋成冲了过去,接连几记"破面贯锤",连珠炮般狠击贺栋成咽喉要穴,都被贺栋成用云掌拨开。

贺栋成一边招架,一边大喝:"姓萧的,为一身外之物,何苦以命相争?"

"萧云雄住手!擂台有规矩,岂容你在此撒泼!"铁沙和尚也拍案喝道。

萧云雄此时早已昏了脑壳,他唯一的想法就是打死贺栋成,洗清今日之耻。

他全不顾众人呵斥,一记"夺魂倒肩腿",直踹贺栋成裆部,被对方闪身避过,紧跟着又是一招"二龙戏珠",双指直戳贺栋成双目。好险!那利指已快戳到贺栋成眼皮上。贺栋成急忙"嗖"地纵出圈子外,一抹嘴角还在流的血,气中夹恨,屈中生怒……只见他钢牙格格咬紧,突然不摆门户,直端端正对着萧云雄垂手而立。

台上台下无不惊奇,因在搏击之中,胸膛一线位置乃人之要害所在,称为洪门,又谓中宫,这临阵对敌,主动将洪门大开,暴露于对手,岂不是安心找死么?

果然,那萧云雄见状一声冷笑,心想:"这龟儿子简直发昏找死啰!老子冲上去,右拳盖下一记'黑虎掏心',下面出左拳'猴儿摘桃',袭他下身,再顺势一个'倒肩腿',踢断他的腿弯弯……哈哈,得不到金章,老子今天也要断他性命!"一边盘算,一边倐地蹿了上去。

谁知贺栋成毫不退避,又恼又恨地大叫一声:"萧云雄,你杀心太重,今日就怪不得哥子我手狠啰!"话音刚落,身子猛然一缩,与萧云雄交臂而过,然后猛地转身,伸出那又粗又壮,硬得像两根铁棒般的手臂,从身后将萧云雄连臂带胸牢牢抱住。

只听得萧云雄骤发一声尖厉惨叫,胸腔内"喊喊嚓嚓"几声闷响,肋骨早被贺栋成箍断了好几根,一口鲜血,喷出去好远,溅了台下好些观众,一脸一脖子。

贺栋成陡地一声大叫,将软瘫如泥的萧云雄高高举起,猛力向擂台下掷去。

顿时,满场一片混乱……

"爹呀!"萧天汉大哭着扑到父亲跟前。

巴塔布、金煜瑶、韩长生也惊叫着一拥而上。

萧云雄死了,擂台赛结束了,打得金章的贺栋成却在锦官城里出尽了风头,披红挂彩,打马游街,其威风决不亚于前朝时候中了武状元。

且说这贺栋成,也决非无名之辈,他身怀绝技,精通缠丝拳功夫,且为人仗义。他本是荣昌人,后来去了自流井,年轻时因老婆颇有姿色,被一大盐商霸占,老婆宁死不从,上吊身亡,贺栋成一怒之下,深夜潜入盐商家中,灭了盐商满门,只身携带独生儿子逃回荣昌县境内螺冠山上,收下几十个弟子,一边教人习武,一边潜心研习缠丝拳功夫,摒绝江湖二十余年,故而江湖对他不甚熟悉。

贺栋成蛰居螺冠山二十余年,为何到了五十五岁,竟忽然心血来潮,跑到省城打起金章来了?原来,他那独生儿子贺白驹经他多年调教,武功已十分了得,被当时北洋政府属下的川北宣慰使兼四川陆军第一师师长杨森看中,礼请去做了贴身侍卫长。这时恰逢杨森经过苦战,将滇军赶出四川,随军行动的宣慰使署,便设在了著名盐都、川南重镇自流井。贺栋成因子而贵,自流井的地方官知道他如今是杨森帐前贺侍卫长的老子,也就再不敢难为他了。

不过,此番在青羊宫擂台上,一怒而击杀了名震川东的万灵山飞龙会舵把子萧云雄,这倒颇使贺栋成十分地过意不去。虽说萧云雄出手狠毒,逼得自己动了杀机,但为了一枚金章,而断送了一位在荣昌当地口碑还算差强人意的绿林豪杰的性命,这毕竟也非他所愿。

再说巴塔布、萧天汉等人将萧云雄尸体弄回西御街栈房,简单布置了灵堂。成都乃生分之地,加之萧云雄死得如此窝囊,自是无人前来凭吊。萧天汉少不更事,哀哀哭过,便由金煜瑶陪着,整日守在爹爹灵前,难发一言。大事小事,全由着巴塔布操劳。

巴塔布派人买来上等棺木,将萧云雄装殓,又遣跟随去城外昭觉禅寺请来一班和尚,为萧云雄做了三天法事,超度其亡灵。

巴塔布见成都已无亲可投,而且萧云雄待他和金煜瑶确实不薄,虽今暴死省城,他自有责任将萧的遗体送回万灵山,落叶归根,入土为安。征询金煜瑶意见,煜瑶也正想回百子庵继续随慧清师太学那"金攒指"功夫,自是同意。

忙了多日,这一天大家将棺木抬上马车,正要启程。不料,却发现萧天汉失了踪影。

巴塔布这下急得不轻,赶忙遣几名跟随分头寻找。跟随满城疯跑,哪里能寻得着?

金煜瑶这才对巴塔布言道:"爹爹,昨日天汉对我说,他若不为父亲报仇雪恨,就从此不再回万灵山。他还叫我转告爹爹,会中不可一日无主,一应大事,请韩爷和爹爹代为主持照料。"

巴塔布大叫:"你为何不早一些告诉我?他一个乳臭未干的娃娃,能报啥子仇?贺栋成只消伸出两个指头,就能像掐死一只臭虫一样把他掐死。"

金煜瑶道:"我当时以为他是说说气话,没想,他还当了真……哦,他还叮嘱了,大仇未报之前,不准任何人去找他。"

巴塔布长吁短叹,想立即派人前去螺冠山寻找,又恐打草惊蛇,反倒给萧天汉招来杀身之祸,扔下天汉不管,回去又不好交代。

左思右想,无法可施,只好先将萧云雄遗体送回万灵山铁关口老寨,再作下一步打算。

十余日后,胸前挂着金章的贺栋成回到了荣昌。县城万人空巷,竞相前来观仰欢迎。

荣昌人毕竟纯朴,把贺栋成一人的胜利,理所当然地视为荣昌一地的荣光。

贺栋成高踞在扎了红绸大泡花的滑竿之上,从南和门入城。众弟子四围簇拥跟随,在夹道人群中燃放鞭炮,鸣锣击鼓,一路抛洒彩色碎纸花前行。

正在得意之际,贺栋成蓦地瞥见旁边一家茶楼房脊后闪出一个小巧身影,旋即,随着那人手一扬,一粒黑点疾如流星般向他面门飞来。

"不好!"贺栋成暗叫一声,将身子一侧,从滑竿上滚落下来。脚刚触地,只听

"咔嚓"一声脆响,那南竹做成小碗般粗大的滑竿抬杠,已被一块飞旋的瓦片,齐崭崭劈为两段。

众弟子一齐吼喊:"师傅,有刺客!"

众徒儿提刀执棍,急欲上房追杀。

"全给我回来!"贺栋成喝道。

他心中已然明白,萧云雄并非等闲之辈,杀了他,自己这下算是在江湖上结下了"大梁子"①,以后唯有深居简出,万般谨慎为上了。

然而,事到如今,贺栋成想清静,也不可能了。从次日起,便有不少慕名者络绎不绝地赶来投师学艺。他那所坐落在螺冠山上幽谧竹林中的四合头小院门前,经日里人来人往,川流不息。贺栋成不胜烦扰,只好传出话去,宣称贺某早已关闭山门,请习武者另择高手为师。

人们如涨潮般涌来,又如退潮般消去。三日后,贺家门前,只遗下一个不屈不挠的半截子娃娃。这娃娃长跪在那里,犹如一块石碑,无论何人劝他,他只有一句话:必拜贺栋成为师! 贺栋成只好亲自出门去好言劝他,这娃娃对着贺栋成鸡啄米似的一个劲磕头,泪眼婆婆说道,他是邻县大足龙水镇人氏,姓张名玉安,小名虎儿,家中父母双亡,流落成都,凑巧看见打了金章的贺栋成跨马游街,心中万分仰慕,故而尾随前来螺冠山投师,贺栋成若是不答应,他宁愿跪死在这小院门前。贺栋成见他年虽幼小,却长得背阔腰圆,是块练武的好料。再观他眉眼脸相,刚猛勇厉有之,却也不带邪恶奸佞之气,心中对他已有几分怜爱之意,只是顾忌前日行刺之事,不敢应允,遂硬了心肠,黑脸将他回绝。进得院门,又暗中吩咐徒儿,每日三餐,赏他一碗饭吃。

谁知两日两夜过去,那虎儿一滴水不喝,一粒饭不吃,依旧石桩般杵在地上。

适时正遇倒春寒,寒风挟着雨丝,浇得满世界水湿淋淋。

这日深夜,贺栋成一觉醒来,闻听院里雨打芭蕉竹叶之声,兀地想起门外之人,不由披衣起床,独自撑伞出门,却见那虎儿跪在风雨之中,不发一丝儿声响。

贺栋成赶紧上前用手一探虎儿额头,热烫如火,大惊道:"娃娃,你快随我进屋,避避风雨。"

虎儿举目仰视,硬声道:"师傅无意收我学习缠丝拳功夫,我进屋何用?"

贺栋成大恸:"娃娃起来,今夜我就收你……收你作我的……关门弟子。"

---

① 结梁子,袍哥语言;结仇。

虎儿喜泪纵横,虎地跃起,不料踉跄几步,一头栽倒在地……

荣昌县城第一次行刺失败后,萧天汉来到螺冠山上贺家小院,正欲重新寻找机会,却不料门前众多的投师者启发了他,他于是心生一计……如今居然成功了!

待在贺栋成身边,难道还找不到替父报仇的机会么?

拜师这天,宽敞的四合院坝里,一张老八仙桌上摆满了鸡鸭鱼肉,虽然味道不及重庆成都大码头上的大餐馆,却也是大盘大碗,地道的农家风味。

三十几位师兄也全数到齐。

按照武棚规矩,当下虎儿走下台阶,趴在地上向贺栋成恭恭敬敬地磕了三个响头。

贺栋成端坐在太师椅上,凝眸将他熟视良久,才徐徐说道:"文以评心,武以观德,打拳学功夫,第一要讲武德,虎儿,懂么?何谓武德?武德就是要尊师重道,敬长爱幼,除贪祛妄,戒淫忌恨,而切戒恃强凌弱,见利忘义……"

贺栋成滔滔不绝地说了一通,见虎儿神情懵懂,似还不能全解,遂端起茶杯,呷了一口,转过话题说道:"虎儿,那就让我先看看你的拳脚吧。"

萧天汉自小随父习武,已算会家子了,当下不慌不忙,走到院坝中央的空地上,凝神调息,猛然一跺脚,"刷刷刷刷"地打了一套南派黑虎拳,出拳中不时以气催力,"嗨、嗨"怒吼,声若炸雷。完毕后,双手垂立,恭敬说道:"徒儿功夫浅薄,还请师傅指教。"

贺栋成看罢似曾相识,便问到:"徒儿可曾找人学过功夫?"萧天汉谎称自小在大足龙水镇跟父亲学过。贺栋成心想南派黑虎拳也是一大拳种,会此功夫者自然不少,且虎儿姓张,便打消了顾虑。略一沉吟,说道:"观你拳法,已有几分气候,只是……"

"只是咋样?"虎儿双眼瞪得圆溜溜地望着贺栋成,性急问道。

只见贺栋成微微一笑,提起桌上那瓶荣昌特产直升酒,将杯子斟满,仰起颈项,一口饮下,然后抹抹嘴唇,侃侃言道:"你的拳虽然打得噼里啪啦,虎虎生风,却只不过像戚继光所斥责的'周旋左右,满片花草'而已。为啥呢?就因你行拳走步,旁若无人,全无攻防意识,唯求显技逗巧。花拳绣腿,如系江湖卖艺人倒也罢了,但离上乘武功,就差得太远。"

萧天汉羞窘不已,怯怯道:"请教师傅,究竟怎样才算得上乘武功?"

贺栋成从怀里掏出一本书来,喟然道:"我几十年来,潜心研习的缠丝拳功夫,心血全在此书中啊。"

众师兄急忙上前观看，原来是厚厚一本手写拳谱。封面上写到《缠丝拳法真诀》。翻开里面一看，有"拳理总论"、"源流考略"、"门派阐秘"、"交手秘诀"、"缠丝伤科诊疗"等种种名目。

萧天汉心里一动，正欲细看那书，贺栋成却伸手将书拿过，揣进怀里，说道："虎儿，我已看过你的拳法，不知你击技又是如何。现在不妨与你师兄小试戏耍……"

第五章：舵把子宝座之争

巴塔布扶柩归来，万灵山铁关口老寨里顿时哭声冲天。

丧报刚刚发往飞龙会管辖的九村十八寨，峡口寨掌堂庞龙与弥月沱掌堂王鸣剑，便率先派出信使赶到铁关口，知会管家韩超，均要在丧仪上担任主祭。

庞龙派出的信使是师爷吴福斋，王鸣剑派出的信使则是自己的亲兄弟王鸣越。

老舵爷的丧仪，按例本当由萧天汉，或是萧天成主祭，眼下天汉天成均不在铁关口，依照会中地位，自应由管家韩超一手操持。然庞龙与王鸣剑却以韩超系外来之人，虽贵为会中大管家，充其量不过是老舵爷的一位幕僚清客。这丧仪上的主祭之人，第一当须由老舵爷的嫡亲骨血充任，其二，则应当由老舵爷的结拜弟兄出面。

可要命的问题是，老舵爷的嫡亲骨肉萧天汉杳如黄鹤，死活不知。萧天成又远在重庆，盘桓不回。庞龙虽是老舵爷磕头喝血酒的结拜兄弟，可王鸣剑却是九村十八寨势力最为强盛，平时在二十几位掌堂中说话最为响亮者。谁能当着众位掌堂的面出任主祭之人，其意不言自明。眼下信使相争，不过仅是萧云雄死后，庞龙与王鸣剑两大势力较量的第一个回合。

看着吴福斋与王鸣越当着自己与巴塔布的面互不相让，甚而恶语相讥，韩超清楚老舵爷遽然辞世，少主不归，自己已经深陷于狼巢虎穴之中，霍霍磨刀之声，分明已清晰可闻。

韩超这时已年过花甲，须眉皆白，手脚也不甚灵便，可未到铁关口入伙之前，他却是个名震川东的江湖异人。

韩超本是荣昌县城中的一位落第秀才,不懂武功,却有着一样人人称奇的神奇本事,时人谓之"号水"。看倌都知道,子弹射入人体,倘若出血止不住,一时片刻就要送人性命。要救命,先止血,民间则谓之"号水"是也。韩超百技皆无,偏偏练就了这套"号水"的旁门左道神功。想那中枪着弹之人,通常并非良民百姓,他们倒了桩,由韩超"号水"还阳,韩超的回报,焉能不丰厚？韩超的名声,焉能不远播？

而韩超之能成为萧云雄的救命恩人,此后能成为铁关口的座上之宾,最后反客为主,升为飞龙会中一人之下万人之上的管事先生,则是因为他靠着"号水"神功,硬是把萧云雄从鬼门关前,拉了回来。

光绪十六年(1890年),在与荣昌县接壤的大足县龙水镇,天主教堂与当地民众举办的迎神活动发生严重冲突,以挑煤为业的余栋成组织当地数百群众,攻占龙水镇,杀死教民十二人,打毁教民房屋两百多家,末了点起一把大火,将教堂焚毁。法国主教舒福隆和教士彭若瑟要不是逃得快,也差点挨余栋成砍了脑壳。余栋成还懂点政治,打完砸完烧完后,他不忘发布一道檄文,说自己是"替天行道,声讨洋教"。国人于稀里糊涂之间,也就把敢于提刀砍杀洋人的余栋成,当成个名震天府,万人景仰的"爱国英雄"。

这就是中国近代史上鼎鼎大名的"余栋成教案"。

四川总督刘秉璋火速派桂天培带兵到大足镇压,余兵败被捕。光绪二十四年(1898年),余出狱后招兵买马,私造武器,再次造反,队伍很快发展到六千余人,余被选为首领,这一次与前几次不同了,由于北京城里的慈禧太后怂恿支持义和团打洋教,杀洋人,烧教堂,四川的地方官员也全都上行下效,争相支持暴民打洋教,杀洋人,烧教堂。余栋成随即发布檄文,公开提出"扶清灭洋"、"除教安民"等口号。八月上旬,余下令出兵,北攻铜(梁)安(岳),南击永(川)江(津),东略重庆,西指内江。所到之处,强征钱粮,捣毁教堂,抢劫杀死外国传教士与教民无算。同年十二月,随着八国联军攻陷北京,逃到西安的慈禧太后对义和团勃然翻脸,和洋人联手剿杀拳匪。四川总督也赓即派兵镇压打洋教、杀洋人,烧教堂的地方武装。余栋成再败于清军,见大势不好,遂主动投降,被长期监禁于成都,后被川军师长周俊处死。风波平息后,重庆关道台张华奎与在这场打洋教风波中死里逃生的法国主教舒福隆谈判后议定,将中国政府赔偿法方的五万两白银,在与龙水镇相近的荣昌县城,重新修建一座教堂。

两年后的夏天，消息传到铁关口，说是荣昌县城后西街新开了一家洋庙，庙堂里一不供如来佛，二不供观音菩萨，供的是个被钉在十字架上的西洋大胡子。这西洋大胡子光胯叮当，身上除了搭块布片片，啥也没穿，就像刚从澡堂子出来。洋庙里不单来了两个男洋和尚，还来了一个年轻的女洋和尚。女人做和尚本不是稀奇事，咱中国不多的是尼姑么？眼皮底下的万灵山中，不也还有个求子极灵，人人皆知的百子庵么？百子庵里，不就住着好几十位尼姑么？可消息说，那女洋和尚与中国的尼姑可不一样，鼻子比咱中国尼姑的尖，眼睛比咱中国尼姑的蓝，奶子也比咱中国尼姑的大了许多，泡耸耸的一个能顶咱两三个。而且穿着打扮也和中国尼姑全不一样，一身黑袍子，头上披块黑头巾，两只高耸耸的奶子中间，还挂着一个用铁片子做成的十字架。

萧云雄听了觉得好奇，既想看看那女洋和尚一个能顶咱中国人两三个的大奶子，更想趁便去县城好生耍耍，去戏园里舒舒服服看它两场川戏，上大饭馆里开它几桌大宴，便带着庞龙、王鸣剑几个心腹弟兄，去了趟县城。

逛过后西街上的"洋庙"天主教堂，看过洋女和尚的大奶子，那晚一帮弟兄上南华宫戏园子看过川戏，正欲回栈房歇息，不料却撞上了泸县巨匪骆三春潜入荣昌县城打劫"兴源钱庄"，捕快赶来缉拿，双方在昌元大街上交起火来，乒乓翻天，飞矢如蝗。刚刚从戏园子出来的看客、在街边摆夜摊的小贩，惊叫着四下狂奔。

萧云雄的飞龙会并不干这打家劫舍的勾当，众人正欲避开，不料已经迟了，一潮飞子儿"噗"地打中了萧云雄的肚皮，只听他"哎哟"一声，"咚"地跌倒在大街之上。

庞龙、王鸣剑等慌忙将他架起，一窝蜂赶回了栈房。萧云雄裤子衣服已被鲜血染透，王鸣剑将那衣裤脱去，见肚脐一带，已被铁砂散弹，打成乱糟糟血糊糊一片，烂肉中无数小孔，正汩汩往外冒血，活像钻出来无数条红通通曲蟮，刚擦过，又爬了出来，密密麻麻，擦都擦不赢。

庞龙惊叫道："狗日的，大哥是误中了棒客的火药枪，铁砂子把肚皮打烂了一大片，这血要不立时止住，大哥就险了！"

栈房老板闻声也赶了过来，认真看了看伤口，言道："幸亏客官是伤在荣昌城里，这要是伤在别处，恐怕就真的没命了。"

王鸣剑一听大叫："老板，你这是啥意思？莫非这荣昌城里，有人能治我大哥的红伤？"

老板道："'号水'的韩超，难道诸位客官从未听说过？只要你们舍得出大价儿,把他请来,不费吹灰之力就能治好。"

王鸣剑猛地在额头上一击,叫道:"韩超我当然听说过,可刚才这一着急,就昏了脑壳喽!"

一旁的庞龙蓦地从怀中掏出一大锭银子塞在老板手中,急声道:"老板,这就麻烦你亲自去跑一趟,火速把韩超给我请来。这是给你的跑路钱,韩超只要把我大哥的红伤治好,我这里另有重谢。"

老板双手接过那大翘宝,喜得眼珠子差一点弹出眼眶,将银子往怀里一揣,猛地转过身,屁颠屁颠往门外跑去。

此时萧云雄仰瘫在凉板上,因流血过多,脸色既青又白,额沁虚汗,已呈危象。

众弟兄正手忙脚乱,心急如焚,忽地便听见老板在院坝上喜勃勃大喊:"来喽——大家不要慌——救命的活菩萨来喽!"

众弟兄慌忙散开,但见颇有点仙风道骨模样的韩超不慌不忙走来,将药囊放在桌上,弯腰诊视伤口,待细细看过,却不发一言,冲着萧云雄面露微笑,吩咐老板快快舀一碗清水来。

众弟兄见他面露笑容,知道舵爷有救,心中立时轻松了不少,眼睁睁看着他下一步如何救治。可令他们惊奇的是这位爷既不打止血针,又不用止血药,将老板送上的一大碗清水,双手接过,毕恭毕敬置于桌上,随后拿出一张符纸,对空来回上下划动,口中喃喃念咒,状极严肃。划了符纸,念了咒语,再将符纸点燃,在水碗上袅袅绕动,依然是口念咒语,符纸则化为只只红蝴蝶、黑蝴蝶,纷纷扬扬落入清水之上。

做完这一切,韩超才双手将碗端起,仰着脖子喝了一大口清水,包在嘴里,鼓起腮颊,盯着萧云雄肚子上的伤口,"扑"的一声,喷淬下去。

看官,信不信由你,那无数条原本满肚皮乱爬的红通通曲蟮,犹如着了魔法似的,在众人的瞠视之下,顷刻间便给定住了。

众好汉如见仙翁,啧啧称奇。

不过一支烟工夫,萧云雄的脸色,也随之好转。

韩超这才打开药囊,用两指挟出一粒黑色丹丸,让萧云雄用碗中清水服下,然后说道:"壮士服了我这丹丸,尽可高枕无忧。顶多三个时辰,壮士体内的铁砂子,便可一粒不剩地被这药力排出。我包你不消三日,便如同好人一样了。"

萧云雄双手抱拳,冲韩超打了一拱,言道:"今日得遇仙翁相救,实是缘分。仙翁后半辈子的衣食用度,养老送终,小弟萧云雄全给你包了!"

"呀呀！"韩超一声惊叫，赶紧冲着萧云雄作了一个大揖，言道，"原来是替天行道，杀富济贫的萧大英雄驾到，韩超失敬，韩超失敬了！"

那老板一听受伤之人竟是萧云雄，也鸡啄米般连连作揖打拱。

此后，韩超便成了萧云雄的座上之宾，数次被请至万灵山中小住，也为萧云雄手下弟兄疗治红伤恶症。再后来，他难御萧云雄盛情挽留，索性将家小搬去铁关口，入了飞龙会，成为萧云雄最为倚重的头号幕僚。

既然做了老舵爷多年的亲信大管家，于这危机陡起的关键时刻，也自能想出办法应对。

韩超沉下脸，对吴福斋和王鸣越郑重言道："老舵爷不幸蒙难，二位掌堂痛心疾首，欲尽兄弟之谊，于情于理，皆是应当。你二人即刻回去禀报各自掌堂，飞龙会延绵百年不衰，靠的就是祖辈立下的铁打规矩。老舵爷撒手而去，理当由天汉主祭，眼下天汉未归，韩超自会依照规矩筹办老舵爷丧仪，无需二位掌堂劳神费心。"

韩超冷言厉色，打发走了两位信使，立即拜托巴塔布辛苦一趟，马上轻舟出山，前往泸县码头，再转乘英商太古公司的下水轮船，急赴重庆，务必火速将萧天成接回老寨济急。

不过，韩超也知道此行可能不太顺利，不得不将一些内幕透漏给巴塔布。他说，萧天成因其母长期被老舵爷打入冷宫，在天成三岁时便吞生鸦片身亡，因而饱受歧视，对一群大妈小妈恨之入骨，视老寨如同火坑，故自小去万灵镇尔雅书院读书，毕业后即转赴重庆深造，于川东书院毕业后，也不愿回老寨随父亲闯荡江湖，坚持独自留在重庆自谋营生。

得知内情，巴塔布不免有些担心了，言道："如果大少爷执意不归，我当如何处置？"

韩超发狠道："大少爷饱读诗书，自当明晓轻重缓急。眼下情况，已是火烧眉毛，我们也顾不得许多了，大少爷要真是为图洁身自好，一意孤行，执意不归，你就是绑，也得把他绑回来！只要先把舵爷的位置牢牢坐稳当，我再跪伏老舵爷灵前，烧香磕头，向老舵爷请罪。"

金煜瑶玩心重，闻知爹爹要下重庆，也坚持要陪爹爹同去。

一路舟船劳顿，第三日临近中午时分，巴塔布与金煜瑶在重庆储奇门码头登岸后，急如星火地赶到上半城小什字《重庆朝报》报馆，向几位编辑打听萧天成。

编辑却说萧天成一早到南岸采访去了,要下午才能回来,让他俩等一等。

二人从报馆出来,马上招来两乘滑竿,去了西郊佛图关。进了顺风门,方知人类对于人祸天灾的自我修复能力,强大得令人不敢不惊叹。这才过去仅仅一年时间,关内几乎已经见不着半点战争留下的痕迹了。关上房舍炊烟依旧,狗吠鸡鸣声处处可闻,只不过全换了主人。在将军行馆大门前旗杆上猎猎飘扬了近三百年的黄龙旗,也变成了南京临时政府的五色旗。以前专供旗人子弟读书的奎英学校呢?也恢复成昔已有之的"夜雨寺"了。"君问归期未有期,巴山夜雨涨秋池。何当共剪西窗烛,却话巴山夜雨时。"李商隐留下的这首脍炙人口,名扬天下的《夜雨寄北》,重新勒石立碑,成为"夜雨寺"招揽香客的金字招牌。

金煜瑶和巴塔布买来香烛纸钱,登上关内最高处,纸钱明烛照天烧,面对苍天和匍匐于山脚下的重庆城区跪下,祭奠一年前蒙难于此的金玉安将军。

从高处俯瞰,关下林木葱郁,烟云缭绕,使佛图雄关宛如浮在云空之中的蓬莱仙境。两江碧玉如带,河中帆影点点。唉,要不是发生战乱,这风景,多美!

下午三时左右,金煜瑶和巴塔布再到报馆,萧天成已从南岸回来,正等着他们。

金煜瑶暗暗惊奇,眼前的萧天成与萧天汉比起来,简直就不像是同一个爹的后代。萧天汉孔武精壮,霸气十足,萧天成温文尔雅,秀外慧中。西装革履,头发弄得油光乌亮不说,鼻梁上还架着一副玳瑁边的方框眼镜,更给他增添了浓浓书卷之气。

萧天成的态度让韩超不幸言中,众人眼中梦寐以求的舵把子这张金交椅,萧天成却弃之如敝屣。

他对巴塔布和金煜瑶言道:"我自幼生长在老寨之中,对列祖列宗为争夺那张舵爷交椅,文抢武夺,钩心斗角,甚至骨肉相残的惨烈之事,耳熟能详,以至于深恶痛绝,避之唯恐不及。先贤云,宁静以致远,淡澹以明志,我好不容易才为自己寻得一方净土,岂可贪恋权势,重蹈那暗无天日之地,去与人争权夺利,干那充满阴谋与杀伐血腥之事?"

萧天成之对过去铁关口的生活有"暗无天日"之感叹,实是因为他的母亲蔡氏命苦,害得他也遭连累之故。

萧天成虽然长着萧天汉三岁,却只因系庶出,故地位自不能与天汉相比。萧云雄的大房生了两女一子,天汉的两位姐姐,均已嫁人,按会中祖辈立下的规矩,天汉作为长房嫡子,当属飞龙会的天然承继者。而天成母亲蔡氏本是万灵镇一杂货店老板之女，小家碧玉，饶有姿色，被萧云雄一眼看中，便纳去做了二姨太。谁知刚做了母亲，萧云雄又一口气接连纳了五房姨太太，后来之人，不是出自青楼便是出自戏班，个个如花似玉，人比她年轻，更比她妖娆，邀宠的手段也比她高明，心气也比她更高更足。优胜劣汰，蔡氏自然落得个"高楼苦寂寞，无计度芳春"的凄苦境地。到天成三岁那年，蔡氏因难忍其他妻妾羞辱，吞生鸦片自杀身亡。自那以后，萧天成便饱受欺凌，就连其他几位小妈的丫头，对他这大少爷也难得有副好脸色。故而萧天成对老寨生涯，深恶痛绝，自小发愤读书，决心跳出火坑，靠诗书立世，做一个清白之人。

萧天成对舵把子之位无动于衷，自然就让衔命前来的巴塔布着急万分，赶紧言道："大少爷心境高远，洁身自好，令人仰佩。不过，大少爷总归也是老舵爷骨血，如今庞龙与王鸣剑二人野心曝露，趁天汉未归，急欲抢舵爷交椅，大少爷此时若是赶回去，依照帮规顺理成章地坐上舵爷之位，庞、王二人阴谋，自然就无法得逞了。"

萧天成摇摇脑壳，依旧无动于衷地言道："天成饱读史书，知道古往今来多少血雨腥风事，皆因一个权字而起。天成倘若利令智昏，仗恃祖宗规矩，坐上总舵把子之位，其情其景，想也强不过汉献帝。一者，我手无缚鸡之力，更无寸功可以服众，坐在总舵把子位置上，难免不为众位掌堂羞辱耻笑；二者，天汉如今生死不明，他乃长房嫡子，系我萧家的当然承继者，倘若真如巴爷所言，天汉如今为父报仇，只身潜往螺冠山，那我就更不敢鹊巢鸠占，做出令亲者痛，仇者快的事情来了。"

巴塔布让他这番话堵得张口结舌，不知如何相劝，没想一旁却恼了性子刚烈如火的金煜瑶。

金煜瑶杏眼圆睁，瞪着萧天成尖刻说道："大少爷圣贤之书想是读得多如牛毛，恐怕唯独缺了《水浒传》和《三国演义》，未曾学得与人争权夺利之术。圣贤之书没把你变聪明，却反倒把你变迂腐了。刚才你那番冠冕堂皇的高论，看似世人皆醉唯我独醒，骨子里透出来的，却是读书人最讨厌的骄矜与虚伪。你不愿，或是不敢回去做舵爷，并非是你品行高洁，出污泥而不染，第一你是怕九村十八寨掌堂不给你面子，处处和你作对，受不得这份窝囊气。二者呢？又担心天汉倘若一旦报得父仇归来，不仅是名正言顺的舵爷，更是货真价实，人人敬服的英雄好汉，登高一呼，必然万众响应。到那时，你就落入了一个上不挨天，下不沾地的尴尬处境。"

巴塔布担心萧天成面子上受不住，赶紧喝道："煜瑶怎可对大少爷如此无礼?"

　　金煜瑶头一摆:"爹爹莫阻拦女儿,我今日倒要问问大少爷,金煜瑶说得对,还是不对?"

　　萧天成万没想到一个俏丽娇柔的小姑娘,竟然心计缜密,一针见血,将自己的心思暴露无遗,禁不住面红耳赤,既羞又愧,一时间无言以对。

　　金煜瑶却是得寸进尺,不依不饶,继续说道:"大少爷不敢正面回答我的问题,那就证明煜瑶言之不谬。该说的话,我索性把它说尽罢! 大少爷倘若决然于这危难之中返回铁关口,挽狂澜于既倒,做一个萧家的忠孝之子,我和爹爹可以倾力相助,祭出斩龙剑,不愁镇不住少数几个心怀异念的掌堂。要是你依旧为明哲保身,而执意袖手旁观,我和爹爹即刻离去。待到飞龙会大权落于虎狼之人手中,荣昌多了一个为患乡里的匪帮,萧家满门老幼大难临头之日,我倒要看看大少爷究竟是心如止水,无动于衷,还是痛心疾首,悔恨交加?"话到此处,金煜瑶霍然站起,冲巴塔布一声吼,"煜瑶话已说尽,爹爹,我们走吧!"

　　金煜瑶的负气之举,没想却起到了一招妙到颠毫的激将法之作用,父女俩刚一走拢门槛,只听身后陡响一声"二位且慢!"

　　这下着急的是萧天成了,他急切问道:"诚如煜瑶所言,我真欲回去,自忖也斗不过九村十八寨那么多如狼似虎的掌堂。刚才煜瑶说祭出斩龙剑,是何意思? 能否把话,说得更明白透彻一些?"

　　金煜瑶旋回转身,重新坐下言道:"像庞龙、王鸣剑这样的奸险之徒,不就仗着手下有百把支川麻杆①,说话才这样气粗声响么? 我对九村十八寨的武装早就了然于胸,二十六个掌堂,除了王鸣剑的船户帮和庞龙的渔户帮力量最强,其余再无人敢出头露面当魏延。而要对付庞龙与王鸣剑,当务之急,就在于尽快壮大起一支能供舵爷自己驱使的武装。"

　　萧天成一怔:"怎么个壮大? 还尽快? 我手无缚鸡之力,也不知是否有掌堂愿意供我驱使?"

　　金煜瑶道:"我这么跟你说吧,只要大少爷愿意回去,把这舵爷的交椅替你们萧家人牢牢坐稳当了,我和爹爹再专为壮大武装的事下一趟重庆,要不了十天半月,就可以帮你买回一批最新式的西洋快枪。只要手中有了一支忠于你的精锐武装,我看还有哪个脑壳上长了反骨的'天棒'②,敢跳出来与你萧舵爷作对?"

---

　　① 川麻杆:四川军阀自己的兵工厂生产的一种仿汉阳造步枪,质量差,打起来常卡壳。
　　② 天棒:袍哥语言,无法无天,敢打敢杀之人。

萧天成一脸愁云地说:"买西洋快枪,那得花多少银子啊?我独自在外多年,对家里的情况两眼一抹黑,老寨砸锅卖铁,能不能拿得出这样大一笔钱,我不知道。就算有这样一大笔银子,我能否动用,也仍然是个未知数。"

金煜瑶道:"我既然已经表明是与我爹爹倾力相助,银子的问题,自然就无需大少爷考虑半分。"紧跟着又补了一腔话,让萧天成霎时红腴了脸膛,"你今年都十九岁了,再不济也是个七尺男儿,既然生就成了男人,这辈子就一定要有一副男人模样,利利索索、痛痛快快,千万不要扭扭捏捏、婆婆妈妈。我金煜瑶最看不起的,就是那种拧不干打不湿的瘟猪子男人!"

巴塔布也道:"大少爷,我们要的,就是你这个堂堂正正的名分。飞龙会真要出点啥事,不消劳烦大少爷,我和韩超就能帮你对付。"

萧天成一听此言,顿时双眸放亮,声音也高亢了许多:"真真是羞煞天成了!想你父女乃外姓之人,竟然为我萧家祖业不惜倾家荡产,我这个萧家后人,还有什么舍不得丢不下的?即便是火海刀山,龙潭虎穴,我现在也只能义无反顾地往下跳!"

巴塔布闻此言喜上眉梢,说:"大少爷能有这态度,萧家祖业,就算是保住了。"

萧天成又补了一腔话:"不过,有一点我必须先讲断,后不乱。我现在随你们回万灵山也的确是勉为其难,为保我萧氏满门平安。倘若有朝一日天汉兄弟报得父仇归来,我即刻将舵爷之位让给他,绝不恋栈!"

巴塔布高兴得直搓手,大声道:"事不宜迟,大少爷,我们马上去朝天门码头罢。"

萧天成道:"都这个时候了,去了朝天门码头也没有船。这样吧,我马上叫报丁去订船票,明日一早,我们便回万灵山。"

金煜瑶也说:"这样甚好。"

次日一早,三人来到朝天门码头,登上了英商太古公司驰往泸州方向的"明通"号轮船。

重庆至荣昌有两百来里之遥,走成渝官道虽是便捷,但陆路奔波,车马颠簸,日晒雨淋,不胜其苦。这兵荒马乱的年景,若是遇上劫道的强人,那就更是倒了八辈子血霉。故而有钱人家,通常是坐由重庆到泸州方向,由英兵护航的上水洋轮,到泸州后再溯沱江、濑溪河到泸县县治所在地福集镇,再换乘汽筏子或木船,顺濑溪河逆行,便可直抵荣昌县城西宁门外的水码头了。

第五章：舵把子宝座之争

数日之后，万灵山中，孝帕飘飘，白影点点，九村十八寨掌堂云集铁关口老寨，为老舵爷萧云雄举丧。当庞龙与王鸣剑蓦然看到主祭之人竟是萧天成时，两人心中，顿时清楚着了韩超的阴招儿。然帮规祖制在上，他俩虽是怒火如焚，心如锥扎，在举丧的三天时间里，却也无法可施。

待将萧云雄入土为安后，韩超遂将众掌堂留下山堂议事。

山堂之上，气氛肃然，已经脱去西装，摘去领带，换上一身麻衣，头扎孝帕的萧天成，端坐在上首位，左边韩超，右侧巴塔布。二十六位虎气彪彪的掌堂大爷，分坐两排。

韩超刚一道完开场白，讲明此番所议诸桩大事后，庞龙便迫不及待地跳将出来，公开反对萧天成继承舵爷之位。

庞龙沉下脸道："按照祖制帮规，这舵爷之位，理当由长房嫡子天汉侄子续继，眼下天汉生死不明，音讯全无，天成侄子趁空儿坐上去了，要是天汉冷不丁回来，这事儿可就不大好办。众位掌堂都知晓，我飞龙会老辈人中，亲兄弟为争这舵爷宝座，打得头破血流，你死我活的事情，就发生过不止一回两回。老寨一动刀枪，弄得各家掌堂，也跟着选边站队，血雨腥风，从此不得安生。韩爷这么做，岂不是存心给我飞龙会，留下个凶险后患么？"

韩超压住怒气言道："长房无子续继，依照帮规，庶出之子也是可以继承的，所以说萧天成续继舵爷之位，绝非随便、轻率之举。"

萧天成陡然离座，双手抱拳恳切言道："龙叔所言，不无道理，前车之鉴，后人自当防微杜渐。不过，天成在此也有一腔肺腑之言，当向诸位前辈表明。天成文不能等因奉此，武不能跃马横枪，自知能力不逮，不足以令诸位前辈信服，今此继承这舵爷之位，也确系勉为其难。一旦我兄弟天汉归来，我便即刻让位于他，绝不可能出现兄弟阋墙之事。"

王鸣剑重重地拍着太师椅扶手，旁若无人，哈哈一笑，言道："说得轻巧，扛根灯草，我只知晓历朝历代，不管是浑水还是清水袍哥堂口上，为争夺舵爷之位兄弟相残，父子为敌的事，层出不穷，还从来没有听说过有哪一个坐上了总舵把子位置，又主动把这金交椅让给别人坐的……嗨嗨，众位哥子兄弟，你们可曾听说过有这样的新鲜事么？"

山堂上陡响起一团哄笑之声。

萧天成双颊飞红，嘴唇颤抖，欲怒不敢。

巴塔布赶紧道:"过去即便不曾出过这样的先例,并非证明今后我飞龙会就不会发生。天成由重庆回来之际,就已经言辞凿凿地表明了这个态度,今日又再次当着众位掌堂的面……"

王鸣剑虎地瞪圆了眼睛,气势逼人地打断巴塔布的说话,言道:"这飞龙会是靠啥打天下的?官军一旦再次进山清剿,弟兄们虽说一个个全是刀尖上滚过,血盆里泡过的汉子,可飞龙会缺了过硬的主心骨,试问咋个应对?我斗胆说句不顺耳的话,天成侄子这辈子养尊处优,打小饭来张口,衣来伸手,恐怕至今连只鸡鸭也没有杀过吧?以这样的能耐德性,能杀人如麻?能号令八方?能率兵打仗?要是不能,岂不是占着茅坑不拉屎?鸣剑以为,萧家无人,那舵爷这副千斤重担,就理当由我们这些老舵爷的'对红心'①兄弟来挑,也不辜负老舵爷生前厚待我等兄弟一场。"

此言一出,全场寂然。

掌堂们有的面面相觑,有的交头接耳,窃窃私语。

庞龙见王鸣剑竟然抢了自己的上风之势,心中着急,却顾忌到王鸣剑的船户帮势力远比自己的渔户帮强大,如果此刻公开跳出来和他争夺,只能过早地把自己置于死地。庞龙面相粗鲁,却是个粗中有细之人,清楚当务之急,是绝对不能让已经抢先亮剑出招的王鸣剑得逞,这样也可为自己留下个日后图谋大业的余地和机会,遂大声说道:"山堂议事,哥子弟兄们自当一根肠子通到底,想啥说啥,不能把话藏着掖着。不过,祖宗定下的规矩还是不能不讲究的。天汉不在,会中不可一日无主,天成呢?资格有,能力眼下又不能服众,那么,我倒有个办法,可以活泛处置……"

萧天成此时正如溺水之人突然抓住了一根稻草,赶紧道:"龙叔请讲。"

庞龙道:"既然天成表明自己愿意将来把舵爷之位主动还给天汉,何不如就暂且做个代理舵爷好了,既不违帮规,又给天成一个历练的机会。我意以三年为期,干得好,能得到诸位掌堂拥戴呢,今后就将代理二字取掉,实至名归地把总舵把子当下去,要镇不住堂子,天汉又迟迟不回来呢?那时我等兄弟,再恭请鸣剑兄出山,做这飞龙会掌舵之人。"

众掌堂谁也不愿眼睁睁看着气焰嚣狂的王鸣剑,轻轻松松把这么大一个落地桃子捡了去,倘有这三年时间,且不说也算给所有心怀异念者争得了一线希望,至

---

① 对红心:袍哥语言,彼此能以心换心之人,指友情深厚。

少也能避免便宜了王鸣剑,于是尽皆一片声附和庞龙主张。

志在必得的王鸣剑冷不防着了庞龙使出的这一记窝心锤,瞠目结舌,明知庞龙出招使绊,意在自图,却因他这腔话听上去处处占着道理,竟寻不出只言片语来反驳,只好恨恨作罢。

萧天成一回铁关口便挨了个下马威,在山堂上当众受了一番羞辱不说,理当继任的总舵把子,还在前面添上个"代理"二字,心中自是万分郁闷。

毕竟金煜瑶自幼见过许多大世面,读书时又受过高人点拨,年纪虽小,却能力超群,端地能办成大事。她和爹爹跑了一趟重庆,一登岸,便先携重金,前去名流大贾聚居的小什字江家巷,拜见袁青阳。煜瑶乖巧,一入袁大爷的客堂,便向着救命恩人跪地磕头,恭行大礼,送上重金。除此之外,还将一柄价值不菲的翡翠如意,送与袁青阳八十岁老母。讨得袁大爷欢心后,又将当年自己和干爹离开重庆后的经历,细细呈上。末了,再谈到当下铁关口老寨中的险恶情势,以及自己的打算。巴塔布自然也不会忘记恰到好处的帮腔。袁青阳对知恩图报的干女儿深为喜爱,落得好事做到底,送佛上西天,当下派范玉斌带着金煜瑶巴塔布,去那陕西街上找着生意上有往来的一家大洋行,谈妥了购买武器弹药的生意。待将一切落实下来,袁青阳又安排自家堂口上的力量,协助他父女俩将所购枪支弹药,一直送到泸县福集镇码头。

有袁大爷尽心帮忙,事情办得来一帆风顺,不到十天工夫,父女俩就将二百支英制毛瑟枪,十支德制二十响手枪,两挺捷克式轻机关枪藏匿于寻常货物之中,神不知鬼不觉地运回了铁关口老寨。

在为父女俩接风的晚宴上,萧天成感激涕零言道:"巴爷煜瑶,大恩不言谢,天成当着韩爷的面对天发誓,有朝一日我要能把飞龙会牢牢掌控在手中,这购枪之款,我定当加倍奉还!"

金煜瑶想起与赵中玉一块在关公像前发誓"做有利天下之人"的誓言,慨然道:"施恩图报,代舵爷把我父女当成啥子人了?如今枪也有了,子弹也有了,这训练之事,就有劳我爹爹了。煜瑶明日起,还得回到百子庵中,做我应做之事,还望代舵爷痛定思痛,拿出悬梁刺股的劲头来,早日重振飞龙会雄风。"

第六章：血色万灵山

金煜瑶原本打算潜心在百子庵跟着慧清师太苦练"金攒指"，可是个人想法远没有形势变化来得快，这次回到百子庵，她待了还不到半年时间，便不得不匆匆赶回了铁关口。

这是因为，她爹爹巴塔布着了阴招，竟然在光天化日之下被人"黑铲"①了。

长得虎背熊腰的巴塔布武功超群，手里又握有一支杀伤力远远超过川东地面上任何一支土著武装的队伍，居然还有人吃了熊心豹子胆，敢在他这老虎头上来拔毛！

巴塔布在八旗军队里干了三十几年，冷热兵器，长短家伙，没他不会的。自从把洋人制造的这批武器运回铁关口后，他就按照自己的设想，着手训练一支绝对忠于萧天成的亲兵队伍。他精挑细选出二百五十名身体精健的青壮男人，集中住在铁关口堡寨里，大锅开饭，大铺睡觉，另加两天一个小荤，五天一个大牙祭——回锅肉、甑子饭管够。巴塔布每天带着他们在坝子上下洋操（练队列）、练刺杀、练射击，攀越各种各样的障碍物。隔三岔五，还把队伍拉出堡寨，到荒山野岭去练急行军、挖战壕，分战斗小组练习进攻和防守。

时间一长，巴塔布便被人视为了"飞龙会禁军总教头"。飞龙会的弟兄，万灵山里的百姓，祖祖辈辈哪儿见过这样的阵仗？队伍训练时，时时刻刻都有许多男女老幼围在坝子边看热闹。

----

① 袍哥语言：暗杀。

并不全都是热烈和羡慕的眼光——有人见了,肯定会很不高兴。

要命的是,这种不高兴很快便酝成了一场血案。

这场血案,发生在已有上千年历史的万灵古镇。

万灵镇地处濑溪河东岸,黑黝黝一道老城墙,环绕着密集在河岸上的一大片高低错落的古旧街房。隔着大荣桥与对岸的万灵山遥遥相望。这里自古以来便是个热闹的水码头,街肆上旗招飘飘,热闹非凡,进街口立着老态龙钟的巨大石牌坊,街面上被踩踏得光生锃亮的青石板也历经过好些朝代了,民居大都还保持着宋元特点。湖北湖南的行帮为了生意上的方便,在镇上建起了堂皇气派的湖广会馆,门宇高大的赵氏宗祠香火鼎盛,已有数百年历史的尔雅书院里书声琅琅。从上游大足下来的各种物产,荣昌本地生产的夏布、安陶、折扇,还有长得圆滚滚肥咚咚的荣昌猪,以及万灵山的各种山货,大都如涓涓细流般汇聚到此地的水码头。万灵镇与万灵山之间,隔着一座横跨于濑溪河上,已有千年历史的大荣桥,历经风蚀雨剥的桥墩上长满了黝黑的青苔。靠万灵镇一头为拱桥,主拱高十米,宽五米,可过漕运大船。拱桥到了河心,则变成了一长溜厚厚的石板桥,每块石板重约四五吨,平展展通向北岸,可在桥面上跑马。桥面两侧的护桥墩上,还刻有活灵活现的飞龙石雕。

万灵镇寨墙外面屹立着一棵上了年纪的老黄桷树,巨大的桠盘斜斜地向着河心伸展而去,树下,是一家茶馆,穿斗架拱,飞檐翘角,古色古香,茶客借一杯香茗,依栏而坐,看潺潺濑溪河,从脚下流淌而过。尤其是到了夜间,明月高悬,凉风习习,河面上渔火点点,偶尔飞起几声渔歌子,更是令人心旷神怡,如临仙境。坐在茶馆里,目光飞过濑溪河,掠上万灵山,还能看见高耸于老鹳岭上金碧辉煌的万灵寺的身影。

一个赶场天,经常相互寻衅滋事的庞龙的渔户帮和王鸣剑的船户帮,又在场街上打起来了。眨眼之间,小小的万灵镇上满街鸡飞狗跳,百姓狂奔乱叫。船户帮人人手执两三丈长,套有铁篙头的青竹篙竿,一戳身上一个洞,一扫对方倒下一大片,打得庞龙的渔户帮跳上了墙,蹿上了房,用墙砖和瓦片作武器,雨点般往船户帮脑壳上砸,把好端端一个千年古镇,打了个皮开肉绽。

庞龙的渔户帮招架不住,赶紧派人飞骑向铁关口告急,请求代舵爷萧天成火速赶去断公道。萧天成闻讯后,担心事情弄得无法收拾,赶紧派巴塔布带着一百名亲兵,骑马赶往万灵镇,把厮打双方隔离开,自己则带着大部队乘船前去处置。可他怎么也没想到,自己率领的船队离万灵镇还隔着老远,抢先一步赶到的巴塔布,已经来了个快刀斩乱麻,三下五除二便把事情处理完了。

巴塔布率领的马队径直冲进万灵镇,在赵氏宗祠和湖广会馆大门前的小街上,强行将渔户帮和船户帮分隔开。占了上风的船户帮骂巴塔布行事不公,存心拉偏架,挺着铁篙头冲上来,要和巴塔布拼命。巴塔布再三招呼不住,看见好几个亲兵弟兄被捅翻在地,血沽淋当,一怒之下,下令向为首之人和伤人者开了火。洋枪对青竹篙竿,胜负摆在那儿。枪一响,只见小街上"哗啦啦"倒下一大片船家汉子。

在墙头上和房顶上的渔户帮的大声喝彩中,遭受重挫的船户帮犹如水银泻地,狂呼乱叫着四下散去。

事后巴塔布才知道,被他当街击毙的船户帮头子,是弥月沱掌堂王鸣剑的三弟王鸣超。

虽然萧天成尽量把万灵镇血案说成是飞龙会兄弟之间的一场误会,把责任拼命往自己头上揽,在他的努力调停下,还把王鸣剑和王鸣越兄弟俩请到铁关口,和巴塔布坐在一张桌子上,在他的撮合下彼此碰了杯,喝了酒。他还亲自前往弥月沱参加王鸣超的葬礼,对王鸣剑、王鸣越予以厚恤。

可即便如此,王家兄弟和巴塔布的杀弟之仇,也算是深不可解了。萧天成也告诫巴塔布,说行船走水之人,性子粗野,最好深居简出,减少风险。

原本心高气傲的巴塔布,这次也谨慎小心了许多,回到铁关口后,他几乎足不出堡寨大门一步,甚至连野外训练的内容,也都改在寨子里进行。连亲兵弟兄们都在私下议论,说他们的禁军教头这下和船户帮结了大梁子,以后在飞龙会里,只能夹着尾巴做人了。

这话传到巴塔布耳里,让他很是抑郁。

仇人对他实施的报复行动很快便开始了,做得来天衣无缝,残忍得令人发指。

某日,一位被巴塔布提拔为亲兵小队长,名叫田真孝的父亲做五十大寿,邀请巴塔布前去他家所在的湾子田家屋基,喝一杯寿酒。巴塔布正想用行动来向亲兵队员们证明自己不会害怕万灵山中的任何人,更不会因为害怕船户帮的报复而缩在铁关口不敢出寨门一步。接到田真孝的邀请后,一口答应下来。他担心萧天成劝阻,连招呼也不给他打一个,便只带了一乘滑竿、四名保镖,随田真孝出了铁关口寨门。

田真孝的父亲是当地一个地主,按照风俗流水席要开三天。席间,巴塔布遇上了庞龙的师爷吴福斋。巴塔布与他最早认识,于是便坐在一桌,亲亲热热摆开了龙门阵,还甩起手杆划拳,高杯矮盏喝酒。巴塔布见了酒就离不开,这一喝,就喝了整整三天。

到第四天上午,四名保镖将醉得人事不省的巴塔布扶上滑竿,簇拥着出了田家屋基,逶迤往铁关口方向而去。

离开田家屋基不到两个时辰,刚走到一个叫毛界岭的险要地方,枪声就陡然响了。

这一仗打得干净利落,四名保镖与几名轿夫一听枪响,还没看清袭击者的模样,便扯伸脚杆逃得飞快。袭击者冲到滑竿跟前,看见巴塔布还躺在竹椅上鼾声如雷。

巴塔布一失足成千古恨,结果实在太惨。

等金煜瑶得知噩耗,飞马赶到毛界岭,眼前场面,令她目瞪口呆,喘不过气来:几根碗口粗的南竹架在一起,中间悬空吊着已经被熏烤成一大块油黑腊肉的巴塔布,下面,是一个已经熄灭掉的柴火堆。根据现场的情况,金煜瑶完全能够想象出那惨烈的场面,干爹被悬空倒吊着,身下的柴草堆燃起来后,又被人用湿土撒上,将火焰压住。那无数股浓浓烟柱,便向着干爹的头上身上袅袅而去。干爹在烟团中挣扎、蹬动,却叫不出声。他的嘴里同样塞满了湿土,并用布巾在脑后牢牢勒住……很快,油被烤了出来,滴到烟火堆中"滋滋"作响,干爹强壮的身躯逐渐萎缩,及至再也不动。

金煜瑶长跪在干爹遗体前一动不动,也不允许任何人移动干爹的遗体。她从太阳下山一直跪到太阳从东边的山脊背后再次露出脸来,她没有移动过半分。熊熊燃烧的怒火,早已将她的泪水烤干,原本清澈如水的眸子深处,透出一股灼人的杀机……经这一夜,金煜瑶突然觉得自己长大了十岁!一个尖厉的声音在脑海长啸不止:"天杀的,你们用什么手段害死了我爹爹,我一定要以牙还牙,用同样的手段惩罚你们——不,要比你们施于我爹爹的痛苦强烈十倍、百倍!"她心中萌发出一种庄严的使命感,不管采用什么样的手段,她必须替干爹报仇!

可严重的问题摆在眼前:暗杀干爹的仇人是谁?萧天成和韩超均认为必是弥月沱王氏兄弟所为,金煜瑶却并不这么看,因为她从逃回的保镖口中了解到,干爹在田家寿宴上,遇见了庞龙的师爷吴福斋。她认为凡是不希望萧天成能够坐稳飞龙会舵爷位子的任何一位掌堂,皆有可能。而且她还提醒萧天成,在没有确凿证据证明凶手究竟是王氏兄弟还是庞龙之前,决不可同时两面树敌。

金煜瑶在大祸临头之际表现出的与其年龄实不相称的沉稳与老练,不仅萧天成，就连见多识广，阅人无数的韩超，都大感惊异，暗生佩服。

金煜瑶当仁不让，把干爹遗下的重担挑在肩上，成为了第二任"飞龙会禁军总教头"。

不想做飞龙会舵爷的白面书生萧天成在巴塔布和金煜瑶的鼓动和帮助下，抓紧建立和壮大自己的武装，满门心思想做飞龙会舵爷的庞龙，自然更不会闲着。

山堂议事，庞龙给了志在必得的王鸣剑一记窝心锤，为自己争得了三年宝贵时光，回到峡口寨后，深知手下的渔户帮，实乃一帮乌合之众，打打群架可以，真要和王鸣剑手下多达两三千人的船户帮刀对刀，枪对枪地干，自是以卵击石，难有胜算。

庞龙清楚自己的软肋，随即痛下决心，不惜血本，尽快拉起一支能打硬仗的队伍。

庞龙父亲庞大成，本是濑溪河与沱江交界河段一个小有名气的渔户帮掌堂，后来死于清剿官军之手。庞龙小小年纪，便按帮规"世袭罔替"，继任了峡口寨掌堂。待他成人后，长得膀大腰圆，力大无穷，浑身上下黑乎乎犹如浑铁铸就，与他父亲一样，打起仗来从不惜命，抡着一柄镔铁大关刀死命前冲，勇猛无比。所以凭着他那点三脚猫功夫，竟也能得到萧云雄的重用，在飞龙会中挣下了不低的名声。

庞龙心生愤懑之情，于他而言，也似乎有其道理。自从他当上峡口寨掌堂以来，和萧云雄同生共死，共御清剿官军，闯荡江湖多年，结下金兰之交，情同骨肉兄弟。没想萧云雄恃强逞勇，前往成都打擂，武艺不精，被贺栋成打下擂台，一命呜呼。老舵爷既去，少当家天汉未归，他自然而然萌生了取老舵爷而代之的念头。却没料到一肚皮鬼点子的韩超，居然将萧天成这个手无缚鸡之力的文弱书生请回来做代理舵爷，帮规在上，他也只有干着急。而更可恨的是王鸣剑那厮，仗着手下船户众多，即便老舵爷在世时，也从来没把他庞龙放在眼里。如今老舵爷刚走，他就迫不及待地跳出来和自己争舵爷之位了。好在自己一番话，堵得王鸣剑不敢为所欲为，还为自己争得了壮大力量的三年宝贵时间。

回到峡口寨，庞龙便开始按照自己的主意行事了。他和官军打打杀杀多年，自然知道有枪便是草头王的道理，要想自重，便非得拥有自己的私家军不可。他不顾飞龙会历代定下的藏兵于民，严禁骚扰百姓之祖规，利用截留下的银两暗中大肆招兵买马，悄悄派人上成都，下重庆购枪购弹，还将不少犯了命案逃亡江湖的浑水袍哥，黑道刀客延揽到自己手下。他甚至还派师爷吴福斋暗中前往泸县县治所在地福集镇，向驻扎在镇上的江防军王盛昌营长购得三十支川麻杆七子快枪。为与王修好，还时时派人送去有姿色的年轻女人、鸦片、山中野物，以及沱江与瀼溪河产的各类鱼中精品，供王盛昌等几名军官尽情享用。

花去上万块白花花的银元，庞龙终于拥有了一支由亡命之徒组成的两百来人的雇佣军。这支队伍除了棱标、大刀、明火枪、火药枪，还有几十支川麻杆，二三十支驳壳枪。众弟兄操练时龙腾虎跃，吼声如雷，蔚为壮观。为了使这支队伍显得更加威武勇猛，整齐统一，庞龙还依照自己的审美标准，独出心裁地给每个人做了一件胸前写着"勇"字的号褂，打起靠腿，每人以黑纱帕包头，腰扎宽大的汗帕子，一个个显得孔武剽悍，杀气腾腾。

有了这样一支对自己忠心耿耿的私家军，庞龙就随时觉得自己应当是个顶天立地，威震江湖的大英雄了。他从戏园子里弄来一套他最崇敬的武二爷的行头，把自己打扮成武二爷再世，身穿黑色密门对襟短靠，头扎英雄结，鬓边拖起水发，背上插把宝剑，腰里插一支德国镜面匣子，逢上赶场天往街上一走动，果真就粘住了满街人的眼睛。

金煜瑶的怀疑确有道理，巴塔布还真不是弥月沱王氏兄弟所害，而是师爷吴福斋给庞龙献的一计。吴福斋去刘家屋基吃朋友的寿酒，席间恰巧碰见了巴塔布，二人龙门阵一摆，吴福斋灵机一动，顿时有了主意，一边陪着巴塔布喝酒，一边密派跟随飞骑赶回峡口寨报信，叫庞龙速带人到毛界岭设伏。庞龙早就打听到巴塔布父女俩到重庆给萧天成购回大批洋枪，并在铁关口操练精兵，这就如同在他头顶上压上了一墩大石头，睡觉都不敢闭眼睛。如今得着这样的好机会，既能轻而易举灭了不遗余力替萧天成训练亲兵的巴塔布，又能顺势把责任推到王氏兄弟头上，还能搂草打兔子，顺带白捡它几支崭新的德国镜面匣子，庞龙实在想不出不同意的理由。他立即带着弟兄们去干了，而且干得来滴水不漏，飞龙会的人绝大多数都怀疑是弥月沱王氏兄弟干的，让他躲在一旁暗笑。

江湖上都知道庞龙有两大特点，他虽心性狠毒，却是个少有的大孝子。他老汉死得早，全靠娘将他养大，所以他娘的话，在他耳朵里就犹如天条圣旨，从不敢违逆半分。

另外一条，就是见不得年轻漂亮的姑娘媳妇，见了，就欲火冲腾，不能自禁，文抢武夺，马上要弄回屋去行淫退火。

这日恰逢峡口寨赶场，一轮寒阳，跃上三竿，寨子里窄窄一条独街上，已是人潮涌荡，摩肩接踵，背篓箩筐，沿途列阵。

庞龙照旧是梁山英雄武二爷打扮,由师爷吴福斋陪着,出了宅门,漫步来到场街上。

庞龙今日心情尤为舒畅,他私下与王盛昌做了一笔交易,江防军正在招兵买马,大抓壮丁,王盛昌头上也摊下一个不小的数目,苦于难以完成,便和庞龙商量,庞龙给他提供壮丁,他则给庞龙枪支弹药。庞龙一听大喜过望,两下说定,庞龙每给王盛昌送去二十名壮丁,王盛昌就给庞龙十支步枪,五百发子弹,一手交人,一人交货,两不欠。

如今,庞龙家的大宅院的牢房里,已关押着十七名壮丁,一旦凑足二十名,便要解往福集镇换枪。

一行人往那独街上一露脸儿,满街人顿时往两边避让,不敢挡了庞龙的道儿。年轻女子,更是跑的跑,躲的躲,喊的喊,乱哄哄一团,唯恐避之不及。

两人来至川主庙前人头汹涌的坝子上,庞龙眼前倏地一亮,人群中,居然露出一张亮丽红艳的脸蛋儿!这位健壮高挑的姑娘身上穿着一件豹皮背心,肩上还搭着几张硝制好的熊皮狼皮獐子皮,更给她那俊俏之中,平添上几分英武之气。

庞龙一见那俊俏女子,顿时双眼放亮,光天化日之下,居然上前去堵住去路,厚皮涎脸地拦住动手动脚,强拉女子到庞宅之中"说说话儿"。

女子虽是万分恼怒,但知道遇上了峡口寨第一强人,也只能压下怒火,竭力挣扎摆脱,而不敢反抗半分。

赶场百姓见事不好,一哄而散。不过也不跑远,聚在那坝子边、屋檐下,回过头来看庞龙那厮,光天化日之下,究竟能把一年轻女娃子怎的!

旁边却有一个独眼老头子凑上前来,忍气吞声,着急万分地哀求道:"龙爷千万使不得!这是小女五香,还未许配人家哩。"

庞龙一听更上了劲,"呵呵"连声地笑道:"还没许配人家不更好么?大爷我今天硬是闯上桃花运了。"

老头儿见庞龙语言粗俗,得寸进尺,转而向吴福斋求道:"吴师爷,看在我关老腊卖过许多上等皮货给你的分上,你就帮我求求龙爷,放我关老腊一马呀!"

吴福斋也担心庞龙当街失态,遂在庞龙面前献殷勤,说道:"龙爷要个姑娘还不容易,这关老腊我是认识的,不过是青石板的一个猎户罢了。这件事,你放心,包在我身上好了。"

如此一说,庞龙才恋恋不舍地松了手。

关老腊连皮货也顾不得再卖,拉着女儿转身就是一趟,匆匆出镇回了家。

第六章：血色万灵山

关老腊家住万灵山中一个叫青石板的小地方，山上森林浓郁，奇峰突兀，山下有一条山涧，涧旁有一独峰，名尖石岩。距尖石岩约两华里，有一名为青石板的村落，住着二十多家猎户。

关家祖祖辈辈靠打猎为生，是万灵山中远近闻名的猎户。老腊命运不济，妻子早亡，将四个儿子和一个女儿全丢给了他。年纪尚轻时，因在家中碾制火药时不慎爆炸，将左眼炸瞎。老腊又当爹爹又当妈，好不容易才将一大窝儿女养大成人。

关老腊之有名，并不在于他本人有何了得，而在于他有五个了得的儿女。他的四个儿子，个个身材魁梧，高额头大眼睛，全是万灵山中的出色男人。老婆死后，兄妹五人随父打猎，万灵山中，无处没有他们的脚迹，攀悬崖，钻山洞，连山羊不敢走的路他们也敢去，儿女们全都练就了一手好枪法。特别是老二清财，健壮挺拔，筋骨匀称，肤色油亮，不单是长得周正的四兄弟中最英俊的一个，而且可以双枪并举，左右开弓，弹无虚发。关家幺妹五香，自小随父兄在荒山野岭长大，不单枪法奇好，人也长得来乖俊水灵。

第二天中午时分，吴福斋坐着滑竿，带着几个扛着川麻杆的家丁来到青石板关老腊家，要关家出一名壮丁。

关老腊赶紧拿出几张上等皮子，求吴师爷通融一下。关家一屋大小，也围在旁边说好话。

吴福斋却拒绝收礼，板着脸说："这是龙爷的号令，岂敢私下通融？我实话告诉你，你家本来应当二丁抽一，出两个的，看在你我多年交道的分上，我在龙爷跟前为你说了好话，所以才让你家出一个。"

关老腊明知他说的是假话，也仍然一迭声谢他："那是，那是，吴师爷照应我老腊，老腊我事后也懂得报答你老人家的。"

吴福斋抽着纸烟，慢慢悠悠地说："所以嘛，一个，你关家是无论如何也躲不过去的。"

血气方刚的老三关清正见久求无效，恼了，直言不讳地顶撞道："吴师爷，你不也有三个儿子么，为啥不来它个三丁抽一？"

吴福斋眼睛一鼓，生气地说："我的娃娃虽然没有抽，可我是拿钱顶的。"

关老腊也急了，负气说："吴师爷，你能拿钱顶，那我们关家也拿钱顶。"

吴福斋见事情要搞砸，赶忙将关老腊拉到院坝上，轻言细语地说："老腊你和其他人不一样，不出钱也是可以的。我实话告诉你吧，龙爷对你家幺姑娘有了意思,想弄过去做个小房,如果能结下这门亲事,不仅你家可以免抽壮丁,从今往后,还有享不完的荣华富贵。"

关老腊强咽下怒气,冷冷地说:"吴师爷,龙爷是何等英雄豪杰,我这穷猎户哪里高攀得起?能拿钱打发,我还是宁愿砸锅卖铁,拿钱打发的好。"

无论吴福斋如何开导,关老腊拗着脑壳始终不答应。劝得吴福斋也生气了,霍地提高声调说道:"好好好,你有钱,我们就当面锣对面鼓地说定,三日之内,你抱两百块大洋到龙爷宅子上来!你关老腊家里又没开钱庄,我倒要看看你从哪里去弄来这么大一笔款子!"

三天的期限眨眼间便过去了,这天,由关家老大关清相和老三清正、老四清远带着全家打猎多年所积、加上向邻里东借西挪凑集的两百块银元,到峡口寨交壮丁款。

等他们进得庞家大宅院,向门房说明来意,门房让他们在厢房等候,赶紧进去禀报。

吴福斋得知关老腊的三个儿子果真带着两百块银洋前来缴纳,不禁吃了一惊,急匆匆赶到厢房。

关清相道:"三天前与吴师爷说好,出钱就不出丁,今天我们把钱带来了。两百个大洋,一分不少。"说罢,便将大洋从背篼里一一掏出,放在桌子上。

未曾想到,吴福斋眼珠子急速地转了转,却突然变卦,故意做出很吃惊的样子说:"你们拿这两百块钱来干啥子?我和老腊不是说定四百块么?我看他恐怕是人老耳聋,听错啰。"

关家兄弟见他耍赖,不服,大骂吴福斋言而无信,和他粗声大嗓地争吵起来。

这时,早已等候在外面的几个手提快枪的家丁闯了进来,不容分说,将老四关清远用绳索捆上,拉起就走。老大老二上前阻拦,被家丁们用枪托打出。

半月之后,晴天又响起一声霹雳,关清远在福集镇壮丁棚中不堪折磨,深夜冒死逃出,被江防军抓回去后,在操场上当着其余壮丁的面,用扁担活活打死。

噩耗传来,关老腊一家悲痛欲绝,却又无可奈何。

事过之后,关家以为人已死了,钱也出了,总算可以过几天安稳日子了。可没出一个月,一乘滑竿又将吴福斋抬到青石板关家。

关五香一看祸事临门,转身钻进了村后的老林子。

吴福斋从滑竿上下来,进得关家堂屋坐下,口口声声说:"关清远当逃兵处死,属罪有应得,不能抵壮丁数,关家必须再补抽一名壮丁。"

关家男女老幼一齐哭号起来,哀求吴师爷看在父亲眼瞎,母亲早亡,四弟刚死的惨境,高抬贵手,免抽壮丁。

吴福斋装出满面怜悯的样子说:"老腊呀老腊,我上次进山来就跟你说得明明白白,其实你家不出钱,也是可以过坎的嘛,只要让么姑娘今天随我下山……"

话音刚落,关清相在一旁将桌子猛地一拍,怒喝道:"你们安起心不让我们活,日你个娘,老子今天就和你们拼了!"

关清相还未来得及动手,家丁头目早已将短枪掏在手中,对着关清相大声吼道:"谁敢动,老子一枪崩了他!"吼罢一挥手,众家丁将枪口一齐对准了关家老幼。随后,他们如狼似虎般将关家人全部赶出门外,钻进茅屋翻箱倒柜,想抓关五香,可遍寻不得。

吴福斋说:"老腊,你家五香呢?快些叫她出来。"

关老腊冲他一嗓子:"你狗日的睁起眼睛做白日梦吧!"

吴福斋挨了老腊痛骂,也不生气,反而笑嘻嘻说:"老腊大哥,我好心劝你一句,胳膊拗不过大腿,随便五香往哪里跑,早迟还得从这个磨眼里钻过。"

"呸哟!"关老腊忍无可忍,一泡口水啐到吴福斋脸上。

吴福斋这下忍不住了,气急败坏骂道:"好大的狗胆,你还敢吐老子的口水。"冲众家丁们一声吼,"把房子给这个老杂毛燸了!"

家丁们一拥而入,关家的豹皮褥子、獐子肉、麝香、野鸡、腊肉被洗劫一空。临走还不忘放起一把大火,将关老腊家的十几间茅草屋,眨眼间化为一片灰烬。

待这一帮恶徒离去后,关老腊忍悲含恨,带着阖家老幼,收拾起残锅烂碗和乡亲们送来的衣物被盖,搬进了尖石岩上的一个溶洞。

这个地处尖石岩半腰上的溶洞,前窄后宽,内空有十余间房子大小,洞内有一条长年不断的阴河。洞口离地面有十多丈高,四周全是悬崖绝壁,无路上下,只能用一根粗绳滑下滑上,进洞收绳,出洞放绳,一夫当关,万夫莫上。

关老腊一家搬进洞子后不久,又在洞外挖穿了一条通往洞顶的秘密通道,一是用于上后山开荒种地,二是在紧急情况下作为退路。这条路十分险峻,中间要搭一块两米多长的木板才能过去,平时也是出洞搭桥,回洞收桥。

青石板的乡亲们都十分同情关老腊一家的遭遇,平时送这送那,还主动为关家卖兽皮,买油盐,一有风声就给关家通风报信。关家兄妹白天打猎,晚上种地,躲躲藏藏地熬过了两个多月的时光。

关老腊一家几经浩劫，看到了世道极不公平，长期凝积的胸中怒火，驱使他们决心要报这杀亲毁家之仇。

一天夜里，关老腊带着两儿一女持枪挂刀，悄悄出山，来到吴福斋的老家大庙乡土门杠，越墙进了吴家院子。一条恶狗"汪汪"叫着，扑了上来，关老腊将早已准备好的土炸弹丢过去，恶狗紧紧咬住，"砰"的一声，狗吠声顿时消失。

吴福斋的大儿子吴承义听到响声，懵懵懂懂下得床来，刚打开门，关老腊手起一刀，当头砍下，吴承义连叫也没来得及叫一声，就一命呜呼了。赓即又是一声枪响，子弹穿过了吴承义婆娘陆花容的大腿。陆花容刚刚叫出声，关老腊已经一枪托下去，将她脑袋砸开了花。

与此同时，清相、清正与五香一拥而入，见人便砍，逢人便射，将吴福斋的老婆和另外两个儿子全部斩尽杀绝。

关老腊与三个儿女寻遍各屋，终不见吴福斋踪影，随后将金银细软洗劫一空，将院中堆码的豌豆梗、麦草搬入屋中，放起火来，才匆匆返回了尖石岩上的溶洞。

当晚在峡口寨的吴福斋得知全家被斩尽杀绝，捶胸顿足，当即剁下左手小指，跪求庞龙发兵青石板，为他报这血海深仇！

庞龙知道这"梁子"纯系因他而结，更恼恨关老腊不知好歹，居然为区区一个小女儿在自己面前犯上作乱，恨不得马上赶去青石板将关老腊一家斩尽杀绝，将关五香抢回屋来活活奸死，自然一口应允，即刻发兵，为吴师爷报这血海深仇。

为自壮声威，杀鸡给猴看，庞龙率领两百名精心打造出来的私家军倾巢出动，拿他关老腊一家来试试刀。弄得那帮刀客兵油子心中暗暗发笑，两百来号精兵强将浩浩荡荡开进山去和一家老小开战，这不是杀鸡用牛刀么？何况为首的还是个独眼龙，都把这次出征，当成了进山打猎和玩耍。

岂料双方一交火，这帮黑道刀客才尝到了关家老小的厉害。关家占着那尖石岩洞子，一夫当关，万夫莫上。而且一个个枪法精准，想打鼻子不会打眼睛，庞龙的私家军人再多，枪再多，却全成了摆设。枪打得乒乓翻天，子弹到处飞，却伤不着关家人一根毫毛。而关家人一开枪，私家军不死就伤，总要被丢翻几个。

围剿了十来天，队伍被拖得精疲力竭，还频遭袭击，死伤了十几个弟兄，丢了三条枪。再加之山中奇寒，不能久持，庞龙只好恨恨下令撤回峡口寨，暂作休整，来日再剿。

吴福斋报仇心切，殚精竭虑，很快又想出一个"上下夹击"的主意，决定兵分两路，夹击关老腊，一路由庞龙带领大队人马前往尖石岩，从正面攻击，一路由吴福斋率领绕道迂回,由山背面翻上山洞顶部,从上往下打。

关老腊一家经过几次战斗,此时已是全家皆兵,连两个媳妇和一个十来岁的孙子也都拿起枪来和庞龙的队伍对射。

庞龙率领大队人马刚一进入青石板,乡亲们便将消息送到了关老腊耳中。老腊自不会坐以待毙,马上派清相清财五香携马刀,猎枪和快枪,隐于山中,见机行事,自己则由秘密通道上了山顶,与清正等躲藏在密林中窥视着周围的动静。

天快黑时,吴福斋带着三十多个喽啰,气喘吁吁地翻过冰雪覆盖的万灵山顶,向尖石岩方向而来。到了洞顶以后,吴福斋即吩咐喽啰们刨雪,打炮眼,砍树木。

吴福斋正在指挥喽啰们忙碌,突然,只听得"叭"的一声枪响,吴福斋的呢帽应声落地,顿时吓得他一骨碌钻进旁边树丛里。紧跟着又是"叭、叭"两枪,两个站岗的喽啰"噗"地倒下了,其余喽啰吓得魂飞魄散,有的丢下钢钎二锤就跑,有的吓得趴在地上瑟瑟颤抖,有的拿着枪乱放,替自己壮胆。

吴福斋掏出短枪,从树丛里爬出来,却只见山野苍茫,层林叠嶂,不知子弹从何而来,急得打转转。

洞口下面的庞龙正在心急火燎地等候山顶上的动静,忽然听见上面枪响,不禁大喜,正欲下令喽啰们搭云梯爬岩,忽地又听见山顶上响起了锣声——这是吴福斋发出的撤退信号——情知是吴福斋一路遭到了关老腊的袭击,已经先撤了,只好命令喽啰们赶紧退下,垂头丧气地回到了峡口寨。

两战两胜,总算也让庞龙尝到了关家满门老少的厉害。

自那以后老长的一段时间里,庞龙居然再也未进山来征讨。

殊不知,老虎并没有打瞌睡,庞龙与吴福斋再次定下了"剿关方略"。

这一招,来得也更加阴狠。

一天,关家兄妹正忙着准备春播,忽然有个农民打扮的人,在洞口下喊他。

关家人观察了一阵,见洞口下只有一人,后面并无埋伏,便放绳下崖,由粗识文墨的老三关清正前去与他见面。

来人说是庞龙派来送信的,另外还带来两百块银元。信的内容主要是:庞龙眼下正忙于开疆拓土的大事,无意与自己地盘上的百姓交恶,愿意同关家父子和解息事。条件是:一、关老腊所交壮丁款如数奉还;二、所烧茅草屋在青石板新建十间瓦房赔偿;烧毁的家具什物,一律折价赔偿。

关家人收了信和银元,却仍是将信将疑。就算庞龙英雄海量,拿得起放得下,那吴师爷一屋老小全做了关家人刀枪之下的冤鬼，他能咽下这口恶气？

几天后，乡亲送来消息，果然有庞龙派来的人在青石板动工修建新房了。几十个民工，挖的挖，夯的夯。大约一个月后，十间土墙瓦房果然在关家原来的屋基上立起来了。庞龙再次派人通知关老腊，择吉日二月二十五日乔迁新居。

老腊一家犹豫不定，既希望事情能如此解决，又担心其中有诈。最后决定先答应搬家，再作进一步打听，确实无诈，再搬家。

二十四日，关老腊一家在洞内忙着捆扎家什，为搬家作准备。

这天半夜里，青石板一个叫孙常柱的猎户准备上山去安捕野兽用的"铁猫"，刚从床上起来，听见外面有脚步声。他从门缝里往外一看，朦胧的天光下，只见幢幢黑影往关老腊的新屋方向窜去。

孙常柱幼时念过几天私塾，能够识文断句，算得村中有头脑之人，加之与老腊一家亲近，不禁心中一紧，有心要弄个明白，待黑影走过，遂轻轻将门打开，尾随黑影而去。等到前面的黑影停住，他便在路边一棵大树下隐蔽着，只听到黑影中有人说："新屋到了，现在离天亮还早，各班原地休息。"

孙常柱心中豁然醒悟，急急绕过小路，去尖石岩给关老腊通风报信。

二十五日这天，庞龙、吴福斋派了十多个民工，敲锣打鼓地到尖石岩接关老腊一家搬回青石板新屋。快到洞口时，老腊与清相清财手持快枪突然跃出林丛，将枪一横，拦住了众人去路。

民工们一见老腊父子杀气腾腾，吓得跪倒一大坝，哀求饶命，并言他们只不过是吴福斋雇来的民工，对其中有啥奥妙，全不知情。

老腊也不为难他们，决定将计就计，与清相、清财假扮成民工，或拿鼓，或提锣，向青石板而来。

在距新屋约两百米处的灌木丛中，老腊父子发现了埋伏之人在蠕动。父子三人做了个眼色，"叭、叭、叭"三枪，来了个先发制人，两个喽啰惨叫着倒下了，埋伏队伍顿时乱作一团，四处逃窜。

庞龙、吴福斋听到枪响，和一群喽啰从新屋里跑出来高声喊："什么事？出什么事了？"

话音未落，又是两枪打来，一个小队长被打死，一个喽啰被打掉了一只耳朵。

庞龙和吴福斋知道事已败露，赶紧鸣锣。几路伏兵听见锣声，纷纷向峡口寨方向撤去，精心策划的"瓮中捉鳖"计划，又告失败。

第六章：血色万灵山

庞龙、吴福斋同关老腊父子多次较量后，自知难操胜算，索性由吴福斋出面，前去福集镇上，将王盛昌营长恭请到峡口寨，高杯矮盏，美酒加美色地让其纵情享受了一番，随后向他谈到了出动江防军剿灭关老腊一家之事。还说关老腊祖辈均在万灵山中为匪，抢了不少金银珠宝，洞穴中还有不少鸦片、枪弹，只要剿灭关家老小，保定能发一笔大财。然后再奉上大洋两千块，并许诺事成后另当重谢。

王盛昌见有利可图，便派了一连长孙占成带领手下八十名弟兄去执行这一任务。

孙部携枪带炮来到峡口寨后，庞龙将寨里两家妓院一概包下，让孙占成和他的弟兄全住在妓院里。这帮兵爷活了半辈子，哪曾有过此等享受？一个个左拥右抱，废寝忘食，昼夜辛劳，不教一日闲过。

吃过玩过，自当为主人卖命。三天后，孙占成亲自率领一个侦察班到尖石岩一带察看了地形，然后回到庞龙家宅院，和庞龙、吴福斋、董桐一起研究了攻洞方案。

七月十六日，青石板一带从早便戒了严。天黑后，孙占成的士兵在尖石岩周围分布开来，在一个与洞口遥遥相对的山包上安置了轻重机枪、平射炮。

一个排的士兵抬着两架长长的云梯放到了洞口下。

次日拂晓，二十四发平射炮弹接连不断地射向了洞口，将洞口处炸塌。平射炮刚一停止发射，六挺轻重机枪又一齐喷吐出火舌，打得洞口处碎石飞溅。

此时，洞口下的士兵也开始行动，一架用好几架梯子捆扎起来的长长的云梯伸到了洞口处，士兵们颤颤巍巍地顺着云梯往上爬。一个士兵好不容易爬到洞口，刚一露头，从洞内射出一颗子弹，那个士兵尖叫着摔了下去。第二个士兵先举枪后露头，也遭到了同样的下场。

荒山野林中，不时有冷枪向着爬云梯的江防军袭来，死伤了四名弟兄。

孙占成大怒，立即派出一个排的士兵，向着枪响处包抄过去。

就在这时候，旁边一架云梯也架好了，爬到洞口的士兵先将两颗手榴弹甩了上去，炸燃了洞内的小油缸，洞里"轰"的一下燃了起来。

孙连长在洞下高喊道："关老腊，投降不杀！"

关老腊父子回答的是一顿臭骂。

这时，一挺轻机枪伸了上去，向着洞内一阵扫射，洞内却是悄无声息。

孙占成在崖下不知洞内情况，命令爬上洞口的几个士兵迅速将事先准备好的硫黄、辣椒、稻草、树枝堆起来，点燃后，掩上泥土，用簸箕向里面扇风送烟。

顿时，一股呛人的浓烟窜进了洞内，从早到晚，直至太阳快落坡，整整熏了一天。

第二天士兵们清洞时，发现洞内四壁和家什等已成一片漆黑油亮，洞底躺着关老腊、关清相、关清正以及两个妯娌和他们的后代五女二男共十八口人的尸体。

他们全都是被硫黄和辣椒燃起的浓烟熏死的。

兵爷们将十八具尸体全扔到山脚下，摔了个头破躯裂，血肉模糊，成为虎豹豺狼的口中之食。

可是，令庞龙与吴福斋心有不甘的是，翻遍了所有的尸体，却少了关清财和关五香。

庞龙陪江防军撤回峡口寨后，吴福斋又带着一大帮弟兄进洞子深处搜寻了半日，依旧寻不着关家两兄妹的踪影，只好恨恨撤回。

路过青石板时，吴福斋还向愣愣盯着他们看的猎户们吼道："我让你们给关清财、关五香带个口信，他们逃得过初一，逃不过十五，早迟我吴福斋要将他们碎尸万段的！"

跑了关五香，庞龙自不甘心，立即派人到沿江滩头渡口，广贴告示，悬红一千块大洋，捉拿关五香。

等吴福斋离去后，孙常柱赓即带领青石板的乡亲们赶到尖石岩下，就地挖了一个大坑，把这一屋老小合葬了。

原来，江防军向尖石岩进攻时，清财五香并不在洞内，如前两次作战一样，洞中坚守，洞外留人机动袭敌。尖石岩遭到炮击进攻时，兄妹俩也曾迁回到江防军阵地后面打了几枪，虽有战果，却万难力挽狂澜，只能隔得老远地望着江防军登上洞口，往里灌烟。当洞中再也没有枪声传出后，兄妹二人目光发呆，齐刷刷向着浓烟滚滚的洞口跪了下来，放声大哭，连连磕头。

半夜里，月辉清凉，鸡不鸣，狗不吠，小村已入梦乡。

两条黑影闪进青石板，敲响了孙常柱的家门。

孙常柱点亮油灯，开门一看，惊喜得大叫起来："老天有眼，关家绝不了后的！我们前去埋人时，没见着你们，就知道你两兄妹保准还活着。"

兄妹一齐跪下，给孙常柱重重地磕了一个响头。

孙常柱大惊："哎，哎哟哟……你们这是干啥子？"

关清财泪眼迷蒙说道："我家遭此大难，横死尖石岩的关家三代十八口亲人，全蒙孙伯带人安葬,孙伯的大恩大德,我们兄妹永世不忘!若有出头之日,定当相报!"

孙常柱连忙道:"言重了,礼也重了,大家乡里乡亲的,你们遭了大难,我们也帮不上啥大忙,只有在一旁干着急。做这么点小事,应当得很,应当得很,哪里想到要你们报答哟。"随后将兄妹二人叫起,马上喊醒婆娘,吩咐进灶屋烧火煮饭。

孙常柱拿出烟簸箩,款待清财,边裹叶子烟边说:"吴福斋晓得你们两兄妹没死,临走时还口出狂言,说早迟要把你们兄妹碎尸万段。眼下你们人寡枪少,最好还是暂避一时,硬斗,是斗不过他们的。"

关清财怒冲冲道:"我不想活了!我已经拿定主意,下个赶场天就化装成外地客商,前往峡口寨。那庞龙和吴福斋逢场天不是喜欢上街闲逛么,见了那两个狗日的,我啥也不顾,冲上去抱到就拉手榴弹,来他个同归于尽,血溅场街!"

关五香陡地站起,圆睁双眼叫道:"原来你已经拿定主意要去峡口寨拉炸弹呀!你还瞒着我!你要死了,我呢?这件事原本因我引起的,你们都死了,我咋还有脸独自活在这人世上?同归于尽,血染场街,也得算上我一份!"

孙常柱脑壳直摇:"不是大伯我责备你们,这是逞匹夫之勇,算不得出息。你们要听得进大伯的话,我这里倒有个上好的主意。"

关五香赶紧道:"大伯请快讲给我们听听。"

孙常柱点燃粗黑的叶子烟棒,连着吧了几口,鼻孔喷着烟圈儿慢慢道:"老话说,留得青山在,不怕没柴烧。你们连夜出发,去找我女儿相助……"

关清财苦笑着直摇脑壳,说:"孙伯这话恐怕不太妥当了,妙玉不过是百子庵里的一个小小尼姑,这刀光剑影,血肉相搏的事儿,她咋个帮得上忙?"

关五香也道:"我们都知道百子庵的慧清师太武功高强,可是……就算妙玉学得了几招过硬功夫,我们也不忍将她一个女儿家,拖进这场你死我活的争斗里来呀!"

孙常柱微微一笑,言道:"你们只知道妙玉是个小尼姑,却不知道妙玉与在铁关口老寨里说得起话的金煜瑶是亲如姐妹的好朋友。我两月前去百子庵看望女儿,向她谈到了庞龙与江防军暗中勾结,以壮丁换枪弹之事。妙玉说这消息极为重要,她会马上转告金煜瑶。还说莫看庞龙眼下在峡口寨胡猖野道,拥兵坐大,好像天王老子也管不了他,早迟,他会栽在飞龙会代舵爷萧天成手中的。"

看见兄妹二人听得仔细,孙常柱问道:"我这番话,你们可听出点味道来了么?"

关五香搔着脑壳道："孙伯,我就弄不明白了,这庞龙不也是飞龙会的人么?他们之间也会撕内皮?"

孙常柱道："岂只撕内皮?兄弟伙同室操戈,往往比沙场杀敌还要惨烈万分。此中道理,自古皆然。说到底,都离不开一个权字儿作怪。"

关清财道："我明白孙伯的意思了,你要我们利用他们之间的矛盾,保存自己,等待时机?"

孙常柱道："清财这脑子,毕竟比五香好使。待会儿吃过饭,我马上送你们连夜前往百子庵,将庞龙公然雇请江防军剿杀你全家的事情告诉妙玉。就冲着这一条,那萧天成、金煜瑶也会收留你们的。"

孙常柱的估计没错,妙玉一见他兄妹的面,听罢一应情事,马上将他们带到铁关口老寨。

金煜瑶闻知大惊,立即带他俩去见萧天成。

萧天成对庞龙截留税银招兵买马早有耳闻,此刻待听罢关氏兄妹诉说情由,得知庞龙竟敢与江防军勾结等事,也仍然吃惊不小。

关氏兄妹诉说完毕,双双给萧天成跪下,恳请代舵爷为他们报仇雪恨,并发誓只要报得此仇,兄妹二人,决意以命相搏,阵前赴死。

金煜瑶赶紧将他二人叫起,对萧天成言道："代舵爷不必气恼,我来到铁关口,已逾两年,对庞龙和王鸣剑二人的狼子野心,早已了解得一清二楚,这就犹如同人身上生疔长疮一样,早冒头早治,隐而不发,反倒会酿成大害。"

萧天成道："自先祖创立飞龙会以来,便立下规矩,凡在飞龙会地盘上谋生者,无论操何生业,均需向当地掌堂缴纳两成税银,各村寨掌堂则从收取税银中以两成上缴老寨。可自我当上这代舵爷已近两年,先是王鸣剑,再是庞龙,弥月沱与峡口寨的税银全被他们扣下,一两不缴老寨。我事事隐忍,百般委曲求全,只求你尽快练出一支足以威慑王、庞二贼的精兵。可令人忧心的是,我们在暗作准备,王、庞也在秘密招兵买马。如今庞龙胆大包天,竟与江防军沆瀣一气,原本我们对付王鸣剑与庞龙就力不从心,这要再加上江防军,就决难有胜算了。"

已经添了两岁,长成个大姑娘的金煜瑶说道："强敌环立,自不能全面出击。与敌相搏,也并非全靠逞强恃勇。俗话说得好,四两能拨千斤嘛。"说到此,金煜瑶眼中倏然透出一股冷凛之气,说道,"代舵爷,眼下我就有个好主意,能让庞龙与王鸣剑撕内皮,待他二人打得两败俱伤,半死不活,无论庞龙或是王鸣剑,不都成了代舵爷眼中的一碟小菜。"

萧天成蹙紧了眉头:"同室操戈,岂不是自乱阵脚,自伤元气,你这是出的什么好主意?"

金煜瑶银牙陡地一咬:"权场角逐,胜者为王败者送命,对待凶险之徒,代舵爷倘若怀有妇人之仁,那就真是危在旦夕,命悬一线了。"

萧天成轻叹一声,痛切言道:"自从两年之前被你父女二人强拉回老寨时,我就清楚这辈子恐怕再难做清白之人了,没想这么快就得到了应验……罢,罢,罢,有何主意,煜瑶快说与我听听。"

"像王鸣剑和庞龙这种心存谋逆之徒,代舵爷是安心要他们活,还是要他们死?活有活的做法,死有死的路数。"

"我此刻已不再有妇人之仁。请教一下,你如何能让王鸣剑死?"

"还有三天,不就是王鸣剑的四十大寿么?大寿之日,我们再给他添上份大喜……不过,我这主意若想顺利达成,还需一人相助才行。"

"这人是谁?"

"关五香。"

关五香双眸圆睁,高声言道:"只要能为我关家报仇,要借我脑壳派用场,我都决不会犹豫半分的。"

"无需要你前去送命。"金煜瑶道,"你若真愿意舍身一血家仇,无非是拿你做一样重要的牺牲。"

"牺牲!啥意思?"

"只需借用一下你这副花容月貌的女儿身,便能大功告成。"

待听完金煜瑶主意,关五香霎时红云涌脸,与清财愕然相视。不过,也就稍微迟疑了一下,紧接着关五香柳眉一竖,重重把头一点:"谢谢代舵爷和小姐帮忙,五香愿做这牺牲!"

第七章：恶斗濑溪河

深夜时分,万籁俱寂,一盘银月在浮云中时隐时现,天地间亮如白昼。一乘遮挡得严严实实的软轿出了铁关口寨门,顺着蜿蜒石阶,直下滩子口,登上了早已准备停当的一只篷船。

金煜瑶站在跳板旁边,对关氏兄妹低声叮嘱道:"你二人身系千斤重担,此番若是成功,不仅能报家仇,也为飞龙会立下赫赫奇功。当说的话,我已说完,这下,就望你兄妹处变不惊,见机行事了。"

关清财道:"小姐吩咐,全都记下了,但请放心便是。"

篷船离了码头,出碧水溪,上濑溪河,向着下游顺水漂去。

俗话说"人是桩桩,全靠衣裳",关五香原本就长得丽目慧眼,非同一般,此番再得颇有品味的金煜瑶精心一打扮,就活脱脱成了画中蹦下来的美人儿。

船到弥月沱,"咿呀"向着岸边靠拢。

一帮守卡弟兄听见动静,赶紧提着灯笼家伙拥上水码头。

为首头目厉声喝道:"来者何人?报上名来。"

关清财双手抱拳向着水码头上打了一拱,大声道:"在下系江湖落难之人,特意前来贵码头投奔王掌堂王大爷,还请诸位兄弟从速通报一声。"

待关五香从船上一下来,众乡丁惊得连眼珠子也不会转了,嘈嘈杂杂一片声嚷:"妈噫,这不是月宫下凡来的七仙女么?"

码头上的动静惊动了小小场街,只听到处门响,不少人也赶到码头上看出了啥子事。

第七章：恶斗濑溪河

关清财正想借众人之口把消息尽快地传到峡口寨庞龙耳中，故意高声说道："大家看清了，这不是啥子天上下来的七仙女，她是万灵山中青石板关老腊的幺姑娘关五香。"

就听有人嚷："关五香？就是庞龙正悬红一千块大洋捉拿的关五香么？"

关清财道："对了，庞龙欲抓之人，就是这关五香。"

王鸣剑得知庞龙悬红捉拿的美人儿深夜前来投奔自己，赶紧与王鸣越几位心腹到客堂上来见关氏兄妹。一见关五香的模样，眼前倏然一亮，心中顿时舒畅得犹如大热天喝下一碗冰镇蜂糖水。

听关清财讲明缘由，王鸣剑豪气冲天地拍着胸口道："俗话说兔子不吃窝边草，这姓庞的连自家地盘上的妹娃子也要糟蹋，简直是狼心狗肺！哼，别人怕他庞龙，我王鸣剑却没把他放在眼里，到了我王大爷的地盘上，你兄妹二人尽可安心。"

王鸣越一眼看出其兄心思，帮腔说："姓庞的是巴到门枋歪，窝在峡口寨他还算条龙，出了峡口寨他就只不过是条虫了。不像我哥，出了弥月沱，在这濑溪河两岸地盘上一样嗨得开，玩得转。妹子这辈子若是有我哥这棵大树罩着，就算是天王老子，也不敢把你咋样的。"

关五香冲着王鸣剑纳头便拜："老爷大恩大德，我兄妹无以为谢，五香唯愿从此后做老爷身边一个端茶叠被，添汤送茶之人，尽心尽力服侍老爷，就心满意足了。"

一听这意思明白的话，王鸣越猛地大叫起来："哥，这可是天作之合，飞来的桃花运呀！"

手下头目也一片声恭维："大寿添大喜，美人配英雄，宝马配雕鞍，弥月沱这回要扎扎实实地闹热一盘才行！"

"同喜！同喜！"王鸣剑一张脸笑得稀烂。

两天时间里，弥月沱的船户倾巢出动，把寨墙内外打扫得干干净净，家家户户还犹如过春节般贴出了大红贺联。船户们穿上了鲜色干净衣裳，场街上搭起了摆宴席用的长长的寿喜棚，还特地请来了荣昌、龙水、泸县、内江的川戏班子唱连台戏助兴，弄得寨子里声腔绕梁，响器不绝。

萧天成也率韩超、金煜瑶，以及韩长生、洪真孝、刘逵等大小头目乘专船前来弥月沱恭贺双喜。待他们被王鸣剑迎进王家大宅院时，客堂上也是人头涌涌，语声喧哗，九村十八寨掌堂，大都先于他们赶到了。

金煜瑶一进客堂，便拿眼四下里去寻庞龙，却没看见庞龙的影，心里顿时着急

95

起来。这两日里,她已经派人把关五香深夜投奔王鸣剑的消息满世界传了出去,估计早就有耳报神把这消息报给了庞龙。庞龙今日若是不来,她正眼巴巴盼着的这场大戏,就没法接着往下演了。

还好,铁关口老寨里的人到了不一会儿,庞龙也带着吴福斋来到了王家客堂上。

金煜瑶一看庞龙黑着脸,仅是冷淡地向萧天成点了个头,算是打招呼,便一屁股坐在了太师椅上,就知今日有好戏可看了。

王鸣剑当然也注意到了庞龙的神态,鼻孔轻轻哼了一声,心中自是解气。

他与众位贺客打过招呼后,遂坐下来陪着萧天成说话。

萧天成环顾了一下四周,装着随意问道:"王叔今日寿喜双庆,尚不知所娶的是哪一家的千金小姐,或是小家碧玉哩?"

王鸣剑拿眼瞟了一下庞龙,故意大声说道:"我一个濑溪河上世代行船走水之人,比叫花子好不了多少,哪有福气娶啥千金小姐,小家碧玉哟?禀报代舵爷,我这位夫人,不过是万灵山中青石板一位猎户的女儿,因长得颇有姿色,被一恶人看上,欲强娶她做小,未达目的后,居然勾结江防军,杀了此女子全家男女老少十八口亲人。还在飞龙会地盘上,悬红捉拿她,逼得这女子没法,才跑到弥月沱来投奔你王叔我的。"

一听此言,庞龙怒目圆睁,虎地站起,气冲冲问道:"姓王的,我问你,这女人,是不是姓关?"

庞龙声震瓦屋,满堂贺客不知出了何事,皆收声敛气,惊讶地瞪着他。

王鸣剑得意洋洋回道:"既然大家都没见过小妾,我索性把她叫上堂来,拜见一下诸位三老四少。"言毕,以掌相击。

掌声刚落,只见一盛妆艳抹的年轻女子已款款从后堂移出,向着众人屈身行礼,口中道:"代舵爷、众位掌堂大爷,小女子这厢有礼了。"

"王鸣剑,你这狗日的夺了老子的女人,还敢编方打条羞辱老子!"庞龙破口大骂,陡地从腰间抽出盒子炮,对准王鸣剑便要放。

关清财飞步窜上,抓住庞龙手腕用力一拧,只听庞龙一声惨叫,那盒子炮已"喀"地掉在地上。

王鸣剑一声暴喝:"来人呐!给我拿下!"

一帮壮汉闻声从后堂拥出,手中长短家伙,齐齐对准了庞龙吴福斋与几名保镖。

第七章：恶斗濑溪河

萧天成惊讶万状，大声对王鸣剑喝道："咋个回事？自家兄弟，怎能刀枪相向？"

王鸣剑道："代舵爷有所不知，我刚才所说恶人，正是庞龙这厮。今日他倘敢在我弥月沱逞强耍蛮，对不起，我王鸣剑就要替天行道，血溅华堂了！"

庞龙气咻咻吼道："代舵爷莫听他屎牙臭嘴胡说，这关五香，原本就是我庞龙的女人！"

王鸣剑大笑道："代舵爷，韩总管，各位掌堂，庞龙说关五香是他的女人，眼下呢，关五香又成了我的新娘子。我和庞龙说了都不算，这事得由关五香亲自来向大家说说，她到底是哪个的女人？"

关五香移步上前，怒指着庞龙恨恨骂道："庞龙，你这淫魔，为强占五香，竟然杀了我关家满门十八口亲人，这血海深仇，今日就要你偿还！"

萧天成摇摇头，息事宁人地说："搞了半天，二位掌堂居然是为了个女人斗气，岂不让众位弟兄笑话？"

韩超也站起假惺惺相劝："寿喜之日，不要为这等鸡毛蒜皮的小事败了大家兴趣。新郎官，寿喜宴已经摆上了，我看还是赶紧请众位弟兄入席吧。"

"还吃个锤子！"庞龙脚一跺，冲吴福斋一甩脑壳，"我们走！"

"不送！"王鸣剑冷冷一笑，陡地昂头喝道。

正如金煜瑶萧天成所希望的，自那以后，弥月沱和峡口寨两彪人马，就彻底抹下脸来，扯旗放炮干开了仗。王鸣剑手下的船户和庞龙手下的渔户，祖祖辈辈都泡在濑溪河以及下游的沱江里捞生活，整日里低头不见抬头见，如今倘一碰面，先是恶语相讥，继而抡桨挥篙，大打出手，彼此不弄得头破血流，便不会罢休。再后来逐步升级，居然还动起了真家伙。船户帮人多势众，打起架来凶悍玩命。渔户帮吃亏不小，但关键时候庞龙的私家军派上了用场，仗着手中硬火，也要了不少船户弟兄性命。

冲突越演越烈，刀光血影的杀伐争斗，让原本一介书生的萧天成逐渐成长起来，也极快地学会了使用各种制人手段。他和金煜瑶、韩超一边坐山观虎斗，一边商量着主意，待看准时机，紧跟着趁热打铁又上了一计狠招。

这日破晓时分，夜色如墨，大雾如帐，两艘篷船悄悄靠上了弥月沱江边，百十名身穿"勇"字号褂，头缠黑纱帕的蒙面壮汉，手持长短家伙，轻手轻脚地从船上下来，未经码头，便径直登上河滩，向着寨墙摸去。

寨墙内的几名守卫早已被关氏兄妹干掉,见蒙面汉子们悄悄到来,赶紧打开寨门,将来人放了进去。

队伍一分为二,一路由关清财引领着去了弟弟王鸣越家,一路则由关五香带领,直奔哥哥王鸣剑宅子而去。两路人马一入宅门,顿时大开杀戒,无论男女老幼,见人便砍,逢人便射,还四下里放起火来。

寨子里顿时乱成一锅粥,蒙面汉子则趁乱满街大嚷:"我们是峡口寨龙爷的弟兄,专杀王鸣剑一家,其他人好生在自家屋里待着,决不动一根毫毛!"

许多正提着家伙准备出门参战的船户闻听此言,也就乖乖地待在了家里。

王鸣剑的宅子里原本护院不少,但因有关氏兄妹作内应,很快就被蒙面汉子攻破,全家人被斩尽杀绝,宅子也被一把火夷为平地。家中所藏金银细软,也被悉数掠去。

王鸣越呢?还需留下他派用场。蒙面汉子冲进他家院子,大吼大叫,故意让王鸣越与一帮手下家人仓惶逃进院角的碉楼里,才开始动手放火。

大约一个时辰后,两路人马沿原路撤至江边,登上篷船,扯起风帆,扬长而去。

王鸣越下了碉楼,听说哥哥家遭了大难,赶紧奔去,只见满院死尸横陈,四处烈焰冲天,连哥哥刚娶进门不久的关五香,也被人割去了脑壳,一丝不挂地倒卧在血泊之中……

王鸣越仰天长啸:"庞龙,这血海深仇,我早迟要你偿还!"

赓即,王鸣越继任了弥月沱掌堂,将自家积蓄下的金银鸦片全数拿出,运到重庆、成都卖掉,买回一大批枪支弹药,挑选出几百名精壮船户,加紧操练。

庞龙闻听弥月沱深夜遭袭,王鸣剑被杀全家的消息,喜出望外,急把吴福斋叫来喝酒庆贺。不过,庞龙对夜袭者身穿"勇"字号褂,公开叫嚷是庞龙手下弟兄一事万难放心,请吴福斋帮着把脉拿捏,到底是哪路豪强,竟然会使出如此手段?

吴福斋道:"此事对谁最有利,那就必然是谁所为。眼下在萧天成眼中最不听他招呼的,一是王家兄弟的弥月沱,再就是我们峡口寨了。"

庞龙一脸轻蔑地笑道:"要是萧天成真有如此心计和手段,我倒还真是服他了。一个扶不起来的阿斗,就算能从书本里淘到这主意,我也断定他没有下这狠手的胆气。"

吴福斋道:"龙爷,千万不要看不起读书人,书中自有雄兵百万。韩信还能受得胯下之辱哩,对萧天成,万万不可大意。他书读得多,自然懂得韬光养晦,装猪吃象的道理。对这种人,更须提防才是。掌堂要晓得,知人知面不知心,画虎画皮难画骨,不出声的狗,咬起人来才更要命。"

庞龙道:"萧天成是我看着长大的娃娃,他绝对干不出这种轰轰烈烈,惊天动地的大事。你们说是他干的,那真是高抬他了。我庞家祖祖辈辈横行濑溪河,江湖上得罪的人不少,真有某个仇家棒客,使出这一狠招,报复庞家一下,也是可能的。不管咋说,这回灭他王鸣剑一家,就是替我庞龙出了气。你们留意一下,到底是谁干的,弄清楚了,我还非得感谢感谢这路哥弟才是。来,喝酒,喝酒。"

吴福斋端起酒杯扬了扬,道:"龙爷,王家老大老三虽去了丰都城,可老二却把这两笔血债,全记在了你脑壳上,今后你可要愈发小心才是。"

庞龙把酒杯往桌上重重一搁:"我庞龙连王家掌堂也没放在眼里,莫非还怕了他王老二不成?龙爷要把他这条小鱼鳅也当回事,不白在江湖上闯荡这大半辈子了!"

话虽如此说,庞龙毕竟还是比过去小心了许多,待在峡口寨里尽量不出门,非出门不可时,也尽量多带保镖。

几个月平安无事,孰知到了这年中秋节,却生生中了王鸣越的招儿。

庞龙的母亲早就皈依了佛门,还是万灵寺一位虔诚的挂单居士,寺中的大小法事,她从没缺席过一次,而且功德钱捐得极多,是万灵寺数一的大施主。为替万灵寺的观音菩萨重塑金身,庞母一人就捐了五十两黄金,这年中秋节,万灵寺的观音菩萨开光,庞母自然不能不去。

考虑到眼下与王鸣越结下了梁子,庞龙对母亲的这次出行也作了精心安排,不单从私家军里挑选出十名骠壮汉子充当保镖,还特地配了一挺捷克式轻机关枪。

去时一路顺风,三天法事期间也都平安无事,没想在返回峡口寨半途中,却出了大事。

王鸣越的眼线探得庞母前往万灵寺做法事的消息后,立即报回弥月沱。王鸣越深知庞龙是个出了名的大孝子,杀了他老娘,比剜他五脏六腑更甚。遂亲自率领船户扛了几十条"柳叶漂儿",带上十来桶火油,在濑溪河边一个叫老鸦滩的冷僻处隐蔽下来。连人带船,全都进了沿江一大片密不见天的竹林盘里。

庞母一行从老鹳岭上的万灵寺下来,在万灵镇水码头登上专船,顺流而下。刚进入老鸦滩不一会儿,便听见船底四处发出"扑通扑通"的闷响,水中分明有人用利器在船底凿洞。片刻工夫,便见那滚滚河水汹涌而入,几声惊呼过后,船已在半浮半沉之间。

　　船上人大呼小叫，正在惊慌，只闻江边陡响起一片呐喊，无数渔户从竹林盘中扛着"柳叶漂儿"冲出，一上水面，便犹如箭矢般向着专船冲杀而来。专船上顿时枪声暴响，船户一闻枪响，纷纷跃入江中，霎时不见一人，唯见只只"柳叶漂儿"上，腾起熊熊烈火，恰似无数个火球，向着专船逼来。眨眼之间，火球裹住专船，火势愈发冲腾。专船上人用篙竿使劲撑也撑不开，那团团火球犹似活物一般，争先恐后地向着专船贴将上来。

　　原来，每条"柳叶漂儿"底部，此时都有几名船户在发力。庞母连同船上之人，大都葬身火海之中，少数跳水之人，也遭水中的船户用利器戳死，葬身鱼腹，幸逃脱者，不过二三。

　　庞龙闻知噩耗，含血喷天，率领手下弟兄在川主庙祭天祭地，发誓要灭了王家满门，替母报仇。

第八章：情涌秋江

消息以同样快的速度传到了铁关口老寨。

过去王鸣越与庞龙谁也没有将萧天成放在眼里,如今两雄交恶,他这代舵爷的名号却显示出了非同一般的作用。毕竟,只有他这个飞龙会的代舵爷,才能号令九村十八寨掌堂,才能够影响众位掌堂的倾向。王鸣越与庞龙一旦打得头破血流不共戴天,必然会争着派人到老寨告状诉苦,以求得老寨的支持和声援。如此一来,代舵爷的地位,也就有了实质性的提升。

由于相互争斗,庞、王二人势力被大大削弱,再也没力量来争夺萧天成舵爷的宝座。萧天成呢?此刻则是左右逢源,虚以委蛇,挑灯拨火,加油添醋,巴心不得庞、王二人越斗越凶,斗他个你死我活,两败俱伤才好。

萧天成十分清楚,眼下的这一切变化,离不开金煜瑶父女俩竭尽全力的帮助,他们为自己所购的枪械武装尚未用上,仅是金煜瑶略施小计,就帮助自己站稳了脚跟。

得知庞龙在川主庙祭天祭地,发誓要灭了王鸣越全家,替母报仇,金煜瑶与萧天成自是高兴万分。金煜瑶当即要以酒庆贺,可萧天成却生出一个新鲜别致的主意,要请金煜瑶去打鱼船上吃"青白鳝"。

金煜瑶闻所未闻,问:"青白鳝……嘿,是个啥稀罕物儿?"

萧天成故意不说破,道:"吃过以后,你就知道它是何等难得一尝的美味了。我现在只告诉你,历朝历代,这是荣昌县衙门里晋呈皇宫的贡品。"

金煜瑶喜滋滋道:"既是贡品,那我今天就不能不一饱口福了。"

萧天成见金煜瑶欣然接受了邀请，正要安排人去准备，不料金煜瑶又提出一个童趣盎然的主意，说："你我身边，整天跟着那么些提刀背枪的家丁，就不烦呐？既是到渔船上去吃贡品，那我们就悄悄下河去，一个跟随也不带。要吃，就吃它个清清净净，吃出个闲情逸致来。"

萧天成既为这个主意兴奋，又有些为难："主意虽好，可是……一会儿就到吃晚饭的时候了，我堂堂一个代舵爷，突然之间不见了踪影，恐怕老寨里会乱得来人仰马翻的。"

金煜瑶故意拿话激他："我早对你说过，男子汉大丈夫，做事切莫瞻前顾后，拧不干打不湿的。你干脆些，愿去就马上随我走，不去就一拍屁股，各走各。"

萧天成心一横："走。"

两人到得后花院，找来一架梯子，偷偷摸摸从院墙上翻了出去，然后钻进密林，在树林间钻来绕去，逶迤下到了碧水溪边。

从万灵山中流淌而出，经滩子口继续前行的碧水溪，是濑溪河的一条支流。从滩子口往下游方向，步行不到一支烟工夫，就是碧水溪注入濑溪河的地方了。

濑溪河上正巧过来一条渔船，萧天成招手叫船家快快靠岸。

萧天成自幼离家，此番回来长达两年多时间，又几乎把自己圈在石墙环绕的老寨里，故而船家并不认识眼前这位秀才模样的年轻人，竟是飞龙会的代舵把子。

萧天成跳上船头，问那船家："生意上门了，你这水舱里可有青白鳝？"

船家笑道："两位客官运气实在是好，我这水舱里正好有一条青鳝，一条白鳝。这可是濑溪河里最好的物儿了。"说着话，赶忙用舀网将那两条长溜溜圆滚滚的青鳝白鳝从水舱里捞出来，用秤称了，倒进一个木盆。

萧天成吩咐道："尽管往那清净无人处划去，我们就在船上吃好了。"

这船是一条两头敞露，只有中间船舱罩着篾篷的"中元棒"。

萧天成和金煜瑶坐在船头，艄翁在船尾一手掌舵，一手操桨，艄婆送上一壶老荫茶。

此刻正是停晚时分，但见天际飞花，山间铃响。几只追逐的斑鸠飞进竹林盘，乡村落日温存如母亲……

金煜瑶目光落到木盆里，不禁失声叫道："妈呀！这不是两条活蛇么？"

那青鳝白鳝浑圆顾长，果真如长虫般蟠伏盆底。青鳝通体灰绿，白鳝通体银白，皆滑腻无鳞。而与蛇不同的是身体粗短了许多，腮边、尾端均有小鳍，圆而阔的嘴边还有一对短须在水中轻轻拂动。

萧天成见艄婆端着木盆去了舱中打整，兴致勃勃地对金煜瑶说道："这东西稀罕得很，要前朝时候逮着了，荣昌县衙门是要用快马送往京城，供皇帝老倌儿享用的。"

金煜瑶不相信："这么远送到京城，岂不坏了？"

萧天成道："呃，我可不是信口开河，打胡乱说哟，县志上白纸黑字有记载的。衙门里的人有绝招，要由荣昌送到京城，而保持色味不变，得先在特制的木桶里装上未凝的猪油，再将鲜活青白鳝放入，待窒息了，猪油也凝固了，再封盖。这样就能和空气完全隔绝，保证色味不变。"

"中元棒"离了岸，傍着碧水溪缓缓往下游划去。坐在船头，可以看得很远。两岸密密簇簇的竹林盘遮天蔽日，傍河蜿蜒。置身于这碧水翠竹之中，仿佛心中也漾开了一泓舒心沁肺的绿意。碧水溪时宽时窄，不一会儿，待上了濑溪河，便愈觉水天深邃，让人恍然觉得那尘世已渺。

碧水溪拐了一个大弯，注入由东北向西南方向流淌而来的濑溪河，在交汇处形成了一个瓦蓝色的湖泊。湖畔绿草茵茵，长着许多粗壮的水柳，长长的缀满细碎眉叶儿的枝条依依垂挂下来。无风，便显得宁静而幽谧。湖心里有几座草木葱茏的小岛，盛开的杜鹃花像一块块艳红的云锦，散缀在万绿丛中。

"啊，景色多美，简直像大师笔下的一幅油画。"金煜瑶回过脸儿望着萧天成，亲切直呼他的名字："呃，天成，你怎么不坐下？"

几条黑色的小鱼儿一动不动，仿佛凝固在透明的水晶里。金煜瑶探出身子，掬水浇去，水面溅起几星水花，鱼儿一摆尾，倏地不见了。"咯咯咯咯"，金煜瑶甜脆地笑了起来。

"中元棒"咿呀前行，很快出了湖泊，随着流水进入了濑溪河。

几场秋雨过后，那河水便慢慢地透出了青绿色，不再有汹汹的波涛了，不再有轰轰的吼声了，濑溪河变得驯良起来，温柔起来——这叫人心中始感空落，继而又好舒畅，又一个热季，算是过去了。

这两天，江水退得快，连河心的鲤鱼石也倏地露出了黝黑的脊背来，"涨赶滩，退打沱"，濑溪河两岸的渔户，全都上了水，都想抓住鱼汛尾子，再捞他几网哩。

河面上不时可见"柳叶漂儿"和"双飞燕"，打渔的女人不少。濑溪河上的渔家女子不但壮实，而且还带着几分水嫩气，俊俏的脸蛋上透着鲜色，脚大手大身架大。渔家女儿，手大舞得动篙竿，脚大踩得稳船板。划船使篙燥热了，脸颊上沁出了毛毛汗，结过婚的女人们便索性把衣服脱了，光着上身，抄起双桨，荡起双乳，依旧"吱呀呀"地往前紧摇。

　　河面上,清波颤颤,舟儿款款……

　　一串清脆亮冽的渔歌子,从上游某处倏然飞起。

> 唱起来,对起来,
> 大船推开小船来;
> 大船装的梁山伯,
> 小船装的祝英台。

　　一个声音粗犷的男子接唱下去:

> 隔年牡丹隔年开,
> 牡丹花开上楼台;
> 蜂子看见忙忙采,
> 蝴蝶看见对对来。

　　萧天成招呼艄翁:"船家,就泊在这里吧。"

　　这真是一顿别有风味的野餐,青鳝白鳝本已弥足珍贵,又让萧天成临时注入了一点皇家饮食文化的意韵,再加上艄婆的烹调手段更是超凡脱俗与众不同:一不用油,二不用豆瓣,仅靠着几块泡老姜,一把干红海椒,几蔸泡成金黄色的酸菜,再加一把花椒,连同切成段儿的青鳝白鳝放进鼎锅里一煨,就弄成一锅世间少有的美味佳肴,直吃得这一男一女,赞不绝口。

　　舟子缓缓前行的沿路小河,浮游着群群麻色野鸭,受到惊扰,"扑扑"戽水向着两岸遁去,也就连累得准备夜栖绿竹枝头的无数白鹤,鸣叫着冲天而起,却又不甘离去,或在空中作潇洒盘旋,或在水面上飞来掠去。

　　"天成,快看!那是什么?哎呀,好漂亮的小野鸭哟!"金煜瑶指着那麻色野鸭群中的几点绚丽斑斓的物儿惊奇地大叫。

　　"那可不是野鸭,那是鸳鸯。"

　　萧天成平日不善饮酒,今日有情投意合、小鸟依人的金煜瑶陪着,也就放开喝了几盅。烈酒下肚,如火燎胸,脸也红,眼也潮,眼神也显得迷离,心中却极感舒坦、亢奋。

第八章：情涌秋江

溪边起伏的山峦堆绿拥翠，燕子啁啾着一掠而过，也在金煜瑶心中溅起点点涟漪，让她感觉到了一种挠得心肝儿麻酥酥的春情缱绻……

萧天成兴之所至，豁然而起，迎风挺立船头，高声吟哦起东坡名句来："大江东去，浪淘尽，千古风流人物……"吟诵罢，又冲金煜瑶说道："这景致、这情调、这意境，这美味，如果再加上你这绝代佳人美妙动听的歌声，岂不更绝？"

金煜瑶也不忸怩，如临风玉树般立于船头，用纯正法语，婉转歌唱出英格兰民歌《友谊地久天长》。

酒醉人，歌醉人，人更醉人！

灿艳如血的晚霞笼罩着金煜瑶的身子，笼罩着她那俊美端庄的五官，白皙细嫩的肌肤，犹如熠熠闪光的红玉。

望着金煜瑶那凹凸有致，曲线毕露的婀娜身段，以及那双墨玉般流淌出女性温柔与激情的眸子，萧天成血往上涌，怦然心动。

萧天成感激万分地对金煜瑶说道："煜瑶，你不是凡人，你是老天爷派来帮助我的一位仙女。"

金煜瑶却说："还仙女呢，妖女倒差不多。我们一个主意，就弄得那么多船家渔户送了命，庞龙和那已经做鬼的王鸣剑，要晓得是我和你在一起装怪使法，肯定恨不得把我磨成水，一口吞了。"

难得萧天成居然也血扬贲扬地说："天塌下来，由我这个儿高的先顶着。我是代舵爷，他真要知道了内情，第一个要杀的也轮不到你。"话到此，又感慨言道，"想当初，我不愿回来蹚这浑水，被你一个激将法，激了回来……"

"那代舵爷如今还在后悔，还在生煜瑶的气么？"

萧天成本想大胆地盯着煜瑶的眼睛说上一句暖心的话，"有你在，我既不后悔，更不会生你的气"，可偏偏他这人禀性内敛，又恪守着圣贤"非礼勿动，非礼勿视"的教诲，把已经涌到嘴边快出口的话，又给强咽了回去……非但如此，在此后的交往中，虽然他对金煜瑶早已是一往情深，日思夜恋，甚至弄得来不能自已，夜里轻轻念着金煜瑶的名字。可在众人面前，为了维护自己的谦谦君子形象，他却总是做出一副道貌岸然的样子，把对金煜瑶的一腔炽情，深深地隐藏在心中。

这就让春心已然有些儿萌动的金煜瑶，屡感失望和惆怅。

当然，正如与她虽然照过了"排排相"，并和她有了片刻儿真正意义上的床笫之欢的萧天汉一样，金煜瑶并不认为萧天汉就是她可以托付终身的男人。同样，她也并不认为眼前的萧天成，就是她渴望中的白马王子。但在这万灵山铁关口的男人中，眼下除了萧天成方方面面还差强人意，又还有哪一个男人能让她动心呢？正如同人要吃饭一样，一个已经满了十八岁的大姑娘，太知道自己对男人的需求，是多么的强烈！多么的炽烈如火！

男女之间的事往往就是如此，往前一步，柳暗花明，芙蓉国里尽朝晖；犹豫不前，就只能抱恨终身，悔不当初了。如果萧天成敢恨敢爱一些，大胆地向金煜瑶表明心迹，那么，金煜瑶完全可能给他一个"花开不张口，含羞又低头，疑似玉人笑，深情暗自流"的姿态。这桩男欢女爱的喜事儿，就算成了。

萧天成如今有太多机会而没有勇气捅开这层隔在他俩之间若明若暗的薄纸，不消多长时候，机会便永远离开了他，萧天成也就只能眼睁睁地看着金煜瑶"花落旁家"，而追悔莫及了。

第九章:海上遇险

赵中玉由重庆辗转逃到广州,投靠当年父亲在生意上的一位合作伙伴,在羊城繁华之地西壕,开有一间颇为气派的商铺,专门销售荣昌夏布的涂志清老板。

荣昌夏布纯白精良、莹洁润泽、坚韧耐用。因蕨质所属特性,较之棉布丝绸,更显古雅漂亮,凉爽舒适,烫后有棱有角。且夏布历史久远,汉代称其为"蜀布",唐宋称其为"斑布"、"筒布",历朝历代,均被列为皇亲国戚才有资格享用的贡品,因此极受中上阶层人士青睐,远销至朝鲜、日本和南洋诸国。多年来,赵庆云负责将夏布由荣昌用船队运到上海,再转海轮运至广州。涂老板则负责将夏布销往海外诸国,以及羊城官宦巨贾之家,二人配合默契,生意做得来一帆风顺。

涂老板得知老友一家,于这改朝换代之际惨遭不幸,唏嘘不已,再见中玉小小年纪,古书读得厚实,英文更是说得溜熟,长得丽眼慧目,伶俐聪慧,不带俗相,便收在店里,做个学徒。

赵中玉时刻不忘家仇,吃得苦,受得累,老板叫做啥就做啥,从不计较。中玉年少翩翩,心灵手巧,再加之时常留心上下左右,勤用心机,未几,果然深得涂老板的欢心,未及满师,就被破格提拔为跑街。凭借跑街这一有利条件,从此,赵中玉竭力与广州商界、金融界的中外要人接触,频繁地出入于沙面租界、富家豪宅之中,日子过得顺风顺水。只是不时想起家乡,想着筱竺,不知她现在是何等境况,看着筱竺所赠方巾不禁掉下泪来。照天成留下的地址,给天成写封信去。

这天下午,赵中玉到天字码头去发货,却见今日热闹非凡。墙上贴着一纸告示,闹嚷嚷围着一大群人。他挤进去浏览了一下,大意是中国政府已经宣布参加由英、法、俄等国组成的协约国,对德、奥、土等国组成的同盟国开战;为补充协约国的力量,英、俄两国急需招募大批中国人前去两国作劳工;愿去的可即在各地设立的招募处报名,领取预发薪金。到俄罗斯东线的劳工到满洲里集中,到欧罗巴西线的劳工前往英国租借地威海卫集中。翻译、工头、普通劳工的待遇等等,逐条逐款,也全都写得清清楚楚。

事不关己,赵中玉并未留意,送完货便回到西壕商铺。涂老板见赵中玉回来,急忙上前到门口看了看,然后将中玉叫进里屋一间内室坐下。赵中玉也警觉到今天涂老板有点奇怪,便问到:"涂老板找中玉有事?"

涂老板严肃着一张脸对中玉说:"今天下午,你去送货走了不一会儿,商铺来了两个人,问我认不认识一个叫赵中玉的年轻人,我一听带荣昌口音,因知道你的家事,便说不知道把他们打发走了。但我看这事没完,你还是早作准备外出躲一躲为好。"

赵中玉听后也惊骇不轻,对涂老板道:"多谢涂老板长时间来的关照,中玉有一事相求,请涂老板放过我。我想他们找不到我不会罢休,今天在天字码头看到英国正在招募华工翻译,索性我出国去,只是不能再给涂老板做事了。"

"这是说哪里的话,你愿去国外,我可以找找生意上的认识的外国人帮帮你。"说着涂老板随手从身上摸出一张银票递给中玉。

赵中玉推辞不过接过银票,对涂老板说道:"这事就不麻烦涂老板了,我自己能行。"

赵中玉回到自己的房间收拾东西把钱物带上。第二天一早,重新来到天字码头,到英国招募人员那里轻易考取了一等华工翻译的职务,拿上一张晚上去威海卫的船票,立即消失在羊城茫茫人海之中。

晚上,在华工专船即将启航的时刻,赵中玉重新出现在天字码头上。趁着夜色的掩护,他疾步穿过栈桥,登上了轮船……

船队离开加拿大哈利法克斯港进入大西洋,天,没有放过一次晴。连续的长途奔波再加上这绵延无期的海上颠簸,已将无数华工折腾得死去活来。这支由八艘万吨级以上的英国轮船组成的商船队,载着五万名华工和大量的弹药,在十四艘军舰的护卫下,已经在大西洋上航行了整整六天。太平洋中经常可见的光滑如镜的洋面,在大西洋中根本不曾出现过。

第九章：海上遇险

而今天午后，风浪显然愈发地凶狂了，天低云暗，乌云汹涌，耸起的巨浪若颠连的山峰一排排扑来。各船为避免碰撞，早已拉开了彼此的距离。远远望去，环绕着整个商船队的军舰炮艇，简直是在山岳般的巨浪中间穿进穿出。

处于船队中心位置的四万吨级的"鸠丽亚斯"号也失去了平日的威风，在浪涛中起伏颠簸，一排排巨浪迎面扑去，立即被船头劈成瀑布似的水帘，高悬在船体的两侧。

这艘全世界最大的商船，原来是德国的运输舰，被大英帝国皇家海军缴获后改装而成的，身长一〇八码，其高度，从船舷数上去还有十三层，停泊在港口，比岸上的航运大楼还高出一截。在哈利法克斯港，五千余名来自江浙一带的华工足足忙碌了两天，才把英联邦国家加拿大为协约国制造的成千上万吨弹药装进了"鸠丽亚斯"号的肚皮，这五千余名华工，也随后登上了这条巨轮。而其余四万五千名陆续经太平洋水道再转乘横穿加拿大的火车聚到哈利法克斯的华工则分乘了另外七艘与"鸠丽亚斯"号相比大显寒碜的商船。

在哈利法克斯港，英国人把这第二批开赴欧洲战场的五万名华工简单地进行了编队，青岛与威海卫的、旅顺口与大连的、平津两地的、江浙的、福建的、西南的、西北的……原则是按地区组编成团。

船队离不列颠水域愈近，战争的气氛便愈发令人恐惧。

每条商船都派出了华工，二十四小时轮班上船顶值哨。

救生衣穿在赵中玉颀长健壮的身子上，实在太小了一些。而且他那藏青色的高级毛料西装上套上这么个皱巴巴的玩意儿，也委实显得滑稽。

就在赵中玉迷迷糊糊的时候，陡听得"轰！轰！轰！"连响三声报警炮声，满船骤响起一片呐喊声。赵中玉连滚带爬地奔出英国人为华工翻译提供的双人舱房，拥到栏杆边，只见四下已是一团混乱。各船已经成了惊窝的蜂巢，许多人挤簇在甲板上，乱纷纷叫嚷，是"鸠丽亚斯"号在放报警炮。

这时，满船陡然响起一片绝望的惨叫，无数双眼睛恐怖地看到海洋中翻腾起的一道白色泡沫，疾速地从"阿布柯尔"号前面十几英尺的水面掠过，向着处于船队中心位置的"鸠丽亚斯"号直端端冲去。一瞬间，震天动地的爆炸冲霄而起，"鸠丽亚斯"号猛烈地抖动了一下，旋即腾起一片巨大的烟云，喷得比烟囱还高，随着鱼雷的爆炸，"鸠丽亚斯"号上的锅炉、煤、弹药也连续爆炸了。先是船体的上层结构与舰桥纷纷扬扬裹着黑烟飞上了半空，随后天地间蓦地一闪亮，整条巨轮变为一团巨大的火球飞快地下沉。

护航的军舰已经乱了队形,有的仓惶奔突,胡乱地施放深水炸弹,炸起一股股冲天水柱。有的则惊慌失措在原地打转,所有的舰载炮已毫无用处,丢魂落魄的英国士兵端起轻武器,"哒哒哒哒"向着军舰四周的水中盲目射击。商船上乱得更加厉害,许多载着海员和华工的救生艇被吊索放了下去,控制索具的人显然已紧张得不知所措,以致失去平衡,使不少小艇船首或尾部先触到水里,立即沉没,海员和华工们在海面上狂呼救命。十余分钟后,随着一道巨大的漩涡翻卷,大厦般的"鸠丽亚斯"号在众目睽睽下已然消失于水中。死鱼在水面飘浮,远至目力所能及,在波涛间上下颠簸的是华工、英国军官和海员血肉模糊的尸体,破船的碎片,以及挣扎着的极少数投水者。

赵中玉双膝触地,瞳孔发直,以一种怪异得近乎丧失人性的喉咙发出的声音喊道:"天呐!死……死……全都得死……死!"

英吉利海峡凛冽的寒风时而卷下一团团细碎的雪花,如此恶劣的气候,使得德国轰炸机不敢贸然出动。抓住这一刻良机,无数艘轮船、运输舰,穿梭般在海峡之间奔忙,把数万名华工、英联邦国家加拿大、新西兰、澳大利亚的军队,从本土跨洋而来的美国军队以及美国制造的坦克、大炮、马毯、饲料袋、帐篷等等物资抢送到法国的东海岸。

这第二批赴法的四万五千名华工(已有五千名华工与"鸠丽亚斯"号一起葬身于大西洋中)离开加拿大哈利法克斯港的第八天晚间,终于驶进了英国的利物浦。密密麻麻的火车已等候在码头上,华工们未得片刻休息即登火车,人一上齐就连夜出发,次晨便到达了英吉利海峡西岸的福克斯镇。他们马上登轮,渡过宽阔的海峡。船靠法国东海岸,在一队队军容整洁,武器精良的协约国军队的反衬下,数万名衣衫褴褛,被冻得瑟瑟颤抖的华工组成的队伍,恰如无数道污浊肮脏的河流在向前慢慢流淌。他们中有的扛着毡子、席子卷儿,有的头戴破毡帽、瓜皮帽或缠着肮脏的盘头帕,有的身着长衫、马褂、大襟,脚穿草鞋、钉鞋,有满面烟容的瘾客,也有一脸菜色的痨汉。更引起外国人哈哈大笑的,是少数华工头上那条猪尾巴似的长辫子。

重庆人黎胜儿按捺不住,把长衫下摆撩起往腰间一扎,蹦出队伍指手画脚地对外国士兵们大骂起来:"日你高鼻子奶奶!你们笑个屁!你们那么威风,咋隔海隔洋地跑到中国来请老子出山帮忙打德国人?"

行进中的外国士兵纷纷偏过脸来,好奇地注视着这个头戴瓜皮帽,身穿长衫的中国人。

赵中玉一把将黎胜儿拉回来,说道:"你这是干啥子?他们听不懂中国话,你这不是对着牛群唱山歌么。"

黎胜儿将手指很是威风地向对面一伸,恨恨叫道:"赵师爷,要不是你劝我,我今天非捶死他几个洋鬼子不可!"

英吉利海峡已被远远地甩在身后,公路两边,密密的树林与片片平坦的原野交替出现。很少看见人影,荒芜的土地上布满了深深浅浅大大小小的炸弹坑。坑里的积水面上已经结了薄薄的冰层。树林也是一派狼藉,有的被拦腰劈断,有的被连根掀翻,有的一大片一大片被火焚烧,遗下无数焦黑的树干,光秃秃刺入天空。

战争野兽的啸吼声,已隐约可闻!

赵中玉的心,充满恐惧,充满迷惘,沉甸甸向着冰窖中坠落。

公路上,堵塞不畅,后方上去的坦克、炮车不时与前方下来的一辆辆装满伤兵的汽车顶牛,语言稍不投机便拔出枪来,虽未真正交上火,但那杀气冲天的阵势,也把从未经历过战阵的华工们吓得不轻。

"妈的,这究竟是往哪儿开呀?"连身为中国工头的袁公剑,也沉不住气了。

"赵师爷,你看这样儿,会不会把我们也弄上去送死呀?"黎胜儿惴惴问赵中玉。

"应该不会,合同上写得清清楚楚,华工只干活,不打仗的。"赵中玉惶惶不安地回他。

人涌车流,杂色斑驳,公路上煞是好看。在一片英国士兵戴的灰色浅盆形钢盔后面,突然飞腾起一阵嘹亮雄壮的歌声。一长列衣饰耀眼,旌旗辉煌的龙骑兵快步赶了上来。他们一律骑着高头骏马,头戴饰有羽毛的高统帽,腰挎漂亮的战刀,敞开喉咙嗷嗷歌唱,人人脸上,罩上了一种庄严的神采。

"这是哪个国家的军队呀?好威风!"黎胜儿一脸羡慕地问。

"他们唱的是《马赛曲》,当然是法国军队。"赵中玉第一个听出来。

袁公剑操着一口重庆腔问:"国歌?国歌是个啥子东西?"

"国歌么,就是体现一个国家精神气质的歌曲,也是国家的代表,每一个国民都会唱它。"赵中玉继续解释道。

"那,我们中国有国歌么?"

"泱泱大国,怎么会没有自己的国歌?"

"赵师爷,中国的国歌是个啥,那你唱给我们听听嘛。"黎胜儿央求道。

"好。"赵中玉清清嗓子,唱了起来:

> 东亚开化中华早,
> 揖美追欧,
> 旧邦新造,
> 飘扬五色旗,
> 国荣光,
> 锦绣河山普照。
> 我同胞,
> 鼓舞文明,
> 世界和平永保。

在洪亮高亢的法兰西国歌声中,赵中玉的声音微弱得像蚊子嗡嗡。

黎胜儿大叫起来:"这就是我们中国的国歌呀,像他妈老和尚念经,怪尿难听!算了,还是听我给大家吼一腔四川家乡的山歌儿吧!"头一扬,他果真手舞足蹈地吼唱起来:

> 哥子我从来不扯谎,
> 打了只麻雀斤四两。
> 兄弟你不要不相信,
> 翅膀毛扯了一箩筐。

无数条喉咙"嘎啦啦"快活地响起:

> 斤四两的麻雀算个啥?
> 我屋头的鸡公下蛋才叫大,
> 一个蛋炒了十八碗。
> 蛋壳里睡下个胖娃娃。

第十章：替英国人当炮灰的日子里

骆耶耳，是法国东海岸加莱地区的一个小村子。管理西线十五万华工的总部，就设在村外原野上。一道长长的铁丝网围着许多圆顶帐篷和长方形的木头房子。帐篷和木房子的顶上，都涂上了黄一块、绿一块、白一块与原野和积雪相近的颜色。正中央，有一片很大的操场，几十个帐篷划为一组，一营人正好住满一组帐篷。

第二天早饭后，全体华工奉命到大操场集合，营里来了十多名英国官兵，在他们的指挥下进行编队。四川人被集中起来，编为第十四营，营长是来自重庆的袁公剑。可从现在起，他的一切行动都得听从此刻正从木台向他的队伍威风凛凛走来的新任英方营长，满头银发的英国退役军官鲁斯顿上校的了。简短的训示完毕，鲁斯顿上校向华工们介绍了他的一白一黑两位副官和随他到十四营的八名英国工头。黑皮肤副官将华工名册交给赵中玉，叫他按名册点名。被点着姓名与号数的华工再到白皮肤副官手里领取一块长方形的钢片。钢片上，打上了与名册上相符的号码，然后排成单行，在其他英国工头的带领下往木台脚下走去。那儿早已准备好几台放在桌子上的小机器，由英国人操作，用这种钢片卷成一个小镯子，箍在每个华工的手腕上。华工们被告之，必须等到战后回国时，腕上的钢镯才能取下来。

"妈的，这和在马屁股上烙火漆，有啥两样！"有华工轻声嘀咕。

赵中玉志忑不安地刚念完名册，黑副官从盒子里抓起最后一块钢片，用英语说："呶，这是你的。"

赵中玉顿时色变。

到达骆耶耳的第三天清晨，所有华工在各营英国官兵的率领下，汇成一道道人流，涌向附近的火车站，登上列车，向前线一个叫佩龙纳的地方驰去。冰雪掩饰了炮火给大地留下的累累创伤。铁道线两侧，村庄，牧场，平原，坡地全被厚厚的积雪覆盖。森林果园冰凌璀璨，银花万点。瓦蓝色的湖泊在阳光照耀下，像一块巨大神奇的蓝宝石镶嵌在冰天雪地里。

很快，隆隆炮声已清晰可闻。战争撞进了每一个华工的心里。

四川营占据了整整三节车厢。专列开出不到两个钟头，一串滚雷般的声音在空中响起。

"德国飞机！"有人惊叫起来。

车厢里顿时大乱，所有的窗门在瞬间被打开了，无数脑袋伸出了窗外。

"轰轰轰！"一串炸弹落到路基下，白的积雪黑的泥土和着浓烟柱子似的直立在空中，顷刻间又四下飞溅开去。车厢里猛地发出一阵惊惶的狂叫。飞机掠过的尖啸声与"嗒嗒"的机关枪扫射声来回在车顶上穿梭，雪地上时而有巨大的黑色怪鸟飞来掠去。

列车猛地一震，渐渐减慢了速度，车尚未停稳，就有不少人争先恐后地挤出窗口，口袋似的滚了下去。

袁公剑跳下火车，仰头冲赵中玉叫道："赵师爷，快跳，我接着你。"

三架飞机俯冲下来，将一批炸弹扔下，列车被炸翻了几节，浓烟烈火冲腾而起，四野里血肉横飞，鬼哭狼嚎。原野里顿时响起一片爆豆子的脆响，无数支毛瑟枪、韦伯利步枪、来复枪、刘易斯机关枪齐刷刷地竖起开始了对空射击，迫使德国飞机不敢俯冲，只好在高空飞蹿着将炸弹疯狂倾泻。四处黑烟滚滚，爆炸声震耳欲聋。有人在惨叫。断裂的尸体被抛向空中，然后砸进地里，鲜血如艳红的花瓣，溅落到洁白的雪地上。

赵中玉咬着牙，也抓起步枪，仰面朝天，头枕在背囊上不停地往天上乱放子弹。

陡地，三架德国飞机掉头便溜。天边出现了一排黑点，声音越来越响，越来越刺耳。

雪地上的人全都蹦了起来，向着机群大声欢呼。

八架红鼻子英国飞机冲过头顶，杀气腾腾地向着德国飞机追了上去。

在这绵延数十里积聚着双方数百万军队的大战前线，气氛却是令人迷惘的平静。

四川营在鲁斯顿上校的率领下,开赴前线挖掘战壕,已经整整三天了。

大战迫在眉睫,赵中玉同所有的华工一样已经清楚地意识到了这一点。

虽然节令已进入阳春三月,可夜里仍冷得厉害。薄薄的帐篷被狂悖的穿林风击打得"砰砰"作响,难以抵挡料峭的寒意。

赵中玉连续三晚没睡好觉,并不完全是由于害怕……人真是个奇怪得难以言喻的动物,待在后方时,一听要上前线便吓得屁滚尿流,可真地被英国人逼着上来,想到早晚不过是一条命的买卖,也就坦然多了。

睡在同一顶帐篷里的华工翻译惊恐地说着含糊不清的梦话,搅得赵中玉心烦。索性,他出了帐篷,钻出了这片松树林。

啊,多么和平安宁的夜晚……这前线本身就是个巨大的谜。白天,大路上田野里尘土飞扬,充塞涌流着无数的坦克、重炮、救护车、各式军用车辆以及身穿各国服装的军人。然而一到夜间,浓浓的夜色便将这一切全都遮掩了,春天的风带着绿草与泥土的清新味儿在静悄悄的暗夜里愉悦歌唱,在铁马金戈的骚扰下也舍不得离巢远去的鸟儿停止了整日不息的喧哗,安静地栖息于枝头上。

赵中玉往山顶上走去。几天来,他还从未看见过一个敌人——不,准确地说应当是德国人或是匈牙利人、保加利亚人。半山腰,在华工们连日赶挖出的堑壕里,密密麻麻像排沙丁鱼似的睡满了士兵。鼾声起落,宏大浩荡。军装上的霜花在月辉照拂下熠熠闪光。他不敢再往上走了,他怕自己因不谙口令而成了莽撞的英国哨兵的枪下冤鬼。他也不愿回到帐篷里去,于是,索性就在一片刚刚泛出青绿的草地上躺了下来。

一弯银月定定地凝在空中,稀疏的几颗星在浮动的云层中时隐时现……哦,心中真是辽阔无边!想什么呢?什么也不要想最好,让充满柔情的心湖荡漾开一片粼粼闪闪的水波,一只夜莺在水波上轻盈滑动,婉转歌唱。

山岚又起来了,缭绕着从两侧的山脊上往谷底汇聚,很快,四周便变得朦胧混沌一片。

这潮润灰暗的山岚使他不由自主地想起了家乡同样是阳春三月清晨的浓雾……在濑溪河两岸,在万灵山脚下丘陵起伏的田野上,乳白色的浓雾遮天盖地。但是,当朝阳升起,浓雾消散,满坝金黄色的油菜花在凉爽的晨风中摇曳不止,喷吐着醉人芳香的金色波涛上,蜜蜂与蝴蝶翩翩起舞。即使是晦暗的心灵,也会被这明丽温暖的色彩染透……傅筱竺从花海深处向他走来了……啊,筱竺!我的筱竺!他猝然喊道。他不明白这是怎么了,他明明听萧天成说傅筱竺已经和她爹爹一起被郑稷之杀死了,可筱竺的倩影却总是不时出现在他的梦中,或是幻觉中。他睁开眼睛,泪水奔涌而出,好烫！他真想亲吻一口那能让他的心融化的黄金土地。他不是个乡情缱绻的人,而此时此刻,他的心却激动地呼喊着:"啊,故乡,亲爱的故乡！"他从未像现在一样地热爱过自己的故乡,故乡的万灵镇、瀨溪河、铺盖面、黄凉粉……"要活下去呀,为故乡,也为自己！"

吃过早饭,两个连的华工奉命登上山脊,到最前沿地段挖掘战壕,抢修防御工事。这是极其危险的工作。作业点已在德国人的步枪射程之内,有些突前地段,与敌方战壕的距离不过四五十码。

华工们分成许多小组,在原来的战壕里先竖着往前挖出一条通道,再往两边横展开去,与相邻的华工小组所挖的战壕连结为一体。没有一个人敢抬头,隐蔽得很好的德国狙击兵的枪口正在对面耐心而认真地寻找着目标。华工们把挖出的湿漉漉的泥巴扔到前面,人全缩在战壕里,手脚难以施展开,一个个很快成了泥猴。挖好六英尺深、三英尺宽,英国士兵才开进来。机关枪手享受优待,他们把刘易斯机关枪安放好,并不像其他的士兵一样必须待在战壕里,而是和军官们一起去后面盖有顶棚的堑壕里休息,可坐可卧,还可以和军官们玩扑克,说黄色笑话,喝加糖酒的饮料。

前沿阵地上忽然出现了难得的好天气,白色的雾团涌涌荡荡在山岭谷地疾速地滚动。密密实实地遮隔了天地,十步以外就看不见人影。人们像在水里移动,浑身上下湿漉漉的。

来自对方的威胁消失了,英国士兵兴高彩烈地爬出战壕,将身子坐得高高的谈笑着。

华工们也抓住这难得的时刻,争先恐后地拥出战壕,四人一组地将螺旋铁柱拼命地往地里拧,然后再飞快地把带刺铁丝网绞在一根根铁柱上。很快,一道长长的铁丝网就立在了战壕的前面。

上午十时许,浓雾开始消散,远远近近的绿色山岭像小岛一样从雾的汪洋大海中浮露出来,渐渐地变得越来越清晰。天非常蓝,太阳明亮得耀眼,巨大的雾团一动不动地凝固在一道道低凹的谷底,在阳光的照射下,变得像琥珀般的棕红。

赵中玉躺在草毡上闲得无聊,站起来,一个人顺着狭窄的战壕往前走去。这儿很静,壕底狼藉着厚厚的草毡。英国士兵们躲进避弹洞里休息去了。一个哨兵坐得远远的埋着头在裹烟卷。一个大胡子狙击兵趴在壕沿上,托着步枪全神贯注地搜寻目标。

赵中玉友好地扔了一根烟卷给两位英国兵。大胡子兵手一扬当空接住,向他点点头,咧开厚厚的嘴唇笑了。赵中玉背抵着壕壁,坐在了草毡上。太阳很高,也很亮,闭上眼,瞳仁里也仿佛有无数光团在跳动。

"砰",陡响起一声尖脆的枪声。赵中玉睁眼一看,大胡子正回过头来,伸出一个指头,得意地向他比了比。赵中玉明白他是在告诉他又打中了一个目标。他站起身来,弯着腰跑过去趴在了大胡子身边,将脑袋小心翼翼地伸了出去。只见一群鸟儿啼叫着从对面山头上的树林子里腾空而起,拼命地扇动着翅膀,"咕咕"叫着飞过前面开阔的无人区,落到了自己身后的山林里。除了树林与在风中微动的荒草,一个人影也看不见。

就在这时候,他突然感觉到对面仿佛有一点光亮闪过,顿时,身边的大胡子将步枪一掀,身子猛地往后一仰。这时他才听见了枪声。他回头一看,惊得一对眼珠子差点弹了出来。大胡子蜷曲着仰躺在地上,双眼和嘴巴大张着,脑门上被洞开了一个大窟窿,白色的脑汁与灼烫的鲜血正像喷泉似的往外冒突。

他蜷着身子,跌跌撞撞地往回飞跑,哇哇呕吐……

离午夜还有半个钟头,鲁斯顿上校放下德文版的《佛兰利牧师的公馆》,走出了他的小帐篷。他已经注意到,中国人的紧张情绪加剧了。他静静地在营区里巡视,几乎所有的帐篷里都有昏朦的光亮,没有一个人能安然入睡。

上校独自走出了松林。万籁俱寂,夜宁静得出奇,一点听不到战地上常有的那种嘈杂的声音。四野充满了甜美而富有活力的气息,清新宜人的空气里洋溢着树木的香味,微风从正在吐翠的树枝间轻轻拂过。离战线稍远的地方,只有那在树梢上方闪亮又泯灭的信号弹,能使人消除这浓重夜幕造成的一种错觉:这是一块和平而又美丽的土地。

上校凭经验猜测到,在不远处的平静夜色中,十有八九隐蔽着一支威力强大的德国炮兵部队。他向英国人的火炮阵地上走去。炮手们已经集合在阵地上,他们全都戴上了防毒手套,并且正在给防毒面具的护目镜涂抹防止镜片模糊的粉剂。

上校走到副官与翻译合住的帐篷门口,压着嗓子说道:"立即通知全体中国人,带上武器行装集合,注意,压低声音,严禁喧哗。"

四川营五百多名华工几乎在一眨眼间,便不声不响地排列在鲁斯顿上校身前。

鲁斯顿上校目视着眼前黑压压的身影,天光暗淡,再加上密密的树叶投下的浓重的阴影,使他看不清中国人脸上的表情。但是,他却完全能感受到他们的恐怖。

"我的孩子们!"他喊道,神情像一个布道的神父,"明天一早,这里将会变成一片弹火纷飞的战场。如果战况恶化,我们的集合地点是佩龙纳,或是亚眠。我相信,中国的佛和菩萨会保佑你们的,你们都将得到平安。"

山风疾猛了,吹得树枝"簌簌"发响,鲁斯顿上校打了一个寒战。

就在这时候,远远近近到处响起了"赶快"的口令声——这是各就各位的意思——成千上万的英国军人悄然无声地从隐蔽壕、避弹洞以及露营地爬起来,纷纷开进了前沿阵地。

杂沓的脚步声,步枪、水壶相互碰击声,叩击着华工们的心房。

鲁斯顿上校发出命令:"战斗马上开始了,赶快离开这片森林,进入山壁下的避弹洞里。"

五百余名华工立即拥向英国士兵刚刚腾出来的藏身之所。

一排排避弹洞,很像中国北方的窑洞,只不过在进口处拐了一个大弯儿。四川营华工集中待在相邻的三个洞子里,通风口开得不错,洞里温暖而不觉得气闷。几支烛火照耀着一片片迷惘地等待着噩耗到来的脸膛。

在这种情形下,鲁斯顿上校表现出了难能可贵的大将风度。他借着两支蜡烛的微光做出非常镇定的样子在专心地阅读那本德文版的《佛兰利牧师的公馆》。他甚而很兴奋地对蜷缩在他身边的赵中玉说道:"这本书读起来很开心,书中是不会发生什么事情的。哦,天知道!我希望今晚只不过是一场比往常厉害一点的虚惊。"

居然有鼾声响起。那是袁公剑,他蜷缩在地上,头靠着墙壁已经酣然入梦,在这样的情景下,鼾声听上去非常诱人。

"啊哈,袁营长真是你们中国人里的勇士!"鲁斯顿上校高兴地称赞道。

这鼾声终于使大家头脑中一直紧绷着的神经稍微松弛了一点。渐渐地,有不少人也排遣开心中的恐惧感,睡了过去。

赵中玉睡得很艰难,眼睛紧闭着,脑子里却一直处在似睡非睡的浑噩状态之中。他突然被一阵剧烈的坠胀感弄醒了。他赶紧把步枪靠在墙上,站起身取下背囊,匆匆往洞口走去。

他撩开双层布帘,走出洞口不几步,立即闻到了一股令他恶心的臭味。眼前一团迷濛。高大的松树枝条舒展在苍茫的夜空中。他的脚下忽然踩着了一团稀软的东西,差点使他滑倒。他俯下身去,一股新鲜的臭味直冲鼻孔。哎呀!他气恼地叫了一声。

前面一笼矮树丛后面忽地站起个人影,一边拴裤带,一边"嘎嘎"笑着向他说道:"赵师爷踩着金字塔了么?哈哈,屎带财,算你福气好。"

"你也不离洞口远一点屙。"他看清是黎胜儿,生气地斥道。

"不是我屙的,你不明明看见我在这边屙嘛。"黎胜儿一边辩解一边往避弹洞去了。

赵中玉小心翼翼地往前摸去。他在松林边蹲下了。这位置正好能清楚地看见高地上那个英军哨兵,因为他的身影恰巧与青白的苍穹融为一体,成为一道极其优美的剪影。

突然,仿佛离高地很远的地方,有两道亮光飞快掠上天空,在天顶划出两道巨大的圆弧,转瞬间亮光消失,空中出现了两颗红色的熠熠闪亮的星星,飘忽悠袅地向下缓缓坠落。

顿时,犹如千万个雷霆一齐在天顶炸响,巨大的火团在山岭上滚动,天空被一道道亮光撕碎,炮弹爆炸的声音是如此的震耳欲聋,使赵中玉的听觉完全丧失了功能。他看到天空和大地全都摇晃起来。当一排排炮弹触地爆炸时,高耸的山头开始了持续不断的抖动,宛如汹涌波涛上的几叶飞舟,然而爆炸的声音在由无数的音响混合成的这一团巨大的嘈杂喧嚣中,只不过等于轻微的耳语而已……赵中玉毛骨悚然,固体的大地在他眼前已经变成了沸腾的泡沫,大树被拦腰劈断,跃入空中,好像是舞蹈着的精灵。发生在他眼前的仿佛不是炮击而是一场强烈无比的大地震。地表上的一切有生命和无生命的物体皆不能幸免。

他紧紧地抓住身前的灌木林丛,惊怕得忘了站起来。他非常清楚地看见那个哨兵像木偶似的突然飞上了天空,当掀起的烟柱散去,那山坡上什么也不存在了。他虎地站起来,烈性炸药那股呛人的气味使他"吭吭"猛咳。一颗炮弹落在避弹洞上方,在山壁上炸出一个大窟窿,泥土溅落到赵中玉身上。他这才清醒过来,虎地蹦起,不顾一切地往避弹洞里狂奔。蹲在避弹洞里的华工全都木桩似的立在地上。没有一个人因为他的出现而改变脸上凝固的神情。

鲁斯顿上校站在那里恰似鹤立鸡群,他摇了摇头,悲哀地说道:"现在是听天由命的时候了,大家祷告吧。"他举眼向天,虔诚地画着十字,嘴里不停地咕哝着。

华工们纷纷跪下地,口中喊着各种各样属于自己精神上的菩萨,不住地磕头。

然而，几分钟后，连鲁斯顿上校也很惊讶的是，所有的中国人居然适应了这一极其恐怖的景象，而且渴望着有所行动。

一串炮弹落在洞口处，巨大的冲击波将洞口厚厚的双层布帘撕落在地上，灼烫的气浪冲进来，把所有的烛火霎间扑灭。待在洞口附近的人扑爬跟斗地往里拥。有人没命地哭嚎。有人绝望地大叫起来："冲出去！要死也痛痛快快死在明处！"

洞里的人像潮水一样往外冲去。对死亡的极端恐惧使他们变得一无所惧。前面的华工刚冲出洞口不远，一排炮弹飞来，把他们像谷壳似的飞掷到了空中。爆炸的热浪扑面而来，灼得人脸上发烫，后面的人扭头跑了回去。眼睛失明的人和血肉模糊的人摸索着重新钻进洞里。他们纷纷倒地死去。满地是滚烫的鲜血和正在变冷的尸体。呛鼻的血腥味弥漫了整个洞子。华工们第一次亲眼见到和亲身经历了真正的死亡。

"全都给我蹲下！谁再乱跑，老子打死他！"袁公剑将枪一抡，天神似的横堵在洞口。

一瞬间静了下来。只有垂死者在拖声断气地哀叫。

烛火又亮了。黎胜儿和另外两个华工抓起布帘，重新挂上。

赵中玉忽地站起来，急促地对鲁斯顿上校说道："上校，不能这样待在洞子里，我们一点也不了解外面的情况怎么行？要是德国人上来了，英国人后撤了我们怎么办？"

鲁斯顿沉吟着点点头。

"赵师爷，我陪你去。"黎胜儿自告奋勇地叫着，提着枪跟了出来。

洞外的情景，令他们不寒而栗。德国人巨大的探照灯把山坡森林一片接着一片地照成光亮的画面，空中仿佛有一万列火车在发疯似的开来开去。大量的炮弹滚滚而来，夷平了堑壕，炸毁了炮兵阵地，把森林炸成一块块跳荡的碎片。被猛烈的炮击摧毁了理智的大批士兵纷纷跃出战壕，拼命往山下逃跑，可是，德国人的炮弹像长了眼睛似的追着他们炸。地裂山崩，无数的巨响汇成了翻江倒海的狂飙。

赵中玉和黎胜儿不顾一切，扭头便往避弹洞口逃去……

毒气弹！毒气弹爆炸的声音与普通炸弹是完全不同的。一声闷哑的爆炸后，紧跟着便是无数"咝咝"的声响。透过双层布帘，鲁斯顿上校仍然嗅到了同雾的潮湿气味混在一起的难闻的芥子气味。

他惶怵地狂吼道："毒气弹！德国人发射毒气弹了！赶快戴上防毒面具！"

毒气透过布帘,大量地涌了进来,把华工们的眼睛刺激得生疼。很多人利索地戴好了防毒面具,可是有不少人由于惊慌失措,已经戴上面罩,才想起忘了戴鼻夹与口罩。毒气呛得他们猛烈地咳嗽,偏偏倒倒像喝醉了酒。有人惨叫着死去。死去的人嘴唇发紫,嘴巴大张,眼珠子鼓凸得快从眼眶里蹦出来。

由于巨大而接连不断的震动,用以支撑洞顶的圆木被挤压得"嘎嘎啦啦"地尖叫,有的地方塌下一大片一大片的泥土,砸在华工的头上。

"洞子快垮了！大家逃命啊!"有人尖叫着。

对死的恐惧对生的渴望使更多的华工拉掉了布帘,拼命地向洞外冲去。

大声嚷嚷着竭力阻拦华工奔逃的鲁斯顿和袁公剑也被这股潮水卷到了洞子外面。漆黑的夜空被曳光弹拉出无数道雪亮的口子。天穹碎裂了,烧红的钢片铁块四处飞溅。华工们痛苦地嘶叫着倒下。毒气呛得人又咳嗽又呕吐,跟跟跄跄地在林子里乱窜。飞溅的肉体与鲜血使每一个人突然间变得那样可怕,以致使神智全都不正常了,疯狂了——死亡已经变得无所谓,因为每一个人都觉得自己已经死了或是正在死去！

"冲啊！杀啊!"华工们像狰狞的恶鬼一样跟着叫喊。往哪儿冲？到哪儿去杀人？没有一个人知道。他们用疯狂的奔突与啸吼来麻醉自己的神经。每一个人都想杀人！杀人！杀人！失去理智的人变成了嗜血的动物。他们只企盼着猛扑到一个活生生的肉体上——不管是人还是兽——咬他,撕他,活活地吃掉他！

另外两个洞子里的华工被这一片吼声惊动了。他们以为德国人已经冲了上来,正在洞子外面与华工厮杀。他们拉掉帘子,像两道汹涌的急流喧嚣着奔突而出。

鲁斯顿上校毕竟镇静得多,他高举着手枪,拼命叫喊:"穿过树林,冲到对面山头上去!"

他和一大群华工像瞎了眼的豹子一样在松林里冲撞,不期跑到了英国炮兵的阵地上。

阵地上一片狼藉,士兵们的四肢连同大炮的身躯一道被炸上了天空。

一条软绵绵的东西猛地砸进赵中玉的怀里,将他打得坐到了地上。他用手一摸,怀里竟抱着一条血淋淋的手臂。他突然像野兽般嚎叫起来。袁公剑夺过断臂扔在地上,一把揪住他的衣领,在他脸上猛扇了两下。赵中玉这下清醒过来,才开始用人的声音哭嚎。

天色熹微时分,发生了料想不到的事情,风向变了,毒气被吹回了德国人的阵地上。

浓雾又开始在山头缭绕。德国人的炮弹已经开始向协约国军的战线后方延伸。

赵中玉趴在战壕里,伸出脑袋,一个劲地用眼睛向着对方搜索,却一个人影也看不见。青白的晨光照耀着起伏的山岭。难道真的是在打仗吗?我可是什么也没看见。一切仿佛都和平日一样。

然而,眨眼工夫,他就知道刚才只不过是荒唐的幻觉。

德国人突然在对面出现了!头戴尖顶钢盔身穿暗灰色军装的德国士兵潮水一样地涌出战壕,扑进了眼前的开阔地。骑兵高踞在步兵的头上,经过装饰的鞍具闪闪发光。他还看见了他们高举的旗帜与横幅。远远望去,那景象非常壮观,军乐队吹响了喇叭。他听出那是舒伯特的《军队进行曲》。大师的作品,气势恢宏!他们威武雄壮,大踏步地向我们走来,在这光天化日之下排着整齐的队伍,高举着旗帜,踏着音乐的节奏,向着巴黎挺进,向着英伦海峡挺进……啊,上帝呀!难道除了我们,就再没有什么力量能够阻挡他们前进吗?

这时候,赵中玉听见幸存下来的英国大炮开始起劲地射击,一发接一发的炮弹越过他们的头顶向前飞去,落在了德国人的队伍中,掀起一股股冲天的烟柱。眼前的情景简直令赵中玉难以置信,那些几秒钟前还不可一世的进攻者,突然在地面上消失了。这太神奇!他几乎怀疑是自己的眼睛看花了,或者是做了一个梦。赵中玉突然觉得自己变成了一个勇士,他兴奋地叫道:"准备好手榴弹,等这些杂种冲上来,就炸死他们!"

当一个矮胖的德国人从烟雾中丧魂落魄地奔出来,突然发现自己跑错了方向而撒腿往回逃去时,赵中玉愉悦地叫了一声。他看到德国人身上背的东西"咣哩咣啷"乱响,他觉得真是好笑。他伸直手臂瞄得准准地向那个家伙开了火。德国人张开双臂往前扑了下地,但却并没有立即断气。他正饶有兴趣地欣赏着德国士兵垂死挣扎的样子,突然间,他战栗起来,无数的德国人高呼着"万岁"的口号,像恶魔似的从硝烟中冲了出来。手中的武器频频射击。跑在最前面的骑兵离战壕已不过二十码左右。

所有的轻重武器一齐开火,中国人英国人一梭子弹接一梭子弹地猛烈射击。根本不用瞄准,只要能打中地球就能击倒目标。无数挺刘易斯机枪像飓风一样向着战壕前沿横扫,无数的骑兵从马背上栽下来,无数的步兵倒在了地上。

第一次上阵的中国人杀得兴奋起来。人的思维也不复存在,汩汩流淌的鲜血使这支盲目的没有灵魂的队伍士气高涨,欣喜若狂。无论多么善良的人此刻也成了凶神恶煞。原来每个人的心中都隐藏一种野兽的欲望,愉快地残杀、幸福地残杀、如痴如醉地残杀,使这种野兽的欲望因得到满足而纵情欢歌!

太阳升起,雾岚散尽。明媚的阳光照耀着搏杀的人类。

蓦地,军乐齐鸣,天地间回荡开激动人心的《马赛曲》的歌声。

"法国人来了!"

"上帝呀,我们的援兵到了!"

所有的阵地上都爆发出撼天动地的呐喊。

好几道山隘口,拥出了身着蓝军装红军裤的法国军队。猎猎飘扬的军旗做先导,军旗后面是神气十足的军乐队,乐手一律戴着雪白的手套,精神抖擞的步兵和骑着身披饰物的高头大马的龙骑兵紧随其后,队伍在开阔地摆开,然后高唱着法兰西共和国国歌整齐地前进。旌旗漫卷,遮天蔽日,枪刺如林,闪耀寒光。一点不像打仗,天性浪漫的法国人似乎把战争变成了一个盛大的狂欢节,他们不过是在凯旋门下接受检阅的仪仗队。千军万马像蓝色的波涛起伏着,气壮山河地向着德军的阵地涌去。

赵中玉惊呆了:"好威风啊!"

袁公剑嚷道:"法国人硬是的……干啥事都讲究个排场。"

黎胜儿也愣愣说道:"这是打仗么?咋能在光坝坝上把队伍摆得整整齐齐地上前去挨炮弹?妈哟,简直像演戏!"

刚才发生在德国人身上的悲剧,又一次在法国人身上重演了。

上帝是公平的。

一场大屠杀立即在眼前展开。德国人的炮群忽然向着前进中的法国军队开火了,开阔地立即被笼罩在黑色的硝烟与褐色的尘土之中。空中,高爆炸弹爆炸时腾起的棕色的、黑色的、红色的、白色的烟团像绚丽缤纷的巨大花朵。队伍出现了一些混乱。跑在前面的战马嘶叫着蹒跚倒下,骑手张开四肢从马背上重重地栽下地,而有的步兵却扔下武器,奔跑着企图爬上马背。

但是,军旗仍在飘扬,国歌仍然嘹亮,整个队伍在燃烧的天空下、颤动的大地上一如既往地向前挺进,一直到令人心悸的机关枪声如疾风扫过原野般地响起。

法国人溃退了!

赵中玉和所有的中国人也都蹿出战壕,没命地向着后方逃去。

第十一章：舵爷大婚

光阴荏苒,萧天汉进入螺冠山贺家武棚,转瞬已逾五年。

五年工夫,贺家武棚庭院上一株水桶粗的老槐树,竟被萧天汉和他的师兄师弟活活打死。

五年工夫,萧天汉已由一个虎头虎脑的半截子娃娃,长成了一个精精壮壮的勇猛汉子。由于他练功不畏吃苦,且勤于动脑,故而深得贺栋成的喜爱。在师傅精心指点下,他的武功日益长进,连二十几位师兄,如今也无人能抵挡他这关门弟子的拳脚了。

去年初夏贺栋成满六十大寿,已经在杨森麾下升任一营之长的贺白驹回家给父亲拜寿。酒酣耳热后,贺栋成忽发兴致,要萧天汉与贺白驹交交手。两人在院坝上打了五六十个回合,虽然萧天汉最终败在了贺白驹手下,但他那超群出众的功夫,连心高气傲、威镇一隅的贺白驹也大为惊讶。他知道数年之后,此人功夫定然不会在他之下。

贺栋成早将萧天汉的症结看在眼里,待二人坐定,他遂说道:"荣昌缠丝拳的特点乃'形神皆备,内外兼练',所以有'内练一口气,外练筋骨皮'之说。如只练外壮功夫,外桶子虽好而内桶子虚弱,这只不过是铁柜子装瓷花瓶,岂能经受得住摔打?这外壮又岂能持久?故而拳谚云'练拳不练功,到头一场空'。虎儿,你拳脚并不在驹儿之下,他之赢你,就赢在这内壮之上。"

萧天汉连连点头,说:"师傅教导得对,从今往后,徒儿一定在内桶子上下功夫。"

第十一章：舵爷大婚

贺栋成又起身离座，到坝子上一边给徒儿们比画示范，一边讲解说："一个出色的缠丝拳手行拳时，应有灵如猴、柔如带，游如穿花劲如潮；掌如磁、腕如丝，臂如金刚绕飞絮之效。就如同蚕之吐丝、人之游水，大圈小圈，顺逆缠绕，如此，方能如行云流水，滔滔不绝。"

萧天汉将师傅对他的教诲指点，牢牢记在心上。从此后，他每日凌晨四时许就起床，或在院坝溪旁，或在竹下林中，专门练习内壮之功，弓箭步、四马平步、念机步，十趾抓地生根配合吐纳呼吸，一站就是一炷香的功夫，再换步练习。等练到入港微妙之时，他便提起丹田之气，仰天长啸，"嗬嗨……嗬嗨……"之声，在螺冠山顶的竹林草舍中，引起一阵阵鸡鸣狗吠。

几乎每日早饭后，众位弟子便在院坝上听贺栋成讲解拳理，也间杂些江湖趣闻、武坛掌故。至十时又练功。贺栋成教授缠丝拳，重在搏击实用，所以练习拧筷子、扯钉子、提坛子、甩石锁、滚铁筒、扎沙杆是每日必做的功课。下午的"散手"，师傅要求真拳实腿，招招着肉，徒弟们身上脸上，常常被打得来青一块紫一块。师傅在场子边上架起一口煮牛肉的大铁锅，终日热气腾腾，徒弟随时可捞肉吃、舀汤喝。

"铁沙掌"是一门硬功了得的功夫。木桶内装满河沙，然后左右手交替向沙子内插去，功夫越深插得越深。练习此功苦不堪言，不消数日，十指鲜血淋漓，皮开肉绽，众徒弟不胜其苦，纷纷罢手。贺栋成也不强行要求他们，唯独对萧天汉要求他必须练习，还将自己的独门绝技毫不保守地传授给了他。在师傅的鼓励下，萧天汉坚持练习，一日不曾间断。师兄们见他练得来十个指头齐崭崭像鼓槌，皮肉又粗又硬，反将指甲包盖住，十指如钻，竟能以掌穿墙，也不由心惊叹服！

萧天汉有时也为师傅对自己的关爱，想放弃复仇的愿望，内心时时处在矛盾之中。

这年二月末，时令虽已进入初春，却逢上了倒春寒，山上冻起了桐油凝。
夜里，螺冠山上雪花纷飞，寒风凛冽。
萧天汉正在床上辗转，一师兄从屋外进来，说师傅有事召见，叫他快去。
什么事不能等到明天说，非得要我夜半更深时去见他呢？萧天汉心中忐忑不安，急忙赶往师傅卧室。进得房门，见师傅正在烛光下夜读。
"哦，虎儿来了。快，屋外寒凉，快坐到这火盆边上烤烤。"贺栋成一见萧天汉，忙将书放在桌上，亲热招呼。

师傅在上,萧天汉自不敢落座,仅往火盆边挪了挪,依旧垂手而立。

贺栋成将椅子转了转,面对着萧天汉说道:"为师叫你来,是有一事告你。我为这本《缠丝拳法真诀》,可算是殚精竭虑,耗费了一辈子心血,如今虽已完稿,但因我长期居住在这偏荒之地,不免孤陋寡闻。荣昌的缠丝拳,本系峨眉派高桩拳术,为使此书更臻完备精列,明日一早,我便要启程前往峨眉山,专门去请教于报国寺住持铁沙长老。师傅我年事已高,尚不知几时能够回来,年岁不饶人呐,说不定此一去……"

"师傅!"

"嗬嗬,"贺栋成展颜一笑,摇摇头,复又深情地望着萧天汉,"虎儿,你我师徒一场,如今要暂且分手了。今夜,我想送你一点东西以作纪念。"说罢,起身从墙上取下一把腰刀,那刀鞘和刀柄上镶满银饰,铮铮发亮。他把刀交到萧天汉手中,柔声说道:"虎儿,你的缠丝九龙刀已练得相当纯熟了,此刀是我心爱之物,随我多年,今日赠你,还望你精勤不懈,努力求进。"

"谢师傅!"萧天汉双手捧刀,跪了下地。

此时此刻,萧天汉心中犹似倒海翻江般的搅腾得厉害。贺栋成厚待于他,他怎能不知情?将近二千个日日夜夜,贺栋成视他若亲子,师傅的为人处世,即便自己与他有着杀父之仇,也暗中佩服得五体投地。五年朝夕相处,值此临别之际,又将自己心爱之物相赠。他若刺杀师傅,自己问不过良心不说,日后江湖上,也必视他为不义之人。

可是,如此一个可亲可敬的师傅,却又偏偏杀害了自己的亲爹,他隐姓埋名待在贺栋成身边,不就是为着有朝一日替父报仇么!倘若为"义"而忘"孝",那他今后又有何脸面回去见飞龙会的弟兄,去祭拜父亲的亡灵?

或为不孝之子,或为不义之徒……老天呐老天,我究竟该怎么办?

贺栋成见他长跪不起,神情肃穆且眼中含泪,误以为他是因自己赠刀之举而感动太深,心中不忍,遂将他扶起:"虎儿,区区小事,切不可如此记挂心上。"

萧天汉怔怔望着师傅,脑中一片茫然。

"虎儿,快回屋睡去吧,夜已深了。"

"师傅,你的大恩大德,虎儿永世不忘!"

在这一刻,萧天汉终于作出了抉择……他没有勇气把刀劈向这位远比自己的亲生父亲还要和蔼可亲的老人。

他说道:"徒儿愿以茶代酒,敬师傅一杯,盼师傅早日归来。"

第十一章：舵爷大婚

言毕,他便去桌上提起瓦罐,往碗里倒茶水。

蓦地,他的神色骤变,面孔铁青,双眼痴痴地盯着桌上那本书——那正是《缠丝拳法真诀》！

一个念头,霎时间便像毒蛇一般在心头蹿起……而且,刚刚被他强压下去的杀父之仇,又重新在胸腔里燎蹿起来,烧灼得他的心尖儿发痛。

"师傅,请干了吧。"他双手将茶碗献上。

"难得虎儿这腔心意,好,我干。"贺栋成将碗接过,仰头便喝。

就在他仰头这一刻,萧天汉提起丹田之气运入手指,五指如刀,猛力地向贺栋成肚皮戳去,右掌整个地插入腹腔,再狠劲一绞,一拖。

"啊！"贺栋成一声惨叫："虎儿,你……"

萧天汉此时已是一不做二不休,狠声道："贺栋成,你还记得五年前在青羊宫擂台上,你伤了一条性命么？"

"啊——萧云雄！"

"不错,我并非什么龙水镇来的虎儿,我就是萧云雄的儿子萧天汉！今日我不但要你性命,为我父报仇,还要捎带着取你这本宝书！"

贺栋成闻言,竟忍住万般疼痛,猛力往桌前扑去,将书抢先抓在手中。

萧天汉大怒,恶声喝道："这书你给是不给？"

"杂种,怪我眼瞎！你今日取我命易,要我书难！"

只听"嗖"的一声,萧天汉已拔刀在手。

"引狼入室……咎由自取,我这是咎由自取啊！"陡地,贺栋成仰天长啸两声,将书抄在胸前,猛力向熊熊燃烧的火盆上扑去,展开双手死死抠住了盆架。

萧天汉用尽力气,才将那与盆架几乎凝为一体的贺栋成掀开。而那书,已在顷刻间化成了一团灰烬。

这时外院人声嘈嚷,一串杂沓的脚步声匆匆向卧屋奔来。

萧天汉看了看地上的尸体,跃上桌子,窬窗而去……

萧天汉逃出武棚,窜下螺冠山,天亮后到瀿溪河边雇得一叶扁舟,桨声欸乃,逆水而行,待至中午时分,萧天汉便看见了耸立在陡峭石壁顶上的铁关口堡寨。

船靠码头,萧天汉一登岸,让手下弟兄看见,喜出望外,赶紧迎到滩子口场街茶馆里歇着。

场上人皆奔走相告："少当家回来了！少当家报了杀父之仇回来了！"

场上老板商绅闻知，纷纷前来问候拜望。不消多时，萧天成、韩超、洪真孝、刘逵得报，也慌不迭地率领老寨头目们赶下滩子口，将萧天汉接上山去。已经当上护院头目的韩长生欢天喜地，吆喝着弟兄杀猪宰羊。夜里，山堂上灯火通明，一帮人为萧天汉接风洗尘，互诉挂念之情，叔侄弟兄觥筹交错，自是尽醉方休。

接风宴上，萧天成也尽显君子风度，当着老寨众位叔伯弟兄的面，主动交卸代舵爷之职，让萧天汉坐上了总舵把子的交椅，履行了自己当初许下的承诺。并且向众人提出，他交卸总舵把子之后，会尽快前往重庆，仍旧回到朋友办的报馆做事。

韩超过意不去，遂将当年萧天成如何在总舵把子之位即将旁落的紧急关头，毅然回到铁关口，代任舵爷一事，详细告诉了萧天汉。

萧天汉感动不已，慨然道："兄长如此大义，我这做兄弟的也不能对不起你。人各有志，哥执意要去重庆办报，我也不强留你。不过，要办，就莫帮别人当丘二，自己当老板，需要多少钱，哥你开个口就行。"

萧天成一听此言，喜出望外，说："天汉，你恐怕不晓得，办报纸花费甚巨，你哪里拿得出那么多钱给我？"

萧天汉道："我这几年在外面除了苦学缠丝拳，还和别人合伙做了几单大生意，赚得不少。"

萧天成眼睛瞪得老大："做了几单大生意，什么生意啊？不会是和祖爷爷一样，劫了荣昌县衙门解送省城的官银吧？"

萧天汉嘻嘻一笑："我要有祖爷爷那威风，做梦都笑醒了。"蓦地将天成拉到门外，压着嗓门说，"哥，我给你十根金条，一根二十两，办份报纸，够吗？不够我再给。"

"二百两金子！开家小钱庄都够了，哪里要得了那么多？"

"你打算几时走？"

"就这两天吧。"

"好，走之前，兄弟给哥钱行。"

萧天汉醉意阑珊，一夜好睡，到了破晓时分，忽听得外面有"噼噼啪啪"的声音传来，其间还夹有马蹄声、叫嚷声，嘈杂不休，连忙起床出望。

待出了内院，走过一条长长小径，萧天汉这才看见寨墙脚下一大块土坝子上，人头涌动，尽着红衫。

第十一章：舵爷大婚

一位身披外红内黑斗篷，内着红衣，头戴西式遮阳软帽，脚蹬半腰黑熊皮马靴的年轻女子，骑着一匹白色骏马，从坝子边上疾驰而过，双手使枪，频频射击，弹无虚发，那悬在坝子尽头长竹竿上的一排酒瓶，依次暴跳碎裂。

"好枪法！"萧天汉击掌赞道。

红衣女子闻声回头，脸上微露一丝惊诧，掉转马首，"沓沓"奔至萧天汉跟前，蹁腿跃下马背，向着萧天汉拱手言道："舵爷在上，煜瑶告罪，煜瑶这些日子长住在百子庵，听说舵爷回来了，现刻才赶回来，未能有幸参加舵爷的接风酒宴，还请舵爷见谅。"

"你是——哎哟哟，金煜瑶！"萧天汉心中蓦然一跳，失声惊叫。想不到五年前分手时那位天不怕地不怕的黄毛丫头，如今已出落成了一个貌若天仙，丽色袭人的大姑娘了！

"嘀嘀，该死，该死，原来是我萧天汉自家的婆娘呀！你要不开口说话，老子还以为是七仙女下凡到铁关口来了哩。"

金煜瑶又羞又恼，强压怒火言道："舵爷嘴巴，还是如过去一样恣肆汪洋，毫无遮拦。看来，煜瑶等会儿得送你一件礼物。"

"你送我啥子礼物？"

"牙刷和牙粉。每次说话之前，先漱漱口。"

萧天汉摆摆手："不要不要。"开心笑道，"看着自家婆娘出落得像个仙女一样，老子心头麻噜噜的，巴适得很！"

金煜瑶再也忍不住了，面红耳赤地叫道："你这黄口小儿，莫要打胡乱说！哪个是你婆娘啊？"

"嘿，你这是啥子话？"这下轮着萧天汉惊奇了，急声喊道，"金煜瑶，我两个五年前不就已经在成都总府路上的照相馆里，正儿八经地照了'排排相'么？当时你咋对老子说的？你说只有两口子才能照'排排相'的。我两个不单照了'排排相'，还上了床，亲了嘴，嘿嘿，还见了红，莫非你还敢不认账？"

金煜瑶急了，跳脚大叫："那是少不更事的细娃儿家搞起耍的，咋个当得真！不算数，不算数！"

萧天汉却认了真，正经说："不算数还行？这几年来独自在外，夜里睡不着的时候，老子也常常把你当做自家婆娘来念想哩。"

萧天汉一口一个"老子""婆娘"，甚至连"见红"的事也当众抖搂出来，把个金煜瑶，羞得要命，气得要死，尖着嗓子叫起来："萧天汉，你能不能稍微学着文明一点？在人前说话，不要脏话连天！"

萧天汉惊奇地说："文明？世人眼中的袍哥舵把子，官府眼中杀人放火的强盗，拿文明有个尿用啊？"

金煜瑶正想继续争辩，那一群身着红衫的女丁已经齐聚于她身后，整齐地向着萧天汉打拱问好："舵爷安康。"

听见满耳脆生生的声音，看见眼前群花烂漫，萧天汉又是一惊：居然全是和金煜瑶一样：一水的鲜色大姑娘！

稍后问及韩超父子，萧天汉才知道金煜瑶这些年来对飞龙会作出的诸多贡献，她干爹巴塔布，为了替铁关口老寨训练一支精锐武装，还招人忌恨，被人"黑铲"①了。又说飞龙会眼下依然姓萧，金煜瑶当数头功。还知她从百子庵养病后一回到铁关口，便骑着白马到飞龙会的地盘上四处游走，花中选花般挑来二十来个容貌端丽，身体健壮的姑娘，每日亲自教她们骑马打枪，练习武功。如今，这帮姑娘已经成了老寨一支重要的护院力量。

萧天汉见了长大成人的金煜瑶，听了她自己拿出巨资，尽心尽力帮助飞龙会购买军火，训练队伍的事情，整日整夜便丢她不开了，总想着找机会与金煜瑶亲近。关于"排排相"、上过床，挂过红那一番插科打诨，打情骂俏的话，萧天汉也是揣着明白装糊涂，偏要借着这个由头，向金煜瑶挑明自己的心迹。

过了些日子，萧天汉憋得难受，索性向金煜瑶来了个月亮坝耍关刀——明砍（侃），他要娶煜瑶做压寨夫人。

金煜瑶早已从萧天汉急切与她交往中看出端倪，自从五年前她和天汉在成都总府路的照相馆里照了那张"排排相"，夜里又让他按在床上占了便宜后，不管萧天汉是逢场作戏还是对她真有意思，她在心里隐隐约约地觉着自己和萧天汉总归有些儿缘分。萧天汉虽然一身野气，说话粗鲁，与自己的意中之人差了十万八千里。可五官端正，还是个少有的络耳胡，几天不刮，黑蓬蓬的胡子就冲了出来，使他显得更加剽悍孔武，不仅人长得不算难看，还真有几分川戏舞台上的英雄豪杰模样。自己作为一个外来之人，干爹死后便孤身一人，能够在这铁关口当上个压寨夫人，也就算是此生有靠了。再说，"得人滴水之恩，须当涌泉相报"，她也不愿让自己担上忘恩负义的恶名。

金煜瑶仔细思量一番后，最后决定去见见萧天成。

---

① 黑铲：袍哥语言，暗杀。

第十一章：舵爷大婚

从萧天成住处出来，他俩沿着濑溪河，边走边聊起来。走了半天，对于一直苦苦暗恋着自己，却始终不敢有所表示的这个书呆子，她只能在心中道一声"拜拜"了。

不过，此时她又想起一桩心事。于是故作镇静地问萧天成："你知道赵中玉这人吗？"

"你认识赵中玉？"

"嗯。"金煜瑶镇静地看着侧过身吃惊地望向自己的萧天成，等着他的下文。

"中玉父亲赵庆云被污逆匪害民，全家遇难，只中玉一人幸免，早就亡命广州了。"

金煜瑶十分震惊，不想中玉如此阳光少年，竟然会遭遇如此惨绝人寰的灭门之灾，与自己的身世何等相同，不禁万分同情起来，不禁继续问道："那他在广州还好吗？"

"我在重庆报馆时收到过他一封信，他在一家专做夏布生意的商铺做事，他很关心筱竺，我没把筱竺已经被郑稷之强抢去的实情告诉他。后来听说他去了国外。"

傅筱竺——这个名字让金煜瑶心中猛然一怔。

在萧天汉心花怒放之际，金煜瑶提出了一个条件，婚后，她不愿住在那老气横秋的萧家祖宅里，要天汉在这老寨之中，另辟一块清净之地，为她单独造一幢小楼。说到此，还拿出几张纸给萧天汉看，每张纸上，都画着金煜瑶想象中的独院和小楼的大致模样儿。

萧天汉搔搔脑壳说："行，行，莫说造一栋楼，你想造啥子样的楼，造多少栋楼我都依你，老子有用不完的钱！只要你金煜瑶想要，荣昌城老子都能买半边给你扛回来。"

"又来啦！又来啦！"金煜瑶陡然变色，"你开口莫说老子龟儿就不行呐！非要显得这么粗俗不堪，你才安逸，你才霸道威风！你若是再不改，我明天就去百子庵出家当尼姑，一辈子再不嫁人！"

萧天汉左右开弓，在自己嘴巴上重重打了几下，嘿嘿笑道："硬是哩，说惯了，一时还真改它不过来。我是想告诉你，萧家的金子银子，你几辈子也用不完的。莫说造一幢楼，造十幢楼老子——呃呃，这脏话儿硬是捂不住，它又来了——我萧天汉也答应你。可你在纸上画这些稀奇古怪的小宅院、小洋楼，这万灵山的石匠、土匠、木匠、盖匠,咋个造得出来?"

金煜瑶说:"这还不容易?我马上去重庆跑一趟,多花些银两,请外国的或是留过洋的建筑师来铁关口,根据山形地势,按照我画的这些大模样,修改打磨一下,按图建造就成。"

萧天汉也爽快,说:"你既答应做我婆娘,这万灵山中的每一棵树、每一根草都是你的。从今往后,你就是想要天上的星星,老子——呃呃,日妈哟,这张臭嘴硬是该挨打——我也马上搭起楼梯,上天去给你摘。一句话,在我飞龙会的地盘上,你金煜瑶这辈子想做啥子就做啥子,全由着你高兴!"

金煜瑶带着关五香几名女侍,亲自前往重庆,在干爹袁青阳的帮助下,去南岸法国水师营驻地,请了一名学建筑的法国海军工程师来到铁关口老寨,实地看了一下地形环境,以金煜瑶自画的草图作参考,完成了设计图纸,供金煜瑶定夺。待确定后,金煜瑶又全权委托他回重庆,组织工匠前来堡寨施工,并从重庆购回新楼所需一切之物,用轮船顺长江运至泸州,再逆沱江而上,直至泸县福集镇,再用木船逐一运抵滩子口码头。那来至西洋的浴缸、马桶、沙发,以及用以装饰的各种雕塑等稀罕物儿卸下木船时,让无数乡下人扎扎实实地开了一回眼界。

黄金白银,水似的"哗哗"往外流淌,花了还不到半年工夫,铁关口老寨的东南角上,便出现了一方万灵山人从未见过的崭新天地。

这铁关口老寨俨然一座精致的城池,四围有条石砌成的寨墙,顺着山势走向环绕,寨墙内有山有水,房屋连片,街巷缠连,萧家祖宅则用花墙隔有十余个大大小小的院落和天井,分住着萧云雄的一众妻妾子女。院中植有桂花、茶花、紫薇等树木,并摆设名贵盆花多种,四季绿意葱葱,杂花斑斓。各院有水渠相通,建有水阁凉亭多处,周围被海棠花、茉莉花和柳树衬抱。整个堡寨之内,四季叶绿花香,规模已甚为可观。

金煜瑶从重庆花高价雇来的能工巧匠,则在老寨东南角上用镂空花砖,围出一方三十余亩左右的天地,还在小巧精致的拱形园门上嵌上了一块"静安园"的赤铜门匾,在园中建起西式小楼一幢。这小楼就地取材,全用万灵山中的木料,建得十分别致。主楼一楼一底,外带一个大阳台,两侧中式风雨廊,则通向左右两栋小巧精致的辅楼。主楼辅楼,全用圆木拼墙,以杉树皮盖顶,与山林景色,组合得天衣无缝,浑然一体。

金煜瑶还让法国工程师从重庆洋行买回一台德国西门子公司制造的两百匹马力的柴油发电机,请来技师与工人,在堡寨里装起了电灯和自来水。不单是"静安园",连萧家祖宅,到夜里也变得来灯火辉煌。金煜瑶、萧天汉和韩长生、洪真孝、刘逵几名头目住的"静安园"里,更是像水晶宫一般璀璨通明。

没过多久,金煜瑶又亲自去重庆洋行买回来电扇、收音机、留声机等洋式玩意,给老寨里增添了令所有人都见所未见,闻所未闻,耳目一新的生活内容。

连自家的穿着打扮,金煜瑶也总是独出心裁,天天翻出新花样,一会儿作中国古代侠女装,斗篷皂靴英雄结,一会儿又成了个珠光宝气的西洋靓女,一会儿又头戴鸭舌帽,身着猎装,活脱脱一个英俊少年郎模样。没过多久,她又买来一辆西洋脚踏车,在老寨中到处乱串,关五香等几名腰插盒子炮的贴身女侍,跟在她后面,一个个跑得气喘吁吁。

萧天汉对金煜瑶喜欢得巴心巴肝,知她自小在巴黎生活了八个年头,学得了高鼻子洋人的作派,反正家中金银多得来用不完,也就任她随着性子,为所欲为,只要金煜瑶喜欢便成。

待小楼落成,金煜瑶得陇望蜀,又在小楼前面建起一个小巧精致的游泳池,用一条曲里拐弯的明渠,把山泉水引入池中,池边点缀着几柄花花绿绿的太阳伞和中国式的逍遥椅,四周配以碧绿草坪。还在草坪中央,修建了一个大花台。

一切愿望得到满足,金煜瑶这才同意和萧天汉举行婚礼。

天汉婚礼,自然由韩超一手操办,他请来和尚,从历书上择了个黄道吉日,把婚期定在了这年的五月初五端阳节。

消息一放出去,川东各地堂口,纷纷派人送来贺礼。

老寨里,韩长生也督促工匠,加班加点地修葺布置,把偌大堡寨弄得来焕然一新,四处披红挂彩不说,还在院中空坝搭上席棚,以供来客宴饮之用。

临近喜庆之日,各地袍界弟兄无论清水浑水,或乘船,或坐滑竿,纷纷向着铁关口赶来。滩子口场上,韩超也备下了上百乘滑竿,一俟客人上岸,便立即送上老寨。

最给萧天汉金煜瑶长脸的,是袁青阳率领重庆和下川东堂口上的百余名舵把子,包了一艘太古公司的专轮,从重庆出发,始长江,继沱江,最后将船停在因水浅不能行轮船的福集镇码头上,改乘萧天汉派去的木船赶到滩子口。袁青阳一行所带礼仪,花花绿绿,琳琅满目,浩浩荡荡,盖过了荣昌县城里任何一家百货铺子。

袁青阳此行还帮了萧天汉一个大忙,也正是由于他带着重庆城大大小小的袍哥舵把子,专程前来铁关口,出席干女儿金煜瑶和萧天汉的结婚大典,彼此弄得你死我活,不共戴天的庞龙与王鸣越两位掌堂,也才不得不将血海深仇强压心底,来到铁关口,笑眉笑眼地讨萧舵爷一杯喜酒喝。

老寨大门口,韩长生雇来戏班,身穿吉祥戏装,锣鼓频敲,唢呐长鸣,花炮一刻不停地炸响,把那喜庆气氛,足足营造到了十分。

老寨里开起了流水席,无分贵贱,不论贫富,来者是客,人人有份,大鱼大肉,高杯矮盏,任由来客享用。至晚,红烛高烧,将萧家祖宅大堂照得红艳艳一片。在欢快的响器声中,新郎新娘让傧相伴娘簇拥着,在韩超长声吆吆的唱礼声中,一拜天地,二拜亡父灵牌,三拜亲娘,四拜大娘,再拜四位小娘。

而且金煜瑶待袁青阳也若父执,与萧天汉将袁青阳请至高堂,隆而重之行磕头大礼。然后夫妻对拜,进入洞房,鱼水合欢。

唯独得讯后专门从重庆赶回来贺喜的萧天成,把这台喜酒,喝得来苦似毒药。

金煜瑶的洞房花烛夜,也全然不像她所想象的那样浪漫温馨,激情四射,欲仙欲死。

不知怎的,新郎官的形象与他在床上的表现,总让金煜瑶情不自禁地想起当年她和鲍青儿女扮男装,混入杨柳街妓院在床上看见的那个粗俗丑陋的黑大汉,以至于弄得她兴致全无,死眉闭眼地任由着萧天汉摆布……

第十二章：摆武堂子

萧天汉大婚,喜洋洋闹腾腾的婚礼原本要持续七天七夜,没想刚进入第三天,正在热劲儿上的萧天汉,就被庞龙兜头泼了一瓢冷水。

五年来,庞龙花了数万两银子,总算为自己打造了一支对他忠心耿耿的私家军。不过,这帮亡命之徒虽然一个个心狠手辣,打起仗来舍得玩命,却也不像本地渔户一样听庞龙招呼,对飞龙会祖祖辈辈定下的帮规也同样置若罔闻,仗着手中有硬火,见财起意,杀人越货的事情,时有发生。

就在萧天汉大婚期间,一个叫钟清焕的小队长,私自带着自己的弟兄乘船外出,顺流而下跑到沱江上,抢了一船从富顺下来的上等川土,给庞龙带来一场大麻烦。

原本抢川土对庞龙来说是大好事,可要命的问题是,这船川土是泸县巨匪骆三春骆疯魔的,如此一来,庞龙就像猫抓糍粑——脱不到爪爪了。

骆疯魔辛亥年趁乱打劫,把荣昌县的头一块宝肋肉安富镇抢到手里,相当于骑在成渝官道的腰杆上,坐收了三年安富镇和来往客商的税赋,好吃好喝,花天酒地,硬是让他"嗨摆"①够了。身为荣昌县长的郑稷之眼看着一大股银水"哗哗"往骆疯魔荷包里流,可知道自己手下的警备队远不是骆疯魔的对手,丝毫不敢轻举妄动,足足隐忍了三年。两年前终于咬牙忍痛花了一笔巨金,请来川军周俊师长的一个团,将骆疯魔逐出荣昌地界,赶回到泸县玉蟾山穷山沟里,胜利"光复"了

---

① 嗨摆:袍哥语言,尽情享受。今原意保留。

安富镇。

这次,骆疯魔得知自己运往汉口交货的鸦片被峡口寨庞龙手下所劫,怒火冲天,当即便鼓噪着要倾巢出动,发兵攻打峡口寨。

庞龙十分明白自己远不是骆疯魔的对手,也担心自己豢养的私家军捅下这么大的娄子,一旦让铁关口老寨知晓,萧天汉会撸了他掌堂的位子。情急之下,赶紧派吴福斋飞骑赶去玉蟾山,当面向骆疯魔谢罪赔礼,解释缘由,并主动表示愿将手下所劫鸦片,一两不少,全数归还。

骆疯魔却不依不饶,非要庞龙登门负荆请罪,才能罢休。庞龙胆子再大,也对杀人不眨眼的骆疯魔心存畏惧,担心骆疯魔让他尝尝独创的"步步高升"的滋味,一去这辈子再也回不了峡口寨,为了躲过眼前这场急难,也顾不得脸面了,对萧天汉说明前因后果,请求萧天汉出面,帮自己把这件祸事搁平捡顺①。

庞龙自寻刀兵之灾,萧天汉虽有幸灾乐祸之心,但与金煜瑶、韩超商议后,最终还是决定对庞龙施以援手。事情既然已经出了,作为刚坐上飞龙会头把交椅的舵爷,他当务之急不是如何处置庞龙,而是必须尽快将此事摆平。要不,骆疯魔真要发起疯来,谨防他这婚礼上的唢呐还在"呜哩呐哩"地吹,万灵山恐怕就要遭受一场血光之灾了!因为骆疯魔一旦发兵,搂草打兔子,遭难的就决不单单是峡口寨一隅,与万灵山飞龙会这样的地方武装到底不一样,骆三春的队伍毕竟全是职业土匪,双方一旦打起来,飞龙会显然不是对手。铁关口老寨以及飞龙会所辖的九村十八寨,全都有可能玉石俱焚,尽皆落入骆疯魔之手。众头领商议的结果是:由新娘和新郎官前去向袁青阳开口,趁川中袍哥舵把子大都在铁关口贺喜之机,请他出面,就在庞龙的峡口寨摆"武堂子"调解。

单是飞龙会舵把子萧天汉出面,袁青阳还不一定会点头,可干女儿金煜瑶一开口,他这做干爹的,就没有理由拒绝了。

毕竟袁青阳面子大,川东川南各大小堂口上的舵把子接到袁青阳的"公片宝札"后,均准时带着保镖赶到峡口寨,参加袁青阳摆的武堂子。

一时间,阵势恍若一次川东川南袍哥首领的大聚会。

袍哥内部一旦发生了纠纷,清水袍哥是摆文堂子解决,方式既平和又严肃。浑水袍哥则不然,因全系舞枪弄刀之徒,产生纠纷的原因不是为财物就是为人命,纠纷双方坐在一起充满了凶险野蛮和杀机,所以这类调解被称之为摆武堂子。有

---

① 搁平捡顺:袍哥语言,能协调好各方利益,把事情处理好。

时文堂子武堂子相互绞缠在一起,根本没办法分开。届时江湖上的成名人物,有关系的总舵把子、寨主、帮主、执事都要到场。纠纷双方都有武器,有看家本领,这样一些人物聚在一起,靠劝告、说理很不容易解决,故此场面总是显得杀气腾腾,极易形成一场生死搏斗。主持调解之人一旦控制不住场面,弄得不好少说也要死他两三百人来摆起。如果被官府知道,还往往被认为是谋反作乱而派大军进剿,这在江湖上称为"炸堂子",不仅后果不堪设想,主持调解的龙头大爷也会大跌脸面,从此再难在江湖上立足。

尤其是双方当事人,更有可能是直着进去横着出来,如果能在最后大摇大摆地走出武堂子,就要披红挂彩,名声响遍江湖。

接到袁青阳的"公片宝札",连骆疯魔也不敢再由着性子一意孤行,只好偃旗息鼓,带着红旗管事蓝兮贞和几名保镖,匆匆赶到峡口寨蹚武堂子。

袁青阳在萧天汉、金煜瑶、韩超的陪同之下,坐滑竿来到峡口寨的当天晚上,是个难得的月圆之夜。濑溪河两岸的延绵山岭,耸立在峡口寨两侧,两岸密林中偶尔传来的几声虎啸狼嗥打破了夜的寂静,落在乡场中心位置的川主庙宽敞院坝上,几十堆熊熊篝火,把三四百号人的脸庞照得红通通的。

人们悄然无声,只有燃烧的篝火不时炸出几声清脆的爆响。

万年台正墙之上,悬挂着一幅关公秉烛读《春秋》的绣像。绣像两旁的对联是:"一龙一虎一圣贤,三人三姓三结义"。绣像下面置有香案,案上摆着三牲瓜果,供案两侧呈外八字排着的十几张竹靠椅上,坐着从各地赶来的仁、义、礼、智、信五堂舵把子。正中,则是独处尊位的袁青阳。

万年台下青石铺就的坝子上,铺开一块红毡。红毡四周十几堆篝火旁边坐满了人,人人腰插张开机头的盒子炮,个个面露杀气。

待武堂子万事皆备,袁青阳手下的红旗管事范玉斌出列,带领台上台下全体袍哥向关公像磕了三个响头,然后起身,长声吆吆地唱道:

> 单刀盛会喜洋洋,
> 龙兄虎弟聚一堂,
> 红旗管事请落座,
> 各方英雄排两行。
> 家世不清滚出去,
> 举事不公请离场,

> 龙头老大开金口，
> 桃园结义万古扬。

唱毕，冲袁青阳"嗖嗖嗖"架了三个拐子的大礼，高声道："请龙头大爷传令。"

袁青阳正襟危坐，高声下令："开堂进山。"

范玉斌闻令回头，拖长声调吼道："带——溜——子！"

话音未落，只见侧院门訇然洞开，拥出一队手执鬼头大刀的壮汉，正对万年台在坝子上分左右两排，把鬼头大刀高架成一条夹道。一时间杀气腾腾，令人毛骨悚然。

接着两个彪形大汉挟持着钟清焕走进刀林夹道，在众目睽睽之下，来到红毡上站定。

此时，年近七旬，身穿灰色绸衫，脚蹬挖云粉底纱鞋，双腕卷起"龙抬头"袖口的袁青阳，起身离座，走到台口前，向着台下众人与左右两侧舵把子，竖起两个大拇指，架了个怀中抱月的拐子，开口言道："各位拜兄，满园哥弟，峡口寨庞龙手下一位弟兄，见财起意，吞下了泸县骆三春的一大船'泥子①'，还端了他的'莲花②'，幸得庞龙掌堂得知此事后，并未护短，当即派人向骆三春登门赔罪，并愿将所劫之物悉数归还。今日又在自己的脚窝子地盘上摆武堂子，愿意当着众位弟兄的面，向骆三春下矮桩③，以示赔罪。此事一者并非庞龙本意，二者能以如此姿态处置，足见庞龙本人够得上义气二字。故而我袁青阳特地邀集各堂口龙头大爷，共赴峡口寨，来作这解铃之人。还望三春兄弟，看在我们这十几张老脸上，放过庞龙一马。"

袁青阳这话听上去滴水不漏，劫货的钟清焕是庞龙的手下，把庞龙推出来担责，武堂子摆在峡口寨，理所应当。可认真理论起来，庞龙不也是萧天汉的手下么？把这责任落到萧天汉头上，武堂子摆到铁关口老寨，顺着根子理到萧天汉身上，也是说得过去。可见，袁青阳骨子里，还是看在干女儿金煜瑶的面子上，明里暗里在护着萧天汉。

庞龙自然明白这其中曲里拐弯的道理，不过，他十分知趣，听袁青阳话音一落，立马上前冲着骆三春架了个拐子，大声道："天下拜兄管天下拜弟，兄弟我已经

---

① 泥子：袍哥语言，鸦片。
② 端莲花：袍哥语言，杀了人。
③ 下矮桩：袍哥语言，自降身段，向对方认错道歉。

将骆大哥全部川土保存在小寨,随时准备完璧归赵。兄弟管束手下不严,现将触犯龙颜的小人交与骆大哥,请大哥自行发落。"

这时范玉斌声如雷霆,爆出一声:"矮起!"

钟清焕身不由己,"扑通"一声跪在了红毡上。

骆三春当众挣足了面子,自然懂得顺梯下楼,一面频频还礼,一面摇晃着棒槌脑壳假意谦让道:"愚弟哪里敢当?该咋个处置,贵堂口想必自有帮规,何需我这外来之人插言。"

"好,那我就按帮规处置。"庞龙转过身去,向着钟清焕厉声呵斥,"还不向骆大爷磕头请罪!"

钟清焕自忖必死,冲骆三春磕了三个响头,满招满认,甘愿领罪,末了恳求道:"骆大爷,还望你看在江湖分上,人死仇散,大人不记小人过。"又转脸对庞龙道,"龙爷,拜托你替我照看老母妻室,兄弟在阴间也不忘大恩大德。"

庞龙应声道:"你老母就如同我老母,你这里一落气,我马上派人送大洋千块、川土百两,作为老人和兄弟媳妇生活的开销,叫你心里明白而去,到阴间也闭得上眼睛。"

范玉斌问钟清焕:"你还有啥子话说?"

钟清焕痛快回道:"小人自作自受,再无话说,甘愿受刑!"

范玉斌向左右两侧舵把子一抱拳,说:"请各位龙头开金口。"

众人一片声嚷:"请袁舵爷不要多礼。"

袁青阳一抱拳:"兄弟得罪了。"接着右手一挥,面露肃杀,喝道,"请家伙!"

听见招呼,骆三春手下红旗管事蓝兮贞带着两名助手大步走了上来。在钟清焕跟前几步远近站定后,蓝兮贞高扬右手,卷起袖口,然后从盘子里拿起一把尺多长、亮闪闪的牛耳尖刀,上前一步。跟着上来两个喽啰,各架起钟清焕一只手杆。

钟清焕趁势立起身来,面不改色说道:"请大哥给兄弟做利索点。"

蓝兮贞道:"做得受得,二十年后又是个豪杰。莫怨哥子手辣,只怨自己犯法。"

钟清焕神情惨然,昂头大呼:"仁义各堂拜兄,兄弟这里道谢了。"

蓝兮贞一个箭步上前,对准他心窝子一刀刺入,刀穿心后用力把刀刃向下一按,一个大开膛直齐齐划到肚脐眼处。早有一个喽啰一手端着盘子,一手用铁钩把一坨圆鼓鼓红鲜鲜"噗噗"乱跳的心脏抓出,落在盘子里。扶持的两个喽啰等钟清焕不再动弹了,才慢慢把尸身平放,仰卧在红毡上。庙墙脚下早已挖好一个坑，红毡包裹好尸身，放下坑去，由几名喽啰铲土深埋。

这一厢蓝兮贞端着盘子，走到死去的钟清焕的牌位前，奠酒上香以祭。

袁青阳传令过"红榜"，杀鸡吃血酒，宣布仪式已毕，冤家消结。

这时，整个院坝上的气氛，才开始轻松起来。

处理完这事，袁青阳和重庆来的贺客们便于次日一早，直接从峡口寨乘木船，直下福集镇改乘专轮，返回重庆去了。

为了给萧天汉和金煜瑶的大婚制造更浓烈的喜庆气氛，韩超请了荣昌、泸县、自流井三个地方的戏班子到铁关口唱大戏，每天不落空。

最后一天的压轴戏是《刘十娘打叉》，戏中有这样的处理，演到高潮处，一个配角从台上跑到台下，躲进观众中间，手提一把明晃晃钢叉的主角，也从台上追到密密麻麻的人丛中时，满场自然就是一片烈烈腾腾的景象，躲闪、尖叫、跺脚。然后，钢叉从主要演员手中漂亮潇洒地飞出，"噗"地一下刺中了配角演员，中叉者惨叫着倒地，血流如注，当场死掉，然后众人抬出去装在事先准备好的棺材里。

实际上这不过是一种互动手段，先不跟观众讲，让观众有真实感，以此来营造出这台戏的最佳效果。配角背上捆了个装满猪血的猪尿包，主角一钢叉飞过去，观众自然就亲眼目睹鲜血汪汪地流了出来。

萧天汉坐在前排，他从小就没看过几场戏，更不知道这是戏班子有意设计，见台上台下一片混乱，观众的惊叫声响成一片，以为有刺客，赶紧掏出枪来，从观众中跑出去，很威风地站在舞台上。稍后听老板一说，才晓得是怎么回事。

萧天汉和韩长生咬了咬耳朵，马上站到万年台上，把打钢叉的主要演员也叫上台去，板着脸说："你狗日的长了个吃雷的胆子，竟敢制造混乱，图谋刺杀本舵爷。"

主角吓得要死，急忙解释这是怎么怎么一回事，还不停地给萧天汉赔不是。

"来人！把这个刺客拉下去办了！"萧天汉一声暴喝。

主角吓得面如土色，全身软成了一摊泥，连磕头的动作都无法完成。

戏班子里的其他男男女女也全都给萧天汉跪下，比赛似的冲他磕头。

这时几个手提鬼头大刀的刽子手拥上台来，架住主角膀子。韩长生还在主角背上插上写有"刺客"两字的勾红斩标，如狼似虎地将主角拖到万年台口边上跪下，然后拿起大刀，在主角颈子上比比画画，看从哪里下刀为好。

主角此时已经被吓得神智都不清醒了，"刷"地一泡尿，冲得裤裆热气冲腾。

第十二章：摆武堂子

金煜瑶实在看不下去了,陡地在台下站起身大吼道:"刀下留人!"然后冲上万年台向着萧天汉好一顿怒骂:"萧天汉,你这是干啥子?别人演戏打钢叉是剧情需要,和刺客有哪门子关系?哪里来的刺客?你还不赶快把人给我放了!"

韩长生一瓢冷水把主角泼醒过来,主角这时才有能力对着萧天汉和金煜瑶完成磕头动作。

萧天汉笑嘻嘻对金煜瑶说:"这龟儿刚才把老子吓了一大跳,老子也得吓他一跳,才对除了。"说罢摸出十块银元,赏给主角,说,"你龟儿戏唱得好,钢叉也打得好,老子喜欢看。飞龙会以后有啥红白喜事,老子还请你来演《刘十娘打叉》。"

王鸣越前来铁关口老寨贺喜期间,主动向萧天汉谈到了舵爷不在时,弥月沱与峡口寨结下的大梁子,亲兄被杀,造成他与老寨也生了不少意见。现在舵爷总算回来,他借舵爷喜事,杯酒释前嫌,表示从今以后,对舵爷忠心耿耿,决无二心。

此事自然可喜,但也出了一桩令萧天汉耿耿于怀的事。

庞龙不单给他惹了一场大麻烦,亏得煜瑶恭请袁青阳出面摆武堂子,才将此事摆平。可在整整七天大婚期间,二十六个掌堂中,唯有庞龙称母丧未满三年,他重孝在身,三年之内戒绝一切宴饮欢娱之事,所以对不住舵把子,他只能亲赴铁关口送了贺仪,求萧天汉帮忙摆平手下劫骆三春鸦片之事,便立即赶回峡口寨,只派师爷吴福斋作为代表,留在铁关口应酬。

大婚过后,天汉心里一直梗着这件事情,久久不能释怀。

这日夜里,他将韩超召请来,谈起了庞龙失敬之事。韩超忍不住向天汉谈起了几桩陈年旧事,大吐了一番苦水。得知庞龙种种有违帮规,大逆不道的举动,萧天汉更是怒火如焚。

韩超说,当初老舵爷死在青羊宫擂台,巴塔布扶柩回到铁关口,即举行了隆重的祭奠,号令飞龙会地盘上的九村十八寨,在祭日期间一律为老舵爷挂孝三日,三日之间,严禁宴乐之事。各卡口哨棚得令后无不照办,唯独峡口寨,因恰逢庞龙老娘的生日,他不仅不为老舵爷挂孝,反而去荣昌城中请来川戏班子,为他老娘大轰大闹地连着演了三天大戏,好像办的不是丧事而是喜事。再者,自从萧天成代行舵爷之职后,弥月沱与峡口寨便几乎与铁关口老寨脱离了关系,大事小事,从不请示禀报。老舵爷当初视庞龙为头号心腹,又考虑到他在渔户帮中颇有威望,便派他扼守濑溪河通往沱江、长江的险要之地峡口寨,贩运鸦片与各种货物的行船客商,均需向庞龙缴纳两成保护费,每年所征甚巨。庞龙也按所征之款,向铁关口缴纳两成。老舵爷在世时，他规规矩矩，按例上缴，老舵爷一去，迄今已逾五载，他再未上缴过一钱银子。韩超还说，他知道庞龙仗着有一支装备精良的私家军，如今是所有卡口哨棚中力量最为强大的一股，自己和萧天成、金煜瑶多次商量，也拿不出好办法来奈何于他，只好装聋卖傻，忍气吞声，欲等萧天汉回来后再拿主意。可好不容易等到天汉回来，接掌了飞龙会大权，可此时庞龙的势力已愈发坐大，韩超与儿子长生商量后，决定暂时不要将此事禀报天汉，担心舵爷年少气盛，一旦沉不住气，事情便会弄得来不可收拾。既然今日舵爷问及，自然也就再不能继续隐瞒下去了。

"恃老卖老，得寸进尺，岂不是欺我飞龙会无人么！他这当叔叔的不知自重，也就怪不得我做侄子的手狠无情了！"萧天汉一听，果然怒火万丈，拍案而起，当即便要发"公片宝札"，召集各路兵马，前往峡口寨兴师问罪。

韩超正在着急，金煜瑶已霍然起身，大声言道："天汉，你身为舵爷，万不可凭一时血气之勇，草率出兵。内部交恶，切忌外扬，这炮火在自家地盘上扯旗放炮地打起来，彼此难免都有死伤，对内伤了我飞龙会的元气，对外则砸了我飞龙会的名号。煜瑶愚意，来日方长，当此时舵爷更需大智若愚，不仅丝毫不能责备庞龙违逆不敬，匿银不缴之事，反而要方方面面故意对庞龙施以恩惠，优礼有加。比如他以为母守丧作借口，不来老寨为舵爷大婚贺喜，你不仅不能有任何责备之辞，相反，还应该前往峡口寨，去他母亲坟上磕几个响头，添上一炷香。只要他对你失了戒心，对付他这赳赳莽夫，还不如同掐死一只鸡娃！"

韩超赶紧发话，称道煜瑶所言，绵里藏刀，实为上善之策。

萧天汉见二人均不同意发兵征讨，只好强将怒气压下，同意暂不动武。

而且还果真采纳了煜瑶主意，第二天，萧天汉便与金煜瑶专程前往峡口寨，披麻戴孝，到庞母坟前上香磕头，以尽子侄之礼。

新上任的舵爷能给自己这样大一个脸面，庞龙感动得不行。他本是个血性之人，也就赌咒发誓地对萧天汉说，他过去有违帮规，实是因为萧天成偏袒王氏兄弟，惹得自己一怒之下负气行事。如今萧舵爷归来，自当回归正途，一切依照祖宗规矩办，该缴的两成银子照缴，一切唯萧舵爷号令行事。

金煜瑶做了飞龙会压寨夫人，最初一段时间，铁关口老寨上上下下，全都拿她当天上下来的仙女一般，小心再加小心地护着捧着恭维着。

可没过多久，情况就变了。这是因为金煜瑶依然如往日一样不遵妇道，不习针织女红,整日里骑马玩枪,还隔三岔五地披斗篷骑白马,带着手下一帮持枪佩刀的女侍卫,浩浩荡荡地巡游于飞龙会地盘上的各个哨棚关口,将各处征收的款项,按祖制定下的比例收缴上来。

更让众人惊诧不已的是,每日早晚,她便和那帮贴身女侍卫将身上脱得来只剩下几绺布条,去那池水中游乐嬉戏,弄得来"吡吡剥剥",水花四溅,恰似盈盈碧波中浮动着一群大白鹅。

萧天汉初时也感到有些不雅,跑到池边去看稀奇,不料置身于这一大群身上脱得来只剩下几绺布襟襟的年轻女子中,经不住金煜瑶相劝,也勃发了兴致,穿着条裤衩跳下池中。

老寨里一时间风生水起,活色生香,金煜瑶弄出的种种大逆不道的举动,不亚于在铁关口爆开了一颗接一颗重磅炸弹。但碍于舵爷的威风和面子,谁也不敢公开出头反对,只是每日晨晚时分簇拥到"静安园"外面的镂空墙边,隔着花窗往里观望。人人眼中,似要喷出火来。尤其是六位小妈,更是怨声载道,把个金煜瑶,糟踏成伤风败俗的一个淫魔。但看到萧天汉对金煜瑶极为宠爱将就,只好将愤激之声,一并汇聚到舵爷母亲耳中。

老夫人对这个华洋混杂媳妇的行径也看不惯,于是婉言告诫天汉,叫媳妇识识事体,收敛收敛。

萧天汉却道:"煜瑶说游泳强身健体,以后打起仗来,也有用处。"还说,"妈,煜瑶特意给你也买得有两件游泳衣。你要有闲心,也去池中游游,煜瑶愿意教你哩。"

老夫人哭笑不得,气咻咻说:"她一个人在铁关口胡猖野盗,搞得鸡犬不宁不说,还想把老娘也弄得光兮兮的,让众人当稀奇看呐?她不要脸,我还要哩。"

虽遭婆婆反对,金煜瑶依旧我行我素,而且面对众人的反对气焰更加嚣狂。

一日黄昏时分,她和关五香等一群女侍卫正在池中游泳,看见那花窗孔隙里又堵上了许多眼睛。金煜瑶从水中起来,走到逍遥椅旁边拿起盒子炮,猛地一转身,只听"哒哒哒哒"一阵爆响,二十颗子弹,在那雪白的花墙上打出密密麻麻的窟窿,吓得那帮偷窥之人,一窝蜂跑了,从此再不敢来。

堡寨里的上上下下都知道,他们的舵爷威风凛凛,一言九鼎,唯独在金煜瑶跟前,耳根却有些发软。

萧天汉喜欢二十响,学着金煜瑶模样使上了双枪,然则更喜欢的则是那挺捷克式轻机关枪,甚至胜过了自家婆娘,整日里带着不离身,夜里睡觉,也要放在床前榻板上。

　　金煜瑶每日晨起依旧带着那帮女侍卫随她在坝子上打香火头、打吊罐，枪法是日大进。还时常骑着大白马，带着女侍卫们前呼后拥地进万灵山老林子里打天上飞的鸟儿，地上跑的野物。

　　及至怀胎数月，身体膨胀，金煜瑶才规规矩矩地待在堡寨里，耐着性子为萧天汉生儿育女，尽人妇之道。这年仲夏，金煜瑶为萧天汉生下一对浓眉大眼的龙凤胎，把个萧天汉，欢喜得要死。依照族谱，给儿子取名洪安，女儿取名洪妍。

第十三章：为了祖国的尊严

前进！前进！铁流滚滚向前，这是一次没有任何力量可以阻挡的史无前例的大进军！

自七月份以来，德国人在漫长战线的各个地段连续遭到痛击。从香槟、埃纳、马恩、苏瓦松和韦斯勒河不断传来的捷报，使每一个协约国的士兵与人民欣喜若狂。

所有行进中的军人都因充满了必胜信念而显得精神抖擞，容光焕发。

铁流涌进亚眠，在成千上万老百姓的欢呼声中穿城而过，向着前线挺进。军队高举着团队的旗帜，而且在每一支队伍的前列——即使是劳工——也都高高地飘扬着自己祖国的国旗。

赵中玉所在的华工四川营也走上了亚眠城内梧桐夹道的笔直大街。

只有中国人没有自己的国旗，但是他们仍然激动不已参差不齐地随着赵中玉吼起了久已生疏的国歌。他们的眼瞳里全都闪耀着自豪与喜悦的光芒。

路边摆上了许多堆满酒和饮料的台子，免费招待参战人员。老百姓争先恐后地把巧克力、糕点和烟卷塞给行进中的每一个人。姑娘们冲进队伍，为士兵们献上一个个热情洋溢的亲吻。远远近近的窗口都有人拼命挥动旗帜和手帕，甚至屋顶上也站满了人。士兵们则把部队臂章、军帽和皮带，抛给索取纪念物的姑娘。不一会儿，他们中的不少人只好光着脑袋扣上钢盔，用双手提着裤子前进了。

鲁斯顿上校乐不可支地对走在他身边的赵中玉和袁公剑说："假如我是福熙总司令，我首要的任务便是给协约国部队下这样一道命令：遇到美酒与女色诱惑，全军必须一律抵制。"

四川营尾随着一支澳大利亚军队在血海尸山中前进。他们的任务是为澳军士兵送粮送弹药,等澳军攻下一个阵地,他们立即赶上去打扫战场,把死者埋掉,把伤者抢送下战场。

当他们进入刚刚收复的已被德国人占据了四个月的莫勒伊森林西北侧时,所有的华工都惊呆了!地球上没有一块地方能比这片至今仍被称作森林的地方更荒凉。赵中玉他们有生以来第一次看到了被瓦斯弹毒死在堑壕里的大批德国士兵。他们的尸体保持着死者生前突然中毒时的姿态,死者的面颊紧贴着步枪枪托,手里还抓着手榴弹。华工们无声地沿着堑壕走去。几乎所有的德国狙击手都保持着这种射击姿势。接着他们来到了机枪阵地上。已经僵硬的机关枪手还在瞄准着。第二个人在装子弹,军官倒在地上,双手还在眼前举着双筒望远镜。他们的脸上全都戴着事实证明对瓦斯弹毫无用处的防毒面具,样子很古怪。这块饱受战火蹂躏的土地此时仍然散发着有毒的臭气。

鲁斯顿上校激动地对华工们说道:"应该把这片土地保护下来,从今以后,每一位统治者、重要的政治家或者共和国总统,都应该来这里看看,而不是摸着宪法宣誓,这样世界上就再也不会有战争了!"

攻势进展顺利,松姆河已被远远地甩在了身后。时断时续的暴雨,使千军万马陷入了泥淖之中。

进攻部队正在马尔库尔与德国人激战,四川营冒着瓢泼大雨沿着公路向前挺进。在他们身后大约五十码的地方,跟着一大队疲惫不堪,身披染上了干涸血迹的黑斗篷的哥萨克骑兵。

雨太猛烈了,用任何器具来遮挡根本无济于事。华工们艰难地挪动着步子,任由狂风骤雨的袭击。风猛烈地抽打着路边的树木,在山林里奔串呼啸,发出持续不断的令人心悸的巨大声响,眼前什么也看不清楚,一道厚厚的白晃晃的雨幕遮天蔽地。

一个哥萨克追了上来,他已经喝得烂醉,可仍双手捧着方形军用水壶在喝酒,身子在马背上偏偏倒倒。他突然扔掉酒壶,从怀里掏出一只黑色的小猫,疯狂地嚎哭着亲吻起来。几位骑手赶上他,把他带回了自己的队伍里。

这是一群剽悍的亡命之徒,今天上午,来自四川的华工们在战场上目睹了他们英勇杀敌的场面。当英国人和德国人在一片开阔地上猛烈交火的时候,他们呐喊着像一片翻滚的乌云向着敌人的阵地狂卷而去,数千只马蹄击打得地皮颤抖,上千把军刀在空中划出一道道闪光的弧线。在"嗒嗒嗒嗒"密如急雨般的机枪声中,不断有人坠下马背,不断有马匹嘶鸣着栽倒。但是,他们毫不退缩,一往无前地冲进了德国人的阵地。所有的中国人目瞪口呆。所有的英国兵蹦起来一边往前冲锋,一边用激动的骂声为哥萨克们大声喝彩。战斗结束,一个哥萨克骑兵团,仅剩下眼前这不足三百人马的队伍了。

半个钟头后,雨住风止,太阳高悬天上。几乎每天都这样来上一两遭,暴雨过后,立即又是烈日当空,晒得人浑身像个热气腾腾的蒸笼。

黎胜儿突然叫喊道:"德国战俘!快看,快看!"

果然,许多身穿暗灰色军服的人在英国士兵的押送下,成四列纵队正迎着他们走过来。走在前面的,至少有二十名军官。他们总共有一千人左右。

一些会讲英语的德国人向华工们友好地挥动着拳头大声喊叫:"结束战争!结束战争!"

突然,一幕惨剧发生了!哥萨克们拔出军刀,驱马闯进了战俘群中,砍瓜剁菜般地开始了大屠杀。脑袋在地上骨碌碌滚动,鲜血像喷泉般四射。许多人一声不吭地倒在地上。未死的战俘狂嚎着四散奔逃。

英国兵"哇哇"叫着对空鸣枪,但是上帝也无法制止哥萨克人的凶暴。他们对每一个逃跑的德国人紧追不舍,直至劈开他的脑袋。他们的斗篷高高扬起,像凶猛的秃鹫在旷野上叼食着一只无力反抗的小鸡。

鲁斯顿上校气得发狂,但他毫无办法,只能不住声地咒骂着:"魔鬼!魔鬼!……啊,怎么能干出这种公然违反战争文明准则的卑劣行径!"

一个德国兵不顾一切地冲进了华工队伍里。

"保护他!"鲁斯顿上校厉声吼道。

华工们立即用身体将他围了起来。德国人脸色苍白,目光凄迷,其声微微,痛苦地、断断续续地用英语说道:"我才……十六岁……我是……自愿缴械的……别杀我……啊啊……别杀我啊!"

赵中玉扒下他的军服,从背囊里飞快地掏出一件黄咔叽布衣服给他穿上。

哥萨克们干得干净利落,不到十分钟,所有的德国战俘都永远地趴下了,满地是触目惊心的尸体和鲜血……

三天后,战斗又惨烈地展开了。

一切能够燃烧的东西都在燃烧。火光把黑夜照得通明。防线相互突破、扭结

147

在一起,到处是混战的士兵,敌我双方只能从喊杀声和钢盔的异同来分辨。

鲁斯顿上校率领华工四川营,冒死从谷底的一个小村庄冲出来,奔上了村子旁边的一道高高的山梁。

鲁斯顿上校长长地吁出一口气……谢天谢地,我们总算逃出地狱!被德国人堵截回去的英国人与印度人,很快便被浓烟烈火包围了。华工们眼睁睁看着,却毫无办法。

呆在山梁上,鲁斯顿上校仍不放心,弹药有限,几乎没有口粮……听上去,四面八方好像都是德国人。虽然华工们赶紧筑起一道胸墙,但德国人的迫击炮和机枪从对面打来,他们等于暴露在敌人的火力之下……队伍死伤惨重……在这漆黑的深夜里,除了留神以外再无办法。但是,三个钟头后,他们终于挖出了一条堑壕。

"他妈的!我们的坦克呢?军队呢?都跑到哪里去了!"袁公剑大骂起来。

"看来情况不太妙。"鲁斯顿忧心忡忡地说道,"弟兄们,我们目前唯一的生路就是死守阵地,等到天亮。我要求你们,任何情况下也绝不向德国人投降。"

天亮后,所有人都大吃了一惊。在他们前面,是一道宽半英里,长无尽头的槽形盆地。德国人占据着对面的山梁。盆地中央的一个小村庄和散落在田野上的几户人家,已在昨夜的炮火中变成焦黑颓塌的一堆堆破烂。静静流淌的小河上,漂浮着污秽的乱草杂物和浮尸。

战斗进入了持续数日的胶着状态。双方的援兵源源不断地开上来。这一道狭窄的盆地成了地狱之门。双方轮番进行着一次次自杀性的冲锋,但每一次都以在盆地里铺下一层新鲜的尸体而告终。烈日如火,整整五天没有下过一滴雨。在这洪炉般的温度里,疟疾和痢疾开始使双方的死亡人数增加。而更为严重的,是缺水的威胁。

鲁斯顿上校的精神完全垮了。他手下的中国人仅剩下一百多人,而这点幸存者,也是整天趴在战壕里,吁吁喘息,虚弱得简直不能用步枪对敌人射击。

黎胜儿埋着头,跑到赵中玉身边:"赵师爷,还有烟么?给我一支。"

赵中玉掏出揉得皱巴巴的半包烟卷递给他,有气无力地说:"拿去吧,我还有。"他的嗓子眼里像塞进了一把沙子。他突然悲哀地说道,"胜儿,看样子,我们……都得死在这里了。"

"死……就死吧,那么多弟兄都死了,还在乎多我一个。"

"咳,妈妈的,喉咙里火苗乱蹿,德国人要让我先泡在小河里喝个够再朝我开枪,我都愿意。"

再无话说,赵中玉仰靠在壕沿上,闭上了眼睛。正午时分,烈焰当空,瞳仁里跳动着一个个迷离的光团。

一种前所未闻的臭味四下飘散,逐渐充斥了整条战线。

这是长时间曝晒于太阳下的上万具尸体散发出来的恶臭。

这一天曙色初起的时候,老天突然阴沉下来,天边甚至响起了令人振奋的雷声。战线出人意料地开始了寂静。双方的士兵似乎都倍加珍惜这一点充满希望而且难得的寂静。

赵中玉醒来了,他和四川营残存的弟兄们全都待在第二道堑壕里。在他们身后的一大片开阔地上,已经垒起了上千个小坟墩,每个小坟墩的顶部都倒扣着一个浅盆形钢盔,那景象看上去无比凄凉。

"赵师爷,你怎么啦?"

他兀地醒来,袁公剑关心地望着自己。

赵中玉喃喃回道:"我有点……迷糊。"

"想家了?"

赵中玉揉了揉眼圈,没有回答。他看了看远远的堑壕,弟兄们全睡着了,一个个像黄布口袋似的搭在壕沿上,手里依然紧紧抓着步枪。鲁斯顿上校却像个刺猬蜷成一团,缩在堑壕里,白发苍苍的头颅歪歪地耷拉在胸前,嘴巴微微张开,几滴浑浊的口涎,顺着嘴角流下,依依地垂挂在多皱的脸颊上,灿烂若金豆子。说他睡熟了,倒不如说他正处于一种半昏迷状态更为准确。

"赵师爷,你看上校的睡态,真惨呐,这么大一把年纪的人了,咳,要不是这场战争……"

"袁营长,我问你一句话,你怕死吗?"

"怎么?"

"我问你,如果摆在你面前的只有死亡或投降,你选择哪样?"

"你疯啦!难道你忘记了战地条例?"袁公剑说完,胆怯地溜了一眼鲁斯顿上校。

"我和你谈的是我的心里话,管它什么条例不条例!!"

"你苦,难道我心里会好受?蝼蚁尚且贪生,何况你我还是人?"袁公剑也激动起来,"可是,我们不能掌握自己的命运,我们的命根子在英国人、在鲁斯顿手里攥着……言降者,格杀勿论,只有在这杀气腾腾的条例面前,我们才能与外国人平等……赵师爷,如果横竖是一死,我看倒不如死在德国人枪口下,好歹也用自己的命,去为中国人争个脸面!"

"你这句话,算是说到我的心里去了。"赵中玉感慨万端地伸出手去,在袁公剑肩膀上久久摸挲着。

赵中玉继续说下去:"我们中国人的可悲也就在这里。每一个华工都明白这个道理,我们扛枪打仗不是为了自己的祖国,相反,我们仇恨它,诅咒它!可是,我们却完全没有办法否认自己是一个中国人。外国人骂我赵中玉,我可以忍受;可要把我赵中玉当成一个中国人来骂,我会马上跳起来和他拼命!没有什么能比人更复杂,也没有什么能比人更简单的了。"

"唉,中国人,我们这些可怜的中国人呐!"

"一个人可以不要脸,但是一个民族却不能不要尊严。我们正是为了祖国这张脸面,泼出性命去和德国人去杀、去拼、去死……我们有十五万中国人在西线上啊!你看看这一片坟堆,那里面也埋着我们营里的几十个弟兄……成千上万的中国人永远地留在这异国的土地上了,他们的冤魂也回不到自己的家乡了。啊,中国、四川、荣昌……我的家乡……家乡!我的家人,我的筱竺!一想到它,就忍不住想嗷嗷痛哭一场!"

一个传令兵从第一道堑壕跑了过来。

立即,全体华工沿着堑壕飞快地向前沿阵地跑去……

拿着镐,提着锹,一队队浑身上下仅穿着一条裤衩的士兵与劳工爬出战壕,无声而忐忑不安地向着盆地下走去。黏糊糊,滑腻腻的恶臭一刻不停地向着双方阵地漫涌而去,使人吃不下任何东西。

可怕的瘟疫已经开始流行,每一个士兵都为之恐惧。恶臭与瘟疫决不偏袒任何一方。在这样的情况下,英军阵地首先出现一个手执红十字小旗的军官,去到盆地中央那条既浅又窄的小河边站住了。过了不一会儿,德军阵地也出现了同样手执红十字小旗的军官。他们隔着小河进行谈判。协议很快在口头上达成了。由双方士兵与劳工组成各自的安葬队掩埋阵地前沿的死尸;任何安葬队员不能越过中间地点的小河;安葬队员一律只穿裤衩;堑壕里的士兵不准把头伸出胸墙之上。双方的谈判军官都郑重地以帝国军人的荣誉对协议的执行作了担保。

简短的停战差不多是超现实主义的。但这个并不严谨的协议双方均未严格执行。当安葬队员进入盆地后,堑壕里冒出了无数刺刀和士兵的脑袋。紧张不安的气氛笼罩了整条战线。

剩下的一百二十七名四川营的华工也参加了安葬队。他们走在锡克人的后面,在他们后面,是英国人和埃塞俄比亚人。那情景真像是一次奇特而场面宏大的国际人体展览,那么多赤裸着身子的人在铺满腐尸烂肉的大地上蠕动,白的、黄的、黑的、胖的、壮的、瘦的……走在最前面的锡克人突然欢呼起来,呼隆一声向着小河跑去。所有的安葬队员全乱了套。

赵中玉虚弱得几乎跑不动了,当他狂喘着奔到小河边上,看见长长的河滩已经卧满了赤裸的身子,所有的人都把头伸进了河里,像干渴已久的牛一样狂喝暴饮。喝够了的,则用手把河水往头上、身上猛浇。他们显得那么痛快,那么兴高采烈。

对面的德国人也大呼小叫地冲到了小河边,满河一片水花。

赵中玉不顾一切地趴了下去,他的脑袋、胸膛、肩膀全泡在水里……啊,水,凉津津赛过甘露般的水啊!他毫不顾忌被千万只手搅起的泥腥泡沫,拼命地喝了个够。当他昂起头来,看见了对面满地躺着的德国人,他们也同自己一样有着毫无区别的四肢、脑袋和身子……啊,人!难道母亲忍着巨大阵痛生下这些赤裸着身子的人,就是为了让他们长大后相互残杀吗?人是多么的可亲可怜而又可憎可恨!

赵中玉喝够了,肚子胀得像个坛子,再多一滴水也会溢出来,但他仍然浸泡在水里。他舍不得离开水,离开水给他带来的巨大快感。沙子柔软软如绵,水流轻拂皮肤,感觉是那样的甜蜜舒坦而鲜明。

陡地,他的瞳孔发直,跳了起来,紧靠在他身边的,是一具早已腐烂的英国士兵的尸体,已经肿胀得像皮球一样,手和发泡的面孔是乌黑的,头皮被揭掉了一大块,里面爬满了白生生的蛆,一股黏稠的尸水正向他刚才喝水的地方流去……啊,哪儿才只这一具尸体呀!沿着河滩几乎都是死尸,活着的人却毫不忌讳地趴在死人身上,像痛饮法国香槟似的痛饮着混合着尸水的河水。顿时,他的胃里倒海翻江,把刚才喝下去的河水,"哇哇"地吐了出来。

这也是一种瘟疫,顷刻间满河滩到处都有人在呕吐,在呻吟。

终于,河滩上的喧嚣结束了,人们又回到了惨烈的现实之中。安葬队员四下散开,一部分人首先用镐和锹在盆地上挖掘出一个个巨大的坑,其他的人则把尸体搬运到坑边,再扔进坑里。

"我再也不能吃东西了……我完了……今后无论多好的东西……也充满了腐尸的恶臭味!"袁公剑吃力地抓住一具尸体两只脚踝,哀哀地对赵中玉唠叨。

赵中玉目光呆滞,抓住尸体的双肩机械地往前移动。此刻,他觉得自己也好像变成了一具狰狞丑陋的腐尸。

傍晚的时候,最后一具尸体被扔进坑里。

这时一声枪响打破寂静,微弱的枪声比晴空霹雳更震慑人心。

在这万分不安的时刻,所有盆地上的人除呼吸外,停止了一切活动。

空气凝固了许久,再没有听到第二声枪响,于是才明白那是一位冒失鬼的枪走了火。大家缓过气来继续完成了余下的工作。当盆地里耸立起无数个巨大的坟堆后,他们各自回到了自己的堑壕里。

两分钟后,防线的某个地方一支步枪开火了,战场上又再次响彻了枪炮声。

鲁斯顿上校带领四川营接连翻过了两道山梁,看见了公路上涌流不息的战车与队伍。他看见协约国士兵已经在多处地方突破了德国人的防线,但德国人并没有退却,他们正在和进攻者殊死搏斗。暗灰色的士兵正源源不断地从他们的第二道防线增援上来。眼光掠过平原,他看到整个西方的地平线被无数跳跃的闪光照得透亮,德国人的第二道防线左右延伸,长无尽头。

鲁斯顿上校喊道:"弟兄们跟着我,千万不要跑散了。"

他们飞快地从斜刺里往三百码外的那个只剩下残墙断壁的村庄跑去,在一堵断墙后面,看见六名美国士兵全都已经死去,两挺哈乞开斯式重机枪却完好无损。

这时候雾已消融在水汽蒙蒙的草梢上。鲁斯顿上校把头伸出断墙壁,从望远镜里看见对面五百码的地方有四辆德军重型坦克成梯形向他们爬来。

在坦克后面,一支轻型炮队已经拆下前车。上校清楚地看见了正在大炮旁边忙碌的德国士兵。走在坦克旁边的,是三个骑马的军官。

华工们顿时紧张起来。

然而,幸运的是一颗炮弹掠过他们的头顶,在德国人的队伍里爆炸了;紧接着又是一颗;又是一颗。两辆坦克轰地燃了起来。其中一辆坦克左边的履带竖在空中,好像一条准备袭击的眼镜蛇。

华工们所有的武器一齐向德国人开火了,六挺刘易斯轻机枪与两挺哈乞开斯式重机枪疾风般的扫射声听起来令每一位华工心花怒放。

两辆坦克冒着中国人的枪林弹雨直直地冲了过来。接连不断的射出的炮弹,打得村子里树倒房塌,残砖碎瓦四处乱飞。几位弟兄拿着手榴弹不顾死活地冲上去,但还未靠近坦克,就被射击孔里射出的子弹打倒在地。滚动的灰尘呛得鲁斯顿上校"吭吭"直咳。身边的中国人全已经死去。他站起身来,看见袁公剑和十几位华工卧在另一堵断墙下,还拼命地向坦克射击。他刚想跑过去,但不知什么东西打在他的脚踝上,好像被骡子猛力地踢了一脚似的。肚子也火烧火燎地疼得厉害。他用双手紧捂住肚子,蜷了下去。血水从指缝间往外喷出……他非常激动,透过烟尘,他看见德国坦克正飞快地向他压来。他大叫一声,慌忙从地上爬起,没命地往村外的平地上跑去。坦克推倒断墙,从英国人、美国人和中国人的尸体上碾过,向他紧追不舍。

另一辆坦克推倒了袁公剑前面的断墙,没死的华工一哄而散,坦克上的两挺机枪不停地对着他们的背影喷吐着火舌。

提着机枪往回奔的袁公剑突然站住了。一小队背着喷火器的英国人正迎着他跑了过来。他回过头去——是上校的尖叫声使他回过头去。他这时离坦克已经很远。眼前再没有一个活着的中国人。他看到了一幅令他肝胆俱裂的场面:鲁斯顿上校的钢盔颠掉了,皮靴也跑掉了一只,他正捂着肚子没命地往前狂奔,高瘦的身子像一根弯曲的枯竹,满头白发向后飞扬,他跑起来一瘸一拐,东偏西倒,与其说是跑,不如说像只袋鼠一样往前直蹦。坦克发出的震耳欲聋的响声寸步不离紧追不舍,离他越来越近,越来越近……

"上校——!我来啦!"袁公剑狂吼一声,向鲁斯顿上校冲去。

他让过上校,端起机枪对准坦克猛烈地扫射,子弹在钢板上溅击出一片叮叮当当的声响。

坦克扭过头来,向着袁公剑追去。

袁公剑此时已如同疯魔,他一边射击一边狂怒地大骂:"来吧,德国人!老子和你们拼了!"

就在坦克马上要将袁公剑碾倒的那一刻,他扔掉已经打空了的机枪,就地一滚,眨眼间,坦克已从他旁边碾了过去。

鲁斯顿上校得救了,他跑到一个小池塘边,看到坦克中了英国人的液体燃烧剂,像个火球似的在平原上乱窜。几个坦克手从炮塔顶部钻了出来,刚刚落地,就被一阵乱枪打死。

他虚脱般地瘫倒在地上。满地是粉红雪白的花瓣,他吃力地仰起头。

原来,他躺在了几株鲜花盛开的木芙蓉树下。

第十四章：绝处逢生

　　四川军阀们为争夺主川大权,时不时炮火翻天地打上一仗,难得有个消停时候,直打得全川血流成河,尸骨遍野。彼此五抢六夺的四川军阀为求自保,纷纷派代表到武汉,向已经在北伐战争中取得节节胜利的国民革命军投诚,表示拥戴国民政府,同意各自统率多年的军队易帜改编。于是,蒋介石以国民革命军总司令的名义,先后任命四川军阀杨森、刘湘、刘文辉、赖心辉、刘成勋、邓锡侯、田颂尧为国民革命军军长,仍统率原部驻防原地区。四川军阀虽已易帜改编为国民革命军,但换汤不换药,众军阀考虑的第一要务,仍是为争夺防区税赋而混战不休。

　　杨森前不久大败于刘湘之手,不得已退缩至川东一带,为整肃后方,正谋划逐次剿灭萧天汉、骆三春与川东游击军之方略。

　　萧天汉刚刚得知杨森派贺白驹率一团兵马,开往荣昌,进万灵山清剿飞龙会的消息,手下便来报告,川东游击军派来的信使,已经到了铁关口。王维舟告诉萧天汉,大敌当前,骆三春已经主动要求与他联起手来,抱团取暖,希望飞龙会也能与之结盟,三方协同,共同对敌,联手方式有二:一为统一指挥,共进共退;一为互通声气,相互支援,各自为战。

　　萧天汉昐咐手下给信使上茶,拿着信函去了后院,急与韩超、金煜瑶,以及已成川中著名报人,清明节专门赶回来给祖宗上坟烧香的萧天成,一起商量。在萧天汉心中,金煜瑶虽是个妇道人家,可书读得远比他多,脑壳比他聪明,见过大世面,眼界也比他开阔。故而婚后飞龙会但逢大事,天汉总爱让她也参与出出主意。

　　三人轮流将王维舟的亲笔信细细看过,殚精竭虑,寻想方策。

萧天汉说道:"此番贺白驹率兵前来,正好借清剿之名,堂而皇之地报杀父之仇,当年我与他结下的大梁子,已是山高海深,万难消解。我看,事到如今,只有兵来将挡,水来土掩,萧家列祖列宗创下的偌大家业,断不可轻易在我手中丢掉!"

萧天成担心地说:"舵爷这话勇气可嘉,可真打起来,凭飞龙会的几千人马,怎能打过他们?"

韩超也说:"我们手里除了两挺机关枪和那两三百支快枪,剩下的全是松树炮、火药枪、明火枪,再加刀矛棍棒。庞龙和王鸣越的人枪虽是多一些,但这二人野心勃勃,虽经舵爷曲意笼络,紧急关头能否为我所用,尚不可知。"

金煜瑶道:"贺白驹三千兵马,不单训练有素,使的全是外国洋枪洋炮,厉害无比,战火一开,我们自然抵挡不住。待贺白驹的部队进了万灵山,飞龙会再多的脑壳,也是不够他们砍的……"

萧天汉着急地说:"照你这般说来,就再也没有其他办法可想了?"

金煜瑶道:"咋个没有办法?我话还没有说完哩。这场大仗,注定是要打的,王司令这信上说得也对,大敌当前,敌人的敌人便是朋友,朋友嘛,自然是越多越有利。连骆三春那样的大魔头,大难临头时,不也晓得主动派人去拉王维舟抱团取暖么。"

萧天汉冷冷一笑,说道:"王维舟的共产党和我们一样,也是拉杆子起家,占山为王。这点鬼把戏都看不透,我萧天汉不白在江湖上混了这么多年?啥统一指挥,说得好听,无非是想趁此机会,一口把我和骆三春吞掉罢了。"

金煜瑶道:"害人之心不可有,防人之心不可无,给王维舟的回信,待会儿由我亲自来写,感谢话我会给他说上一大箩筐。王维舟出的两个主意,我们取他后一条,既不让他难堪,也算交下了他这朋友。毕竟,他那共产党的游击军好歹也有好几千人枪,加之骆三春已经主动与他联手,万万不能与他交恶。"

萧天成频频点头:"煜瑶说得对,等到打起仗来,我们再见机行事。能出兵帮他,就帮一把。帮不了他,就首先保住自己。"

金煜瑶说:"从现刻起,我们就要知会各哨棚卡口,让众弟兄作好打仗的准备。尤其是庞龙和王鸣越两个后脑壳长反骨的东西,只要他两个不公开打出反字旗,我们就必须格外地尊重他们,万万不可逼他激他。另外,这次老寨注定是守不住了,我的意思是,后退一步自然宽……"

萧天汉大惊:"丢老寨!亏你想得出这样的背时主意,我萧家祖上,在此已逾五代,自咸丰年间在我祖爷爷手上丢过一次,此前此后,官军从来不曾打进过老寨。"

金煜瑶道："老寨这番不丢不行，不丢，死打硬拼，最终只能是鱼死网破。"

萧天成赞同金煜瑶意见，说："如果死守老寨，老寨必毁于炮火之中，主动丢了，只要人枪还在，何愁日后拿不回来？我们只需把万灵山的百姓发动起来，明里装着顺从官军，暗地里给我们施以援手，官军即便占了地盘，也不能长久。"

金煜瑶说："我们仗着山高林密，涧险沟深，巧与官军周旋，坐等时局之变。我判定，为争夺防区，扩大财源兵员，这群恶狗要不了多久，一准会相互厮咬起来，等到他们内战一起，贺白驹断不能在万灵山长住下去。到那时，这九村十八寨，还不得乖乖还给我们。"

众人集议半天，觉得舍此已无他策，便一致定下，按金煜瑶主意办。

看大家意见统一，金煜瑶又徐徐言道："煜瑶还有一个提议，要和官军周旋，兵不在多，而在精，更在伶俐机变，老寨里三四百口人捆在一起，焉能成事？官军一至，山中生活，必是奇险奇苦，有众多老弱妇孺拖累，不要说打仗，连闪转腾挪，也成问题。所以，跟随舵爷进山者，必是精壮强健之能战之丁，凡老弱之人，一律隐于民间，组织乡民，伺机袭敌破坏。"

韩超说："还是煜瑶想得周详。"

金煜瑶还没完，接着又道："再者，战火一开，我们也需源源不断的枪支弹药补充。煜瑶的意思是，韩爷年事已高，爬山跨涧，腿脚自不灵便，但在江湖上有着广大人缘，韩爷要把这副重担挑起来。两三日内，将会中各位头目的家小从速带至泸州、重庆两地，迅速安顿下来。不但成为我们的眼线，还要设法购买枪械子弹，以及盐巴药物，陆续派人送回山中。"

萧天汉没想煜瑶如此能干心细，他想到的，煜瑶已经说出了口，他没想到的，煜瑶也一一作了安排。他对着韩超打了一拱，恳切言道："煜瑶所言极是，韩爷此次出山，肩上担着飞龙会的前程。"

韩超慨然道："舵爷夫妇信得过我这把老骨头，我就把这条老命，交给你们了。"

金煜瑶叮嘱韩超："还有我的婆母，洪安、洪妍两个细娃娃，以及五个大妈小妈，十多个兄弟妹子，丫头家仆，众多弟兄的家小，也就一并托付给韩爷了。"

韩超见金煜瑶大难当头，尚能表现得如此沉着多谋，足堪一旷古奇女子，心中极感欣慰。可一想到在这样的时候要和煜瑶天汉分手，自也难受万分，于是涩涩言道："煜瑶临危不惧，方寸周全，舵爷本乃大智大勇之英杰，有煜瑶协助谋划，定能渡过眼下这一道难关。我把家眷送到泸州、重庆,自当不辱使命。只不过,在眼下这种险恶的局势下离你们而去,我倒实在有些放心不下哩。"

金煜瑶道:"韩爷用不着为我和天汉担心,万灵山是飞龙会的脚窝子地方,一旦有事,山中百姓,均系天汉耳目坐探。我们躲进山里,就如同鱼儿游进了水中,自能逢凶化吉,遇难成祥的。"

当下商议已定,老寨里诸位大头目的家人,即刻着手准备转移。

三日后的半夜时分,三四百口老少妇孺与抬着几十口沉重木箱的家丁摸黑出了堡寨,下到滩子口码头,登上几艘大篷船,神不知鬼不觉地顺流而去。

萧天成原本给祖宗扫完墓便要回重庆,恰逢官军进剿,他表现出了难得的大丈夫气概,对萧天汉道:"大敌当前,愚兄毕竟也是堂堂萧家子孙,七尺男儿,岂能随老幼妇孺离开?"

萧天汉道:"如今泸州一大摊子,重庆一大摊子,全压在韩爷一个人身上。今后还有诸多重要之事,需得大哥处置,你和韩爷肩上的担子,也是不轻的。"

萧天成道:"泸州、重庆有韩爷足可支撑,我留下来虽起不了大作用,但大战在即,总能替飞龙会多添一支枪吧。"

萧天汉感动不已,亲热地在天成肩上擂了一拳:"好大哥,那就留下来,助兄弟一臂之力。"

转移走了众家小,老寨里顿时清静了不少。赓即,萧天汉与金煜瑶又指挥韩长生等心腹,将寨中世代积攒下来的金银珠宝等贵重之物集中起来,装进十六口大箱子,由韩长生率领手下,押往山中掩藏。运送贵重之物,本应密而慎之,萧天汉却故意让韩长生大白天出发,沿途招摇,尽量让更多的人知道飞龙会的贵重物资,已经全部转移进了万灵山中。

当所有贵重之物运走后,萧天汉对金煜瑶言道:"装进箱子中那些东西,不过是我飞龙会财产的一二成,更多值钱的东西,我还一点没动它哩。"

言毕,便将金煜瑶带至祖宅后院,驻足于坝子中央一三合土砌就的荷花池旁,说道:"你好好看看这个池子,我家八九成财产,全深埋池下。我父亲生前把我萧家历代祖宗积攒下来的大量财物,全换作黄金,巧作了安排。他派韩超秘密从重庆雇来金匠,铸成五百根二十两重的金条,埋在这坝子下面,又在上面修造了这个水池掩人耳目。眼下除我之外,尚有我母亲知道这个秘密。我今夜将此秘密告诉你,一者你是替我萧家传宗接代、和我同生共死的婆娘,理当知晓;二是贺白驹此番前来,必要取我全家人性命。贺白驹我当然不会惧他,但不怕一万,只怕万一,一旦我有个三长两短,你靠着这五百根金条,能重振我飞龙会雄风固然最好,做不到,好歹也要将我母亲和几个妈妈送终,要将我一对儿女抚大成人。有这五百根金条垫底,足可保我萧家数代人生活无虞。今夜这番话,也算是我把心肝掏给你了。"

金煜瑶道:"大敌当前,怎可说这等不吉利的话?就算陡遭不测,煜瑶生是你萧天汉的人,死是你萧天汉的鬼,无论死活,也要和你在一起。"

萧天汉苦涩一笑:"话虽不吉利,说在前面,也算是预先作个安排。"

金煜瑶激动嚷道:"煜瑶既然嫁给了你,就应与你一同跃马横枪,沙场杀敌,保我飞龙会基业永世长存!这些金条,但愿永远不动用它才好!不过,天汉我问你你想过没有,无论我们有多少钱,多少人,即使我们做到了荣昌第一,我们还是要被杨森追来追去地打,我们的出路在哪里呀?"

萧天汉支支吾吾说不上来:"你这傻婆娘,你都不知道?我咋个晓得?几时我去把诸葛孔明、智多星吴用给你请上门来当军师,让他们给你讲讲。"

萧天汉这厢正在积极备战,已经升任一团之长的贺白驹,统率着三千虎狼之师,分三路已浩浩荡荡杀了过来。尚未接火,骆三春便撒开脚板,没命地逃进大山深处的玉蟾山老巢,避战求存。和川东游击军、飞龙会的联盟随即解体,川东游击军也仓促退回下川东,唯剩下萧天汉一支人马,独自面对强敌。

不单贺白驹大军压境,泸县城里的江防军、郑稷之的荣昌县警备队,也受其节制,协助贺部作战,从各个方向,一齐向着飞龙会杀来。

萧天汉自知难以拒敌,并不与强敌死拼,将队伍时聚时散,仗着地形熟悉,在自家地盘上打了就跑,四处袭扰进攻之敌,也给挟威而来的官军制造了不少麻烦。

萧天汉让金煜瑶率领自己一手练成的女丁撤往百子庵隐藏,遂将手下分为马军步军水军三队,马军由自己率领,开出铁关口前去伺机挫敌锋锐。步军交萧天成、刘逵、洪真孝三人指挥,留守铁关口老寨。由濑溪河船户和渔户组成的水军,则由王鸣越与庞龙率领,恃仗弥月沱与峡口寨之有利地形,截断官军粮道。

在寸金滩,萧天汉带领两百骑兵,首战歼灭了单骑冒进急欲抢功的贺部前锋一个排。两日后,水军也传来捷报,庞龙率船户夜袭官渡口,半夜里潜水上船,一把火烧掉了贺部七条满载粮食弹药的篷船。王鸣越也有斩获,他手下的船户,烧掉了江防军从泸县开出来的两条巡江红船,将一排官军,斩尽杀绝。

连战皆捷,飞龙会士气大振,萧天汉正在兴头上,不成想却一时大意,中了贺白驹的计谋,差一点命丧黄泉。

贺白驹围住铁关口,急攻猛打,片刻不停,两日两夜也未能拿下。

萧天汉得着这凶信儿,乘着月黑之夜,急率马队疾驰铁关口,企望从后背袭击官军,以解铁关口之危。

不料,马队刚刚驰进一险要之地鹰哥嘴,却遭到了贺白驹亲率的重兵伏击。

猛地听见枪声像热锅里爆豆子般响起,看见众弟兄纷纷落马,萧天汉顿时后悔莫及。利用有利地形设伏,本是他之所长,不想今日因驰援心急,一招不慎,反遭贺白驹以此法反制。他深知这鹰哥嘴地形对己十分不利,两侧峭岩如刀劈斧凿一般,直上直下,夹着谷底一条羊肠小道。如今贺白驹将两头一堵,他和两百骑兵,就将必死无疑。

"鱼死网破,绝处求生!弟兄们,跟着老子冲啊!"萧天汉圆睁虎眼,一声喝令,勒转马首,抱着轻机关枪,一马当先往回路上冲去,众弟兄紧紧跟随,狂发啸吼,犹如阴曹地府中杀出来的一大群恶魔般向着谷口前仆后继地涌去。

两侧山岩上,无数挺轻重机枪喷出的子弹像长鞭在谷底飞搅,马匹悲惨地长嘶着接连不断地跌倒,骑手们像口袋一样腾空摔出,重重砸在地上,谷底里弥漫着呛鼻的硝烟味与浓烈的血腥味儿。最后,只有五六名弟兄跟着萧天汉从枪林弹雨尸山血海中冲杀了出来。

贺白驹亲率官军马队,擎着火把紧紧追了上来。枪声密脆,萧天汉手下弟兄接连中弹,及至只剩下他一人一骑。

"萧天汉,我看你今日如何上天入地,乖乖地把命送来!"贺白驹扬鞭催马,狠声大叫。

此时萧天汉大腿上中了一弹,左肩上挨了一枪,更要命的是他子弹已经用尽,轻机关枪早已扔掉,两支盒子炮,还当不了一根吹火筒。他长叹一声,自忖今日必死。

马上颠簸,血流汹涌,萧天汉只觉得脑壳已经有些发晕,眼睛已有些模糊。待至冲出一片密林,前面山坳里,蓦然出现了几星迷离灯火。奔到山门前一看,眼前竟是粉墙青瓦的百子庵。

萧天汉翻身落马,忍住伤口剧痛跌跌撞撞地跑进山门,闯进了佛堂。正在青灯下随着慧清师太诵经的十几个尼姑吓得大声尖叫起来。

萧天汉惶急叫道:"师太、师姑,官军正在追杀我……"

慧清师太立即起身,上前急急言道:"刚才听见枪声越来越近,我情知不妙,已经叫煜瑶等人从后门上山,去了万灵寺……哎呀,舵爷你伤得不轻!妙玉,快,你速带舵爷从后门上山,去追金煜瑶。"

萧天汉道:"师太,贺白驹此番来者不善,你们也得避他一避。"

慧清师太道:"寺庙乃清静之地,与世无争,他还能在佛堂上动刀兵么?你们不要管我,快快走吧。"

两人刚出佛堂,萧天汉忽地一个趔趄,孙妙玉此时也顾不得男女间忌讳,一把将他搀住,奋力前行。到得后院,妙玉掏出钥匙正开后门,山门前已见火光映红夜空,暴起一团凶狠吼声。两人穿过后院,出了后门,往山林中急走。正行间,猛听得佛堂里叫喊声、搏杀声、枪击声骤然响起。

孙妙玉大惊,说道:"舵爷你自己走吧,我得回去助师太一臂之力。"

萧天汉一把抓住她的双肩:"妙玉,你不能回去。他们人多枪多,你回去也是多搭上一条性命。"

孙妙玉脚一跺,突地捂住脸,失声抽泣……

萧天汉一把将她拉起,道:"我枪伤甚重,难以行走,还是就近找一农家,急急将我送往万灵寺为好。"

孙妙玉遂止住悲泣,扶着萧天汉咬牙前行。没走几步,乃一小山村,村民对萧天汉自是畏服,不消吩咐,赶紧用滑竿将他抬起便跑,径往万灵寺而去。

次日凌晨,薄雾如纱,空谷无声。

金煜瑶率领一队女侍卫,与孙妙玉重回到庵里。庵堂大门外,四处散卧着师姑与官军的尸体。死去的师姑,有的被刀劈,有的遭枪击。

两个有幸逃脱官军魔爪,看样子也是刚刚返回不久的师姑正跪在一具尸体前痛哭。

"师太!"孙妙玉一见那尸体,脸色骤变,翻身下马,哭喊着扑了上去。

"师傅,师傅啊!"金煜瑶也大哭着拥向慧清师太。

慧清师太身中数弹,已是奄奄一息,她将眼缓缓睁开,目视煜瑶妙玉,嘴唇嚅嚅一阵,一句话也未能说出,便头一歪,气绝身亡。

"师傅,我金煜瑶不杀贺白驹为你报仇,就不配做你的徒弟!"金煜瑶双膝一屈,泪如泉涌……

众人将慧清师太与众尼姑掩埋后,孙妙玉禁不住金煜遥相劝,与几名尼姑道了别,就此入了飞龙会。

次日,萧天成、刘逵、洪真孝也兵败铁关口,带着突围而出的两三百名弟兄,赶到万灵寺与萧天汉会合。紧接着,九村十八寨犹如倒骨牌一般"哗哗"倒下,陆续落入贺白驹之手,连峡口寨、弥月沱也相继失陷,各个卡口哨棚的掌堂,全都带着人进了万灵山深处。

虽然遭至如此大败,好在萧天汉尚在,飞龙会大旗未倒,也算得着一点安慰。

连番噩耗虽然让萧天汉感到刺耳惊心,却并不绝望,打得赢就打,打不赢就跑,这是飞龙会自古以来的战法,地盘丢了无所谓,只要队伍尚存,希望就在。

贺白驹连战皆捷,夺得飞龙会大片地盘,交由郑稷之建立乡公所管辖。

就在贺白驹雄心万丈,调兵遣将,正欲深入万灵山中,剿灭飞龙会余孽,将萧天汉碎尸万段,以报杀父之仇时,不料突接杨森命令,称刘湘已经与自己的叔叔刘文辉打了起来,大半个四川再次燃起战火,天赐良机,要他火速带兵赶至隆昌,配合全军行动。

贺白驹不敢抗命,只好强压下私仇,暂且放下萧天汉这只已被打得遍体鳞伤奄奄一息的小老虎,号令全军,陆路水路,同时并进,向着隆昌开拔。

贺白驹大军入境,步步紧逼,萧天汉人寡枪少,正惶惶如惊弓之鸟,尚不知如何脱身保命。却见贺白驹莫名其妙地停了进攻,将各路已入万灵山清剿的队伍全数撤出山去,纷纷向着隆昌方向而去。萧天汉大感疑惑,连金煜瑶也认为是贺白驹耍的手段,顾忌万灵山中,山高林密,官军进山作战,以短抑长,有诸多不利,故意引诱他们离了山林之险,下到平阳大坝,再掉转头来收拾他们。

众人正拿不定主意,坐镇重庆的韩超派人送来密报,方知二刘相争,川中其余军头喜出望外,趁火打劫,抓住时机正好扩展自己的防区。曾被刘湘打得落花流水的杨森,自然也不会放过这收复失地的绝好机会。他已下令分散驻扎在川东的各路兵马,正向隆昌、内江星夜疾进,准备在刘湘后背上狠狠插上几刀。

得着这确信儿,萧天汉这才大大地松了一口气,跪地向天祷告:"老天有眼,保佑我飞龙会逃过这一大劫!"

数百号兄弟,遂浩浩荡荡向着铁关口开去。

半道上,已有无数山民村夫蜂拥上前,捧食相迎。

第十五章：压寨夫人的渴求

此后，川中大小军头为争夺防区，壮大势力，相互打来打去，无暇顾及清乡剿匪，这就给了萧天汉大好时机，让他喘过气来，将当初失去的地盘，从郑稷之手中一一夺了回来。

战争也改变了萧天成，这个过去对铁关口生活畏之若虎的书生，接连打了几仗以后，他的不俗表现竟然获得了萧天汉、金煜瑶和飞龙会众弟兄的夸赞。这种惊心动魄的生活，竟然让他极难得地体味到了男人与生俱来的英雄情结得到满足后的欢愉，使他过去那种忙忙碌碌而又略显苍白的生活，突然添了几分强烈新鲜的刺激。原本急着回重庆去办报纸的他，似乎一时忘记了这件事。

萧天汉也希望天成能留下，对他说："我现在受了伤，没个两三月起不了床，你好歹是我亲大哥，得留在铁关口帮帮我。"

萧天成就答应暂且留下，直至天汉伤好了，他也没提回重庆的事，把原来韩超肩上的担子，接了过去。

战事平息后，萧天汉与金煜瑶商量，准备将疏散到泸州和重庆的母亲和六位妈妈接回铁关口居住，却遭到金煜瑶的竭力反对。金煜瑶自小任性惯了，自做了飞龙会的压寨夫人，一人之下，万人之上，自是为所欲为，没想时时事事，却经常受到婆婆和五位妈妈的掣肘，好不容易才抓住天赐良机将这帮祖宗神灵请出门去，耳根得以清静，怎能允许再将她们请回来守在耳边聒噪。

金煜瑶毕竟聪明，反对的理由既不违人妇之道，也不容萧天汉不同意。

她说："韩爷费了那么多的心思，那么多的银子，好不容易才打通关节，将母亲

第十五章：压寨夫人的渴求

和五位大妈小妈，十几位兄弟妹子，以及随侍的丫环家仆，头领们的家小，在泸州、重庆两个大码头上安顿下来，还改名换姓上了保甲，现在全都不管不顾，让他们重回铁关口，要是官军结束了撕内皮，再回过头来打我们咋个办？莫非那时候又这么重新再折腾一次？"而且还有更厉害的，"你也晓得现在是民国新朝，希望洪安洪妍能够接受良好的教育，不能像祖辈一样打打杀杀在刀尖上过一辈子，他们才刚刚上了重庆卫理公会办的幼稚园，今后还要上卫理公会办的小学、中学，再以后，我还打算送他俩到法国留学，现在让他们也回来，这书还怎么读？这不把他们的前程给毁了么。"

萧天汉大惊："我只有洪安一个接替我做舵爷的种，你把他送到隔山隔海的外国去念洋书，我要有个三长两短，这飞龙会咋个办？"

金煜瑶道："命中注定，我这辈子只能陪你过这种打打杀杀的日子。可我绝对不允许我的儿女，也过这种血盆里洗手，刀尖上数钱的生活！"

萧天汉恼了："你这么做，不是安心把我飞龙会，连根挖断么？"

金煜瑶也恼了："我不管你的飞龙会，我只管我十月怀胎生的娃娃！"鼻孔重重一哼，挖苦道，"你们做舵爷的，哪个不是妻妾成群，你还会担心没儿子接你的班？"

萧天汉拿这挖苦话当了真，觍着脸说："做舵爷的妻妾成群，是祖上传下的规矩，又不是从我萧天汉开始的。"

俗话说饱暖思淫欲，逢上这太平时候，萧天汉也和他的历代祖宗一样，喜欢上了花天酒地的日子，每过十天半月，就要带上韩长生、洪真孝、刘逵几名亲信头目，前往泸州、内江，或是自流井的酒楼妓院里泡上些日子，将会中一应杂事，全丢给金煜瑶处置。

有次萧天汉回来，认认真真对金煜瑶说："你看一对娃娃都那么大了，我也一门心思恋着你，一直没有娶小……"

金煜瑶心里早有这个准备，可这事果真来了，仍免不了怒气攻心，恨恨道："你们这些臭男人，硬是狗改不了吃屎。"

萧天汉说："对的嘛，我这是从心窝子里敬重你，才提前给你打个招呼，你看我萧家祖上，哪一代舵爷不是婆娘娶了一大堆？我老汉给我娶了七个妈，还是最少的哩。"

金煜瑶也想故意气他一气，敞着嗓子嚷："你敢娶一大堆野婆娘回铁关口来在我跟前晃荡，我就敢扯旗放炮地给你找一大堆野男人，拿绿帽子压死你！"

萧天汉嘿嘿一笑,说:"你这婆娘咋个又不讲文明了呢?自古男人妻妾成群,活的是个能耐,女人要敢找野汉子,那就得沉河,背火背篼了。"

"你敢,你萧天汉敢头一天把野婆娘带进门,我金煜瑶第二天就和野汉子上床!你想气得我吐血,我就先把你气个半死!"

萧天汉轻轻拍着煜瑶的脸蛋说:"你哟,硬是不懂事。你看看九村十八寨掌堂,哪个不是三妻四妾的,我要再不娶几个小婆子进门,这帮掌堂全都不把我这个舵爷放在眼里了。"

这样一番对话在金煜瑶心上刻下了重重的印痕,她明白萧天汉这番话可不是说着玩的,而她呢?单单为洪安的前途着想,也决不会与萧天汉过不去。只不过作为女人,心理上一时难以过这道坎,高声大气地吼上几句,不过是发泄一下罢了。

见萧天汉一边开始动娶小老婆的念头,一边仍然整天沉迷于美色佳酿,经常外出不归,金煜瑶暗暗着急。她担心萧天汉要是弄上几个不干不净、古灵精怪的女人回来,难免和她挑起战火,甚而会影响到她在老寨中的地位,影响到洪安的前程。她寻思有钱有势的男人三妻四妾,在中国自古以来便是情理之中事,不仅飞龙会如此,荣昌、四川如此,这同样也是全中国祖祖辈辈传下的规矩。男人不愿意改,女人再是暴跳如雷,也只有抱起石头砸天,改不了的。

一天两人吃饭时,她忍不住问萧天汉:"你这么多年都没动静,这次急慌慌地想娶小婆子,是不是看上谁了?"

"是。"萧天汉倒一点不否认。

"看上哪个了?内江的,还是自流井妓院里的小妖精?"

"说扯了。我要娶的女人,远在天边,近在眼前。"

"谁?关五香?"

"又说扯了——百子庵的孙妙玉。她救了我一命,我得报答她。"

"为了报答一个女人,就非得把这个女人娶进门?天下哪有你这样的歪歪道理?"

"这咋是歪歪道理?我把娶她进家门,就是满门心思想把她当自己的亲人来爱护,保证她一辈子荣华富贵,衣食无忧。这比赏她千块银元,十根条子,实在得多呀。"

一听萧天汉说他要娶的女人是孙妙玉,金煜瑶心里反倒是悬起的石头"咚"的一声落了地。思前想后,这么多年来,妙玉和自己好得来连亲姐妹也比不上,妙玉要进了门,大事小事,还不巴巴实实地和自己一条心。即便天汉以后把再多的小老婆娶进门,有妙玉帮衬,也就用不着担心大权旁落了。

想到此,煜瑶索性来了个变被动为主动,出面为萧天汉当起了媒人。

煜瑶把这事儿给妙玉一说,妙玉初时还有些害羞,红臊着脸儿不好意思答应。

在铁关口老寨里,金煜瑶总有一种压倒一切的气定神闲。而自金煜瑶来到铁关口之后的一系列表现,更让孙妙玉敬重不已。在她眼中,金煜瑶早就成了一位琴心剑胆,义薄云天的女侠形象,所以对金煜瑶的话,从来是言听计从,不打半分折扣的。

煜瑶继续向妙玉卖起了劝世文:"天汉是个江湖豪杰,也沾染上了江湖豪杰的通病,喜欢眠花宿柳。这样的男人,嘴上说得再好听,我也需要早作提防的。姐姐要你和我一起伺奉天汉,实在是需要你来帮姐姐一手,有你占着这位置,和我贴心贴肉地相互帮衬着,就算今后天汉娶进再多的小婆子,她们在老寨里也就掀不起波,翻不起浪,我和你今后就可长久过安稳舒心日子。你要是不答应,天汉哪一天要弄个长着副蛇蝎之心的女人来到这堡寨里,你能看着我落势受气,能看着你的一对侄儿侄女被人欺侮么?妙玉,你真要是我的好妹妹,就得奋不顾身地帮帮我!"

孙妙玉见她言语真诚,加之萧天汉在她眼中又确确实实是个绿林好汉,模样也彪悍英武,就算这辈子能给这样出色的男人当个如夫人,也是祖上行善积德,替后人求来的福分。再说,如此这般,还能轻轻松松在铁关口老寨,占据一个仅在煜瑶姐之下的位置,又何乐而不为呢?想到此,也就把头一点,说:"承蒙姐姐关心,妙玉心甘情愿地把自己这辈子,交给姐姐安排就是了。"

金煜瑶满心欢喜,也不慌着对萧天汉提说这事儿。待萧天汉又带着一帮兄弟伙去了泸州,她再吩咐手下,从速准备。

十余日后,等到萧天汉回到铁关口,看见老寨披红挂彩,喜气洋洋,尚不知出了什么喜事。猛地让金煜瑶手下一大群女侍拥进"静安园",换了喜色衣裳,与早已搭上盖头的孙妙玉双双对拜,做了夫妻。

萧天汉身边多了妙玉,对金煜瑶自是十分感激,对她言道:"我现在才晓得,你是个难得的心比海宽,能识大体的能干女人,天汉这辈子一定会巴心巴肠地待你。我向你发誓,不管我娶多少小婆子,正宫娘娘的位置,铁定永远是你的。"

话虽说得暖心,但萧天汉安分守己了不过数月,依然旧态复萌,照常外出寻欢作乐。而且走得更远,连重庆、汉口的上等妓院也常常前去光顾。不单玩中国女人,还专门跑到汉口租界里去玩外国洋妞。

金煜瑶心中既苦楚,又愤怒,却又无法可施。

这一点,孙妙玉倒比她想得开,经常开导她说:"飞龙会历代舵把子哪一个不是这样过来的,你还能要求萧天汉做个洗干净的萝卜头,从一而终么?"

自小受过西风熏染的金煜瑶,却很是为女人不平,恨恨说:"这个混账国家,兴些啥子规矩?男人三妻四妾,天经地义,外出眠花宿柳打野食采野花,也被誉为风流韵事。偏偏我们女人,让那三从四德套得死死的,一辈子就只能守着一根树子吊死!一旦红杏出墙,便是伤风败俗,沉河上吊背火背篼。哼!我就不信,男人能玩女人,我们女人,就不能玩他们男人!"

孙妙玉虽久居庵堂,对人间俗事却也不陌生,言道:"说说气话,倒是无妨,我们女人真要像他们男人那样去做,莫说家法不容,就连唾沫星子也能淹死人。能玩女人,那是男人的能耐,也是男人的特权,这在中国是亘古不变的道理,莫说历朝的皇帝老倌儿后宫三千,连青史有名的大人物,也总归和英雄美女,风流韵事结着不解的缘分。就是这飞龙会祖祖辈辈的舵爷,哪一个不是纳了一长串小婆娘的?不怕天汉从今往后还要娶多少小房,玩多少女人,只要他一辈子仍像过去那样敬重你,让你稳掌后宫,你就用不着再生闲气了。"

萧天汉从内心敬重金煜瑶,这不假,每逢外出,总是让金煜瑶代行其职。但敬重并不等于独宠,情爱和性爱是两回事,男人把这两者区分得十分明白,偏偏再聪明的女人,也会在这事儿上犯糊涂。

俗话说"三十如狼,四十如虎",刚刚才三十出头的金煜瑶,生理上对异性的渴求,也正处于干柴烈火,如狼似虎的时节。长期独守空房,自然寂寞得苦不堪言!

金煜瑶如果是个中国这块土地上土生土长的传统女子,她或许会因为自己在铁关口一人之下万人之上的至尊地位沾沾自喜。但她毕竟生在法国的巴黎,毕竟在被誉为世界浪漫之都的巴黎,生活了长长的八个年头。她的血液里毕竟流淌着一半法国人的血液,她的脑海里多多少少萦绕着许许多多不同于中国人的思维。这凡此种种,便决定了她自小表现出的不安分,也注定了她会在铁关口,弄出一些活色生香,大逆不道的事情来。

萧天汉带着韩长生、洪真孝、刘遽前往重庆、汉口催收鸦片款,一去逾三月,离老寨时间之长,已经是过去从未有过的了。最让金煜瑶诧异的是,这么长的时间里,已经和天汉母亲以及洪安洪妍长住在重庆的韩超,居然没派人回来向她说个缘由。

金煜瑶担心萧天汉出了大事,赶紧派心腹关清财前往重庆、汉口打听,谁知连关清财也未见着舵爷的面,只弄清楚舵爷住进了由美、俄、法、德、英等诸国工部局联合出资创办的汉口万国医院。

金煜瑶问关清财:"舵爷因何住院,受伤了,还是生病了?你是否亲眼见着了舵爷?"

关清财涨红了脸膛,说:"金娘娘问我的话,我都一一问过韩爷,韩爷说他住在重庆,舵爷去了汉口,他也不太清楚。我赶到汉口后,本想到万国医院去探望舵爷的,可舵爷吩咐刘逵对我说,舵爷的病马上就治好了,一出院,他即刻回来,让我回来告诉金娘娘,让金娘娘不要为他担心。"

金煜瑶这下更是吃惊不小:"你专程为舵爷而去,舵爷居然没让你见他一面?这不明摆着有见不得人的勾当,怕让我知道么?"对妙玉与关氏兄妹厉声喝道,"妙玉,清财五香,我们马上去汉口!"

几天后到了汉口,一行人进了耸立在黎黄陂路上的万国医院。金煜瑶也不去萧天汉病房,而是直接找到了给萧天汉治病的法国大夫。妙玉与关氏兄妹守在一旁,看金煜瑶"叽里咕噜"和外国洋大夫说话。也不知他们说了些啥,眼见着金煜瑶的脸色就变了。

金煜瑶从洋大夫办公室出来,大步向萧天汉病房走去。妙玉和关氏兄妹不敢问,紧紧跟上。

韩长生和洪真孝、刘逵见金娘娘与妙玉等人突然驾到,大吃一惊,赶紧上前招呼。

金煜瑶理也不理,一脚踢开病房门,冷眼如刀地盯着躺在病床上的萧天汉。

萧天汉先是一愣,继而尴尬笑道:"啊……你这两个婆娘……大老远地跑到汉口来做啥?这回老子倒了血霉……嘿嘿,不过洋大夫说,很快就治好了。"

金煜瑶眼含热泪,激愤叫道:"萧天汉,我早对你说过,夜路走多了会撞鬼,你不信!这下染上梅毒,非得把你那命根儿烂脱了,你才甘心!"

萧天汉眼睛一鼓:"你这狗日的婆娘嚷个啥?中国这地盘上,男人染上花柳梅毒有啥稀罕的?洋大夫说了,这病他能治。"

金煜瑶吼道:"能治?我刚刚问过大夫了,他说你已经是梅毒晚期,就算治好,也会落下个后遗症,以后就算你娶再多小婆娘,也不能给萧家添丁进口了……一年之内，还绝对不能沾女人的身子。要耐不住，弄翻了，立时三刻就会要了你这条狗命！"

萧天汉悻悻道："我已经有了一对金童玉女，这辈子我萧天汉绝不了后。不就一年工夫不沾女人么？老子憋得住。你放心好了，不把这病治断根，我一辈子都不会沾你和妙玉的身子。"

金煜瑶忍无可忍，破口大骂："无耻之极！就算洋大夫能治好你的脏病，我和妙玉心中的伤，又该由谁来治？怎么治？"

萧天汉愕然道："伤？你两个心头有啥伤……嗨，这才怪了，这么点鸡毛蒜皮的小事，你们还真上心和我较起劲来了？"

金煜瑶见根本无法与萧天汉沟通，痛心疾首吼道："既然你至今还认为这是区区小事，那从今以后，你就好自为之吧！不过，我警告你，若真想让你萧家满门断子绝孙，你就把那脏病带回铁关口来好了！"

金煜瑶嘴上暴吵一通，可已经摊上了这样的男人，又能把他怎么样呢？待将一腔怒气发泄完后，她还只得认认真真地关心替萧天汉治病的事。法国大夫对她说了，要彻底治好天汉的梅毒，至少还需半年时间，如果不治彻底就出去，那不单对病人有性命之虞，而且还会祸及他人。

金煜瑶毫不犹豫，坚持要萧天汉留在医院里，把病彻底治断根再回家。老寨里不可日久无主，十天后，金煜瑶把妙玉留在天汉身边继续照料，自己带着关氏兄妹气冲冲地赶回了铁关口。

偌大一座老寨，在金煜瑶心中却犹似杳无人烟死气沉沉的荒原。接下来的日子，更如弥漫在山间溪上的缭缭晨雾般苍白。如果洪安洪妍在身边，金煜瑶多少也能感到些儿慰藉，可一对儿女远在重庆，躺在汉口医院病床上的男人她根本不愿去想，偶一想起来心尖就像刀扎般疼痛。有一点十分清楚，她并不因为萧天汉的放浪形骸而忌恨于他，但如果说她过去和萧天汉做了这么多年夫妻，多少对他还有一点好感的话，那么这点好感，已经随着萧天汉这次染上脏病而荡然无存。她已经没法爱他，甚而从精神上和生理上，对他产生了一种强烈的憎恶感。

金煜瑶能够明明白白地感觉到，这老寨中这么些年来总有一双异性的眼睛，无时无刻不在注视着她。这双眼睛里流露出来的不仅仅是敬重、关切，甚而还若隐若无着几分渴求与追悔。金煜瑶当然也清楚，如今常常暗暗关心着自己的萧天成，也绝非与往日可比了，他有过长达五年代舵爷的血火历练，和自己一起谋划过清除叛逆的行动,此后又带过兵,打过仗,杀过人。昔日的书生意气虽未彻底泯灭,可血腥杀伐的日子,毕竟也极容易给人增添几分雄浑刚健的血性。

当初在和萧天成相处的几年时光中,能够让煜瑶感受到天成关怀的细节不少,但印象最深的,则莫过于他们两人那一次悄悄跑到渔船上去吃青白鳝的经历了。倘若那一日萧天成表现得像个敢爱敢恨的男子汉,煜瑶原本并不准备拒绝他的……而当时那些曾令她倍感温馨,心旌摇荡的情景,此后却只能长久地留驻在自己的记忆中了。

就在这百无聊赖,时而空虚,时而又因自己命苦而多少有些自暴自弃的时候,萧天成的形象,又重新在金煜瑶的心中鲜活起来。

从汉口回到老寨大约半个月后,金煜瑶吩咐关五香去邀请萧天成,一同上万灵寺进香。

万灵寺坐落在孤峰独峙的老鹳岭上,红墙黄瓦的寺庙内外,古木森森,枝叶繁茂,蝉儿在枝头吟唱,此起彼落,悠扬清亮。倘若在太平年间,一年四季都有朝山香客络绎不绝地到这里来焚香化纸,顶礼膜拜。眼下由于战乱,这块圣地比过去冷落多了。不过,即便如此,每年只要到了万灵寺的香火会期间,朝山的香客仍然会如过江之鲫般涌上万灵寺,为自己和家人祈求一个平安。

民间相传每年的六月十九,是观音菩萨得道升天的日子,万灵寺的香火会,就从六月十六开始,一直要办到六月三十日止,届时不但附近泸县、隆昌、内江、大足、永川几个县,包括重庆、成都的不少善男信女,都要前来进香。一个香火会办下来,光是香烛钱,万灵寺几十个和尚除了留够积蓄,一年到头的衣食,还绰绰有余。

刚进六月中旬,万灵山中便热闹起来,从万灵镇通往万灵寺的崎岖山道上,香客不断。虔诚的善男信女们,有的抬着扎上一层层漂亮莲花,莲花心里插着九根小娃娃手臂粗大红烛的九品大香架子,每台香架后面跟着几十或几百人不等。有的端着装满了香烛的香盘,或者手里举着三支一炷袅袅燃着的香火。所有人向着老鹳岭上的万灵寺,口中念念有词,亦步亦趋。平时冷冷清清的万灵山中,缓缓蠕动着从早到晚不曾间断的长龙。其间还有喜庆的锣鼓声,鞭炮声,一拨赛过一拨的唢呐声。有的富裕的香客,还请来了耍狮子和龙灯的班子,引得一路上的香客,不断大声喝彩。即便身处战乱年代,刚刚忙过了春耕的人们,仍然把一个祖宗千百年传下来的宗教节日,注入了欢乐鲜亮的色彩,在其中尽情地舒展着疲惫的筋骨。

关五香回来对金煜瑶说,她给萧天成说了后,他显得很惊讶,犹疑了片刻,还是答应陪金娘娘去万灵寺进香。

金煜瑶这天是单独与萧天成一起去万灵寺的。一路上,金煜瑶兴致颇高,萧天成却显得心事重重,少言寡语。

飞龙会是万灵寺最大的大施主,这些年金煜瑶又年年随萧天汉来万灵寺进香,所以和寺中方丈已经相当熟悉。得知金煜瑶到了,方丈亲自到山门前迎接。金煜瑶和萧天成进了香,到菩萨面前磕了头,捐了功德,中午由方丈陪着,在禅房里享用了一顿素席,吃了万灵寺的招牌菜"油炸锅巴"。

当晚,金煜瑶谢绝了方丈的挽留,没有在万灵寺住宿,而是住在回路上一个猎户头的小院里。

飞龙会的压寨夫人能纡尊降贵住到自己家中,小小的猎户头恭敬殷勤,照料得万分仔细。他把家人全打发到其他猎户家里,腾出自家院子给金娘娘住,还用最好的蜂蜜酒、野猪肉、熊掌来款待贵客。

夜色深沉后,屋外月华如水,山风悠悠,其余屋子已黑下来了,唯有堂屋里依然火塘未灭,时明时暗的火光,映照着坐在熊皮椅子上的一男一女两张已被酒精灼烫得红通通的脸膛。

金煜瑶还在不断地为萧天成斟上一杯杯口感极佳后劲极大的蜂蜜酒。此时的金煜瑶在萧天成眼中早已不是平日那个八面威风的压寨夫人,而是还原成了一个极温柔,极细腻的漂亮女人。此情此景中,一切语言都已显得多余。萧天成十分清楚接下来将会发生什么激动人心的事情。那是他这么多年一直梦寐以求的。但,也是令他每一想到便会心惊肉跳,陡然变色的事。

萧天成突然感到心灵开始了骚动,充满着青春生命的力量开始勃发,一种难以抑制的情欲如火山爆发般喷涌出来。他知道自己的脸色一定很难看,害怕失去控制,摇摇晃晃地站起来,借口醉了,要进屋去休息。金煜瑶也站起来了。萧天成以为她是起来搀扶自己,没想她却大胆地将自己搂进了怀里。金煜瑶发狂似的亲吻着萧天成,嘴唇、脸颊、耳轮、下巴,一切嘴巴所能触及的地方统统印上了她的热吻。一边狂吻,还一边激动地呢喃着:"天成,快抱紧我……给我吧,我也是个活鲜鲜的女人……我需要爱……需要懂得爱我,关心我的男人啊!"

可是,煜瑶的主动并没有换来她渴望中的回应。萧天成始而一动不动,犹似木桩,继而浑身颤抖得像突然通上电的马达,而且还竭力地扭动着脑袋,回避着她的热吻,嘴里像病昏病人般地咕哝着:"煜瑶……啊啊…………我们不能这样做……不能这样做的……"

金煜瑶猛地将萧天成推开，咬牙切齿地骂道："你这个胆小鬼，为啥不能做？难道，我看错了人，你从来就没有爱过我？"

萧天成激动地吼道："不，煜瑶，我爱你，当然爱，钉心透骨地爱。但是，那只能是……是长久的暗恋而已。圣人云：朋友妻，不可欺，何况你……早已是我亲弟弟的妻子……"

"什么妻子？你亲弟弟把我当成他妻子了吗？萧天汉已经半年没回老寨了，他现在在什么地方，你知道吗？我告诉你，他到武汉租界里嫖洋妓女染上了晚期梅毒，正躺在汉口万国医院里治他那命根儿哩！"看着惊愕不已的萧天成，金煜瑶万念俱灰，一声苦笑，"俗话说色胆包天，人在花下死，做鬼也风流，作为一个堂堂男子汉，真是让我失望，你怎么连这样一点色胆也没有？唉，也只能怪我有眼无珠了。其实，我知道你心里真正害怕的是什么。你害怕纸包不住火，害怕走漏风声，害怕你亲弟弟会杀了你……"

萧天成苦脸凄凄地叫道："煜瑶……我这么做，也是为了你啊！你知道我们在老寨里朝夕相处，只要稍不小心迈出这一步……"

"呸哟！"金煜瑶啐了一泡口水，霎时变得冷脸如霜，决然说道："萧天成，你到底还是个拧不干，打不湿，永远干不成大事的男人！从今以后，你就安心做你的圣人去吧，你在我金煜瑶眼中，再也不是一个男人，我永远不会让你担惊受怕了！"

回到老寨的第二天一早，萧天成给煜瑶留下一封信，不辞而别，回重庆办他的报纸去了。

次年春天，他娶了一个在英国人办的银行里做白领的年轻漂亮姑娘。举办婚礼时，除了在重庆读书的一对侄儿侄女，他没有邀请铁关口的任何一个人，包括他的亲弟弟萧天汉，以及近在重庆城的萧天汉母亲与韩超。

如此处置，萧天成明摆着是要与过去的生活一刀两断。

不过，萧天汉还是对得起他这位同父异母的亲哥哥，从洪安洪妍的信中得知萧天成结婚的消息后，他专门派韩长生跑了一趟重庆，给天成送去一份厚重的贺礼：五根金条。

第十六章：中玉回到阔别多年的重庆

仲夏炙人的阳光洒在重庆通远门外一条清冷的小街上，刚过而立之年的赵中玉，回到了阔别多年的重庆。

第一次世界大战结束，中国作为战胜国，却被日本强占去胶州湾，战胜之国反遭奇耻大辱，令身在海外的华工们痛心疾首，恨铁不成钢，皆不愿回国。时逢战后的欧洲各国百废待兴，急需劳动力。因此，在西线参战的十五万华工返国者不过十之一二，绝大多数都留在了欧洲各国。

赵中玉当年离开广州前往欧罗巴时，带走了商铺涂老板所赠的银票和自己的积蓄，此后又在炮火连天的战场上当华工翻译挣了不少洋钱，战后便独自前往意大利、瑞士、荷兰、比利时、奥地利、匈牙利、捷克、波兰等国旅游参观，眼界洞开，思想上颇有收益。

而真正促使他在世界观上有一个重大改变，并因此而改变自己命运的，是他在苏联碰到的一位川东老乡。

在莫斯科期间，赵中玉参加的一次中国留学生演讲会上，台上的主讲人操着四川话向大家宣讲共产主义思想，当谈到目前中国的形势和我们的任务时，赵中玉被台上激动人心的话言所感染，在众人热烈的掌声中，赵中玉站起来走向了主讲人——下川东宣汉人王维舟。

"老乡遇老乡，两眼泪汪汪"，两人自是亲切万分。王维舟时与一批共产党员被中共派往莫斯科东方大学学习。王维舟将赵中玉带至宿舍后，赵得以结识了更多的中共党员。言谈之中，自小便具有强烈英雄情结，不愿人生碌碌无为的赵中玉,不禁对这些胸怀救国济民雄心壮志的新朋友尤为敬重。此后,他又认真读了王维舟给他的几本小册子,《共产党宣言》、《国家与革命》,从马克思列宁的学说中,赵中玉开始认识到,要想拯救国家民族的危亡,使四万万同胞都能有衣有食,只有实行社会主义。他经常和王维舟等共产党人讨论资本主义的弊病,谈论社会主义革命。同时,他还能通过王维舟看到国内办的一些革命报刊,主要是由过去的《新青年》改办的《向导》周报,上面的许多文章都涉及到中国现实的政治问题,对各种政治主张的分歧,对军阀混战,都有具体的分析。赵中玉虽然身在异国,对国内的实际状况还是关心和了解的。正是通过这样的接触和影响,他的思想产生了很大的变化。

赵中玉自小受乃父影响熏染,为人豪爽,出手阔绰,加之谈吐不俗,一直颇受人尊敬。未过多久,他便经王维舟介绍,也入了东大就读。一段时间后,又经王维舟介绍加入了中国共产党。中共驻共产国际代表常来东大给中国学生们上课并指导工作,知晓赵中玉曾参加过欧战,时逢国内革命极需军事人才,便将他和几名同学派往伏龙芝军事学院深造,专习带兵作战之法,为中共培养高级军事人才。赵中玉学成之后,奉调归国,专门从事兵运,参与了四川几乎所有士兵暴动的谋划和指挥工作。

党组织和赵中玉分析了四川当前的形势,认为四川边缘地带地形险恶,民风蛮勇,是军阀势力相对薄弱的地方,军阀横征暴敛,不单普通百姓饥寒交迫,常干出铤而走险的事来,连地主商绅,也不堪忍受盘剥,组织民团为维护自身利益常常和军阀队伍刀枪相向,弄得遍地烽烟,血染山河。要拉武装,这是最好的群众基础。

组织决定赵中玉回到已分别二十年的老家荣昌万灵镇,利用父亲当年留下的人脉,以一己之力,在荣昌拉起一支武装力量,然后进入万灵山,把红旗扯出去,与下川东的红色武装王维舟领导的川东游击军遥相呼应。

这是一个晚霞灿艳,满天流火的傍晚,重庆朝天门码头附近繁华的陕西街上,出现了架着宽边墨镜,头戴博士帽,身穿竹布长衫,胸前别着一枚醒目的维多利亚女王勋章,手里提着一根罗宋棍的赵中玉。

这一年,赵中玉已满三十五岁,皮肤白皙,身材适中,模样英俊而气度潇洒。

赵中玉在陕西街上好的"临江楼"栈房住下,再去朝天门码头买好次日一早的船票。回到栈房里,夜幕已降,从窗口望去,山城的灯火重重叠叠,铺天盖地,煞是好看。

赵中玉冲过凉,摇着折扇,下楼去大堂吃晚饭。

"临江楼"栈房是一家靠陡岩的吊脚楼饭馆,他在靠长江的桌子边落了座,要了一盘卤牛肉,一碟红油凉拌猪耳朵,一碟油炸花生米,一壶白酒,自斟自饮起来。

不多时,便见一高瘦一矮壮两位男人,在门厅处和幺师大声争吵开了。

高瘦男人大骂道:"你他妈狗眼看人低,敢把我们袁大爷看得来没斤没两的,你称二两棉花纺纺(访访),在这重庆下半城,哪个敢不给袁大爷面子?"

幺师低声下气地道:"两位大爷,不是小的不给你们上菜,实在是……这几天你们每顿海吃海喝,吃完就叫把账写在粉牌上,嘴巴一抹,屁股一拍就走人。再大的馆子,也经不住……呃呃,小的索性给你们挑明了吧,老板刚才已经跟我们打了招呼,要你们先把账结了,再给你们上酒上菜。"

矮壮男人"啪"地在桌子上一拍,怒火冲天吼道:"大爷一时手紧,就没资格进你这临江楼了?哼哼,一个丘二,也敢在老子面前卖嘴皮子!滚远点,叫你们老板来和本大爷说话!"

听见吵闹,店里其余幺师连同灶房里的厨师杂役全都提着火钩火钳扁担菜刀拥了出来,恶狠狠将那两个男子团团围住。

人多势众,幺师也陡然长了威风,开口回骂:"姓袁的,哪个不晓得你是这下半城的一条烂滚龙①?你无非仗着操了点三脚猫扁卦,就想骑在我们平头百姓脑壳上屙屎撒尿嗦!"

"日你妈哟!"手提火钩的厨师也骂道,"还有脸在我们面前口口声声充大爷?有钱你龟儿子尽管威风八面当大爷,没钱,就把你那大爷架子给老子收起来!"

幺师越骂越起劲:"空着荷包你两个还敢点一大桌子菜嗨摆!敢到我们临江楼打秋风吃白食的人,还在他妈的娘肚子里窝着哩!不拿钱,你两个狗日的杂皮今天就休想跨出这道门槛!"

食客们见这阵势,担心动刀挂红,血溅到自己身上,纷纷丢下筷子,往店门外拥去。

赵中玉却一动不动,刚才那高瘦男人一出声,他便陡然觉得耳熟,再匆匆一眼看去,果真认出那二人竟是他过去曾同生共死的老友,心中禁不住高兴万分,却又不知二位老友为何落魄到了如此地步,本想立刻上前解围,又怕二人脸上挂不住。于是转念一想,遂招手叫过一位幺师,让他附耳过来,低语几句。

---

① 烂滚龙:四川方言,泼皮、无赖。

第十六章：中玉回到阔别多年的重庆

幺师闻知，顿时喜出望外，马上赶过去招呼众人散去，向着那二人鸡啄米般俯首作揖赔不是。

片刻之间，满天乌云，兀自消散。

那二人大感诧异，举眼环视，蓦地发现了独自坐在一旁的赵中玉。

二人大惊，立时起身奔将过来，失声大叫："我的个天爷，眼前可是赵师爷？"

赵中玉微微笑道："正是中玉。"

二人赶紧按袍哥礼节丢了个拐子，说道："赵师爷，这么些年不见，真是想死兄弟了！"

赵中玉热情地请他二人入座，吩咐幺师，莫管价钱，只管将那上好的酒菜送将上来。

原来，这二人均是赵中玉当年华工四川营中弟兄，矮壮之人叫袁公剑，为人仗义，还担任过四川营的中方营长。高瘦的叫黎胜儿，二人都是与自己共过生死的朋友。

袁公剑道："赵师爷才高八斗，出手阔绰，为人极讲义气，深受弟兄们的拥戴，当初在四川营里就深得鲁斯顿上校的重用，欧战结束后，赵师爷不是留在国外发财么？咋个也回国来了？"

赵中玉简单向他们谈了谈自己的经历，当然涉及到共产党内部的事，自不会告之，随后问道："我原想当初大难不死的弟兄们回到国内，凭着在海外生死场上闯荡的阅历，当能如鱼得水，日子过得红火滋润。没想刚才看见那一幕，方知二位弟兄，一路走得似乎不太顺畅哩。"

听罢二人述说，赵中玉方知他们回到重庆后，生活无以为继，始而在朝天门码头当苦力，后来仗着有点拳脚功夫，打起架来下得狠手，就被控制着朝天门码头的袍哥舵把子石泰中弄去当了打手，帮着石大爷催收各个行帮的保护费。一月前，因二人私吞保护费的事情被人告发，挨石大爷打了板子，逐出会门，二人无法，只好又到码头上重新当上了苦力。

赵中玉深知二人禀性，虽说身上沾染不少城市流氓的劣性，却因自小混迹下层社会，打起仗来不顾死活，十分勇悍。而且为人尤为仗义，但凡是朋友相求，三刀六洞、火海刀山也绝不会皱一下眉头。他眼下急欲拉武装，最需要能为自己冲锋陷阵，舍生忘死之辈，袁黎正是可用之人。

拿定主意，赵中玉遂开言道："眼下这兵荒马乱的年月，倘若两位兄弟暂时无事可做，能否随我前往我的桑梓之地荣昌万灵镇，瞅准机会，干他一番轰轰烈烈的大事？"

黎胜儿喜出望外，赶紧道："赵师爷当初在四川营，便不端架子，肯拿我们这些猪狗不如的华工当人看，时时事事，总是照看着我们。那时弟兄们便在背后议论，赵师爷不是凡人，定是出将入相之辈。如今得着机会，跟着赵师爷鞍前马后效力，我们还能不答应么？"

袁公剑也道："赵师爷不嫌我和黎胜儿下贱，还有啥说的，今后但凡赵师爷说的，我们便泼出命去干！"

赵中玉索性再进一步，坦然言道："我在四川是出了名的红脑壳，刘湘、杨森、刘文辉，个个军阀都想要我的性命，跟着我干，就得先把脑壳摘下来掖在裤腰带上！"

袁公剑慨然道："我们不管你是红脑壳还是白脑壳，只认赵师爷是个对红心，待人落教。"

黎胜儿道："赵师爷真是共产党，我和袁哥从现刻起，也就算上了共产党这条船。从今往后，我和袁哥就只长手脚不长脑壳，你叫我们干啥，我们就干啥。"

袁公剑又道："赵师爷若是信不过我们，我和黎胜儿马上叫么师拿把菜刀，一人在这桌子上剁下一根手指头，向你表明心迹。"

赵中玉赶紧道："兄弟相交，诚信为重，承诺是金。"

待到酒足饭饱，赵中玉付过账，带着二人再去朝天门买了两张船票，方回栈房休息。

次日一早，三人便乘英商太古公司的上水轮船"明通"号驰抵泸州。第二天上午，赵中玉和袁公剑、黎胜儿去码头登上了前往泸县福集镇的汽划子，到福集镇后再改乘前往荣昌的木船。

赵中玉待在船舱里有意和同船之人聊起荣昌的情况。这才知道，荣昌这些年和全川的情况别无二样，头一年还遇上了特大暴风冰雹，庄稼受灾严重，只有寻常年间三四成的收成。灾民饿死的不少，杀子而食的报道，屡屡见诸报端。四川自古便有天府之国的别称，的确是个富庶的好地方，可即便是金窝银窝，也经不住军阀们这样五抢六夺呀，四川军阀人人想做"四川王"，为争抢地盘打得来昏天黑地。荣昌县也是今天过虎，明天过狼，过一拨军队刮一层地皮。别说荣昌县城，就连不少乡场，也被搜刮一空。军阀仍不罢休，还强迫农民大种罂粟，以上缴烟土，来代替赋税。

眼见得船离荣昌越来越近，赵中玉思念故乡之情便愈发地不可抑止。自从离开荣昌,赵中玉已经整整二十个年头没有回去过一次,真个是江山依旧,物是人非。置身炮火连天的欧洲战场,他想家乡,想得要命,回到四川,他才得知,他的未婚妻傅筱竺不但没有死,还成了郑稷之的二姨太,国人自来视杀父为最大之仇,夺妻为最大之辱,这无疑成了他心中最深的难言之隐,既对郑稷之恨之入骨,也对傅筱竺此举耿耿于怀,他更想知道的是筱竺嫁与仇家的真正原因。

正因为心中有着这难言之痛,回国后这么长的时间里,他才从未回过一次荣昌。

船到西宁门水码头,正是落霞时分。赵中玉等人走下栈桥,轿夫们争相拥上前来揽生意。

赵中玉上了一乘滑竿。

轿夫躬躬腰:"请问先生去哪堂?"

赵中玉随口道:"去金钗井和顺栈房。"

在他的记忆中,金钗井不仅地势僻静,更重要的是和顺栈房的老板曹和顺,原是他爹爹堂口上的一名老幺。

年纪稍大的轿夫道:"先生不知,和顺栈号早就改名了,原来的曹老板勾结土匪参加谋反被砍了脑壳,铺号盘给了肖银山,改做折扇厂了。先生,我听你口音,也是这荣昌人,想必是多年没有回来过了吧?"

赵中玉心中一痛,索然道:"无须多问,那就去十字街口兴隆客栈好了。"

滑竿上了石梯坎,向着城门洞子而去。

赵中玉到得城中最好的兴隆客栈,要了一间单人房,给袁公剑、黎胜儿二人另要了一间。

三人一起吃过晚饭,庞黎二人便急慌慌赶到南华宫戏园子看戏去了。

赵中玉去水房冲了个凉,天色已经黑透,便换上一件竹布长衫,依旧戴上墨镜,乘着夜色,独自出门而去。

荣昌县城里的每一条街巷,每一栋房屋,对赵中玉来说,都是太熟悉不过了。顺着长街没走几步,他远远隐身在檐下暗处,目视着那隐入浓重夜色之中,早已被郑稷之霸占的赵家祖宅。最醒目的,莫过屹立在大门两侧那几株巨大的黄桷树。谁也说不上这几株黄桷树有多少年的历史了,每一株腰身都约有十来人合围粗壮,树形奇特诡谲,大枝横伸,小枝斜出,浓绿团簇,傲指苍穹。团团簇簇的老根更是一绝,悬根露爪,吞石吐岩,看上去既敦厚,又苍凉。此刻,赵中玉仿佛看见那门楼前的旗杆顶上,高悬着一面上绣"南北通武馆"的大幡,仍在迎风招展,猎猎作响……他生于斯,长于斯,那里,曾是他赵家历代居住之地。而如今,家人被屠,祖宅被占……泪水尚未流出眼眶便已被心中猎猎冲腾的怒火烤干,他的淌血的心在一个劲地狂啸:"爹,儿子无能,至今未能给你们报仇雪恨!"

赵中玉正在夜色中遥望着早已被仇人夺占的自家老宅痛苦自责,却万万没有想到,一场杀身之祸,正隐隐向他袭来。

第十七章：鬼门关前走一遭

赵中玉尚不知，在对待共产党这一个问题上，原本为争夺防区打得头破血流的刘湘、刘文辉、杨森等四川大军阀们，可以携起手来，联合对敌。就在他离开重庆不久，由于叛徒出卖，四川省委几乎被军阀们一锅端掉，连省委书记徐正清，也未能幸免。随即产生的多米诺骨牌效应，共产党人赵中玉已被纳入了特务机关的视线。"从速缉捕四川奸党要犯赵中玉"的电文，已经发到了全川各县政府和保安司令部、警察署，连他的出生之地的荣昌县政府衙门，三天前也收到了由重庆发来的协查通报。

他更不知，他的死敌荣昌县长郑稷之接到电文，既惊又喜，近二十年来，郑稷之无时无刻不记挂着赵庆云留在世间的这个独生儿子，当年他捕杀了赵庆云满门后，也曾派其弟郑稷生和警备队长胡之刚带人前往重庆求精中学斩草除根，可惜迟了一步。以后听说赵中玉去了广州，他又派出两名亲信前往广州，并吩咐："不杀掉赵中玉你二人不要回来！"从那以后，他就再也没有听到过赵中玉的名字，原以为此人早已不在人世了，没想到他不但活着，还成个名震全川的红脑壳。

郑稷之接到电文，连夜督令胡之刚布置警员，以各种身份隐于民间，并发动眼线，张开大网，谁能搞到赵中玉的消息，谁能抓住赵中玉，一概给以重金奖励。

虽然郑稷之曾见过少年时的赵中玉，但二十年过去，记得也不甚真切，如今即便是赵中玉出现在他眼前，恐怕也是一眼认不出来的。但凭着协查通报上关于赵中玉的经历与面相特征，他吩咐手下，但凡看上去三十岁左右，操荣昌口音，相貌英俊，带书卷气的男人，一概先抓后审，绝不能让赵中玉漏网。

而这日赵中玉刚到荣昌，便让早就守候在码头上的警备队小队长白仲杨注意上了。

白仲杨和另一位绰号蛮牛的警丁装扮成抬滑竿的轿夫，已经在荣昌码头上守候了三天。赵中玉今日刚刚一登上栈桥，他眼前一亮，脑海中立即便与那"缉捕对象"的面相特征对上了号。

白仲杨上前将生意抢在手中，与客人说了几句话，更觉得此人的可疑，又兀地添了几分。

白仲杨之所以没有当场拿人，是看见那客人气宇轩昂，胸前还别着一枚稀奇古怪，上面还有个尖鼻子深眼窝洋老太婆的奖章，害怕此人是吃洋饭的买办，故而不敢造次。将客人抬至兴隆客栈后，他吩咐蛮牛在门外远远盯着，自己赶紧回去向胡之刚报告。

胡之刚也让那有着"洋老太婆"像的奖章弄得不敢不谨慎，思忖片刻，然后叫着白仲杨的绰号吩咐道："羊子，你快些带几个兄弟去兴隆客栈把人给我看牢，千万莫给哥子我弄丢了。我这就赶去向县长报告。"

白仲杨带着几名换上便装的警丁，重返兴隆客栈门外，小心监视。

不一会儿，便见与那年轻人同行的一高一矮两个男人出了栈房，说着话儿向大街上走去。

白仲杨急忙吩咐几名警丁悄悄跟了上去。

待胡之刚满头大汗赶到县衙，不料门上告诉他，郑县长刚刚吃过晚饭，和三姨太罗芸花到南华宫戏园子看戏去了。

胡之刚赶紧掉头，向着南华宫疾奔而去。

郑稷之得到报告，马上从戏园子出来，厉声呵斥胡之刚："你他妈简直是个榆木脑壳，既然八九不离十，你还跑来向我报告个啥子？为啥不先把人抓起来！"

胡之刚道："他要是个一般的中国人，我当然早就抓了，可是，这人胸口上别着一块奖章，奖章上还有个洋老太婆的脑壳，涉外无小事，我担心弄出祸事来，给县长添麻烦，就没敢先动手。"

郑稷之思忖了片刻，说道："这还不简单？我马上回大堂上等着，你恭恭敬敬地把这人给我请来。哼哼，不怕过了二十来年，那娃娃小时候的样子我还是记得一些的，是与不是，我大致一眼能够认出来。要弄错了，我给他作个揖，道个歉，请他走人。要真是赵庆云的独生儿子，那他就是自投罗网，自己不想活了。"

赵中玉在荣昌大街小巷走了一遭，搜寻了一些儿时记忆，然后在一个街边小摊上,要了一盘卤鹅儿肉,一碗豌豆杂酱铺盖面,一碗红油黄凉粉,把久违了的家乡小吃,吃了个舒舒服服,巴巴适适。这才回到兴隆客栈,上楼进到自己房间里,脱了长衫,扔在床上,又将腰间的手枪抽出,塞在枕头下面。

这时候,便听见有人轻轻敲门,紧跟着听见肖老板轻声细语地言道:"先生请开一下门,夜里蚊虫多,我把蚊香给你送来了。"

赵中玉上前将门打开,猛地看见肖老板身后立着三名身穿黑色制服,头戴白箍大盖帽的警官,虎视眈眈地瞪着他,心中陡然一诧,情知不妙。

肖老板尴尬言道:"呃呃……这位是……县上警备队的胡队长……他来了一阵了……说是找你有要紧的事情。"

胡之刚目光落在赵中玉胸前的奖章上,口中客气却又露着不容商量的神情说:"先生,本队长有事请你去协助调查一下,请吧。"

赵中玉强作镇定说道:"胡队长,恐怕是误会了吧?"

胡之刚道:"先生不要紧张,是不是误会,只需耽误先生片刻工夫,便可知道。"

赵中玉支吾道:"那好,那好,等我把衣裳穿起再走。"说罢装着去床边拿长衫,猛地将手插向枕头下面。不料那三人早有防备,恶虎一般扑将上来,将他牢牢压在床上,夺过手枪,掏出手铐将他铐了。

胡之刚把手枪接过看了看,得意地笑道:"看来已经用不着核实你的身份了……赵中玉先生,请。"

赵中玉心中暗自一声长叹,没想自己一时不慎,居然会在桑梓之地翻了船!

赵中玉被押到县衙大厅,郑稷之立即吩咐胡之刚、白仲杨等人大刑伺候。一顿"杀威棒",再加老虎凳,先将赵中玉打得血肉模糊,退掉神光,然后再开始发话审问。

郑稷之盯着仇家之子变成了一堆血泊中的烂肉,心情好不舒畅,故意拖着嗓子慢悠悠问:"赵家小儿,还认得本夫么?"

赵中玉忍住疼痛,双手颤抖着撑持起身子,昂起头来直视着郑稷之回道:"姓郑的……无须多问,要杀便杀……今日落在老贼手里……我便早已绝了……活命念头。"

郑稷之问:"我现在倒愿意老老实实地告诉你,你落到我手里,有两条理由必死。一是我已杀了你全家,我若不杀你,岂不是斩草不除根,自留祸患? 其二,你是个全川有名的红脑壳,刘湘、杨森、刘文辉都在四处派人追杀你。所以我杀你,既是为私,更是为公。不过,我倒想问问,你这个在美国人办的教会学校里培养出来的高材生,为啥也要参加共产党?"

赵中玉咬牙切齿道:"这还需得问么?为了杀尽……你们这些……贪官污吏……土豪劣绅!"

郑稷之冷冷一笑,既含讥刺又带威胁地说道:"共产匪党,果真是顽冥不化,至死也不忘替共产党蛊惑人心。赵中玉,你若是想当一回这样的英雄,本县长倒是可以帮你这个忙。"

赵中玉气喘吁吁,向着郑稷之一拱手,言道:"郑大老爷……如此抬爱本人,那中玉就……先在这里谢了。"

郑稷之不能容忍赵中玉在他面前保持着这股冷傲之气,开口言道:"赵中玉,年纪轻轻,死到临头,想必心中定有不少感慨吧?"

赵中玉冷冷看着他,回道:"要杀要剐,给我个痛快!"

"死,那是必然之事。不过,俗话说人之将死,其言亦真,我倒想问问你,如今沦为待死之囚,你那心里,果真就没有一丝后悔?"

赵中玉脸上露出一丝笑容,平静说道:"世上没有不死之人。中玉是为千千万万穷苦百姓求自由,争解放而死。无数种死法中,此为最优也。"

"死到临头,竟敢说此为最优。我告诉你,我已决定将你大辟。我倒要看看,昔日不可一世的赵庆云留下的独生儿子,是怎样脑壳落地的。"

赵中玉被抬进死牢,这才看见,袁公剑与黎胜儿也被缉拿了进来,而且同样是受过酷刑,遍体鳞伤。

赵中玉早将自己生死置之度外,唯见两位兄弟,刚和自己相聚了不多日子,便白白陪他搭上性命,禁不住心中涌起一阵悲伤,说道:"中玉无能,害得你两个也陪我去丰都城做鬼。"

袁公剑道:"赵师爷何须说这样的话?在重庆时我们就曾发誓要跟着你出生入死。赵师爷是贵人,能得着机会和你共赴黄泉,是我和胜儿的福分。"

黎胜儿也道:"人活百岁,横竖也是个死。想当年我们四川营五百多个华工,活下来的也就不到一百。赵师爷休要难过,胜儿命贱,活在这世上也如同蝼蚁。只可惜,原想跟着赵师爷干上一番轰轰烈烈的大事,这下可是捞不着机会了。"

郑稷之不费吹灰之力将共匪要犯赵中玉抓获,喜出望外之余,他暗忖赵中玉既然如此了得,连刘湘、杨森、刘文辉那样的大军头都视他为心腹大患,欲除之而不能,如今落到自己手中,为自己身家性命考虑,也不能让他在这世上多活上一天,不仅要杀,而且要杀出姓郑的威风来。杀了赵中玉,再向上峰邀功请赏,不给他半分逃脱的机会。

拿定主意,郑稷之当即命胡之刚将赵中玉押入死牢,又特地挑选了一个逢场的闹热日子,让文案师爷拟出布告,昭告全县,定于后日上午押往县城西宁门外,在濑溪河边公开大辟。

砍个人的脑壳很容易,可是,要"杀出姓郑的威风来",就不是一件容易的事了。

在民国以前,犯了死罪的人一律都是当街砍脑壳。那是专业的杀人派头,有捧刀手,有刽子手,有装运犯人的站笼,还有骑着高头大马手捧令札的监斩官,和提着红黑棍与大刀长矛的护卫队。可民国以后,改施新政,处决死刑犯早已改为了用枪打后脑壳,一枪毙命,平淡无奇。中年以上的老百姓过去对砍脑壳的场面见多了,难免就有个比较,你郑稷之这回要搞大辟,要"杀出威风",心中既感到新奇,又有些犯疑,靠胡之刚、白仲杨那帮黑皮警丁,能够杀出威风么?砍脑壳,那可是个技术含量很高的活儿。

为追求这威风,郑稷之和胡之刚确实也动了一番脑筋。他俩像翻老古董一样,好不容易才打听到前朝时候,在县衙门里一个专门砍了二十多年人脑壳的职业刽子手至今还活在人世,不仅活在人世,而且就活在这荣昌城里!

这人叫袁占山,虽已近花甲之年,却天生一副出色的身架子,出色的脸膛子,和一大把堪与关公媲美的长胡子。他长得奇高奇宽奇厚,而绝不让人觉着他皮泡肉松。那脸膛,以前当职业刽子手时长年用紫云参擦抹,早已失去本色,勃放出红通通豪光来。两只不大的眼睛,虽无关公丹凤眼模样,倘一鼓眼,也凛然生出神威。尤其是那一大把油润黑亮,全无一根杂毛的美髯,在胸前拂摇飘洒,更活脱脱显出一股令人敬畏的神威之气。

袁占山在县衙门专司砍脑壳的活儿时,还带了两个徒弟,一个叫肖国明,一个叫韦中英,民国以后改施新政,不用砍脑壳了,所以就被砸了饭碗,去西宁门外的西河街上开了一家临河茶馆,笑迎八方客,求个肚儿圆。肖国明回老家五通桥开了家木器行,后来得病死了。韦中英则在荣昌安富镇街口上开了一家宰房,由杀人为业,改成了杀猪谋生。

这天一大早,白仲杨就亲自到西河街去把袁占山请到警备队,由胡之刚向袁占山交代任务,讲定酬金。袁占山脚杆还没跨出警备队大门,县衙门的勾红布告已经上了街。布告用的骈散体，文夹白，有韵有辙，慷慨激昂，大意是四川共匪头子赵中玉，实乃川东巨匪赵庆云之子，父子二人，罪恶累累，人神共愤，父亲早已被诛，儿子也难逃一死，可谓天网恢恢，疏而不漏。云云。

布告一上街，已经沉寂了二十来年的袁占山，重新又成为了荣昌县城的头号新闻人物。

且说袁占山从警备队回到西河街茶馆，立即把他徒弟韦中英叫来吩咐，马上去找一吊铜钱，顺便去米市街面馆预订三十个馒头备用。

之后，袁占山叫堂倌响皮打开铺板，自己泡了一壶浓茶，在堂口正中那张桌子的上八位上坐下，一面喝茶一面发话道："响皮，明天要出大缺（砍脑壳），哥子我要做个大活路。你马上帮我放出话去，明天要砍三个，为首那赵中玉，可不是个等闲之辈，老汉赵庆云，是荣昌城仁字堂口上的舵把子，死前在四川都是'嗨'得转的人物。儿子赵中玉当过华工翻译，打过欧战，后来又是四川共产党里的大红脑壳，再不济也算得个人物哩。你就说我袁占山要卖这好汉的人血钱和人血馒头，血钱半块洋钱一个，血馒头两角生洋一个，要买带趁早，这赵中玉是真资格的对红心，血钱镇邪除怪，灵验得很，血馒头医五痨七伤，药到病除，要买的要带的，明天到法场上来，现钱现货，事完之后，哥子我赏你一块大洋作酒钱。"

响皮连忙作揖说："兄弟谢了，跑腿算我的。"

太阳还不到一竿子高，袁家茶馆里，早已茶客爆满，与其说大家是来喝茶，不如说是前来听袁占山大吹特吹砍头经的。

一个老汉给袁占山捧场说："你老弟这么多年没过瘾了，明天一定要露露真功夫，来个'带把儿'的，给如今的年轻人开开眼。"

袁占山心中熨贴，却故意做出副虚怀若谷的样儿道："这么多年没练了，手艺丢生了，莫说'带把儿'，就是能咔嚓一声，刀起头落也不简单哩。"

随后，袁占山就得意洋洋地说起他过去的行道来，什么学砍脑壳要先学磨鬼头刀，把刀口磨薄，用指甲一弹都能发出脆生生的响声啦，以及练刀法要先用芭蕉头弹好墨线放在板凳上，一刀一刀照着墨线砍，墨线如何由稀到密，直练到齐线削直芭蕉头不倒，就像刀功得了的厨师片凉白肉一样啦，最后还要练在夜间砍明火香头，直待要练到砍下香头香不倒，才算出师等等……

听得一帮茶客，耳朵直扇。

有人又问："这么说，'带把儿'就更不简单啰？"

"那还消说！"袁占山提高声调道，"百闻不如一见，明天各位到法场上去看一看就晓得了。"他边说边比画,"这挥刀、落刀、拍颈、踢脚、'忍刀',都极有讲究的,这'把儿'宽过了两寸,就算不得上乘功夫了。"

"这回'带把儿',袁大爷不晓得要弄好多财喜呵?"有人又问。

"屁!这回是县大老爷亲口交办的公事,我能厚起脸皮去讲价钱么?郑县长开口给十块,我就收十块……"说这话那副模样,好像他刚刚去县衙和郑稷之当面锣对面鼓地讲过价钱才回来似的。

其实胡之刚给他的价,不过五块大洋,此刻从袁占山嘴巴里出来,便陡地翻了一倍,让茶客们个个羡慕得眼珠子充血。

"当然,要是尸亲找我的话,那就不同了。"袁占山把巴掌举起翻了两番,"少说也是这个数。只可惜,这赵家满屋人都死光了,一个尸亲也没有。"

第二天上午,城里城外的老百姓,涌涌荡荡,把西宁门通往濑溪河边的长长街面都扎断了。

由胡之刚手下的警备队、监斩官、还有四名号手以及用木板车临时赶做的三辆站笼,早已在县大监院内的坝子上列队站好。

袁占山也带着挎着装上铜钱和馒头的大口袋的徒弟韦中英早早地赶来候差。

两人均从衣箱底翻拣出当年做职业剑子手时的装束,全身披挂起来,看上去与川戏舞台上的剑子手一般无二。

不到十点钟,满城百姓忽听得县大监方向吹起了长声吆吆的反音号,犹似有人在喊"挨刀——!""挨刀——!"

号声由远而近,前面两名黑皮警丁各举一块高脚牌子,一块上写着"赵匪中玉",一块写着"如此下场"。高脚牌后面四名警丁手持军号,不断吹奏出凄厉的声音,再后又是白仲杨率领的一队荷枪实弹的警丁。中间三辆板车上的站笼里则是赤裸上身五花大绑背插斩标的赵中玉、袁公剑、黎胜儿。

笼车后面,就是挺脑凸肚,大摇大摆迈着步子的袁占山。他头上缠着青丝帕包头,左耳边吊起指天恨地的包头尾子,身披黑红色大氅,上穿密门对襟紧身,下穿蓝色兜裆裤子,腿缠裹腿,脚蹬满耳红花草鞋。身后,则是双手捧着鬼头刀的徒弟韦中英。后面又是一排持枪警丁,最后是骑在马上的监斩官胡之刚,向着西宁门洞子一路缓缓而来。

押解红差的队伍后面,看热闹的老百姓牵起线线一浪一浪地往前涌。

就在此时,熙熙攘攘的人群中,出现了萧天汉、金煜瑶、孙妙玉、韩长生、关氏兄妹、王鸣越、田真孝、刘逵等人的身影。还有更多的飞龙会弟兄,装扮成农民、猎户、船工,以及卖菜的,下力的,跑马帮的,一个个不动声色,跟在了押解红差的队伍后面。

原来,飞龙会布在城里的眼线周兴将郑稷之要大辟赵庆云之子赵中玉的布告偷偷揭了,遣人送回铁关口,萧天汉金煜瑶立即萌发了劫法场冒死相救的念头。幼时,他和萧天成被父亲送到万灵镇长期得赵家资助的尔雅书院发蒙,和赵中玉、傅筱竺有着一段同窗之谊。前些时,郑稷之又伙同贺白驹入山清剿,杀他弟兄,夺他地盘,掠他财产,将他逼上了绝路,要不是杨森突发急电将贺白驹调走,连飞龙会和他萧天汉也差一点完蛋。加上金煜瑶经常和他那群打打杀杀的弟兄讨论飞龙会今后的出路,赵中玉见多识广,定会为飞龙会的今后有所帮助。萧天汉金煜瑶决定劫法场救出中玉,不仅保住赵庆云的一脉香火,为飞龙会招揽人才,为自己报得深仇大恨,也给郑稷之一点颜色看看,让姓郑的明白一个道理,他欠下飞龙会的血债,迟早是要加倍偿还的!

此时,西宁门城楼上摆开了一长排桌子,郑稷之、郑稷生兄弟俩和县上的名流商绅,济济一堂,一边喝着盖碗茶说话,一边等着观赏赵中玉脑壳落地。

郑稷之的大老婆长期吃斋念佛,自不会来看这血沽淋当的场合,坐在他左右两侧的,是二姨太傅筱竺和三姨太罗芸花。

郑稷生的老婆小妾,也都坐在长桌旁边,嗑着瓜子说着话。

最苦的是那傅筱竺,当年赵庆云起义惨死,其父绝食身亡,十三岁的她被郑稷之弄到大老婆房里做了丫头,十六岁那年郑稷之强奸了她,收她做了二房。自从到了郑稷之的家,傅筱竺活着的唯一精神支柱就是赵中玉,她心里放不下他,她无数次准备自杀都因眼前总是出现中玉回来找不到她的情景而放弃,她盼着赵中玉回来,回来解救她。天天等月月盼,度日如年的她,三十岁刚出头,耳根便已出现了些许白发。

当傅筱竺闻知失踪已经二十年的赵中玉刚回荣昌县城,便落入郑稷之手中,被折磨得死去活来后,即将遭公开大辟,她哀哀哭了整整一夜,哭得两只眼睛肿得像红杏一样,可今天仍被郑稷之强逼着前来观看砍赵中玉的脑壳。看着昔日未婚夫惨死眼前,自己却无力营救,她只有眼泪往心里流淌,并准备好与中玉同向黄泉而去。

郑稷之今天万分得意,不仅法场警戒森严,还安排几名保镖和家丁准备下鞭炮,一待赵中玉人头落地,便要点炮庆贺。

这时候,从县城上游方向,三艘大篷船顺流而下,光着上身裸露着一身乌肉的

第十七章：鬼门关前走一遭

桡手们大声喊着号子,划动着桡片,篷船像离弦之箭般向着下游窜来。

死到临头,赵中玉在众目睽睽之下也豁出去了,露在站笼顶部一个窟窿上面的脑壳左顾右盼,一路上从容高喊:"中华苏维埃万岁!共产党万岁!"还大声吟哦出一首时人皆能背诵的著名绝句,借以言志:"慷慨歌燕市,从容作楚囚;引刀成一快,不负少年头。"

死到临头,袁公剑、黎胜儿本已吓得尿滴,但见赵中玉视死如归,如此英勇,不禁受到感染,想伸头是一刀,缩头也是一刀,横竖一个死,何不像赵中玉一样,即便脑壳落地也要在世人面前留下一副英雄模样。他俩听见赵中玉沿途高呼口号,吟诵诗歌,也本想跟着喊,却暗忖连那苏维埃是个啥玩意儿也不懂,共产党虽然听说过,却与自己无甚关系,喊起来隔皮隔肉地觉着生分,诗文则更是浅学,便模仿着川戏舞台上英雄豪杰上杀场的样儿,扭着脑壳放声高喊:"各位父老乡亲道谢了!""二十年后,老子又是一条顶天立地的英雄好汉!"居然也能激起看官们一片掌声。

眼见着笼车出了西宁城门,上了窄窄的西河街,赵中玉扭头冲着城楼上的郑稷之怒骂道:"姓郑的,我一时不慎,栽在你这老贼手里,我今日就是死了,也要在阴曹地府等着你算账!"

陡地,赵中玉一眼看见了坐在郑稷之旁边的傅筱竺……他猛然一震,好似面门上陡然中了一枪!霎时胸中犹如撕肝裂肺般一痛!仅仅一瞬,他立即转过头去,视作不见。

傅筱竺猛地站起来,痴视着赵中玉,嘴唇颤抖,却出不来声。

郑稷之偏过头,阴沉着脸"哼"了一声。傅筱竺无奈,只好重新坐下,目视着赵中玉被解差拖出站笼,架着双臂,押下河滩。

沿河滩而建的西河街大都是吊脚楼式的房屋,临河住户们临时开发出一笔生意,收一角生洋,让人到自家后窗口居高临下看砍脑壳。生意居然奇好,直挤得家家楼板"吱吱嘎嘎"响,吊脚楼直晃荡。

萧天汉、金煜瑶、孙妙玉和关氏兄妹等,也拥进了袁占山开的茶馆里。

河滩上的法场上早已布满武装警丁,将闲人驱散。

队伍终于顺着陡峭的石阶下了河坎,来到了法场上。河边上早已铺上了三块红毡。

这时,只听骑在马上的胡之刚一声令下:"成散兵线散开!"

随队伍下到河滩上的黑皮警丁便齐铺铺地散开,像梅花桩一样站起,端着步枪警戒,法场上顿时杀气腾腾。

几名解差将赵中玉、袁公剑、黎胜儿挟持着走到红毡中间,三名死囚背靠濑溪河,面朝万人涌动的西河街,大模大样地盘腿坐下。

警丁抽掉袁公剑背上的斩标时,他也横下心想在众人面前英雄一把,竟冲着手提鬼头刀的袁占山咧嘴一笑,说道:"兄弟只求速死,还望大哥落教些,给我做利索点。"说罢,鼓起双眼,伸直脖子,等着吃刀。

袁占山笑嘻嘻道:"这砍脑壳也得挨着轮子来,先砍首犯,然后才轮得着你两个从犯。"

待监斩官赵之刚手中高举的马刀猛地往下一挥,袁占山一个箭步上前,站在赵中玉身后,十分威风地拂了一把长髯,说声:"兄弟值价,我不会让你尸首分家的。"话音刚落,双手高高举起鬼头刀,便要发力往下砍。

就在这要命关头,只听"砰、砰"两声枪响,万目睽睽之下,众人看得真切,红毡上的赵中玉依然坐得稳稳当当,而原本立在他身后的袁占山,反倒一头栽倒在了红毡上。

这两枪,是金煜瑶左右开弓打的。

她的两支驳壳枪一响,萧天汉立即将裹在一张虎皮中的捷克式轻机关枪抽出来,架在窗沿上便对着河滩开了火。那"嗒嗒嗒嗒"的声音真是令人心花怒放,只见河滩上的黑皮警丁像在狂风中打旋的草棵子般倒了下去。孙妙玉自然也没闲着,掏出枪来向着河滩上放个不停。混在临河住户中的关清财关五香兄妹,以及挤在河坎上密密麻麻人群里的王鸣越、韩长生、刘遂、洪真孝等飞龙会头领也掏出家伙,指挥弟兄们一齐动手,到处响起了爆豆子般的枪声。

顿时,西河街上一片大乱,看热闹的百姓惶惶大喊:"劫法场啦!强人劫法场啦!"边喊,边争先恐后没命地往城门洞子奔去。

郑稷之等人一看大事不好,情急之下指着河滩上的赵中玉,急叫保镖开枪。

保镖拔出枪来,瞄准河滩上的赵中玉刚要扣动扳机,傅筱竺飞快地端起盖碗茶,将滚烫的茶水猛地泼在保镖手上,痛得保镖一声惊叫。

郑稷之大怒,挥起手杖便向筱竺头上打去。这当儿正好一串机关枪子弹扫来,保镖"扑"地倒地,鲜血脑浆溅了郑稷之一身。吓得他魂飞魄散,丢下傅筱竺,在几名家丁的护卫下,扭头奔下城楼往城里逃去。余下的名流商绅女眷,或跟着他逃命,或惶急无措,也顾不得面子了,索性将身子一缩,一头钻进桌子下面躲藏。

唯有傅筱竺喜出望外,毫不顾自家安危,起身离座,伏身在墙垛上,热泪涟涟,

第十七章：鬼门关前走一遭

惊喜欲狂地向着那直挺挺坐在红毡上，已经转危为安的赵中玉拼命挥动手绢。

赵中玉也直愣愣瞪着城楼上的傅筱竺，激动不已，嘴巴猛地张开，却出不来音，挣扎着想站起来，却动不了身。

这时，几只篷船已快到江边，船舱里"哗啦"拥出一帮身穿"勇"字号褂的骠壮汉子。

为首打扮得如同武松武二爷一样的壮汉，正是峡口寨掌堂庞龙。只听他一声唿哨，弟兄们趴在船帮上，频频向着河滩上的黑皮警丁射击。

胡之刚一见河坎上大河中全是强人，弹雨如蝗，吓得他掉转马头，扬鞭催马，没命地往下游飞奔。河滩上尚未中弹的黑皮警丁此时也被这突然袭击打懵了，正不知往哪儿逃命，一见胡之刚策马狂奔，似乎才陡然醒悟过来，一窝蜂跟了上去。

就在这一团乱纷纷之中，萧天汉、金煜瑶、孙妙玉等人从茶馆窗口跃下河坎，一边放枪一边吼喊着大步冲下河滩，有的弟兄忙着捡枪，有的将袁公剑、黎胜儿手上绳子割断。

关清财将赵中玉背在背上，向着江边飞跑。

眨眼之间，众弟兄飞快地上了三艘大篷船，桡手猛力划桨，扯起风帆，舵工掉转船头，浩荡江风鼓张起船帆，飞快地向着上游去了。

待船儿离了西宁门码头，到了安全地界，萧天汉一头钻进船舱，蹲下身大声吼道："中玉兄弟，你还认得哥哥么？"

赵中玉在萧天汉肩上重重擂了一拳头，大叫道："哎呀呀，中玉咋能不认识你？天汉大哥，你是从天上掉下来的么？中玉能从鬼门关逃回来，这辈子欠你的情分……重呐！"

萧天汉笑道："不要谢我，救你的是你嫂子，要不是你嫂子枪法精准，你那脑壳早就没长在你颈子上了。"脑壳一甩喊道，"煜瑶，快过来，和中玉见个面。我不是和你吹牛吧，我这个小老弟，从小样儿就长得少有的乖俊，你看是不是呀？"

看到金煜瑶，赵中玉眼前一亮，惊诧不已，心中暗叫天汉从哪儿娶了个欧洲老婆？嘴上说的却是："那我就欠嫂子一条命了！啊，敢问嫂子是……？"

金煜瑶乍一看见赵中玉，猛然一怔，满面狂喜地大叫起来，"哎呀，是你呀！我认识你！我认识你！"

萧天汉愣住了："这才怪了，你和中玉从没见过面啊，咋会认识他？"

连赵中玉也好生诧异，惊道："你认识我——"再一看，猛地一声大叫，"哦，想起来了，那还是我在重庆求精中学读书时，有一次去上半城，看见你路见不平，拔

189

刀相助……"

金煜瑶："对呀，要不是你出手帮我，我还差点吃了那恶少的亏哩！还记得么，我们在关公像前立的誓？"

赵中玉金煜瑶几乎同时单手指着对方的脸说出了"要做有利天下之人！"的血誓。

赵中玉上下打量着金煜瑶，高鼻子大眼睛，看上去就是一个地地道道外国人，诧异地问道："嫂子，你怎么……"

"哈，你是看我这模样儿长得和你们不太一样，对不对？"金煜瑶看到赵中玉眼中满是疑惑，大方地说道，"我爸爸是中国人，妈妈是法国人，我是一个混血儿。"

"混血儿？"赵中玉改用法语道，"你妈妈是法国人！啊啊，我可是在法兰西打过仗的哦！"

"什么？"金煜瑶惊喜不已，也改用法语问，"你在法兰西打过仗？"

赵中玉用法语回答："对呀。我们到西线的十五万华工，虽然名义上是英国人招募去的，拿的也是英国人的工钱，可实际上只是从英国路过了一下，根本没在英国待。"

金煜瑶问："你是哪一年去的？"

赵中玉说："一九一四年年底呀，我们坐英国轮船出发，越太平洋，穿加拿大，在加拿大的哈利法克斯港再上船横渡大西洋，八天后才到达英国的利物浦。我们下船时，几列火车已经停在了码头上，未得片刻休息，又即刻登上火车，连夜开拔，第二天早晨就到达了英吉利海峡西岸的福克斯镇。马上登船渡过英吉利海峡，到了法国东海岸加莱地区一个叫骆耶耳的地方。在那里领装备，编队。自那以后，在长达两年多的时间里，我们就一直在法国的土地上和德国人打仗。"

萧天汉叫了起来："嗨，你两个就像口袋装茄子，叽里咕噜说些啥子哟？能不能说大家都听得懂的话呀？"又道："天成你不是在广州吗，怎么又到法国去了呢？给大伙讲讲你的见闻吧！"

对呀，讲讲见闻吧！大伙围了拢来，把赵中玉推在船中间一张木板凳上坐下。

赵中玉冲萧天汉笑了笑，戏谑道："我还得感谢郑稷之，他不派人到广州来追杀我，我也不会去欧洲，不会义无反顾地走上这条革命道路。"

然后正色地对大伙说道："我们是去参加欧战的，为什么要打仗，四川营五百多号人，没有谁说得清楚，我们盲目地挖战壕、送弹药、搬运尸体，遍体鳞伤，几乎

第十七章：鬼门关前走一遭

每天都有死神光顾我们朝夕相处的同胞兄弟。在法兰西硝烟弥漫的战场,特别是蜷缩在一片死寂的战壕里的无数个黑夜,没有光,没有希望,我只想我的祖国,我的家,我的亲人……战争结束后,我心里仍是一片茫然,为追求人生真谛,我去了许多国家,直到到了莫斯科以后,才让我麻木的头脑豁然清醒了起来,在莫斯科我接受到了共产主义思想教育,参加了中国共产党,有了自己毕生要去奋斗的事业。"

中玉伸手端过茶杯喝了口水,接着说道:"四年很长,我在法兰西苦苦思索了一千四百多个日日夜夜,每天都像是在黑夜里摸索,四年也很短,到了莫斯科,听到的,看到的,从绝望到苏醒仿佛只是在短短的一瞬。这些年身在西洋,观四面,听八方,我渐渐醒悟,国之精髓在于国民的思想与魂灵,魂灵立人则立,如何立人,首在改造国人思想,倘若国人扫除自欺,荡涤旧俗,激扬新知,输入民主科学,中国之强与新生便不能说没有希望,这些,便是我西洋之行的收获与寻找到的答案。"

"什么是共什么义?""什么是民主科学呀?"众人七嘴八舌问了个没完没了。

金煜瑶打断大伙的问话对赵中玉问道:"战争结束的时候,你在什么地方?"

赵中玉:"比利时的蒙斯,那是一片辽阔荒芜的大平原。我们的战壕和德国人的战壕相隔不到一百米。我永远也忘不掉,一九一八年十一月的一天,临近中午时分,我们正蜷缩在战壕里抽烟,突然听见一串马蹄速疾叩击大地的声音。我们伸出脑袋,看见一名英国传令兵策马奔来。他高兴得发了疯似的,帽子也跑掉了,马一个劲儿地飞奔,勒也勒不住,他索性一边任马飞跑一边狂喊:'德国人战败啦!战争结束啦!'……"

"嗨!"金煜瑶急不可耐大叫,"给我们讲讲中国人在欧洲打仗的事!"

萧天汉也催促道:"没想中玉兄弟还打过洋仗,快给弟兄们讲讲。"

赵中玉的情绪被勾起来了,他大步走上船头,转过身来,继续着他的故事,把所有听他说话的人,一下子带到了那块战火纷飞,血肉遍地的异国土地上……

那天黎明时分,赵中玉所在的华工四川营接连翻过两道山梁,看见了公路上拥流不息的战车与队伍。公路已被协约国军队彻底打通。他们穿下谷地,走上公路,随着队伍前进。强劲的穿山风把雾幛撕成碎块,满山满谷乱卷。前方,炮声隆隆。华工们从森林里钻出来,看见在一大片辽阔荒芜的比利时平原上,坦克与坦克,士兵与士兵,大炮与大炮,正在展开一场大血战。暗灰色的、绿色的、黄色的、蓝色的、白色的士兵像密密的云团在平原上滚动……

上午快到十一点钟时,正蜷缩在战壕里抽烟的赵中玉,听见有人站起来高声骂那个马背上的传令兵:"什么? 你他妈的被大炮震疯了吧!"

传令兵理也不理,纵马向前奔去。

"上午十一点整全线停火!"传令兵向着阵地上的士兵们嘶声狂吼,"往下传,士兵们,十一点整全线停火! 德国人在投降协定书上签字啦! 我们胜利啦!"

简直是晴空霹雳!

所有的人都痴立着一动不动……天呐,可怜的灵魂怎么能够承受这突如其来的巨大喜讯!

那一刻,经过连日血战的赵中玉和四川营幸存下来的百余名华工,不仅心被喜讯撞击得麻木了,连腿也麻木了。他们从战壕里爬起来,双脚踏上坚实的比利时平原,活像踩着一层厚厚的软软的棉絮,身子如同腾云驾雾一般。到处是尸体,人的尸体、骡马的尸体、战车的尸体。他们向着枪炮声响得最激烈的地方走去。尸体不断地把他们绊倒,但他们立即又爬起来向前走去。他们唯一的愿望,就是能够尽快找到那个对待他们严厉得像魔鬼,又慈祥得像父亲一样的英国老头儿鲁斯顿。

赵中玉再一次跌倒了,一把刺刀在他的左脸颊上戳破了很大一道口子,他却感觉到好像被蚊子叮了一口似的。他破烂的服装上糊满血迹。他的血,尸体上的血。

下雨了。很小的雨。战场上雨丝如线,雨雾如烟。

赵中玉和他的弟兄们木然地继续往前挪去,脑子里像一锅沸腾的水,白雾腾腾。"十一点停火,全线停火……战争结束了!"他像个傻子似的不停地念叨着。他仍然不敢相信,这真他妈的是一场噩梦,噩梦仍在继续。他在噩梦中,千千万万的人,全世界的人都在噩梦中!

他的心"噗"地一跳,他看见了一具中国人的尸体。他是从服装上认出来的。他看不出这死者是谁,因为尸体已经成了一张大肉饼,脑袋也被坦克碾碎。紧跟着,在离村子不远的地方他看见了许多倒在地上的四川营弟兄。他们全是被坦克上的机枪打死的。他哭了起来。

"鲁斯顿上校! 鲁斯顿上校!"他和他的同伴们流着眼泪,凄切地叫喊起来。

赵中玉像个没头苍蝇似的乱扒乱串,逐一检查着每一具尸体。

远处,一个人影在晃荡,赵中玉他们终于听到了袁公剑的回应声:"赵师爷,你们快过来呀,我和鲁斯顿上校在一起!"

他们在一个小池塘边看见了鲁斯顿。上校已经死去了。他的血糊糊的身子上飘落了一层木芙蓉花瓣,有粉红的、有雪白的,和带有黄色斑点的深绿色叶片。赵中玉悲痛地扑上去,这才发现上校并没有死。英国老人的眼睛紧闭着,憔悴而灰黄的面孔在微微抽搐。

"上校!鲁斯顿上校!"他跪在英国老头跟前,拼命摇动他的身子。

老人的眼睛睁开了,眼睛像海水一样蓝。上校认出了面前的赵中玉,因为他的眸子里泛起了温柔而微弱的蓝色涟漪。

"上校,停火啦……上午十一点整……停火!我们……胜利啦!"赵中玉的嗓子哽住了,嘴唇剧烈地抖动起来。

鲁斯顿上校瞪大了眼睛:"什么?你说……什么?"

"德国人打败了。他们已经在……投降协定书上签字啦!"赵中玉猛地抓住上校的手腕,双眼定定地凝在表上。

突然,他狂喜地大叫起来,"还有五分钟!上校,和平——离我们还有五分钟!"

鲁斯顿把手挪到自己嘴边,激动地亲吻着手表,老泪滚滚而下。他哀切地说道:"马上……就要停火了……孩子……我不会……死吧?"

"你怎么会死呢?上校,你一定会活着回到你的苏格兰去!"

当赵中玉拂去上校肚子上的花瓣,脑子里轰地一炸,这个破损的伤洞里,正源源不断地涌流出大量的鲜血和污秽难闻的稀稠物。

"你的伤不重。"他强忍住哭泣喊道,"你不会死,会活下去……一定会活下去的!"

雨更小了,平原上起了乳白色的薄雾,针尖儿似的雨粒,星星点点,断断续续地飘洒。这烟雨像一张淡淡的网,轻轻地笼罩着这片尸积如山,血流成河的土地……一切是那样迷蒙绰约,若隐若现。

枪炮声一片接着一片地停了下来,很快,就完全消失了。

一团寂静——一团博大苍凉的寂静压得人喘不过气来。

离和平还有三分钟。

寻找鲁斯顿上校的所有中国人全都汇聚到了小池塘边的木芙蓉树下。

鲁斯顿上校呢喃道:"我相信了……战争真的……结束了……啊,多安静……多静啊……这简直不可思议……"

当时间还剩下最后一分钟的时候,鲁斯顿上校央求赵中玉搀扶着他站了起来。

前面不远的地方,德国士兵与协约国军人相隔着一片狭长的无人地带卧在地上……静静的,没有一个战士愿意打破这神秘莫测的令人躁动不安而又欣喜若狂的寂静。

"时间……移动,每一个士兵……都在想着停火、家乡、妻子和儿女。"鲁斯顿上校呢喃着。

"嗯……嗯。"赵中玉木讷地应着声,他想的是四川营的一个个弟兄,两年来朝夕相处的五百二十几号好弟兄啊,就剩下眼前这百十个还有口气儿!

鲁斯顿上校泪流满面地呢喃道:"我们经历了这样一场惨烈的战争终于活下来了,没有这种经历的人,恐怕永远也不能理解我们此时此刻的心情。"上校的声音悠远而缥缈。

赵中玉的心中冷若死水。

"对我来说,这是一个无比壮丽的时刻,我看到了大英帝国……我亲爱的祖国的一个新时期的开始了。我……死而无憾!"

赵中玉紧闭上眼睑,脸颊上的肌肉战栗不止,泪水拼命涌出眼眶,像两条冰冷的蚯蚓向下爬动,而心,在悲伤地哭泣……西线上,有十五万中国人,我们死去了多少弟兄,胜利了,可是我们能得到什么?我们为何而战?祖国啊,你知道我们为你付出的这一切么?

最后十秒——和平向着刚刚经历了惨烈无比,彼此屠杀的人类扑面而来!

万籁俱寂的氛围被打破了。取得了胜利的协约国士兵跳了起来,兴奋得大喊大叫。他们中的不少人争先恐后地跑上硝烟正缓缓飘散的无人地带,扔掉枪支,一边蹦跳,一边歌唱起来。这场面就像在欧洲的某一所大学的操场上正举行着一场运动会一样。

奇怪的是,德国人居然也一群群涌出了阵地,好像他们同样也是这场战争中的胜利者。

突然,一个沙哑充血的嗓子狂歌般嘶吼起来。

"停——战——啦——!"

催人泪下的场面出现了!所有人都在狂喊着"停——战——啦——!"

双方千万士兵向着无人地带涌去,一望无际的比利时大平原上海浪般汹涌澎湃。天之下地之上回荡开前所未闻的巨大吼声,那是武器被奔跑着的士兵砸进地里发出的可怜的尖叫;那是感受到和平力量的人类发出的震耳欲聋的欢呼;那是千万个有血有肉的灵魂幸福得歇斯底里的呐喊。这尖叫这欢呼这呐喊聚成一团

第十七章：鬼门关前走一遭

掀天覆地倒海翻江的声波，带着希望带着震颤带着人与人之间善良的光辉在使大地颤抖的脚步声中朝着一秒钟前的敌人滚滚卷去！

赵中玉和鲁斯顿上校再也分不出哪是德国兵哪是协约国友军和英军，就在这块刚刚发生过一场血战后的辽阔土地上，对手和对手拥抱亲吻，敌人与敌人抱头痛哭，简直就像久别重逢的亲兄弟。所有人都流淌着同样的热泪拼命嘶吼，拼命歌唱，以此来宣泄他们难以用任何语言来描述的心情。

"啊，这是上帝的……"鲁斯顿上校的声音突然中断。

赵中玉猛地回过头。他感觉到上校的身子一下子变得那么沉重。他赶紧把他放在地上。

鲁斯顿上校的脸色苍白了，蓝色的眼睛也逐渐地变得灰暗，他嗫嚅着，艰难地吐出一串断断续续的声音："星星在闪烁……我去了……啊，我也曾有过……死里逃生，时来运转的时候……上帝，我爱你……啊，我是多么地感谢你啊！永远永远……阿门……阿门……"

赵中玉的声音戛然而止，他讲述的故事，感动了满船的绿林好汉。

尤其金煜瑶，听得来眼泪汪汪。

萧天汉紧紧地抚摸着赵中玉的肩膀，充满同情地说道："中玉，这些年，你在国外受的洋苦，遭的洋罪，不少啊。"

赵中玉说："我能从西线活着回国，靠的是运气。我能从法场上死里逃生，靠的是你和嫂子，还有这么多飞龙会弟兄的仗义相救。"说罢，双手抱拳，向着萧天汉夫妇与众位弟兄连连打拱，"中玉多谢！弟兄们的救命之恩，来日定当相报！"

萧天汉大手一挥，说："吉人自有天保佑，不要谢我们，要谢，就谢老天爷！妙玉、龙叔、长生，你们都来见过我这位好兄弟。哈哈，从此后，我们飞龙会里又多了三条打过洋仗，身经百战的好汉了。"

众人上前，向着赵中玉和袁公剑、黎胜儿抱拳施礼。

金煜瑶道："中玉兄弟，天汉见了眼线送回的布告，说你是他的毛根儿朋友，说一定要带人劫法场救你。我们见你出洋打过大仗，见过大世面，吃过洋面包，喝过洋墨水，文能等因奉此，武能跃马横枪，对你已有几分钦佩，今日又在法场上亲眼目睹你大骂郑稷之的英雄风采，此刻知道你就是当年在重庆街头仗义助我之人，又听了你在西线出生入死的经历，这钦佩便已到了十分。不过，嫂子有一事不明白，以兄弟这般不俗经历，学贯中西，才高八斗，怎么也会着了共产党的招儿？我咋看你和川东游击军那帮黄泥巴脚杆，也不像是一条道上的人嘛！"

赵中玉道："据我所知，那川东游击军现在的总指挥王维舟，出自宣汉名门望族，到苏联莫斯科留过洋，回到老家又创办宏文学校，自任校长，也算是满腹经纶，桃李满天下的饱学之士。将这等出类拔萃的时代精英，一概斥之为黄泥巴脚杆，这恐怕是大哥大嫂，对共产党缺乏了解的缘故吧？"

萧天汉道："兄弟你是个全川出了名的共产党，自然要帮着你们共产党的人脸皮上贴金，这个我懂得起。不过，大哥我可不管你是共产党国民党还是袍哥人家，今天我们冒死把你从郑稷之刀下抢了过来，不单因为你是赵总舵把子的少爷，更冲着你是个难得的人才。从今往后，你就得帮着哥子，一心一意地把飞龙会的事情搞好。哥子这要求，不算难为你吧？"

赵中玉慨然道："承蒙大哥大嫂看得起我，舍生忘死把我和我这两位兄弟从鬼门关前救了回来，中玉等自当舍弃一切，效命帐下。"

"兄弟痛快！"萧天汉大叫一声说道，"从现在起，大哥我就暂且委屈你在我身边当个军师，大事小事，帮着我拿拿主意，掌掌舵。"

赵中玉道："帮你出主意没问题，不过，我得把招呼打在前头，我可是个货真价实的红脑壳。"

金煜瑶抢着回答："红脑壳怎么了？我们今天救的就是你这个红脑壳！连你这个共产党的大头子都到万灵山来帮我飞龙会，天汉在江湖上，不就更有面子了吗？"

第十八章：祖国啊,想要爱你不容易

赵中玉置身万灵山中,虽有雄心壮志,却丝毫不敢贸然行事。他太清楚不过,像萧天汉这类祖祖辈辈占山为王,连官府也从不放在眼里的绿林豪杰,为了一个义字,可以为朋友两肋插刀。但是,却并没有丝毫政治信仰,也看不起同样和他们一样与军阀浴血拼杀的川东游击军。要实现自己的宏伟计划,一切均需稳扎稳打,首先得在飞龙会里站稳脚跟,才是当务之急。

萧天汉真拿赵中玉当亲兄弟看待,不但将"静安园"小楼左侧辅楼数间屋子给他和袁公剑、黎胜儿居住,还把关清财关五香兄妹派去照料赵中玉生活,充当侍卫。一日三餐,萧天汉还让他到主楼去和自己煜瑶同桌而食。

萧天汉亲自为赵中玉挑选了一匹坐骑,虽系川马,个头算不上高大,却是一匹极好的青花骢,铁青的马身,油光水滑,神骏非凡,慢跑时不疾不徐,稳健松弛,疾驰时快若流矢,耐力极佳。

见多识广的赵中玉一踏进铁关口老寨,也不由得暗暗稀奇,展现在他眼前的"静安园",居然是一个中西合璧,却又浑然天成的世外桃源。

而且在这个世外桃源里,还生活着一位同样是中西合璧、美轮美奂、不同凡响的女主人。

辅楼与主楼以中国古典式的风雨廊相连,取"曲径通幽"之意,虽仅隔着三十来米距离,却故意设计得弯弯拐拐,两侧并以花木相衬。从辅楼阳台俯瞰小楼前面的庭院令赵中玉心旷神怡,满眼草绿花艳,树木葳蕤,有笔直的楠条,亭亭如盖的雪松,其间还有一些精美的雕塑小品。而连缀着这一切的,是绿茵茵的草坪上那一条条用细密的白色鹅卵石铺就的小径。在一大片草坪中央,是荡漾着满池碧波的一个游泳池。

就在赵中玉初到铁关口的那一天傍晚,他看到了令他心灵震颤的一幕情景。

那时,太阳正衔在碧水溪对岸黛色的峰岭之巅,将赤铜色的霞光"呼喇喇"泼洒下来,给小楼前的绿草坪、在轻风中扶摇摆动的树林竹篁抹上了一层胭脂。

窗外突地传来一团银铃般清脆的笑声。

赵中玉闻声走到阳台上一看,啊,简直把他惊呆了!十几个年轻女子簇拥着身穿宽大绸质睡衣、盘着文津高岛式发髻的金煜瑶走到游泳池边,紧跟着睡衣落下,女主人仅穿着游泳衣,将姣美的身段一览无余地裸露在他的面前,那种华贵优雅的气度,实难让他把这样的一个美轮美奂的女人,与绿林袍哥盘踞的铁关口堡寨联系在一起。

毫无疑问,眼前是赵中玉迄今为止见过的最使他激动难抑的女人的身体。穿着游泳衣的金煜瑶身子凹凸有致,被强烈的阳光拉出优美的线条,呈现出无穷的魅力。她的皮肤白皙如凝脂奶酪,她那浑圆结实的臀部骄傲地隆出于下陷的腰肢,凹凸得大胆自然,给人无限遐想。她那张带有明显西方女性特征犹如希腊神话中仙女一般的脸庞晶莹剔透,她那墨玉般的双眸衬着长至鬓角的秀丽黑眉,再配上精致的天然长睫,令赵中玉不得不惊叹:她的美丽,简直是承受天地灵气孕育而成的!

"金煜瑶",他在心里轻轻地默念着——此情此景之下,他觉得这个名字与她的形象气质,是那样的和谐。

赵中玉学贯中西,经历奇特,从他嘴里娓娓出来的故事,自然精彩万分,甚至成了萧天汉金煜瑶等大小头目翘首以盼的精神聚餐。

晚饭后,萧天汉、金煜瑶、妙玉以及住在左侧辅楼中的韩长生、刘邈、洪真孝三位头目,总喜欢聚集在主楼客厅里,或去游泳池旁的草坪之中,设宴摆茶,听赵中玉摆龙门阵。说到十五万华工在西线惨烈的战斗生活,说到西线上的坦克大战,飞机大战,这帮自命不凡的绿林好汉闻所未闻,或热血沸腾,连声叫好,或瞪眼咋舌,惋惜吁叹。

韩长生问道:"军师,你说那坦克、飞机,到底是个啥东西,你不把细讲讲,我还真是听不明白。"

于是,赵中玉带讲带画,给这帮绿林好汉上起了现代战争启蒙课,从坦克、飞机的外观,基本构造,一直讲到火力配置,作战威力。听得众人耳朵直扇,将那坦克飞机,疑为神物。

这样的时刻,不单赵中玉,连同样在欧洲战场上出生入死过的袁公剑、黎胜儿,也仿佛成了众头目眼中的教师爷。

萧天汉说:"你说的招募华工的告示重庆成都大街上都贴得有,我记得当初英国政府出钱招募我们中国人去西线,告示上分明写清楚是替协约国军队做战地后勤人员嘛,想来无非也就是运运作战物资、挖挖战壕,抬抬伤员,咋个会把华工弄去当成军队打仗?这不是昧着良心哄骗中国人,隔山隔海跑去替他们当炮灰么?"

袁公剑抢着回道:"这倒不能怪英国佬是骗人,英国佬的确也是让我们做你说的那些事情。虽然给我们发了枪,也是为了自卫。问题是,这运弹药送粮草、挖战壕抬伤员的任务,不全都得在战场上完成么?若是协约国军队打了胜仗,一切当然按合同上的规定进行。可逢上同盟国军队打胜了,德国人、奥地利人、保加利亚人杀气腾腾地追过来,他们可不先问清楚你是战斗人员还是后勤人员,一律是用子弹刺刀说话的。"

黎胜儿也说:"德国人开枪打我们,我们总不能不还手啊,到了那样的时候,华工和真正的协约国士兵,也就没啥两样了。而在两军对垒的战场上,那样的场合又实在太多,太多。"

赵中玉还给众头目讲到他们在海外遭遇的最感伤心的经历。

一九一七年冬天,华工随着英国远征军渡过英吉利海峡,在法国的土地上和以德国为首的同盟国军作战。近万名华工驻扎在佩龙纳火车站旁边的营地里,没日没夜地为在前线作战的协约国军队搬运各种作战物资。

一天晚饭时,满头银发的退役军官鲁斯顿上校,向他管理的华工四川营宣布了一个特大喜讯:以中华民国政府国务院秘书长徐树铮为团长的中国政府赴欧洲慰问华工使团,已经到了巴黎,明天将和其他协约国国家的慰问团一道前来佩龙纳。英国方面决定派遣四川营作为华工代表,前去火车站参加迎接仪式。

消息飞快传遍整个大营,各营华工都跑来向四川营的弟兄们呐喊祝福。

这一群漂泊海外,受尽欺凌的孤儿,第一次感受到了祖国的温暖。人人眼中泪水晶莹……啊,他们曾无数次诅咒过祖国,糟践过祖国,而仅仅是这样一道喜讯,就把他们心中积蓄已久的对祖国的隔阂、冷漠、仇恨冲击得一干二净了!他们突然发现,个人的恩恩怨怨悲欢离合原来是那样的微不足道,只有祖国的尊严和荣誉高于一切!他们内疚了,他们悔恨了,充塞于他们胸中的,是对祖国的强烈无比的思恋与深沉的爱意!

而这种感情，在肩负光荣任务的四川营里，就表现得愈发强烈了。

代表——他们将作为战斗在西线的十五万赴欧华工的代表，与其他协约国国家的军队代表一起，去火车站列队欢迎各自国家的慰问团。

英国人把各营的理发匠，全部派到了四川营。在赵中玉与袁公剑的请求下，鲁斯顿上校大开绿灯，为赵中玉签发了一张进出大营的通行证，叫他马上去佩龙纳城里买回布料，赶做一面中国国旗。

当赵中玉一头大汗赶回大营时，首先扑入他眼帘的是四川营华工住的十余栋大木房。夜里，那一片房舍里灯火通明，有的窗口正不断地飞出欢笑声，有的窗口飘荡开四川老家的山歌儿。赵中玉沉默着向前走去，心中激情滚滚。一种巨大神奇而又万难用语言表达的力量正震撼着他的心魂。那苍白无形的祖国，第一次在他心中变得如此实在，如此真切，如此温柔而又如此催人泪下！

他走进一间声音汹涌的大木房，华工们呼隆一声围了上来。赵中玉把国旗"哗啦"一声抖开，双手举起。无数双眼睛一齐放出光来，紧紧地盯着那面五色交辉的旗帜。

一名华工猛地站出来："赵师爷，明天让我来掌旗！"

"我来！"

"我来！"

华工们争先恐后往前拥。

黎胜儿一步蹿上，将国旗从赵中玉手中夺过去，得意说道："还是我来吧。掌旗的人，矮了可没那股子威风劲儿。"

"黎胜儿，你给我放下！"袁公剑把国旗抓在手里，"这旗，是赵师爷掏钱制的。谁掌旗，得由赵师爷金口玉牙定。"

满头银发的鲁斯顿上校也对赵中玉说："就给黎胜儿吧，他长得高大精瘦，作战勇敢，又会点武功，能给你们中国人长精神。"

"好！"赵中玉将国旗递到黎胜儿手里，"这旗，就交给你了。明天，你把它高高举起，走在我们队伍的最前面。"

袁公剑道："赵师爷回来得正好，刚才弟兄们正在商量明天迎接慰问团的事情哩，你墨水喝得多，快出出主意吧。"

"服装要整齐，干净。"

"口号要喊得响亮。"

"我们要显显中国人的威风，不能让外国人压了下去！"

华工们七嘴八舌嚷起来。

"弟兄们凑了两条口号,还请赵师爷掂量掂量行不行。"袁公剑说道,"一条是中华民国万岁昌盛,一条是中国慰问团辛苦了。"

赵中玉笑了,说道:"我看,第一条省去后面的昌盛,显得简练一些,也更有力量,第二条嘛……索性改为祖国你好!亲人你好!节奏铿锵,容易上口,反复呼喊,感情也更来得真切。"

袁公剑双手击膝叫道:"赵师爷改得好!弟兄们想枯了脑仁,也凑不出这么好的句子来。"

赵中玉道:"呼口号还需一人领,众人和,才出得十分气势。我看,还得找一个声音洪亮,中气旺足的弟兄来领呼。"

袁公剑"嘿嘿"一笑:"这活儿,就交给我吧,我这喉咙虽不中听,吼起来却似牛叫唤哩。"

赵中玉道:"还有一桩事,需弟兄们议议,慰问团还要到各大营看望慰问华工,到时候我们应该向他们提出哪些问题才好?"

袁公剑道:"弟兄们平日咽进肚里的苦水,都可以向慰问团一股脑儿地倒出来,请他们出面去与英国方面协商解决。"

"不许英国工头再打我们!"

"撤掉大门口的卫兵,华工下班后能像英国人一样自由活动。"

"工资不要法郎票,我们要银元,英镑。"

"中国人与外国人平等对待!"

华工们吼叫一通后,忽地又沉寂下去。一团沉重的悲哀紧紧地笼罩住他们,每一个华工都明白,这一切,是不可能改变的。

"妈的,硬汉子有苦不向娘诉!就是打肿脸充胖子,我们也得挺过去!"袁公剑大叫起来。

"对,哭哭啼啼地向祖国诉苦,算什么中国男人?"

黎胜儿蹦了起来:"弟兄们,我们只拣好的说,我们吃得饱,穿得暖,英国人从来不打骂我们。"

"我们干活轻松,挣的钱也多。"

"还发肥皂,发牙刷。"

眼泪"哗"地从赵中玉眼中涌出。他哭了,袁公剑、黎胜儿也哭了。四川营五百多名华工的哭声冲出房舍,顷刻之间传染了更多的华工。近万名华工的哭泣汇在一起,始而猛烈,最后汇聚成一团气势磅礴撼人魂魄的嚎啕。

其他屋子里的华工也闻声赶了过来。

赵中玉动情地哭喊道:"弟兄们……唱国歌……我教你们唱……明天……我们要唱着国歌……欢迎……祖国的亲人!"

"亚东开化中华早,"

赵中玉的声音颤抖着。

华工们的声音也颤抖着:"揖美追欧,旧邦新造。飘扬五色旗,国荣光,锦绣河山普照。"

歌声如浪起伏,响至拂晓……

第二天清晨,当鲁斯顿上校走出房舍,不禁叫出声来:"啊,上帝,这真是奇迹!"

这位大英帝国的前职业军人,被眼前的场面强烈震撼了:一面鲜艳的五色旗在清晨凛冽的寒风中猎猎飘扬,掌旗的是一个精壮颀长的中国汉子。他向他投去一个赞许的微笑。他认出他来了,那是他提议出来执掌中国国旗的黎胜儿。

长长的旗杆杵在地上,黎胜儿一手掌旗,一手叉腰,努力洋溢出英武刚猛的气概。

五色旗下,整齐地排列着他领导的这支由五百二十几名中国人组成的队伍。一夜之间,他们忽然变得来使他感到了陌生。今天,他们头上所有破毡烂帽盘头帕全部除去,着装也一扫往日的臃肿邋遢,一个个显得干净利索,英姿焕发,以往的倦容、病容、苦容、烟容也荡然无存。连被他亲手抓获过的几个鸦片鬼也抖擞起精神,雄赳赳气昂昂地挺立在湿雾寒风之中。一瞬间他感觉到了他与他们所共同具有的相通之处——那就是深沉无比的对祖国的爱!

"中国的好小伙子们!"鲁斯顿上校以一种从未有过的充满热情的声音喊道,"我和你们朝夕相处,已经两个多月了,可是今天,我才第一次触摸到了你们跳动的灵魂。一个国家要有国魂,一支军队要有军魂,这样的国家这样的军队,才永远不可战胜!从你们脸上焕发出的热情的光辉,使我对你们的民族,你们的国家,充满希望!出发吧,我的来自东方的雄鹰!"

当四川营赶到佩龙纳火车站大楼外面的广场上时,薄雾已经消散,天气晴朗,阳光灿烂。一支支军队,正源源不断地从四面八方汇聚拢来,整队进入广场,然后被手执三角小旗的士兵引导到指定地点列队。他们中有身穿黄卡其军装的英国人,穿折叠短裙的苏格兰高原师的士兵,黑炭团一样的塞内加尔人,皮肤微黑的摩洛哥人,头戴阿斯特拉罕羊皮帽的哥萨克人,还有波兰人、罗马尼亚人、斯拉夫人,穿着花条纹萨克裙的希腊人、波希米亚人和斯洛伐克人。每一支队伍,都有自己的军旗、乐队。

四川营和其他国家的正规军比起来,确实显得过于寒酸。他们身上穿的是没有领章的英国陆军的黄卡其军装,头上戴的是没有帽徽的英国陆军军帽,更不可能有军旗、军乐队,以及钢盔和锃亮的皮靴。天气虽冷,华工们却觉得手心冒汗。但是,他们却高傲地挺立着,努力把英武之气透射在脸上。

法国军队出现了,他们以十九世纪最好的队列形式进入广场。队列前端,是一面饰有数条金黄色穗子的国旗的军乐队。崭新的铜管乐器在阳光的辉映下,闪耀着夺目的金色光芒。军官们一律戴着雪白的手套,每个人的胡须都修饰得非常漂亮。士兵们则穿着蓝色的上衣和猩红色的裤子,脚下是擦得锃亮的高统靴。

"法国军队万岁!"

"法兰西共和国万岁!"

兴高采烈的老百姓向着自己的军队,发出了最热烈的欢呼。

但是,高潮还在后面。当美国人——他们穿着因作战而弄脏了的制服,背着满是泥土然而捆扎得很整齐的背包,许多人头上的钢灰被打凹打扁——出现的时候,那欢呼声霎时变得如涌如潮如滚滚惊雷如山呼海啸。

"美国兵万岁!"

"我们伟大的盟友万岁!"

在这巨大磅礴的欢呼声中,这些平日里嘻嘻哈哈洒脱无拘的美国大兵,也不由得庄重严肃起来。整个世界都明白,由于美国姗姗来迟的参战,这场绵延无期的大战,将会在不太长的时间里得到一个完美的终止。

一长列漂亮的汽车缓缓驶进广场,整齐地停在大楼前面的石阶下。

广场上成了旗帜的海洋,歌声的海洋,所有的军乐队此起彼伏地演奏着本国的国歌。

黎胜儿捋起袖子,露出两条铁棒般的手臂,将五色旗高高举起,绕着华工方队飞跑、舞动。

"弟兄们,唱国歌,唱我们自己的国歌!"赵中玉跑出队列,兴奋地向华工们喊道。

巨大的声潮淹没了他,震颤着他。他突然看见鲁斯顿上校和十几位英国工头全都站在华工队伍里,将身体挺得笔直,肃穆地注视着他。顿时,他感到鼻梁猛地一酸……

"亚东开化中华早……唱！"他挥动手臂，大声唱着。

五百二十余条嗓子随着他的指挥哇哇吼唱起来。节奏是否一致，音调是否准确，全都变得无所谓了。赵中玉此刻根本就听不到任何声响。他只迷蒙地看见了那五百多张罩满光辉脸庞，和那五百多双凝神注视着他的眼睛。

英国人显然不会唱中国国歌，但他们全都和鲁斯顿上校一样，不眨眼地紧盯着他的手臂，无声地开合着自己的嘴巴……

十多分钟后，专列鸣响着汽笛驶进了车站。

各国慰问团的官员们在欢呼声中鱼贯步出大楼。广场上军乐齐响，万旗摇动。

赵中玉反复指挥着队伍一遍一遍高唱国歌。但此时所有的华工都已分心了，他们不再盯住赵中玉，而是将眼光急不可耐地投向那人影已渐稀疏的大楼门口。他们眼巴巴地盼望着中国政府慰问团的出现。

一辆辆汽车载着慰问团的官员，随着自己国家的军队离开了广场。

终于，广场上只剩下了他们这支孤零零的队伍。

鲁斯顿上校突然出列，快步向大楼走去。

歌声愈发稀落，最后完全停止。华工们惶惶不安地瞪着大楼方向……

很快，鲁斯顿上校急匆匆从门口出来了。

赵中玉迎上去，刚想向他问个究竟，一看鲁斯顿上校的神态，赶紧闭口。

"你们中国政府派出的是一群肮脏的蠢猪！"

鲁斯顿上校发火了，他的脸色铁青，多皱的脸颊因愤怒难抑而微微颤抖。

"他们躲在巴黎，只派出一个小官员来应付，这个狗杂种刚才已经走到车门口，被我骂了两句，一生气，居然又跑回车上去了——中国人，你们是一群失去了母爱的孤儿！"

空气凝固。有人啜泣。五色旗缓缓地倒了下去……

赵中玉话音刚落，金煜瑶情不自禁地站起来带头鼓掌："军师，你的人生故事，简直精彩绝伦！"

第十九章：坐怀不乱

赵中玉来到铁关口后,利用和萧天汉等飞龙会头目摆龙门阵的机会,不仅给他们讲华工在欧洲战场上的传奇经历,更常常以一些历史人物的成败故事,启发他们欲得天下,必须怎样解民倒悬,争取民心的道理,也有意地谈一些民间疾苦,人心向背,按着自己对创建一支红色武装队伍的种种设想,来提升这些头领们的素质。

萧天汉对他的话也的确言听计从,在整肃军纪方面,就比过去严厉了许多,还着实杀了几个私自携械外出,奸淫掳掠百姓的害群之马。

通过一段时间的接触,赵中玉对飞龙会的压寨夫人金煜瑶印象极佳。这位生于巴黎,并在巴黎生活了九个年头的中法混血儿,至今还能用流利的法语和英语与他对话。在铁关口堡寨里,她有着一种无法掩饰的高贵气质。她已经随着萧天汉在江湖上闯荡了十几个年头,多年的杀伐征战生活和她在飞龙会中一人之下万人之上的地位,使她养成了举止干练大方,明辨是非,遇事果决而又心细如发的德行,深得飞龙会弟兄与万灵山百姓的拥戴。

当然,在他得知金煜瑶的身世与和萧天汉结合的经历后,也暗暗觉得他们之间实在是太不般配。

赵中玉为获取外部世界更多的信息,开出一张报刊书籍目录,既有国内川内的几份著名报纸,也有西文大报。那书目中,也是包罗万象,政治、军事、经济、哲学、文学,无所不有,通过在重庆办报纸的老朋友萧天成替他订购。

待那书报源源不断地到来,每晚的聚会上,便有许许多多的新鲜讯息,丰富知识，和令人明白晓畅的道理，从他口中如小溪流水般涓涓而出。

一旦萧天汉带着几位弟兄外出不归，偌大的静安园，便几乎成了一个女儿国。

金煜瑶的饮食起居，看家护卫，全是她一手调教出来的二十个贴身女侍卫，她们对金煜瑶忠心耿耿，绝对可以为女主人赴汤蹈火。

眼下这些日子，金煜瑶的心，因为赵中玉的到来而时时春波荡漾。

在金煜瑶眼中，赵中玉太不寻常。不仅是他出色的容貌才华让她怦然心动，更让她感到惊讶的是，一个三十几岁鲜鲜活活的大男人，居然从不和天汉那帮人一起外出寻欢作乐，生活在这样一个女儿国中，他也能做到守身如玉，甚至对专门派去给他受用的关五香，也从未表现出非分之念。

强烈的好奇感，使金煜瑶对赵中玉产生了浓厚的兴趣。

她悄悄询问关五香："你这样一个活泼泼的漂亮女人整日里在赵军师房里进进出出，和他朝夕相处，他就真没提出和你上床？"

关五香过去虽为报灭门之恨曾失身于王鸣剑，已算得是过来人，却依旧让金煜瑶这番赤裸裸的话儿弄得来不好意思，臊红了脸儿回她："军师没那意思，我一个女人家，咋有脸提出和他做那种事儿？"

关五香自弥月沱归来后，便做了金煜瑶的贴身女侍卫的头儿。此次名义上让她前去服侍赵中玉，而骨子里是两位主人善解人意，主动将她送给赵中玉消解生理饥渴的。

这是萧天汉的主意，他每次邀请赵中玉与他一同外出玩耍，赵中玉总是以各种借口婉言谢绝。他过意不去，和煜瑶商量后，才采取的这样一个变通办法。而且夫妻俩的分工是，金煜瑶去给关五香交代任务，萧天汉去给赵中玉把意思挑明。

金煜瑶凭女人的直觉认为，任何一个女人对这样的任务也会当成一个难得的机会欣然接受。何况，关五香并非是黄花闺女。果然，当她让关五香去完成这一个特殊任务时，五香虽然害羞，却并没有拒绝，而且如金煜瑶所预料的那样，分明能感觉到五香心中的激动与惊喜。

但是，关五香虽暗中窃喜，却也在领受这一独特的任务时附带了一个自己的条件。她说："我看得出，军师是贵人落难，今后必定会有大出息，五香出身寒贱，且也成了一株残花败柳，自然是配不上军师的。不过，五香也还渴望为自己落得个正经名分，如果单单拿五香做个热焐军师的活物儿，五香是宁死也不从的。娘娘和舵爷需得先把话给军师讲明白，五香敬重军师的为人，这辈子只要永远让我留在他身边，就算是今后给他做个小房，为他当牛做马一辈子，五香也是乐意的。"

第十九章：坐怀不乱

金煜瑶听了自是满心欢喜,马上将五香的意思明白告诉了萧天汉。

萧天汉转而直截了当地去对赵中玉说:"我看得出,军师是个有名的红脑壳,也是个读书人,和我们这帮龙兄虎弟不是一路货色,担心泡院子玩妓女坏了你的名声,也脏了你们共产党的旗号。我和煜瑶怕你在老寨里过得孤苦,日子难熬,所以送个漂亮年轻的女人给你享用享用。这女人就是你身边的关五香,煜瑶已经问过她了,五香也喜欢你。她说,她知道你赵军师是贵人落难,今后定会有大出息,她愿意巴心巴肠地侍候你一辈子,只有一个请求,要你今后收她做个小房。我说这还不容易,军师,你随时可以叫她陪你上床。以后军师看上哪个女人,大哥帮你弄回来,明媒正娶地成了亲,你再收五香做个小房就是。"

赵中玉道:"傅筱竺尚在郑稷之手中,不雪夺妻之恨,中玉此生绝不谈成家之事。"

萧天汉一怔:"莫非军师心中还挂牵着傅筱竺?郑稷之杀了她父亲,她不做烈女,居然还和仇人上床,这样的烂贱女人,猪狗不如,你咋个还丢不开她?"

萧天汉此言恰好戳到了赵中玉痛处。对傅筱竺,他是既恨之,又怜之,尤其是那日在法场上他亲眼目睹了傅筱竺对他真情流露的情景,在他心中尘封多年的感情,又猛然被捅开了一个大窟窿,汩汩地喷涌出来。

可是,出于男人的自尊,此种复杂的情愫,他又委实难以告知他人。

赵中玉叹了口气,喃喃道:"淫威之下,她一个柔弱女子,我又能要求她怎样呢?天汉,这事恐怕也不能单单怨她的。"

萧天汉叫了起来:"嘿,看来你心里真是装着傅筱竺哩!大哥虽是从心眼里看不起这种烂贱女人,不过,你要真是丢不开她,大哥就把她给你抢到老寨来,让你们破镜得圆。"

赵中玉何曾没有起过这样的念头?赶紧言道:"舵爷好意,中玉心领了。不过,我实话对你说吧,我对傅筱竺,是恨、爱、怜,三者兼而有之,娶她,不愿,弃她,不忍,接她上山呢?我这心里又过不了她嫁给郑老贼做二姨太那道坎。"

萧天汉搔搔脑壳,盯着赵中玉说:"你们读书人的心眼就是多,我这粗人就弄不醒豁你到底想些啥子了。要换作我,喜欢哪个女人,就把她弄上床,不喜欢,就一脚蹬下床去。"忽地一拍桌子,"哦,我有主意了,既然你心里对傅筱竺还有些筋筋绊绊,割舍不下,我今天就拍胸口,让你尽快和她见上一面。荣昌城里宏兴绸缎铺的周兴周老板,是我埋下的眼线,只要我丢一句话给他,不消几天,我保准让你和筱竺上床。"

赵中玉心中一热，说道："能与筱竺见上一面，倒是我之所愿。"

萧天汉对朋友真有副侠肝义胆，很快便派韩长生进荣昌城，通过周兴设法，与傅筱竺联系上，随后又派关清财与袁公剑、黎胜儿深夜陪赵中玉乘船潜入荣昌，由周老板安排得天衣无缝，让赵中玉潜入县衙后院，暗与筱竺幽会。

赵中玉谢了萧天汉夫妇的好意，事后照样对关五香执礼甚恭。

金煜瑶问关五香："你觉着，军师这人，正常么？"

关五香惊奇地说："娘娘咋这么问，军师没啥不正常啊？"

金煜瑶说："你在他身边这么长的时间了，他咋对你还是坐怀不乱啊？舵爷早就把话给他挑明了的啊。"

关五香说："军师是漂洋过海，周游列国的大人物，见识宽，眼界高，恐怕是看我这下人不顺眼吧？"

金煜瑶道："绝对不会，你这张脸盘子，凡是个正常男人没有不喜欢的。娘娘我是过来人，我知道，他们男人离不得女人，我们女人也照样离不得男人，这就如同吃饭一样，只要是个生理健全的大活人，都万万离不得的。只不过有的男人外露张扬，像你们舵爷就属这种人。有的男人内敛庄重，军师想必就是这样的类型。但不管外露张扬，还是内敛庄重，从内里讲，却全都是干柴烈火，一点就燃。所以嘛，五香，娘娘也帮你动动脑子，咋个把军师这堆干柴点燃。"

既然金娘娘已经把话说到了这个份上，关五香也就暗暗地打起了主意。虽然出自山野猎户之家，关五香却也还算聪慧。自从这次谈话后，金煜瑶也为这事操上了心，她一改往日关五香的武打扮，从重庆请来的裁缝为自己做衣裳时，每次也给关五香比照着身材做了几套。

果真如俗话说的，"人是桩桩，全靠衣裳"，穿上金煜瑶一手操办的新衣，做上金煜瑶一手调弄的发型，再洒上点金煜瑶用的法国香水，原本就长得乖俊的关五香，一下就变成了个光彩照人的小娇娘。

赵中玉明明知道关五香是萧天汉与金煜瑶送他的礼物，却表现得坐怀不乱，实非他无正常男人之生理需求，而是因为他心中难以平衡……想往昔，他腰缠万贯，在西线战场上出生入死，怎会不知珍惜点滴光阴。欧战结束后，他独身周游列国，进入了莫斯科伏龙芝军事学院，参加了共产党，受到如此众多壮怀激烈，时时想着解中国民众于水火的远大理想的同学影响，也是出于自己对共产党员形象的某种认识与把握。

这些年里，仗着自身出色的条件，当然也有年轻漂亮的女人钟情甚或是主动献身于他。他并不是坐怀不乱的柳下惠,他迄今没有成家的原因其实极其简单,他忘不了自己青梅竹马的未婚妻傅筱竺,更十分清楚自己所干的事情时时刻刻充满了危险,有了家室,对自己无异只能增加一种拖累,而对亲人来说则极有可能就成为一种永远无法愈合的伤痛。

自从来到铁关口,虽然萧天汉与金煜瑶对他关怀备至,体贴入微,他仍然觉得自己就像一个并未犯啥过失而遭到同伴误会,被抛弃在荒无人烟的孤岛上的水手。

更要命的是,他与傅筱竺咫尺之遥,作为一个自命不凡的男人,却只能眼睁睁地看着自己心爱的女人忍受着仇人的蹂躏,而这种蹂躏并不完全是因为情欲,而是这种蹂躏笃定会使自己的仇人获得心理上最为强烈的报复快感。作为赵中玉这类目空一切,自我感觉极其优越,极其强烈的男人承认自己是弱者无疑是痛苦的,而他眼下正陷入这种深重难言的痛苦之中……他甚至无法弄清楚自己眼下对傅筱竺的真实感情,既仇恨她,又怜悯她,似乎也还保留着一点或浅或深的爱意。同时,他也无法用语言来准确地描述自己从心理到生理所受到的折磨,只要一想起傅筱竺和郑稷之在同一屋檐下生活,夜里睡在同一张床榻上,他便有万蛇缠身、万蚁噬骨、万蜂蜇心、万斧断骨之感。

痛苦之中,却也有一道光明倏然透进了他的心灵。待在这被黑黝黝的古老寨墙包围着的别致精美的小楼里,生活的强烈反差本身就已成为人间传奇,自然更包括这栋小楼里的女主人,这位飞龙会的压寨夫人常常让赵中玉不敢相信她的存在——天呐!她真是一个他走遍全世界也从未见过的极品佳人!

他的心,时时为他们年轻时"要做有利天下之人!"的血誓而激动,为金煜瑶的美丽和高贵而战栗。

当然,为人的基本道德规范,使他觉得自己倘若对金煜瑶产生哪怕是一丝非分之念都是一种犯罪。但是,每晚躺在床上,当耳畔响起草丛间蟋蟀的吟唱和寨墙外田野上此起彼伏的蛙鸣时,他心中便犹如汪洋中涌动的潮汐……金煜瑶在这汪洋之中升起了。她像一轮辉煌的朝阳,将万点金光抖洒下来,潮汐过去,四周波平浪静,一片汪洋在万丈光芒中展布开去。她的脸庞时而微笑盈盈,焕发出迷人的光辉,眼睛妩媚地向他跳舞,时而充满忧郁,让他突然间倍觉凄凉……于是,他一次又一次从粉红色的梦中醒来,一团朦胧的月光投在窗上。仿佛窗外的碧水溪涛声浩荡,一种骚乱不宁的情愫从心尖渗沁出来,犹如灼烫潮润的雾团在胸腔中呼啸蹿动。他的全部思想执着地围绕着一个暧昧的念头打转,围绕着一种迷人又可怕的欲望打转。心中万千盲目乱撞的力量终于聚合在一起，像沸腾的岩浆似的尖啸……每一次当他醒来后，他都会被一股强劲的力量弄得精疲力竭，脑中无边无际，一切花红柳绿风花雪月的幻影，即刻又变得那样的苍白空虚。

他也时时会为金煜瑶暗鸣不平，有着这样一位世间难觅的可爱妻子和一位同样相当可人小妾的萧天汉，却分明并不懂得如何珍惜自己的宝贝。他是飞龙会一言九鼎的总舵把子。从祖上沿袭下来的至尊地位，铁打的规矩以及巨大的权力，君临一切的霸气，使他理所当然地成为能够在铁关口以及飞龙会地盘上的任何一个角落为所欲为的暴君。这狭小的一块天，这狭小的一块地，这一块天与地之间的一切人与物，祖祖辈辈都是属于他私人的。

赵中玉从萧天汉的行为与旺盛情欲感觉到，如果需要，他完全可以在这块土地上颁布初夜权并且能够不受任何抵制地实施，而这样做一点也不会妨碍他的的确确非常喜欢他那可爱的妻子与小妾——对萧天汉这类雄踞一方的绿林好汉来说，感情与性欲，分明是可以截然分开的。

赵中玉明明知道自己对萧天汉的任何腹议与妒忌都是忘恩负义，而且这样的情绪一旦表露出来，必然会给他招来杀身之祸。然而，感情却是个奇怪的并非完全听凭理智支配的精灵，它总是固执地违背自己的理智而偷偷地在心中暗自伤悲……虽然他会一次又一次为自己不应有的种种暧昧的想法而痛悔不已。

在这样的时候，这样的一种环境和心境之下，他怎么可能在自己暗暗喜欢的女人面前，和另一个他并不喜欢的女人上床？

无论如何，他还是懂得如何爱护自己的形象的——尤其是在命运已经注定只能为他终生所心仪的美丽绝顶的女人面前。

第二十章：师生同唱《国际歌》

这年初夏传来噩耗，晚年专门照料在重庆读书的萧洪安与萧洪妍兄妹的韩超驾鹤西去了。

韩超年逾七旬，也属寿终正寝。韩长生闻讯号啕大哭。萧天汉自父亲死后，便视韩超犹如父执，自也悲痛万分，当即派韩长生率一帮弟兄前往重庆，将灵柩迎回。铁关口近千男女老幼，尽皆披麻戴孝，由萧天汉率领跪拜于韩超灵位前，并请来万灵寺僧众，为韩超做了三天法事，超度其亡灵。

丧事办完，恰巧重庆城里的学校放暑假，萧洪安和萧洪妍也随父亲双双回到了铁关口。

萧洪安萧洪妍刚过了十六岁生日，眉清目秀的一对金童玉女，煞是招人喜爱。天汉煜瑶，更是视如心肝宝贝。洪安此时已是专供重庆富家子弟就读的求精中学的高一学生，少小年纪，已出落得一表人才，理了个在大城市里最时髦的拿破仑式头，穿着笔挺的黑制服中山装，有一点少年老成的模样。回到铁关口后，整天不是在花园里，就是在游泳池边的遮阳伞下，一个人静静地读书。

萧洪妍在川东艺专中画系学习国画，一得闲便拿着画架在堡寨内外到处写生。她与母亲简直像是一个模子拍下来的，四分之一的西欧人血统让她看上去明显与中国女孩不同，金发黑眼高鼻梁，皮肤白皙细嫩。家里虽有着用不完的钱，穿着却是一身素打扮，上着白色校服，下穿黑色校裙，恰似清水出芙蓉，天然去雕饰。

接风酒宴上，萧天汉让一对儿女拜过了军师赵中玉。此后晚上在庭院中纳凉时,兄妹俩又和大人们一起,数番聆听过赵中玉摆来自西洋的龙门阵。或许是缘分,洪安洪妍见赵中玉气宇非凡,谈吐不俗,特别是听母亲细讲了这位军师的奇特经历后,对他的好感更是无以复加,达到了顶礼膜拜的地步。

过了几天,金煜瑶专门带着洪安洪妍前来拜师,恭请赵中玉在兄妹俩放假期间,帮助他俩补习一下英语。于是,兄妹俩按照规矩,认认真真给赵中玉磕了头,成了赵的正式弟子。

通过交谈,赵中玉才知道金煜瑶为这一对儿女能打好基础,今后跻身上流社会不计一切,她让韩超在重庆棉花街买下了一所宽大的宅子,里外修葺一新,为教育好两个孩子,自小便花重金礼请重庆城中颇有名望的学者名流做他们的家庭教师,使兄妹俩幼秉庭训,打下了扎实的古文功底,家里也雇得有保姆、佣人、车夫、花匠七八个人,专门照料儿女的饮食起居。

可是,这一对衣来伸手、饭来张口,在养尊处优的环境中长大的金丝鸟,偏偏受进步时风所染,具有强烈的忧国忧民的情怀,说到"九一八"沈阳事变,说到"一·二八"淞沪抗战,说到他们参加全市学生反日大游行时和军警暴发的激烈冲突,兄妹俩一扫稚嫩之气,壮怀激烈,热泪盈眶。

兄妹俩和赵中玉摆龙门阵时,金煜瑶也喜欢来听听。萧天汉却不感兴趣,也插不上嘴。他最喜欢听赵中玉摆那些打仗的龙门阵,尤其是中国人和外国人打仗的事儿,最能吊起他的胃口。

一天黄昏时分,赵中玉吃过晚饭,出了铁关口寨门,沿着石板路下到滩子口。田野上到处生气勃勃,弯弯曲曲的田埂上装饰着一簇簇一团团的嫩绿花草,像花边一样连缀着起伏的山坡和错落的农田。

赵中玉顺着碧水溪走到入河口,看见萧洪妍正面对着由碧水溪与濑溪河共同形成的一大片湖泊,画一幅油画,画的是岸边密密簇簇绵延不见尽头的翠竹,以及夕阳下湖上的风景。

金煜瑶在一旁陪着女儿,一副很享受的样子。

哥哥萧洪安呢?坐在不远处湖边钓鱼。

赵中玉问:"洪安,有收获吗?"

母子三人,都亲热地和赵中玉打招呼。

洪安回道:"钓了几条母猪壳……哎呀,一条大鱼上了钩,可惜可惜,让它跑掉了!"

金煜瑶冲赵中玉笑笑,说:"跑了的永远是大鱼。"

洪妍问:"老师也出来散散步?"

赵中玉说:"堡寨里太清静,太闲适了,有时闲适得我都受不了。我喜欢下到滩子口来走走,看看小街上的老房青瓦,上了年纪的青石板路。看看装满夏布、安陶、折扇和荣昌猪,还有各种山货的船队,顺着这清澈见底的濑溪河,从我眼前经过,下重庆,去汉口,到上海,甚至远销国外。"

一家三口正听赵中玉说话,濑溪河上游突然传来了船工的号子声。没过一会儿,便看见几只大木船从河道拐弯处露出头来,所有船工都赤裸着上身,古铜色的身子随着号子的节奏,整齐划一地浪浪摇晃,艰难摇着沉重的木桨。

萧洪妍说:"我突然觉得这山也不青了,水也不绿了,湖上的风景也不美了,这些摇桨的船工,多辛苦啊!"

"是啊,"赵中玉轻叹了一声,说,"现在好多地方,水上都普遍用汽划子了,我们这濑溪河上的汽划子太少了,主要还在靠人力摇桨。"

洪妍问:"为什么呀,是老板不肯用汽划子吗?"

赵中玉的目光紧随着船工们的身影移动,说:"哪有不愿意的,可那是科学,是革新,需要有人来提倡,来扶持。看看我们的四川,军阀们各据一方,整天只顾着征粮派款,巧取豪夺,打内战,搞得来民不聊生,谁还有心思来做这些事情啊!长此以往,我们四川,我们中国,怎么可能富强起来? 怎么不被外国列强欺侮?"

萧洪安激愤地说道:"外有帝国主义的侵略,内有军阀的蹂躏,这个国家这个社会,已经乱得不成样子,完全没有希望了,我们难道就眼睁睁地看着,一点办法也没有吗?"

赵中玉说:"怎么没有希望? 诚然,眼下中国人浑浑噩噩者居多。可是,只要少数敢于舍身成仁的清醒者能够把那些浑噩者唤醒,然后彼此团结起来,共同奋斗,我们就一定能够从荒原中,蹚出一条新路来!"

金煜瑶说:"你进万灵山都这么久了,还一心想着共产党改造社会的那一摊子大事啊。"

赵中玉说:"这个社会已经烂得来不可救药,难道你不相信它终究会被进步的力量改造过来吗?"

金煜瑶说:"我不是不相信,而是看到军阀的势力太强大了。"

赵中玉说:"那就分而击之,一个个地来嘛。你看现在,军阀无一不是大地主,可是却没有多少地主能够当上军阀呀。现在军阀派粮征款,首先就敲诈地主,一敲就是几十石黄谷,几百块银元,比土匪绑肥猪还厉害。地主呢? 转过身来就拼命向农民加租加佃,把农民的骨髓都榨干了,军阀还在一层层地加码,地主他受得了吗?至于农民,那就更惨了。"

金煜瑶问:"你的意思,共产党是不是应该先发动农民,联合地主,去打军阀呀?"

赵中玉苦笑着说:"眼下,我这不过是纸上谈兵罢了。"

萧洪安却兴奋不已,感叹道:"到底老师是我爸妈从法场上抢回来的红脑壳啊,说起话来,就像熊熊燃烧的火,烧得人心里发烫。"

洪安洪妍对赵中玉崇拜得五体投地,兄妹俩的这种倾向也反过来极大地增强了金煜瑶对赵中玉的好感。她对宝贝儿女说:"你们看看吧,如果说中国真有那么一批有信仰、能作为,忧国忧民、铁肩担道义的仁人志士,你们的赵老师啊,就是其中的一个。"

"妈妈说得不完全对,"萧洪安大声嚷道,"还得加上我这个学生哩。"

一天,金煜瑶陪同洪安洪妍来到赵中玉书房里,当着宝贝儿女的面,笑嘻嘻地对赵中玉说:"你看你这个赤匪头子,这么短的时间就培养出了两个小赤匪。兄妹两个都给我说,共产党专干杀富济贫的好事,深得人心,还说共产党里面人才济济,像军师这样的人中之杰,多得很,要是入得了,他们也想入哩。"

一天,赵中玉正和萧天汉说话,金煜瑶进来说洪妍的画很不错,有件得意之作,还被送到重庆民教馆参加过画展,便和萧天汉起身,随金煜瑶去洪妍房中一观。

洪妍既得意又害羞地说:"涂鸦之作,我怕脏了你们的眼睛,还是免了吧。"

母亲则坚持要女儿拿出来给老师看看。

洪妍将她的参展作品拿来打开,那是一幅笔法细腻的工笔画,左面一丛芭蕉,旁边一位妙龄女郎亭亭玉立,若有所思地遥望天际,淡雅清新中似透出浓浓情意。

右面,则是一首洪妍自题的七绝:

> 碧玉年华初上头,
> 何妨顾影学风流。
> 闲来却旁芭蕉立,
> 绿透春衫未解愁。

赵中玉观赏良久,赞道:"洪妍小小年纪,便能诗画并进,长此以往,必成大器。不过恕为师直言,诗与画比,倒是逊色不少。俗话说诗如其人,你涉世不深,诗中略带一点小家子气,自不能免。但写诗撰文,总归在意境志趣上要追求个博大深远,方能达致上善之品。比如你这首小诗,只需改动几个字儿,其意境气概,或许便能更上层楼了。"

洪妍听赵中玉如此一说,马上要求道:"老师,那你一定得替学生点石成金才是!"

赵中玉到底是个才思敏捷,心境高远之人,真功夫不单露在嘴上,藏在心中,笔底也有。兴之所至,他也想在金煜瑶和洪妍面前露上一小手。

他在书案上铺开一张夹江宣,提起狼毫,在砚台上润润笔尖,略一思忖,挥毫写道:

休教年华付白头,
横刀跃马逞风流。
春衫绿透增惆怅,
不为家愁为国愁。

此诗紧步前诗之韵,并由前诗导化而出,然情志意趣,则远非前诗所能比肩。

"好一个横刀跃马逞风流,不为家愁为国愁!"萧洪安不知几时也进来了,失声赞道。"老师才气横溢,志向高远,真是令我等后生小辈汗颜呐!"

赵中玉慨然道:"当今世道,政府内附权贵,外媚强邻,我们生活的四川呢?又是军阀混战,民不聊生。我只希望你们兄妹能有远大志向,把自身的前程,和国家,和民族的前程,紧紧地结合在一起,兼济天下,做一个先天下之忧而忧,后天下之乐而乐的有志青年。"

萧天汉咧着厚嘴唇,不好意思地笑道:"我和你们的赵老师在尔雅书院,还是一个塾师门下的同学哩。可惜我读书是个瘟猪子,一见书本就脑壳痛,挨了塾师不少板子,屁股都打肿了,也没半点长进!"

赵中玉这里还没完,他又指着洪妍的画评说起来:"你画这工笔画,也叫工夫画,哪怕是每一根头发,也非得细心地一根一根去描,还得描出每一部分毛色深浅不同的层次来。"

金煜瑶说:"女娃娃学画好,这就必须静下心来,半点也浮躁不得。"

赵中玉道:"不过,如此花费工夫画成的画,要想留它个天长地久,就得寻找那些不容易褪色,又有特色的颜料。比如说胭脂花的种子,将那层黑壳剥去,里面的那一丁点儿细滑粉末,就是极好的白颜料。将一种叫白芍的中药干透后点燃,让那黑烟熏在一只细瓷碗碗底,凝在上面的烟灰,就是极好的黑颜料。哦,还有,要画长满了苔藓的石头,用一般的颜料,是画不出那种特有质感的,只有去深山溪水中捡长期被溪水冲刷的青色石头,拿回家慢慢磨成粉末,添入颜料之中,画出来才既真实,又永不褪色……"

洪安洪妍的眼神中能够看出,他们对赵老师,已是钦佩至极,视若导师了。

金煜瑶也由衷感慨道:"赵中玉呀,让你在飞龙会做个军师,实在是明珠暗投,大材小用了。你要站到大学讲台上去教书,笃定能让好多教授丢了饭碗!"

萧天汉也恭维说:"肚皮头墨水装多些硬是不同哈,你看赵老师,随便讲个啥子道理,只消几句话,抖得伸伸展展,水清见底。"

当天晚上,萧洪安来到赵中玉卧室,送给老师一张四寸大头相片,还在背面题了一首诗。

赵中玉双手拿在手中,轻轻念出声:

莫道书生一介,
胸怀壮志凌云,
风流潇洒气超群,
人称少年英俊。
发愤习文讲武,
慷慨评古论今,
踪迹天涯请长缨,
要将苍龙缚定。

看到"踪迹天涯请长缨,要将苍龙缚定"句,赵中玉惊诧不已,问道:"洪安,你这是抒发自己的抱负,还是在写一个什么人的经历啊?"

萧洪安说:"老师是一个在四川人尽皆知的 CP[①] 老前辈,学生是一个 CY[②] 小后生。我希望洪安此生,能以老师为楷模,才不辜负老师的谆谆教诲。"

[①] CP:中国共产党的代号。
[②] CY:中国青年团的代号。

投之以桃,总得报之以李,赵中玉从案头拿起一本鲁迅先生的《狂人日记》,在扉页上题了一首在左翼青年中广为传诵的匈牙利诗人裴多菲所作的小诗"生命诚可贵,爱情价更高,若为自由故,两者皆可抛",回赠给萧洪安。

第二天,赵中玉把洪安赠他的照片给萧天汉和金煜瑶看了,赞道,"你们这个宝贝儿子风华正茂,不简单啊!志向之宏大,境界之高远,全在诗中了。"

萧天汉高兴地说:"我这娃娃今后要有点出息,全是他妈妈的功劳,我这个当老汉的是有心无力,帮不了半点忙的。"

金煜瑶一脸尊敬地看着赵中玉说:"洪安这是亦步亦趋,近朱者赤哩。"

赵中玉想了想,说道:"今天你们两夫妇已经把话说到这个地步了。我倒要问一句,你们既然自小就让自己的儿女接受四川最良好的教育,那么,以后飞龙会这杆大旗咋个办?你莫非还想让洪安大学毕业,接受了现代思想,现代知识,再回到万灵山当飞龙会的总舵把子么?"

"想都别想!"金煜瑶一口把话接过去,"念完大学,我还要送他去法国英国深造。费了这么多心血,回来当个山大王,岂不是把我这宝贝儿子毁了。"

萧天汉道:"祖宗传下来的大旗咋个能丢?洪安洪妍自小在重庆大码头读书,我晓得是回不来了。不过,这事也好办,我这一辈子,又不只娶煜瑶妙玉两个婆娘,今后在那些小婆娘生的娃娃里面,挑个有出息的出来掌舵就行了。"

金煜瑶白了他一眼,鼻孔一哼,满脸不屑说:"还想有那能耐,怕是下辈子的事了。"

"你这话是啥意思,咒我绝后啊?"萧天汉恼怒地瞪了金煜瑶一眼。

金煜瑶这才意识到自己刚才一不小心,差点把萧天汉已经不能生育的事儿捅出来了,赶紧说:"不管你这辈子娶多少小婆娘,生多少儿子,反正我生我养的娃娃,是再也不会在刀尖上、血盆里讨生活了。"

洪安洪妍回重庆的前一晚,铁关口杀猪宰牛,办起"九大碗"为二人饯行。小洋楼大厅里摆了三张桌子,老寨里的大小头目都来了。

席间,萧洪安给赵中玉敬了三杯酒,按规矩,敬别人的酒,自己也得陪着喝。

那晚喝的是韩长生专门派人去直升镇糟房取的刚烤制出来的"头稍酒",口感极好,度数也很高。

萧洪安平日滴酒不沾,萧天汉、金煜瑶怕儿子喝醉,争着要代他喝。洪安坚决不允,说请人代喝便显不出真情实意,一口一杯,接连干了三大杯。

烈酒下肚不一会儿,洪安果真就醉了。而且醉得厉害,脸色赤红,大汗淋漓,站起来摇摇晃晃。醉意盎然的萧洪安拉着赵中玉的手,要老师和他一起唱一支歌。

唱啥歌?

萧洪安居然要唱法国人欧仁·鲍迪埃写的《国际歌》!

金煜瑶怕他酒后失礼,赶紧上前劝道:"洪安,你喝多了,快回屋去躺躺。"

萧洪安说话倒是十分清楚:"妈,我没醉,我清楚得很。儿子今晚上是太高兴了。妈,你不知道,你们都不知道,洪安在世上活了十六个年头,对我影响最大的两个人,一个就是在座的赵老师,老话说,听君一席话,胜读十年书,这次暑假回来,老师可是教了我五十多天哩!洪安这辈子不能好高骛远,能学到赵老师三分,便有大出息了。还有一个,就是我们求精中学的校长徐正清……"

赵中玉心上仿佛被针尖猛地扎了一下,失声道:"洪安,你说谁——徐正清!"

萧洪安惊奇地望着赵中玉:"怎么,赵老师认识我们徐校长?"忽地醒悟过来,"哦,对了,你和徐校长都是四川共产党里的杰出人物,想必一定会认识的。"

赵中玉道:"徐正清过去不是川东师范学校的校长吗,几时到求精中学去的?我一点也不知道,他是四川一位很有名望的教育家嘛,知道他的人自然不会少。"

萧洪安继续说道:"可是,这样一位极有名望的教育家,却为当今的黑暗世道所不容。洪安以为,徐校长要真是坏人,这世界上就再没有一个好人了。每个礼拜一早上的朝会上,徐校长都要给全校师生讲为人、为学、为文的道理,讲修身、齐家、治国、兼济天下的道理,那真是口若悬河,从不打稿子,而且字字句句,都讲到了莘莘学子的心坎上。这么一个大好人,却在光天化日之下被大军阀杨森派人给抓去了,说他是共产党。我们组织了上千学生,到大街上抗议,到杨森公馆'渝舍'门口去绝食静坐,要求他放回我们的好校长,可是,笔杆子和枪杆子比起来,太没有力量了。杨森冒了火,不但要杀,还要公开枪毙。杀徐校长那天,我们全校师生都去大街两旁站着为他送行,我们看到徐校长被五花大绑,背上插着勾了红的斩标。徐校长看到那么多的老师学生去送他上路,一路朝着我们点头,微笑,最后,他就敞开喉咙唱起了一首歌,那歌像火一样,烧得我们全身的血都发烫了。我们上千名学生在后面紧紧地跟着,听着徐校长反复唱,一直唱到了打枪坝,唱到枪响才止。这首歌,就是全世界共产党人都会唱的《国际歌》!"

赵中玉听到这里,泪流满面,再也不能自禁,虎地站起来,激动说道:"洪安,来,我们一起唱！起来——饥寒交迫的奴隶,起来——全世界受苦的人,从来就没有什么救世主,也不靠神仙皇帝……"

萧洪妍也加入进来,金煜瑶也被这激情打动了,跟着歌者不停地张嘴,却唱不出一句囫囵的词儿。

满屋子的绿林好汉,痴痴地看着,听着。

第二十一章：情满万灵山

洪安、洪妍返回重庆没过两月，金煜瑶与萧天汉就暴发了一场大冲突。

如果说金煜瑶对劣性不改的萧天汉经常外出嫖妓尚能容忍，那么，当萧天汉得寸进尺，居然从泸州将一名如花似玉的高级妓女以重金包租，带回铁关口小住时，压抑在金煜瑶心中的怒火，终于像岩浆一样凶猛地喷发了出来。

这一天，当两乘滑竿抬进静安园，那位浓妆艳抹的小娇娘从滑竿上下来，扭动着水蛇般的细腰，高跟鞋还未来得及踏上小洋楼门厅的石阶，只听得空中蓦地砸下一腔怒喝："给我滚出去！"

所有人都惊呆了，仰头望去，主楼大阳台上，站着怒不可遏的金煜瑶，柳眉倒竖，杏眼圆睁。手中举着一支二十响盒子炮。

"哎哟舵爷，"小娇娘惊恐地望着萧天汉叫起来，"这是咋回事啊？"

萧天汉面子上挂不住，沉下脸对金煜瑶大声吼道："煜瑶，你这是干啥？我弄个窑子里的姑娘回来，不过是玩上几天就送她走，还真把你的醋坛子打翻了！"

金煜瑶喝道："萧天汉，你还有一点做人的良心么？这铁关口是你的家，是我金煜瑶的家，也是洪安洪妍的家，不是窑子妓院！你十天半月到外面去寻花问柳，我管不了你，也不想管，可我决不允许你把这种千人骑万人压的烂贱女人带到家里来，弄脏了万灵山！也弄脏了你萧家祖宗的脸面！"

"哎哟哟，我的个萧舵爷呀！"小娇娘有心挑灯拨火，尖声尖气地浪叫喊起来，"原来你这个舵爷说得那么威风，连衣裳角角都能扇死人，原来也是个炮耳朵呀！"

话音未落，只听得"哒哒哒哒"一串清脆的枪声响起，小娇娘脚跟前碎土乱飞,腾起两行灰尘。

这女人顿时吓得失了魂儿,脸如白纸,双眸发痴。

萧天汉也怒了,向着阳台上的金煜瑶仰首大吼:"臭婆娘,反了你了!竟敢在老子面前动家伙!"

金煜瑶回道:"我敢!我金煜瑶敢做就敢当!这小贱货再不滚出去,老娘剩下的这十几颗子弹,就全往她胸窝窝上钻!打死了她,我再打死我自己,我倒要看看你萧天汉,到底是要这小贱货,还是要你的家?我现在数三个数,数完就开枪,一……"

那小娇娘一听这话,大叫一声:"莫开枪,莫开枪,我滚,我马上就滚!"吼罢急慌慌转过身,犹如受了惊的兔子般便往院门外跑去。半道上让那高跟鞋扭了一下,重重跌倒在地上,鞋跟断了,旗袍也撕开了大口子,将一条白腿敞露了出来。

阳台上,楼门口,家仆女丁们爆出一团开心的笑。

那女人慌慌爬起,提着一只扭断了后跟的高跟鞋,一瘸一拐地继续往前跑。

赵中玉此时也大步赶到了门外,拉着萧天汉便往院门外走去,连声劝道:"舵爷,消消气,为个这样的烂贱女人,弄得阖家不宁,划算吗?"

萧天汉愤愤地一跺脚,晦气道:"反了反了,都怪我平时宠坏了她!大老爷们玩个女人,她居然还打翻了醋坛子!"

赵中玉道:"她能为你吃醋,说明了啥?说明她心中只在乎你舵爷一个人呀!"

萧天汉深知金煜瑶的脾气,把她逼急了,她真是说得出做得出的,只好强咽下怒气,借梯子下楼,让赵中玉劝出了院门。

到了院门口,萧天汉回头冲阳台上飞了一嗓子:"臭婆娘,你厉害!老子就在泸州窑子里左拥右抱,让你他妈的夜夜待在这老寨里给我守活寡好了!"

无论赵中玉怎样劝告,萧天汉胸中仍憋着一口恶气,马上带着那女人返回了泸州。

这天晚饭时,依然如过去萧天汉不在家的时候一样,只有赵中玉与金煜瑶对坐而食。

但赵中玉一进餐室便注意到,与往常不同的是,留在桌边服侍的女侍卫,今晚一个都不见了影。

刚刚洗浴过的金煜瑶穿着一件薄纱睡衣,一头长发随意地扎在脑后。

她开了一瓶法国朗姆酒,和赵中玉对饮起来。很快,一大瓶酒就见底了。

金煜瑶端起酒杯,醉眼迷离地说道:"军师,让你见笑了。恐怕很多人都想不到,我金煜瑶,外强中干,其实也是中国千千万万弱女子中的一个……"

金煜瑶今晚表现出的情绪让赵中玉感到有些不安了,他有意提醒道:"法国产的朗姆酒属西洋烈酒,别喝醉了。"

"醉?醉了好啊……唉,满堂花醉三千客,却无一人是知音。"

赵中玉一怔,字斟句酌劝慰道:"大嫂是华贵高洁之人,不必再为这样的下作之事生气了,为这样的青楼女子伤了自己的金玉之躯,太不值得?"

"金玉之躯?唉,"金煜瑶一声苦笑,"在萧天汉眼中,恐怕我早已成了一株残花败柳罢了,还华贵高洁之人,贵为何物?高在何处?诚然,在这飞龙会,在铁关口,我是一人之下,万人之上,这老寨里的人都以为萧天汉宠我爱我,甚至还认为他凡事让我三分,是个惧内之人。可我清楚,在萧天汉眼里,我这个结发之妻,不过是为他传宗接代,承继香火的工具,仅此而已。"

赵中玉平时伶牙俐齿,此时却不知说什么才好。他舔舔嘴唇,艰涩地说道:"俗话说,上嘴皮有时还会咬着下嘴皮,居家过日子,两口子哪里不有个磕磕碰碰的?"

金煜瑶陡地提高声调说道:"不,这不是磕磕碰碰的小事情!他萧天汉是飞龙会的舵爷,他有权力三妻四妾,也有权力和别的女人寻欢作乐,我从来没有在这个问题上妒忌过。连他前几年染上了令天下女人无不恨之入骨的脏病,我也原谅了他。他当初在汉口万国医院赌咒发誓,治好后再不拈花惹草,法国医生治好了他的病,可他回来没多久,照样劣习不改,我依然没和他认真计较。我想这既是男人的天性,也是祖宗的规制。你看看满中国,但凡有钱的男人,哪个不是这样的呢?但是,我是一个有着独立人格与自尊的女人,我绝对不会允许他把那些烂贱女人随随便便地带到家里来,我宁愿死,也决不允许他在铁关口里开这样的头!"

赵中玉搭讪道:"那是……嘿嘿,那是。大嫂,舵爷一时负气而去,过段时间,等他消了气,我亲自到泸州跑一趟,接他回来就是。"

金煜瑶双眸直视着赵中玉道:"你接他回来干啥?自从他得了脏病,这么多年来,我就再也没有和他上过床,做过爱,哪怕是一次!他要死在泸州城的妓院里,永远回不了铁关口,我才求之不得哩!"

聊着聊着,话题终于回到了"要做有利天下之人!"的血誓上来。年少时的高谈阔论豪言壮语,让两人喜笑颜开,谈到激动时金煜瑶却冷冰冰地说了一句:"赵

第二十一章:情满万灵山

公子是做到了,可我金煜瑶,这辈子恐怕没法兑现承诺了!"

赵中玉闻言忙鼓励金煜瑶。把金煜瑶说得脸泛红光,煞是可爱。

一瓶酒见底了,金煜瑶起身到墙边的酒柜里拿酒。

赵中玉望着她纤秀的背影,以及身体下弯时胸罩在背部映出的明显痕迹,突然感觉到一种猛烈如火的欲望在肉体和血液中穿行,强烈地折磨着他的神经。他陡然萌发出想从后面紧紧抱住她的冲动——就这一刻,他仿佛回到了少年时代,发现自己心灵深处也有着属于自己的小溪流水般的低语以及轻风拂过草梢那样的温柔与细腻,甚至还有人所共有的生理欲望与脆弱的感情。

正在胡思乱想间,金煜瑶回过头,冲他嫣然一笑:"换个口味怎么样——马提尼。"

声音陡然断了,金煜瑶分明从赵中玉的眼神里看到了什么。

突然一阵沉默,两个人都有点不自然起来。

金煜瑶转过身去,走到壁柜前,"嗒"地打开留声机盖子,转动摇柄,然后放上了一张木纹唱片。

音乐起,赵中玉脑海中立即浮现出清澈的濑溪河水从故乡万灵镇前的白银滩上飞珠溅玉,欢跃而下的情景。金煜瑶此刻放的是他百听不厌的门德尔松的小提琴独奏曲《春之歌》,仿佛仙女在梦幻般缥缈的音乐声中起舞,情人在灿艳的阳光与和暖的金风中不顾一切地追逐、搂抱、亲吻。这样的乐曲用在这样的时刻,绝对不是无心之举,它就如同一只纤纤玉手,在轻轻地挠着赵中玉和金煜瑶的心尖儿,让他俩春心萌发,欲火冲腾,难以自抑。

赵中玉心跳如鼓,既亢奋、渴望,又有些儿担心。分明有一种醉意朦胧的感觉,却绝对不是因为酒力所致。他意识到自己已经快把持不住了,掏出烟来点上。手颤,划了三根火柴。然后他像有了醉意似的站起身,向着宽大的阳台上走去。

金煜瑶紧随其后,也来到了阳台上。

赵中玉一手拿烟,一手扶着阳台,望着在薄云中时隐时现的一轮银月。

金煜瑶张开双手,突然在后面紧紧抱住了他。

赵中玉浑然一震,没有回头,也没有任何反应。

此时此刻,没有反应就是最明确无误的反应,受到鼓舞的金煜瑶的双手急促地在赵中玉胸前和脖颈上激动地游走抚摸,呼出的气息,犹如万千蚂蚁在赵中玉的后颈上蠕蠕爬动,让他的心尖儿酥痒不止。

"啊,大嫂……"

"别这么叫,在你面前没有大嫂,只有煜瑶。"

"啊,煜瑶,不能这样!你和天汉,都是我的救命恩人……"

"别……千万别说那些,"金煜瑶用力转过赵中玉的身子,脸对着脸,呻吟般说道,"我知道的,你现在是龙游浅水,虎落平阳,小小的铁关口留不住你的,你早迟都是要离开这里的人。我决不隐讳我对你的真实感情,我暗恋着你,从看见你的第一眼开始,我就爱上了你——不,甚至可以说是我十五岁那年,在重庆街头当你两肋插刀,出手助我的时候,你就已经深深地刻在了我的心上!你是我迄今为止所见到的最优秀的男人,我不能与你擦肩而过!"

赵中玉痴望着已经完全投入感情无法自拔的金煜瑶,分明能够清晰地听见自己的心在胸腔里"咚咚"狂跳发出的声音。他怎么也不可能想到,显得那样英姿飒爽,那样强势的女中豪杰,此刻却会因为爱自己,而一瞬间变得来如此柔情万种,活色生香!

金煜瑶的恳求还在继续:"我爱你已经爱得心尖儿疼,无法遏止,如果你能将你漫长一生中的一个夜晚——我向你承诺,哪怕仅仅是一个夜晚——恩赐给我,我会认为这是上帝对我的特殊眷顾,如果你拒绝我的请求,那么,这无疑就是上帝对煜瑶最残忍的惩罚!从此刻起,幸福便将远离我而去!"

"煜瑶,我知道你喜欢我,可是,我们都没有办法改变眼前的现实。"赵中玉举目向天,激情澎湃,眼瞳中闪烁着莹莹泪光,痛苦而无助地呢喃道,"一边是义,一边是情,你让我……怎么办?怎么办?"

"中玉,"显然比他更有勇气的金煜瑶改用了一种亲切的称谓,"千万不要跟我说什么萧天汉,提醒我什么后果。更不要用道德这块遮羞布,来对付一个决意追求真爱的女人。此时此刻,全世界只有一个活鲜鲜的你和活鲜鲜的我,我现在是明明白白清清楚楚地搂着你,抱着你,一头跳进刀山火海,即便是粉身碎骨,也在所不惜!"

"别误会,我不是因为害怕,也不是因为马提尼,而是……"

"啊,我懂你,我在你送给洪安的那本《狂人日记》的扉页上看到了你题赠他的小诗,'生命诚可贵,爱情价更高;若为自由故,两者皆可抛'。我太清楚不过,你和洪安,都是有着远大心胸,渴望着'要将苍龙缚定'的人中豪杰。放心,唯此一夜,煜瑶此生足也!我绝对不会让你为难的。"

赵中玉感到四面阴风骤起,仿佛巨大的危险正伴随着激动人心的美好时刻在向自己袭来。

第二十一章：情满万灵山

但是，就在他抽完一支烟的时间里，他对自己的行为可能导致的后果已经具有了足够的心理准备，所以能够很快从恐惧中完全挣脱出来……人生得意须尽欢，莫使金樽空对月，他突然想到这一刻若是换成诗仙李白，他也一定不会当缩头乌龟的！

他感到自己已经是热血沸腾，激情难捺。

就在他思想打架的当儿，金煜瑶已经主动扑进了他的怀中，像条章鱼一样用双腿和双臂将赵中玉紧紧缠绕，鼻尖触着鼻尖问道："中玉，你喜欢我么？"

赵中玉激动地说："满天下有血性的男人，没有一个不喜欢你的。"

他用双手捧着金煜瑶的脸蛋，疯狂地吻着她的唇，她的脸，她的眼睛，冲动地说道："煜瑶，面对敢爱敢恨的你，我——无法抗拒！"说罢，他抱起金煜瑶，大步进屋，进了煜瑶的卧室。

金煜瑶蹬着双腿大叫："唉呀，你把我的妆弄花了，这样可不行。"

等到他从卫生间冲完澡出来，眼前的情景令他既惊喜又感动。金煜瑶正坐在梳妆台前认真化妆，上胭脂、抹口红、描眉毛，打扮完毕，她将眉笔往梳妆台上一放，侧身往旁边的床上一躺，伸展开身子娇声道："当窗理云鬓，对镜贴花黄。中玉，你是我最喜欢的男人，我会万分珍惜你恩赐给我的这个唯一的夜晚，我更愿意把最美的煜瑶奉献给你。"

赵中玉感到鼻梁蓦然酸涩，此生他已和女人有过床笫之欢，然而特意为他精心打扮后再与他做爱的女人，眼前的煜瑶是唯一！

他不能不惊叹这个女人具有男人无法抗拒的吸引力！她的精致的嘴唇、妩媚而明亮的眼睛以及身体的每一个部位，仿佛都争相向他洋溢着风情万种的微笑。赵中玉被强烈地震撼了！他突然感到灵魂开始了骚动，炽热旺盛的生命力开始勃发，难以抑制的情欲像火山爆发前在地底汹涌激荡的岩浆。他俯下头，认真地凝视着金煜瑶的身子，那神态好像是在欣赏一幅名贵的画。而眼前的女人大睁着眼，正含情脉脉地仰望着他，鼓励着他……于是，一轮太阳在赵中玉眼前升起，那么温暖，那么热烈，那么辉煌！

一刹那，赵中玉眼中涌满了泪水，然后顺着已经有了不易觉察的皱纹的脸颊潸潸流下，滴落到金煜瑶的脸蛋和脖颈上。

压抑多年的对性欲激情的渴望仿若岩浆般从地底深处喷涌而出，金煜瑶忘情叫道："来吧，还等什么呢？尽情地把爱，恩赐给深爱着你的女人吧！"

一只小鸟轻啼着在空中一闪即逝，那声音多么清脆。一种巨大的沉重的幸福压迫着中玉,使他甜醉得想喊!想唱!想哭!

　　紧跟着,卧室里便回荡开了中玉与煜瑶弄出的种种声响——嘴唇相触相互吮吸时的咂咂声,接近高潮时煜瑶难以自抑的哼哼唧唧声,中玉模糊而粗浊的呓语声,男女达到快乐极致时的声音则变得如同战士冲锋陷阵时发出的呐喊,狂野、奔放、欢乐、亢奋,勃然而起的疯狂将道德的束缚,乃至于任何与人的本性相违的功利性算计都驱散得无影无踪。精致的卧室里仿佛轰然奏响了男人女人用生命谱写而出的激越的《欢乐颂》,高亢而嘹亮,美妙而酣畅,定音鼓敲击出沉雄有力的鼓点,小号吹奏出的长音响遏行云,穿云裂石,巴松的短促音饱满结实,似在作猛然而毫不间断的冲刺,弓弦乐器陡然卷起千堆雪,惊涛拍岸,起伏激荡,随后转入如歌的行板,荡气回肠,悠扬婉转。而最后则以《小夜曲》结束,空濛幽远,波光粼粼,缱绻缠绵,余味无穷。

第二十二章：进出一个洞

赵中玉非常清楚,如果他和金煜遥把这样的关系继续保持下去,等待着他俩的,将会是什么样的后果。尤其是金煜瑶又是一个敢爱敢恨,率性行事的人,没准哪天她和萧天汉再次闹翻,自己先把这事嚷嚷出去,事情一败露,谁也免不了血光之灾。

从狂热中清醒过来,赵中玉才感到了一阵阵后怕。他不止一次地痛骂自己,一个此生注定要干大事的人,怎么能如此丧失理智,陷入情网？他甚至想到了,如果金煜瑶再次要求与他幽会时,他必须鼓足勇气对她说:"煜瑶,你我都是知道轻重的成年人了,浅尝辄止吧。我希望,我们还是把对彼此的美好印象,永远保留在心底为好。"可三天过去,五天过去,十天过去,金煜瑶分明信守了自己的诺言。待他仍然如同往常一样客气、尊重,尤其难能可贵的是还能保持一如既往的自然。好像他俩之间,根本就不曾发生过什么意外的事情。

为了尽快斩断这段危险的情缘,赵中玉亲自跑了一趟泸州,费尽口舌,总算把萧天汉接回了老寨。非但如此,他还很快以自己的知识与智慧,让萧天汉金煜瑶等人认识到了他对飞龙会所起的任何人也无法替代的独特作用。

他常常给萧天汉金煜瑶讲"水能载舟,亦能覆舟"的道理,向其分析辖区内的地主绅粮与普通百姓对飞龙会所起的各自不同的作用,让他明白创造物质财富的普通百姓是飞龙会的立根之本,地主绅粮利用掌握的土地不劳而获,却过着比普通百姓富裕得多的生活,只能加速挥霍他地盘上的物质财富而已。赵中玉过去在共产党内虽长期从事兵运工作,但在苏联也曾学习过发动农民暴动,组建苏维埃政权的一套系统的理论与手段，故而从记忆库中拿出几条存货来，让萧天汉和金煜瑶感到既新鲜，见效快，而且又实在。

响鼓无需重锤，这对夫妇马上采纳了赵中玉提出的减租减息，以及成立助贫会等建议，仅此两项建议，一年过去，便让飞龙会地盘上的农民得到了许多好处，庄稼盘得比其他地方好得多，粮食也比过去收得多，吃得饱，穿得暖，安居乐业，对萧天汉飞龙会也能更加巴心巴肠地拥戴。

地主绅粮的利益受到了损害，自然不会高兴，但凡有公然反对者，萧天汉一声令下，收缴了所有土地财物，全部分发给佃户，然后驱逐出境。若敢抗拒造反，那就鬼头大刀伺候。

同时，赵中玉又以"兵不练无战力"为理由，建议他一改祖上传下的藏兵于民的做法，着手编枪编人，将辖区内十五岁以上的青壮男丁就近三十人编为一排，有枪的拿枪，无枪的使刀、矛，由排长带领，三排为一连，三连为一营，各选有军事技术或武功的连长营长带领，完全仿照他在伏龙芝军事学院学到的苏联人那一套，每日晨晚各中队就近小操小训，每隔十日，全营则集中大操大训一日，由老寨分派韩长生、袁公剑、黎胜儿、刘逵、洪真孝一帮大头目下去指导训练。编定后，人枪均登记在册。

隔三岔五，萧天汉与金煜瑶在赵中玉的陪伴下巡游至各村寨点名，检验枪支武器及训练技能。

萧天汉看得高兴，又拿出钱来，派赵中玉前往重庆，购回新式枪械，分发下去。萧天汉有了许多的钱，赵中玉又向他建议购回机器。创建兵工厂，有枪有炮，实力方能迅速壮大扩张。萧天汉见赵中玉妙招连连，确是高人，而且对自己忠心耿耿，于是索性将大权下放于他，由赵自己组织人马，负责实行。

赵中玉带着关氏兄妹以及袁公剑、黎胜儿等头目数次前往汉口租界购回大功率柴油发电机和各式机床十余部，从汉阳兵工厂以极其优越的条件，挖来工程师两名和技术工人八名，在铁关口破土修建厂房，开始了制造新式枪枝的工程，连生产原料，也是派人去上海、汉口购买的上等钢材，由于资金雄厚，设备、材料、技术等方面均已达到相当水平，工人们挣着大把的银子，每日大鱼大肉管够，故而工程师和技工们干起活来分外卖力，造出的步枪、轻机关枪，质量比军阀们自己兵工厂生产的川麻杆还好。

就在萧天汉广采赵中玉之法，推行改革，积聚大批财富，又转而造枪制弹，迅速增强实力之际，却有人主动来到万灵山，给萧天汉送来一个绝好的机会，不费吹灰之力，居然就把多年来为祸一方，人人闻之色变的骆三春给灭了。

骆三春自从民国初年被荣昌县长郑稷之花重金搬来川军第一师师长周俊，将他逐出肥得流油的安富镇，逃回泸县玉蟾山后，遂成立了"川南哥老会"，自封总舵把子，而后逐渐将川黔滇交界处各县的浑水袍哥舵把子，统统收入旗下，成为众匪之首。

那年，坐镇宜宾的刘文辉曾派一个师去剿他，反倒被他打了个落花流水，从此威名更是广传川黔滇三省十几个县市。他在玉蟾山自创铜元局，自设制币厂，在辖区内流通分别印有"云南威信"，"贵州赤水"，"四川泸县"字样的铜钱。在辖区内征收的钱物，也从不上交，俨然是一个独立王国，成为川黔滇三省政府的心腹大患。

军头们彼此一开战，骆三春时来运转，顿时成了香饽饽。众军头为了拉拢他，纷纷派人揣着委任状，带着厚礼上玉蟾山。贵州军头王家烈委任他为"黔北游击司令"，杨森委任他为"川南警备总指挥"，刘湘委他为"二十军补充师师长"，连剿杀他多年的刘文辉，也给了他一顶"宜宾团练司令"的官帽。

骆三春来者不拒，摇身一变成了四料"司令"，四方的军饷照收不误。但这山大王从不把任何一方官府放在眼里，他以不容商量的口气抛出"受招不受编"。只要四川贵州两省军头准时把军饷给他送来就成，钱没到手，谁的号令他也不听。

军头给他个手指头，骆三春顺势就啃到了手倒拐，他向重新占领了重庆的杨森提出，我已经是你手下的司令官了，光给军饷不行，还得给武器弹药。

正忙着派大军到下川东清剿川东游击军的杨森回他："要武器可以，我这里多的是。不过，你得首先带着兵马到下川东来，帮我打王维舟，你从王维舟手里抢了多少条枪，我再按数清点，奖给你多少条枪，一是一，二是二，照实算，军中无戏言。"

骆三春清楚自己虽说号称一万兵马，却大都是使刀弄棒之徒，上得了阵的快枪只有两三千条，而且大部分是打起来常卡壳的川麻杆。土匪都喜欢手枪，尤其是盒子炮，数量不少，可手枪射程短，火力弱，吓唬地主老财和警备队可以，和王维舟手下那批久经战火的川东游击军拉开架式打硬仗，就如同找死了。

骆三春明知杨森是逼他去老虎头上捉虱子，巴心不得弄个两败俱伤，两强皆亡才好。可拿人钱财，替人消灾是道上的规矩，更经不住枪支弹药的诱惑，只好硬着头皮上。

遵照杨森的作战部署,骆三春带着三千人马,乘船开到了长寿狮子滩。他听说十里外的两河场上驻扎得有游击军,专门派了几名探子去摸底。

待探子把情况报回,这日夜里,骆三春亲自挑选出两百名胆大心狠的弟兄去偷袭川东游击军,另外几百个弟兄在镇外山头上接应。

骆三春知道机枪这玩意儿打起仗来最顶用,所以游击军的机枪排成了他的第一个偷袭目标。探子侦知机枪排住在徐家酒坊,土匪们半夜四点钟摸进镇子,先用短刀放翻了游击军哨兵,溜进了酒坊。进屋时,游击军睡得正死。可先摸进屋子的几个土匪不晓得机枪咋个使,抓起脚架就往外拖。游击军惊醒过来,有的抓枪,有的赤手空拳就和土匪干了起来。

游击军的机枪一响,土匪们就只恨爹妈给自己少生了两条腿,场街上河滩上"哗啦啦"倒下了一大坝。埋伏在山上接应的土匪见势不妙,车转身便是一趟。游击军乘势猛追,从两河场一直把骆三春扑爬跟斗撵到了北碚地界才停。

还没等喘过气来,杨森打葛兰镇,又命骆三春带着队伍去增援。这回表现不错,杨森奖励他五百支步枪,二十支手枪和一挺捷克式轻机关枪。

尝到了甜头,骆三春心气陡涨,居然在冉家坝拉开架势和游击军大打了一仗。打得正激烈时,派去催救兵的手下惊惊慌慌赶回来报告,说杨森的部队已于头一天夜里悄悄溜了,丢下他和游击军单挑。骆三春气得吐血,明白杨森果真是想借游击军之手除掉自己,赶紧下令上船,跑他娘的!

不成想还没走出多远,王维舟派人飞马追上来,做骆三春的工作,紧跟着又送来大批酒肉、斗笠等。骆三春马上回赠了十支手枪和两千发子弹。双方达成口头协议:游击军只打川军不打骆三春,骆三春则保证在游击军与川军作战时保持"假打"姿态。

同年九月,骆三春让杨森逼得没法,带着队伍到指定给他的作战地点黑虎山去挖壕布设阵地,准备装模作样地堵截游击军。游击军前锋刚一出现,骆三春和弟兄们马上挥手叫他们快些走,使游击军前锋和后面的大部队得以顺利东进,一举攻占了宣汉县城,出其不意狠狠杀了杨森一腰枪。

等到杨森亲率大军卷土重来,骆三春原本想来它个坐山观虎斗。没想杨森此次发了狠,不但要剿"赤匪",也顺带把这个祸害地方多年的心腹大患灭了。

骆三春一听毛了,一发"公片宝札",川黔滇边境十余县的浑水袍哥舵把子一齐响应,此后也真刀真枪地和杨森派出的清剿军过了几回招,屡败屡战,屡战屡败,打得这帮乌合之众树倒猢狲散。

骆三春一看大事不好,赶紧扔下难兄难弟,逃回了玉蟾山。

远在南京的蒋介石得知长江上游出了这么个无法无天,杀人如麻的恶魔,给刘湘、杨森、刘文辉等大军事头下了一道手谕,命他们务必将此人拿下。众军头不敢耽搁,马上向各自军队和防区内的地方武装下令,限期剿灭骆三春。

众军头争相派出探子潜入玉蟾山,打探骆三春的情况,几乎都是有去无回,全被骆三春砍了脑壳。其中有两个聪明能干之人,好不容易才接近到骆三春身边,最终仍是功亏一篑,被查了出来。骆三春来到坝子上,欣赏这两个来取他性命的家伙如何尝尝他发明的"步步高升"的滋味。当两名探子痛得喊爹叫娘时,骆三春仰天大笑,说道:"蒋介石的手谕,在老子的地盘上,买不到几根红苕!"

然而,狡猾过人的骆三春也有漏蹄之时。他有九个老婆,全都是抢来的。五姨太邱秀云最漂亮,也最受他宠爱。但他万万没有想到,正是这个乖俊柔弱的女人,要了他的老命。

邱秀云当初被抢来时,男人一家被骆三春斩尽杀绝,那时她就存了杀骆之心,决意舍命为夫家满门报仇雪恨。奈何她一个弱女子待在这虎狼窝里,心有余而力不足。

不过,这女人虽手无缚鸡之力,脑壳却是精灵,终于让她想出了一招借刀杀人之计。她原本有几分姿色,向骆三春最为倚重的红旗五哥蓝兮贞飞上几个媚眼,就弄得那家伙意马心猿不能自禁。骆三春不在的时候,也就敢凑到邱秀云身边摸下她的屁股,捏把她的奶子,过过手瘾而已。宽衣上床,暂时还没那胆子。邱秀云身陷虎穴数年,好不容易才逮着这个最有可能帮她报仇的角色,自不会就此罢休。几番主动进攻,用尽手段,终于勾引得蓝兮贞宽衣解带,乖乖入彀,发誓要"人在花下死,做鬼也风流"。

蓝兮贞隔三岔五地让五姨太恭维着、撺掇着,果真也就死心塌地地上了邱秀云这条船,绞尽脑汁要除掉骆三春。他长期在江湖上跑,脑壳灵光,深知要在骆三春的老巢除掉他,那是万死难得一生的事。不过,很快便让他想出一个绝好的主意来,他只能借别人的刀,来杀掉骆三春。

蓝兮贞一不做二不休,径直奔向了万灵山。

萧天汉心想,灭掉骆三春,不单能把飞龙会的地盘一下子扩大到泸县山区,还能把骆三春的队伍吸收过来。不知哪辈子祖宗烧了高香,天大的美事儿,居然会"咚"的一下砸到自己脑壳上。加上赵中玉和金煜瑶也竭力支持,马上一口答应下来。

赵中玉毫不犹豫地支持萧天汉灭掉骆三春,是因为他知道骆三春几次三番去帮着军阀们打王维舟的川东游击军,能够顺势帮助王维舟灭掉一个死对头,他何乐而不为？再者,骆三春手上也沾有父亲的鲜血,父亲当年率同志军围住荣昌县城,要不是骆三春突然在后面杀了一腰枪,父亲怎么会被逼得跳了濑溪河？

不久,骆三春又让蓝兮贞弄几十担鸦片到成都去卖,然后买批军火回来。

此时刚巧蒋介石从杨森控制的重庆飞到成都,与刘湘商议整顿四川军务等事宜。刘湘自然雄心勃勃,不惜血本要把骆三春灭掉,好在蒋介石面前露上一小手。

蓝兮贞到成都不久,即派人报告骆三春,说这次买的武器太多,叫他赶快率弟兄们前往井研、威远之间的黄荆沟接应。骆三春心下欢喜,带了一个团的弟兄赶到黄荆沟接武器。

想那黄荆沟,是何等凶险之地？山脉东西横亘数十余里,十六座山峰绵延起伏,形若利剑,直插霄汉,连山绝险,独路如门。进入长约五百米的幽深峡谷之中,还能看见前朝遗下的关楼翘角飞檐,气势恢弘。

萧天汉接到蓝兮贞派人送来的信,立即与赵中玉各率一路队伍,借夜色掩护,秘密潜入沟前山头林莽之中,将黄荆沟变成了一个巨大的死亡陷阱。

骆三春哪知是计,带着弟兄们披星戴月,风尘仆仆赶到,穿行在幽深峡谷之中,抬头已能看见那屹立于朵朵浮云之上的巍巍关楼,忽闻两侧枪声震耳,满山林丛中陡响起一片喊杀之声。

骆三春一看见迎风招展的飞龙会旗帜,看到萧天汉带着手下弟兄汹汹杀来,心中顿时明白,大叫一声:"萧天汉,老子栽在你手里了!"

骆三春不顾死活,居然从山沟里冲杀出来。萧天汉、赵中玉两彪人马追得骆三春扑爬跟斗。骆三春慌不择路,竟然和刘湘麾下驻扎在威远县城,此时闻报正向黄荆沟匆匆开来的一支军队劈面相遇,让官军团长,捡了个落地桃子。

刘湘见到骆三春,赶紧向下榻在北校场行营里的蒋委员长报喜。老蒋让他把骆三春带过去,他要亲眼看看这个杀人恶魔究竟长了副啥模样？

蒋介石也算是个见多识广的人了,可一待骆三春出现在他眼前,还是惊了一下,对身边的张群、贺国光等人说道:"这家伙是人吗？人怎么会长出这样一副厉鬼的模样？"

老蒋把骆三春痛斥一番后,喝令立即处决。

骆三春被押到北校场墙根下,行刑官问他是否有话说。

骆镇定自若,朗声说道:"大爷我当土匪当了一辈子,杀的人就像我的头发一样多,他们现刻全都在鬼门关前等到我讨债,麻烦你送我早些上路。"末了又对行刑官说,"有劳小兄弟,给哥子来个进出一个洞。"

行刑官杀人无数,可怎么也没想明白一颗子弹穿身而过,怎么能够进出一个洞? 于是威严地盯着他问:"啥叫进出一个洞? 老子没听说过。"

骆三春哈哈大笑,猛地张开大口,往上一仰,手掌跟着往上一甩。

行刑官顿时明白过来,让士兵端来一张方凳,站了上去,然后将柯尔提枪口朝下,伸到骆三春面前。骆三春仰起嘴巴将枪管含住,只听一声闷响,子弹从骆三春的喉咙射进胸腔,只在裆下钻出一个洞,其余尸身,无半点伤痕。

第二十三章：老寨易手

世道轮回，骆三春死后还不到一个月，厄运又一次降临到了萧天汉头上。

一九三一年秋，杨森与川南的刘文辉，川北的田颂尧结盟，联合起兵讨伐刘湘。三路大军浩浩荡荡，向着川西坝子进发，打得刘湘落花流水，节节败退。

眼看着成都唾手可得，不料刘湘请他的军师、巴蜀军政界人称"活神仙"的刘崇云出山，始而说动田颂尧率兵退回防区，继而又以巨金策反杨森手下师长夏永乾火线反戈，彻底扭转了战局。杨森苦心经营，意在成为全川霸主，最终却是偷鸡不着倒蚀一把米，反而被刘湘打得来丢盔弃甲，将刚刚吞下肚子的肉，还没来得及消化，就一块接一块地吐了出来。刘湘大军犹如赶鸭子一般，撵得杨森的部队屁滚尿流，扯伸脚杆往来路上跑。

眼看杨森一垮到底的要命当口儿，没想蒋委员长一封电报，救了他的命。

正在南昌行营指挥清剿江西中央红军的蒋介石急急如律令，严厉命令四川各军头立即停止"撕内皮"，同仇敌忾，务必将入川红军，一举歼灭。

被刘湘打得落花流水的杨森，溃兵一路狂奔，向着此番战火燃起之前的原防区逃去，然后仍然隔着沱江一线，与挟威追来的刘湘大军对峙。

老军头杨森趁刘湘不敢违抗蒋介石的严令，继续明目张胆向他兴师问罪之机，首先采取的第一个大动作，就是下大力气在自家后院灭匪招安，扩充自己的实力。

杨森频颁令符，密遣精锐，分头清剿王维舟的川东游击军与万灵山萧天汉的飞龙会。

第二十三章：老寨易手

此时已由团长升至二十军第一混成旅旅长的贺白驹接到兵发荣昌的命令，自是一刻不曾懈怠，恨不能立时踏平万灵山，将萧天汉满门首级献于父亲灵前。

这年八月上旬，贺白驹重返荣昌县城，将旅部扎于天主教堂内，立即调兵遣将，准备向万灵山发起进攻。前次与萧天汉作战，他官不过团长，手下仅有不足三千人，而此番再剿万灵山，他已是混成旅旅长，统率着一支装备精良，训练有素的虎狼之师。

贺白驹长得奇高奇壮，五官线条坚挺，轮廓分明，虽已逾不惑之年，一大把黑亮浓髯垂至胸前，仍让人感到不怒而威。

贺白驹曾任杨森侍卫长数年，深得杨森器重，故而一外放便让他当了个营长，没两年又升团长。贺白驹也未辜负杨森厚望，在营长和团长任上，都干得极为出色，他手下的官兵，素质也明显地比其他部队高出一头。眼下他统率的直属军部的第一混成旅，实际上已经超过了一个齐装满员的标准师，人数近万，武器装备，均是杨森花重金购进的外国洋货，射程远，火力猛，战斗力数全军第一。

萧天汉虽然武器也不差，训练也不错，但和贺白驹的正规军相比，仍远不是对手。

好在萧天汉自列祖列宗起便习惯与进剿官军作战，积攒下以弱搏强的丰富经验，自能想出对付的招数。虽然赵中玉半月前已带领袁公剑、黎胜儿几名弟兄前往重庆购买军火，尚未归来，但身边有金煜瑶帮着谋划，故也不慌不忙，从容应对。

萧天汉与金煜瑶商量下应对主意后，赓即将兵工厂连夜秘密迁往老鸹岭上的万灵寺，库存的枪支弹药全数分发下去，九村十八寨皆全民皆兵，同仇敌忾，准备与官军作战。

官军进剿在际，金煜瑶又向天汉提议，飞龙会应与王维舟联起手来，共同对敌。

萧天汉不屑道："你还真把王维舟那帮黄泥巴脚杆当回事了？"

金煜瑶道："大敌当前，敌人的敌人就是我们的朋友，这么简单的道理，你咋个都不懂？"

萧天汉道："不是我不懂这道理，是我没把王维舟那点人马放在眼里，反正我不会主动去找他谈，那会损了我飞龙会的脸面。"

韩长生也赞同金煜瑶意见，说："金娘娘的意见有道理，俗话说一道篱笆三根桩，一个好汉三个帮，多个朋友总归不是坏事嘛。"

萧天汉虽仍然不太乐意，但见金煜瑶坚持，韩长生赞同，也就松了口，说道：

"我去不太妥当,这事你两个认为当办,那就代表我去找王维舟谈谈。"

事不宜迟,金煜瑶作为萧天汉的代表,立即赶往宣汉峰城山,与王维舟商议彼此如何联起手来,共同对敌。在此之前,金煜瑶受萧天汉影响,对王维舟以及他手下的川东游击军并无好感,以为王维舟手下的队伍也不过是一帮毫无战斗力的黄泥巴脚杆,及至见了面,经过一番交谈,方认识到王维舟也是个和赵中玉一样,有着经天纬地之才的不俗人物,心中不由得想到洪安曾说过"共产党里人才济济"这话,真是没错,对那共产党,也就愈发地添了些儿好感。

面对共同的强敌,生死关头,川东两大地方武装力量第一次联起手来,相互呼应,协力图存。

杨森此番也是有备而来,他采用了虚实结合的手段,将一个旅布置到下川东,专事对付王维舟的川东游击军。这一路虽然沿途扯旗放炮,把声势造得很大,其实出的却是虚招,意在牵制川东游击军,使其不能出兵援助萧天汉。

贺白驹则亲率军部混成旅,兵分四路直奔万灵山飞龙会杀来。南面通往沱江、长江的水道上,还有江防军相助。

炎夏季节的万灵山,被自然之神涂抹上一块块绚丽斑斓的色彩。野生的美人蕉高扬起一束束怒放的花冠,大大小小的山溪两侧,仿佛燃烧起一片片红色的火焰。

然而,静谧被喧嚣替代了,本应是鸟语花香的山林,变成了充满血与火的战场。

贺白驹严令各路切忌争功冒进,向着各自目标,稳扎稳打,逐日推进,但遭阻截,便相互应援,仗着精良火器,打得飞龙会人马血飞肉绽,溃不成军,顿作鸟兽散。一遇拒降之村寨,即用大炮开道,可怜血肉之躯,哪能挡住钢铁炸药的猛砸狂轰?一座座寨子,一道道城垣,顷刻间便在浓烟烈火中焚毁坍塌。

不消半月,萧天汉连遭败绩,不仅地盘丧失殆尽,连自己也被围在了铁关口老寨。

坐镇荣昌县城中军大帐的贺白驹得到捷报,喜不自禁,连夜乘船赶赴万灵山脚下的滩子口,指挥各路大军,全力进攻铁关口。

这一日朝阳如血,霞光倾泻在濑溪河两岸与清清碧水溪上。高踞悬崖之上的铁关口墙倒楼塌,浓烟烈火直冲天际。唯有一面弹痕累累,上绣白色"飞龙会"三字的黑色大旗仍在晓风中猎猎招展。

第二十三章：老寨易手

城墙脚下的斜坡上，死尸累累，硝烟弥漫。

萧天汉与残存部众，持械伏于蜿蜒起伏在山梁上的寨墙墙垛后面，紧张地注视着从突然沉寂下来的官军阵地上大步走出的三名官军。

万籁俱寂，在无数黑洞洞的枪口逼视下，三名官军的双脚踩踏着尸体、血迹坚定无畏地前进。

韩长生俯身跑到萧天汉旁边，急促说道："妙玉去了快两个时辰，还没把庞龙的队伍拉来，金娘娘刚才也急得亲自赶去了峡口寨。舵爷，弟兄们的子弹快光了！"

萧天汉心中猛一揪扯，这么些年来，对庞龙，他始终捉摸不透，他虽在峡口寨拥兵自重，暗与江防军勾结，但据此便认定他有叛逆之心，似也不确，这些年来，荣昌劫法场救赵中玉，古庙沱火烧贺白驹粮船，令出即行，他也干得委实不错。而且就在三日之前，他还率领渔户烧掉了江防军的两条巡江红船。

萧天汉心中烦乱，自我安慰道："庞龙是飞龙会的老天牌了，他不会见死不救的！我猜他恐怕眼下也和我们一样，遇上了麻烦，一时腾不出手来帮我们。"

五只装满黑皮警丁的木船，顺着碧水溪逆流而上，靠抵滩子口岸边。

郑稷之带来的黑皮警丁飞快地涌上岸，络绎不绝地开进阵地。

三名官军在城楼下站住了。

为首军官仰起头来，威风凛凛叫道："萧天汉，出来说话。"

萧天汉虎地出现在寨墙上："你大爷我就是萧天汉，有话快说，有屁快放！"

城楼上手提双枪背插单刀的萧天汉，出现在滩子口贺白驹的望远镜中。萧天汉个头并非十分高大，但匀称孔武，眉眼间透射出一股凛凛威气，赤裸着上身，一身腱子肉在阳光下乌油闪亮。

贺白驹将望远镜放下，目光却依然落在萧天汉身上，那眉头紧锁，满面怒气，眼中竟似要喷出火来。他的心在胸腔里蹦跳咆哮："爹，今日攻下铁关口，我定要亲手割下萧贼首级，献至你的坟前……十几年了，总算是苍天有眼啊！"

贺白驹猛然回首："孙副官，立即电告军座。"他一字一句地口授电文："半月来，我军连克望娘寨、寸金滩、弥月沱等九村十八寨。白驹不敢懈怠，乘胜挥师追击，今日攻破萧匪老巢铁关口，已将匪首萧天汉、赵中玉、金煜瑶及所部残匪悉数斩杀，川东匪患，指日可清。"

城楼下为首军官喊道："萧天汉，天兵到此，势如破竹，我奉贺旅长之命，勒令你立即开门投降，否则城破之时，玉石俱焚，就后悔不及了。"

萧天汉凛然回道："要我姓萧的投降，瞎了你娘的狗眼！回去告诉杨森，把你们占去的九村十八寨乖乖还我，我和杨森从此井水不犯河水！"

军官傲然喝道："立即无条件投降，听候贺旅长处置。萧天汉，这是最后通牒！"

"去你妈的！"话音刚落，萧天汉甩手一枪，军官应声倒地。

两名士兵，吓得扭头便逃，也被一阵乱枪打倒在斜坡上。

霎时战火重起，呐喊声、枪炮声震天动地。等一阵猛烈的炮火轰过后，军号声嘹亮地响起，贺白驹的官军与郑稷之的黑皮警丁涌出阵地，潮水般向着寨墙冲去。

墙头上，萧天汉一声令下，十几挺轻机关枪一齐伸出头来，弹雨像十几条雨鞭，猛烈地向着官军狂射……

一条石板小路，蜿蜒于崇山峻岭的浓密林莽中。马蹄声急脆，一位身着红色短靠、头缠红巾的女子，正俯身马上，飞矢般一掠而过。

此人正是金煜瑶。这一年她虽然已是三十有五的少妇，但大家闺秀，尤擅保养，在铁关口又长期过着锦衣玉食、养尊处优的生活，故而看上去丝毫不显庸容之态，依然是慧眼丽目，英气逼人。

今日铁关口情况万分危急，她派妙玉飞骑赶去峡口寨，急调庞龙人马速来增援。岂知妙玉一去不回，援兵也不见影，她担心庞龙自恃资格老，眼睛高，没把妙玉看在眼里，只好自己也赶去搬兵。

金煜瑶飞骑蹿上峡口寨，在寨门前翻身下马，仰头大呼："快快打开寨门，我要见你们掌堂。"

寨墙上忽地立起一彪人马。

吴福斋一声干笑，拈着几根鼠须得意洋洋地说道："姓金的，我实话告诉你，龙爷已于昨日弃暗投明，归附贺白驹旅长做了国民政府委任的峡口寨团总，从今往后，再也不受萧天汉那贼徒的窝囊气了。今天你既然亲自赶来，也不枉你跑一趟，还请你带件礼物给你男人。"

"咚"的一颗人头砸下来，骨碌碌滚到金煜瑶脚边。

金煜瑶一见是妙玉之头，魂飞魄散，痛声悲叫，飞快抽出双枪。

墙头上忽地伸出无数枪口，齐刷刷对准了金煜瑶。

庞龙陡然大喝："讨死！乖乖把枪扔下，龙爷我看在我那死去拜兄的面上，暂且饶你一命！"

金煜瑶无奈其何，只得将枪扔到地上，怒目瞪着墙头大骂道："庞龙，你竟敢见死不救，卖主求荣！"

第二十三章:老寨易手

庞龙呵呵一笑:"生死在天,怎能怪我?我庞龙虽是归顺了官军,可我硬着脑壳不同意出兵帮贺白驹杀你们的腰枪,也算是念着我与老舵爷兄弟一场的情份了。"

金煜瑶恨极无辞,飞身跃上马背,猛然挥鞭,沓沓而去。

身后,传来庞龙幸灾乐祸的喊声:"金煜瑶,带个口信给天汉侄子,我庞龙,可是一个心眼盼着他能大难不死,跳出龙门呐!"

铁关口墙头上,萧天汉用双枪频频射击,不少士兵与警丁倒在他那两管弹无虚发的枪口下。陡地,他想起了什么,眉头一皱,扭头叫道:"长生,韩长生!"

韩长生闻声而至。

萧天汉将双枪往腰间一插,一把夺过韩长生手中的机枪,急声吩咐道:"老寨守不住了,你快带几个弟兄从北门设法出城,赶到县城码头接赵军师。"稍顿了顿,又神情怆然地补了一句,"我带着弟兄们奔老鹞岭去了,老天爷要是有眼,我们就在万灵寺见面吧。"

此时,大批官军警丁已从断墙寨门涌突而入,与飞龙会弟兄杀成一团。

萧天汉眼见一大群官军已将护旗的弟兄们围住厮杀,他大吼一声,一个"鹞子翻身"越过众人头顶直落旗杆下,双脚刚一触地,他将机枪一摆,对准官军便是一阵猛扫。子弹打光,他把机枪往旗杆旁一扔,反手抽出背上的单刀,向着城楼下狂暴地嘶吼道:"来吧,狗杂种!今天不是我萧天汉死,就是你贺白驹亡!"

洪真孝见他毫无遮掩地挺立在墙垛之上,急得要死,奋力将他拖下,大喊道:"舵把子,快些上马,要再不走,就走不脱了。"

刘逵一帮兄弟,已将坐骑牵到城楼脚下,大叫舵爷快快上马。

萧天汉回头看了看墙内正在炮火轰击下不断倒塌的房屋,散卧四处的死尸,痛心疾首,脚一跺:"走!"

萧天汉与残存的一帮弟兄飞身跃上坐骑,狂风般冲向北门,与攻进北门的官军狭路相逢。众人争相向前,猛砍乱剁。一场血战后,众人突出北门,向大山深处落荒而去。

官军马队紧跟出城,穷追不舍。

贺白驹手持马鞭,与郑稷之率领部下,浩浩荡荡来到老寨大门前,沿途死尸狼藉,瓦砾遍地。

贺白驹等人直入老寨,站在萧家祖宅大门前,杀气腾腾地吼道:"我不想见一个活的,把这铁关口,给我清除得干干净净!"

官军警丁,争相对着仓皇逃出的男女开枪射击。

身着黑色中山装,手拄文明棍的郑稷之厉声吩咐警丁头目胡之刚:"一定要找到赵中玉,我今天生要见人,死要见尸!"

贺白驹与手下大步走进"静安园",眼前景致,让他大吃一惊:"萧天汉这个土匪头子,居然还在他老巢中玩起了洋格!"

郑稷之赶紧道:"旅座恐怕不清楚,萧天汉是根武棒棒,哪有这种品味。他那老婆金煜瑶,却是个半中半洋的混血杂种,在巴黎待过几年,把法国洋人那一套生活方式,全搬到万灵山中来了。"

金煜瑶纵马穿出莽莽林海,跃上一道高坡,猛地将缰绳一勒,坐骑高高跃起,长声嘶鸣。

脚下铁关口,已是一团枪声喊杀声。

金煜瑶惊得肝胆俱裂,魂飞天外。"啊!"她怆然一声惨叫,热泪滚滚而下。"天汉,煜瑶来迟啦!"她大叫一声,纵马向铁关口狂奔而去。

怀着必死之心的金煜瑶挥舞着一条长蛇般的黑色皮鞭,冲进北门,恰似飞将军从天而降。

官军们被这突然袭击吓昏了头,有的惊叫着撒腿便跑,有的慌不迭举枪欲打,还未来得及扣动扳机,那枪已被鞭梢卷得不知去向。只见那一条长鞭"吧吧"有声,凌空翻卷,速捷若灵蛇飞动,狠厉若刀劈剑刹,打得守门官军前仆后仰,屁滚尿流,待回过神来,眼鼓鼓看着那骑者已杳杳向寨中奔去。

金煜瑶突进北门,直奔"静安园"。

在小洋楼前面的草坪上,众多士兵一拥而上,将她团团围在中间。

高踞众人头上的金煜瑶为免遭枪弹射击,双腿猛力一蹬,来了个"一鹤冲天",身子凌空飞起,紧跟着在空中一个团身,落在人丛之中。官兵人虽多,可害怕误伤自己人,都不敢开枪。以命相搏的金煜瑶却腾挪闪动,时而掌劈,时而鞭扫,时而脚踢,勇悍若扑进羊群中的一头斑斓猛虎,只见四周血飞肉绽,号叫连天。

贺白驹拔出手枪,与郑稷之和几名军官闻乱冲出小洋楼。

贺白驹放眼一看,急忙喝道:"弟兄们让开,看我拿她。"

众官军飞快往四下散去,草坪上只剩下怒气冲天的金煜瑶。

金煜瑶手指贺白驹怒问道:"姓贺的,萧天汉在哪里?"

贺白驹冷冷一笑:"他么?哼哼,贼婆子,萧天汉早已做了我枪下的无头之鬼。"

第二十三章：老寨易手

"啊！"金煜瑶骤发惨叫，飞步向前。

"慢。"贺白驹喝道，"早听说你得了百子庵慧清老尼的真传，武功了得。贺某今天倒想领教领教。"言罢，将手枪往旁一扔。

金煜瑶见他如此举动，自忖若以家伙对他，胜之不武，也将长鞭收拢，插入腰间。

贺白驹身材虽是魁伟壮实，因自小得父亲缠丝拳真传，身手甚是敏捷，只见他一个"饿虎扑羊"，身子腾空，十指成虎爪形，居高临下向着金煜瑶扑击而来。金煜瑶见他来势凶猛，不敢以力抗力，就地一滚，闪避一边，不待贺白驹落地，已转身欺步上前，抡掌狠劈他背心。不料贺白驹双脚刚一触地，身子陡地向前一俯，双臂一扬恰似大鹏展翅，左腿单立稳如铁杵，右腿已向煜瑶阴部踢去。这竟是缠丝拳极难掌握也是极为厉害的一招"面迎门反腿挑华山"，奇险诡谲，防不胜防。亏得金煜瑶眼明手快，身法灵动，就在那脚尖刚要挑到自己裆部的一刹那，双掌猛力劈下，反借那腿力一个反弹，紧接一招漂亮的"凤凰旋空"，身子已似一股突起的旋风向后翻卷而去。

这一进击一化解，均为武林上乘之作，竟激起众官军一片喝彩之声。

贺白驹见一招落空，不禁大恼。他紧逼上前，不容对手稍有喘息，使开了缠丝拳中的一套"逼步连环"。他劲大力沉，拳法快厉，若是武功平常之人，不出十招八招，便已被击翻在地，而对付眼前这女子，此时他已是手脚并使，窝心腿、撩阴腿挟着拳法频频向她上盘中盘猛踢，拳上走惊雷，脚底挟闪电，逼得金煜瑶难以招架，在地上滚来滚去，一味闪避。

那郑稷之以为贺白驹已稳操胜券，在一旁乐呵呵喊道："贺旅长，留活口！"

贺白驹此时心中却甚为明白，他连使几十招，连金煜瑶的毫毛也没伤着一根，可见此人身法之矫健，听郑稷之如此叫喊，兀地焦躁起来，竟使出毒招，身子一晃，一个力贯千钧的"雷霆坠"，直直向金煜瑶身上压下去。

"啊！"众官军陡发惊呼，有胆怯者已然闭上了眼睛。谁都明白，只要贺白驹石磙似的身子坠下，那如花似玉的压寨夫人，顷刻间便会成为一摊肉泥。

众人的惊呼声尚未落音，眼前情势已蓦然大变。只见金煜瑶情急间一个"飞燕掠波"，身子一窜，已到两丈开外。贺白驹訇然砸下，待他跃起，适才金煜瑶卧身之处已然被贺白驹双膝砸出两个深坑。

贺白驹情不自禁地赞了声："好身手！"随即踊跃进招。

金煜瑶并不避让，施展开小巧武功，与之游斗。莫看她刚才给贺白驹逼得招架闪避,全无还手之力,实在是因为顾忌对手招法凶暴,力大无穷。再加之她激战了一夜,清晨又突围飞奔峡口寨,搬兵不着再返回厮杀,从昨夜至今,水米未进,身虚力乏,自然不敢以硬碰硬。如今见贺白驹招招落空,且已看清他的拳法路数,这才挺身而上,与之鏖战。

金煜瑶最擅长的武功乃是"金攒指",那十个纤纤玉指上,不知什么时候也套上了亮闪闪尖利指箍,玉手摇摇,快如飞梭,空中疑似龙鳞闪动,频频往贺白驹身上三十六大穴戳击,若是戳中要害,立即可取人性命。

贺白驹已算是四川武林中的名声赫赫的人物,自然知道那"金攒指"的厉害,半分不敢大意,每见她指头戳来,便急忙引身闪避。斗了三五十招,竟占不了半点上风。眼见她"玉女穿梭"、"毒蛇吐信"、"白鹤展翅"、"青藤缠葫芦",层出不穷,一招狠似一招,心中不由隐隐地起了些儿怵意。这时见她又一招"分花拂柳"迎面击来,慌忙往后一仰,背部触地的一刹那,脚尖向上一扬,使个"朝天蹬",想去踹她肚皮,不料金煜瑶那身子却刚好在他脚尖上方寸余之地一掠而过。

就在那一瞬间,单手一捋,竟将他一只靴子脱去。

在众目睽睽之下,贺白驹居然被这么一个年轻女子戏弄,禁不住热血上涌,满面红臊。

他在起身之时,右手已飞快地从内衣袖囊里挤出一粒铁弹攥在手心,向着金煜瑶装出一副满不在乎的样子哈哈一笑,说道:"玩耍嬉闹,算得什么真功夫?"

金煜瑶并不应声,冷冰冰瞥他一眼,手一扬,将靴子扔了过去。

贺白驹顺势将手一扬,金煜瑶以为他是伸手接靴,毫不留意,待陡地觉得右膝盖犹如火烫般奇痛难忍,方明白自己已中了贺白驹的暗器。

金煜瑶"噗"地单腿跪了下地,双手捂住膝盖,杏眼圆睁,叫道:"贺白驹!你……好卑鄙!"

贺白驹大步走到她面前,得意地笑道:"贼婆子,我教教你,何谓兵不厌诈。"随即脸一沉,喝道:"给我绑了!"

众兵士一拥而上,立即将金煜瑶擒住。

郑稷之急忙奔上去,涎笑着恭维道:"哈哈,果不出我所料,贺旅长真是神功盖世,还未用出五分功夫,就将这武功了得的贼婆子生擒。"

贺白驹被他这一瞎捧,却自觉有些羞愧,悻悻道:"此人武功,委实厉害,我要不略施小计,今日也恐难擒她。"

郑稷之转脸对金煜瑶吼道:"你从实招来,赵中玉逃到什么地方去了?"

第二十三章：老寨易手

金煜瑶以目怒视贺白驹，斥道："既已被擒，决无他言，要杀要砍任由发落，飞龙会弟兄自会替我报仇的！"

贺白驹咬牙切齿道："死到临头，还敢嘴硬！"扭头对郑稷之，"郑县长，你立即将她押回荣昌，关进我旅部大牢严加看守。待我抓住萧天汉赵中玉回来，再打发他们三人一同去丰都城里做鬼！"

金煜瑶从这话中听出破绽，猛一扬头，冷声一笑。

郑稷之喜不自禁道："好，好，我在荣昌城里，静候旅长佳音。"

五花大绑的金煜瑶，被郑稷之与手下黑皮警丁押着一瘸一拐地向老寨城门走去。

沿途尸体横陈，两边房屋在大火中哗剥作响，不断坍塌。

金煜瑶死死咬住嘴唇，血，从她嘴缝间渗出，顺着下颏尖滴落下地。

胡之刚带着一帮警丁匆匆跑来。

"报告县长，我们寻遍了铁关口的旮旯角角，没有发现赵中玉的踪影。"

"唔？"郑稷之十分不快。

胡之刚赶紧道："尸体全都翻遍了，没他的影……哦，萧天汉带着一帮土匪从北门冲出去了，他会不会也……"

郑稷之气恼地："警备队撤吧，我不信他还能上天入地！"

一行人来到滩子口码头，将金煜瑶押上木船。

船离河岸，顺碧水溪而下，向着濑溪河划去。

金煜瑶仰起头来，悲愤地注视着崖壁上的铁关口老寨……蓦地，她一跃而起，一头扎进水中。

警丁们一团惊慌，立即几支爪钩伸进水中，将她重新拖上了木船。

萧天汉与洪真孝等几十名手下，飞马在细丝般嵌在悬崖峭壁上的小道上疾奔。追兵已被甩开了一段距离。

冲上崖顶，萧天汉勒马大吼："弟兄们，杀它个回马枪！"

弟兄们纷纷跃下马背，任由坐骑往前续奔。

萧天汉等提着枪绕上崖顶，极快地藏身于荒草乱石丛中。

少顷，官军马队已入伏击圈。萧天汉双枪一响，两名官军即刻坠下马背。顿时，枪声犹似炒豆子般响起，敌骑被这突然袭击打得溃不成军，鬼哭狼嚎，不少人惨叫着连人带马坠下悬崖，余下官军掉转马头，没命地往回跑去。

第二十四章：维多利亚女王勋章

长江两岸，风光雄奇。朝暾初起，水光荡漾，红色的晨雾飘袅如轻绡薄绫，披散在大河之上。

英商太古公司的客轮"明通"号正溯江而上。"米"字旗在船顶猎猎飘扬。

二楼豪华气派的餐厅里，散坐着碧眼金发，珠光宝气的外国旅客和衣冠楚楚的"上等华人"。赵中玉独自坐在一张小几旁。他身着白绸对襟短衫，头戴月白色礼帽，一把精致折扇，在手中舒徐摇动。胸前那一枚白底金花的维多利亚女王勋章，在朝阳的映照下闪耀出一团夺目的光彩。他的眼睛漫不经心地浏览着岸上缓缓移过的景物，耳朵，却暗暗地留意着旁边一男二女三位欧洲旅客的谈话。

昨天一早在朝天门码头上船后，他很快便了解到，船上的十几位欧洲人，全都是由重庆卫理公会出面组织，前往泸县，参加刚刚落成的天主教堂的开堂仪式。此时背对着他坐着的那位看上去神态庄重的中年男人，是英国政府派驻重庆的领事鲍威尔先生，紧挨着他的是他的妻子。而正在对他夫妻俩"呱哒呱哒"说话的艾特丽丝女士，竟然是世界著名大富翁美国财阀洛克菲勒的亲妹妹！

艾特丽丝是到重庆旅游的，她和鲍威尔夫妇，均是受到重庆卫理公会的邀请，作为开堂仪式嘉宾，专程前去泸县的。即便是到过西欧诸国见多识广的赵中玉用多么严格的眼光去挑剔，艾特丽丝也算得上一个绝世贵妇。她那精心描绘过的眉毛给她那清澈的眸子以一种特殊的美感，皮肤白如奶酪，面容和嘴唇色彩鲜艳，眼睛里放射出青春勃发充满无穷欲望的光辉。而且，她的衣饰华贵得令人目眩。

青峰直刺苍穹，大江滚滚东去。几只上水木船正傍着河岸逶迤。一大群仅裆

第二十四章：维多利亚女王勋章

部搭着块窄窄的布条,全身近乎赤裸的纤夫,在陡峭的绝壁上攀爬蠕动。

号子声雄壮起来,在峡谷中回荡撞击,发出一串串撼人心魄的巨响。

艾特丽丝惊喜地叫喊起来:"啊哈,这个遥远的东方国家是多么的神奇壮丽啊!"

鲍威尔先生饶有兴趣地注视着她,表示正在认真聆听她的谈话。

而赵中玉却注意到,领事夫人羡慕而不无矜持地盯着的,却是艾特丽丝手指上那一枚大如鸽卵,熠熠闪光的红宝石戒指。

英俊而衣着邋遢的英国青年罗莱德捧着一个精美的玻璃匣子凑上前去:"女士们,要首饰吗?项链、戒指、手镯,全是中国皇宫里用过的,真正的稀世珍宝。"

鲍威尔瞪着他,满脸鄙夷地说道:"你找错对象了吧?这样的假货,也敢拿来骗我们的钱?"

罗莱德赶紧讨好地向艾特丽丝说道:"小姐,我知道你是个大人物。我在报上见过你的相片。我也是个美国人,我的家乡在宾夕法尼亚州……"

"对不起。"艾特丽丝鄙夷地盯着他,不客气地打断了他的话:"我不认为在这里见到我的一位倒卖假古董的同胞是一种荣幸。"

罗莱德愕然一震,犹如劈面挨了重重一个耳光。

他知趣地转向另一张茶几,向着一对意大利母女俩继续兜售。

护航队的英国军官宾查中尉带着两名士兵,神情傲慢地走了进来。

宾查瞥了赵中玉一眼,刚欲走过去,却被他胸前的那枚勋章吸引住了,眼中顿时射出惊讶。

"噢,维多利亚女王勋章!上帝呀,这是我们大英帝国军人的至高无上的荣誉……中国人,你怎么……"他诧异地喊叫起来。

赵中玉淡淡一笑,看看勋章,自豪地说:"我参加过欧战,在西线的战壕里同英国军队并肩战斗了两年。这是胜利后贵国政府授予我的。"

宾查中尉的脸上倏地涌上了崇敬的神色,他双脚一碰,向赵中玉行了一个标准的军礼。那两名士兵也跟着效仿。礼毕,他们才转身离去。

这一刻,餐厅里的所有洋人与"上等华人",都向赵中玉投去了微笑和尊敬的目光。

赵中玉怡然笑了。

这时候,他看见一个胸前挂着相机,披着一头天然的卷曲长发,长着一脸大胡子的外国人匆匆进来,扭着头四处张望。当他的目光落到艾特丽丝脸上时,忽地一喜,大步向她走去。

"艾特丽丝小姐,能够在船上一睹你的芳容真是不胜荣幸。我是上海《远东评论周报》的英国记者乔治·多佛伦。我热忱地邀请你为本报说上几句话。"

艾特丽丝骄矜地问道:"记者先生,你希望我为你们的读者说点什么呢?"

"美丽而高贵的小姐,你远离自己的祖国,来到这遥远的异国他乡,此时此刻置身于东方这条举世闻名的神秘大河上,难道你就没有一点异乎寻常的感觉吗?"

艾特丽丝夸张地耸耸肩膀,她那一对半掩在乳罩里极为丰满线条极美的乳房也随之上下蠕动了一下。"我并没有身在异国他乡的感觉……啊,真的,一点也没有。"她说,"此时此刻我游览长江,正如同我游览密西西比河两岸的风光一样。对于你们英国人来说,中国的黄河,不也正如同你们的泰晤士河吗?"

多佛伦欣喜若狂:"啊,上帝,你说得太妙了!妙不可言!"

"不!"旁边怒气冲冲地站起须发皆白的法国传教士贝尔亚,"在我们法国人眼中,长江是塞纳河,懂吗?它应该是塞纳河!"

合江县码头,一派嘈杂喧嚣。

赵中玉站在自己的单人舱房门前,注视着下面的情况。他看见宾查中尉带着四名护航英兵正站在栈桥两侧,监视着上下轮船的中国旅客。稍觉可疑,就凶神恶煞地对其进行仔细的搜查。

他眉头皱了皱,装出一副漫不经心的样子往舷梯口走去。

下等舱里,拥挤不堪,袁公剑、黎胜儿与关家兄妹围坐一起,正在玩牌。

袁公剑会意地向赵中玉眨了眨眼,示意他们一切安全。

中午时分,"明通"号已进入磨刀峡。

船上正是吃午饭的时候,餐厅门上写着:华人禁止入内。

可是,赵中玉却在里面堂而皇之地招待宾查中尉。虽然不时有外国旅客惊奇的目光向他投来,但赵中玉却视而不见。他胸前那枚"维多利亚女王"勋章使船上所有的英国人,以及来自英联邦国家的人对他刮目相看,丝毫不敢轻侮。

赵中玉一路上注意到,英国士兵对稍觉可疑的中国旅客的行李检查得异常仔细,他不能不为装在他那两只大皮箱里的三十支驳壳枪担心。他把宾查中尉请到餐厅里来,其目的正在于此。

桌上,摆满了大盘小碗,还立着三个空酒瓶。

宾查中尉已让赵中玉灌得很有些醉意了。

第二十四章：维多利亚女王勋章

"赵先生……你看那位……美国金发女郎,多美……啊……多性感!"

赵中玉知道他说的是艾特丽丝,因为他看见他的一双蓝幽幽的大眼睛放肆地盯在艾特丽丝身上已经好久了。

"啊,是的,她真是美丽绝伦。"赵中玉搭讪着,向仆欧挥挥手,"再来一瓶法国沙利松红葡萄酒,我要和宾查中尉一醉方休。"

"赵先生,你为我这样破费,我真是……过意不去。"

赵中玉豪爽说道:"这算得了什么?钱财如粪土,仁义值千金嘛。"

"好,说得好!赵先生,我们之间的友谊才是最重要最宝贵的。"宾查高兴地在赵中玉肩膀上一拍:"你想知道我为什么一见了你,就会对你肃然起敬的原因吗?"

"啊,当然愿意。"

"噢噢,我告诉你吧,我的老家在威尔士的瓦茨里尔,那儿有全世界最有名的大煤矿。我的父亲与三个哥哥都是矿工。战争时,我的父亲和三个哥哥被征调去了法国前线……后来,战争结束了,我的大哥再也没能回来,他战死了。可是即便如此,也没有能够为我们的家族换来一枚'维多利亚女王'勋章。而你,作为一名中国的参战人员,却享受到了这极其高贵的荣誉,所以,我有充分的理由尊敬你……"

"矿工?法国前线?哦,宾查中尉,你父亲和哥哥到了法国什么地方?"

"康布雷。"

"康布雷!你说康布雷!唉呀呀,我知道你的父亲和哥哥到康布雷去干什么了?因为,我们中国的劳工也在康布雷,和英国矿工干的是同一桩事情!"

"哦,朋友,我的亲人是被紧急征调到康布雷去挖坑道,你们中国人呢?"

"一样啊,除了英国人、中国人,还有安南人、印度人,在康布雷挖坑道的协约国劳工,多啦!"

"啊,朋友,我虽然早就听我的亲人说过他们在康布雷挖坑道的情况,可在这样的时刻,我非常希望知道,当年你在康布雷都做了些什么。"

"宾查先生,我相信,你比这条船上的任何英国人,对当年在康布雷发生的事情都更感兴趣。"

赵中玉描述的康布雷之战,令宾查中尉瞠目结舌!

他说,进入一九一七年仲夏,几乎每天都有胜利的消息传到西线的每一条堑壕里,在希腊、意大利、土耳其、马其顿、巴勒斯坦、美索不达米亚(今伊朗),保加利亚人、奥地利人和德国人死伤惨重,节节败退。在西线的各个战区,协约国军队也加强了攻势。

"我们将在柏林共进圣诞节午餐。"协约国军最高统帅福熙将军提出的这句响亮的口号,使整条战线上所有协约国的参战人员都受到了极大的鼓舞。

九月十三日在这个被西方人视为不吉利的日子里,德国人真是倒霉透顶。对英国人法国人来说则是一个喜庆的日子,英法联军一举攻占了具有重要战略意义的圣米耶耳。

九月二十七日,英国军队和澳大利亚军队、美国军队攻破了兴登堡防线;两天后,保加利亚宣布投降。

但是,康布雷却仍然在德国人手里。如果拿下康布雷,那么就打开了通往比利时的蒙斯、布鲁塞尔的大门。德国人早已在康布雷前面十英里处的斯梅尔德河西岸筑起了铜墙铁壁。高耸于西岸的山梁山腰上,是两道或三道配置有强大火力的堑壕,每道堑壕前面都布上了密密麻麻的地雷和带刺铁丝网。在坚实的白垩土中,德国人精心构筑了分隔开来的地下坑道网,里面有厨房、洗衣房、急救房和一个个弹药库,深度有四十英尺。还有一个庞大的电力系统用以照明。即使是再猛烈的炮群轰击,也不能打穿这个地下综合堡垒。此外,有通向后方的坑道和与主要防御系统联结在一起的地下通道,这样,他们在猛烈的火力下也能够轻而易举地向防线的任何地方增援部队。在沿岸的所有山头上,都构筑了坚固的工事。

英国派来一个军,他们全是些没有实战经验和训练不足的士兵。他们不能理解老兵们的狡猾。这些英勇的年轻人以为他们跃出战壕,就是冲进了柏林。很可惜,他们中间起码一半的人在第一次冲锋时就死去了。陷入困境的英国人于是设计出了一个伟大的方案,从战线的这一边把坑道挖过河去,将对岸连绵起伏的几座山岭连同十万名德国人一起炸掉。

英国人固执坚韧的性格在康布雷得到了淋漓尽致的发挥。他们从威尔士的各个矿区火速调来了三万名熟练的挖掘工,与云集在这里的十万名来自各协约国的劳工一起,开始了没日没夜的苦干。他们首先在自己的阵地后面顺着河流的流向挖出一条深至一百二十英尺,足足有五英里长的横坑道,然后,多达十九条坑道像巨蟒似的向着斯梅尔德河齐头并进,钻过河床底部,向着麇集着不下十万德国人的山岭肚子里爬去。无数台水泵"嘎嚓"作响的时候,协约国的所有大炮轮流向敌人阵地一刻不停地发射炮弹;所有的坦克、军车也一齐发动,用巨大的声响来掩盖水泵发出的声音,以至于几乎所有人都成了聋子。

在明亮的电灯泡的照射下,赵中玉所在的四川营华工看上去简直成了妖魔鬼怪,头发、鼻子、眼睛,浑身上下糊满了厚厚的一层白色的稀泥。他们每天连续干上十六个小时以后,再和威尔士人、锡克人、埃塞俄比亚人换班。坑道里又闷又热,浓稠的泥水深至膝盖,持续不断的塌方使不少人命丧黄泉,三十二名中国人也糊里糊涂地成了异乡冤魂。活着的人憔悴不堪,浑浑噩噩不知天日。两个月后,世界军事史上最惊人的坑道作业完成了。四百八十万磅剧烈的爆炸物阿芒拿,已经塞进了德国人的肚子里。

发动进攻的时刻是一九一七年的十月十二日凌晨五时三十分,进攻前的半小时,所有协约国军队的大炮都停了火。所有奉命参与进攻的士兵的步枪都上了刺刀。无数的驳船,小艇隐蔽在东岸的无数道山谷里。

华工们聚集在山头上,他们同所有的协约国军人一样整装待发。浓浓的夜色给他们披上了安全的铠甲,他们引颈注视着河对面那起伏的山岭下面,那里留下了他们的汗水和同胞的生命。

进攻的时刻终于到了,在前线的某一处地下掩蔽部里,电池外壳的插棒式铁芯被塞了进去,十九条坑道里的炸药一齐引爆,烟尘冲上夜空时,震波直达天顶,爆炸的声响像是从地心里发出的一串闷雷,低沉而有力,整个地球似乎猛烈地抖动了一下……

这是凝固的一刻,所有的人像栽在一个个山头上的密密麻麻的树桩一样一动不动。片刻后,一片气势磅礴的声浪冲天而起,进攻开始了,树桩变成了涌动不息的滚滚巨浪。没有任何抵抗,欣喜若狂的士兵们飞快地渡过斯梅尔德河,排山倒海般向着德国人占据已久的阵地上涌去。

黎明到来,太阳升起,硝烟和灰尘在阵地上空久久不散。遍地堆满成堆成摞的暗灰色尸体,胜利的士兵们挥动着刺刀与旗帜在尸体上欢呼。

紧随在士兵后面的华工们过河后,立即沿着陡峭的山壁,爬上了第一道堑壕。

赵中玉跳进战壕,双脚落到了一堆尸体中间。他们有的伏在壕沿上,有的躺在战壕里,全都像睡着了一样。巨大的整块岩石被震裂开拳头大的缝隙。他看过去,眼前大概有百十个德国人,他们毫无表情的面孔对着四面八方,僵硬的手臂向不同的方向伸展着,死者的脸好像川戏舞台上的小丑,眼睑上、眉毛上、鼻梁上全都蒙上了一层干燥的白色粉末,瞪着的眼睛好像在凝视着远方。所有死者的身上都看不到创口,唯有口鼻流着殷红的血。

听完关于康布雷的故事,宾查中尉愈发增加了对赵中玉的好感,他摇摇晃晃地回到舱房,拿来一盒古巴雪茄,送给他这位新结交的中国朋友。

"能够在长江上,与曾经和我的父兄们一起战斗过的一位伟大的中国人不期而遇,我倍感荣幸!"英国中尉激动地倾吐心声。

第二天上午,"明通"号在泸州进入沱江,逆行一段后,再由胡市镇进入濑溪河,到达泸县县城福集镇码头便是此次航行的终点,中外旅客,全都得在这里下船。

关清财等人已经收拾好行李,汇入下船的旅客中,向着舱口挤去。

一个中国茶房在舷梯边提醒旅客:"'明通'号今晚歇泸县,明早天一亮开船回重庆,坐下水划子的客官,请留意时间,莫要赶脱了船哦。"

赵中玉观察了一下码头上的情况,点燃一支雪茄,也随着人流上了栈桥。

关清财兄妹紧跟在他身后,袁公剑和黎胜儿一人扛着一口皮箱,也紧紧跟上。

快登岸的时候,不料一个英国兵看见那两口皮箱异常沉重,将枪一抡,挡住了袁公剑与黎胜儿的去路。

两位弟兄一愣,目光飞快地掠了一下赵中玉,随即强作镇定地将皮箱放了下来。

"打开。"英国兵吼道。

关清财关五香迅速将手伸向了腰间。

赵中玉一看不妙,赶紧向站在岸边的宾查叫道:"宾查先生,宾查中尉。"

宾查立即跨上栈桥,大步走过来:"赵先生,怎么,是你的行李?"

赵中玉道:"哦,里面是我为洋行收的一笔款子。你看……"

宾查瞪了那士兵一眼:"赵先生不是一般的中国人,你没有看见他胸前的女王勋章吗?他是我们大英帝国了不起的功臣。"大手一挥,"不用检查了,请吧,赵先生。"

赵中玉双手一拱,说道:"宾查中尉,我替洋行收款,常坐这条轮船,今后,还望你多多照顾。"

宾查笑咧咧地说:"希望你常来,希望你常来,我们是真正的朋友呀。"

赵中玉等前往荣昌的旅客,在泸县水码头改坐敞篷木船,顺着濑溪河,继续蜿蜒而上。

残阳西坠,夜色笼罩了四围城墙高耸的荣昌县城,由五条木船组成的船队,高扬风帆,抵达了县城西宁门外的水码头。

第二十四章：维多利亚女王勋章

装扮成力夫模样的韩长生和几位弟兄,站在河坎上,注视着缓缓向岸边靠拢的几只木船。

这时,上游方向,一只满载黑皮警丁的木船顺流而下,飞快地向江边沙滩靠拢。

韩长生有着高高的个头,宽肩膀,颧骨隆起,天庭饱满,鼻梁很高,眉毛也浓,一看就是那种脑壳精明,手脚敏捷之人。他已经看见了旅客丛中的赵中玉,扭过头来,低声吩咐几位弟兄:"脑壳放精灵些,准备接货。"

登上码头,夜幕虽已垂落下来,赵中玉仍压下礼帽,戴上宽大的墨镜,掩饰住自己的面容。

力夫们一拥而上,争抢生意。

韩长生腿长身快,抢在头里大声嚷道:"几位大爷,这口饭尝给我吃吧。"不待对方说话,便伸出手去袁公剑肩上扛过皮箱。

众人沿着陡峭的石梯坎,慢慢往城门洞子走去。

韩长生凑到赵中玉身边,低声道:"军师,铁关口今早晨丢了,舵爷叫我接你们马上赶去万灵寺,马匹早就在城外备好了。"

赵中玉双眉一蹙:"什么?连老寨也……"

韩长生哀叹道:"哎,这一回,飞龙会栽得惨呐!"

倏然间,河滩上暴起一团嘈嚷。众人猛地回首一看,不禁大惊失色。

河滩上已经布开了警戒线,一帮警丁们咋喝着奔上石阶,将行人驱向两边。郑稷之率领胡之刚、白仲杨几名警丁头目拥着金煜瑶走下了跳板。

眼见着浑身水湿淋淋,双手被绑的金煜瑶,众汉子一时乱了方寸。

韩长生焦急万分地问道:"军师,咋办……这咋办啊?"

赵中玉叮嘱道:"稳起。"

他看到郑稷之已快走到面前,急忙将脑壳一埋,悄悄隐在人丛之中。

金煜瑶倔强地将头高昂着,一步步登上石梯坎。蓦地,她双眼一定,又飞快地移开了——她竟然在这里看见了赵中玉、袁公剑、关家兄妹、韩长生等一帮兄弟。

众人怔怔地望着金煜瑶被押上石梯坎,消失在城门洞子里。

"救不出大嫂,我们咋有脸再见舵爷的面?军师,你是高人,快给弟兄们拿个主意吧!"韩长生苦着脸儿求他。

情急间,赵中玉也无计可施,只好说道:"走,此处不是说话处,先到兴隆客栈住下吧。"

老鹳岭一峰独峙,高耸云天。

一轮银月高悬在岭尖上,给红墙黄瓦的万灵寺内外莽荡松林,镀上了一层银白月辉。夜风在草尖上轻拂而过,发出一阵阵细碎如语的声响。

松林中,战马不时打着响鼻。枝叶间筛下零碎光斑,在一大群战马背上、头上粼粼闪闪跳荡。

萧天汉独自躺在万灵寺一间禅房里,虽已疲惫不堪,仍辗转不能入睡。形势如此险恶,作为飞龙会的总舵爷,他不能不对幸存下来的弟兄们的生存担心。连日来数次与官军接火,皆被击败,贺白驹人多势众,枪械精良,再与之硬拼无疑似以卵击石。仅半月余,弥月沱、寸金滩、望娘寨、洪家堡、铁关口等九村十八寨地盘悉数丢失,萧家祖上创下的飞龙会,传至今日已逾六代,莫非果真要毁在我萧天汉手中?

想到此,他心中如火冲腾,痛苦难当。他忽然跳将起来,大步出了房门,在禅院中央兀地跪了,举眼向天,喃喃祷告:"天神地神,过往星君,萧天汉笃信神灵,至诚不移。值此危难之际,亟盼仙君助我神力,帮我渡此难关,重振我飞龙会雄风……"

脚步杂沓,黑影幢幢,几名弟兄匆匆奔到萧天汉跟前,急叫道:"舵爷,舵爷!"

萧天汉蓦然惊醒,见为首两个肩扛皮箱者是随韩长生下山去接赵中玉的弟兄,不禁问道:"军师呢?你们把军师给我接回来没有?"

"舵爷,不好了!金娘娘已被……已被郑稷之抓到荣昌城里去了,军师准备劫牢。"

"啊!"

平地一声雷,萧天汉惊得跳了起来……上前抓住一个小头目:"军师说了什么?"

"请舵爷不用再派人手去。"

赵中玉等人远远跟随在金煜瑶身后,穿街过巷,直至见她被押进了设在天主教堂的旅部大门,这才转身去城中十字街口的兴隆客栈住下。

一路上,他们已打听清楚,贺白驹尚在山中督战未归,荣昌城里现在只有胡之刚的警备队和留守旅部的少数官军。

赵中玉当即拍板,连夜劫牢,救出金煜瑶。

第二十四章：维多利亚女王勋章

郑稷之将金煜瑶押进旅部大牢，对胡之刚等手下吩咐妥当，即刻赶回县衙，先编了一套谎话，到后花园吓唬了一下傅筱竺，然后再兴冲冲进了三姨太罗芸花的卧房，却见罗芸花涂脂抹粉，穿戴得灿然一新，正要出门。

"哟,老爷子,你总算平平安安地回来了。你这次进万灵山剿匪,一去半月,我可没睡过一个安稳觉哩。"罗芸花迎上前来说了几句亲热话,又大声向门外丫环吩咐道,"快备上热水,伺候老爷洗澡。"转过脸,对郑稷之莞尔一笑,"今夜三庆班在南华宫剧院演《情天侠》,你不陪我去看看？"

"我咋去得了,眼下军情紧急,今天夜里还得提审土匪头子哩。"郑稷之放下茶碗,伸手把罗芸花揽进怀中,让她坐在自己的大腿上,和颜悦色说道,"自你嫁给我郑稷之,我那黄脸婆娘,便长年累月把她关在自己屋里,烧香拜佛,吃喝拉撒。虽说她与你就这么一院之隔,七年来,你几时见我跨过她那门槛？"

罗芸花微嗔道:"你莫光拣好听的说,那傅筱竺呢？你人在我床上,魂儿却早让她勾去了！"

郑稷之呵呵笑道:"你说这话,可就冤枉死我了。自你嫁给我这些年来,我在你这里过夜的时候多,还是在她那里过夜的时候多,你还不知道？"

墙上的挂钟"当当"响了七下,罗芸花一下跳起来:"戏快开场了,我今晚可没工夫和你磨嘴皮子。"嘴里说着话,脚下已往门外走去。

郑稷之见罗芸花款款出了天井,遂站起来,在她那床头柜里一阵搜寻,找出一个精致的粉红色玻璃小瓶,看了看那商标,揣进口袋里。

郑稷之回到天主堂,走进左侧的神父楼,正在底楼宽大的走廊上围桌喝酒的胡之刚急忙撇下几名警丁向他迎来,会心一笑,低声道:"县长放心,我已把那土匪婆子收拾妥当了,请你老上去慢慢享用吧。"

郑稷之环视了一下四周,说道:"你们到月亮坝上去喝。"

"怎么……县长还怕我们听见水响么……哈哈哈哈！"胡之刚大笑起来,随即吩咐警丁:"快,把酒菜端到外面去,坝子上有风,还凉快些哩。"

郑稷之待警丁们涌出屋去,便将大门关上闩死。

他走到桌边,掏出小瓶,把瓶里的粉红色药粉倒了一些在嘴里,然后端起桌上的水碗,就着水吞进了肚子里,这才登上楼梯,上了二楼。原来,郑稷之因长年纵欲过度,身子亏空得厉害,虽仍嗜色如命,但每每却得之而不能尽享之,颇有心有余而力不足之憾。为尽情享乐,他去汉口游玩时,到租界上的西药房里用重金买回这种叫做"金乌蝇"的春药，以备常用。这种产自西班牙的药物最能刺激性欲，服后立时三刻，便令人无法自制。

月光被窗棂切割成无数块零碎光斑投射进来，满屋迷蒙绰约。

郑稷之登上楼口，一眼便看见了已被连头带脑，严严实实地用绳子缠绕在粗大柱子上的金煜瑶。郑稷之掏出火柴，将桌上的蜡烛点燃，屋子里顿时弥散开一团浑黄光亮。油灯旁，还备上了一把剪刀。郑稷之笑了笑，暗暗夸奖胡之刚为他想得细致周到。他走上前去，把剪刀拿在手中。

"姓郑的……你想干啥？"金煜瑶见郑稷之拿着剪刀向她走来，不由骇然叫道。

"哈哈，你不用害怕，没有抓到萧天汉赵中玉之前，我们不会杀你。不过，早听说你是中国男人和法国女人杂交出来的美人胚子，今日有幸得见，果真是名不虚传。虽然三十出头，早已不是黄花姑娘，不过我看你依然是风韵犹存，要脸蛋有脸蛋，要身段有身段。我今天可要借用一下你这副如花似玉的混血儿身子，提提精神。"

"郑稷之，你这老淫棍！你杀了我！你痛痛快快地杀了我！"金煜瑶怒从心起，顿时大骂。

"杀你？我姓郑的现在还舍不得哩。"郑稷之双手抓住金煜瑶衣领，用力往下一撕，整个胸脯，赫然敞露出来。

"哈哈，你看看，你看看，这么大一对奶子，又白又嫩，活像两只活蹦乱跳的大兔子，哪个男人看了不喜欢？说真的，你郑大爷胯下这杆老枪，干过的女人不说上千，也有数百，不是你郑大爷夸口，连汉口高档妓院里的进口小'白鹅'（白俄），也吃过好几只哩，到如今还是觉得你这种方方面面都成熟了的小妇人，比那少不更事的黄花闺女过瘾得多，舒服得多。"

金煜瑶听着郑稷之满口禽兽之言，怒极恨极，怎奈全身上下无一处能动弹，眼前陡然一黑，心中怆然悲叫："煜瑶遇见老色鬼呐！"

郑稷之见她双眸喷怒火，粉脸涌丹霞，倒是别有一番风韵，心中不由袭上一阵快意。而且，那药力已涌了上来，催得他浑身血液发烫，亢奋难抑。他右手拿起一把剪刀，在金煜瑶身子上下东戳西撩，嚓嚓剪动，左手不断地撕扯，片刻工夫后，金煜瑶已然是赤身裸体一个。

金煜瑶自知今日难逃奸淫，恨气攻心，竟将嘴唇咬破，"扑"地一口血沫，向着得意洋洋的郑稷之脸上啐去。

"好,好,"郑稷之抹去脸上血水,一叠声夸道,"杂种婆子,我就喜欢你这股野味,你越野,大爷我就越上劲。"

此时药性已然大发,郑稷之感到体内如烈火焚烧,奇痒难耐。他扔下剪刀,一手搂住金煜瑶腰肢,将整个身子凶猛地贴了上去。金煜瑶用尽全力挣扎,可惜连一丝也动弹不了……她万念俱灰,身子陡然一松,像个普通女人似的尖声嚎哭起来……

荣昌天主教堂落成后,被誉为西南第一大教堂,由主楼、神父楼和教会学校三部分组成,占地万余平方米。主楼高达八十米,在荣昌县城的任何一个角落,都能清楚看见高高的尖型钟楼。举行开堂仪式那天,天主堂大门外瓜皮帽,礼帽满地滚,为啥?来参加开堂典礼的商绅百姓一仰头,那帽子就掉下地了。

教堂主楼凌空而起,挺秀的塔尖直指天穹,使周围的建筑顿然矮了许多,那高高在上的塔尖似乎是信徒们超越现实时空,进入虚幻缥缈的天庭的通道。西方宗教建筑的感染力就在于它恢弘博大的气势,处处充满了向上的动势或冲动。这种冲动让人一见便"神游意会,陡然得之",这种冲动让虔诚的信徒站在它面前,就好像站在了天国的大门前,使一颗虔诚的心,通过物质的尖顶,轻而易举地便上升到了人类向往的永恒天堂。主楼顶上还安装有专门从法国运来的报时钟。第一次敲响巨钟时,荣昌城里的百姓被吓得不轻,乱纷纷涌出门来,议论这如同响雷似的东西,是否是西洋人的"妖物"?逐渐,大家发现这"妖物"不过定时响起,并没有对谁造成伤害。而且,这响得如同打雷的大钟非常准时,每半小时报时一次,从未出过差错。久而久之,祖祖辈辈习惯用沙漏和燃香计时的荣昌人,感觉到了这钟声给自己带来的方便,反倒离不开它了。为了让大家在日常生活中和上帝更接近,教堂里的所有物事都有特定的含义,连阶梯也不例外。一进教堂大门,迎面四十级阶梯直达礼拜堂,代表着耶稣在山中修炼四十天;而主体钟楼门口的十二级逐渐缩小的半圆形阶梯,则代表着耶稣的十二门徒。

而此时,洋神父们不知被中国军阀赶去了什么地方,天主堂大门旁的吊牌上赫然写着:国民革命军第二十军第一混成旅旅部。

大门前的岗亭里,哨兵的身影依稀可见。清冷寂寥的小街上,一队巡逻兵沓沓走来。巡逻队刚刚转过前面的街口,六个身穿夜行衣靠的蒙面汉子出现了。他们悄无声息地来到了天主教堂的围墙外面,灵猫般逾墙而入。院里,长长的台阶两侧草绿花艳,主体钟楼巨柱高廊,庭院中树木葱茏。蒙面人隐身在路边的万年青树丛中,蹑足而行。

为首之人,正是赵中玉,他在筱竺处并未久留,便回到了兴隆客栈,待时至午夜,才与弟兄们打开后门,溜了出来。

一个警丁哼着小曲提着两只空酒瓶,摇摇晃晃地从旁边院里的神父楼走了过来。

赵中玉和弟兄们伏身在树丛间,目不转睛地瞪着他。警丁刚走到他们面前,关清财和韩长生敏捷地扑上去,捂住他的嘴巴,将他拖进树丛里。

韩长生将一把雪亮的尖刀戳进警丁口中,恶声问道:"说,你们把金煜瑶关在哪里?"

警丁惊恐地回道:"大爷,别……别杀我。我说,她在……在神父楼上。"

韩长生手上一用劲,一汪鲜血从警丁口中喷溅出来……

赵中玉与弟兄们匍匐于树丛后,向着神父楼蛇行而去。

通往底楼前的台阶上,坐着八九个警丁,正在划拳打码,喝酒吃肉。

关清财着急地叫道:"糟糕!"

赵中玉从绑腿里掏出短刀,牙一咬:"别用枪。上。"

五位弟兄也都抽出短刀,随着赵中玉猛地冲出树丛,将刀子一齐向台阶上飞去。警丁们非死即伤,鬼哭狼嚎。

白仲杨腰上挨了一刀,幸亏扎在皮带上。他赶紧掏出手枪,冲着黑影放了两枪,然后一个侧滚,落入台阶下的茂密树丛中,没命逃去。

众人一拥而上,到了大门前。可是,厚重的大门却闩得死紧,令他们无计可施。

此时,四下里枪声暴响,大批官军呐喊着向神父楼奔来。

郑稷之在楼上厉声狂吼:"围住,围住,别让土匪跑了!"

赵中玉贴着门缝急叫:"大嫂! 大嫂!"

官军逼近了,众人举枪还击,一个弟兄头部中弹,直挺挺摔下了台阶。

金煜瑶唯恐赵中玉等人吃亏,嘶声大喊:"军师,快走! 不要管我,你们快走啊!"

赵中玉长叹一声,脚一跺:"弟兄们,闪!"

几人边打边退,纵出墙头,慌忙钻进了一条冷僻的小巷。

身后,官军的脚步声越来越急。

众人正在焦急,赵中玉抬头一看,喜道:"快,快进去。"

第二十四章：维多利亚女王勋章

隔墙正是县衙后花园,众人随赵中玉越墙而入,立即隐身于花木假山后面,等追击的官军呐喊着在墙外跑过,他们刚刚从各自的隐身之处钻出来,蓦地,前面厢房门"吱呀"一声开了。

赵中玉急忙跑了上去。众人拥进屋子,门,立即合上了。

进门的赵中玉立刻看见月光映射着一张悲喜交织的秀丽脸蛋。

"天呐,是你……你究竟……是人是鬼?"

"筱竺,是你吗?"赵中玉大感愕然,"你何出此言?"

"郑稷之……他说,他已经在铁关口……"筱竺泣不成声,"亲手把你杀死了。"

赵中玉轻松一笑:"郑稷之的话能信,狗肉不也做得刀头了么?"

筱竺一头扑进中玉的怀抱,痛哭起来。只一会儿,傅筱竺立即收起眼泪对赵中玉说道:"你们快走吧,郑稷之一会儿准会来此查找的!"

"跟我们一块儿走吧,筱竺。难道你死心塌地地跟郑稷之吗?"中玉拉着筱竺不肯放手。

"中玉相信我,我还有件事没办完,办完事一定会来寻找你的!"说完将赵中玉使劲推出了门。

赵中玉等人趁着天黑,出门后迅速离开大院,沿着一条小道走了些时间,看看身后,并没有追兵赶来,于是,找到一间空屋停下脚来。

夜已深沉,一灯如豆。昏暗的灯光,映照着几位垂头丧气的骠壮汉子。

此时,赵中玉心乱如麻。劫牢失败,他并不感到意外,官军好不容易才抓住飞龙会的压寨夫人,对金煜瑶不严加防范才是怪事。明知危险,他之所以仍去劫牢,一者他很清楚自己内心对金煜瑶那种独特深沉的感情,虽然出于对萧天汉的救命之恩与自己所处的环境地位,他不得不忍痛中断了与金煜瑶的暧昧关系。但是,为了金煜瑶,他仍然可以不顾自己的一切。二者呢,他也难拂韩长生等人的意见。他知道韩长生、刘逵、洪真孝一帮土著,与自己带上山去的袁公剑、黎胜儿时有不合,为避免内部生出事端,他从来都是压制自己的心腹,以迁就韩长生等人。再者,煜瑶落入郑稷之之手对飞龙会来说是天塌地陷的大事,不冒险尝试一下,回山后见了萧天汉,自己也不好交代。

"连一帮黑皮警丁都没能对付下来,我们……真他妈的没用!"事情搞到这种地步,执意劫牢的韩长生除了捶胸顿足,再也无法可施了。

袁公剑道:"现在已经打草惊蛇,金娘娘就更难救出来了。"

刘逵道:"军师,眼下,弟兄就只有靠你拿主意了。"

关清财猛地击膝叫道:"我看,干脆把郑稷之绑上山去,用他换回金娘娘。"

"绑票,好主意,干吧,军师!"韩长生虎地蹿起来,双眼红灼灼地瞪着赵中玉。

绑票——仿若一道闪电将赵中玉脑际照得雪亮通透,他猛地在关清财肩上重重地擂了一拳头,压着嗓子激动地说道:"哎呀呀,关清财呀关清财,你可是为我想出了一个绝好主意啊!"

一个大胆得令他全身血液沸腾的念头使他激动万分,他那双忧郁的眼睛也因此而显得神采奕奕。

韩长生急问:"真把郑稷之绑了?"

赵中玉的目光快速地在弟兄们脸上一扫而过,开口言道:"绑郑稷之,我嫌他分量太轻,我们何不冒险绑他一把大票?要干,就干出一桩轰轰烈烈,惊天动地的大事来!"

"军师?"弟兄们"哗啦"一声全站了起来,所有的目光全凝到赵中玉脸上。

赵中玉神情肃然,一字一板将他的主意说出:"鱼死网破,在此一举。要保住飞龙会,要救出金娘娘,我们就只有豁出命去,劫英轮,绑西票!"

"啊——"弟兄们始感愕然,继而惊喜得差点叫喊起来。

赵中玉果断地安排道:"事不宜迟,说干就干,舍此,断无其他良策能挽狂澜于既倒。我与清财、五香,还有袁公剑、黎胜儿飞骑赶往泸县,明早重上'明通'号轮船。长生,你即刻赶回万灵寺,禀报舵爷,请他务必于明日正午前,带队伍赶到泸县下游的鸳鸯沱,听见船上枪响,立即扑船。"

韩长生喜盈盈道:"军师放心,明日正午前,保证在鸳鸯沱见。"

第二十五章：大案惊天

清晨，泸县福集镇码头上人声鼎沸，在滚滚雾团与青白曙色中，卖盐茶鸡蛋、油炸果子的小贩拉长声调高声吆喝着。

赵中玉提着一只精致的小皮箱，与四位弟兄分散在登船的人流中，上了栈桥。

宾查中尉一扬头，诧异地叫道："赵先生，你怎么……"

赵中玉苦笑道："呃呃，经理叫我立即赶到重庆去处理一桩急务。没办法啊，我这也是上命所差，身不由己哟。"说着，掏出一支香烟敬上，还给宾查点上火。

赵中玉进了自己的房间，将行李放下，在床上躺了下来。

这时候，他听到外面人声喧腾，打开门出来，看到一群西装革履，珠光宝气的西洋人在警察的保护下，嘻嘻哈哈说着话，顺着石梯坎下到码头上，登上了栈桥。

不一会儿，汽笛长鸣，"明通"号缓缓离开囤船，加大马力，向着濑溪河下游驰去。

两岸，青山滴翠，鸟啼声声。

赵中玉来到船首，装着欣赏两岸风景，仔细留心着驾驶室里的动静。

关清财、袁公剑等人也都各自散开，暗中监视着护航的英兵。

接到韩长生报告后，萧天汉立即率领队伍下了老鹞岭。日上三竿时分，已经急步穿行在濑溪河西岸的林莽怪石之中。

赵中玉出的这劫英轮拉西票的主意，无异给萧天汉打了一剂强心针，使他在山穷水尽之中突然看到了一条生路！他不能不佩服军师给他想出的这个绝妙的主意,中国的政府官员历朝历代没有不怕洋人的,只要绑他几张西票,飞龙会有救,金煜瑶也有救了,到那时候就可以跷起二郎腿与官府讲价钱,要不答应,那就撕上他一两张西票,镇镇贺白驹、郑稷之的嚣狂气焰。

翻过几座山岭,远远地,已经看见了像只火柴盒一样漂浮在濑溪河上的"明通"号。

萧天汉大声催促道:"快,弟兄们,快一点!"

韩长生笑呵呵说:"我们这是扯伸两只脚杆追轮船。"

鸳鸯沱,已经离从西边奔腾而来的沱江不远。此处江面开阔,水势稍缓。

萧天汉与弟兄们走小路抄捷径从陡峭的山壁下来,钻进了河边密密麻麻的芭茅林子里,等候着"明通"号的到来。不少人肩上扛着"柳叶漂儿",手里提着青竹篙竿。芭茅林子与濑溪河之间,是一片狭长的银白色沙滩。等了大约一个时辰,只听见远处汽笛鸣响,不一会儿,便看见"明通"号拐过一道河湾,向着鸳鸯沱缓缓驰来。

赵中玉的单人舱里,宾查中尉已经被制服了,一根绳子将他捆成一团,蜷缩在床上。

三男一女提着枪,隔着舷窗观察着岸上的情况。

关清财突地一回头:"进鸳鸯沱了,军师。"

赵中玉提起毯子,对宾查道:"宾查先生,请少安毋躁,你的安全,由我完全负责。要是敢乱动一下,我这些弟兄们恐怕就不会对你客气了。"

宾查求道:"啊啊,我一定配合,一定配合,请赵先生务必保证我的生命安全!"

赵中玉用毯子把宾查连头带脑蒙上,起身说道:"弟兄们,动手。"

关清财冲进驾驶室,用枪顶着一名护航英兵的脑袋瓜,对惊骇不已的大副喝道:"谁敢乱动我就打死谁!"

大副脸色惨白,抖索着:"别……别开枪。"

赵中玉厉声命令:"把船头掉过来,对准沙滩冲上去。"

关清财刚一得手,另外几名护航英兵已经向关五香与袁公剑、黎胜儿开了火,双方立即打了起来。中弹的嚎叫着栽入大江之中,船舱里鬼哭狼嚎,鲜血四溅。

此时,岸上也是吼声震天。萧天汉与众弟兄扛着"柳叶漂儿"从芭茅林子中飞奔而出。他们冲到江边,将小船掼进水中,立即登船向着"明通"号划来。

一支支竹篙如风车般旋转。一只只"柳叶漂儿"快捷如飞。

"明通"号轮船像一只受伤的巨兽,转过脑袋,"吭哧吭哧"狂喘着向沙滩上撞去。

在离岸不远的地方,船身一震,搁浅了。

众弟兄围住"明通"号,弃下小舟争先恐后爬上轮船。

赵中玉冲萧天汉等大喊道:"不要伤人,千万不要伤人!"

正在餐厅里用餐的外国旅客吓得呆若木鸡。

萧天汉率一帮弟兄杀气腾腾地闯了进来。

艾特丽丝恐怖万状地叫道:"啊,上帝……万能的上帝啊!"

鲍威尔夫人"啊"的一声尖叫,身子一软,昏倒在丈夫怀里。

鲍威尔脸皮直颤,讷讷道:"天呐,土匪……我们遇上了土匪!"

汉子们凶神恶煞般把旅客推来搡去,强行搜身,所有值钱的物件无一遗漏。

罗莱德凑到赵中玉跟前,指着艾特丽丝讨好地说道:"先生,那位小姐是大富翁,她是美国石油大王洛克菲勒的妹妹。"

"犹大!你这个卑鄙无耻的犹大!"艾特丽丝气急败坏地对着罗莱德痛骂起来。

赵中玉走上前去,对罗莱德微笑着:"先生,请把你的首饰盒子贡献出来吧。"

罗莱德惶怵地大叫起来:"啊,我那些首饰全是假货!"忽地又满脸堆笑,"哦,哦,当然,为了我们之间的友谊,我愿意奉献,愿意奉献,先生。"

赵中玉接过首饰盒,抓起一把琳琅满目的物件看了看,微微一笑,蓦地一扬手,扔进了长江。

鲍威尔色厉内荏地问道:"你们是什么人?抢劫英国轮船,你知道要负什么样的责任?"

外国男女们也一片声鼓噪起来:

"你们真是无法无天,一定会受到惩罚的!"

"不怕再引起一次八国联军进入北京吗?"

萧天汉大声喝道:"吼什么吼!我们劫英轮,绑西票,也是出于无奈。官军抓了我们的大头领,我们只好用你们去换她回来,谁要不听招呼,打死无论!"

鲍威尔昂头嚷道:"我是大英帝国驻重庆总领事。我要向你们中国政府提出最强烈的抗议!"

赵中玉双手鼓掌,迈着优雅的步子走到鲍威尔面前,用流利的英语亲热地说道:"总领事先生,请少安毋躁。你要是伊丽莎白女王陛下,那就更受欢迎了。"

在赵中玉的指挥下,喽啰们押着十四名西票,撤到小船上,飞快地向着岸边划去。

"明通"号被孤零零地扔到了水中,被洗劫一空的旅客们捶胸顿足,在甲板上嗷嗷痛哭。

小船拥到岸边,西票们被手拿刀枪的押送者凶暴地驱赶着穿过芭茅林子,向陡峭的山壁上爬去。

艾特丽丝一跤摔倒在草丛里,高跟鞋的鞋跟断了一只。她索性趴在地上哭叫起来。

"洋婆子,快走!"关五香斥骂着在她高耸的屁股上踢了一脚。

罗莱德看在眼里,急忙奔上前去,故作殷勤地搀扶起艾特丽丝,讥刺道:"高贵美丽的小姐,你现在大概再也不会拒绝一个卑贱的同胞对你表现出的敬意了吧。"

艾特丽丝恼怒地瞪了他一眼,无话可说,只好由他搀扶着一瘸一拐地往山上走去。

待消息传到荣昌,小小县城,顿时人喊马嘶,灰尘弥天,恰似被捅翻了的马蜂窝。

郑稷之亲率警丁马队,蜂拥出了南和门,沿着濑溪河一路狂奔。

等郑稷之赶到出事地点,见贺白驹已得报从铁关口先一步赶到了鸳鸯沱。

顾不得船上的中国旅客,待打听清楚情况,两支马队立即会合在一起,拼命向前追去。

穿过一道道山涧,翻过一座座高坡,当他们登上一道岚垭,对面的山壁上,终于出现了蠕动着的一长串人影。

贺白驹取下望远镜观看。他看见一个须发皆白身穿法袍的外国牧师气喘吁吁地坐到了地上,押送者用枪托向他猛击,牧师慌忙站起,又跟跟跄跄站起跟随大队伍往山顶爬去。

贺白驹一马当先,往前直追。

官兵警丁,一拥而上,马蹄如雷,敲起满地灰尘,双方距离越来越近。

"打!"贺白驹猛然喝道。

一排枪声响过,对面山壁上骤发一片叫喊,外国男女们向着他们拼命地摇动手臂、白巾。

郑稷之急喊:"贺旅长,不能开枪!不能开枪!"

第二十五章：大案惊天

贺白驹已知不妙，慌忙喊道："停止射击！"

十几名用绳子连成一串的外国男女被强行推搡出来，在半岩上站成了一个横排。押送者则躲在他们身后，气焰万丈地吼叫起来。

萧天汉推开西票，从人墙后面走出来，得意喊道："开枪呀，贺家小儿，怎么哑火了？"

贺白驹大喝道："萧天汉，你劫英轮绑西票，已经犯下万死不赦的滔天大罪！"

"哈哈哈哈！"萧天汉仰天大笑，"我姓萧的早把脑袋拴在裤腰带上了，你咋还拿一个死字来吓唬我？贺白驹，这下，你可尝到萧舵爷的厉害了吧！"

贺白驹强忍下怒气，好言道："萧天汉，马上把西票交给我，天大的事情，都好商量。"

萧天汉道："商量可以，不过，我嫌你那混成旅旅长的官儿实在是小了一些，还是赶紧回去叫你们的大军头杨森，亲自前来万灵山拜见萧舵爷吧。"

贺白驹掏出枪来，鼓眼暴喝道："萧天汉！"

官军警丁一齐举枪，对准了萧天汉。

萧天汉猛地将鲍威尔拉到自己面前，对贺白驹叫道："开枪吧，杂种！不过千万莫打中了这位高鼻子洋人……哈哈，贺白驹，你知道他是谁么？他可是英国政府驻重庆的总领事先生。"

贺白驹持枪的手缓缓垂下。

萧天汉大声戏谑道："弟兄们，我们还是赶路吧。你们看那贺家小儿多好，这么热的天，还专门赶来为我们送行。"

弟兄们狂笑不已。

眼睁睁看着土匪们架着西票大摇大摆地登上了山梁，官军警丁却束手无策。

贺白驹铁青着脸吩咐副官："发电，快给军长发电。"

濑溪河大劫案发生后，北京、上海、武汉、重庆各报均以显著位置竞相报道："川东浑水袍哥绑架西人，欲勒索巨额赎金"、"濑溪河土匪猖獗，十四名外国人被绑票"。

消息一出，朝野哗然，中外震骇。

国民政府与案发地最高首脑、国民革命军第二十军军长杨森初时试图以武力剿捕，强行救出西人，两地来往电函中，刀光剑影，一片剿杀之声。

萧天汉等则每以"撕票"为要挟，迫使官军停剿。

263

各列强使馆也反复向中国政府施加压力,要求采取和平手段,以确保被掳西人之安全。国民政府始陷入剿抚两难,进退维谷的境地。

在这样的情况下,杨森受南京政府派遣,亲赴荣昌,负责督办此案。

此时的荣昌,已成全世界瞩目之地,不仅大军云集于此,中外营救人员、人质家属、各国记者以及各派政客往来如织,紊乱非常。旅栈、饭铺、茶馆终日爆满,小商小贩,也随之而来,出现了绝无仅有的畸形繁荣。

各国大使馆也派出自己的专使,前往荣昌,督促中国政府办案。一时人称"八方冠盖,云集荣昌"。

驻宁、汉、渝之各国海军,如英之"宝罗"号、美之"威特灵"号、法之"波尔曼"号等十余艘军舰,也载着各自的海军陆战队,逆长江而上,高举着星条旗、米字旗、三色旗在濑溪河与沱江的交汇处胡市镇登岸,向荣昌急行军。各国水兵,耀武扬威地在荣昌县城的大街小巷巡逻。

一时间小城枪刺夺目,杀气冲天。

密锣紧鼓声中,大幕徐徐拉开。

这一日,门额上写着"真道唯一"四个箩筐般大字的天主教堂大门内外戒备森严,庭院里,礼拜堂门口,长长的石阶上官兵持枪肃立。滑竿、轿子,坐骑在大门外停了一大坝。

贺白驹带着部下三名军官与郑稷之飞骑入城,直奔门前的坝子上下马。

贺白驹进得天主教堂大门,一口气登上四十级石阶,在礼拜堂门口问随杨森一起来到荣昌的李江副官长:"军座可在旅部?"

李江点点头,低声说:"正在里面让高鼻子们逼得没法子哩……呃呃,贺旅长,小心些,军座此刻正在火头上。"

贺白驹硬起头皮跨进去,双脚一碰,举手行礼道:"报告,第一混成旅旅长贺白驹奉命前来报到。"

礼拜堂的弧形拱顶有十来米高,轻轻的一声哼唱,整个大殿便会回音荡漾。左右两侧是高大的立柱,两边墙上还有彩色玻璃镶嵌的花窗。文武官员与外国专使济济一堂,文官长袍马褂博士帽,武官身穿草绿色挺括的毛料军装,外国专使则尽皆西装革履。

全身戎装,身披斗篷的两星将军杨森怒视贺白驹,一腔怒气总算找到发泄之处:"贺白驹,你胆大包天,虚报战功姑且不论,现在竟又酿出如此旷古大案!"

"卑职有罪,卑职罪该万死。"

"英轮在你的防区被劫,土匪掳去西人作肉票,并伤毙护航英兵多名,旷古奇案,令朝野震惊,世界骇愕。眼下政府电牍频繁,催我严办你玩忽职守之罪,你……你叫我如何处置?"

"军座,卑职随你鞍前马后,多年浴血沙场。"贺白驹单腿一跪,双拳一拱,"倘若以小人之命能为军座排忧解难,白驹万死不辞!"

外国专使们则对其横眉怒目,发出一片斥责之声。

郑稷之明白自己作为一县之长,也断难逃脱干系,趁这把火尚未烧到自己身上,急忙上前圆场。这实乃精明之举,表面上看是为贺白驹挺身而出,在贺白驹心中落了个好,骨子时,却实实是为自己开脱。

他说:"贺旅长奉军座之命剿除萧天汉股匪,正逐步得手,连克万灵山中九村十八寨,连匪巢铁关口,近日也被荡平。军座,英轮被劫,实系萧匪铤而涉险之举,势难防范,倘因此而惩处劳苦功高的贺旅长,恐……恐难服军心呐。"

另一军官也道:"军座,贺旅长乃军中干城,人中俊杰,此次虽有不慎,还望大人宽宥。"

不少军官也纷纷为贺白驹求情。

有众官说项,大家见杨森的脸色才稍微平和了一些。

其实,杨森心中也自有一本苦经,他自加入国民革命军后,弄到了一个国民政府军事委员会委员的头衔,提高了他在诸多川军军头中的地位,可是他却因前些年曾庇护落魄入川的吴佩孚,事发后遭到南京政府立案查办,如今尚属戴罪之身。更可恨的是刘湘巧施手段,破他联盟,将他打回原防区。刘湘转败为胜后,眼下正磨刀霍霍,意欲置他杨森和其余不听他招呼的军头于死地。

他这次奉命于南京政府,亲临荣昌办案,虽是出于无奈,不过,他自己也有一把算盘在肚子里拨弄,他正欲趁此大好良机,私下取悦外人,以争取列强贷款以及枪械弹药的支持来对付刘湘。故而,他刚才对心腹爱将的一番呵斥,无非是在外国使节面前虚张声势,聊做姿态而已,实无要认真追究贺白驹之意。

"贺旅长,"杨森就此下楼,"渎职之罪,万不可赦。不过,眼下西票尚陷匪窟,还需你等努力军前,救出西人以求将功抵罪吧。"

"谢军座宽宥之恩。"贺白驹急忙起身。

英使萨次曼却并不理睬他们唱的这一出双簧,盛气凌人地向杨森大声说道:"贵国政府已就我国商船被劫一案,向我大英帝国公开道歉,并责令将军阁下设法尽快将人质救出,阁下如若无能为力,我受害各国政府将组成联军,自行进入万灵山剿匪救人，并接管该地区防务。"

萨次曼话音刚落，美、法、意、葡等国专使也纷纷开口，无异于火上浇油。

"我法兰西共和国政府昨天已宣布扣留贵国盐税，并续索庚子赔款。"

"阁下，濑溪河大劫案实系重大，如不从速将被掳人质赎出，并作出完满妥善之处置，必将严重妨碍美中两国之亲睦邦交。"

"……"

众专使咄咄逼人，犹如一群趁火打劫的强盗，逼得杨森一筹莫展，只能好言劝慰道："我国政府已明确知会于我，以营救西人出险为第一要旨，并已拨下重金，必要时将不惜巨大代价赎取各国人质，还望诸位使节放心，放心。"

萨次曼与美使安德鲁、法使浦内尔低语了几句，遂得寸进尺说道："阁下，专使团因对中国政府营救被掳人质出险所取办法之结果急不能待，故委托我在此声明，所有现在匪徒手中之人质生命，贵国政府当负完全之责任，并决定以明夜十二时为最后期限，须将被掳人质全数救出，如逾时限，每过二十四小时，当要求增加相应之巨额赔偿。"

"救人如救火，本人自当全力以赴。"杨森满心窝火，却只有苦笑着应道，"至于赔偿之事嘛，我意还是等救出人质后再议为妥。"

值哨军官蓦地大步入内，趋至案前说道："军座，巨匪萧天汉派来一名叫赵中玉的特使，要求面见大人。"

众军官闻言大怒。

贺白驹愤愤嚷道："不能见，不能见，他娘的，这帮土匪居然把屁股翘到天上去了！"

杨森却将头一点："让他们进来。"

赵中玉身着月白色长衫，头戴白色礼帽，轻摇折扇，由关氏兄妹、袁公剑、黎胜儿四人随侍，昂昂然跨进天主教堂大门，在夹道的枪刺丛中，毫无惧色地穿过庭院，登上长长石阶，直入礼拜堂中。

"想必你就是杨军长杨森大人了？"赵中玉进得礼拜堂，"哗"地将折扇一展，向着端坐于几案之后的杨森傲然问道。

"杂种！"贺白驹抽枪对着赵中玉喝道，"你敢在军座面前放肆！"

赵中玉将折扇"哗"地一收，若无其事地在贺白驹的枪管上敲了两下，冷笑道："没有吃豹胆，不敢闯龙潭，贺旅长，你那二指头，可敢动一下？"

"贺白驹，还不退下。"杨森喝住贺白驹，竭力将脸色和缓下来。

杨森仔细地打量着风度翩翩,犹若白衣秀士般的赵中玉,心中不由暗暗惊叹:"想不到这杀人越货的土匪群中,竟会有如此俊雅飘逸,玉树临风般的人物!"

而赵中玉对杨森则是相当了解,一九二六年,党派出一批政工干部来到杨森的部队,杨森热忱相迎,对其工作给予大力支持。可待到次年"四·一二反革命政变",他一见蒋介石对共产党人下了狠手,马上又是饯行又是赠金,把所有共产党的政工干部,一个不剩地"礼送"出境。以后便追随蒋介石成了一方军阀。

杨森注视着赵中玉,缓缓道:"说吧,萧天汉派你们来干什么?"

赵中玉环视了一下周围的外国使节,对杨森朗声说道:"杨军长眼下的日子,想必过得不轻松,在你这真神面前,我也用不着烧假香。萧天汉命我前来通知你,在政府与我部正式谈判之前,你必须答应我部提出的三个条件。"

"说。"杨森强压下心中怒火。

"第一,官军与外国军队立即停止对我部的追剿;第二,明日上午,在万灵镇大荣桥上,以一西人换回我飞龙会大首领金煜瑶;第三,我部在城中兴隆客栈设一办事处,由赵某任全权代表,与政府谈判以后一应事宜。"

赵中玉话音刚落,早已按捺不住的军官们顿时吼叫起来。

杨森挥挥手,止住众人,遂向赵中玉正色道:"我虽刚到荣昌,但已知你部劫英轮拉西票,实也属无奈之举。你我皆为国人,凡事首先应当为国家利益着想。此次我专程赶至荣昌,也是力图化干戈为玉帛,不致事态恶化。所以,贵部提出的以上三个条件,我自然同意……不过,你们也需答应我一个小小的条件。"

赵中玉目视着杨森:"请讲。"

杨森道:"被掳西票,你部必须切实保证其生命安全,并不得在肉体乃至精神上,施以任何虐待。"

袁公剑笑道:"这你就放心吧,我们用白米大肉把这帮高鼻子洋人当菩萨供着哩。"

不待杨森再言,赵中玉以拳一拱,言道:"既然如此,今后我和杨军长恐怕就要打上许多交道了。对不起,在下暂且告辞。"说罢,转过身与手下弟兄飘然而去。

满堂顿起一片呐喊之声。

"军座,堂堂政府,绝不能向土匪让步啊!"

"我们这一退,土匪必将得寸进尺。"

贺白驹大叫道:"军座,萧天汉已被我部包围在万灵寺上,我马上赶回去,亲率敢死队攻山,拼出老命,我也要把西票抢出来!"

"逞匹夫之勇,于事无补。"杨森厉声喝道,"政府为救出西人,不惜委曲求全,日前已电告于我,无论匪等有何要示,不妨尽量允诺,待救出西人后再行他策。如此时贸然发兵,致使匪徒闻风震怒,撕了肉票,定会引起更为棘手之纠纷。"

贺白驹语塞片刻,猛然以掌击额,急步趋至杨森身旁,俯身低语道:"军座,卑职已有主意了,按此计救出西票,末将可保万无一失。"

杨森一诧:"哦!"

众人不明究竟,皆瞠目以视。

天主教堂门外,一大群中外记者将赵中玉等团团围住,争着向他提问。

关清财、袁公剑等手下奋力为他开出一条通道,让他上了滑竿。

轿夫将滑竿抬起,赵中玉居高临下,满面春风地对记者们打拱说道:"眼下谈判初启,万事尚不可知。对不起,本特使暂时无可奉告。"

镁光灯频频闪动,无数镜头对准赵中玉狂拍……

老鸹岭犹似一支巨笔竖立于万灵山的千峰万壑之中。岭上古树森森,枝柯交错,山风乍起,便恍若大潮骤至,涌荡不息。坐落于岭尖上的万灵寺山门前尚有一条细线似的石阶小道,后山却是陡峭异常,连猿猴也难以攀援。

此时,残月西垂,疏星点点。万灵寺斋院里的坝子上燃起了一个个火堆,众汉子聚集在火堆旁,正在埋锅造饭。

一阵阵说笑声,划拳打码声不停地从正厢斋房里飘飞出来。

斋房外间,萧天汉与赵中玉、韩长生、关清财、关五香、袁公剑、黎胜儿、刘逵、洪真孝一帮大头目正在喝酒吃肉。

里间,作了关押男女西票的囚室。衣裙褴褛的外国男女们横陈于谷草之上,硕大的山蚊虫嗡嗡乱飞,在人们身上肆意叮咬,四处响起一片拍击声、恨骂声,房梁上,一盏烧熊油的三丁拐油灯投下一团幽幽闪闪的光亮,更给这群生死未卜的肉票增添了几分恐怖的气氛。

鲍威尔与宾查蜷缩在喷着浓浓黑烟的油灯下,从烟篾箩里抓出烟叶,笨手笨脚地裹烟卷。

宾查先裹好一支,起身踮着脚,凑在摇曳的火苗上点燃,呛得他猛烈地咳嗽起来。

艾特丽丝被惊醒了,她突然发现罗莱德不知什么时候爬到了她旁边,与她紧紧挤靠在一起,并用一只手在她的胸脯上偷偷摸摸地抚摸。

"滚开,你这只肮脏的臭虫!"她狠狠地骂了一声,极其厌恶地撩开他的手臂站起来恼怒地瞪着尴尬万状的罗莱德。

昔日的富豪小姐也不复存在,此时,她的华丽鲜艳的衣裙已破碎得难以遮体,一只袖子甚至整个地被扯掉了,裸露着雪白的胳膊与半只乳房。

"他妈的,我就不信大家都已经死到临头了,你还那么正经。"罗莱德盯着转身向墙角走去的艾特丽丝,低声骂到。

艾特丽丝走到尿桶前,一股强烈的臊臭味冲得她陡地转过脸去。

这时,她看见鲍威尔、宾查、罗莱德全都怔怔地望着她。刹那间,女人的害羞心理强烈得使她的全身一阵痉挛……但是,水火不留情,她已经实在憋不住了。她猛地冲到门边,又用手在门上又拍又擂,哇哇地喊叫起来:"我要方便!混蛋,开门!你们快开门!"

一墙之隔的说话声倏地断了。

赵中玉、袁公剑、黎胜儿听明白是啥意思,忍不住笑了起来。

萧天汉看见三人笑得欢,把酒碗往桌上重重一放:"她在鬼吼个啥?"

赵中玉说:"舵爷,她被尿憋急了。"

听不懂英文的头目们也不由得哈哈大笑起来。

听着那笑声轻然而起,艾特丽丝全身一软,伏在门上伤心地痛哭起来。

西票们全都被惊醒了,一个个唯有同情而又无可奈何地注视着她。

罗莱德忽然走上前去,关切地说道:"小姐,土匪是不会单独对你发慈悲的。"他指了指墙角的尿桶,"同我们所有的受难者一样,你也只能在这儿享受土匪施与我们的同等待遇了。"他转过身,故作夸张地叫道:"女士们,先生们,请闭上你们高贵的慧眼吧,现在,艾特丽丝小姐要开始方便了。"

众人全都睡下了,将脸扭向一边。

"请吧,小姐。"说罢,罗莱德也转过身去,用自己的身子遮掩住艾特丽丝。

墙角,响起一阵长时间的簌簌声。

山风疾猛起来,刮得斋房顶上的瓦片一阵乱响。

艾特丽丝站起身来,蓦地打了一个冷噤。

罗莱德机灵地抓住她的手:"啊,小姐,你的手真冷。"他飞快地脱下自己的外套,给艾特丽丝披在身上。

艾特丽丝惊讶地注视着他,眼瞳里突然荡漾开一汪深蓝色的湖水。

她的嘴唇轻轻颤了颤："小伙子,你……嗯,还不错,我似乎对你有一些过分了……噢,请问,你叫什么名字?"

"罗莱德。我叫阿斯科尔·罗莱德。"

蓦地,艾特丽丝捧起他的脸蛋,在他的嘴唇上重重地吻了一下。

罗莱德似被火舌烫了一下,惶然不知所措。老半天,他才用双手捂住自己的嘴唇,向着众人木讷地呢喃道："上帝啊,你们全都看见了,她吻了我……洛克菲勒的亲妹妹……吻了我这个穷小子!"

此时,贺白驹令一队身穿夜行衣靠的骠壮汉子出了铁关口。

贺白驹对为首的庞龙叮嘱道："切记,非万不得已,不可开枪,擒拿萧天汉,是为了将西票毫发无损地交换回来。军长已经答应,事成之后,这萧天汉的九村十八寨,就全归你庞掌堂了。"

庞龙道："旅座放心,我这十来个弟兄,都是拳脚上过硬的人。等我们神不知鬼不晓地摸上万灵寺,恐怕萧天汉还在做美梦哩。"

贺白驹道："放心干吧,倘若失手,我的围山部队会接应你们的。"

众汉子跃上马背,即刻便隐入浓浓夜色之中。

万灵寺斋房里,萧天汉已有了几分醉意。他抓过酒坛,倒满一大碗酒,双手端在手中,由衷地对赵中玉说道："军师,这次飞龙会能死里求生,扭转乾坤,全仗了你的功劳,大哥我……敬你一碗!"

赵中玉急忙起身按住他的手,说道："舵爷的心意中玉领了。不过,这几天,你我兄弟须得万分小心才是,酒乃坏事之物,今晚就到此为止吧。"

"好,好,军师提醒得好!"萧天汉手一倾,把酒又哗哗地倒回坛中。"等大功告成之后,我们再来它个一醉方休。"

袁公剑乐颠颠地叫道："舵爷,你没亲眼看见,这次真他妈的解气啊!连杨森那样大的官,在我们面前也变得像龟孙子一样乖顺。"

"哼,他们那些当官的,哪一个不怕外国人。"韩长生也来了劲,"这下,我们可算是掐住他们的命根子了。"

在这一团乐乐融融的气氛中,唯有赵中玉却显得十分冷静。他十分清楚,天下没有不散的宴席,眼下飞龙会虽然掐住了南京政府的七寸,迫使其为了不致招罪西方列强,有可能在方方面面对飞龙会作出重大让步。但是,飞龙会的王牌就只有手中的这十四张西票,一旦西票获释,政府必然会翻过脸来,而那时候,不仅在谈判中达成的所有好处会被全部收回,以区区飞龙会的力量欲与政府作对,那简直是蚂蚁与大象的较量,结果不言自明。

须让萧天汉明白他眼下的处境,看似处在上风之势,实则屁股下坐着个巨大的火药桶。欲救飞龙会,只有在谈判中充分利用有利于我的条件,争取到最多好处,然后当机立断,宣布与川东游击军联合起来,共同对敌,才是救飞龙会于水火的唯一途径。

主意早已拿定,但他知道此事非同小可,非得寻找一个恰当的机会再向萧天汉进言。

而眼前,他觉得机会到了。

他顿了顿,望着萧天汉,开口说道:"舵爷,今天开门大吉,杨森那么容易就答应了我们提出的三个条件。不过,俗话说人无远虑,必有近忧,再火红热闹的戏,也总归有个收场的时候。舵爷的意思是……"

赵中玉毕竟聪明,他并不把自己的想法直截了当地端出来。

萧天汉略一思忖,说道:"这事我和长生、刘邈、真孝已经初初议过,商量出两条主意。最起码一条,杨森必须马上把贺白驹占去的九村十八寨一寸不少地还我……"

赵中玉道:"要是杨森一口答应,可等到我们放了西票,他再派贺白驹卷土重来呢?"

萧天汉手像刀一样往下一砍:"那就没法子了,飞龙会刀光血影几十年都过来了,莫非我萧天汉就翻不过这道坎么?他姓杨的要打阴阳拳,我们只有同他拼个鱼死网破了!"

赵中玉道:"果真如此,到头来我们不是水中捞月一场空,白白浪费了这来之不易的大好局势么?"

关清财也担心地说道:"就我们眼下这点人马去和贺白驹硬拼,恐怕凶多吉少,胜算不多。"

萧天汉道:"我刚才不说商量出两条主意么?要是第一条军师认为走不通,那我还有第二条,逼着杨森招安我飞龙会。"

赵中玉一震,惊问道:"招安? 舵爷,这可是一着险棋!"

萧天汉道:"你看看四川各个军阀的队伍里,土匪棒客当师长、旅长、团长的还少了么?'范傻儿'范绍曾、穆正洲、陈德堪、谢兰亭,就像那阳春三月间田坎上的野葱,一扯一大把。他们过去哪一个不是月黑放火,风高杀人的棒老二,招安后摇身一变,一个个穿官服领官饷。一忽儿火线倒戈,一忽儿翻云覆雨,借军阀的骨头熬自己的油，人马越熬越多，官儿越熬越大，他们能靠招安发家，我萧天汉为啥不能？"

刘速大声咋呼道："他'范哈儿'眼下能当上个少将师长，舵爷莫非比他少一匹肋巴？前次汤八字不就算出舵爷命重五两九，前程远大么？莫说那少将师长，我看呐，舵爷今后还能当上个杨森、刘湘、刘文辉那样的两星将军哩！哈哈，弟兄们，你们说是不是啊？"

韩长生点头道："就是，就是，那姓范的'哈戳戳'也能当上个一颗星的师长，以我们舵爷的能耐，当个两颗星的军长还委屈他了。"

洪真孝也满脸渴望地说道："招安招安，招了就安全了。舵爷，干脆就让赵军师去杨森面前来它个月亮坝耍关刀——明砍（侃），我们就这一条，不招安飞龙会，我们就决不释票！他要敢不答应，就立马砍他狗日的几个洋脑壳，把他龟儿子吓闭气！"

萧天汉的兴致也愈发高涨，乐滋滋说道："只要招安一成，诸位弟兄也就熬出头了，戴上盘盘帽，腰皮带发岔，沟子后头跟几个卫兵，操馆子嫖妓院，上戏园子看戏，老板连钱都不敢收你的。"

赵中玉看见萧天汉和他的几名贴心弟兄一副大功告成，弹冠相庆的模样，心中不由泛起一丝凉意。他竭力想打消萧天汉接受招安的念头，赶忙说道："招安事关飞龙会生死存亡，舵爷熟知《水浒》故事，前车之鉴，断不可忘。中玉以为，招安之事，还需慎重考虑，从长图之，切不可操之过急。"

刘速得意地说道："军师这么聪明的人，咋也有犯糊涂的时候，宋江一个小小押司，顶多只能杀个阎婆惜。打虎的武松那么厉害，也不过拿着大刀在飞云浦、狮子楼砍几个脑壳，咋能和我们神功盖世的舵爷比？送上门来的荣华富贵往外推，不也太傻了么？"

赵中玉不屑答理这种鼠目寸光之辈，继续对萧天汉说道："舵爷，历史上此类惨痛教训不少，水泊梁山一百零八将，何等威风，可宋江一时心动，接受了朝廷招安，最后落了个全军覆没，悔之晚也……"

洪真孝道："军师，这可是两码子事。宋江要像舵爷手里握有西票，恐怕大宋皇帝和那高太尉，也不敢把他咋的。"

关氏兄妹、袁公剑、黎胜儿几名赵中玉的心腹，看见萧天汉和军师意见不一致，一个个全都只带耳朵，不带嘴巴。

萧天汉道："我已经反复想过，只有让弟兄们穿上官军的服装，飞龙会的地盘才能一寸不少地拿回来,而且还能保得住。军师,不管杨森能给我个啥子官儿,反正大哥的金交椅旁边,头一把总归稳稳当当是你的。我穿上军装要做的第一件事,就是带上人闯到郑稷之家里去,让他扯旗放炮,乖乖地用花轿把筱竺给你送回来。我看得出来,这么多年了,你嘴巴上说起又恨她又怜她,其实啊,心里还是一直丢不开她的。"

赵中玉心中彻底绝望,自他到来后,会中大事小事,虽不敢说萧天汉字字句句都听他的,但只要是他脑子里出来的主意,萧天汉至少是会听取几分的。而招安这样重要的大事上,萧天汉居然会一意孤行,事前未征求他的意见,现刻也不听取他的建议……唉,官迷心窍,官迷心窍,前人这话,真是说绝了!从他们明白流露出的真情看来,要想让飞龙会与共产党联手,去荒山野林里过那种苦不堪言的生活,可能性简直等于零!

眼下,他只有最后的一招了。

"舵爷,"赵中玉继续说道,"我虽入飞龙会不久,却也知道十年前贺白驹的老子贺栋成杀了老舵爷,后来舵爷又改名换姓,投到他门下,将他除掉。杀父之仇,天高海深,贺白驹怎能容得你与他在一口锅里舀饭吃?再说,贺白驹还杀死了慧清师太,据我所知,大嫂和已死去的孙妙玉,在百子庵发过血誓,要为慧清师太报仇雪恨……招安之事,不问问大嫂意见,恐怕不妥吧?"

萧天汉道:"煜瑶现在官军的死牢之中,有了西票,命自能保住。明日等她回来,再告诉她不迟。贺白驹杀了慧清师太,贺白驹的老汉贺栋成当年在成都青羊宫'花会擂台'上将我爹打死,这一切,我怎会忘记?不过,招安与投降是根本不同的两回事。从面上看,飞龙会被杨森一口吃掉了,可骨子里,我们不过是借杨森的骨头熬自己的油,吃他的,穿他的,还要他给弟兄们发饷发枪,穿上官军军装,飞龙会大旗照样不倒,祖宗留下的地盘照样不丢。何况,这主意里还藏着更厉害的一着棋,九村十八寨,我们并非要他杨森归还我部,而是要逼他正式交由我部管辖。名正言顺后,辖区内的烟款渔捐乃至一切农商税收,则理所当然地由我部征纳,还要杨森按至少一个团的编制向我部按时提供军饷。有了这两条,舵爷我不就可以招兵买马,重新积蓄力量了么?到那时,这万灵山,还能不稳稳当当地握在我萧天汉的手板心里?煜瑶和你,还有好些弟兄们,不是经常在商量飞龙会的出路吗,我这就是让大家都有了奔头!"

赵中玉看到萧天汉已经被自己一厢情愿想象出来的美好前景,鼓舞得心花怒放,在这样的情况下,他再也不便当着众多弟兄的面继续泼他的冷水,故而仅是表示担心地说道:"舵爷天纵英姿,洞悉人情,想出的无疑是绝好主意,可杨森也算是个老奸巨猾的大军头了,他怎么会答应你设想的那些条件?招安后,他要坚持把弟兄们拆散混编,舵爷又该如何应对?"

萧天汉道:"那也没啥呀,腿长在我们身上,对我有利大家就打堆,对我不利,那就屁股一拍,走它娘的!更重要的是我们眼下掐住了杨森的七寸,不是我萧天汉求他,而是他求我这姓萧的。我的个好军师噫,我现在就给你这颗定盘星,你只需想尽办法,去把招安这张牌,给我打好打漂亮就行。"

话说到这个份上,赵中玉也就无法再坚持己见了。他挤出一丝笑来挂在脸上,勉强应道:"既然舵爷主意已定,中玉自当勉力前行。我下山后便依照舵爷主意,审时度势,照计施行。"

萧天汉叮嘱道:"先探探杨森口风,我给你的底价是,杨森至少得给我一个团长的名分。"

一群黑衣汉子已从老鹞岭后的绝壁上艰难地攀援而上,正飞快地隐入浓密的松林之中,向着万灵寺摸来。

一小队巡山土匪,敲着竹梆子沿小路往后山走来。

庞龙低声叮嘱众弟兄:"下手利索点,千万别打草惊蛇。"

众汉子抽出匕首,溜出松林,潜伏在小道两侧的乱石荒草丛中,待巡逻队走近,黑衣汉子们一拥而出,巡山的小匪还来不及叫出声,已被悉数斩杀。

一会儿工夫,庞龙与手下弟兄装扮成巡山土匪,敲着梆子,向着万灵寺走去。

他们沉住气走进了山门,连在近处站岗的土匪也未觉察出有什么异样。

庞龙等人刚刚走进斋房院坝,不巧这当儿韩长生推门出来,站在台阶上屙尿,听见梆子响,遂扬头骂道:"狗日黑三,老子不是叫你去后山看看么,咋个这么快就回来了?"

没人应声,一行人游蛇般飞快地向着斋房大门窜来,眨眼工夫,已到了韩长生脚下。

"黑三,黑三……嗨,你他妈的耳朵聋了么?咋不回老子的话?"韩长生连叫了两声,陡地,他双眼一瞪,认出了来人,惊天动地地吼叫起来:"不好!庞龙从后山摸上来了!"

庞龙大喝一声,一个"鹞子翻身",落在了台阶上。韩长生见情况紧急,明知自己不是庞龙对手,却是不顾一切,待庞龙双脚落地,以硬击硬,慌乱中竟来了个

"饿虎扑食",跃将起来,直扑庞龙面门。谁知庞龙身法狡灵,将身一摆,右脚刚触地便用一个"消摆步"调换了角度,同时右手猛然一撩韩长生右腿,左手"凤眼拳"倏地狠点韩长生软肋,将他击飞在院坝地上。

众汉子拥上台阶,即随庞龙冲进斋房,却见桌上杯盘狼藉,并无一个人影。

众人正感惶然,蓦地,里屋传出萧天汉的怒吼声:"庞龙,你胆敢乱动,我马上把西票全部撕光!"

紧随着屋里便传出一团西票们惊惧得失了人样的喊叫声。

"我对中国政府采取这种愚蠢的做法表示强烈的抗议!"

"混蛋,你们这是来救我们,还是害我们呀?"

"我们要是被杀害了,杨森必须负完全责任!"

听见"叽里哇啦"一团呵斥喊叫声,庞龙顿时傻了眼。他对着紧闭的房门,强作镇定地嚷道:"萧天汉,我今夜冒险上山,实只为西票而来。只要你肯将西票交给我,我拿脑壳包你无事。"

这时斋房外面已经腾起一片叫嚣,韩长生指挥着从四处拥出的弟兄,密密麻麻地围了上来。

庞龙手下被迫缩进了斋房。

赵中玉用枪口抵住鲍威尔的脖子:"快喊话,叫他们不要乱动!要不,我先杀了你!"

鲍威尔战战兢兢地喊道:"不要开枪!都不要开枪!我是大英帝国驻重庆的总领事鲍威尔。外面的武装人员马上撤回去,我强烈要求中国政府采用安全正当的手段来解救我们!"

庞龙无法可施,气急败坏地嚎叫起来:"要死一起死,要活一块活!萧天汉,你他妈的说一句话,咋个办?"

萧天汉道:"冤有头债有主,我要算账也只会找你的主子,杀了你,也显不出我萧天汉的威风。姓庞的,现在我放你一条生路,看在当年你和我老汉在关公像前磕过头,喝过血酒的分上,你马上带着你的人滚下山去!"

庞龙听见外面人喊马嘶,说道:"萧舵爷,你的弟兄围在外面,我们出不去。"

萧天汉大吼:"韩长生!"

"在,舵爷。"韩长生在外面应道。

"让开道,放他们下山。"

韩长生满心不愿地:"好,听舵爷的。弟兄们,放这帮家伙下山。"

庞龙脚一跺:"走!"

庞龙等人窜出斋房,刚走到禅院门口,身后猛然响起萧天汉的怒喝声:"庞龙,我今日不除你,更待何时?"

庞龙大惊,回首望着高踞在台阶上的萧天汉大骂道:"萧天汉,你狗日的不讲信用?"

萧天汉切齿喝道:"你卖主求荣,在背后捅我的腰枪,还有啥子脸皮跟老子讲信用?"言毕,双枪齐发,庞龙脑袋血光四溅,"扑"地倒下。

枪声暴响,庞龙带来的黑衣汉子全部被打倒在地。

听到枪声,贺白驹猛地跃出阵地。他怔怔地望着远处黑黝黝的万灵寺,叹道:"完了!"

一军官上前问:"打么,旅长?"

"还打个屁!"贺白驹恨恨骂道,"都给我滚回去睡觉。"

第二十六章：十字架的道路

次日上午,太阳刚刚爬上万灵山巅,山道上马蹄声脆,一彪官军骑兵队押解着金煜瑶,从荣昌县城来到了万灵镇前的大荣桥桥头。

此刻,千年古桥两侧,官军与飞龙会弟兄刀枪对峙,杀气腾腾。

时不多日,金煜瑶已变得来面目全非,昔日红润光泽的脸蛋上好像抹上了一层厚厚的白霜,精神萎顿,眸子暗淡无光,犹如被狂风暴雨蹂躏后的一株残花。

登上大荣桥头,金煜瑶一眼便看见了河对岸严阵以待的弟兄们。

她蹁腿跃下马背,举步欲前。

"慢。"贺白驹用马鞭在她肩上一戳,"等对面放出西票,你才能过桥。"

此时的老鹳岭上,十四名西票正从万灵寺斋房里被驱赶出来,到山门前挤成一团。

萧天汉等人则站在石阶上,居高临下地注视着他们。

"大家不要害怕。"赵中玉用英语说道,"只要给予合作,萧天汉萧舵爷就不会为难你们。一旦中国政府满足了飞龙会所提出的要求,我们就马上放大家回去。现在,我们要用你们中的一位,去换回飞龙会的一位被俘首领。"他用手指着鲍威尔夫人,"你,出来,随我们下山。"

鲍威尔夫人愕然不知所措,双眼痴痴地瞪着赵中玉,待明白过来,她忽然搂住自己丈夫的脖子尖声地哭叫起来:"不,不!我决不能在这样的时候离开我亲爱的丈夫!要放,就请你把我和我丈夫一块儿放了!"

鲍威尔激动地吻着她的头发，哽塞着说："你……先走一步吧……亲爱的，上帝会保佑我平安无事的。"

鲍威尔夫人痛哭流涕，连声嚷道："啊，我为什么要来到中国？这全都是因为你呀！我们说好的等你明年任期一满，我们就一起回家，和儿女、孙子们团聚的，我怎么能够离开你？亲爱的，我绝不能把你一个人扔在这里，死，我也必须和你死在一起！"

赵中玉显然也被这一幕感动了，慨然道："尊敬的夫人，难得你对你丈夫的一片真情，我就成全你做个完美妻子吧。"他的目光环视着其余西票，"那么，你们谁愿意第一个离开这里？"

"我！"

"让我去吧！先生。"

西票们争先恐后地叫嚷开了。

宾查中尉满怀希望地从队列中冲出来，紧紧抓住赵中玉的手："赵先生，我们一起喝过酒，抽过烟，我还送过最好的哈瓦那雪茄给你，你放了我吧！"

赵中玉抽出手来，微笑着拍拍宾查中尉的肩膀，亲热地说："我们当然是老朋友了，你放心，我会保证你的安全的。"

"先生，求求你，放了我这个无辜的女人吧！"艾特丽丝扬起双臂，冲赵中玉大声喊道。

"你？不行，绝对不行。"赵中玉摇摇头，"高贵的小姐，你是我们手里最大的一张王牌，到了关键时候，我们还得用你派大用场的。"眼一扫，落到了罗莱德的脸上，"喂，你这卖假首饰的小伙子，贫穷现在成了你最好的护身符，我就让你先走吧。"

"我？上帝啊！"罗莱德万万没有想到幸运之神会率先向他微笑，他欣喜若狂地叫了一声，话音未落，已经像百米冲刺般没命地往山下跑去。

十三双羡慕已极的目光，紧紧地跟随着他那跃动的身影……哦，这个幸运的家伙，你终于自由了，原来贫穷与落魄，在特定的时候，也会成为所有人羡慕的因素。

倏然间，十三张面孔上神情陡地一震，他们看见罗莱德犹如被使了定身法似的站住了。

啊，上帝，他怎么啦？

罗莱德缓缓地转过身子，他的眼睛，落到了绝望的艾特丽丝的脸上。

第二十六章：十字架的道路

终于，在所有目光的注视下，罗莱德一步一步走了回来，走到了艾特丽丝的跟前。

他挽起艾特丽丝的手臂，扬头对着赵中玉，作出一副慷慨激昂的样子说道："不，先生，我不能就这么一走了之。我得留下来照顾艾特丽丝小姐，在这样的时刻，她尤其需要我的照顾。你们，让贝尔亚牧师先走吧，他年纪大，又患了病。"

"哦，你这机灵的东西想抓住这千载难逢的机会，在这位富豪小姐面前表现一下骑士风度，讨她的欢心么？"赵中玉讥刺道。

罗莱德脸上倏地一红，大胆地把艾特丽丝往自己跟前一拥，豪气冲天地说道："你们中国人不是有一句话，叫做患难见真情吗？"

赵中玉走下土坡，来到贝尔亚面前，问道："你大概不会像这位居心叵测的美国小牛崽一样，拿自己的生命来作赌注吧？牧师。"

贝尔亚对赵中玉的调侃不置一辞，以一种悲天怜人的眼光久久地注视着赵中玉。

赵中玉一愣："怎么？难道你也决定放弃生还的机会？"

牧师举眼向天，庄重说道："十字架下，祭司长和文士讥诮耶稣，说耶稣救了别人，却不能救自己。情况确是如此，主如果要救自己，就没有万人的从死得生。主不是不能救自己，而是不愿意救自己。为了救别人，宁愿不救自己；为了救别人，愿意毁灭自己。这就是主所走过的十字架的道路。我是主的儿子，我只能走主所走过的道路：救别人，不救自己。啊啊，我的迷途的羔羊，要放，你们就先放这位意大利太太和她生病的女儿吧。"他把身边一位太太和小女孩推到赵中玉跟前。

赵中玉大为感动："尊敬的贝尔亚牧师，我尊重你的意见。"

萧天汉不耐烦了，挥着马鞭大声喝道："妈的，你们这帮洋鬼子怎么了？让你们活一个，难道一个个都想活？"

赵中玉改用中文冲着萧天汉大声说道："舵爷，你误会了，他们不是在争抢这个活命的机会，而是在相互谦让，把这个活命的机会，让给别人。"

众汉子神情愕然，无言地注视着老态龙钟、白发苍苍的贝尔亚牧师。

意大利母女被韩长生、关清财等人带着往山下走去。

萧天汉、赵中玉等紧紧地跟在后面。

没过多久，一头拱如彩虹，一头平如大道的大荣桥，静卧在清澈见底的濑溪河上。

桥面上空无一人。持枪者鹄立两端。

萧天汉一看见对面桥头上的金煜瑶,便迫不及待地叫道:"快,军师,快放她们过桥。"

赵中玉将一只沉甸甸的布袋交给意大利母亲,说道:"过桥后,请把这个交给他们。"

这一端,意大利妇女和小女孩慌慌张张地上了桥面。

那一端,贺白驹用马鞭戳戳金煜瑶的后背:"你现在可以走了。"

"后会有期。"金煜瑶扭头瞪了贺白驹一眼,恶狠狠吐出一句话,遂大步而去。

来到桥心,彼此碰面。金煜瑶好奇地打量着这对金发碧眼的母女俩,意大利母亲边走也边胆怯地打量着她。

突然,小女孩一跤摔倒在地上。

金煜瑶急忙去扶她:"孩子,啊,小心些。"

小女孩惊恐地瞪着她,直往母亲怀里缩,口中不断地叫道:"土匪!土匪!"

金煜瑶身子倏地一晃,"土匪!土匪!"小女孩的声音好似串串雷霆,在天顶轰响不息,击得她头晕目眩。

她停住脚步,转过身,木然地注视着母女俩向桥头奔去。

萧天汉急了,大叫道:"煜瑶,你愣着干啥?快过桥啊!"

意大利母女奔上桥头,母亲慌不迭地将口袋扔到了地上。

官军一拥而上,却无人敢动。

贺白驹大喝:"打开!"

一士兵解开布袋,吓得一愣。布袋里,竟是庞龙血淋淋的脑袋。

"妈妈,妈妈!"小女孩吓坏了,扑上去搂住母亲大声哭喊。

"这个蠢货!"贺白驹飞起一脚,将人头踢下河中。

天主教堂礼拜堂,杨森高坐圣坛之上,文武众官整齐地坐于台下两侧。

杨森神情黯然,对站立一旁的李江副官长吩咐道:"念。"

李江打开公文夹,高声念道:"国民政府林主席令,本月三日,英商太古公司明通号客轮,行至泸县瀨溪河之鸳鸯沱处,遇匪开枪抢劫,伤毙华洋旅客及护航英兵多人,并将十四名西人掳入荣昌县万灵山中,以作人质。查此事件,匪逾数百,明火执仗,该地驻军与政府竟毫无察觉,殊堪痛恨。现严责第二十军军长杨森,速将被掳西人先行设法救出,务保安全。如再疏虞,杨森断难当此重咎也。此令。"

郑稷之闻言色变。

贺白驹离座大叫:"天大罪责,只能由卑职独自承担,军座为我受过,我……我为军座不平啊!"

众军官也一齐吼喊:

"什么臭主席?滚他妈的!"

"国民政府算个屁!枪杆子握在我们手里!"

"军座,你说了算!全军弟兄,只唯军座马首是瞻!"

杨森以目环视众人,徐徐说道:"天高皇帝远,南京命令,我只当他隔河放屁……可是,唉!"他重重地叹了一口气,"可恨的是萧天汉挟票要挟,气焰日盛,倘不能从速将西票安全救出,我杨森将有何脸皮面对列强使节交涉?"

众皆默然。

贺白驹犹疑片刻,怯怯道:"军座,我手下已探知邻近小股匪棚,以及共匪王维舟的川东游击军等,纷纷派出代表前往万灵寺,妄图与萧天汉匪棚联合,以期趁机渔利。倘若股匪会合成巨,势必向政府提出更为苛酷之要挟。对此,我们不能不防啊。"

郑稷之也禀道:"萧匪军师赵中玉,今晨已带领十余小匪,住进兴隆客栈,在门上堂而皇之地挂出了匪棚旗号,如今满城人心……沸荡不稳呐。"

杨森问道:"军师……可就是前日领衔前来那位年轻信使?"

郑稷之赶忙回话:"正是。此人与萧天汉大不相同,萧匪系万灵山中世代惯匪,凶残鲁钝,不足为虑。赵中玉却是本县一臭名昭著的劣绅之子。"

杨森道:"你说的劣绅,可是荣昌袍哥仁字堂口总舵把子赵庆云?"

"正是此人。"郑稷之道,"辛亥年,赵庆云趁乱聚众造反,罪恶累累,恶贯满盈,早已被卑职正法,以泄民愤。民国初年,赵中玉曾被招募到欧战西线做华工翻译。战后周游列国,后在莫斯科参加匪党,并入苏俄军事学院学习。回国后专事颠覆政府之活动。两年前卑职已将该匪擒获,本欲公开大辟,不想被萧天汉率众匪冒死从法场上劫走,从此成为飞龙会军师。此人文武精通,奸诈狡猾,匪棚中一应重大行动,皆由此人筹划。军座……"说到此,郑稷之迟疑了一下,又鼓足勇气道:"卑职……有一言相告。"

杨森不悦地瞥他一眼,冷冷言道:"郑县长,公堂议事,有话尽管直说,何须踌躇。"

郑稷之道:"我意立即擒杀此人,灭它匪棚智囊。该匪一除,飞龙会一窝草寇,实不足虑。"

杨森沉思良久,开口道:"郑县长,以你介绍的情况看来,赵中玉绝非等闲之辈,老夫倒要认真对付才是……唔,这样吧,你速派人将兴隆客栈腾出供匪使用,其余客商一律不得住此栈内,饮食起居,按上等规格照料仔细。还有,今天晚上,你将此人请到天主堂后花园中,我要单独见见他。"

郑稷之一怔,痴视着杨森说道:"这……军座,我去请他,恐怕不太方便。"

杨森道:"怎么?在你郑县长的地盘上,你还怕他杀了你?"

郑稷之赶紧道:"哪里,哪里,卑职是……是……"话到嘴边,万难出口,只好又咽下肚去,硬着头皮应承道:"既然军座虚怀若谷,执意要见此人,卑职勉为其难便是。"

贺白驹已猜到杨森几分心思,不由得恨恨道:"军座单独召见他,未免会高抬了这帮土匪,让他们气焰更盛。"

"我意已定。"杨森不为所动,果断说道,"白驹,文韬之事,非你所长。你即刻赶回万灵山下,统率队伍将老鹳岭重重包围,断它粮草水道,不得任萧部外窜,更不能让其余股匪与之联系、合流。切记四字:围而不击。倘若逞能寻衅,激怒土匪撕票,再添事端,我必唯你是问。"

贺白驹只好压下心中不快,高声领命:"军座放心,卑职按照军座盼咐行事。"

杨森看看郑稷之,徐徐言道:"郑县长,我看你精明老成,颇有城府,言辞犀利,又熟知荣昌情事。与匪棚谈判一应事宜,就交由你与李江副官长相机办理吧。"

郑稷之打了一拱:"卑职必当殚精竭虑,不辱使命。"

就在杨森与文武众官议事之际,小小荣昌县城,已经躁动得好似一锅烧沸的开水。满城百姓,风天火地地拥向十字街口的兴隆客栈去看稀奇。

只见兴隆客栈门前高挂一块木牌,上书"万灵山飞龙会办事处"。

两名敞胸露怀,腰别短枪的壮汉凶神般挺立两侧。

这有着上百年历史的兴隆老号,是荣昌城中第一等客栈,门楼巍峨,黑漆大门气势堂皇,里外两进,中间以穿堂相隔,院内有荷塘、小榭、还有曲曲弯弯,雕梁画栋的风雨廊。

此时,老百姓聚集在兴隆客栈大门外,远远围观,窃窃私语。

"我活了一辈子,还没见过这样的奇事,棒老二竟成了官军的座上之宾。"

"唉,兵匪一家,真真是兵匪一家哟!"

"萧天汉这一手歹毒啊,听说南京城里的蒋委员长,林主席都让外国佬给逼得快发疯了。"

身高体壮，满脸横肉的郑臭肉闻讯已带着两名家丁匆匆从北小街的公馆里赶来。他站在围观的人群中，手里"哒哒呐呐"不停地转动着两个铁蛋子，向着土匪怒眼相向。听着旁边人议论，不屑地说道："莫看他们一时得意，我看是兔子尾巴，长不了！"

"让开！站远点！"一队黑皮警丁由警备队长胡之刚亲自带领，吆喝着穿过围观人群，把大米、蔬菜、酒坛、宰好的猪羊抬进了客栈大门。

袁公剑端出一张凉椅，大模大样地往门口台阶上一摆，高跷起二郎腿，得意洋洋地摇起了大蒲扇。

看见胡之刚与白仲杨等警丁从屋里出来，袁公剑故意高声吩咐手下："黎胜儿，这帮兄弟给我们送吃送喝的，实在辛苦，赏支烟给他们吧。"

黎胜儿掏出香烟，嘻皮笑脸地拦住警丁们叫嚷："来，弟兄们，抽烟，抽烟。"

这时，一乘三丁拐软轿由几名保镖簇拥着，从天主教堂方向疾疾过来，在兴隆客栈门前停下了。

手下撩开轿帘，郑稷之从轿里钻出来，拄着文明棍上了台阶。

袁公剑一见是郑稷之，故意将腿一伸，挡住了他的去路，装着不认识的样子，冷声傲气地拖着戏腔发问："来者何人？快快报上名来。"

郑稷之眼一瞪，见是两年前与赵中玉一起从他手中死里逃生的袁公剑与黎胜儿，而且姓袁的还露出一副故意挑衅的神态，存心想找他的麻烦。

郑稷之自不会因小失大，与这等小头目一般见识，只好压下火气，软中带硬地说道："连堂堂荣昌县长你也不认识么？赶快去通报赵中玉，本官有要务找他。"

袁公剑哈哈大笑，说道："郑县长，你不是前来找我们军师商量，叫他把自家脑壳借给你显显威风吧？"

郑稷之气极无辞："你——小人得志！"

黎胜儿从旁边一头蹿上，指着郑稷之的鼻尖骂道："你这老杂皮，狗胆不小，居然敢踏亵我大哥是小人？敢在你黎大爷面前耍威风？大爷我今天非退了你的神光不可！"

人丛中的郑臭肉见他亲哥当街受辱，忍无可忍，鼓眼大吼："谁敢对县长大人动手，我们荣昌百姓可不答应！"

黎胜儿瞥他一眼，冷瞅瞅笑起来："我日你娘，你不是这郑家老杂毛的亲兄弟么？一块臭肉，熏翻半城，你他妈的还有脸皮代表荣昌百姓？"

"胜儿不可无礼!"赵中玉此时已闻声走了出来。

他喝住黎胜儿,冲着郑稷之一抱拳,笑微微说道,"哟,这不是故人郑父母官么?别来无恙啊,想不到我们今天,竟会以这样的方式,在这样的地方见面吧?哈哈。"

郑稷之尴尬搭讪:"那是,那是。稷之愚钝,确曾未能想到。"

进得厅堂落座,赵中玉吩咐关五香上茶,两手潇洒地将长衫下摆一抖,架起二郎腿,望着郑稷之微笑着言道:"父母官枉顾小民下榻之地,敢问有何吩咐?"

"不敢不敢。"郑稷之又抱拳又打拱地说,"本人今日前来,实是受杨森军长之命,特来恭请赵兄,今晚前往军座下榻的天主教堂赴宴,还望赵兄拨冗前往。"

"哈哈哈哈!"赵中玉大笑道,"我一介山野村夫,逆匪刁民,怎敢叨扰将军大人?"

郑稷之对赵中玉的嘲讽充耳不闻,继继劝道:"杨军长宽诚待人,特派我专程相邀,今晚无论如何,赵兄还是走上一趟吧。"

赵中玉以掌击膝,大声道:"我当然要去!人生一世,难得如此风光啊……说不定,蒋委员长此番还要请我去金陵城里,潇洒一趟咧。"

郑稷之乌云涌脸,欲怒不敢。

赵中玉脸色倏然一沉,恨声道:"姓郑的,你我之间这本陈年老账,这次也应该连本带息,一并算清了吧?"

郑稷之重重咽下一口气,冷傲地瞪着赵中玉:"俗话说,一根田坎还有三节烂①。赵先生,逼人太甚,恐非君子所为。"双手一拱,"稷之告辞。"

赵中玉起身还他一礼,话中有音地说道:"郑县长脚下放稳,小心不要跌了跟头。"

赵中玉目送郑稷之铁青着脸,上了软轿匆匆而去,正欲转身进屋,蓦地听见人丛中响起沉沉一声吆喝:"一别两载,赵军师今非昔比,好大气派!"

赵中玉觉得这声音分明耳熟,赶紧循声寻去。只见那人头上压着顶草帽,将大半张脸遮了,脚蹬草鞋,腰间系一根宽大的汗帕子,一副下力汉子的短打扮。

待看清来人,赵中玉心中猛地一跳:"呀,老石——他怎么会突然出现在这里?"

赵中玉一下想起了一起为党共过事的石奉奇,高兴得一拳擂在他肩上。

---

① 一根田坎三节烂:袍哥语言,指人生道路不可能一帆风顺。也有十年河东十年河西之意。

"还不是老弟有大能耐呀,濑溪河大劫案轰动全国,川中各家报纸,更是大加报道,你赵中玉的大照,还上了不少报纸的头版头条。"石奉奇握着中玉手打趣地说道。

党派赵中玉回荣昌,两年时间他居然成了万灵山飞龙会里摇鹅毛扇的军师,而且在如此一出惊世骇俗的精彩大戏中,扮演着举足轻重,令万众所瞩的一个充满传奇色彩的重要角色。尤其重要的是,荣昌万灵山中的这支袍哥武装,前不久竟然消灭了长期与川东游击军作对的骆三春的土匪武装,让党组织看到了赵中玉在这支队伍中的重要性。组织决定派石奉奇火速赶往荣昌,协助赵中玉策动飞龙会,尽快在万灵山上"扯红"。

两人进得赵中玉卧房,听罢石奉奇传达完组织指示,赵中玉禁不住双眼发潮,激动地说道:"奉奇,这两年来我经历很多有时也觉得很难,时时支撑我的,就是对党的信念。你来了就好了,让我们为了党的事业,一起努力干吧。"

石奉奇道:"濑溪河大劫案,已成国内外万众瞩目的第一大事。眼下,川北大巴山地区已在我红四方面军控制之下。组织的意见是,抓住这难得的机会,拉起一支属于共产党的武装力量,和川东游击军联起手来,和川北红军遥相呼应,四川的局面,一下就打开了。"

赵中玉道:"党的指示,正是中玉这两年来努力为之的宏图伟业。不过,虽付出甚多,收效却尚不很明显。萧天汉凡事取决于飞龙会的利敝兴衰,共产党对他无碍,而且对付的是共同之敌,客观上对他有益,故他并无恶感。此人之所以当初冒死劫法场救我,虽有自小在尔雅书院一起读书的感情因素掺杂其内,但意欲倚重于我,壮大飞龙会,当是主要之考虑。在目前情势下,要他改弦易帜,公开'扯红',这无疑是要他祖宗基业,挖他老根,断不可行。"

石奉奇失望地:"原来如此,看来要完成组织交给我们俩的任务,没有可能了。"

"不,不,那也未必。萧天汉之妻金煜瑶,虽系女流,眼光却远非其夫能比,且能体恤部下乡民,注重笼络士气民心,深为会中兄弟及当地百姓爱戴。鉴于此,我除了潜移默化,提升他夫妻以及会中头目们的素质意识,削弱其对共产党的反感和畏惧,再视其情形机会,谨慎从事。"

石奉奇道:"此中情况,你远比我熟悉,再说,组织上又明确我是前来协助你开展工作的,一切由你运筹决策,奉奇唯兄马首是瞻。"

赵中玉道:"党寄厚望于我,中玉更是当勉力完成这一重任。劫案发生,迫使国民政府派杨森前来荣昌与飞龙会谈判,这是一个欲成大事的难得契机。我已拿定主意,积极促成杨森招安飞龙会……"

石奉奇惊得跳了起来:"招安?组织要你在万灵山上'扯红',你这不是公开打白旗了么?"

赵中玉摇摇头,说道:"这是因为欲速则不达,我只好改走曲线,以达目的。最初萧天汉执意招安,我也曾竭力反对。但萧天汉与他手下的一帮头领官迷心窍,一意孤行,我也难让他改变主意。"

石奉奇急忙问道:"那你又有了什么好想法,让你改变了主意?"

赵中玉道:"待事后仔细一想,条条道路通罗马,招安也有招安的好处,转而赞同起来。"

石奉奇说:"招安怎么个好法?"

赵中玉说:"我之所以改弦更张,是考虑到,如果萧天汉坚持不离开万灵山,从短时间来看,我的计划丝毫没有实现的可能。而一旦接受招安,萧天汉就成了无根之木,无源之水,而且可以肯定的是,以萧天汉这样的身份,必然会受到杨森部下的排济,只要我们抓紧做好思想教育工作,一旦萧天汉与官军的矛盾激化,何愁没有成功的机会。"

"唔,"石奉奇点头道,"不过,这也太慢了一些,我想,组织上恐怕不会因为你的这一计划,而感到鼓舞的。"

赵中玉说:"慢工出细活嘛。要想吹糠见米,搞兵变就快,可全川搞了大大小小几十次兵变,牺牲了成千上万无以计数的好党员、好同志,成功过哪怕一次吗?每一次兵变,都是我们强逼着自己的同志和拥护我们的群众,拿脑袋硬往敌人的刀口上碰啊!好在,中央现在终于认识到了左倾盲动路线的严重危害,总算是在尸山血海中成熟起来了。"

石奉奇也深有同感:"中玉,你我都是执行过,贯彻过这些极左路线的幸存者。多少好战友,已经不在了,左倾盲动路线造成的血的教训,的确应当认真汲取啊!"

天未落黑,赵中玉将几位头目召集拢来,就在兴隆客栈里设宴为石奉奇接风。他介绍说石奉奇是他落难时交下的一位生死之交,如今在报上看到他的消息,专门前来投奔的。

江湖弟兄皆是豪爽之人,几位头目争相举杯向石奉奇敬酒,说军师的朋友就是众位弟兄的朋友,从今往后,无论干稀,大家就在一口锅里舀饭吃吧。

第二十七章：风流将军的人生体味

待到夜色降临，一乘滑竿穿街过巷，将赵中玉送进天主教堂大门。

随同前往的只有关氏兄妹。关五香今夜着了男装，与哥哥穿同样的密门对襟短靠，头缠青纱帕，腰扎五花靠带，脚蹬黑色皂靴。

圆月高悬，银了天主教堂后花园的小桥流水，银了竹篁假山。

树影花丛中，酒案已经备好。

杨森换下戎装，穿一袭白色夏布长衫，手摇一柄丝绸面折扇，足下蹬一双薄底贡面圆鞋，看上去和气可亲。见赵中玉步下滑竿，竟然在众侍卫面前纡尊降贵地急步迎上，亲切招呼："来了，中玉小弟。"

赵中玉见四下里站着身背短枪的侍卫，将手中折扇"哗"地一收，话中有音地说道："将军大人召见，今晚即便是鸿门宴，我也不敢不来呀。"

"赵先生说笑了。请，请。"

赵中玉坦然落座，关氏兄妹腰间各插两支德国造二十响，在他身后三丈开外并肩而立。

二人把酒寒暄，三杯过后，李副官长传上一怀抱琵琶的年轻绝色女子，在石栏前一张紫檀木花凳上坐下，十指轻拂，柔声弹唱。竟是刘禹锡任川东夔府县令时写下的一首竹枝词。

竹枝苦怨怨何人？
夜静山空歇又闻，

>蛮儿巴女齐声唱,
>
>愁煞江楼病使君。

女子声音清甜婉转,将一支苦曲,唱得来缠绵悱恻,扣人心弦。

杨森脸上隐隐有愠态,待女子一曲歌毕,却故作喜色地赞道:"梨花一枝春带雨,大珠小珠落玉盘。好,好!"

歌女娇羞地移步上前,把壶与杨森、赵中玉斟酒。

赵中玉注意到歌女强作欢颜的脸上,却分明透出几分悲切之态,遂客气道:"不必劳烦,由我自己来吧。"

杨森本系海量,与赵中玉对饮三杯后,却故意装出一副小醉微醺,真情毕露的样子言道:"老夫平素滴酒不沾,可今日有幸能邀小弟来此对月小酌,正可谓酒逢知己千杯少。世人都知道,老夫系行伍出身,这么多年的杀伐征战,死去活来,让我认定了一个道理,开疆拓土,占地称王,要想成就一番伟业,枪炮固然重要,钱固然越多越好,可这些都不是决定胜负的根本,最最重要的,是人,就是赵兄这种不同凡响的人中之杰、青年才俊。"

赵中玉道:"军座过誉了,中玉哪里算得什么人物才俊。"

杨森道:"本夫不才,带兵打仗,齐家治国平天下,靠的不过是一本《水浒》,一本《三国演义》。刘备三顾茅庐,终得孔明相助,方能三分天下;宋公明官不过一小小押司,却能以义服天下,尽收天下英雄之心,最终坐上水泊梁山头一把交椅。老夫于这乱世之中,要想成就宏图大业,做一青史留名之人,不效前朝古人榜样,求贤若渴,焉能成功?中玉老弟如此一个聪明绝顶之人,莫非还听不出老夫这番高山流水之音么?"

赵中玉没想到杨森刚一和自己见面,便使出了这种不加任何掩饰的拉拢手段,不由得心中暗笑,言道:"将军实乃慧眼,惜乎中玉绝非明珠,岂敢奢求将军抬爱?不过,今晚得此良机,能当面聆听将军教诲,让中玉茅塞顿开,胜读十年书也。"

杨森道:"赵兄若能与老夫携手并进,定是出将入相之辈。我怎么也想不明白的是,以赵兄之雄才大略,何以会去那万灵山中,与萧天汉此类顽冥鲁钝的山林草寇为伍?"

赵中玉淡淡一笑:"绿林草寇之中,自古也不乏潜龙卧虎之辈。掐指数来,那梁山一百单八将,那刘邦、朱元璋、李自成,洪秀全,努尔哈赤,哪一个又不是出自

第二十七章：风流将军的人生体味

山野草泽之辈？"

杨森见赵中玉心存戒意，说话滴水不漏，遂举杯相邀："喝酒，喝酒，我们边喝边谈。"

待赵中玉将酒饮下，杨森才关心地问道："中玉小弟，我看你眉清目秀，俊朗端丽，一身书卷气，完全不像个干浑水袍哥的角色。想必是因着什么不平之事，身不由己，才上山入伙的吧？"

赵中玉听了这话，眉棱一抖，突地望着杨森说道："将军不知，先父赵庆云，生前也曾是本县一显赫人物，生平最恨土匪，只可恨那狗官郑稷之……"

赵中玉一张嘴恰似闸门大开，心中深仇大恨，如潮水般涌流而出。末了，他说道："像郑稷之这样的民国罪孽，贪赃枉法之徒，政府不仅不将其斩首示众，替我父报仇，为百姓申冤，反而长期委以重任，任其蹂躏一方，祸害百姓。我从欧战前线携功而返……唉，想不到刚回到在海外时让我魂牵梦绕的故乡，郑稷之竟然公报私仇，欲将我公开大辟，幸得萧天汉仗义相救，劫了法场，将我从鬼门关救了回来，如此，我才投靠飞龙会，成为和萧天汉生死与共的弟兄。"

杨森叹道："官府庸劣，真是逼良为匪，逼良为匪啊……不过，"话锋陡地一转，"倘若本人出面主持公道，还你一个清白之身，保你一个锦绣前程，你意……又将如何呢？"

赵中玉一怔："将军，此话怎讲？"

杨森道："如今国家恰逢多事之秋，本军长正四处延揽人才，意欲为国效力，于乱世中干出一番宏伟事业来。我看中玉小弟仪表出众，文韬武略齐备，实乃一旷世难得之人才，故而有心请你出山，协助本军长运筹帷幄，决胜于千里之外。至于你的前程嘛……嘿嘿。"

赵中玉正色道："将军此言不妥，人各有志，不能强勉，萧天汉虽系草泽之人，却是中玉眼里一巍巍豪杰，旷世英雄。他率手下劫了法场，对我有救命之恩，且待我情同手足。我今日奉他之命，前来与官府谈判，怎能背主求荣，作一万人唾骂之无耻之徒？"

赵中玉态度凛然，一腔话掷地有声。

"好一个赵老弟！义节可风，义节可风啊！"杨森闻此言大为感慨，"本军长刚才不过故意小试你一下，果然得见你胸中怀有一颗耿耿忠心。啊，难得……真是难得！"

赵中玉道："中玉不才，却也认真习过几年武，读过几年书，又到欧罗巴打过几年洋仗,武德义风,圣贤教诲,须臾不敢忘怀。也正是靠着这两条做人准则,中玉涉身处世,方能做到行无愧怍。"

赵中玉愈是义气干云,不为所诱,杨森反倒对他好感倍增,继续说道:"趁这风清月明,美色佳酿,我们何不敞开胸怀,来一推心置腹的交谈。"说到此,杨森向副官侍卫们挥挥手:"你们全都退下吧。"

赵中玉见此,也向关氏兄妹摆摆手,让他俩也退下。

杨森谈兴大发:"本夫的身世,自不消说了,报纸书刊,连篇累牍,毁者踏我入地,誉者捧我上天。巴蜀百姓,士林坊间,早已是耳熟能详。尤其是本夫一人独拥十几个大小婆娘的家事,更是让重庆著名文人江南一叶,演衍成了当代《金瓶梅》、《绣榻野史》之类的黄色小说,还为这小说取了个俗不可耐的名儿,叫做《军帐红尘》。老夫麾下部属一怒之下,将江南一叶抓获,要杨某将他公开斩首示众。不成想,老夫不仅毫不生气,反而重赏了江南一叶三千大洋,并勉励他再撰新著,续写老夫经历。中玉小弟,这本《军帐红尘》始而风行巴蜀,继而风靡全国,你不会没有读过吧?"

赵中玉道:"中玉有幸,很早便得以浏览。中国有句话叫做成大事者,不拘小节。将军如此处置,实是大智若愚,英明盖世。那江南一叶虽是用笔野俗,把将军描写得犹似淫魔一般,却对将军的文治武功,雄才大略,也颇多赞美艳羡之辞。小骂大帮忙,此书实为经典。著书人巧借淫色之事,让将军英雄本色不胫而走,深入千家万户,实乃一万金不可奢求之事,说他有功,自不为过。"

杨森展颜大笑:"英雄所见略同,英雄所见略同!中玉小弟能有如此见解,足见也是一心胸博大,超凡脱俗之辈。"

乘着几分酒意,杨森兴致勃勃大发起感慨来:"孟子曰:'食色,性也。'子夏曰:'贤贤易色。'这好色乃人之本性,宋儒偏要将德与色对立起来,说什么好德不好色,无非是自欺欺人罢了。自欺欺人,不诚已极,朱熹老儿偏偏又要说'存诚',你想这种歪论,岂不可恨?那至尊至上的孔圣人也老得发昏,年轻时精血充足,还说过好德如好色,待年老体弱,精血枯竭后又变了副嘴脸,整日里只言周礼,不言人欲。不然,删诗为何以《关雎》为首?试问,'窈窕淑女,君子好逑',求之不得而弄得辗转反侧,神魂颠倒,难道可以说这是天理,而非人欲吗?"

一番引经据典的宏词高论恰似黄河之水天上来,震得赵中玉也不由得暗自惊叹,这位十六岁进保定军校,从此后二十几年间戎马倥偬,南征北讨的大军头,过去在他眼中不过是一介赳赳武夫,今日细细观之举止,闻之谈吐,想必在那行军打仗之际,也从未忘记在中军帐里,秉烛苦读圣贤之书哩!

想到此,对杨森的敬意,兀地便添了几分。

杨森却是余兴未减,继续说道:"中国文化,自来崇拜强权,你想那历朝皇帝,哪一个不是三宫六院,嫔妃三千,臣子百姓除了羡慕他有能耐,谁人还能从道德上去谴责于他?就说那前些时候入据紫禁城的袁世凯,不也大大小小讨了十个老婆,还有三个小妾,是他驻军汉城时,带回来的高丽货。山东的张宗昌,官不过一省都督,却一口气讨了四十二个老婆,其中竟然有十一个金发碧眼的欧洲洋婆子和到中国逃难的白俄,还有三个日本婆娘,一个朝鲜婆娘。一日三餐时,饭厅里简直就像在开国际会议。"

赵中玉道:"将军就算在你指挥的二十军中,也进不了三甲之位。民间哪个不知,你麾下第七师江湖人称范傻儿的范绍增师长,不就已经娶了近二十个正式大小夫人么?至于非正式的,恐怕就得车拉船载了。"

杨森道:"我杨森虽离那英雄尚远,却从不讳言生平极爱美色,一口气讨了十几个大小太太,在军中本已不是秘密,让江南一叶流布于肆,反倒让我部官兵,大长志气,有了效法的楷模。英雄美女,自古皆然,看到自己的长官锦衣玉食、美女如云,岂不是也给了他们一个美好实在的奔头?懂得穿上这身二尺半,便只有军前效命,建功立业,方能加官晋爵,妻妾成群,尽享人间荣华富贵。"

赵中玉道:"将军所言,惊世骇俗,细细想来,一言一语,却也尽在俗情常理之中。江南一叶以通俗之文字取悦于民众,杨将军以通俗之理论灌输于官兵,一文一武,倒真是珠联璧合,相得益彰啊。"

杨森自然听出赵中玉话含讥讽,却毫不在意,以一种极亲切的目光盯着赵中玉,满含痛惜地说道:"今夜长谈,即便不能使君与我结为同志,共襄大业,却也让我见识了中玉小弟伟岸激越之人品与精神,面对小弟而不可得,让老夫真是既喜之爱之怜之,又悲之叹之惜之啊。"

赵中玉缓缓道:"将军,中玉倒想冒昧一问,倘若飞龙会接受招安,政府打算给我们一个什么样的编制?"

"招安?"杨森神情一诧,"萧天汉有这意思?"

赵中玉摇摇头:"不,萧天汉绝无此意,不过是我随便问问罢了。"

"如愿接受招安,你部速将实有人数造册报来。"杨森紧追不舍,"中玉小弟,你实话告诉我,飞龙会现有多少人马?"

赵中玉略一顿,将手一摊,抖了抖五个指头。

"五百？"

"笑话！五千。"

杨森举杯相邀："老弟，你是在和我玩笑吧？萧天汉眼下能凑拢两千人马，也就顶天了。哈哈，今晚我们把酒赏月，不谈公事，不谈，不谈。干，干了。"

老鹞岭上，月明风清。

萧天汉与金煜瑶步出万灵寺山门，缓步来到峰顶上。

山下，苍山若海，小河如带。鸡不鸣，狗不吠，天地宁静空朦。而在远处万灵镇方向，一串串火光在夜色中闪烁跳动，恰似猛兽的眼睛。

回山数日来，金煜瑶一直惴惴不安。她不敢将自己已遭郑稷之奸淫之事告诉萧天汉，她知道萧天汉一旦知晓，定然会毫不犹豫地叫她去死。对萧天汉这种争雄于江湖的人物来说，天下再没有比自家老婆遭仇人奸淫更大的耻辱了！可惜的是，这一切都万难更改了。她没有办法，即便这奇耻大辱像一块棱角锋利的石块，刺得她心上淌血，她也只能将它深藏于心底。

数日来萦绕在金煜瑶心中的只有一个念头：在萧天汉得知真情之前，除掉郑稷之。

此时，萧天汉也有事要与金煜瑶商量。招安若成，那他萧天汉从今以后就不单单是万灵山中的土霸王了，历代祖宗创下的基业，不仅可以长久地保持下去，而且必将得以发扬光大。赵中玉虽然一时糊涂，对招安提出异议，但他毕竟是个聪明人，很快便转过弯来，认识到了招安的种种好处，进而真心实意地支持他了。但金煜瑶毕竟系一女流，头脑即便聪慧过人，但在处理大事上，见认也未必能与自己相比，脑筋也可能不及赵中玉转得快，再加之她为慧清师太报仇心切，要说服她，看来还真得费上一番口舌。

他现在把金煜瑶叫到峰顶上，目的正在于此。

萧天汉问道："煜瑶，我们虽握住了西票，掐住了政府的要害，可是，这件事情总归得有个了结的时候，你的意思是……"

金煜瑶毫不迟疑回道："这没有什么可说的，官府若不把九村十八寨地盘归还我们，我们就决不释票。"

萧天汉道："这个嘛……当然。我已叫赵中玉向杨森提出这一条件。不过……我担心的是，等到我们放了西票，杨森难保不会重新派重兵前来剿杀。"

金煜瑶道："那有啥呀？反正我们早晚还得和官军打。"

萧天汉道:"战火重开,我们枪少人寡,地盘依旧难保啊。"

金煜瑶道:"怎么会?这些天,不是有那么多棚子派人前来联系结盟么?想我飞龙会,几时在江湖上有过这等声威?"

萧天汉道:"你咋想得那么简单?这帮人全是想趁水浑来摸鱼,端起碗来舀饭的,和他们结盟,无疑是引狼入室,开门揖盗。"

金煜瑶也有些着急了,问道:"那,军师他……莫非就没有想出个长远妥当的主意?"

萧天汉道:"主意倒是已经有了,不过,这次可不是军师想出的,而是我的主意。军师当初反对,后来仔细想了又想,才明白过来,转而支持我的意见。当然,事关重大,我还得先听听你咋个想的,才能放手去做。"

金煜瑶诧异地看着他:"哦?你想出个啥子好主意?快说来听听。"

萧天汉道:"趁眼下西票在手,胁迫政府,招安我飞龙会弟兄。"

金煜瑶大惊:"招安?天汉,你要学那宋江?"

萧天汉道:"煜瑶,你莫着急。我的意思是,我们明里接受招安,暗地里积蓄力量,这就叫做借杨森的骨头,熬我飞龙会自己的油,等到时机成熟,再把飞龙会的大旗哗啦啦打出来,轰轰烈烈大干他一场。"

金煜瑶一时心乱如麻……接受招安,岂不是要与郑稷之为伍么?煜瑶闻之色变,可心中顾忌,又委实难以出口。

她激愤地叫道:"天汉,你想过没有?飞龙会一旦接受了招安,你当了政府的官儿,你那死在贺白驹老子手里的爹爹,在九泉之下能瞑目么?慧清师太的仇你可以不报,难道你自己的杀父之仇,也就此与贺白驹一笔勾销?"

金煜瑶几句理直气壮的话,怎么与赵中玉一个口吻。让早已拿定招安主意的萧天汉一阵火起。他大声说道:"贺栋成打死我父,我又杀死了贺栋成,要说萧贺两家私仇,其实早已了结。师太之仇,我不是不报,招安之后,尚可慢慢来嘛。眼下,我不能因小失大,我首先得为飞龙会的生死存亡着想呀。"

煜瑶悲愤交加:"天汉,穿上官军皮皮,我们就被杨森捆上了手脚,哪还有机会再为师太报仇!你这番话,不是哄骗三岁小儿么?"

萧天汉急了,"咚"地单膝触地,赌咒发誓道:"上有苍天,下有黄土,我萧天汉倘若把师太之仇抛在一边,日后必当死于非命!"

待他转过头来,只闻一串呜咽之声,金煜瑶已径自往万灵寺去了。

萧天汉恼丧地在地上猛砸一拳,身子一侧,躺在了荒草丛中……

夜风舒徐，月辉泻地，荣昌已入梦境。

一乘滑竿，由关氏兄妹和白仲杨几名黑皮警丁护卫，来到了兴隆客栈门前。

赵中玉下了滑竿，遣回警丁，走进大门。

候在大堂里的两名幺师涎笑着急忙迎上前来招呼："赵先生回来了。"

赵中玉见四处无自己手下，诧异地问道："幺师，我的弟兄们呢？"

一名幺师暧昧地笑道："他们么……嘿嘿，此刻全都在床上忙着使劲哩。"

赵中玉愕然瞪他一眼，撇下幺师，穿过厅堂，挨着一间间客房走去，门窗缝里，皆传出男女嬉笑逗乐之声。

赵中玉蹙眉叫道："袁公剑。"

少顷，旁边一扇门"吱嘎"一声开了，仅穿着条裤衩的袁公剑慌慌张张跑出来："啊啊……军师，这都啥时候了，你才回来呀？"

赵中玉抬眼往屋里一瞥，瞅见床上斜靠着一个敞胸露乳，头发蓬乱的妖艳女人。

赵中玉面露愠色："你们……"

袁公剑厚皮涎脸地笑道："这是……嘿嘿，这全都是郑稷之派人送上门来的货。军师，老鹞岭上的日子苦啊，有这机会白白地乐他一乐，弟兄们当然高兴……嘿嘿，你就……嘿嘿……军师。"

赵中玉叮嘱道："公剑，我不会扫弟兄们的兴。不过，来到这虎穴龙潭，凡事都需得小心一些才是。弄不好，咋个死的都不晓得。"

袁公剑乐不可支："是哩，是哩。"应了两声，急慌慌便欲进屋忙事。

赵中玉一把将他抓住，拉到廊道拐角处，见四下无人，方低声吩咐道："明日一早，你速赶回山上去禀报舵爷，招安一事，杨森正求之不得。叫舵爷遍山插满旗帜，并将山中百姓集中起来，满山游走，以造声势。这一边我则见机行事，决心顺藤摸它个大瓜。"

"大瓜？多大的瓜？"

"舵爷要我至少给他弄个团长，没准，我给他弄顶旅长的帽子戴戴。"

"旅长？我的个妈噫！"袁公剑惊得叫出了声，"想当政府的官，先做强盗倒是捷径。"

赵中玉叮嘱道："小心，这招安之事，眼下只可对舵爷一个人说。"

袁公剑连连点头："这个我懂，我懂。"

第二十七章:风流将军的人生体味

屋里,女人娇声催道:"大哥,快点来呀,你把妹子撩拨得火烧火燎的,咋个反倒跑到外头摆龙门阵去喽。"

袁公剑着急地问:"军师,还有事么?"

赵中玉笑道:"悠着点劲,臭皮囊子莫被掏空了,明天起不了床。"

赵中玉登上楼梯,径自回屋。

两支大红喜烛,照得满室生辉。

蚊帐里,依稀可见人影。

中玉急步趋至床前,撩开蚊帐一看,不由一愣。

床上,正躺着那位绝色歌女。衣裤已经褪去,玉体横陈,泪眼婆娑令人心动。

赵中玉见女子嘤嘤哭泣。问道:"你哭啥?"

女子哽塞道:"老爷,小女子卖艺不卖身,可恨那郑稷之,把我强抓去献给杨军长玩弄。杨军长一天一换,夜夜尝鲜,今晚,他们又强逼我来……伺候老爷。"

赵中玉呆住了,半晌,便说道:"去吧,你也是个苦人儿,我……不难为你。"

女子陡地坐起身,痴望着赵中玉,分明不敢相信自己的耳朵。

赵中玉喝道:"快走吧!"

女子吓得跳下床,慌不迭地跑出房门。她窜下楼梯,刚跑进厅堂,就被两名么师抓住了。

女子凄惶喊道:"不怪我!不怪我,是老爷撵我走的!"

一么师对同伙说道:"你留在这里,我把她带回去。"恶狠狠把女子推出门,"走,回去再听候县长发落。"

赵中玉听见楼下声响,早已出屋掩在楼口暗处,将这一切看在眼里。

他冷笑一声,重新回到房里,然后推开了窗户。

他的目光掠过鳞鳞黑瓦,飞到了远处县衙方向。他好像看到县衙深处的一间厢房的窗户上,仍透着淡淡的微光。他的脑海中浮现出筱竺那张美丽而清秀的脸蛋……自从大辟之日,自己亲眼目睹了筱竺在城楼上的嘶声呼喊,后来又秘密与筱竺幽会后,赵中玉才知道筱竺的命有多苦,也真真切切地体会到筱竺对自己的感情有多深。而作为本应对筱竺的一生苦乐负有责任的男人,自己不仅无能为力,反而怨恨筱竺的不贞是多么的荒唐无理。那种长时间萦绕在心中的憎恶之情,终于消失得干干净净,充塞心中的,是对筱竺的同情与怜爱。他已经再也忘不掉筱竺那双眼睛,那么悲怜,那么凄切……

他"扑"地吹熄了烛火。

小巷清冷,赵中玉神不知鬼不觉地离开了兴隆客栈,独自来到了县衙后墙外。

他一跃纵上墙头,穿过绿竹扶疏的庭院,来到厢房门前,见四下无动静,遂轻声叫道:"筱竺,筱竺。"

屋里响起了细碎的声响,稍顷,门开了,赵中玉一闪而入。

门,立即关上了。

一个人影从竹林中悄无声息地钻出来,蹑行至窗外竖耳偷听。

黯淡的天光照着他那张阴狠的脸——那是荣昌县警备队长胡之刚。

墙上的挂钟早已敲过了十点,郑稷之倚靠在雕花大牙床上,一支接一支抽烟,依旧毫无一点睡意。赵中玉一进荣昌县城,住在赵家老宅里的郑稷之便乱了手脚。双方尚未正式交锋,赵中玉已经赢了第一个回合。郑稷之万万想不到手握数万重兵的大军头杨森,竟然会对一帮已被打得落花流水的残匪迁就让步,这不仅损害了国民政府的威信,而且赵中玉与他同处一城,仅相隔两条街巷,更让他心惊肉跳,寝食不安。

为防不测,郑稷之已下令从警备队调了百十号人到县衙,将他所住的内院铁桶般围了起来。即便如此,他仍放心不下,又让胡之刚住进内院,作了他的贴身保镖。如此防范赵中玉与他那十来个手下,可以说是确保无虞了。但他也明白,这么做,很可能是聊以自慰罢了。他真正担心的,是赵中玉为报灭门之仇,把交出他郑稷之也作为一个释放西票的条件。果真那样,他就是大祸临头了——他非常清楚,在他与外国人质之间选择,杨森是决不会吝啬一个中国人性命的。

杨森来到荣昌后,作为一县执政,他曾两次前去谒见,都吃了闭门羹。过后,他才旁敲侧击地从李江副官长口中了解到杨森在与外国使节密谈。密谈什么?不言自明。久经宦海的郑稷之立即断定杨森欲借此次前来挽救西票的机会,与外国列强搞交易,求得列强在政治、军事和经济上的支持,再挥师西上,剪除刘湘,重据省城成都乃至整个富饶的川西坝子,以报前次兵败之仇。那么,交易若不成,他定然会令部下猛攻老鹫岭、万灵寺,强逼土匪杀死西票。而交易若成,他则会痛痛快快地答应土匪提出的所有条件,甚至包括交出他郑稷之的脑袋!

唉,当初未能斩草除根,留下赵中玉这个魔鬼,真是最大的失误哟!

他在一旁长吁短叹,动来动去,把罗芸花也给搅扰醒了。

罗芸花狠狠地盯了郑稷之一眼,耷着眼皮说道:"都啥时候了,还不睡,床头柜上不是有你买的安眠药么。"

郑稷之忧心忡忡地应道:"赵中玉大模大样地住在城里,眼下连杨森这样的大军头也让着他几分,我怎么睡得着……唉,人无远虑,必有近忧啊!"

罗芸花嘴一撇:"他来,不就是冲着傅筱竺么!把那小贱人送还给他,不就清静了。"

郑稷之瞪她一眼:"真是妇人之见,赵中玉此行,可不是单为了傅筱竺啊,他是冲着我郑府一家老小,包括你的脑壳来的。"

"啊,我的妈呀!"罗芸花顿时睡意全无,翻身坐起,"稷之,这可怎么办?"

"怎么办?我不正在想主意么!"

他狠狠地抽了一口烟,紧闭着嘴巴,让那烟雾一缕缕从鼻孔中慢慢悠悠飘逸出来。

半晌,他忽地一扭头,对罗芸花说道:"只能像眼下这样了,对傅筱竺明松暗紧,拿她勾住赵中玉的魂儿……哼,真到了要命的关头,这小贱人说不准还是我手中的一张王牌哩。"

"嘭嘭!"门上响了两声,紧跟着有人低声叫道:"县长,县长。"

郑稷之听出是胡之刚的声音,赶紧披衣下床,将门打开。

"县长,赵中玉又钻到二姨太房里去了。"

郑稷之阴沉着脸:"果不出我所料。"沉思片刻,决然道,"你继续前去监视,万万不可惊动他。我马上去见杨森。"

第二十八章：仇富的美国乞丐

毕竟是晚秋了，到得下半夜，那凛冽的山风中已然带有了森森寒意。乌云渐渐将月儿隐去，拂晓之前，一场小雨姗姗而至，天地间混沌一团。

男女西票们被关押在万灵寺的一间禅房里，席地而卧，身上虽然盖着厚厚的谷草，仍有不少人被冷醒了过来，四处不时响起阵阵粗细不一的咳嗽声。

一个年轻的葡萄牙姑娘抽抽咽咽地哭泣起来，更给屋里增添了一种凄切悲凉的味儿。

罗莱德与艾特丽丝挨在一起。他侧卧着，凝神注视着仰躺在地上，紧眯双眸的艾特丽丝。

罗莱德毫无睡意，但他睡不着却不是因为寒冷与恐惧，而是因为体内有一股无法形容的欲望之火在熊熊燃烧。他想起了一句不知从什么书上看到过的话，"黑夜能使懦夫也变成勇士"。此时，置身于黑夜中的罗莱德的整个心魂，全都被身边这个女人的身体紧紧地吸引住了。

灯油似快燃尽，那一粒微弱得随时都可能熄灭的火苗闪闪燎燎，给屋子投下一团朦朦胧胧的光亮。他的目光长时间地停留在艾特丽丝的胸脯上，尽管她身上盖着蓬松的谷草，透过乱草的缝隙，他仍然可以看见她那丰满而迷人的半裸乳房。他感觉到欲望异常亢奋，但是，他拼命地抑制住自己，未曾妄动。可他的想象力超乎寻常地活跃起来。啊，要是能把这个富可敌国的金发女郎当着这帮达官贵人的面，紧紧地搂在怀里，最好是淋漓尽致地干上一次，那该有多么的痛快，多么地解气！罗莱德和天下所有的年轻男人一样喜欢女人，可是，他却很难得到享受女人的权力。因为他一贫如洗,来到中国后,他也常常到下等妓院里去打发漫长而空寂的夜晚。可是,记忆中的那几个曾使他如痴如狂销魂荡魄的中国姑娘和眼前的艾特丽丝比起来,又算得了什么呢?

艾特丽丝的美丽性感,无与伦比!

而让每一个见着她的男人心跳加速热血沸腾的,还不仅仅是她的美丽和性感,还有那种因巨大财富而带来的不得不仰视的高贵……权力能使愚蠢的男人变得充满智慧,金钱则能把丑陋的女人变成人间仙女。

自从艾特丽丝沦落到与他一般的地步,他便无时无刻不在意淫着她的肉体。可是,在这位出自巨富豪门的千金小姐面前,他却有着一种无法排遣,沉重得快使他发疯的自卑感!

罗莱德出身于美国宾夕法尼亚州一个矿工的家庭,父亲在欧战中阵亡。五年前,十八岁的罗莱德告别母亲和弟弟妹妹,来到这令人垂涎的神秘遥远的东方之国,寻找发财之路。然而,他却是一个淘金者中为数不多的彻彻底底的失败者。一场暴风雨将他运回国去的一批茶叶打翻在南太平洋里,他的发财梦瞬间破灭,人生的道路也从此一蹶不振。连他自己也认为他的日子过得比乞丐好不了多少。啊,仁慈的上帝并没有忘记他,就在他穷困潦倒的时候,突然使他和艾特丽丝小姐同为天涯沦落人。在他眼里,她是个女人,更是个财神,要是能取得她的欢心,我罗莱德不就一步登天了吗!哈哈,说不定,获释后还能随她一同返回美国呢。老妻少夫怕什么,看上去她也不就三十岁出头,比自己大不了多少,只要她肯大把大把地掏钱给我,她口袋里的金币可不会因为她年龄稍大而贬值。何况,她又是那么美丽,那么富有性感!此刻,他离她那么近,近得可以听见她的呼吸声。他甚至感觉到她那柔软的发丝已经触拂到了自己的脸颊上。只要伸出手去就可以触摸到她的身子。天呐,我为什么要妄自菲薄?我为什么就不敢大胆地向她进攻?她家有万贯,我体壮如牛;她风情万种,我英俊有力,而且比她年轻十来岁。我们各自不都有着雄厚的本钱!他的心在胸腔里"咚咚"狂跳,……啊啊,千万别错过这上帝特意恩赐给我的机会。

冒险的恋爱,不正是男人的勋章?!

"吭吭。"他故意干咳了两声,想探探她的动静。

"哦,你好像感冒了?"艾特丽丝睁开眼睛,往前挪动了一下身子,关切地问他。

"不,没有。我的身体强壮得像一条公牛,我的血液灼烫得快燃烧起来,我怎么会感冒……啊,你怎么了? 我看见你一直紧闭着眼睛,难道你也没有睡着?"

艾特丽丝呻吟道:"……啊,这充满凶险的黑夜,真让人害怕……我怎么睡得着。"

"你完全不必担心,你和所有的人质都不一样,你是土匪手中的一部印钞机,一家大银行,即使土匪把所有的人质全杀了,他们也舍不得动你的。"罗莱德竭力安慰她。

"你是因为我而心甘情愿地留在这土匪窝里的,如果真是你分析的那样,我一定会恳求他们不杀你的。"艾特丽丝用手抚摸着他的头发,轻声说道。

罗莱德感到浑身燥热,口舌发烫,心中活像有一万条小蛇在愉快地噬咬。

他鼓起勇气把艾特丽丝的手拉到眼前,在掌心轻轻地吻了一下……天呐,她的手一动不动,好似在等待着他继续不断的亲吻。啊,那掌心多么细腻而温软!呼吸顿时有些儿紊乱。他不能自禁,双手握住她那光滑的手臂慢慢地往前移动。他的手在她那柔柔的腋毛上停留了一会儿,又大胆往前深入,终于握住了她那丰满的乳房。透过厚厚的丝织乳罩他感觉到她那柔软温热的乳房在慢慢地上下起伏。

不远处的山林突然传来了几声凄厉的狼嚎,艾特丽丝紧张得屏住了呼吸。趁此机会,罗莱德将她搂进了自己的怀中。他觉得艾特丽丝的身子就像一只富有弹性的海绵。他突然想哭……原来,一切竟是这么容易! 一个穷光蛋居然毫不费力地就将一个巨室千金搂在了怀里! 而且更令他鼓舞的是,听其音观其行,她并不会拒绝自己进入她的生命之门。艾特丽丝的反应有力地打消了罗莱德的自卑,给他增添了足够的自信。

艾特丽丝伸出双手抱住罗莱德的脑袋,让他的整张脸膛深深地陷入她那深深的乳壕里。

罗莱德哪儿知道艾特丽丝此时的心情,自落入中国土匪手中,她便被死亡的恐惧给紧紧攥住了,能在死神的魔爪最终勒住自己脖子之前得着这样一个送上门来让自己绝顶快活的机会,她没有任何理由能够拒绝对方的诱惑,何况,与她不胜枚举的性伙伴相比,这又是一个长得相当不错的壮小伙子! 而且,能真正打动她的是,为了她,这个激情似火的小伙子居然选择了留在匪巢里陪伴自己——这让她不单单看到了自己的价值,更重要的是让她认识到了自己在男人眼中的巨大魅力。

罗莱德不愿意让夜色掩住自己的幸福与得意,那样无疑在他的精神上是很重大的一种损失和浪费。所以,他故意很响地咂着艾特丽丝的乳头,喉头也夸张地发出了激人魂魄的呻吟声。他尤其希望让那个自命不凡,曾当着艾特丽丝的面尖刻地讥讽过他的英国驻重庆的总领事,还有那个总是习惯用呵斥的口气对他说话的矮矮胖胖的威尔士中尉,知道他现在正在做什么石破天惊的事情。他知道那个威尔士胖子就睡在他的旁边——能让这些自鸣得意的达官贵人们感到自卑,那真是心旷神怡醍醐灌顶的事情啊!

　　罗莱德发现他的企图居然轻而易举便获得了成功,黑夜里,很快便传来了他预期中的反应。

　　四处墙角的谷草发出了窸窸窣窣的声响。人质们在辗转反侧。所有的呼吸声明显地变得粗浊响亮起来。

　　罗莱德觉得这还不够,于是加强了他的炫耀力度。他爬到了艾特丽丝的身子上,紧搂住她那纤细的腰肢,一边亲吻着她的嘴唇与双乳,一边问道:"艾特丽丝小姐,我知道,出去后,你会像扔掉一件破外套似的扔掉我的。"他的声音显得黏稠,不甚清晰——这可不是装的,他的脑袋已经晕晕乎乎,有一种腾云驾雾,直入仙境的奇妙感觉。

　　艾特丽丝紧搂着罗莱德的身子,热烈地回应着他的亲吻,喘息着说道:"不,不,亲爱的……啊啊……我爱你!我已经多次饮过爱情的苦酒……啊啊……下决心不再与男人来往了。可是,你给我黑暗的心中带来了一线光明……啊,你虽然一贫如洗,可对我来说,贫穷算得了什么呢……哦哦,亲爱的,请你务必诚实地告诉我,你是童身吗?这很重要。"

　　"啊……那当然,我才刚满二十岁,你是我此生的第一个女人。"

　　"那就太好了!我发誓,我会在乎你的,永远永远!"

　　宾查中尉捏紧拳头猛砸了几下地面,嫉妒得晃动脑袋"哦哦"直嘘气。

　　罗莱德把脸从艾特丽丝的乳壑中扬起,轻蔑地瞥了威尔士胖子一眼。

　　"真讨厌!"艾特丽丝瞪了宾查中尉一眼,推开罗莱德,坐起身说道:"快,亲爱的,我们到墙角去,那儿是上帝给我们安排的伊甸园。"

　　墙角下没人,放着一只臭气熏天的尿桶。

　　但是对尿臊味儿的厌恶一瞬间就消失得一干二净,更加本能的好奇心与想得到异性肉体的快乐的欲望,充满了罗莱德与艾特丽丝的身心。

　　罗莱德明明知道此时此刻肯定已经有许许多多男人女人大睁着眼睛在黑暗中死死地盯着他和艾特丽丝,可是他却毫不介意——不只不介意,他胸中反而涌

301

腾起一种无比的骄傲与自豪……哈哈,让你们这帮平日里衣冠楚楚珠光宝气的男女待在一边看着我这个穷小子和一个美丽高贵的女人做爱吧！你们全都在一旁羡慕,诅咒,嫉妒吧！他的心在痛快淋漓地狂啸。因长期遭受侮辱歧视而受到压抑的自尊心,此刻正像滚烫的岩浆一样冲腾出来。对女人的占有以及对上流社会的示威这两种情绪交织混糅在一起,使他的欢乐达到了如痴如狂的顶点！

他心里非常清楚,此刻他与其说是在和艾特丽丝做爱,不如说是在向达官贵人们示威！

贝尔亚牧师仿佛突然牙疼似的呻吟起来,摸索着坐起身子,靠在墙壁上,右手在胸前画着十字,念起了经文:"我的主啊,景星光彩,快快照耀我的灵魂吧！"

鲍威尔太太忍受不住这样的刺激,情不自禁地产生了冲动,她掀开谷草,急急慌慌爬到了丈夫身上。鲍威尔立即紧抱住她,用一阵热烈的狂吻,封住了她的嘴唇……

陡地,那个葡萄牙小姑娘揉着胸脯,猛烈地咳嗽起来。

西票们关切地围到她身边。

贝尔亚牧师赶紧用手在她额头上一探,叫道:"糟了！她患了肺炎,烧得好厉害。"

好几个人质围住了小女孩。

鲍威尔推开太太,冲到门边,擂着门大吼:"水,快送水来！我们有人病了！"

门"哗"地打开了,萧天汉当胸掀了鲍威尔一把,跨进门槛嚷道:"鬼吼什么？官军围住了老鹞岭,水、粮食全断了！"

突然他的眼睛向墙角处一瞪,"哈,狗东西,你两个狗男女居然还有精神干这种事！"他大步上前,对准罗莱德高耸的光屁股猛踢了一脚。

罗莱德双手捂住屁股,杀猪般大叫着从艾特丽丝身上滚了下来。

艾特丽丝尖叫着慌忙抓过裙子,遮住了自己的身体……

第二十九章：中外记者招待会上骤起风波

未及破晓，霏霏细雨便住了。这场小雨润湿了地皮，郁郁葱葱的万灵山中也因此显得更加清新空灵，但却丝毫未解万灵寺的缺水之苦。

贺白驹率部围住老鹳岭，断水断粮，使萧天汉大惑不解。赵中玉进驻荣昌县城，正与杨森谈判，贺白驹怎敢如此凶横大胆？难道他就不怕我萧天汉撕西票么！他寻思这必是贺白驹公报私仇心切，不顾杨森命令而一意孤行。想到此，他更为恼怒，我萧天汉凭着手中西票能镇住国民政府，压住杨森，难道还吓不住你一个小小的贺白驹？故而这日天一亮，他便叫韩长生前去知会贺白驹，以撕票要挟，迫使官军让他们下河取水。他主意已定，贺白驹倘敢不允，他立即撕掉一张西票，看他贺白驹有几个脑袋去挨杨森的枪子儿！

此刻，韩长生率领一队担着水桶的小匪，正往岭下走来。

一行人逶迤来至横跨在瀛溪河上的大荣桥西桥头，韩长生让手下与守山的弟兄掩蔽好，他跳上一墩岩包，向着大荣桥东头的官军阵地高声喊道："我奉萧舵爷之命，要见贺白驹，你们快去通报。"

隔了一阵，得到官军同意，韩长生遂带着两名弟兄从石包后出来，出了关口，下到瀛溪河边，雄赳赳气昂昂上了大荣桥头。

此刻，贺白驹已经得报登上了万灵镇寨墙上。站在城楼上，居高临下，可以俯视大荣桥和瀛溪河西岸万灵山的情形。

他盯着对面桥头上的三个土匪，心中早已拿定主意。他系杨森爱将，杨森此番来到荣昌，已将全盘计划告知于他。他也得知杨森与外国使节的交易进行得不

303

顺利,列强若不提供军火金钱,不但进攻成都成为泡影,全军数万官兵的生命也岌岌可危。近日来,他也为此而心焦如焚。川中大势,原是群雄并立,前不久一场大战,杨森先胜后败,被迫退守沱江以东,刘湘卷土重来,不顾川北土皇帝田颂尧正独自与进入四川的红军苦战,四方网罗人马,突然向他的亲叔叔刘文辉发起进攻,夺占了刘文辉在川南的地盘,将其逐到地处边荒远角的西康省。眼下又欲乘胜打过沱江,将杨森这一年多来的最强劲对手彻底铲除。

昨天夜里,贺白驹已接到杨森派人送来的手令,叫他设法迫使萧天汉撕掉一两张西票,以此恐吓外国使节,促其尽早就范。

而眼前,机会却自己送上门来了。

可怜韩长生死之将至而毫不知晓,他与萧天汉一样,自恃西票在手,贺白驹断不敢加害于他。

韩长生走上大荣桥,一见贺白驹的面,就气势汹汹地喝道:"姓贺的,我家舵爷命我前来知会于你,我部弟兄马上要下河取水,你马上下令,叫你的部下不要作梗。"

贺白驹本是一刚烈汉子,怎能容得下一个毛头草寇在他面前张狂,立即拔枪在手,骂道:"杂种,你死到临头,还敢嚣张!"

韩长生当他不敢,傲然大喝:"我谅你虾子不敢开枪!"

这时,一位骑者从官军阵地后面的田坝上沓沓奔来。马背上,正是奉命回山送信的袁公剑。

众官军一拥而上,将韩长生等人的武器缴下。

赤手空拳的韩长生正在怒骂贺白驹,见袁公剑飞马赶到,急忙仰头大叫:"袁公剑快走,狗日贺白驹要下黑手!"

话音刚落,袁公剑只听一声枪响,韩长生已是一头鲜血,栽倒在桥头上。

袁公剑大惊,掉转马头往回飞奔,连发数枪,击毙了几名企图拦截的官兵,才落荒而去。

官军骑手乱纷纷跃上马背,急欲追杀。

贺白驹挥挥手:"不用追了,让他代我去荣昌城里报个信吧。"随后大步走到两名小匪跟前。

两名小匪横眉瞪眼,大骂不止。

贺白驹却把枪插回枪套,冷冷道:"我留你二人一条性命,马上将尸体抬回去。告诉萧天汉,不要以为他手握西票,就捏住了我们的睾丸,我贺白驹,神鬼不惧,早晚要送他上西天！"

荣昌县城兴隆茶馆大厅里，赵中玉与杨森高踞主位，并排而坐，旁边是一位女翻译。

面对中外记者和外国使节，赵中玉侃侃而谈："萧天汉等，世居万灵山中，遭时不造，无以为家，始啸聚山林，据铁关口等九村十八寨，保境安民。至铁关口被陷，万灵寺遭围，同人悉将就死，万不得已，始有在濑溪河上劫英轮拉西票之举。明知获罪匪浅，然铤而涉险，无非以求死里逃生……"

说到此处，赵中玉稍微停顿了一下，眼光在济济一堂的中外记者和外国使节的脸上、头上逐次掠过。

满堂寂然，记者们全在认真聆听和记录着他的讲话。

一种无与伦比的非凡心绪，瞬间渗透了赵中玉的全身。他看了一眼身边的杨森，继续言道："今者，杨将军与外国公使团推出的领衔代表安德鲁先生，已部分答应我方提出的条件。为示我方诚意，明日我随官军运送物资的车队返回万灵寺后，立即将西票释放三分之一。至于以后事宜，待我与我部首领萧天汉商议后，再与政府作进一步谈判解决。"

赵中玉言毕，满堂便泛起了一片嗡嗡营营的议论声。

一名男记者率先站起，用法语发问："赵先生，我是法兰西共和国《费加罗邮报》驻上海记者。我了解到你曾远赴欧洲，与'协约国'军队并肩作战，并因作战英勇获得了维多利亚女王勋章。而此次你部所掳的肉票，全都是昔日协约国友邦的人民。赵先生，你不觉得这于情于理，都让人无法理解吗？"

赵中玉也用流利法语笑答："两者可谓此一时，彼一时也。昔日我十五万中国劳工在西线浴血沙场，为协约国卖命，三年炮火，死伤可谓惨重。可是在巴黎和会上，协约国所谓的友邦们，不仅未分给同属战胜国的中华民国一星半点胜利果实，反而纵容日本，从战败的德国人手中强占去我国的胶州湾。请问记者先生，你觉得这样的情理，通，还是不通？"

法国记者顿时语塞，满面羞愧地坐了下去。

外国人尽皆发窘。中国人扬眉吐气。连杨森也为赵中玉如此漂亮的回答所折服，赞许地点了点头。

一位金发碧眼的女记者陡地站了起来，用英语咄咄逼人地问道："我是英国《泰晤士报》驻南京记者。赵先生，濑溪河劫案，震惊世界，贵国政府已将此列为头号要案。请问你对此案的最后解决,是否乐观?"

赵中玉敛去笑容,直视着女记者,马上改以一口漂亮的英语针锋相对:"如果我的理解无误,小姐的话语里似乎带有一点威胁的意味。不过,我可以明确地告诉你,鄙人非常乐观。因为在此之前,政府视我等若弃履,而今却派来威震一方的杨森将军,与鄙人在中外媒体面前平起平坐,共谋解决此事之方案。仅此一点,就可见政府对我部所施的浩荡天恩了。"继而调侃道,"当土匪当到这个份上,全世界能有几何?美丽的小姐,就连贵国历史上家喻户晓的巨匪侠盗罗宾汉,可能也远不及我眼下这般八面威风吧?你想想,在下还能有理由不乐观么?"

记者们哄堂大笑,唯杨森哭笑不得。会场顿时活跃起来,中外记者争先恐后向赵中玉提问和拍照,竟把官高权重的杨森冷落一旁。好个赵中玉,从容自若,谈笑风生,时而法语,时而英语,头脑机敏言辞犀利,连珠妙语汹涌澎湃。把个杨森听呆了,看傻了,心中暗暗感叹:"想不到这小小荣昌,竟有如此藏龙卧虎之辈!"

如果说在与赵中玉初次见面时,他就对此人产生了强烈的好感,而此时此刻,则更加坚定了他的决心:此人之才能,绝不亚于一旅精兵,无论如何,他要将赵中玉延入帐下,为自己效力。

整个记者招待会,赵中玉出尽风头。就在临近尾声时,大门外突然腾起一团嘈嚷。

"妈的,快让老子进去!"一个粗鲁的嗓门在叫喊。

众皆惊愕。

只见袁公剑与几个正拼命阻拦他的官军警丁扭扯着冲了进来。

袁公剑大吼:"赵军师,莫同他们白费口水了!贺白驹和洋鬼子屯兵万灵镇,围了万灵山,见了下山取水弄粮的弟兄举枪就打。就刚才,韩长生已经被贺白驹打死在大荣桥头上,我拼了老命,才冲了出来!"

赵中玉闻言大怒,逼视着杨森问道:"杨军长,这事你怎么解释?"

杨森佯作镇静:"真有这样的事情?"

袁公剑大骂:"你这老杂毛,打我们的阴阳拳,还假装糊涂!"

几个官军卫士与胡之刚等一帮黑皮警丁冲上前去,将袁公剑架住。

关氏兄妹"刷"地抽出双枪,以身体掩住赵中玉,四管黑洞洞枪口对准杨森,口中大喝道:"谁敢乱动,我立时要了杨森老命!"

几名官军卫士,急将杨森护住。

土匪与官军纷纷掏枪,满屋大乱,桌翻椅倒。各国公使与记者们大呼小叫,争相逃出客栈大门。

杨森一看不好,厉声疾呼:"本军长在此,大家不许乱动!"

待秩序稳定,杨森遂平静地吩咐胡之刚等:"把人放了。"

赵中玉大步走到那帮外国公使跟前,气势逼人地问道:"安德鲁先生,作为出面调停的外国公使团领衔代表,如今你可明白中国政府是何居心了么?"

"杨将军,你的部下怎么搞的?中国政府的命令,你们就是这样执行的吗?"安德鲁走到杨森面前,声色俱厉地喊叫。

"大胆贺白驹,竟敢违抗我的命令,破坏谈判!"杨森装出一副怒不可遏的样子大声喝道,"李副官长,你马上赶到万灵镇传我命令,着即将贺白驹降职查办,以濑溪河为界,不准与萧天汉部再发生任何摩擦。"

"是。"李江副官长衔命而去。

"郑县长。"杨森喊道。

"卑职在。"

"言必信,行必果,为人处世,诚信当为立身之本,何况处理此等国家大事?谈判中已经答应了飞龙会的条件,务必兑现。你立即设法征集大米百石,肥猪百头,并寒衣五千件。明日一早即派警备队押送上山。"

郑稷之面有难色,小心言道:"将军,肥猪大米,卑职今日即可办齐……可五千件寒衣……一夜之间,卑职就算把全城裁缝弄来加班加点地干,也无法赶制得出来呀。"

杨森道:"赶制不及还可下令满城收购,只要不破不烂,能够御寒即可。"

赵中玉在一旁冷笑不语。

郑稷之转过身来,干笑了两声,说道:"赵先生,鄙人已在寒舍备下薄酒,恭请杨军长与赵先生小酌,还请赵先生赏光。"

赵中玉眉头一皱,正欲拒绝,没想杨森抚肩笑道:"前日月夜叙谈,老夫尚未尽兴,今天正可借郑县长一方宝地,畅所欲言。哈哈,拳头尚不打笑脸,郑县长这地主之谊,赵先生不可不领吧。"

"全都给我滚出去!快,快!"

十二名西票被一群喽啰连掀带打地赶出斋房,来到山门处。

数百条汉子,列队肃立,杀气腾腾地瞪着他们,气氛压抑而恐怖。

一见眼前情景,西票们全都像打摆子般颤抖起来。

"天呐,难道他们……要杀掉我们!"艾特丽丝恐惧地喊道。

他们看见几个喽啰正在一旁松林边挖土坑,一具已经用谷草捆好的尸体放在一边,正待安葬。

萧天汉大步走到西票们面前,恰似一尊凶神般喝道:"跪下,全都给老子跪下!"

多佛伦用生硬的中文战战兢兢问道:"请问,这究竟……是怎么一回事?"

"你他妈的问个屁!"萧天汉话到手也到,"啪"地一掌扇去,多佛伦牙齿被抖掉了两颗,口中鲜血涌流。

西票们吓坏了,忙不迭地跪在了韩长生的尸体面前。

萧天汉转过身去,"咚"的一声也双膝一屈,跪在地上,泪流满面地喊道:"长生,我的好兄弟,我萧天汉对不起你,对不起韩爷,让你惨死在贺白驹手里。你放心……去吧,天汉一定要亲手砍下贺白驹的脑袋,再来坟前祭拜你的亡灵!"

尸体被放进坑底,泥土一铲铲落下。

洪真孝举枪喊道:"鸣枪!"

"慢!"萧天汉猛地跳起来,止住铲土的喽啰,然后转过身子,一对怒眼,缓缓在几名外国女人质的脸上掠过。

"我兄弟跟我出生入死这么些年,我不能让他死了还是条光棍,到了阴曹地府也没个贴身人照应。"他大声咆哮,"今天,我要为他结阴亲,为他娶个洋婆娘!"

几个外国女人吓得鬼哭狼嚎。

"你——给我滚出来!"萧天汉冲上前去,当胸一把抓住那个患了肺炎的葡萄牙女子,将她拖出来扔在地上。

几名土匪一拥而上,用绳索将"哇哇"哭喊的女子连头带脚捆在韩长生的尸体上,然后放进土坑,一块掩埋。

葡萄牙姑娘吓得灵魂出窍,拼命挣扎哭喊。

鲍威尔挺身而出,向着萧天汉高声喝道:"我抗议,我向你们提出最强烈的抗议!你们必须停止这种惨无人道的野蛮行为!"

萧天汉一拳将他击倒:"你他妈的吼个啥?活出命后再去找中国政府抗议吧!"

艾特丽丝与鲍威尔太太吓得瘫倒在地,歇斯底里地尖叫。

贝尔亚牧师举眼向天,老泪纵横,不停地在胸前画着十字,呢喃着祈祷:"魔鬼出现在东方了,万能的主啊,快拯救你迷途的羔羊们吧!"

第三十章：杨森捅了郑稷之一腰枪

老鹞岭上，杀气盈天。荣昌城中县衙花厅上，却是另一番截然不同的景象。

一张红木嵌大理石面的圆桌上摆满了美味珍馐。做东的是郑稷之与罗芸花，客人也只有两位，杨森与赵中玉。

酒至半酣，管家送上一个长条锦盒，打开，只见盒底静卧着一柄做工精美绝伦的折扇。

杨森从郑稷之手中接过折扇，"哗"的一声展开，细细打量，言道："颜色透着古润沧桑，想必是郑家的传世之宝了。"

郑稷之道："实不相瞒，这是一柄价格不菲的古蜀扇，蜀扇之盛名远播，谈迁所撰《枣林杂俎》中便有记载。明亡时，文坛领袖，在南明王朝做过礼部尚书的钱谦益，始纳名妓柳如是为妾，夫妻合力抗清，却无力回天。明亡后，时在成都的钱谦益，专程来到荣昌，以高价在制扇世家黄远庵手中订做了两柄象牙折扇，题诗其上，一柄赠予率八旗扫平四川的清太宗皇长子肃亲王豪格，另一把留作自用。晚年返回故乡常熟时，却将这柄蜀扇，留给了成都友人。我还是光绪末年滞留成都时，费了好些工夫，才买到手的哩。"

杨森问："买这宝贝，花销必然不菲。"

"嘿嘿，"郑稷之笑道："光绪朝的雪花纹银，花了足足三千两哩。"

杨森道："我这几日夜读《荣昌县志》，有官碑记录，荣昌折扇，在明朝万历年间便已成为贡品，明清两朝在荣昌设二品官负责折扇造办和贡品押运。至嘉庆、道光年间，小小荣昌，已达两百余家行号，年产折扇五百余万把，远销海内外。达至鼎盛时期,荣昌折扇的年产量,甚至超过了苏、杭折扇的总和。我想,时至今日,折扇在荣昌的赋税中,也占着大头吧。"

"那是,那是。"郑稷之乖巧言道,"军座初来乍到,便已对荣昌折扇如此了解,看来这把古蜀扇,今天是寻到千古知音了。"

杨森客气道:"我系一介武夫,哪里算得什么知音。随便聊聊而已,郑县长切莫认真。"

郑稷之道:"我可不是随便聊聊,而是真心实意地要将此扇送与军座。军座跃马横刀,东征西讨,万民拥戴,实乃当今少有的旷世英雄。如此宝扇,只有军座才能与之相配。留在下官手中,实在是明珠暗投了。"

杨森假意客气道:"这是郑县长花巨资购得的宝贝,本官岂敢横刀夺爱?"

赵中玉脸色微红,已然带上了几分酒意。他憎恶郑稷之当着自己的面拿出一柄古蜀扇来讨好巴结杨森,一把提起酒壶,将杯子斟满,大声道:"没想一把荣昌折扇,还能引出这么多的龙门阵。喝酒,喝酒。"

下人端上一只瓷盆,罗芸花站起将盆盖揭开,只见一只硕壮的金色乌龟静卧清汤之中,六只雪白花球,在四围绽放。

郑稷之殷勤介绍:"这道'霸王别姬',是我荣昌第一名菜。霸王者,乃产于濑溪河之团鱼也,此物肉质细嫩,入口即化。六只花球,则全是鸡肉做的。这鸡,也非一般家养,而是万灵山老林子中的锦毛青杠鸡,其味鲜美滑嫩,也是一绝。来,请尝尝,请尝尝。"

罗芸花殷勤灵巧地给杨森、赵中玉布菜。

"霸王别姬"果然鲜美可口,杨森边吃边夸赞,赵中玉也动了动筷子。

稍顷,下人又将另一道菜肴送到桌上。

郑稷之举筷相邀:"军座,赵兄,再请尝尝这道'青筒鱼'。"

杨森尝了尝,好奇问道:"这青筒鱼没用竹笋,怎么会有满口鲜笋的清香?"

郑稷之笑道:"做这道菜,我倒略知一点门道。先要找上几根刚由竹笋长成的新竹,连节把砍成筒状,然后把二三两重的鲫鱼剖腹洗净后,加上调料煎一下,再和发好的海味一起塞入竹筒内,密封后,一节一节地拿到板炭火上慢慢转动,一直烤到竹筒蔫萎皱皮,然后倒出入盘上席,竹笋味香四溢,鱼肉也鲜嫩可口。"

罗芸花也笑微微补充道:"关键是拿准火候,烤老了带煳焦气,烤嫩了又不香。"

刚吃罢"青筒鱼",下人又端上来一道"白水豆腐"。只见青花瓷海碗里,满盛着雪白的豆腐墩儿,还漂着些碧绿的嫩木耳菜叶子。

杨森疑惑问道:"这道菜看上去清汤寡水的,连一点油花花也没有,也算是荣昌地方的特色名菜么?"

郑稷之笑而不答,执起银勺相邀:"来,来,二位请动勺,这'白水豆腐',可是朴在其外,美在其内哩。"

听他如此一说,客人遂拿起了银勺。

杨森赞道:"入口咋咋,呀,这汤果真是鲜美绝伦!连这一方方豆腐也滑爽如凝脂,入口即化,其味鲜美无比……噫,这道菜,怕是不便宜吧?"

郑稷之说:"不贵,不贵,只消十块大洋。"

"这样一道菜,竟要十块大洋!"一听这样的价格,杨森也大感愕然。

郑稷之接着道:"这碗汤,你们莫看它朴实无华,貌不惊人,实在是用一只鸡,一只鸭,加上宣威火腿,经过十几道手续,沥了又熬,熬了又沥,才吊出来的高汤。豆腐虽不值钱,但鲢鱼价格不菲,要用十来斤重的大鲢鱼开成薄片子,仔细地贴在每一块豆腐上,用小蒸笼垫上新鲜荷叶,蒸上一段时间,然后弃去鱼片不用。这时鱼肉的鲜味,已经被豆腐吸收了。尔后再加入高汤,细火煨一下,配上木耳菜叶子,就可上桌了。"

不一会儿,下人又用盍子盛上来一道菜。

罗芸花则将盛有用本地泡红海椒舂成稀状物的调料碟子,摆在主客面前,口中还说:"这道菜,名为'三巴汤',与'霸王别姬'、'青筒鱼'和'白水豆腐'相比,这'三巴汤',就更见功夫了。"

听他如此一说,杨森的目光落到那盍子里。那汤,看上去清清亮亮,间以无数红玛瑙珠儿似的宁夏枸杞子,以及许多炖得极软和极糍糯的肉段肉块。

听罗芸花如此一说,杨森也不客气,主人还没开口请,他手中银勺,已径直向盍子里伸去。

杨森尝了一口汤赞道:"用勺子轻轻一搅,方知这汤稠得粘勻,这香味,也浓烈无比,妙不可言。不过,此物如此美妙,为何却取了个俗不可耐的名字?郑县长,你算是美食权威了,快给我们讲讲这'三巴汤'的来历吧。"

郑稷之娓娓言道:"这'三巴汤',乃是一道极宜温补的药膳。'三巴'均是取自黄牛身上的物件,并不稀罕。牛鞭汤、牛尾汤各地皆有,也不足奇。但将'三巴'配上枸杞、百合、当归、沙参、苡仁、付片一起熬制通宵后才上桌的,大概就只有荣昌昌元街'沙锅居'的回族老板马正云了。至于这'三巴'嘛,是指牛尾巴、牛下巴，还有一'巴'，指牛鞭，这物件四川人称它也带一个巴字……哈哈，此种名流雅士聚会之高雅场合，便只能意会，而不可言传了。"

此时，赵中玉置身于自己昔日祖屋中的花厅里，听着郑稷之用荣昌独有的饮食文化来取悦讨好杨森，睹物思亲，触景生情，真个是百感交集，心潮难平。虽然郑稷之对赵家祖屋进行了扩建改造，比过去更加精致气派，但旧日轮廓痕迹，依然历历可见……爹，孩儿无能，至今还未与你老人家报仇……他的心在流泪，在淌血，在哭喊！他沉着脸，不请自行，猛地端起一杯酒，一饮而尽。

郑稷之看在眼里，嘴角一抽，掠过一丝冷笑。

"中玉小弟，"对赵中玉的失态之举，杨森却视而不见，笑盈盈说道，"今日记者招待会上，小弟舌战群儒，妙语连珠，对答如流，颇有古之孔明、张仪之风，且时而英语，时而法语，时而国语，换来换去，滔滔不绝，恰如黄河之水天上来，没有一样卡壳，让老夫大开眼界，大为敬佩，真有相见恨晚之慨啊。来，老夫我敬小弟一杯。"

赵中玉把酒接过，一口干了，看着杨森道："杨将军，适才听你和郑稷之谈了半天荣昌折扇，可否有兴趣让我也借着几分酒兴，给你谈谈荣昌历史上另一样天下闻名的宝贝？添上一样下酒谈资。"

杨森笑吟吟道："荣昌的宝贝世人皆知，折扇、夏布、安富镇的陶器、再加上出类拔萃，品质优良的荣昌猪，中玉小弟现在打算给老夫说哪一样？"

赵中玉道："将军恐怕不知，荣昌除了这四宝，还有一宝。"

"哦！请问此宝为何？"

"将军此番前来，已在荣昌住了半月有余，难道没有注意到荣昌县城和其他地方的县城相比，有一个显著的特点么？"

"这个……显著的特点……是什么呢？"杨森极配合赵中玉的龙门阵，故作思考状，"啊，中玉小弟，老夫愚钝，能否稍加提示？"

郑稷之已经知道赵中玉说的是什么，赶紧提示道："赵兄说的，想必是在荣昌城中，随处可见的一种植物吧？"

"植物！哈哈，'海棠不惜胭脂色，嫣然一笑古昌州'。我怎么来到古昌州的地盘上，竟然会忘记了海棠香国？"杨森在脑门上一拍，指着花园里各种各样的海棠说道，"荣昌在唐时称昌州，中玉说的荣昌另一宝，想必就是这争奇斗艳的海棠了。"

赵中玉说："将军猜得不错，古昌州海棠独香，在唐代已经盛名远播。其记载最早见于唐朝宰相贾耽所著《百花谱》：'海棠为花中神仙，色甚丽，但花无香无实。唯西蜀昌州产者，有香有实，土人珍为佳果。'贾耽说的，正是我荣昌海棠，不但独具异香，还是美味佳果。"

郑稷之也道："《海棠百韵》有诗云：'峨蜀地千里，海棠花独妍。万株佳丽国，二月艳阳天。'佳丽国即指我昌州海棠香国，还在唐朝时，昌州海棠香国，就已被誉为人间仙境了。"

杨森道："'二千里地佳山水，无数海棠官道旁'，看来荣昌人对海棠，着实是别有一番情缘了。"

赵中玉说："我在西线战场上，有时大雨一下便是好几天，我们华工给英国远征军挖战壕，泥泞没膝，全身糊满稀泥，连睡觉，也是泡在泥泞里。可即便是在那样的梦中，我想得最多的，还是荣昌赵家祖宅花园里的垂丝海棠、木瓜海棠、贴梗海棠，各种各样的海棠，红如猩血，绿似鹦羽，艳若桃李，鲜比牡丹。可现在，哼哼，我赵氏祖宅，连同满园海棠，全都被衣冠禽兽，占为己有。"

郑稷之不动声色，手执酒壶，把酒杯斟满："来，二位贵客请。"

赵中玉端起酒杯，与杨森碰了碰，正欲入口，猛听得后院突然传来一声凄厉悠长的惨叫。

"嗒"的一声脆响，赵中玉手中酒杯坠地，跌得粉碎。

三双眼睛，立即落到他脸上。

赵中玉回过神来，掩饰道："呃呃，适才……让那叫声一惊……"

杨森笑道："中玉小弟也算是漂洋过海出生入死的英雄好汉了，怎么竟让一女子叫声惊吓成这样……哈哈，郑县长，后院里是怎么一回事啊？"

郑稷之道："回禀军长大人，卑职的一个小妾，昨夜里犯了过失，我手下正在教训她。"

杨森道："哦，小妾夜犯过失——小妾夜里三更，还能犯什么过失啊？"

郑稷之顿时窘迫万状，支支吾吾地说道："军长大人……这事……卑职……万难启齿。"

杨森笑道："哈哈，夜犯过失，不至于是意马心猿，红杏出墙吧？"

郑稷之诚惶诚恐："惭愧，惭愧。"

杨森大笑："怎么？瞎猫碰上死耗子，还真让我猜到了？"

赵中玉听他二人对话，双眼发直。

窗外，女子的惨叫之声持续不断。

杨森不悦说道："如此贱货,杀掉算了,还教训个啥?"

郑稷之偷瞥一眼赵中玉,将脸移向杨森,言道："昨天深夜,这贱人在她房中与一野汉子幽会,被我手下发现。贱人色胆包天,竟敢在我府中干出如此伤风败俗之事,我当然不能容她。不过,一刀一枪,那就未免太便宜她了。我已命手下将她拴在南竹梢上,悬空吊她个十天半月,让蚊叮虫咬,日晒雨淋,将这贱人,慢慢变成一具枯骨。"

赵中玉倒抽一口冷气,紧咬牙关,额上冷汗直冒。

杨森看在眼中,却佯装不觉,对赵中玉道："如此新鲜别致的手段,中玉小弟,我们倒应当顺便一饱眼福,方不虚此行啊。"

郑稷之愕然道："军座!"

杨森对郑稷之的惊愕毫不理会,率先起身："看看无妨,看看无妨。你说呢?中玉小弟。"

赵中玉木然站起,语无伦次地应道："啊……啊啊。"

后院里,其情惨烈。胡之刚正指挥白仲杨等几名警丁用长长的绳子将两株碗口粗的南竹强拉得伏在地上,另几名警丁则将傅筱竺双臂,牢牢捆缚在两株南竹梢上。

傅筱竺看见走近的赵中玉,蓦然止声,忽地又尖厉地哭喊起来："丧尽天良的郑稷之!你杀了我,让我死个痛快啊!"

郑稷之快步走到傅筱竺面前,捻着胡须,阴毒地笑道："你不仅背着我偷汉子,还趁我熟睡时拿刀想捅死我,好与你奸夫私奔去做土匪婆子;死,没那么撒脱,我要把你吊在天上,每天看着你如花似玉的身子,在风吹雨打,烈日暴晒之下,蚊叮虫咬,蛆虫满身,是如何慢慢变成一具白骨的——放!"

警丁们猛然松手,那两株南竹带着巨大的反弹力,"嗖"的一声将傅筱竺拔地而起,直上云空。

"啊——!"傅筱竺骤发一腔撕肝裂肺的惨叫。

赵中玉猛然想起筱竺不愿与他一起上山脱离苦海,说要办完最后一件事,原来是想寻找机会刺杀郑稷之,顿时痛彻心扉,一个箭步蹿上去,仰头喊道:"筱——竺——!"

在南竹梢上左晃右荡的傅筱竺俯视着赵中玉,泪水滢滢,万般语言深藏心底,决绝地喊道："你……你是谁……我不认识你!"

赵中玉不顾一切地对着郑稷之喊道："你快把她放下来,要杀要剐,你冲我来,由我一人承担!"

杨森看看赵中玉,又看看郑稷之,面露惊讶地问道:"你们……这到底是怎么一回事啊?"

郑稷之言道:"杨军长,赵中玉勾引小妾,狼狈成奸,实乃天理难容!我今天要将他零割碎剐,以雪夺妾之恨!"

赵中玉慨然道:"将军,筱竺与我,青梅竹马,我在重庆求精中学读书之时,便已与她订下婚约。可恨郑稷之设计杀了我父亲,逼死筱竺爹爹,将筱竺强纳为小妾。将军明鉴,这究竟是我赵中玉夺他之妾,还是他郑稷之夺我之妻?"

杨森做出一副恍然大悟的模样:"原来是这样,郑县长,小妾既然原系中玉小弟所爱,且订下婚约在先,自然便是他妻子了,你何不完璧归赵,来它个成人之美呢?即令你二人过去因此女子而生过节,亡羊补牢,也未为晚也嘛。"

"军座……这,这怎么可以?"郑稷之简直不敢相信自己的耳朵。今天这一切,他完全是遵照杨森的主意,精心安排的,可万万没有料到,杨森竟然会出尔反尔,横撒撒杀自己一腰枪,拿自己的女人来取悦赵中玉!

杨森见他迟疑,脸色倏地一沉,提高声调说道:"怎么……郑县长莫非还舍不掉么?成大事业之人,更应当懂得冤家宜解不宜结的至理名言,为个小女子而积怨生恨,不共戴天,坏了大事,岂是大丈夫所为?"

郑稷之实不甘心,斗胆说道:"将军如此处置,卑职今后,有何脸面在荣昌一地执掌政务?"

杨森沉下脸,冷冷言道:"我姓杨的十万军中,想寻一个学贯中西,才高八斗的人中之杰难乎其难,要找一个你这样跑腿办事的县长,还不容易?"

郑稷之脸色苍白,声音直颤:"将军如此处置,实令小人……小人寒心呐!"

杨森怒道:"大胆!还不给我把人放下,从速送往兴隆客栈!再敢抗命不遵,老夫即刻将你撤职查办,没收家财,送入大牢。"

郑稷之一张脸皱成了苦瓜皮,凄切望着杨森,嘴唇直颤:"卑职……从命。"

他猛地回过身对胡之刚吼道:"快把这贱货放下,给我送走,送走!"

杨森这才"嘿嘿"一笑,释然道:"不就一个女人么,郑县长,区区小事,何须搞得惊天动地,传出去也不怕人笑话。"随后又转脸对赵中玉恳切说道,"中玉小弟,待你我协调一致,办完国家要事,再择一吉日良辰,由老夫出面,了结你两个这段恩爱姻缘。"

"将军,多谢了。"赵中玉心中早已了然,说道,"不过有话尚请明说,将军此举,将要中玉以何为代价?"

杨森凛然道:"笑话,施恩图报,岂是君子所为!本军长奉政府之命,来荣昌处理国家要务,你我皆为中华国民,和衷共济,共纾国难,应是理所当然之事。"

赵中玉咬咬牙,硬声道:"中玉也有一言在先。将军若以为就此拿住我的把柄,以此要挟中玉在谈判桌上,投桃报李,让步就范,那就大错特错了。中玉命贱,早已将生死置之度外!"

杨森苦口婆心道:"中玉小弟,老夫实在爱惜你是一条难得一求的真好汉,有意提携于你,你这样一个冰雪聪明之人,为何就始终执迷不悟呢?何况,本军长有求于你的,不过是促成萧天汉早日接受政府招安。这事于国家,于你,于萧天汉以及飞龙会数千弟兄都有好处,你又何乐而不为呢?"

赵中玉道:"招安一事,眼下我部首领尚难求得一致。不过,只要将军出于真心,保证我部将西票全部释出后,不致遭至不测,我赵中玉,可以勉为其难,竭尽微薄之力,助将军达成此事。"

杨森庄重言道:"本军长代表政府行事,岂能反复无常?哈哈,你也算个爽快人,我们还是回到花厅之上,一边品尝'霸王别姬',一边接着这海棠香国里的精彩龙门阵,再慢慢叙谈吧。"

第三十一章：钉门神

自恃精明过人的郑稷之，万万没有料到会在杨森手中摔个大跟斗，且摔得鼻青脸肿！

强作欢颜将杨森、赵中玉送走，他便感到怒气攻心，头晕目眩。罗芸花见他脸色苍白，虚汗直冒，赶紧将他搀进卧房躺下，又立即令手下去把县衙对面开药铺的陈老先生请来，给郑稷之号脉开方。郑稷之仰躺在床上，时而又眼光呆滞，犹如死人，时而，又"哦哦"地呻吟几声，伸出干瘦如鹰爪般的手掌，在床边上击打得"噼噼啪啪"响。

罗芸花见他疯疯癫癫不死不活的样子，早已烦得不行。她今天有桩大心事要了结哩，便去床头柜上取出几颗安眠药片，放进药碗，用小瓢儿搅拌融化，脸上挤出一丝笑容，坐在郑稷之身边劝道："心里再不痛快，陈太医开的药还得吃呀。汤药里，我给你加了几片安眠药，吃了再好好生生睡一觉，发发汗，就会松活多了。"

郑稷之望着她，依旧一动不动。

罗芸花见他这副模样，心里暗暗骂："老杂毛呀老杂毛，你也有背时受气的一天！"脸上却装出一副万分同情的模样感叹道，"想不到堂堂军长大人也会黑起良心，歪起屁股蜇人！稷之，我看你也是聪明一世，糊涂一时哟，早知落到今天这种下场，还不如趁早把那小贱人卖到汉口重庆的窑子里，就凭她现在那副模样，白白捡他三五百块大洋，是没得问题的。"

郑稷之眼中滚出两粒老泪，喃喃自语道："官场险恶，官场险恶啊！"他挣扎着坐起身子，狂怒地咆哮道，"这个狗杂种，昨天夜里我去天主教堂，和他商量得好好的呀,可他今天竟然为了笼络赵中玉,冷不防从背后捅了我一腰枪,整得我吐血!"

罗芸花有意刺激他,言道:"我就没有想通,你这堂堂正正县太爷的分量,在杨森眼里咋个还当不了万灵山上的一个土匪头子呢?"

"你懂啥子哟?"郑稷之苦脸凄凄地叫起来,"他姓杨的来荣昌干的这一场,全是为了乘机取悦外国洋人,满门心思想借洋人的势力来扩展壮大他自己的部队。只要能把姓赵的抓在手心里,西票的安全暂时就有保障,他要实现自己的目的,也就容易多了。可我这个七品芝麻官,在他眼里算个啥?说得好听点,我是在为军阀们跑腿办事,说得不好听,我就是一条被他们使来唤去的狗!"

罗芸花打断他:"我看呐,官大一级压死人,何况杨森还是手握着千军万马的军长哩。不管他想干啥,你这根小手指头,也没法拗过他那大腿,这次不就白白把二姨太赔了进去么?我看你呀,还是想开些的好。"

郑稷之重重地往后一倒,举目向天,咬牙切齿地吼道:"赵中玉,不怕你到过欧洲打过洋仗,到过那么多国家,喝过那么多洋墨水,要和我姓郑的这条地头蛇过招斗法,我还嫌你娃娃嫩了点!"

罗芸花向灯向火地讨好他:"就是,就是,他赵中玉哪能和你比哩。莫看他眼下拿捏住了杨森的卵尻子,一朝得势就把尾巴翘上了天,只要姓杨的前脚一走,荣昌还不是你的天下,他还不立马成了你手中的一盘小菜,你想几时吃他就几时吃他,想咋个吃他就咋个吃他,凉拌、小炒、煮汤、油炸,还不是随便由你打整。来,还是喝药要紧,喝了药,再清清静静睡他一觉,精神就缓过来了。"

听了罗芸花这番开导,郑稷之心中也稍感好受一些,于是点点头,闭上眼,把嘴张开。

罗芸花瞪了郑稷之一眼,压住心中憎恶之情,凑拢去将汤药一瓢儿一瓢儿地喂进他嘴里。汤药未尽,郑稷生已然是鼾声大作了。

罗芸花放下药碗,恶狠狠地瞪了郑稷之一眼,赶紧坐在梳妆台前,重新勾了下眉,扑了点粉。收拾完毕,她便出了卧房门,下了正厢,穿过小天井,往偏厢胡之刚屋里走去。

那门开着,屋里却没人。罗芸花好奇地在抽屉里、枕头下四处翻捡起来。而心里,却在焦渴地骂:"这么好的机会呀,这个死鬼,跑到哪里去了嘛?"

郑稷之这次为了保命,让胡之刚住进内院与他夫妇隔墙而居,这对罗芸花来说,无疑是瞌睡来了,有人送上个枕头。如今才满二十三岁的罗芸花,嫁给郑稷之已经五年,却如同守了五年活寡。她当初哪里知晓,郑稷之这个刚过花甲之年的

第三十一章：钉门神

老色鬼,早已将身子淘空,心瘾却依旧如火如荼,无奈自家小兄弟却再也无法给他争气,十有八回都让他白费工夫,铩羽而归。即便不惜重金去汉口租界买来外国人生产的这春药那春药,别看洋人吹得来天花乱坠,花团锦簇,也根本顶不了事,一到关键时刻便让他掉链子。所以常常弄得个罗芸花,如火燎身,如蚁蚀骨,难以忍受,连死的心都有。

自对郑稷之彻底绝望后,罗芸花也憋着一肚子怨气,千方百计想到外面去寻求刺激。可恨的是偌大一个荣昌县城,讨好她的,仅拿她过过眼瘾的男人不少,可一到需要他们真刀真枪上阵的当儿,竟然就没有一个有胆量了。

她明白,这些缩头乌龟,全都是因为惧怕郑稷之的权势和手段。万般无奈,她才把眼光就近落到了警备队长胡之刚身上。也唯有这个胡之刚,每当她主动把媚眼向他飞去时,他还敢以目相对一瞬,随之又若无其事地将脸扭开。而更让罗芸花信心倍增,热血澎湃的是,三天前郑臭肉来警卫森严的"院中院"看他哥,午饭后郑稷之照例小睡一会儿,她便把郑臭肉挽留下来,和她,还有管家、胡之刚一起打麻将。她大着胆子,退去绣花鞋,把脚板心放在胡之刚的脚背上,轻轻地蹭来搓去。胡之刚那脚,竟然没有半分移开,而且分明和她还有呼应。稍顷,她得寸进尺,又用大脚指头在胡之刚的腿肚子上挠了好几次,他也一动不动,装着无事一样。而且她还感觉到,好几次她点了炮,胡之刚也没有和她的牌。就因了这原因,罗芸花这两天把整个心思全系了胡之刚身上,弄得夜里做梦,也总是和他在床上颠鸾倒凤,干那快活事儿。

胡之刚今年三十九,比自己大了十六岁,身强力壮五官也还端正,最让她勾心挂肠的是他和他的上司郑稷之如同一个模子拍出来的,也极嗜女色——对罗芸花来说,有这一点长处,就足可人意了!

罗芸花刚走进胡之刚的屋子,那院门无声无息地开了。

进来的是郑臭肉。

这郑臭肉仗着哥哥的势力,这些年间在荣昌城里要风得风,要雨得雨,在小南门开着全城最大的一家钱庄,街上还有好几家生意兴隆的铺号。有了这许多的银钱房产他尚不知足,这段时日还常到这"院中院"走动,正缠着兄长把那荣昌厘征局局长的官帽儿给他戴戴,星星跟着月亮走,让他当兄弟的,也好在祖宗牌位前风光风光。

郑臭肉眼睛好使,一跨进院门,就依稀看见胡之刚房里有个穿水红色花花衣裳的人影儿。

待近些儿一看,居然是他三嫂子!

郑臭肉兀地一愣,随即又笑嘻嘻招呼道:"哎哟,是三嫂子啊……呃呃,这么热的天,午后咋个也不歇歇。"

罗芸花咋也没想到郑臭肉这中午时候会跑来串门,更没想到会让他看到自己在胡之刚的屋里,心里有些乱糟糟,却稳住神道:"稷生你来得可不是时候,你哥刚刚吃了安眠药睡过去,怕是要两三个时辰后才醒得过来。"随后又有意说道,"你看胡队长,都快满四十岁的人了,一点收拾也没得。我见他这屋头乱得像个渣滓堆,脏得来扎眼睛,就顺便进来帮他收拾收拾。"

郑臭肉道:"既是如此,那我就吃过晚饭后再来。"说罢,便转身出了小院门。

"遇上这坨臭肉,真他妈的晦气!"罗芸花见他跨出院门,也赶紧回到正厢房里,"砰"的一声关上了房门。

听得背后门响,郑臭肉却陡地顿住了脚步。一个个问号,倏地在他脑海中浮起,我哥的三姨太咋会一个人待在胡之刚的屋里?被我撞见了为啥神色会那样慌里慌张……噫噫,莫非胡之刚也在屋里,不敢出来和我打照面?噫,真要是那样,这事儿……呀呀,可就大了!

郑臭肉觉得自己完全有责任替兄长弄清楚这些问题,即刻转过身来,蹑手蹑脚地回到内院,溜进了胡之刚的屋子。门背后,床脚下,凡能藏人的地方全都逐一看了,妈的,没人。莫非是自己多疑了?

这时忽听得小院门"哐当"一响,有人脚步重重地走来。

郑臭肉从那脚步声便估摸是胡之刚回来了,顿时六神无主……情急间,他一头钻进了床脚下。门一推开,郑臭肉一看见那双锃亮的长统皮靴跨了进来,紧张得连大气也不敢出,为自己轻率的举动后悔得要命。

"妈哟,这个秋老虎,硬是热死个人。"胡之刚走进屋子,即刻解下武装带,扔在桌子上,接着抓去警服,把浑身上下扒拉得来只剩下一条裤衩,用帕子洗过脸,擦罢汗,抓起把大蒲扇坐在床边上"撒啦撒啦"直摇。

这时他看见罗芸花匆匆从正厢房下来,穿过天井,去将小院门闩死。

胡之刚正想起来掩上房门,不料,罗芸花闩上院门,并未回正厢房,而是快步向他门口走来。

"啊……三姨太,你看我这样儿……"胡之刚慌忙跳起,抓过裤子往腿上笼。

罗芸花一把夺过他的裤子扔在桌上,然后靠在门上,双手交叉抱在胸前,毫无半分畏惧地欣赏着他那裸露着的强壮身子。

胡之刚立即便明白了她的来意。

"你怕个啥？怕我活活吃了你？"罗芸花含笑斜视着他，大胆调逗。

"三……三姨太，县长……县长在正厢屋里睡着哩。"胡之刚嗫嚅着，他感到一阵狂喜袭上心头，浑身燥热得厉害，但与此同时，一团巨大的恐惧也随之攥紧了他。

"你放一万个心，我刚才给他吃了双份儿的安眠药，眼下睡得像条死狗，把他扛到濑溪河去甩了，他也醒不过来的。"罗芸花粲然一笑，眼睛嘴巴里全是明明白白的话，"这么大个院子里，现时现刻，就只有你和我两个活鲜鲜的孤男寡女。"

说罢，她转过身将门关上，"嗒"地插上了门闩。

"三姨太，这事……凶险……乱来不得的。"

罗芸花蓦地瞪住他，声音低而凶狠地骂道："姓胡的，我罗芸花这几年还一直把你当成个真正的男人看，没少给你丢飞眼哩，原来你也是他妈一个没用的货！枉自你长得牛高马壮，枉自你还真刀真枪地上过战场杀过人，胆子咋还当不了一只公鸡，一条牙狗？"

"你是……县长的三姨太，我是县长的部下，这事……要敞了半点风出去，你我的小命，全都得出脱。"

"县长县长，你咋就这么怕那尿县长！胡之刚，只要你跟我成了好事，我罗芸花，有能耐帮你也坐坐这把荣昌县长的交椅。"

"三姨太，这是要命的话，千万莫乱说哟！"胡之刚脑壳一炸，吓得面无人色。

罗芸花冷声一笑："你看你哟，一句话就把你吓得来软不拉叽，成了个软溜溜的永川松花皮蛋。我叫你不用怕他，自然有不用怕他的道理。我今天来，不是同你完了事，裤儿一提就走人，而是给你送来个我想了好久的大主意。他姓郑的是咋个当上这荣昌县长的，这荣昌城中哪一个不晓得？他当警备队长时可以杀他的大恩人吴良桐全家，夺了吴良桐的官帽，你这警备队长手里也握着枪杆子，为啥就不敢宰了这个忘恩负义的老杂毛？乱世出英雄，有枪便是王，你不干，岂不冤枉了你手下那两三百号弟兄，两三百条枪！"

"三姨太，你饶我一命！之刚对郑县长忠心耿耿，可昭日月，绝无半点取而代之的歹意！"胡之刚可怜兮兮地哀告道。

其实，罗芸花这一席话，早将胡之刚心事触动。但他不能不顾虑，不能不多长一个心眼……罗芸花突然闯进屋来说这样一番会让人掉脑袋的话，安知会不会是老奸巨猾的郑稷之故意设下圈套，以此来考验一下他这个贴身大保镖对他的忠诚呢？

却没料到，罗芸花飞快地从武装带上抽出手枪，将黑洞洞枪口对准了他。

"三姨太！乱来不得哟！"

"哼哼，你要对郑稷之忠心不二，那我罗芸花不就成了个勾结奸夫，图谋亲夫性命的歹毒婆娘，该押到法场上，凌迟活剐了么？你晓得的，我这二指拇轻轻一动，这颗铁做的花生米，就能要你的命……呃呃，你莫抖，这玩意儿我那枕头下也有一支，我懂，你看，我连保险也没打开哩。"她重重地叹了口气，摇摇头继续说道，"胡之刚，莫非是我罗芸花眼瞎，果真看错了人？我晓得你信不过我，以为我今天是郑稷之派来诓你骗你的。"

她将手枪放在桌上，看着胡之刚嘴唇直颤，声音也哆嗦起来，"可怜我罗芸花，这辈子命好苦，十八岁那年就被郑稷之从戏班子里买来给他当小老婆，整整五年呀，就陪着这个只有靠外国人的春药才能过点手瘾的老色鬼苦熬时光。唉唉，今天既然已经把话说到了这个份上，我罗芸花也就把脸皮抹下来塞进裤裆里了。人说三十如狼，四十如虎，你今年三十九，我才二十刚出头，你我都正当如狼似虎的年头，你不是童子老鸡公，我也不是黄花小闺女，干这种事，男欢女娱，莫非还怕羞么？再说，我今天冒死前来给你掏出这一腔心里话，让你杀掉郑稷之取而代之，也足可见我罗芸花，并不是打算和你做露水夫妻的淫妇骚货。我晓得你有婆娘儿女，一家人过得恩恩爱爱，我不会给你添丁点麻烦的，事成之后，我只望你收我做个小房，也就知足了。"

这一腔肺腑之言，罗芸花说得来声泪俱下，胡之刚即便再谨慎，也不能不信了。

"芸花。"他换了个亲切的称呼，"此事非同小可，非得严守秘密，等到……"

"我还掂不出轻重么？这事天知，地知；你知，我知。等到时机一到，用不着你动刀动枪……"

"对，对，对，"胡之刚一张脸笑得稀烂，"你只需往他药碗里多下几颗安眠药，就像摁死只蚂蚁一样，轻轻松松就把他那条老命出脱了。"

床下的郑臭肉早将这一切听得清清楚楚，始则目瞪口呆，继则欣喜若狂，心中暗叫："奸夫淫妇，你们今日可帮了我的大忙了！"

罗、胡二人，此时已似干柴烈火，熊熊燃烧在一起，两人拥上前去，搂着缠着，手嘴并用，亲热了一阵，再手忙脚乱地把对方脱得赤条条，便搂着抱着揉着摸着，摇着晃着忙碌着向床上倒去。

第三十一章：钉门神

郑臭肉趴在床底，屏神凝息，细听头上云雨翻腾，电闪雷鸣。

两人均是过来人，轻车熟道，对那床笫之欢更是深谙个中三昧，协力同心，花样翻新，直弄了个地覆天翻日月无光。胡之刚尚心中存着几分畏惧，尚有几分收敛，不敢尽着性子猖狂，而那冒死偷欢的罗芸花则是不管不顾，癫狂至极，"哎哟"连声，欲死欲仙，把那身强力壮的警备队长，当成了一头蛮牛种马来使唤。

那木床在片刻不停地剧烈摇晃，被弄出持续不断的"吱吱嘎嘎"的声响。

郑臭肉害怕那床会承不住劲猛地塌下来，将他压在下面，于是赶紧爬了出来，轻手轻脚地到了桌子边上，虎地跃起，抓过手枪，对准那两个紧紧重叠在一起拼命蠕动的身子旁边，"砰"地开了一枪。

"啊！"一对赤身裸体的孤男寡女，惊叫着蹦下床来。

看见眼前手执武器怒目而视的郑稷生，胡之刚首先吓得瘫倒在地上……

夜色如墨，秋风阵阵，县衙内院大门紧闭。

院内，赤身裸体的胡之刚与罗芸花被五花大绑着，并排跪伏在天井的方格青砖地上。

罗芸花头上发髻散乱，脸上身上青一块紫一块，已难见着一块好肉。她跪在地上，脑袋无力地低垂着，已经被折磨得奄奄一息，神志不清了。

胡之刚则扑倒在地上，浑身血肉模糊，活像一堆烂肉。他早已被打得昏死了几次。

白仲杨领着一帮警丁在一旁看守着。

终于，正厢房的门开了，已经穿上了黑色警官制服，顶了胡之刚位置的郑臭肉跨出门来。他神气活现地吩咐白仲杨："羊子，你带几个弟兄去下两块大门板，弄把六寸长的门斗钉来。"

白仲杨等人闻声而动，跑出院门。

听见郑臭肉的喊声，罗芸花艰难地抬起了脑壳，眸子里倏地射出仇恨的怒火。

"好啊，你这骚货还敢拿眼睛瞪我！在你死之前，老子也要先打下你的气焰！"郑臭肉冲到罗芸花跟前，一手抓住她的头发，一手在她左右脸上"噼噼啪啪"一顿乱扇，打得罗芸花口鼻淌血，脸颊犹如呛了血的猪肺。

郑臭肉把手一松，满脸凶气地骂道："你这烂货！那年我哥收你做小时，我就劝过她，莫只图脸盘子漂亮，人长得水灵，戏班子里泡过的，有啥规矩人，哪一个不是水性杨花，打情骂俏成习的。可我大哥心善，还是把你收来做了小房。你一坨臭狗屎成了神仙,落到这金窝银窝里,偏偏有福不晓得享,硬要去偷人养汉,把我郑家大门大户涂脏抹黑,让我哥给人耻笑。你也不看看,这是啥子人家?我哥是啥子脸面?我哥白刀子进,红刀子出,风风雨雨一辈子才打出的金字招牌,一下子就被你这贱货给砸了!莫说你来砸这块金字招牌,你称二两棉花纺(访)一下,进我郑氏宗祠门槛的女子,哪一个敢偷看别的男人一眼,只有你胆子贼,心肠毒,不单偷人,还要挑唆奸夫,害我大哥的性命!"

郑臭肉暴跳如雷,可罗芸花犹似耳聋,自今日当场被抓获起,她便早已绝了偷生之念……犯这种事落到郑臭肉手里,她即便有一百条命,也是活不出来的。此刻,她没有羞耻,没有恐惧,没有后悔,唯有一种强烈的遗憾,搅得她五脏六腑隐隐作痛。她冷漠地看着羊子和几名警丁把一块厚重的木板抬到了她和胡之刚的面前,铁钉掉在地上发出的几下清脆的声响,使她的痛楚的心闪过一丝惊悸,但即刻又麻木了……钉门神,零割碎剐,不都是往那同一条死路上去么!

躺在卧房雕花大牙床上的郑稷之,心情却远没有罗芸花那么"平静"。看上去,他那衰老的身子已经彻底垮了。眼窝深陷,瘦骨嶙峋,脸色惨白如纸,一副憔悴不堪的样子。仅一日之间,二姨太傅筱竺落入仇人之手,三姨太罗芸花又与自己最亲信的手下勾搭成奸,甚而还要图谋除掉自己……两桩事接踵而来,他糊涂了,威风凛凛的一县之尊,怎么会落到这般凄惨的境地?杨森小耍了他,赵中玉斗赢了他,傅筱竺离开了他,连同一卧榻上的罗芸花,也随时想着往自己心窝上捅刀子……

当他从睡梦中被一声枪响惊醒后,在胡之刚的房里,他看见了令他大怒大恨大惊大悲的场面!当着那一对狗男女的面,他便"哇哇"地连吐了几口鲜血,倒了下地。

对杨森,他官小位卑,无可奈何,对赵中玉与傅筱竺,眼下他也只能隐忍不发,静待时机。但罗芸花与胡之刚就不同了,他把压抑在心底的所有仇恨,全都集中在了这一对狗男女的身上!他咬咬牙,撑持着身子想从床上爬起来,可力乏不逮,又倒了下去。他"咻咻"地长喘了一阵,挣扎着向门外叫道:"稷生……稷生快来。"

郑臭肉闻声急忙奔了进来,赶紧按住他:"哥,你莫动……动不得的。"

"你……扶我出去。"

"你去干啥?都立过秋了,屋外风凉,你还是歇着吧,我已经按你的吩咐,钉他们的活门神!"

"好,好,快弄我……出去。现刻下,只有他们的血,才能……治好……我的心伤啊!"

郑臭肉见他执意要出去,只好小心翼翼地将他搀起。

白仲杨见他跨出门槛,乖巧地奔进屋去,端出一张镂花太师椅,让郑稷之坐下。

郑稷之冷森森的目光在胡之刚身上匆匆扫过,然后,久久地凝在了罗芸花脸上。

郑臭肉催促道:"哥,钉吧?"

"嗯。"他点点头。

郑稷生一声怒喝:"来呀,照县长的吩咐,给我钉!"

白仲杨和几名警丁即刻拥上,将死猪般的胡之刚抬起来放在门板上,按手的按手,按脚的按脚,让他动弹不得。

白仲杨一手拿起铁锤,一手抓起颗六寸长的门斗钉,对准胡之刚的右掌心,挥锤便砸。

"啊——!"胡之刚被痛醒过来,发出一声垂死的野兽般的惨叫。

他拼命地扭动挣扎,可在几位壮汉的强制下,他无法动弹。白仲杨的铁锤起起落落,"叮咚"有声,很快,他的左掌也被牢牢地钉在了门板上。

"县长老爷!郑县长!"胡之刚恐怖地喊叫了起来,"你饶我一命呐,之刚一时糊涂,做了对不起你老人家的事,你大慈大悲,我为你做牛做马,将功补罪!看在我婆娘儿女的分上,饶我一命啊!"

"钉!"郑稷之不为所动,口中喷出一个字。

羊子操起锤子,"叮叮咚咚"一阵猛砸,立时将胡之刚的左右脚踝也钉死在门板上。

"县长……哎哟……县长呃,饶了我吧!"死之临至,胡之刚仍在悲声哀求。

耳旁,陡地响起了罗芸花的声音。

"之刚,你求他做啥?他既然已起心杀你,你在他面前装孙子下矮桩他就能放过你么?人生一世,草木一秋,就算能活到一百岁,到头来不也仍是个死,心一横牙一咬,眨个眼的工夫就挺过去了!"

罗芸花大吼了几声,忽地泪如雨下,紧跟着以膝代脚,急速地移至胡之刚身边,扑倒在他胸膛上,用脸在他脸上擦拭,痛切叫道:"之刚之刚,今生有幸,能让我和你有了肌肤之亲,能和你共赴黄泉,到了阴间,我再接着做你的婆娘,给你端茶递水、煨脚暖被,给你生一串活蹦乱跳的乖娃娃!"

郑稷之气得虎地站起,身子一个踉跄,差点跌倒。

"如此淫妇,狠毒无耻,天下少有!给我钉,快给我往死里钉!"

警丁们一拥而上,将罗芸花也仰面朝天地按倒在另一块门板上。

人到了这样的关头,再加之让罗芸花一激,胡之刚反倒不害怕了,冲着郑稷之大骂不止:"郑稷之,你这个脑顶生疮,脚底流脓的老杂毛,老子先走一步,到鬼门关等到和你算账!"

郑稷之冷声说:"在鬼门关等我的人多得很,还轮不上你。"

片刻工夫,罗芸花也被仰支八叉地钉在了门板上。

罗芸花强忍巨痛,怒眼向着郑稷之骂道:"老娘有能耐,临死之前,总算让你这个八面威风的大县长,做了一回绿头乌龟!哈哈!哈哈哈哈!"

她突然发疯似的尖笑起来:"老杂毛,你杀我,钉我的活门神,老娘也心满意足了……郑稷之,你婆娘偷人养汉……各位弟兄,拜托你们见了人就摆呀,让荣昌所有老百姓都晓得……堂堂县长大人……是他妈个让人戳背脊骨的绿头乌龟……哈哈哈哈!哈哈哈哈!"

"快……快把他们……扔下河去……喂鱼!"郑稷之挥了挥手。他的声音极其虚弱。然后,他踉踉跄跄地向着卧房里走去……

第三十二章：摇身一变

萧天成不仅在重庆自己创办的《朝报》上发表抨击时弊的文章，还经常被邀请去大学给同学们讲课。不少大学生喜欢看萧天成写的文章，对他有些崇拜。

那天萧天成又去给同学讲一堂课。课要讲完他正准备离开讲台，同学们递上来几张纸条提问，问的问题，涉及方方面面。萧天成说今天因时间关系，我不能为同学们一一给予解答，我给同学们讲个有趣的故事，就算对这些问题的作答吧。于是他讲道："有一个叫泰勒斯的西方哲学大师，有一天晚上，他走在旷野之间，抬头仰望满天的繁星，他的思绪已进入了浩瀚的宇宙空间，却忽视了脚下的一个大坑，他掉进了那个坑里，他的仆人把他救了起来。大师说谢谢你把我救起来，你知道吗？明天会下雨啊！仆人就问：'尊敬的先生，你可以知道未来的事情，为什么看不清自己鼻子下的东西呢？'两千年以后，德国哲学家黑格尔说：'一个民族只有有那些关注天空的人，这个民族才有希望。如果一个民族只是关心眼下，脚下的事情，这个民族是没有未来的。'后来英国的奥斯卡·王尔德曾经说过'我们都生活在阴沟里，但仍有一些人还在仰望星空……'"

讲完故事，萧天成总结道："学习哲学不单单要学习如何思考问题，而且要学习如何走路，同学们要通过知识来兴国强邦。强国首先要解决强人的问题，我们学习哲学就是作用于人的思想和精神，只有当大多数国人的思想和人格强大后，这个国家才会有希望。如今政治腐败，人们思想堕落，只有你们青年学生健康进步才是国家的未来。"

同学们报以热烈的掌声！

川北的田颂尧三路大军向着红军蜂拥而去，战火即刻展开，大巴山中，整日炮声如雷，杀声震天。

四川军阀一个个心怀鬼胎，虽然迫于蒋介石的压力，不得不暂停"撕内皮"，转而将枪口一致对准红军，但私下里仍以保存自己的力量为第一要务。甚而巴心不得红军能将自己过去以至将来的对手，一举消灭，或是削弱。

两个月后，荣昌这厢，杨森迟迟不能解救西人出险，而川北那厢，又传来噩耗，田颂尧被红军打得损兵折将，"忧愤已极"，下令"各县官绅民众戒除宴乐"，以示哀悼，否则"决予惩处"。这一仗，田军损失近半，余部被红军赶过了嘉陵江。田颂尧自认"材轻任重"，电呈蒋委员长"请予解除川陕边区剿匪督办之职，另择贤能接替"。

红四方面军越战越强，不仅严重地震撼了四川军阀的统治，也使正在亲自挂帅向江西中央苏区进行第五次"围剿"的蒋介石心惊胆战，急任刘湘为"四川剿匪督办"，拨给他军费两百万元，万余枪支和五百万发子弹，督令刘湘发动对川北红军的"围剿"。

刘湘以四川军政大权集于一身的霸主身份，唱着"统一政令"的高调，在成都就任"剿匪督办"。接着就调兵遣将，纠集全川大小军阀兵马，分六路浩浩荡荡向川北大巴山杀来。

依刘湘看来，满以为此役定然稳操胜券，不料各路纵队，各怀鬼胎，步调不齐，行动参差，红军抓住这一契机，突然于两天之内攻占宣汉、达县，顿使刘湘慌了手脚。自六路围攻开始以来，非刘湘直系部队，大多不愿硬拼，战声一响，"避免牺牲，保存实力"，成了他们的不二法门。

刘湘气得脑壳发晕，却又无法可施。为了使各军尽皆听命，决定由自己的神仙军师刘崇云出任前敌总指挥，统一指挥前方一应作战事宜。刘崇云赓即在成都宣布就职，随即束发盘髻，头插碧玉簪，身着金黄色道袍，手执拂尘，把自己打扮成一副仙风道骨的模样，然后坐上八乘大轿，前往川北前线赴任。

统率国民党二十万大军的最高前敌指挥，竟然是一位怪力乱神的江湖术士！

刘湘用刘崇云来指挥军事，原以为各军首脑必当唯"神仙"之命是从，自能收统一步调，尽心出力，协同作战之效，必然大功告成。不料神仙出台，不仅未能挽回危局，反而导致全面崩溃。

这段时间，重庆、成都的报纸上也热闹得很。红四方面军在城口打了大胜仗，又回过头来在通、南、巴地区痛击了杨森和王陵基罗泽洲的部队,打死打伤一两万人。吓得成都、重庆、自流井的官绅大户,纷纷收缩资金,将大笔大笔的款项汇往上海,炒得申汇暴涨,在成都、重庆寄出两百元,上海只能收到一百元,一时四川人心大乱。

萧天成在《朝报》上发表了一篇述评。

"此次川中各军失利之主因,实由于不知军事而妄为计划、胡乱指挥之刘神仙(崇云)致误。刘原属巫教,籍四川威远县人,尝为人算命看相,刘湘极信奉之,以其为军师,并兼领三旅之众(模范师)。无论内战、剿匪,靡不由刘崇云观天星、卜吉凶。近年崇云竟轰动全川,虽妇孺亦莫不知有刘神仙其人。至今夏初,此公竟然充当剿匪前方军事委员会委员长,负剿匪全责,并屡发滑稽可笑怪诞不经之命令,故迭攻万源不克,进攻各部徒遭损失,匪祸愈形披猖。"

萧天成还写道:

"川省筹措剿赤经费,已经罗掘俱穷。从统计数字上看,四川田赋最重的是一九三三年,如成都县田赋预征达到历年最高,这年预征了一九五九年到一九六八年十年的田赋;城口、万源、宣汉、达县,田赋预征到一九八三年;通江、南江、巴中、广元、昭化、剑阁、阆中、苍溪、南部等县,田赋预征到一九五一年。"

文章发出三天后,《朝报》报馆被不明身份的"暴民"砸毁,又过了两天,萧天成在过长江时,被人挤下船去⋯⋯

这个一生勤奋正直,向往光明的民主人士,在为社会的进步努力时,却被黑暗的社会吞噬,死后竟连尸体也没能找到。

萧天成遇难的消息经报纸传到万灵山,萧天汉、赵中玉等无可奈何,只得请万灵寺的和尚给天成做了一个大法事,以示遥祭。

这日上午,几驾满载粮食、猪肉、寒衣的大车,由郑臭肉率领的警丁马队护卫着,跟随打头的袁公剑、黎胜儿、关氏兄妹在荣昌县城通往万灵镇的大路上逶迤。

队伍后面,赵中玉与安德鲁并辔而行。

沿途官军已经接到命令,故而当车队转过山弯出现在他们视线中时,他们便马上移开了拒马,退到大路两侧。

马蹄"嗒嗒"脆响,车轮"辚辚"有声,不远处外国海军陆战队的阵地上,也拥出一群群的洋兵,好奇地打量着这支庞杂喧嚣的队伍。

袁公剑洋洋得意。车队畅通无阻。很快来到万灵镇高大的石牌坊前。

贺白驹与几名军官站在镇头一处宅院门前,默然无语。

赵中玉在马背上冲他一抱拳:"多谢贺旅长迎送。"

贺白驹目光凶狠地瞪着他,气得说不出话来。

车队穿过古老的石牌坊,继续前行,下了一道斜坡,大荣桥已出现在眼前。

一大帮飞龙会弟兄飞快奔过大荣桥,大呼小叫着向他们迎来。

袁公剑乐呵呵地叫道:"杨森给我们送吃的穿的来了!弟兄们快接着啊!"

郑臭肉吆喝着部下列队集合,往来路上去了。

"舵爷!"赵中玉兴奋地喊了一声,催马向前。安德鲁也紧紧跟上,两骑越过车队,来到大荣桥头下马,然后大步向桥上走去。

大荣桥对面,萧天汉也上了桥面,迎着赵中玉走来。

快碰面时,赵中玉向萧天汉介绍:"舵爷,这位是外国公使团领衔代表、美国人安德鲁先生。他此行前来,有要事与舵爷商量。"

萧天汉望着安德鲁,点点头:"好,来者是客,请容后再议。"

三人过了大荣桥,踏上一片平坝子,只见山道两侧,濑溪河边,一面面黑色的飞龙会旗猎猎招展,到处是一群群、一队队的人马。

赵中玉会心地向萧天汉笑了。

十一名碧眼金发,身装中国农装,显得不伦不类的西票们站在一片空地上,眼巴巴瞪着向他们走去的安德鲁。

萧天汉指了指他们,对安德鲁说道:"你看吧,安德鲁先生,西票们全在这里了。"

安德鲁走上前去,大声说道:"女士们,先生们,我,美利坚合众国驻中华民国全权大使安德鲁,受被绑架人质所在国政府之联合委托,专程前来看望你们。大家受苦了。"

众西票一齐哭喊。

"大使先生,快救我们出去呀!"

"我们要向中国政府提出赔偿！"

萧天汉怒目环视众西票，喝道："嚎啥？有吃有穿，自在了你们！"

鲍威尔道："安德鲁先生，你们要采取强有力的措施，争取我们尽快获释。"

"千万不要向土匪进攻。"多佛伦也嚷道，"枪一响，我们就没命了。"

萧天汉若无其事地："我已经活埋了一名西票。官军再敢伤我一个兄弟，我就撕他一张西票，这叫做一命还一命！"

安德鲁冷冷地讽刺道："是的，全世界都已经知道了你的英雄行为。"

夜色姗姗垂下。与万灵镇一河之隔的万灵山脚下的原野上，燃起了一堆堆篝火。飞龙会弟兄们烧烤着猪肉，狼吞虎咽。

十一名西票围着一个火堆，也吃得满嘴流油。但他们的眼睛，却不时地飞往那房门紧闭的正厢房门上。

鲍威尔忐忑不安地说道："现在，就看安德鲁和赵先生的调停结果了。"

金煜瑶带着几名贴身女侍从后山巡逻回来，远远地看见赵中玉把安德鲁送出正屋，随后转身进去关上了门。

安德鲁大步向西票们走去。

"怎么样？安德鲁先生。"

"他们答应释放我们么？"

西票们急不可耐地问道。

"放心吧，"安德鲁说道，"中国政府已经全部答应了他们提出的条件。我来的目的，是消除萧天汉的后顾之忧，促使他接受政府军招安。刚才，我已经向他作出了保证。他答应再和手下商量商量。但，很明显，他已经动心了。"

金煜瑶蹙紧眉头，思忖片刻，对女侍道："你们去吧。"她独自穿过土坝子，向正厢房走去。

她登上石阶，刚欲推门，屋里透出的谈话声却使她蓦然止步。

赵中玉："舵爷，千载良机，稍纵即逝。安德鲁能这样公开保证，我意当可接受招安。可是，我担心的是大嫂，她始终忘不了她师傅被贺白驹所杀的仇恨，肯定不会答应的，唉，这事情，大嫂要有不同想法，还真有些麻烦。"

萧天汉道："船载千斤，掌舵一人。大丈夫志在天下，岂能因一女子而羁累？"

金煜瑶银牙紧咬，眸子里怒火闪闪。

过了一会儿，门缝中又透出了赵中玉的声音。

"舵爷，事情发展到今天这步境地，你的意思是……飞龙会应当争取到一个什么编制？"

萧天汉："开口要他一个团……呃，当然那是我早先开的价，如能给我们一个混成旅的编制，地位不在贺白驹之下，那当然就更好了。"

赵中玉："唔，舵爷这么一说，我心中就有底了。编制的事，请舵爷但管放心，我会尽力而为，不辱使命的……不过，大嫂处，舵爷，你还得……"

萧天汉："军机大事，这就由不得她了。"

门"哗"地被推开，金煜瑶大步闯入。

两人一愣。

金煜瑶戟指道："赵中玉，派你下山谈判，想不到你被杨森收买，竟敢前来唆使舵爷投降！"

赵中玉辩解道："大嫂，你误会了。中玉赤肝义胆，岂能为杨森所收买？接受政府招安，乃是一时权宜之计，待飞龙会喘过气来，再重振大旗，岂不更好？"

金煜瑶斥道："花言巧语，骗得了舵爷，可骗不了我金煜瑶！"

金煜瑶猛地瞪住萧天汉，叫道："天汉，不能接受招安啊！难道，你连杀父之仇也可抛之脑后么？"

萧天汉稳坐不动，面冷如铁："招安一事，是我的主意，当初军师还拼命反对哩。煜瑶，军师一片苦心，全是为我飞龙会当下的生存，将来的发展着想，你怎能如此轻贱他？再说我的杀父之仇早已了结，如今不过是贺白驹不肯善罢甘休罢了。这招安之事，我主意已定，你——不必再说了。"

"萧天汉！"金煜瑶身子一震，绝望地看着他。

赵中玉苦口婆心地劝道："大嫂，我们若不趁此机会，寻块立足之地，确保我部枪弹军饷来源，难道还有别的更佳之策？要论私仇，我与郑稷之不也是不共戴天？可是，孰轻孰重，孰先孰后，作为飞龙会的掌舵之人，需当分清。要是时间拖久了，逼虎跳墙，官军与外国水兵联合攻上山来，凭我们眼下这点力量，怎么守得住？"

萧天汉也道："不接受招安，你说还有什么出路？我们总不能把西票关一辈子吧。"

金煜瑶悲泣道："萧天汉，赵中玉，你们去和贺白驹郑稷之之辈同流合污吧！可我必为慧清师太，为我自己报仇！你们要变节下山，我奈何不了，可从今天起，金煜瑶与你们……分道扬镳了！"

一跺脚，金煜瑶返身冲出门去。

萧天汉与赵中玉急叫着追出大门，见金煜瑶飞步冲下石阶，率领十几名女侍，飞身跃上坐骑,往万灵山中沓沓而去。

赵中玉大叫:"快,把大嫂追回来!"

众弟兄闻声而动。

萧天汉大吼:"都给我回来!"

众人都停住了,眼睁睁看着马队驰下山去。

萧天汉对赵中玉说道:"她这是去百子庵了,暂不管她。不过,煜瑶近来总有些让我觉得不对劲儿,她本是个很有脑筋的人,孰轻孰重,她看得比我还明白,怎会因慧清师太的仇恨变得如此固执……唉,不说她了,待事成后,我再亲自向她解释吧。"

安德鲁看在眼里,忽地转脸对西票们说道:"女士们,先生们,让我为你们祝贺吧,你们很快就可以下山了。"

第二天清晨。山岚缭绕,鸟啼清脆。

萧天汉将赵中玉、安德鲁送过了大荣桥,在官军哨卡前才停下。

赵中玉对萧天汉道:"舵爷,送君千里,终有一别,请回吧。"

"中玉,千斤重担,如今可是全压在你一人肩上了。"

赵中玉慨然道:"舵爷放心,不达目的,我绝不松口。"

荣昌县城兴隆客栈内外,依然若前日举行中外记者招待会模样。

主位上,中间坐着安德鲁与翻译,右侧李江副官长、郑稷之,左侧赵中玉。

郑稷之起立说道:"濑溪河劫案,蒙中外各界竭诚努力,方有今日之完满结果,实乃国家有幸,西人有幸,民众有幸。现在,我们请领衔代表安德鲁先生,代表各国政府宣示担保书。"

掌声中,安德鲁站起来大声说道:"谢谢诸位。此次我亲上万灵山,与飞龙会首领萧天汉直接面谈,并不仅仅把我当做一个调停人,更重要的是,我是一个人类和平的使者。我热爱和平,正如同热爱阳光、雨露与鲜花。中国有句非常正确的话,'精诚所至,金石为开',此次谈判能顺利结束,实是三方诚意换来的果实。"他向翻译努努嘴,"请念吧。"

翻译打开文本,大声念道:"美国人安德鲁,中国之生死至友也,鄙人以使节团领衔代表之名义,担保萧天汉部改编为国民革命军第二十军第四混成旅,政府承担该旅三千人军饷。鄙人并担保萧部接受招安后,所有以前罪迹,中国政府一概赦免不究,所有规定军饷,亦由政府按照阶级,逐月拨发。此项担保,自签字之日起,以十年为限。"

内院二楼的一间客房里,傅筱竺倚窗屏息聆听,脸上,浮现出欣喜的笑容。

厅堂里,郑稷之展纸念道:"鄙人郑稷之,系中华民国政府荣昌县县长,今代表杨森军长,竭诚欢迎萧部弟兄投诚。望萧部弟兄,从此后永远忠于国家,决不作违犯及有损军人名誉之行为,并代表杨森军长郑重声明,对于安德鲁先生代表各国政府宣示之担保,永矢遵守。"

李江副官长补充道:"拨发给萧天汉部的三千套军服与两万元军饷,今天中午即可运抵万灵山。"

郑稷之道:"现在我宣布,今天的记者招待会到此结束。"

记者们纷纷涌出客栈。

赵中玉刚欲起身,李江副官长走到他旁边:"赵先生,军长有请。"

一旁的郑稷之听在耳里,脸上霎时涌满乌云。

赵中玉随李副官长坐上滑竿,来到天主教堂大门。

李江副官长客气地:"赵先生,请。"

两人进入大门,来到后花园一间张挂着竹帘的房门前。

李副官长凑上前,轻声说道:"军座,赵中玉已到。"

屋内传出杨森的声音:"请进。"

赵中玉撩开竹帘,跨了进去。

杨森热情迎上,高兴言道:"招安已成,全赖中玉小弟鼎力相助。我今日请你前来,是要郑重告知于你,本军长敬你大智大勇,学贯中西,欲委任你为上校高参,将你留在我身边供职,平时陪我说说话儿,临上大事帮我出出主意,尚不知小弟意下如何?"

赵中玉稍一思忖,双手抱拳:"谢军长栽培!"

杨森感慨注视着赵中玉,感慨道,"我得你一人,胜获精兵一旅呀!"

赵中玉恳切言道:"军长,中玉只有一事相求,对萧天汉,军长万万不可出尔反尔,过河拆桥,卸磨杀驴⋯⋯"

"呃,郑稷之代我宣示的声明,世人皆知,我怎能干出那无耻勾当?"杨森庄重说道,"中玉小弟,你尽管放心好了⋯⋯哦,趁此大功告成之时,明日我索性将你与筱竺的婚事办了,来它个锦上添花,你看如何?"

赵中玉一怔:"军长好意,中玉谢了。"

杨森心满意足,展颜大笑。

第三十二章：摇身一变

第二天上午,兴隆客栈门前,几名已经换上官军军装的飞龙会小喽啰正在粉刷墙壁,打扫清洁。

已着中校军官制服的袁公剑将门上原来的牌子取掉,另换一块"第四混成旅旅部"的木牌,手持钉锤,"咚咚"往墙上钉。扭过头兴冲冲吩咐小喽啰们:"手脚麻利点,弟兄们,一会舵爷来了有赏啊。"

"袁团长,咋还叫舵爷,如今得改口了。"一小喽啰纠正他。

袁公剑以掌击额:"哦,对,对,哈哈哈哈,得叫旅长,叫萧旅长……"

一乘三丁拐软轿,由关氏兄妹和几名官军护送着穿街过巷。轿上的窗帘半卷,轿里坐着新娘打扮,满面喜色的傅筱竺。

小街上犹如卷起了地皮风,男女老少议论纷纷,争相追逐,直到了天主教堂大门口。

身着崭新校官制服的赵中玉赶出门来,将筱竺迎入。

筱竺从窗口看见,四处兵役忙碌,张灯结彩,还有不少人抬着礼盒进入大门。

转入神父楼,来到一僻静房门口,赵中玉将筱竺搀下软轿,走进屋去。屋内,已布置得灿然一新。

赵中玉歉然道:"筱竺,时间仓促,礼仪上有不周之处,还得请你原谅了。"

"今生能跳出苦海,和你永远在一起,就是一天之喜了,礼仪之事,谁还讲究那么多。"

一旁的关清财说:"军长今晚亲自替你们主婚,军官商贾,地方名流也有四五百人前来贺喜,这气派也够大的了。"

傅筱竺感激涕零地说道:"杨军长……真是个大好人!"

赵中玉起身道:"筱竺,你先歇着吧,需要什么,招呼一声就行了,门外有人侍候。舵爷快到了,我还得赶去迎接他。"

太阳已经从东边的峰巅后面冒出来,红霞氤氲,飘散在空中,涂抹着青如碧螺般的万灵山、万灵镇与清清的濑溪河。古桥古镇、青山碧水,如画如诗,令人心醉。

已经换上了官军服装的萧天汉在王鸣越、刘逵一帮头目的跟随下,骑着高头大马,向着荣昌县城缓缓前行。后面是两辆拥挤着十一名西票的四轮敞篷马车。马车后面,是换上官军服装,却仍显得拖拖拉拉的飞龙会数百名弟兄。

萧天汉和赵中玉商量后,为自己留了后手,并未将已经换上官军服装的弟兄全带出山去,此刻跟随他出山的,仅仅是已经当上一团之长的王鸣越率领的部分船户,并且让办事沉稳的洪真孝坐镇老寨,以为后援。

昔日的哨卡已不复存在。一队队官军开始列队后撤。附近山坡上,外国水兵正在拆除帐篷。官军纷纷避到路边,为萧天汉的队伍让道。

贺白驹与一帮军官站立道旁,冷眼旁观。

马车上的西票们疯狂地向着外国水兵们挥手、呐喊、飞吻。

艾特丽丝叫道:"上帝呀,我们经历了那么多的惊吓和苦难,总算活着出来了!"

多佛伦说:"万灵山中的生活,对我们来说简直是一段奇异的经历,我一定要抓紧时间,把它写成一本轰动世界的奇书!"

罗莱德叫了起来:"我好像做了一场噩梦!"

宾查讽刺道:"对我们来说,它是一场噩梦,可对你呢?小伙子,你还得感谢这帮中国的罗宾汉啊。"

艾特丽丝转过脸看着罗莱德说道:"是的,对我来说,这同样也是一场噩梦。不过,这场噩梦到此也应该彻底结束了。你说是吗?罗莱德先生。"

"艾特丽丝……啊……别这样!但愿这不是真的!"罗莱德骤然色变。

艾特丽丝笑盈盈道:"小伙子,别紧张,你已经很好地为我完成了服务,我会按钟点付酬给你的。放心吧,作为洛克菲勒家族的后代,绝对不会亏待你。"

罗莱德惶惶叫道:"上帝啊!我的噩梦……现在才开始!"

贝尔亚牧师说道:"孩子们,忘掉这一切,让我们歌颂仁慈的上帝吧!"他庄重地唱了起来。"主是生命,旭日光华。"

众西票神情肃穆,合了进去:

白昼辉煌,

照我行程;

主是希望,

景星光彩,

长夜之中,

欢慰我灵。

萧天汉的队伍到了离荣昌北谧门尚有两三里路的地方,几名军官在此恭迎。

军官向萧天汉敬了个军礼,大声说道:"萧旅长,全城百姓,正在城门口恭候旅座大驾光临,为避免惊扰地方,军长命我前来转告你。你和主要军官入城接受欢迎,其余士兵,我们已划拨城外关帝庙,予以妥善安排。"

萧天汉脸上闪过一丝疑虑,但事到如今,又不敢抗命不遵,只好命令刘逵带领后面的大部队,随军部派来的几名军官前往附近的关帝庙,他则带领王鸣越等几名骑马的头目和西票乘坐的马车,继续向着城门而去。

此时,北谥门前,围观的百姓人山人海。军乐齐奏,鞭炮炸得来声震耳膜。

文武官员与地方商贾名流正在此恭迎萧天汉入城。

马队进入城门,萧天汉翻身下马,大步向人群走去。

赵中玉赶在头里介绍:"萧旅长,这位是军部的李副官长。这位嘛……"话中有音地,"郑大县长,荣昌的父母官,自然是我们的老相识啰。"

萧天汉瞪着郑稷之,冷冷道:"县长大人,久违了。"

郑稷之假笑道:"不敢不敢,今后,卑职还要多多仰仗萧旅长呀。"

一行人穿过人群夹道的大街,来到兴隆客栈大门前。

袁公剑大声叫道:"舵爷……呃,萧旅长,杨军长来了,正在屋里等着见你哩。"

萧天汉受宠若惊,一直悬着的心终于放下了,赶紧道:"中玉,我们快进去。"

二人疾步入内,见杨森已笑微微迎上。

萧天汉双脚一碰,笨拙地行了一个军礼:"军长,第四混成旅旅长萧天汉前来参见。"

杨森和颜悦色道:"萧旅长初入本军,大可不必如此拘礼。坐,你二人请坐。"

萧天汉站得笔直,大声说道:"天汉顽劣,冒犯军长,犯下万死不赦之罪……"

"嗨,"杨森佯嗔道,"此一时彼一时也,再言过去之事,就太不应该了。你既已接受招安,我便应视你为爱将,若再以往事而小视于你,本夫岂不成了小肚鸡肠之辈?坐,快给我坐下说话。"

萧天汉感动说道:"谢大人宽宥不究之恩,卑职肝脑涂地,必将回报!"

杨森待二人坐下,方徐徐言道:"古人云,福兮祸所伏,祸兮福所倚。我来此解决濑溪河劫案,不料竟得你二员将领,实可谓意外之喜,不虚此行了。"

二人喏喏连声:"军长过奖,军长过奖。"

"我现在忙得不可开交呀,川北战事,前有田颂尧,后有刘湘,全都败在了赤匪军手下。我等看得清楚,刘湘无非是想利用这一天赐良机,将与他争夺主川大权的诸多对手全部驱上战场,假赤匪军之手,逐一消灭殆尽。就拿我部来说,已有一个师在川北作战,损失相当惨重,可刘湘却暗中派兵,步步向我沱江防线紧逼,伺机向我下手。军部昨日就有三封急电,催我速返内江,指挥应对。我已决定明日启程,贺白驹的第一混成旅,也随我开赴内江,以作防备。荣昌系我部后防重地,此处的军政大事,今后,我就全权交给萧旅长负责了。"

萧天汉喜上眉梢,爽快应道:"军长放心,袍哥人家,绝不拉稀摆带,有天汉在,荣昌确保无虞。"

杨森继续说道:"我知以前贺白驹率部攻打万灵山,对你及你部弟兄有些伤害。但,白驹他也是奉老夫之命行事,要论责任嘛,也只能记在我的身上了。"

萧天汉慌忙站起:"军长言重,卑职不敢怪罪军长。"

"此一时彼一时也,"杨森开导说,"今后你与贺旅长,同为我部干城,更应以精诚团结为第一要义。萧旅长,要知道,冤仇不可结,越结则越深,这很容易坏大事的。今晚,我欲借中玉大喜之机,杯酒与你和贺旅长尽释前嫌,尚不知萧旅长,能否有如此度量?"

"军长拳拳苦心,卑职没齿难忘。"萧天汉牙一咬,"从今往后,军长咋说,我就咋办,我听军长的!"

杨森击膝大笑:"既是如此,我就放心了,哈哈哈哈哈!"

第三十三章：血溅天主堂

夜幕降临，荣昌天主教堂内外灯火辉煌。一对大红双喜灯笼，高悬门首。

中西结合，给人一种怪异的感觉。

官佐绅商，络绎而至。

袁公剑喜气洋洋地在大门前恭迎宾客，签收礼单。当他看见郑稷之与郑臭肉时，脸上掠过一丝不快，但立即又绽出一脸假笑，大声道："县长来呐，今晚上，你可是头号主宾呐。"

郑稷之淡淡一笑："哪里哪里，袁团长，赵高参大喜的日子，我自当前来讨杯喜酒喝嘛。"

正当袁公剑与郑氏兄弟搭讪之时，有一身穿黑绸长衫，戴墨镜，礼帽压得低低的人，混在宾客中进了天主教堂大门。

城外，一队队全副武装的官军在夜色掩护下，已将关帝庙包围得犹如铁桶一般。庙宇后面山坡上的树林里，大门前面的高坡上，无数挺轻重机枪从四面八方对准了关帝庙。

关帝庙内，则是一团嘈杂喧嚣。坝子上，大殿里，到处燃起了火堆，飞龙会的弟兄们已经饥肠辘辘。

挂着少校领章的刘逮穿过坝子，来到庙门前，冲着门前站岗的官军们大声抱怨："他娘的，都啥时候了，还不给我们晚饭吃？"

一名小军官客气地回道："今晚你们飞龙会的赵军师大喜，长官已经安排了给你们送好吃的，叫弟兄们耐心等着吧。"

说话间，一串马车拉着饭菜，在一队官军的护送下从城门口出来。车轮一路上"叽叽嘎嘎"响着，直到关帝庙大门前才停下。

刘逵乐滋滋地回头向院里的弟兄们吼道："嗨，晚饭送来了！"一边嚷，一边向着马车跟前奔去。

他看到挞谷子用的拌桶里装的是白生生的米饭，大脚盆里盛满了回锅肉、红烧肉，木桶里还有萝卜炖肥肠。一辆马车上，还装着大坛大坛的酒，兴奋得大叫起来："妈噫，赵军师今晚大婚，杨森真给我们好东西吃哩！弟兄们，快些出来抬呀！"

站在打头一辆马车上的小军官向着大门内高声喊道："香喷喷的回锅肉、油旺旺的红烧肉、喷鼻儿香的红白萝卜炖肥肠，白米干饭管够喽！"

王鸣越和一帮小头目听见喊叫，慌不迭地从门口跑了出来，不想却被官军持枪挡住了。

小军官笑嘻嘻喊道："弟兄们别出门槛，都别出来，我们会把酒菜给你们抬进来。"

一个个拌桶，一个个大脚盆，一个个大酒坛，还有一箩箩的碗筷，从马车上抬下来，立即又抬进了庙里。

几百名飞龙会弟兄争先恐后，抓起碗筷，狼吞虎咽起来。

天主教堂后花园，赵中玉着长衫戴礼帽，胸前红绸带十字交叉，一朵大红绸泡花，系在胸前。关清财关五香兄妹随着赵中玉穿过庭院，在廊道口上站住了。

赵中玉独自沿着廊道，来到新房门前，贴着门缝往里窥视。傅筱竺早已着好新娘装束，坐在床边，将大红盖头取下在手中把玩。赵中玉看见她抬起头来，把她那双秀美的眼睛宁静地停留在艳红的喜烛上。她那白皙的脸蛋上顿时罩满了迷人的光彩，原本清亮明澈的眸子里也微微地荡漾开红色的光波……

赵中玉拖着川戏腔调戏谑道："娘子，小生这厢有礼了。"

傅筱竺一羞，忙将盖头搭上。赵中玉大笑着推门而入。

不远的廊道转角处，打扮成杂役模样的蛮牛与另一名警丁伸出头来窥探。

宽大明亮的礼拜堂里人头攒动，杨森满面春风地与绅商名流们寒暄。

贺白驹不动声色地独坐在墙角一张桌子边上。看上去，他态度骄倨，神气冷峻。其实，他此时的心中妒火中烧，委实难耐。今夜的行动，他早按照杨森的吩咐精心布置妥当，萧天汉即令再凶顽，也断难逃一死！但，让他耿耿于怀的是，杨森不同意将赵中玉也一并除掉。而且杨森还对他用一种激赏的语气来谈论赵中玉，并决意将他延揽到自己帐下效力。

贺白驹跟随杨森多年,可谓生死之交,无话不谈,他也从未看见过杨森对任何人能这样的推崇备至。那么,对赵的器重,分明已在自己之上。萧、赵二人已成瓮中之鳖,今晚要将其一网打尽,本已成易如反掌之事,可是,军长的命令,贺白驹却绝不敢违抗半分。

郑稷之走过去,与贺白驹打过招呼,在他对面坐下了。

贺白驹睐他一眼,不屑地讥刺道:"赵中玉给你戴上这么大一顶绿帽子,你居然还有脸跑来给他贺喜?"

郑稷之不卑不亢地回道:"这有啥?韩信那么得了的人物,尚且能受得胯下之辱,何况小小一个郑稷之。"嘿嘿一笑,转而揶揄道,"不过,千军易得,一将难求,我看自赵中玉入中军帐后,杨军长真是欣喜若狂,日后必将倚为巨擘。贺旅长,赵中玉的前程……恐怕是如日中天啰。"

贺白驹按捺不住了,粗声粗气地说道:"郑县长,你这人怎么阴阳怪气的?"身子往前一倾,低声道,"有胆量,今晚你就除了他,军长那里,我自会拼死替你开脱。"

郑稷之盯着他,意味深长地说道:"贺旅长,你这不是指使瞎子跳岩么?稷之可没那吃雷的胆。"

贺白驹急欲假郑稷之之手除掉赵中玉,索性和盘向他托出:"军长已密令我设下鸿门宴,将萧天汉等土匪一网打尽,唯独给我下了死命令,不能伤着姓赵的一根毫毛。我今晚就把赵中玉交给你,你来除掉他!"

郑稷之眉棱倏地一跳:"此言当真?"

"我贺白驹几时与你有过儿戏之言?一句话,你敢,还是不敢?"

郑稷之眼瞳深处,已燃起两粒火星,苍白的脸膛也因激动而腾上了红潮。他思忖片刻,一脸犹疑地说:"我不明白,既然今晚军座要贺旅长一网打尽土匪,为何旅座又要单单挑出一个赵中玉,让我来除掉他?"

贺白驹愤愤道:"我想军座是被那姓赵的迷住心窍,想效法孔明,来一个七擒孟获吧。"

一听这话,恰似一瓢冷水浇到郑稷之头上。就在一种因疯狂的复仇欲即将得到满足的狂喜之情袭上心头之时,另一种被抛弃的酸楚也同时在咬噬着他的心。他酸溜溜地说道:"军座既未叫我参与其事,想必总有难言之隐吧。今晚的行动,我就不必一相情愿地进来瞎搅和了。事情办好了,我寸功没有,要办砸了,我颈子上这颗脑壳,还保得住么？哈哈,贺旅长,一会儿,我就待在河坎上看热闹,祝你一切顺利,马到成功。"

"你——"

郑稷之不顾贺白驹的恼怒,搭讪几句后,抽身出了礼拜堂,把身着警服,担任今晚警戒的郑臭肉和白仲杨叫到一边,刚要说话,只听大门外一声传呼:"萧旅长到。"

杨森笑微微言道:"萧旅长初来乍到,我们还是讲究一下礼数,虚席以待吧。"

说罢,杨森在前,军官与绅董随后,一齐步出礼拜堂,降阶以迎。

郑稷之一见众人出迎,匆匆对郑臭肉和白仲杨叮嘱道:"好戏已经开场了,贺白驹刚才告诉我,今晚是杨森布下的鸿门宴。"

郑臭肉喜滋滋道:"太好了!"

郑稷之道:"好个屁！杨森给贺白驹下了死命令,只杀萧天汉,不准动赵中玉一根毫毛。"

郑臭肉道:"赵中玉要活下来,今后还有我们的好日子过啊!"

郑稷之道:"你两个今晚把赵中玉和傅筱竺给我盯紧了,贺白驹一动手,你们马上趁乱把姓赵的干掉。把警服换了,别让人看出是我们干的。"说罢,快步赶了上去。

郑臭肉愣了一下,对白仲杨道:"叫上一队弟兄,马上换衣服,去后花园。"

萧天汉与王鸣越等十来位手下进得天主堂大门,一帮军官立即拥上,笑容满面,又是劝又是拉地将萧天汉的手下弟兄,一并截邀到侧厢小客厅里入座。

两名便衣随即闪上,紧贴在萧天汉身后。

萧天汉仰头看见杨森亲率众官从礼拜堂出来,降阶以迎,禁不住受宠若惊,感动地说道:"军长大礼,下官哪里敢受？"

杨森笑道:"礼数不周,情意不到啊。大家说,是不是啊——"脸色陡然一变,厉声喝道,"萧匪你可知罪？"

萧天汉魂飞魄散:"杨森,你——!"

话音未落,一名便衣飞快地用石灰包向他双目上猛地一拍,顿时白粉四扬。

"啊!"萧天汉痛得捂眼大叫,另一名便衣趁机将他腰间手枪掏去。

叫声一起,小客厅里众军官立即掀翻酒桌,与萧天汉手下的头目杀成一团,内室的伏兵也是一齐冲出助战,满屋桌椅腾空,杯盘乱响,人仰马翻,刀光剑影过处,一片鬼哭狼嚎之声。

可怜这帮换上军官服才不久的飞龙会弟兄,刚刚尝到了一点官瘾,死到临头,方明白自己中了官府的圈套。

王鸣越和袁公剑打翻几名官军,血战突出重围,刚入大院,立即被官军迎头用乱枪打倒。

待郑稷之赶上,见袁公剑已中弹倒地,遂抡起拐杖,猛击袁公剑脑袋。

城外关帝庙里,飞龙会弟兄们已经醉翻倒下了一大坝,未倒的人还在摇晃着身子,大声咋呼着划拳喝酒。

刘逯端着一大碗酒,跌跌撞撞地走到门前,笑扯扯地对守门官军与警丁嚷道:"呃呃……各位弟兄……你们也进来……喝啊……"

"这么眼巴巴地望着……我们大碗喝酒……大块吃肉……多难受。"

大批官军离开隐蔽地,飞快地向着关帝庙涌来。

刘逯醉眼迷离,看见大批官军一拥而入,正想迎上前去。一排子弹迎面射来,将他打倒在地。官军进得庙里,即刻将架在一起的一个个枪堆收拢。拿枪逼着醉得不深的土匪指认飞龙会大小头目,逐一当场射杀。凡敢反抗的喽啰,也格杀勿论。关帝庙里,顿成屠场。

与此同时,一队全副武装的官军包围了兴隆客栈。

被赵中玉留在店里值守的石奉奇、黎胜儿和几名小喽啰正在堂屋里围桌喝酒,忽地听见城里城外枪声大作,几人大吃一惊,情知有变,抓起枪来刚欲冲出房门,蓦地看见大街上已布满无数官军。

一名军官扬起脑壳,冲着台阶上的石奉奇黎胜儿等威风凛凛地吼道:"谁是头目,站出来!"

石奉奇挺身而出,大声道:"天塌下来先砸着我这个儿高的,说,你们想干什么?"

"我也是当头儿的。"黎胜儿也上前喊道,"狗日的杨森,竟敢下我们的狠手!"

军官道:"军座有令,念你们是赵高参的手下,网开一面,放你们一条生路。不过,大家都给我老老实实地待在客栈里,不许跨出大门一步!谁敢不听招呼,格杀勿论!"

众弟兄无法可施,遥闻四处枪响,心急如焚。

天主教堂前院里,贺白驹指挥卫队护住杨森等人,然后凌空跃起,直扑萧天汉:"萧匪,让我打发你去丰都城里做鬼吧!"

论武功,萧天汉本与贺白驹不相上下,但他自双眼失明,就已知今日必死无疑。

他正为四处的呐喊声、惨叫声焦急万分，这时突然听见贺白驹的吼叫，又觉面前风声飒然，知是贺白驹欺步上前，不敢硬迎，赓即一个"倒卧虎怪蟒翻身"，一倒，一滚，一跃，再循着那风声去处，左拳击出，右拳反砸。这一拳下去，竟与贺白驹的耳门一丝之隔。他的闪避身法利落之极，反手回砸又凶狠凌厉。贺白驹吃了一惊，他原以为今日之萧天汉，不过是一只瞎了眼的老虎，三拳两脚便会取了他的性命，不料萧天汉眼睛虽瞎而拳路不乱。两人斗了几个回合，贺白驹见他拳脚全循着自己弄出的声响而来，不由冷声一笑，退出两步来远，袖手而立，一动不动。

这无"无招"之"招"果然奏效，萧天汉听不见对方声响，失了目标，急得团团转，几疑四面八方都有贺白驹向他攻击。

贺白驹却伺机而动，每乘萧天汉背对自己时，猛然出手，击后又悄然避开，静立一旁，真个是动若猛虎，静若处子。

这一场生死恶战，竟如同儿戏一般，引得杨森等人在一旁不时哄堂大笑。

萧天汉真成了笼中之虎，咆哮不已。

士兵们也看出名堂，顿时拍膝跺脚，"哇哇"狂吼狂笑，以此来干扰萧天汉的耳朵。

"贺白驹，有种你出来！老子今天与你拼个你死我活！"萧天汉挥拳怒吼。

贺白驹见他刚才取了个如封似闭的"二排手"，径在原地旋转防备，此时一怒一吼，门户全开，便抓住这极好机会，悄然移前，随后猛喝一声，使一记"开山锤"凌空直砸萧天汉头顶。

他这连砸带吆喝，声威赫赫，却是一个虚招。萧天汉全凭耳朵，怎能不中他计谋，听见风声骤至，慌忙举拳相迎，贺白驹瞅准这空当，猛地使出一个"勾魂夺命腿"，飞脚直踢萧天汉裆部。

"啊——！"萧天汉惨叫一声，顿时倒地⋯⋯

后花园里，赵中玉一听枪声暴响，喊杀连天，情知有异，急忙将门拉开，只见关氏兄妹已被一群武装官军下了枪，被捆成了两坨粽子，不禁大吃一惊，厉声喝道："你们想干啥子？全都给我住手！"

一小军官赶紧说道："长官别误会，我们是奉军长的命令，专门在此保护高参安全的。"

赵中玉问道："这兄妹俩是我身边的人，快把他们放了。"

小军官道："放人可以，不过，你们暂时不能出去，这是军长的命令。"

第三十三章：血溅天主堂

赵中玉问："外面为何响枪？"

小军官道："那不关你的事，只要高参待在这屋子里，我们绝对负责你的安全。"

赵中玉极感震愕，他猛然猜测到必是萧天汉中计了，怒喝道："开枪吧，来，妈的，对着老子胸脯打！"赵中玉以一种无畏的气概逼视着众便衣，大步前行。官军们害怕了，谁也不敢开枪，乖乖地给赵中玉让开了一条通道。

赤手空拳的关氏兄妹也昂头挺胸，紧随其后。

官军们提着枪，只好尾随着赵中玉拥向前院。

郑臭肉和白仲杨带着一队换上便装的警丁，提着长短家伙，匆匆向后花园赶来。猛一看见赵中玉等人大步而来，郑臭肉压着嗓门叫道："快，躲起来。"

便衣警丁们立即分散到假山和树丛后面埋伏起来。

白仲杨紧张地问郑臭肉："头儿，后面有那么多官军跟着，我们才十来个人。枪一响，弟兄们还能活么？"

另外一个警丁也说："官军都不敢动他，我们打，找死呀！"

还有胆小的警丁一见势头不好，已经拔脚开溜了。

郑臭肉大怒，喝道："回来，谁跑我抄谁的家！"

他眼看着赵中玉和身后的十几名官军越走越远，急了，啥话也来不及说，猛地蹦起来，冲着前面的人影连开数枪，然后大步追上前去，欲取赵中玉之命。

郑臭肉一开火，警丁们的枪声立即响成一片。

官军猝不及防，被打得稀里哗啦，没死的立即伏地还击，双方打成一团。

关氏兄妹赤手空拳，警丁射出的第一拨子弹便将关清财打倒在地。关五香一见哥哥倒地，痛不欲生，不顾一切抓起已死官军的武器，一边叫赵中玉快往前院跑，一边向着袭击者射击。

赵中玉目睹关清财惨死，连官军也被打倒了一大半，黑暗中也看不清楚袭击者究竟是谁，慌乱中拉着筱竺，大步往前院狂奔。

没想，郑臭肉却紧盯着赵中玉不放。他提着二十响，猫着腰，借着树丛、竹林作掩护，抄捷径赶到了通往前院的月亮门前。

就在赵中玉拉着傅筱竺匆匆赶到月亮门之际，路边树丛里突然站起举着二十响、杀气腾腾的郑臭肉，将枪口对准赵中玉，陡然一声暴喝："姓赵的站住，动就打死你！"

赵中玉一步跨上，将筱竺挡在身后，大声道："郑臭肉，有种冲我来，别和女人过不去!"

郑臭肉见对方没有武器,得意洋洋道:"一对狗男女,谁也跑不了!"

傅筱竺抹下手腕上的玉镯,突然出手,"刷"地向着郑臭肉面门飞去,玉镯准准地砸在郑臭肉鼻梁上,痛得他失声尖叫。几乎在这同一时间,傅筱竺用力将赵中玉往旁边一掀,赵中玉顺势趴在了地上。就这一刻,郑臭肉手中的枪响了,傅筱竺胸前中了好几颗子弹,扶着一根竹子,软软倒了下去。

赵中玉一声悲叫,还未来得及跃起,只听又是一阵乱枪响起,开枪的是刚刚赶到的关五香。赵中玉上前抓起郑臭肉扔下的二十响,对准郑臭肉面门,一口气将弹匣内剩下的子弹,全部打光。赵中玉扔下枪,抱起血泊中的傅筱竺,痛不欲生地喊道:"筱竺,筱竺!"可怜一对相爱之人,天各一方,为了今天这个日子,苦苦挣扎了二十年,却在新婚之夜不得不阴阳两隔,永世分离了。

而此时的前院,萧天汉已是命悬一线。

贺白驹见萧天汉已遭重创,无力还击,不禁热泪滂沱,仰天悲叫:"爹爹,血海深仇,孩儿今日已与你老人家报啦!"

他大步走到奄奄一息的萧天汉跟前,用脚踩住他的胸口,恶狠狠说道:"七年前,你用我爹教你的铁沙掌杀了他,我贺白驹今日也要如法炮制,掏出你的心肝五脏,祭我爹爹在天之灵!"

说罢,他运起丹田之气,贯入指尖,对准萧天汉心窝处,便要插入。

就在这挥手之际,忽听一声叫喊飞来。

"天汉,我来啦!"

贺白驹蓦然回首,只见一黑衣人扑出礼拜堂,从石阶高处一跃而起,掠过众人头顶,直落他跟前。

"是你!哼!"贺白驹鼻孔一哼,"金煜瑶,你总算也赶来送死了。"

萧天汉抬头悲叫:"煜瑶,你不该……前来。"

此人正是金煜瑶。她今夜乔装前来,本是放心不下萧天汉,想先来观观动静。进得荣昌城后,她见天主教堂戒备森严,遂将两名女侍卫留在外面,独自混了进来。进天主教堂后,她四处留心,并未感到异样。直待她潜入后花园,发现赵中玉与傅筱竺已被暗中监视,才知大事不好。她刚想赶出去抢在萧天汉到来之前将其截住,不料在廊道上竟被几名便衣拦住盘问,正焦急之际,忽闻外院枪声大作,喊杀连天,她即刻动手,将便衣击杀,方才脱险出来。

可惜,已经来迟一步。

第三十三章：血溅天主堂

四名卫士抽刀窜出，直扑金煜瑶。金煜瑶以金攒指迎击，刹那间，只见空中金斑闪耀，犹似天女撒花。

一名卫士双手握刀直劈金煜瑶天灵盖，煜瑶并不躲闪，逼步上前，就在那刀锋眼看要落到头上之时，她右掌玉指一撮，用力前送，那人"嘿"地发出一声闷叫，五个指头已戳入他的咽喉。

这时金煜瑶听见背后有金刃劈风之声掠来，她原地一个"大鹏展翅"，飞起后勾腿，闪电般踢在另一名卫士的胸口，那人飞出老远，坠地而亡。

余下两名卫士，吓得抽身便逃。

"这是什么人？武功如此了得！"杨森愕然问道。

郑稷之急忙告道："此人就是萧天汉的婆娘金煜瑶。"

杨森勃然大喝："白驹，她既不请自来，你就速将他夫妻二人一并送上黄泉路吧。"

贺白驹拾起一把单刀，将身一抖，身子如陀螺般飞旋进逼，刹那间，那一柄刀好像变成了无数把刀，闪闪发光，将金煜瑶封裹得密不透风，看得众人眼花缭乱。他使出的，正是"缠丝九龙连环刀"。

金煜瑶不敢以硬抗硬，仅是一味游走闪避，以避其锐，情势十分危急。围观者见贺白驹已经胜券在握，陡地暴起一团欢呼。

萧天汉从昏厥中惊醒过来，听得吼声四起，并从那"飕飕飕飕"接连不断的刀刃劈风声中听出贺白驹已使开了"缠丝九龙连环刀"的刀法，不禁焦急万分。

他知道贺白驹力大刀沉，这套令武林震愕的"缠丝九龙连环刀"使得是精熟到家……哎呀呀，煜瑶已陷入险境！

他抖索着直起腰来，双手按住地面，一动不动，用耳估摸贺白驹的位置。他已分辨出贺白驹脚步沉雄，金煜瑶脚步声轻盈。他将全身力气运到右拳之上，待那有力的脚步声刚移到面前，他霍地飞身跃起，将铁拳猛力砸下。

不料，贺、金二人正像陀螺般飞旋转动，就在萧天汉腾空之际，两人恰好互换了位置。可怜萧天汉哪里知道，那一记狠毒无比的"破面贯锤"，直端端地砸在了金煜瑶左肩上。

"啊！"金煜瑶大叫一声，俯身倒地。

听得叫声，萧天汉魂飞天外。他双膝触地，抱起煜瑶身躯，"嗷嗷"痛呼。

金煜瑶左肩骨被砸碎，脸若白纸，"天汉……天汉……"连声哀叫。

萧天汉泪如雨下，泣不成声。"煜瑶……我悔……我悔呀！"他陡地仰天大骂道,"赵中玉,赵中玉！你勾结官府害我,到了阴曹地府,我也要剥你皮,掏你肝啊！"

杨森叫道:"快割下二人首级,明日挂上城门,悬首示众！"

贺白驹对准萧天汉脖子,挥刀便剁。

陡地响起一声惊呼。

"舵爷——"

只见赵中玉穿过围观人群,直扑杨森。

侍卫一拥上前,堵住赵中玉来路。

贺白驹一见来人,心中大喜,挥刀迎上,欲取赵中玉性命。

杨森退上石阶,急喊:"白驹万不可伤他！"

"哼！"贺白驹心有不甘,怒目言道,"赵家小儿,若不是军长下了死命令,要我留你一条命,你今天就和萧天汉两口子一同去丰都城里做鬼了。"言毕,将刀掷地,恨恨罢手。

杨森道:"萧天汉罪大恶极,濑溪河劫案,内损国家之主权,外丧友帮之信赖,普天同愤,早应明正典型。今被我设计诱获,实属死有余辜。赵中玉,本军长求贤若渴,亟望你洗心革面,投我门下,我保你……"

赵中玉跪地扶起垂死的萧天汉,抬头怒喝:"杨森,你……好狠毒啊！"

郑稷之冲杨森叫道:"此人野性难驯,军长,让我除了他！"

"住手！谁敢杀赵高参,我灭他满门！"杨森霍地将他喝住。

赵中玉把萧天汉抱在怀里,泪如泉涌,凄切喊道:"舵爷,大嫂,中玉眼瞎心愚,是我……害了你们啊！"

众皆肃然。

萧天汉手抚赵中玉肩膀,十指剧烈抖颤,嘴唇哆嗦:"中玉……好兄弟……我……错怪你了……哥哥与你……地府……地府相会吧！"

头一搭,终于死去。

金煜瑶见状痛不欲生,挣扎着去拾那地上的短刀,意欲自尽,却因力乏不逮,只得求助于赵中玉:"中玉,快,快给我一刀！"

赵中玉瞳孔发直,欲哭无泪,他缓缓地将萧天汉放在地上……陡地,他将单刀抓在手里站起身来,像疯子似的仰天狂笑:"哈哈哈哈,筱竺和关清财……也都死了！想不到……我赵中玉……聪明反被聪明误！哈哈哈哈,舵爷、大嫂……黄泉路上,……我们大家热热闹闹……结伴同行吧！"

"赵中玉——"石阶上陡然响起一声呼喊。

杨森恳切言道："新娘子死于混乱之中,实非我之所愿,我只能向你深表歉然了。"接下来话锋一转,"萧天汉乃愚鲁悍匪,即使我不除他,也不过是一井底之蛙。你昔日寄他篱下,也属明珠暗投,倘若今日再意气行事,为他搭上一条性命,岂不是糊涂之至,遗臭万年?本夫今日如此区别处置,一番惜才爱才之心,赵老弟莫非还不能明辨?罢罢罢!诸葛孔明尚留下七释孟获之美谈,我虽不才,也愿效法先人一二。"杨森痛心疾首,对把守在门口的士兵喊道,"打开大门,随他去吧!"

士兵"哗"地将大门打开。

赵中玉看了看黑洞洞的大门,又回过头来,目光缓缓从萧天汉的尸体上掠过,从高耸在漆黑夜空中的教堂尖顶上掠过。脑海中此时更是巨浪翻滚,白雾蒸腾,脑中仿若闪过一连串的镜头,自己在党旗下的宣誓,万灵镇背插斩标站在笼车上游街,石奉奇送来的组织的指示……就这一刻,他已经有了主意。

他的目光凝到了杨森脸上,泪花滚滚地吼道："中玉……何德何能……竟蒙军座……如此厚爱!"

杨森大悦,上前抚肩言道："中玉小弟,你总算未辜负我的心愿呐!哈哈,过去之事,犹若水过三秋,明日一早,就与我同赴内江罢。"

赵中玉道："军长,我与萧天汉兄弟一场,还望你看在中玉面上,允我先将萧天汉夫妇,还有傅筱竺、关清财送回万灵山中安葬,容后一步,再到军前效力。"

"好义士!好义士!"杨森击节赞叹,随即爽快言道:"如此高风亮节,本军长还能拒绝你么。"说到此,将目光移到郑稷之脸上,吩咐道,"郑县长,我知你和赵高参过去曾有过节,但我仍将他交与你这父母官好生伺候。安葬萧天汉夫妇与傅筱竺等人所需一切,由你照应备办,日后我再加倍拨还于你。高参在荣昌期间,你务必小心伺候为是,若有闪失,我定然拿你全家是问。"

郑稷之一万个不愿意,也只能苦着脸答应下来。

赵中玉和关五香在收殓尸首时,惊喜发现,金煜瑶尚存悠悠一口气……

当天夜里,萧天汉与金煜瑶、傅筱竺、关清财的遗体被关五香和一队官军先期送回兴隆客栈。

石奉奇、黎胜儿等一见舵爷夫妇横遭毒手,又得知随舵爷前去的王鸣越、袁公剑等头目也惨遭杀害,再听见城外枪声密脆,知道随舵爷前来荣昌的刘逵等飞龙会弟兄也定遭厄运,皆成刀下之鬼,一个个魂飞天外,痛不欲生,嚎啕大哭。

关五香强忍悲痛，对众人说道："眼下不要光顾了伤心，舵爷虽是去了，好在金娘娘只是受了重伤，尚未落气。临出天主堂时军师吩咐了，马上想办法给金娘娘治伤，一定要把她救过来。另外，立即为四名死者布置灵堂，不要让外人看出一丝破绽。"

得知赵中玉仍活着，金煜瑶也还有口气，弟兄们在悲痛欲绝之际，又多少有了些儿庆幸，顿时忍悲含痛，起身布置灵堂。

关五香和石奉奇、黎胜儿将金煜瑶抬进楼上一间卧房里，小心翼翼放在床上。

金煜瑶伤得不轻，迄今不省人事，唯剩下幽幽一丝儿气息。那肩上皮翻肉绽尚不碍事，要命的是她的内桶子究竟伤到何种程度，而且官军将客栈围得铁桶一般，上哪里去寻治疗跌打损伤的药物？

关五香着急道："现在是保命要紧，弄不到药，就只能先去后院老板家里接碗童子尿来，给大嫂灌下。"

黎胜儿一溜烟去了，片刻工夫，端回大半碗还冒着热气的童子尿。众人一齐动手，扶的扶，灌的灌，费了好大劲，才往金煜瑶嘴里强灌下几口。

大约一个时辰后，赵中玉匆匆赶回兴隆客栈。和弟兄们一起守在萧天汉、金煜瑶、傅筱竺、关清财跟前，又是一番哭泣伤悲。

待至下半夜，金煜瑶仍未苏醒，但气儿进出得稍微均匀了一些，脸色也不似刚抬回客栈时那样惨白得吓人。

赵中玉对弟兄们说道："天亮后还有得忙的，你们都抓紧时间，快回屋去睡一会儿吧，我和五香留在这里伺候就行了。"

众人放心不下金煜瑶，都不愿离去。

又过了一个时辰，金煜瑶身子轻轻地动了动，喉咙里悠悠地吁出一口长气来。

赵中玉赶紧凑上前去，急急喊道："大嫂，大嫂，你快些醒来。"

众弟兄也拥上前去大喊。

连着喊了好几声，金煜瑶这才睁开了眼睛。

关五香将金煜瑶扶起，斜靠在自己身上，赵中玉赶紧端上热茶，让她喝了几口。

金煜瑶苏醒过来，想起这场塌天之祸，看着屋子里躺下的三具尸体，不禁泪水涟涟，无力地拍打着床沿悲呼道："舵爷、筱竺、清财，还有那么多弟兄都死了，我们这几个人还活在这世上干啥子？军师啊军师，舵爷一时糊涂，你这个聪明人咋个也跟着他犯糊涂啊？这下舵爷把命丢了，飞龙会也毁了，我们……该咋个办呐？"

赵中玉面对金煜瑶的责备,委屈万分,却无言为自己辩解。

好在,金煜瑶尚能体谅他的处境。

"当然,你也仅仅是个军师,舵爷官迷心窍,执意招安,连我也拿他没有办法,何况是你……唉!"

赵中玉这才开口说道:"大嫂,舵爷主意已定,作为军师,我把当说的话全说尽了,舵爷非要我按照他的意思办不可,我只能依令而行,尽量在谈判中为飞龙会谋得一个最好的结局。事情落到如此悲惨结局,也确真是中玉未曾预料到的。如今舵爷已去,好在大嫂幸存,飞龙会有你这新舵爷撑着,大旗就不会倒下。"

金煜瑶缓缓摇头,悲叹道:"军师枉出此言,想必是对会中祖制不太了解的缘故。依照帮规,舵爷过世,继任者也只能是洪安。我虽是天汉之妻,毕竟系外姓之人,是万万不可做舵爷的。"

赵中玉道:"天成因文致祸,得罪了军阀,已经死于非命。洪安远在重庆读书,更重要的是他和天成一样,对舵爷之位视若弃履。强赶鸭子上架,他怎能担当起重振飞龙会的重任?"

关五香也着急劝道:"金娘娘,飞龙会这面大旗,只有你才扛得起,你万万要以飞龙会的前途为重呀!"

黎胜儿骂道:"啥尿破帮规?我们不尿它那一壶,真心拥戴金娘娘坐上飞龙会头把交椅!"

石奉奇毕竟老练得多,想想说:"非常情势之下,大嫂万不可受这陈腐帮规所囿。帮规是死的,人是活的,大家动动脑筋,办法总是能想出来的。"

关五香大声道:"怎么没办法,我们就说舵爷是抬回兴隆客栈后才落的气。落气之前,他当着我们几个人的面说了,由金娘娘承继舵爷之位。莫非,你们都忘记了?"

黎胜儿叫起来:"对呀,这话可是舵爷亲口说的!嗨嗨,你们咋不开腔?莫非你们没听见?"

众人恍然明白,一片声皆云有此"临终遗嘱"。

赵中玉却摇了摇头,说道:"此法断不可取,舵爷粗通文墨,真有临终遗嘱,也必然会留诸文字。口说无凭,日后只能惹出无穷后患,舵爷这次留了一手,大队伍还在山上,如果拿不出临终遗嘱的证据,飞龙会恐怕会祸起萧墙,从此就再无宁日了。"

关五香急问道:"那军师的意思是……"

赵中玉沉稳言道:"关键是一个字:权。条条道路通罗马,只要能把权力牢牢控制在手里就是最好的办法。这事,我们就索性依照帮规办,让洪安继任新舵爷。当然,我知道洪安对此事绝对不感兴趣,何况,他眼下学业未成,也不可能回老寨长住。我们要的不过是这个名分,而只要洪安当上新舵爷,这飞龙会的大权,不就仍然稳稳当当地捏在大嫂手里么?"

金煜瑶却道:"众人的好意,我全都清楚。不过,天汉已去,我已是万念俱灰。会中精锐之兵已尽遭荼毒,以我一个女子,即便能重擎大旗,又谈何容易?"

赵中玉慨然道:"老天爷保佑大嫂由死复生,必能创下一番宏图伟业。中玉答应杨森出任高参,实因以为你与天汉皆已驾鹤西去,本人要再留在万灵山中,也无任何意义。"

金煜瑶叫道:"军师万不能走!"

赵中玉道:"现在大嫂尚存,我自当舍弃一切,鼎力相助。适才城外枪声响了许久,天汉带来的弟兄,恐也尽遭毒手。但即便如此,地盘尚在,枪械弹药也不缺,只要我等能够活着回到万灵山中,也足以应对一时。"

石奉奇道:"军师说得对,想当初李自成被明军大败,仅存十八骑逃入商洛山中,尚能死灰复燃,入取明朝大宝,大嫂眼下情势,远比那李自成强上不知多少倍,又怎能灰心丧气?"

赵中玉说:"再者,大嫂文武皆备,足堪飞龙会舵爷之大任,待到我等东山再起,重振飞龙会雄风之日,舵爷在九泉之下,也可瞑目了。"

金煜瑶道:"遭此横祸之初,我与天汉一样,皆以为你和那庞龙沦为同类,为了投靠官府,不惜出卖同生共死的弟兄。直到天汉咽气之前,方知你对我夫妇,临死不失大义忠贞。吃这大亏,也只怪杨森老贼奸险无比,如此惨烈之教训,你我今后,须当牢牢记取。"

当下商量妥定,赵中玉即刻派黎胜儿去江边雇船,关五香去力行雇来抬棺之人,余下之人,则将金煜瑶装入棺木之中。

赵中玉回到自己房中,飞笔写下一封信,叫来石奉奇,将信交给他,说道:"你马上到重庆上清寺求精中学,把这封信交给萧洪安,并将他兄妹接回,让这两个孩子,送父亲最后一程。"

石奉奇:"我们怎么办?真的再回万灵山,帮助金煜瑶重振飞龙会?"

赵中玉说:"有些话,我是不得不针对飞龙会弟兄说的。洪安的思想状况我最了解,只要你能尽快把他接回来,我们在万灵山上公开'扯红'的时机就到了。"

352

石奉奇兴奋不已:"那太好了,我可是盼星星盼月亮,就等着这一天哩!"

赵中玉叮嘱道:"依照风俗,萧天汉最多一个星期后就要出殡,你务必带洪安兄妹在出殡之前赶回铁关口。"

"我天一亮就出发,尽快把他们接回来。"

待一切安排妥当,天已经亮了。兴隆客栈门前,花圈沿途列阵,奏起响器,炸起鞭炮,闹得惊天动地。连新上任的警备队长白仲杨也带着黑皮警丁匆匆赶来,将萧天汉与金煜瑶、傅筱竺、关清财四具灵柩送至码头上船。

木船扯起风帆,向着上游万灵山方向,扬长而去。

待木船远离了荣昌西宁门码头,赵中玉才将棺盖揭开,让金煜瑶透口气。

金煜瑶说:"一回铁关口,第一件事便以我的名义发出公片宝札,把掌堂们召拢来,把天汉送上山后,马上山堂议事。"

赵中玉劝道:"以大嫂在会中的威望,没人敢不听你的。可紧跟着洪安便要回来,你总得帮他立立威,把他扶上马,送一程。洪安未回铁关口之前,不但要让杨森、让郑稷之,还要让九村十八寨的掌堂都知道,舵爷和你,都已经双双去了,小心驶得万年船,这样做,便会少了许多的麻烦。"

金煜瑶频频点头:"军师提醒得好,等会儿船快到滩子口时,我还得回到棺材里躺着,等洪安回来,我才能露面。"

船到滩子口,洪真孝与飞龙会弟兄已得着噩耗,全部到码头上接灵,缟衣孝帕加纸花,将通往铁关口的山道上染得一片雪白。

四具灵柩一抬上岸,泪飞顿作倾盆雨,天地间顿时响起一团号啕大哭。

一个星期眨眼过去,眼看出殡的日子迫在眉睫,可非但洪安洪妍兄妹迟迟未归,连前去接人的石奉奇,也失了音讯。

金煜瑶气恼地对赵中玉埋怨道:"这个石奉奇,怎么这点事都办不利落?"

赵中玉道:"事情没这么简单,奉奇想必是遇上麻烦了。"

金煜瑶急了:"麻烦?什么麻烦?"

赵中玉:"我也仅是猜测而已,奉奇走时,我再三叮嘱他,务必在天汉出殡之前把人接回来。以我对石奉奇的了解,办这点事,绝对误不了的。"

"明天一早就要出殡,连个给天汉端灵牌的人也没有,他已经误了我的大事了呀!"

赵中玉慨然道:"我来,天汉生前待我恩重如山,亲如手足,我给他端灵牌,也是应有之义。"

关五香监督彩纸行工匠，连日辛劳，为丧仪、出殡作准备。灵堂设在了老寨祖屋山堂上。时令已进入初冬，天气凉寒，平坝地区虽仍是一派青葱之色，万灵山中的一座座岭尖上，却已垫起了厚厚雪被，故而并不担心尸体发臭。

这一厢正在密锣紧鼓地进行，而数日之间，已有不少随萧天汉下山去的飞龙会弟兄陆续从官军队伍中逃了回来。他们谈到，那一日杨森设计将他们灌醉，又派兵收缴了武器，将数十位头目当场处死，余下弟兄，全部编入贺白驹的第一混成旅，开往榉木镇整训。凡开小差的，抓住当即乱棍打死。即便如此，仍有众多弟兄，不顾死活地逃了回来。

次日拂晓时分，萧天汉、傅筱竺、关清财的遗体在停灵七天后出殡。祖屋至堡寨大门，沿途挂满了祭幛、挽联、花圈。堡寨大门外，有纸花扎成的巨大彩色牌坊一座，通往万灵寺的沿途上，还有规模稍小的纸彩牌坊三座。

待大家蓦然看见由关五香搀扶着从"静安园"里出来的金煜瑶，全都惊呆了。

金煜瑶忍着疼痛，奋力说道："舵爷去了，我还在，少当家萧洪安还在，飞龙会这杆大旗，倒不了！"

赵中玉身穿麻衣，头戴麻冠，左手持招魂幡，在灵柩前行走。金煜瑶也由关五香和另一名女侍卫扶持，在灵柩后面缓缓而走。在她们身后，则是黎胜儿、洪真孝等大小头目。人人尽皆头戴麻帽，身披麻衣，手持哭丧棒一根，接踵而行。其后，则是浩浩荡荡的飞龙会弟兄，人人臂戴白花，枪筒上也扎着一朵白花。

铁关口到万灵寺沿途山民，皆在路边设置香案，高接远迎。

第三十四章：万灵山"扯红"

送走了萧天汉，山堂议事无论如何也得进行了。

就在山堂议事的前一夜，金煜瑶由关五香搀扶着，来到辅楼赵中玉的住处。

金煜瑶落座后，关五香随即离去。

压抑在金煜瑶心中许久的炽烈感情顿时汹涌澎湃起来。她用一种极其复杂的目光注视着赵中玉，鼓足勇气说道："中玉，这些年我和天汉的关系，你是一清二楚。如今天汉与筱竺同时猝然去了，倘若是天意，那么同时也算是给了我和你一个重新生活的机会。我心底也十分明白，你心里是有我的，只不过囿于道义，无法逾越雷池。煜瑶为了洪安洪妍一对儿女的生存，虽然看重这会中的权力，但是我要明明白白告诉你，这权力和你比起来，值不了分文。为了你，我愿意扔下这一切！"

赵中玉浑身一震："煜瑶，你今后的担子何等沉重，切切不可感情用事，因小失大。在洪安未回铁关口之前，你无论如何得把舵爷的位置牢牢地抓在手里。山堂议事时，我可以提出，暂时由你代行舵爷之责，以你这么多年积下的人望，我想不会有人公开跳出来反对的。"

"中玉，你再也不要在我跟前揣着明白装糊涂了，这些年来，难道你真不知道我心中是怎么想？想什么？世间事，何谓大，何谓小？在煜瑶眼里，权力固然重要，但我此生却宁愿为情而死，决不为权力而活！我和萧天汉虽然是明媒正娶的夫妻，他保证了我的物质与地位，但是，他从来没有像一个真正意义上的丈夫给过我所渴望与追求的一切情感，反而对我的心灵，造成了一次又一次的伤害。"

赵中玉道："天汉刚去，不必再说他了。"

"不，我要说。"金煜瑶蓦然提高了声调。

一墙之隔的关五香听见了，猛地站了起来，焦急地走来走去，犹疑再三，终于还是站在了门后面。

金煜瑶的声音清楚地传了过来。

"外人看上去，我是一人之下，万人之上，八面威风。实际上，我常常是青灯独守，只能和清苦、孤独相伴。更何况我和天汉最初的结合对我来说本身就是一场悲剧。那时候我和爹爹寄人篱下，对萧家存有感恩之情，只能答应嫁给他，但那绝对不是我所渴望的爱情。自从上帝把你送到了我的身边，我的生活才重新鲜活生动起来。尤其是我们有了那永难忘记的一夜缱绻之后，我就……再也没有忘记过你。"

"煜瑶，别再说了，你对我的感情，我都知道。可是……"

金煜瑶的眼中已是泪光盈盈："可是什么？只有天汉和筱竺升天了，我才能够把埋藏在心中的话，痛快淋漓地告诉你。这难道不是天意、缘分？当然，你可以鄙视我的妇德，但是你不能亵渎我对你的感情。不管继任飞龙会舵爷的人是我，还是洪安，这块地盘毕竟会牢牢地掌握在我金煜瑶的手中。我希望你永远留在我身边，帮助我，陪伴我，这飞龙会名义上姓萧，实际上全由你作决断。待到时机成熟，我甚至可以心甘情愿地把它交给你。"

关五香眼中，涌满泪水。

客厅里，赵中玉一声长叹，喃喃道："问世间情为何物，直教人生死相许！"

此时此刻，他心中既是暖意融融，又充满了苦涩之情，他盯着金煜瑶的双眸，动情说道，"中玉此生虽矢志献身主义信仰，却也是个食人间烟火的性情中人，你对中玉的满腔真情，我又怎能无动于衷？但是，我更清楚当下你我肩上承担的重任，如果我们为情所误，坏了大事，岂不是自取毁灭？煜瑶，你是个明白人，你应当清楚，我现在万万不能留在万灵山。"

金煜瑶愕然道："怎么？你还果真对杨森许诺给你的高官厚禄动心了？"

赵中玉摆摆手道："中玉绝非官迷心窍之徒，我此番前去杨森帐下效力，实是要利用杨森对我的器重，为你，为飞龙会寻得一线生机。当下，飞龙会已不是老虎，而成了一只病猫。杨森一旦知道你还活在人世，重掌了飞龙会的大旗，他完全可能马上派贺白驹率兵前来清剿。只有我在杨森帐下，对他施加影响，才能让你转危为安，为你争取到休养生息的时间，待到时局变化，方可重振大业。"

金煜瑶一把抓住赵中玉的手，冲动说道："中玉，你把我和五香带上一起走吧，我们可以到汉口、上海的租界里去过一辈子，甚至可以去伦敦、去巴黎。我有的是钱，萧天汉把他家祖上埋在地里的五百根金条全留给了我，那是几辈子也花不完的钱。什么飞龙会，什么舵爷的金交椅，为了你，我全都可以丢下不要！"

赵中玉道："不，离开了自己的祖国，离开了我所追求的信仰和事业，即便坐拥金山，中玉也活得如同一具行尸走肉。你出此下策，实是因你还不能理解一个共产党人的宽阔胸怀。在我们党内，心怀为国为民，打江山夺政权之雄心壮志，义无反顾抛弃万贯家财，赴汤蹈火舍生忘死的大智者、大贤者、大勇者，举不胜举。本党有诸多先烈为楷模，中玉虽难望其项背，但也理当效法一二。"

金煜瑶道："我明白了，'生命诚可贵，爱情价更高，若为自由故，两者皆可抛'，这是你写在洪安笔记本上的几句诗，你和洪安，都是一路人。不是煜瑶无能，留不住你，而是你心中还有比煜瑶更重要的事情，必须去办。"

赵中玉："能得到你的理解，我足感欣慰。"

金煜瑶眼中碧波荡漾，激情澎湃地对赵中玉说道："从此时此刻起，我金煜瑶是你的，这飞龙会数千条人与枪、还有萧天汉祖祖辈辈留下的五百根金条，也全都是你的。你说向东，我决不会向西边看一眼！"

"煜瑶！"赵中玉猛地站起，将金煜瑶紧紧搂在怀中。

次日，金煜瑶虽肩伤未愈，仍带伤主持议事。

一切果然如事前预料的那样，金煜瑶平素垫下的威望和结下的人缘在这关键时候全发挥了作用，待到赵中玉先把由金煜瑶代行总舵把子之职的意见说出，众位掌堂无一反对，人人争相拥戴，均表敬服。

丧事办完后的第三天，石奉奇才将萧洪安接回。

石奉奇此行极不顺利，他赶到重庆，立即到求精中学和川东艺专去找洪安洪妍，不料二人均失了踪影，连校方也不知他们的去向。石奉奇无奈，只得请重庆地下党组织帮忙，这才弄清楚，洪安洪妍，已去了川北苏区的"红都"通江县城。

石奉奇马不停蹄，又风尘仆仆赶到大巴山……

洪安此次回来，还带来了一封王维舟给金煜瑶的信件，送来了五套崭新的红军军装。

金煜瑶匆匆浏览了一遍，便将信递给赵中玉，问道："你看，王维舟已经派我这宝贝儿子回来，要我参加他的三十三军，并说红军总部已经允诺给我飞龙会一个师的编制。此事，你看当如何回他？"

赵中玉看过王维舟的来信，立刻便意识到这是说服金煜瑶公开"扯红"的绝佳机会，遂言道："王维舟的川东游击军，已改编为正式红军，气焰高涨。现王维舟致信于大嫂，将飞龙会改编为红军，若拒之，大嫂则与整个红军为敌，若允之，飞龙会则能得以保存。利弊权衡，中玉以为，共产党实乃深受民众拥护之政党，代表着未来中国之希望，非但中玉、奉奇是中共党员，连洪安不也入了 CP，洪妍不已入了 CY。飞龙会若与之抗衡，无异于以卵击石，也定然会令洪安洪妍痛心疾首。大嫂眼界高远，心胸旷达，且能明辨利弊是非，遇事果决机断，是'扯红'，还是食古不化，继续留在万灵山上抱残守缺，大嫂自能作出英明选择。"

金煜瑶思忖片刻，言道："军师意思，我自然明白。况我金煜瑶，不仅对共产党从无恶感，通过军师为人处世，更让我知道你们共产党人确系大智大勇，能力超群。倘若我率部'扯红'，洪安洪妍，自然也会高兴的。洪安说他这次回来，就是动员我率飞龙会'扯红'的，还告诉我，说他现在在红军的什么学校当老师，学生全部是红军军官，连团长师长军长，进了教室还得规规矩矩地给他敬礼哩。"

萧洪安说："那叫彭杨军政学校，是为了纪念杰出的共产党英烈彭湃和杨殷而取的校名。妹妹到苏区后，进步远比我大。她现在是苏区童子团的总指挥，上级给她配了警卫员和坐骑，开大会时能和首长同坐在主席台上，连那么多军长、师长，都还只能坐台下哩。"

金煜瑶说："看来，'扯红'已是必然之路。不过，好歹与飞龙会弟兄共患难一场，还得把各地掌堂邀来共商共决，才至为妥当。"

石奉奇还带来一个重要的指示：飞龙会"扯红"后，立即前往川南，进入贵州赤水一带，寻找主动放弃遵义后，刚刚在土城和川军打了一仗的中央红军。

金煜瑶发出"公片宝札"，急召九村十八寨把掌堂齐聚铁关口老寨山堂议事。不料赵中玉刚刚宣读完王维舟的来信，便招来一片激烈反对之声。

"金娘娘，'扯红'断不可行！投靠红军，飞龙会百年基业就毁之一旦啦！"

"红军是水上浮萍，四处流窜，我们要投了他，妻儿老小、老坟祖屋怎么办？"

"莫看红军刚打了几个胜仗，四川军头兵马多得很，只要联起手来，踏平红军指日可待。我们要冒冒失失地把红旗扯出去，到那时，就没有退路了。"

竟有一半以上掌堂，反对"扯红"。

赵中玉面对反对者，侃侃而谈："飞龙会刚遭大创，元气未复。中玉以为，除了

'扯红',绝无他途。诸位掌堂都知道,入川红军,人枪不过万余,却能将田颂尧、刘湘,乃至全部川军数十万兵马打得落花流水。红军之神勇,无须赘言。"

金煜瑶也趁热打铁说道:"军师之言,极有道理,不明利害,仅凭血气之勇,岂能不坏大事?诸位弟兄倘若不了解共产党,那就看看军师,军师就是个共产党的大头子,这一点谁人不知,当初郑稷之出的布告上就写得一清二楚,可我和天汉,就硬把他这共产党的大头子从法场上给抢了回来。军师到万灵山,已逾两年,能力如何,才识如何?人品如何?你们自己的眼睛就是一杆秤,无需我在此多言。"

山堂里响起一片议论声:

"军师的能耐,那就不消说了。"

"劫法场我们也去了的嘛,军师是个红脑壳,大家都晓得的嘛。"

金煜瑶继续说道:"何况眼下情势,并非煜瑶如何选择,而实在是除了'扯红',已无他途可走。王维舟劝我'扯红',实乃红军看得起飞龙会,给了我金煜瑶足够面子。诸位兄弟都清楚,杨森设计诱杀舵爷,又将我众多弟兄强拘军中,替他当炮灰,深仇大恨,不共戴天!不要说王维舟此时来劝我'扯红',就算他不曾相劝,煜瑶于义于情于理,也应当出兵帮助红军剿灭杨森才是。"

说到此,金煜瑶目光锐利地环视了一下众掌堂,提高声调说道:"煜瑶主意已定,立即复信王维舟,飞龙会从即日起,接受他的规劝,正式加入红军!"

总舵爷此言一出,无人再敢反对。

心中一坨石头落地,赵中玉欣喜地和石奉奇对视了一眼。

赵中玉随即起身宣布:"从现在起,飞龙会改编为中国工农红军第三十三军九十九师。由金煜瑶任师长,赵中玉任政治委员,石奉奇任政治部主任。"

金煜瑶还吩咐洪真孝:"飞龙会的弟兄再像以前那样,一个个头上包着白帕子,身上穿着长衫子,动作稀稀拉拉,像什么话?洪安带得有几套红军军装回来,你马上把各家夏布厂的布料全买下来,通通染成灰颜色,让每个弟兄都换上红军军装,戴上红军帽。既然扯了红,我们就不再是袍哥弟兄了,就要有副红军的样子才行!"

万灵山飞龙会"扯红"的消息传到荣昌县城,郑稷之便知道大事不妙了,连夜收拾起金银细软,带着阖家二十多口人赶到西宁门外水码头,登上一条大篷船。

出发前,郑稷之把两大箱银洋交给已被资遣的黑皮警丁们,还说:"弟兄们,这点钱留给你们暂时养家糊口,你们各自先回家待着,等这股风头一过,我从成都回来,再请大家出来帮忙。"

黑皮警丁们钱一过手,各自散去。

白仲杨等几名心腹警丁则脱去警报,换上便装,跟着郑家人上了船。

就在篷船离开水码头的时候,绸缎铺老板周兴出现在了城墙上,把这一切看了个清清楚楚。看着篷船"吱吱呀呀",离岸远去,周老板下得城墙,跃上坐骑,出了西宁门,飞一样向着北面原野上狂奔。

郑家人乘坐的篷船一路顺风,天刚麻麻亮,便到了广顺场。场上多数商铺和居民尚未开门。郑稷之想到天已大亮,又上了成渝官道,心里安定了许多,便吩咐在此过早。

一行人包了一家上等饭馆,豆浆油条加热气腾腾的鲜肉包子不停地往桌子上端。

正吃,就发现情况大不妙了。只听见一阵"踢踢踏踏"的马蹄声由远而近,由小及大,恰似渔阳鼙鼓动地来。

白仲杨等几个家丁惊得跳了起来,丢下筷子,大步走到门外观望。

片刻工夫,只见赵中玉与金煜瑶双马并驱,头戴红星帽,身穿簇新的灰色军装,身上披着一件外黑内红的斗篷,随着坐骑的颠簸随风起伏,就像矫健的雄鹰。二人后面,跟着一大帮同样英武的男女侍卫,全是一色的灰军装,全骑着高头大马,每人一长一短两支枪,后背插一把大刀,短枪挂红穗子,大刀挂红飘带,跑起来迎风招展,漂亮扎眼,头上颗颗红星闪烁,马蹄在青石坂大街上迸出鼓点般的响声,骑者行如飙风,引得许多人追逐观看。

"啊——赵中玉、金煜瑶!"白仲杨猛然认出了为首骑者,骤发一声惊叫。

眨眼间,马队已到饭馆门前。

杀气腾腾的红军骑兵们翻身下马,将黑洞洞枪口对准了门里门外的男人女人。

金煜瑶喝道:"想活命的,把家伙给我丢出来!"

话音一落,只听满地"噼里啪啦"一阵乱响。

白仲杨等警丁,也将枪扔到地上。

郑稷之听见门外一片叫声异响,情知不妙,却已无处藏身,更无法逃避,只得硬着头皮,拄着拐杖,从屋里出来。

待他一见眼前情景,便知大限已到。

金煜瑶和赵中玉高踞在马背上,正居高临下地俯视着他。

第三十四章:万灵山"扯红"

郑稷之向着金煜瑶和赵中玉打了一拱,抬起头硬声道:"老夫现在已成了砧板上的鱼肉,宰坨坨,切片片,任由你二人咋个打整,何需劳烦尔等如此兴师动众,来对付我这样一个手无缚鸡之力的老头子。"

金煜瑶一见仇人之面,恨气攻心,冷冷言道:"苍天有眼,让我来与你结清旧账。"

原来,今天一大早,她已经和赵中玉带着队伍下了万灵山,刚踏上大荣桥,正在万灵镇集中各个村寨的队伍,便碰到赶回万灵山报信的周兴。得知郑稷之已经携家小逃跑之后,她马上让石奉奇、洪真孝留在万灵镇集合队伍,自己和赵中玉带着关五香、黎胜儿百余名弟兄,向着成渝官道追杀而来。

为了抢时间,他们每人带了副马,轮换着骑,疾走数十里,来去若风,矫捷如飞。

郑稷之自知必死无疑,索性豁了出去,全无畏色地回道:"赵中玉,金煜瑶,你们不过就是要我这条老命吗,人活七十古来稀,老夫过甲子已有六个年头,虽说离七十还有些日子,就此闭眼,也算得高寿了。"

赵中玉原想看见仇人在自己跟前哀告求饶,甚而伏地磕头,以解胸中积怨,没想郑稷之非但不求饶,反而还语带讥诮,不由得恨恨道:"老贼,你死到临头,还敢和我嘴硬!莫非,你就真的不怕死?"

此时的郑稷之脸膛血红,活像呛了血的两叶猪肺,狠声道:"怕,这世间没人不怕死,老夫虽已是风烛残年,仍渴望着能再活些年辰,落得个寿终正寝。可眼下落到你二人手中,是死是活,我还能不清楚么?既然怕已无益,老夫又何需摇尾乞怜,让仇家落个耻笑!"

金煜瑶耐不住刺激,一枪将郑稷之打倒在街边上,几名女侍,也拔枪对准郑稷之齐射,将郑稷之打成个蜂巢。

随后,金煜瑶和赵中玉一抖缰绳,掉转马头,向着场街外狂奔而去。其余骑者策马狂奔,紧紧跟上。不一会儿便回到了万灵镇。

此刻,旭日东升,艳红的霞光铺洒下来,把一座莽莽荡荡的万灵山,照耀得明丽清朗。数百名身背钢枪,背插大刀的骑兵浩浩荡荡地肃立在万灵镇街口古老的石牌坊下面。嘹亮的军号声,战马的嘶鸣声和铁蹄声,交织成一支威武雄壮的乐曲。

金煜瑶向着弟兄们一声令下:"上马!出发!"

群马奔腾,大地上顿时激腾起暴雨般的马蹄声。灰军装、灰军帽、红五星、驰骋的战马、耀眼的大刀,刀柄上的红飘带,构成了一幅振奋人心的画面。

　　白毛浮绿水,红掌拨清波,濑溪河上,几只受到惊吓的小鹅儿,在玻璃似的水面上一掠而过……

(终)